KB065399

금석이야기집 일본부【四】

今昔物語集 四

금석이야기집 일본부【四】

1판 1쇄 인쇄 2016년 2월 20일
1판 1쇄 발행 2016년 2월 29일

—

교주 · 역자 | 馬淵和夫 · 国東文麿 · 稲垣泰一
한역자 | 이시준 · 김태광
발행인 | 이방원

—

발행처 | 세창출판사
신고번호 · 제300-1990-63호 | 주소 · 서울 서대문구 경기대로 88 냉천빌딩 4층 | 전화 · (02)723-8660
팩스 · (02)720-4579 | http://www.sechangpub.co.kr | e-mail: sc1992@empal.com

—

ISBN 978-89-8411-600-9 94830
ISBN 978-89-8411-596-5 (세트)

—

· 이 책은 한국연구재단의 지원으로 세창출판사가 출판, 유통합니다.
· 잘못된 책은 구입하신 서점에서 바꾸어 드립니다.
· 책값은 뒤표지에 있습니다.

—

이 도서의 국립중앙도서관 출판시도서목록(CIP)은 e-CIP홈페이지(http://www.nl.go.kr/ecip)와 국가자료공동목록시스템(http://www.nl.go.kr/kolisnet)에서 이용하실 수 있습니다.(CIP제어번호: CIP2016004914)

금석이야기집 일본부

今昔物語集 (권17~권19)

A Translation of **“Konjaku Monogatarishu”**

【四】

馬淵和夫 · 国東文麿 · 稲垣泰一 교주 · 역

이시준 · 김태광 한역

세창출판사

머리말

『금석이야기집今昔物語集』은 방대한 고대 일본의 설화를 총망라하여 12세기 전반에 편찬된 일본 최대의 설화집이며, 문학사에서는 '설화의 최고봉', '설화의 정수'라 일컬어지는 작품이다. 작품의 내용은 크게 천축天竺(인도), 진단震旦(중국), 본조本朝(일본)의 이야기로서 본 번역서는 작품의 약 3분의 2의 권수를 차지하고 있는 본조本朝(일본)의 이야기를 번역한 것이다.

우선 서명을 순수하게 우리말로 직역하면 '옛날이야기모음집' 정도가 될 성싶다. 『今昔物語集』의 '今昔'은 작품 내의 모든 수록설화의 모두부冒頭部가 거의 '今昔' 즉 '이제는 옛이야기이지만'으로 시작되기 때문에 붙여진 서명이다. 한편 '物語'는 일화, 이야기, 산문작품 등 폭넓은 의미를 포괄하는 단어이며, 그런 이야기를 집대성했다는 의미에서 '集'인 것이다. 『금석이야기집』은 고대말기 천화千話 이상의 설화를 집성한 작품으로서 양적으로나 문학사적 의의로나 일본문학에서 손꼽히는 작품의 하나이다.

하지만 작품성립을 둘러싼 의문은 여전히 남아 있어, 특히 편자, 성립연대, 편찬의도를 전하는 서序, 발拔이 없는 관계로 이 분야에 대한 연구는 많은 이설異說들을 낳고 있다. 편자 혹은 작가에 대해서는 귀족인 미나모토노 다카쿠니源隆國, 고승高僧인 가쿠주覺樹, 조슌藏俊, 대사원의 서기승書記僧 등이 거론되는가 하면, 한 개인의 취미적인 차원을 뛰어넘는 방대한 양과 치밀한 구성으로 미루어 당시의 천황가天皇家가 편찬의 중심이 되어 신하와 승려들이 공동 작업을 했다는 설도 제시되는 등, 다양한 편자상이 모색되고 있다. 한편, 공동 작업이라는 설에 대해서 같은 유의 발상이나 정형화된 표현이 도처에 보여 개인 혹은 소수의 집단에 의한 것이라고 보는 반론도 설득력을 가지고 공존하고 있다. 성립의 장소는 서사書寫가 가장 오래되고 후대사본의 유일한 공통共通 조본인 스즈카본鈴鹿本이 나라奈良의 사원(도다이지東大寺나 고후쿠지興福寺)에서 서사된 점으로 미루어 봤을 때, 원본도 같은 장소에서 만들어졌으리라 추정되고 있다.

그리고 성립연대가 12세기 전반이라는 점에서 대부분의 연구자가 일치된 견해를 보이고 있다. 출전(전거, 자료)으로 추정되는『도시요리 수뇌俊賴髓腦』의 성립이 1113년 이전이며 어휘나 어법, 편자의 사상, 또는 설화집 내에서 보원保元의 난(1156년)이나 평치平治의 난(1159)의 에피소드가 다루어지고 있지 않다는 점이 이를 뒷받침한다.

전체의 구성(논자에 따라서는 '구조' 혹은 '조직'이라는 용어를 사용)은 천축天竺(인도), 진단震旦(중국), 본조本朝(일본)의 삼부三部로 나뉘고, 각부는 각각 불법부佛法部와 세속부世俗部(왕법부)로 대별된다. 또한 각부는 특정주제에 의한 권卷(chapter)으로 구성되고, 각 권은 개개의 주제나 어떠한 공통항으로 2화 내지 3화로 묶여서 분류되어 있다. 인도, 중국, 본조의 삼국은 고대 일본인에게 있어서 전 세계를 의미하며, 그 세계관은 불법(불교)에 의거한다. 이렇게『금석』은 불교적 세계와 세속의 경계를 넘나들면서 신앙의 문제, 생의 문제 등 인간의 모든 문제를 망라하여 끊임 없이 그 의미를 추구해 마지않는 것이다. 동시에『금석』은 저 멀리 인도의 석가모니의 일생(천축부)에서 시작하여 중국과 일본의 이야기, 즉 그 당시 인식된 전 세계인 삼국의 이야기를 망라하여 배열하고 있다. 석가의 일생(불전佛傳)이나 각부의 왕조사와 불법 전래사, 왕법부의 대부분의 구성과 주제가 그 이전의 문학에서 볼 수 없었던 형태였음을 상기할 때, 『금석이야기집』 편찬에 쏟은 막대한 에너지는 설혹 그것이 천황가가 주도한 국가적 사업이었다손 치더라도 가히 상상도 못 하리라는 사실을 인정하지 않을 수 없다. 과연 그 에너지는 어디서 기인하는 것일까? 그것은 편자의 현실에 대한 인식에서부터라 할 수 있으며, 그 현실은 천황가, 귀족(특히 후지와라藤原 가문), 사원세력, 무가세력이 각축을 벌이며 고대에서 중세로 향하는 혼란이 극도에 달한 이행기移行期였던 것이다. 편자는 세속설화와 불교설화를 병치倂置 배열함으로써 당시의 왕법불법상의 이념을 지향하려 한 것이며, 비록 그것이 달성되지 못하고 작품의 미완성으로 끝을 맺었다 하더라도 설화를 통한 세계질서의 재해석·재구성에의 에너지는 희대의 작품을 탄생시킨 것이다.

『금석이야기집』의 번역의 의의는 매우 크나 간단히 그 필요성을 기술하면 다음의 세 가지를 들 수 있다.

첫째, 『금석이야기집』은 전대의 여러 문헌자료를 전사轉寫해 망라한 일본의 최대의 설화집으로서 연구 가치가 높다.

일반적으로 설화를 신화, 전설, 민담, 세간이야기(世間話), 일화 등의 구승口承 및 서승書承(의거자료에 의거하여 다시 기술함)에 의해 전승된 이야기로 정의 내릴 수 있다면, 『금석이야기집』의 경우도 구승에 의한 설화와 서승에 의한 설화를 구별하려는 문제가 대두됨은 당연하다 하겠다. 실제로 에도江戶시대(1603~1867년)부터의 초기연구는 출전(의거자료) 연구에서 시작되었고 출전을 모르거나 출전과 동떨어진 내용인 경우 구승이나 편자의 대폭적인 윤색으로 해석하는 경향이 있었다. 하지만 새로운 의거자료가 확인되는 가운데 근년의 연구 성과에 의하면, 『금석이야기집』에는 구두의 전승을 그대로 기록한 것은 없고 모두 문헌을 기초로 독자적으로 번역된 것으로 확인되고 있다. 이하 확정되었거나 거의 확실시되는 의거자료는『삼보감응요략록三寶感應要略錄』(요遼, 비탁非濁 찬撰),『명보기冥報記』(당唐, 당림唐臨 찬撰),『홍찬법화전弘贊法華傳』(당唐, 혜상惠祥 찬撰),『후나바시가본계船橋家本系 효자전孝子傳』,『도시요리 수뇌俊賴髓腦』(일본, 12세기초, 源俊賴),『일본영이기日本靈異記』(일본, 9세기 초, 교카이景戒),『삼보회三寶繪』(일본, 984년, 미나모토노 다메노리源爲憲),『일본왕생극락기日本往生極樂記』(일본, 10세기 말, 요시시게노 야스타네慶滋保胤),『대일본국법화험기大日本國法華驗記』(일본, 1040~1044년, 진겐鎭源),『후습유 와카집後拾遺和歌集』(일본, 1088년, 후지와라노 미치토시藤原通俊),『강담초江談抄』(일본, 1104~1111년, 오에노 마사후사大江匡房의 언담言談) 등이 있다. 종래 유력한 의거자료로 여겨졌던『경률이상經律異相』,『법원주림法苑珠林』,『대당서역기大唐西域記』,『현우경賢愚經』,『찬집백연경撰集百緣經』,『석가보釋迦譜』등의 경전이나 유서類書는 직접적인 자료라고 할 수 없고,『주호선注好選』, 나고야대학장名古屋大學藏『백인연경百因緣經』과 같은 일본화日本化한 중간매개의 존재를 생각할 수 있으며,『우지대납언이야기宇治大納言物語』,『지장보살영험기地藏菩薩靈驗記』,『대경大鏡』의 공통모태자료共通母胎資料 등의 산일散逸된 문헌을 상정할 수 있다.

둘째,『금석이야기집』은 중세 이전 일본 고대의 문학, 문화, 종교, 사상, 생활양식 등을 살펴보는 데에 있어 필수적인 자료이다.

전술한 바와 같이 인도, 중국, 일본의 삼국은 고대 일본인에게 있어서 전세계를 의미하며, 삼국이란 불교가 석가에 의해 형성되어 점차 퍼져나가는 이른바 '동점東漸'의 무대이며, 불법부에선 당연히 석가의 생애(불전佛傳)로부터 시작되어 불멸후佛滅後 불법의 유포, 중국과 일본으로의 전래가 테마가 된다. 삼국의 불법부는 거의 각국의 불법의 역사, 삼보영험담三寶靈驗譚, 인과응보담이라고 하는 테마로 구성되어 불법의 생성과 전파, 신앙의 제 형태를 내용으로 한다. 한편 각부各部의 세속부는 왕조의 역사가 구상되어 있다. 특히 본조本朝(일본)부는 천황, 후지와라藤原(정치, 행정 등 국정전반에 강력한 영향력을 가진 세습귀족가문, 특히 고대에는 천황가의 외척으로 실력행사) 열전列傳, 예능藝能, 숙보宿報, 영귀靈鬼, 골계滑稽, 악행惡行, 연애戀愛, 잡사雜事 등의 분류가 되어 있어 인간의 제상諸相을 그리고 있다.

셋째, 한일 설화문학의 비교 연구뿐만이 아니라 동아시아 설화, 민속분야의 비교연구에 획기적인 계기가 될 것으로 기대된다.

먼저 동아시아에서 공통적으로 신앙하고 고대부터 현대에 이르기까지 막대한 영향력을 끼치고 있는 불교 및 이와 관련된 종교적 설화의 측면에서 보면, 『금석이야기집』 본조부에는 일본의 지옥(명계)설화, 지장설화, 법화경설화, 관음설화, 아미타(정토)설화 등이 다수 수록되어 있다. 이와 같이 불교의 세계관에 의해 형성된 설화, 불보살의 영험담 등은 일본뿐만 아니라 한국, 중국에서 또한 공통적으로 보이는 설화라 할 수 있다. 불교가 인도에서 중국, 그리고 한국, 일본으로 전파·토착화되는 과정에서, 각국의 독특한 사회·문화적인 토양에서 어떻게 수용·발전되었는가를 설화를 통해 비교 고찰함으로써, 각국의 고유한 종교적·문화적 특징들이 보다 객관적이고 명확하게 이해될 수 있을 것으로 판단된다.

한편, 『금석이야기집』 본조부에는 동물이나 요괴 등에 관한 설화가 다수 수록되어 있다. 용과 덴구天狗, 오니鬼, 영靈, 정령精靈, 여우, 너구리, 멧돼지 등이 등장하며, 생령生靈, 사령死靈 또한 빼놓을 수 없다. 용과 덴구는 불교에서 비롯된 이류異類이지만, 그 외의 것은 일본 고유의 문화적·사상적 풍토 속에서 성격이 규정되고 생성된 동물들이다. 근년의 연구동향을 보면, 일본의 '오니'와 한국의 '도깨비'에 대한 비교고찰은 일반화되고 있다고 판단된다. 이제는 더 나아가 그 외의 대상에 대해서도 관심을 가지고 문화적인 비교연구가 활성화되어야만 할 것이며, 『금석이야기집』의 설화는 이러한 연구에 대단히 유효한 소재원이 될 것으로 기대하는 바이다.

전술한 바와 같이 본 번역서는 『금석이야기집』의 약 3분의 2를 차지하는 본조本朝(일본)부를 번역한 것으로 그 나머지 천축天竺(인도)부, 진단震旦(중국)부의 번역은 금후의 과제로 삼고자 한다.

권두 해설을 집필해 주신 고미네 가즈아키小峯和明 교수님께 감사를 드린다. 교수님은 일본설화문학을 중심으로 동아시아 설화문학, 기리시탄 문학, 불전 등을 연구하시며 문학뿐만이 아니라 역사, 종교, 사상 등 다방면의 학문에 큰 업적을 남기신 분이다. 개인적으로는 일본 유학시절부터 지금까지 설화연구의 길잡이가 되어 주셨고, 교수님의 저서를 한국에서 『일본 설화문학의 세계』란 제목으로 번역·출판하기도 하였다. 다시 한 번 흔쾌히 해설을 써 주신 데에 대해 심심한 감사를 드린다.

마지막으로 방대한 분량의 원고를 꼼꼼히 읽어 교정·편집을 해주신 세창출판사 임길남 상무님께 감사를 드리는 바이다.

2016년 2월

이시준, 김태광

차례

권 17

권 19

부록

일러두기

1. 본 번역서는 新編 日本古典文學全集『今昔物語集 ①~④』(小學館, 1999년)을 저본으로 한 것으로 모든 자료(도판, 해설, 각주 등)의 이용을 허가받았다.

2. 번역서는 총 9권으로 구성되어 있고 각 권의 수록 내용은 다음과 같다.
①권－권11 · 권12
②권－권13 · 권14
③권－권15 · 권16
④권－권17 · 권18 · 권19
⑤권－권20 · 권21 · 권22 · 권23
⑥권－권24 · 권25
⑦권－권26 · 권27
⑧권－권28 · 권29
⑨권－권30 · 권31

3. 각 권의 제목은 번역자가 임의로 권의 내용을 고려하여 붙인 것임을 밝혀 둔다.

4. 본문의 주석은 저본의 것을 기본으로 하였으며, 독자층을 연구자 대상으로 하는 연구재단 명저번역 사업의 취지에 맞추어 가급적 상세한 주석 작업을 하였다. 필요시에 번역자의 주석을 첨가하였고, 번역자 주석은 '*'로 표시하였다.

5. 번역은 본서『금석 이야기집』의 특징, 즉 기존의 설화집의 설화(출전)를 번역한 것으로 출전과의 비교 연구가 중요하다는 점을 고려하여 가능한 한 직역을 위주로 하였다. 단, 가독성을 위하여 주어를 삽입하거나, 긴 문장의 경우 적당하게 끊어서 번역하거나 하는 방법을 취했다.

6. 절, 신사의 명칭은 다음과 같이 표기하였다.
예 東大寺 ⇒ 도다이지 예 賀茂神社 ⇒ 가모 신사

7. 궁전의 전각이나 문루의 이름, 관직, 연호 등은 우리 한자음으로 표기하였다.

예 一條 ⇒ 일조 예 清凉殿 ⇒ 청량전 예 土御門 ⇒ 토어문 예 中納言 ⇒ 중납언

예 天永 ⇒ 천영

단, 전각의 명칭이 사람의 호칭으로 사용될 때는 일본어 원음으로 표기하였다.

예 三條院 ⇒ 산조인

8. 산 이름이나 강 이름은 전반부는 일본어 원음으로 표기하되, '山'과 '川'은 '산', '강'으로 표기하였다.

예 立山 ⇒ 다테 산 예 鴨川 ⇒ 가모 강

9. 서적명은 우리 한자음과 일본어 원음을 적절하게 혼용하였다.

예『古事記』⇒ 고사기 예『宇治拾遺物語』⇒ 우지습유 이야기

10. 한자표기의 경우 가급적 일본식 한자를 한국에서 일반적으로 통용하는 글자로 변환시켜 표기하였다.

금석이야기집今昔物語集

권 17

【三寶靈驗】

주지主旨 본권은 지장보살地藏菩薩 영험담靈驗譚을 중심으로, 앞 권에 수록되어 있는 관음觀音을 제외한 여러 보살·제천諸天의 영험담을 수록하고 있다. 대부분을 차지하는 지장 영험담의 유력한 출전으로서는, 11세기 중엽의 미이데라三井寺 승려 지쓰에이實睿가 편찬한 『지장보살영험기地藏菩薩靈驗記』로 추정되나, 이 자료는 일찍이 산실되어 현존하지 않는다. 현존하는 14권본 『지장보살영험기』는 지쓰에이가 편찬한 것을 개찬改竄한 것으로 승려 료칸良觀이 속편을 증보增補한 것(마나베 고사이眞鍋廣濟 「금석 이야기와 지장보살 영험기」 〈문학어학 제7호〉 고전문고 복제 『삼국인연지장보살영험기三國因緣地藏菩薩靈驗記』 해제)이지만, 지쓰에이가 편찬한 것이 어떠하였는지를 엿볼 수 있는 중요한 단서를 제공해 주기 때문에, 여기서는 적극적으로 참조하였다.

권17 **제1화**

지장보살地藏菩薩의 권화權化[1]를 만나기를 기원한 승려 이야기

서경西京에 사는 승려가 생신生身의 지장보살地藏菩薩과 만나고자 여러 지방의 영험한 장소를 순력巡歷하여 마침내 히타치 지방常陸國에서 지장의 권화權化인 소몰이 동자를 만나 염원을 이룬 이야기. 지장을 무불세계無佛世界의 교화자敎化者로 삼는 『지장십륜경地藏十輪經』이나 『지장본원경地藏本願經』의 경설經說, 또 일본 찬술撰述의 위경僞經으로 여겨지는 『연명지장경延命地藏經』에 나타나는 연명지장보살이 이른 아침 육도六道를 돌아 세인의 고통을 없애고 편안함을 주었다는 여러 이야기가, 이른 아침에 살아 있는 지장과 만난다고 하는 설화를 만들어 낸 것이라고 할 수 있다.

이제는 옛이야기이지만, 서경西京[2] 부근에 살고 있는 승려가 있었다. 이 승려는 도심道心이 있었기에 열심히 불도를 수행하고 있었는데, 그중에서도 지장보살地藏菩薩[3]을 오랜 세월에 걸쳐 섬기고,

'나는 지금 이 몸 그대로 생신生身[4]의 지장님과 만나서 반드시 극락정토로 인접引接[5] 받고 싶다.'

1 * 부처나 보살이 중생을 구하기 위하여 다른 모습으로 변하여 세상에 나타남. 또는 그 화신.
2 우경右京. 『지장보살영험기地藏菩薩靈驗記』에 "중고中古, 서경의 옆에"라는 내용을 볼 수 있음.
3 → 불교.
4 금동상金銅像, 목상木像, 불화佛畫 등, 조각이나 회화繪畫로 나타나는 지장地藏에 대하여 육체를 가진 살아 있는 몸의 지장을 가리킴.
5 부처, 보살菩薩이 염불자의 임종 때 마중 나와 정토淨土로 인도하는 일. '인섭引攝(→ 불교)'이라고도 표기.

라고 기원하고 있었다. 그래서 여러 지방을 돌아다니며, 지장의 영험이 있는 곳[6]을 찾아가 자신의 기원을 말했는데, 이를 들은 사람들은 승려를 비웃으며,

"자네 소원은 실로 터무니없는 것이야. 어찌하여 현신現身[7]으로 살아 계신 지장님을 만날 수 있겠는가?"

라고 말했다.

그럼에도 승려는 희망을 잃지 않고 여러 지방을 돌아다니던 차에 히타치 지방常陸國[8]까지 이르게 되었다. 정처 없이 걷고 있던 사이, 날이 저물었기에 초라한 민가에 머무르게 되었다. 그 집에는 한 사람의 노파와 함께 열대여섯 정도 나이의 소몰이 동자가 있었다. 그런데 어떤 자가 와서 이 동자를 불러내어 데리고 가버렸다. 얼마 후 이 동자의 울부짖는 소리가 들리더니, 곧바로 동자가 울면서 집으로 돌아왔다. 승려는 노파에게, "이 아이는 어째서 운 것입니까?"라고 물었다. 그러자 노파가,

"이 아이의 주인은 소를 기르고 있는데, 그로 인해 항상 엄하게 꾸지람을 듣고 이처럼 우는 것입니다. 이 아이의 부친은 일찍이 세상을 떠났기에 참으로 기댈 곳 없는 신세랍니다. 그런데 이 아이는 24일[9]에 태어나서 이름을 지조마로地藏丸라고 합니다."

라고 답했다.

승려는 이 동자의 사정[10]을 듣고 마음속으로 불가사의하게 여겨,

6 영험소靈驗所와 같은 의미. 영험이 현저한 장소. 영장靈場.

7 현세에 살아 있는 몸. 이승의 몸.

8 → 옛 지방명.

9 십재일十齋日(* 매월 팔계八戒를 지켜 몸과 마음을 깨끗이 하고 부정不淨한 일을 멀리하도록 정해진 열흘) 중 하나. 하루에 일존一尊을 지정해서 십존불十尊佛 보살을 배정하고, 해당 일에 배정된 불존佛尊을 정진지계精進持戒(* 불도 수행에 힘쓰고, 불교도로서 계율을 굳게 지킴)하여 신앙하고 예배함. 매달 24일은 지장의 연일緣日.

10 어떤 일의 이유. 사유事由. 앞 문장에 나타나듯 지장의 연일에 태어나 지조마로地藏丸라는 이름을 갖게 된

'이 동자는 어쩌면 내 오랜 세월의 기원에 의해 나타나신 지장보살의 권화權化일지도 모른다. 보살의 서원誓願[11]은 불가사의한 것이다. 일개 평범한 사람은 어느 누구도 이것을 이해할 수 없다.'
라고 생각했다. 하지만 그렇다고 해서 승려 스스로도 확신하기 어려웠기에, 이전보다 더욱 깊이 지장을 염불하며 밤새 한숨도 잠을 자지 않고 있었는데, '축시丑時[12]쯤 되었나.'라고 생각했을 때, 동자가 일어나 앉아서 말하기를,

"저는 앞으로 3년[13]간 이 주인 밑에서 일하며 호된 꾸짖음을 들어야 했는데, 지금 이곳에 머무르고 있는 승려와 만났기에 이제부터 다른 곳으로 가기로 했습니다."
라고 했다. 그러고는 동자가 밖으로 나가지도 않았는데 감쪽같이 사라졌다. 승려는 놀라 기이하게 여기며 노파에게, "이 동자는 대체 뭐라고 말한 것입니까?"라고 물었지만, 노파 역시 밖으로 나가는 기척도 없이 사라져 없어지고 말았다.[14]

그때서야 승려는, '이는 진정 지장의 권화가 나타나셨던 것이다.'라고 깨닫고, 큰 소리로 필사적으로 그들을 불러 세웠지만, 노파도 동자도 끝내 보이지 않게 되었다. 날이 밝고 나서 승려가 그곳 마을사람에게 노파와 동자가 없어진 것을 눈물을 흘리며 이야기하길,

"저는 오랜 세월에 걸쳐 지장보살을 섬기고 '지금 살아 있는 이 몸으로 뵙고 싶다.'고 기원하고 있었습니다. 그런데 지금 그 감응感應[15]이 있어서 지장

것이나, 모든 소를 평등하게 다루는(『지장보살영험기地藏菩薩靈驗記』 이하 『영험기靈驗記』) 박애심을 가진 것 등을 가리킴.

11 여기서는 『지장십륜경地藏十輪經』, 『지장본원경地藏本願經』 등에서 설명하는 지장보살의 중생제도衆生濟度의 서원誓願을 뜻함.

12 * 오전 2시경.

13 『영험기』에서는 이 승려와 만난 연으로 본원本願을 성취했다고 함.

14 노파도 지장의 권속眷屬이었던 것으로 추정.

15 신심信心이 부처와 보살에게 전해져 은혜를 받는 일.

보살을 만나 뵐 수 있었습니다. 참으로 거룩한 일입니다, 참으로 존귀한 일입니다."

라고 말했다. 마을사람은 승려의 이야기를 듣고, 모두 눈물을 흘리며 존귀하게 여기지 않는 자가 없었다.

그러므로 아무리 이루어지기 힘들다고 여겨지는 일이라도 진심을 담아서 기원한다면 누구든지 이와 같이 권화를 뵐 수 있는데, 마음을 다하지 못하여 만나 뵐 수 없는 것이다. 이 승려가 상경하여 이야기한 것을 듣고 전하여, 이렇게 이야기로 전하여 내려오고 있다 한다.[16]

16 이야기의 당사자를 제1 전승자로 삼는 것은, 신빙성을 부여하기 위한 본집의 상투적인 수법.

⊙제1화⊙ 지장보살地藏菩薩의 권화權化를 만나기를 기원한 승려 이야기

願値遇地蔵菩薩変化僧語第一

今昔、西ノ京ノ辺ニ住ム僧有ケリ。道心有ケレバ、懃ニ仏ノ道ヲ行ヒケリ。其ノ中ニモ、年来殊ニ地蔵菩薩ニ仕テ、願ヒ思ヒケル様、「我レ此ノ身乍ラ生身ノ地蔵ニ値遇シ奉テ、必ズ引接ヲ蒙ラム」ト。此レニ依リ、国々ニ行テ、地蔵ノ霊験有所ヲ尋テ、願フ心ヲ語ルニ、此レヲ聞ク人咲ヒ嘲テ云ク、「汝ガ願ヒ思フ所甚ダ愚也。何デカ現身ニハ生身ノ地蔵ニハ値遇シ奉ラム」ト。

然レドモ、僧尚本意ヲ不失ズシテ諸国ニ行ク間、常陸ノ国ニ行キ至ヌ。何クトモ無ク行ク程ニ、日暮ヌレバ賤ノ下人ノ家ニ宿リヌ。其ノ家ニ年老タル嫗一人居タリ。亦、牛飼フ童ノ年十五六歳許ナル有リ。見レバ、人来テ此ノ童ヲ呼ビ出デヽ去ヌ。其ノ後、聞ケバ、此ノ童泣キ叫ブ音有リ。泣々ク即家ニ返来タリ。僧嫗ニ問云ク、「此ノ童何ノ故ニ泣ゾ」ト。嫗ノ云ク、「此ノ童ノ、主ノ牛ヲ飼フニ依テ、常ニ被打責テ此ク泣ク也。父ニハ疾ク送テ、更ニ憑方無シ。但、月ノ二十四日ニ生タルニ依テ、名ヲ地蔵丸トナム云フ」ト。

牛飼い童（伴大納言絵詞）

僧此ノ童ノ故ヲ聞クニ、心ノ内ニ怪シク思エテ、「此ノ童ハ、若シ、我ガ年来ノ願ヒニ依テ、地蔵菩薩ノ化身ニヤ有ラム。菩薩ノ誓ヒ不可思議也。凡夫誰カ此レヲ知ラム」ト思ヘドモ、忽ニ此レヲ難悟ケレバ、弥ヨ地蔵ヲ念ジ奉テ、夜終不寝ズシテ有ル間、「丑ノ時許ニモ成ヤシヌラム」ト思フ程ニ聞ケバ、此ノ童起居テ云ク、「我レ今三年、此ノ主ノ為ニ被仕テ可被打責カリツレドモ、今此ノ宿レル僧ニ値ヒ奉ヌレバ、只今外ヘ行ヌ」ト云テ、外ニ出ヅトモ不聞デ掻消ツ様ニ失ヌ。僧驚キ怪ムデ、嫗ニ、「此ハ何ニ此ノ童ハ云ツル事ゾ」ト問フニ、亦、媼外ニ出ヅトモ不聞デ忽ニ失[19]ニケリ。
其ノ時ニ、僧、「実ニ此レ地蔵ノ化身也ケリ」ト知テ、音ヲ挙テ叫ビ呼ト云ヘドモ、媼モ童モ遂ニ不見ズ成ヌ。夜曉[20]テ後、僧其ノ里ノ人ニ向テ、媼童ノ失ヌル事ヲ泣々ク語テ云ク、「我レ年来地蔵菩薩ニ仕[21]テ、『現身ニ値遇シ奉ラム』ト願ヒツ。而ルニ、今[22]其ノ感応有。地蔵菩薩化身ニ値遇奉レリ。悲キ哉ヤ、貴哉[23]」ト。里ノ諸ノ人此レヲ聞テ、涙ヲ流シテ、不貴ズト云フ事無シ。
然[24]レバ、難キ事也ト云フトモ、心ヲ発シテ願ハヾ、誰モ此カク[25]可見奉キニ、心ヲ不発ザル故ニ値ヒ奉ル事無也。彼[26]ノ僧ノ上テ語リ伝フルヲ聞キ継テ、語リ伝ヘタルトヤ。

권17 **제2화**

기노 모치카타紀用方가 지장보살地藏菩薩을 섬기고 은혜를 입은 이야기

용맹하지만 극악極惡하고 사견邪見에 빠져 있던 무사 기노 모치카타紀用方는 지장보살地藏菩薩을 깊이 신앙하고 있었는데, 꿈의 계시를 받은 아미타阿彌陀 성인聖人에게 지장의 권화權化라 존경받아, 더욱 지장에게 귀의하여 출가입도出家入道한 뒤 극락왕생한 이야기. 부처, 보살(관음觀音)의 권화로서 존경받았다는 비슷한 내용은 권19 제11화에도 보임. 앞 이야기와는 생신生身의 지장과 조우한다는 모티브로 연결된다.

이제는 옛이야기이지만, 오와리尾張의 전사前司 □□[1]라는 사람이 있었다. 그는 오랫동안 벼슬을 지내다 물러난 후에는 출가하여 입도入道[2]라 칭하였다. 그 집에 용맹한 성격의 사내 한 명이 있었는데 이름은 무사시武藏 개介[3] 기노 모치카타紀用方라고 하였다. 이 모치카타用方는 천성적으로 용맹하고 무예를 좋아했는데, 더할 나위 없이 부정한 마음의 소유자로 일말의 선심善心도 지니고 있지 않았다. 그런데 무슨 바람이 불었는지 모치카타가 갑자기 독실한 도심道心을 가지게 되었는데, 지장보살地藏菩薩을 특히 신앙하

1 오와리尾張 전사前司의 성명 명기를 위한 의도적인 결자. 오와리 전사에 대해서는 미상.
2 → 불교.
3 '개介'는 지방 관리로 이등관二等官.

게 되었다. 그래서 매월 24일[4]에는 술과 고기를 끊고 여자를 멀리하며,[5] 오로지 지장보살을 염念하였다. 또한 밤낮으로 아미타阿彌陀[6] 염불을 외고, 항상 정진결재精進潔齋의 생활을 보내게 되었다. 그러나 이 모치카타는 본디 쉽게 화[7]를 내는 성격이라 무심코 말하다가도 어떤 일에든 불과 같이 화를 냈다. 그래서 이를 본 사람은 또 평소 버릇이 나왔다며 말하고 비웃었다. 하지만 그는 화를 내면서도 지장을 염하고 염불을 외는 것을 게을리하지 않았다.

한편 그 당시 세간에는 아미타阿彌陀 성인聖人[8]이라는 사람이 있었는데 밤낮으로 걸어 다니며 세상 사람에게 염불을 권하는 자였다. 어느 날 그 성인이 꿈을 꾸었는데 꿈에서 금색金色 지장보살을 뵙게 되었다. 그 지장은 몸소 아미타 성인에게

"네가 내일 새벽녘[9]에 이러이러한 좁은 길을 걷고 있을 때 어떤 사람을 만나게 될 것이다. 그 사람이야말로 틀림없는 이 지장이라 생각하여라."

라고 말씀하셨다. 성인은 잠에서 깨어난 뒤, 마음속으로 지장보살의 권화와 만나 뵙게 된 것을 기뻐하였다. 이윽고 날이 밝아 새벽녘이 되자 성인은 사

4 십재일十齋日(* 매월 팔계八戒를 지켜 몸과 마음을 깨끗이 하고 부정不淨한 일을 멀리하도록 정해진 열흘) 중 하나. 하루에 일존一尊을 지정해서 십존불十尊佛 보살을 배정하고, 해당 일에 배정된 불존佛尊을 정진지계精進持戒(* 불도 수행에 힘쓰고, 불교도로서 계율을 굳게 지킴)하여 신앙하고 예배함. 매달 24일은 지장의 연일緣日.

5 술과 육식을 끊고 여색을 멀리한다는 정진결재精進潔齋(* 주색을 끊고 몸을 깨끗이 하여 불도에 힘씀)를 말함.

6 → 불교.

7 진에瞋恚. 불교에서는 선심善心을 해치는 세 가지 독 중 하나로 침.

8 고야염불空也念佛(* 헤이안平安시대의 중 고야空也가 시작했다는 염불. 징이나 바리때·호리병을 두드리며, 찬불가나 가락을 붙인 염불을 부르면서, 춤을 추며 걸어 다님)의 제자로, 징과 북을 치며 아미타불阿彌陀佛의 명호名號를 외면서 거리를 돌아다니고, 교화권진敎化勸進(* 남에게 권하여 교화와 불도佛道를 권함)을 업으로 삼는 행각승行脚僧. '거리의 성인市聖'이라고도 함. 『영험기靈驗記』에서는 그 이름을 주지쓰보忠實房라고 함.

9 지장地藏은 이른 아침에 출현한다고 함. → 권17 제1화 참조.

람들에게 염불을 권하기 위해 지장이 알려준 길로 갔더니 그곳에서 한 속인 俗人[10]과 만났다. 성인은 이 사람에게, "존함이 어떻게 되십니까?"라고 물었다. 속인은 "나는 기노 모치카타라고 하는 사람이오."라고 답했다. 성인은 이에 모치카타에게 몇 번이나 배례한 뒤 눈물을 흘리고 거룩하고도 존귀하게 여기며,

"저는 전세前世에서의 선업善業이 두터웠기에 지금 지장보살님을 만나 뵙게 되었습니다. 부디 저를 인도하여 주십시오."

라고 말했다. 이를 들은 모치카타는 놀라서 기이하게 생각하며,

"나란 사내는 극악한 사람으로 부정한 마음을 지닌 자요. 그럼에도 성인이여, 어찌하여 눈물을 흘리며 나를 거룩하게 여기고 배례하는 것입니까."

라고 말했다. 성인은 눈물을 흘리며,

"간밤에 저는 꿈에서 황금빛 지장님을 만나 뵈었습니다. 그 지장께서 저에게 말씀하시기를 '내일 새벽 이 좁은 길에서 만나는 사람을 틀림없이 이 지장이라고 생각하라.'라는 계시를 내리신 것입니다. 저는 그 계시를 깊이 믿고 있었는데 그러던 중 지금 여기 계신 당신과 만나게 된 것입니다. 그래서 분명히 당신이야말로 지장보살이 권화로 나타나신 것이라고 저는 알게 된 것입니다."

라고 하였다. 모치카타는 이것을 듣고 마음속으로

'내가 지장보살을 염한 지도 벌써 몇 해가 흘렀다. 어쩌면 그로 인해 지장보살이 영험靈驗을 보여주신 것인지도 모른다.'

라고 생각하고, 성인과 헤어지고 돌아갔다. 그 후 모치카타는 전보다 더욱 지성으로 깊이 지장보살을 염하였다.

10 말할 것도 없이 이는 기노 모치카타紀用方를 말함. 다만 어째서 모치카타用方가 그 좁은 길에 있었는가는 알 수 없음.

어느새 시간이 흘러 모치카타가 노년에 이르렀을 때 결국 출가입도出家入道하였다. 그리고 십여 년이 지나 병에 걸리게 되었는데 조금도 고통스러워하지 않았으며 정념正念을 잃지 않고 서쪽[11]을 향하여 미타彌陀 염불을 외고, 지장의 명호名號를 염하면서 숨을 거두었다.

이것을 보고 들은 《모든 상중》[12]하 승속僧俗, 남녀는 눈물을 흘리며 감동하고 존귀하게 여겼다고 이렇게 이야기로 전하여 내려오고 있다 한다.

11 서방 극락정토 방향을 향하여. 지장보살에게 귀의한 결과로 극락왕생담 이야기가 구성됨.

12 파손에 의해 해당 어구 불명. 동대십오책본東大十五冊本을 비롯한 여러 저본에서 '이'라고 되어 있지만, '상중上中'으로 추정됨.

⊙제2화⊙ 기노 모치카타紀用方가 지장보살地藏菩薩을 섬기고 은혜를 입은 이야기

紀用方仕地藏菩薩蒙利益語第二

今昔、尾張ノ前司□ノ□ト云フ人有ケリ。公ニ仕テ年来有ケルニ、後ニハ出家シテ入道ト云テゾ有ケル。其ノ家ニ、一人ノ心武キ者有ケリ。名ヲバ武蔵ノ介紀ノ用方ト云フ。此ノ用方本性武勇ニシテ、邪見熾盛ナル事無限シ。敢テ善心無カリケリ。而ル間、俄ニ用方、何ナル事カ有ケム、堅固ニ道心ヲ発シテ、殊ニ地蔵菩薩ヲ帰依シ奉ケリ。毎月ノ二十四日ニハ酒肉ヲ断チ、女境ヲ留メテ、専ラニ地蔵菩薩ヲ念ジ奉ル。亦、日夜ニ阿弥陀ノ念仏ヲ唱フ。亦、常ニ持斎ス。但シ、此ノ用方本性嗔恚盛ニシテ、自然ラ物云フ間ニモ、事ニ触テ嗔ヲ成ス事火ノ燃ルガ如シ。然レバ、此レヲ見ル人常ノ事トシテ謗リ咲フ。然リト云ヘドモ、瞋恚ヲ発シ乍ラモ地蔵ヲ念ジ、念仏ヲ唱フル事不怠ズ。

而ル間、世ニ阿弥陀ノ聖ト云フ者有ケリ。日夜ニ行キ、世ノ人ニ念仏ヲ勧ムル者也。而ルニ、其ノ聖ノ夢ニ、金色ノ地蔵菩薩ニ値奉レリ。即チ、其ノ地蔵自ラ阿弥陀ノ聖ニ示シテ宣ハク、「汝ヂ明日ノ暁ニ其ノ小路ヲ行ムニ、値ハム人ヲ以テ必ズ我レ地蔵ト可知シ」ト。聖夢覚テ後ノ心ノ内ニ、地蔵菩薩ノ化身ニ値奉ラム事ヲ喜テ、明ル日ノ暁ニ、念仏ヲ勧メムガ為ニ、其ノ小路ヲ行クニ、一人ノ俗人出来レリ。聖此レヲ見テ俗ニ問テ云ク、「汝ヲバ誰人トカ云フ」ト。俗答テ云ク、「我ハ此レ紀ノ用方也」ト。聖リ此レヲ聞テ、用方ヲ度々礼拝シテ、涙ヲ流シテ悲ビ貴デ云ク、「我レ、宿善ム厚クシテ、地蔵菩薩ニ値奉レリ。願クハ必ズ我ヲ導キ給ヘ」

ト。用方此レヲ聞テ、驚キ怪デ云ク、「我レハ此レ極悪邪見ノ人也。聖何ノ故有テカ泣キ悲デ我レヲ礼拝スル」ト。聖泣々ク云ク、「我レ昨日ノ夜ノ夢ニ、金色ノ地蔵ニ値奉レリ。其ノ地蔵我ニ告テ云ク、『明日ノ暁ニ此ノ少路ニ値ハム人ヲバ、必ズ我レ地蔵ト可知シ』ト。我レ其ノ事ヲ深ク信ズルニ、今ノ君ミニ値ヒ給ヘリ。定メテ知ヌ、此レ地蔵菩薩ノ化シ給フ所也」ト。用方此レヲ聞テ、心ノ内ニ思ク、「我レ、地蔵菩薩ヲ念ジ奉テ、既ニ年来ニ成ヌ。若シ其ノ故ニ地蔵ノ示シ給フ所カ」ト思テ、聖ト別レ去ヌ。其ノ後、用方弥ヨ心ヲ発シテ、地蔵菩薩ヲ念ジ奉ル事無限シ。

而ルニ、用方年漸ク傾テ、遂ニ出家入道シツ。十余年ヲ経テ後、身ニ病有ト云ヘドモ苦シム所無ク、心不違シテ、西ニ向テ弥陀ノ念仏ヲ唱ヘ、地蔵ノ名号ヲ念ジテ、絶ヘ入ニケリ。

此レヲ見聞ク□下ノ道俗男女、涙ヲ流シテ悲ビ貴ビケリ、トナム語リ伝ヘタルトヤ。

권17 제3화

지장보살地藏菩薩이 어린 승려로 권화權化하여 화살을 준 이야기

다이라노 모로미치平諸道의 아버지가 전장에서 화살이 다 떨어져 궁지에 몰렸을 때, 가문의 절氏寺의 지장地藏에게 신불의 가호를 청하자 어린 승려가 나타나 화살을 모아 주었기에 전투에서 승리했다는 이야기로, 후에 가문의 절의 지장상地藏像에 화살이 꽂혀있던 것을 통해 어린 승려가 지장의 권화權化였음을 알게 된다. 전투 장소에서 화살을 줍는다는 모티브 및 어린 승려가 지장의 권화임을 알아가는 전개는 기요미즈데라淸水寺의 승군지장勝軍地藏의 영험담靈驗譚이나 『강주안손자장내금태사시취지장연기江州安孫子庄內金台寺矢取地藏緣起』와 그 구조가 같다.

이제는 옛이야기이지만, 오미 지방近江國[1] 에치 군依智郡[2] 가노 촌賀野村[3]에 오래된 절이[4] 있었다. 이 절엔 지장보살상地藏菩薩像[5]이 안치되어 있었는데, 검비위사檢非違使 좌위문위左衛門尉[6] 다이라노 모로미치平諸道의 선조가

1 → 옛 지방명.
2 바르게는 '아이치愛智'. 현재의 시가 현滋賀縣 아이치 군愛知郡.
3 현재의 시가 현 아이치 군 하타쇼 정秦莊町.
4 『금태사시취지장연기金台寺矢取地藏緣起』(이하 『연기緣起』)에 따르면 하타쇼 정秦莊町 이와쿠라岩倉의 곤다이지金台寺 지장당地藏堂이라고 함.
5 당시의 상像은 아니지만 곤다이지 지장당에 야토리矢取 지장상地藏像이 현존.
6 검비위사檢非違使를 겸하고 있던 좌위문위左衛門尉라는 뜻. 군사軍事, 검찰檢察, 재판裁判에 종사했던 관직.

세운 가문의 절氏寺[7]이다. 이 모로미치의 아버지[8]는 매우 용맹한 사내였기에 항상 전투에 참가하는 것을 업業으로 삼고 있었다.

하루는 적을 토벌하기 위해[9] 많은 군세軍勢를 이끌고 전투에 임하고 있던 중 화살집에 들어 있던 화살을 모두 쏘아 화살이 다 떨어져 버렸기에, 어쩔 도리가 없어 마음속으로 '우리 가문의 절 삼보三寶, 지장보살이시여. 아무쪼록 저를 구해주소서.'라고 기원하였다. 그러자 별안간 한 어린 승려[10]가 전장에 나타나 화살을 주워서 모로미치의 아버지에게 주었다. 전혀 생각지도 못한 일이었지만, 어쨌든 그 화살을 받아 적에게 쏘면서 싸우고 있었는데 적의 화살이 화살을 줍고 있던 어린 승려의 등에 꽂혔다. 그러자 어린 승려의 모습이 갑자기 사라졌다. 모로미치의 아버지는 '어린 승려는 도망친 것이리라.'라고 생각하며 전투를 계속하였고, 계획대로 적을 물리칠 수 있었다. 모로미치의 아버지는 전투에서 승리를 거두어 기뻐하며 집으로 돌아왔다. 그는 '화살을 주워 준 그 어린 승려는 대체 누구의 종자從者일까? 또 어디서 나타난 자일까?'라고 생각하였지만 도무지 알 수가 없어 여기저기 찾아보았는데 아무도 그 어린 승려를 알지 못했다. 그가 '내게 화살을 주워주다가 등에 화살을 맞았으니 어쩌면 죽어 버렸을지도 모른다.'는 생각이 들자 어린 승려가 이루 말할 수 없이 가엽게 여겨졌다. 그렇지만 끝끝내 어린 승려를 찾아내지 못하였다.

그 후 모로미치의 아버지가 가문의 절에 참배하고 지장보살의 모습을 보니 등에 한 대의 화살이 꽂혀 있었다. 그는 이것을 보고,

7 원문에는 "우지데라氏寺"로 되어 있음. 관사官寺와 대비되는 사사私寺의 일종으로 씨족이 일족의 신앙을 위해 세운 절.

8 『연기緣起』에서는 이 이야기와 똑같이 모로미치諸道의 아버지라고 되어 있는데, 『영험기靈驗記』, 『감응전感應傳』은 "師道"라고 함.

9 『연기』는 전투의 원인을 관개용수 분쟁이라 함.

10 본문에는 "小僧"으로 되어 있음. 지장은 어린 승려(어린 법사法師)로 변한 예가 많음.

'그렇다면 전장에서 화살을 주워 내게 주었던 어린 스님은 지장보살이 나를 살리고자 모습을 바꿔 나타나신 것임에 틀림없다.'[11]
라고 생각했다. 그는 이루 말할 수 없이 감격하여 눈물을 흘리면서 진심으로 예배를 드렸다. 이 주위의 모든 사람들도 이를 보고 듣고서 감읍하여 존귀하게 여기지 않는 자가 없었다.

이것을 생각하면 실로 더없이 존귀하고 거룩한 일이다. 실로 이와 같이 지장보살은 중생에게 이익利益을 주시려고 악인과 같이 계시다가, 보살을 염하여 모시는 사람을 위해서는 독화살[12]을 자신의 몸으로 받으시는 것이다. 하물며 사후死後의 일인 경우 진심을 담아 기원하면 지장보살은 틀림없이 도와주신다는 것은 의심의 여지가 없다고 이렇게 이야기로 전하여 내려오고 있다 한다.

11 『영험기』에서는 조렌보淨蓮房가 사정을 듣고 모로미치에게 어린 승려를 승군勝軍 지장의 권화權化라고 설명함.

12 화살촉에 독을 바른 화살을 말하는데, 여기서는 넓게 사람을 살상하는 화살이라는 뜻. 대수고代受苦(* 남의 고통을 대신해 줌)를 독화살에 빗댄 것.

⦿제3화⦿ 지장보살地藏菩薩이 어린 승려로 권화權化하여 화살을 준 이야기

地蔵菩薩変小僧形受箭語第三

今昔、近江[六]ノ国、依智[七]ノ郡、賀野[八]ノ村ニ一ノ旧寺[九]有リ。其ノ寺ニ地蔵菩薩[一〇]ノ像在マス。其ノ寺ハ、検非違[一一]左衛門ノ尉平[一二]ノ諸道ガ先祖[一三]ノ氏寺[一四]也。彼ノ諸道ガ父[一五]ハ、極テ武キ者ニテゾ有リケル。然レバ、常ニ合戦[一六]ヲ以テ業トス。

而ル間、敵[一七]ヲ責メテ罸ガ為メニ、員[一八]ノ随兵ヲ率シテ既ニ戦カフ間、胡録[一九]ノ箭皆射尽シテ、可為キ方モ無カリケルニ、心ノ内ニ、「我ガ氏寺ノ三宝、地蔵菩薩[二〇]ツ、我ヲ助ケ給ヘ」ト念ジ奉ル程ニ、俄カニ戦[二一]ノ庭ニ一人ノ小僧[二二]出来テ、箭ヲ拾ヒ取テ、諸道ガ父ニ与フ。此レ不慮[二三]ノ外ノ事也ト云ヘドモ、其ノ箭ヲ取テ射戦フ程ニ、見[二四]レバ、其ノ箭拾フ小僧ノ背ニ、箭被射立ヌ。其ノ後、小僧忽ニ不見エズ成ヌ。「小僧逃ヌルナメリ」ト思テ、如此ク戦フ間、諸道ガ父本意ノ如ク敵[二五]ヲ罸シ得ツレバ、戦ニ勝ヌル事ヲ喜テ家ニ返ヌ。「此[二六]ノ箭拾ノ小僧尚誰人ノ従者ゾ。亦、何ヨリ来レル者」ト不知ズシテ東西[二七]ヲ令尋ルニ、更ニ知タリト云フ人無シ。「我ニ箭ヲ拾ヒテ令得ツル程ニ、背ニ箭ヲ被射立ヌレバ、若シ死ニヤシヌラム」ト哀ニ糸惜[二八]シク思フト云ヘドモ、不尋得シテ止ヌ。

其[二九]ノ後、諸道ガ父ノ氏寺ニ詣デ、地蔵菩薩ヲ見奉ツルニ、背ニ箭一筋被射立タリ。諸道ガ父此レヲ見テ、「然レバ、戦ノ庭ニシテ箭ヲ拾ヒテ我レニ令得シ小僧ハ、早ウ[三〇]此ノ地蔵菩薩ノ我ヲ助ケムトテ変化シ給ヒケル也ケリ」ト思フニ、哀ニ悲クテ、泣々ク礼拝シ奉ツル事無限シ。其ノ辺ノ上中下ノ人此ノ事ヲ見聞テ、泣キ悲ムデ不貴奉ヌハ無シ。

実[一]ニ、此ヲ思フニ、極メテ貴ク悲キ事也。地蔵菩薩利生方便[二]ノ為ニ悪人ノ中ニ交ハリテ、念ジ奉レル人ノ故ニ毒[三]ノ箭ヲ身ニ受ケ給フ事既ニ如此シ。況ヤ、後世ノ事心ヲ至シテ念ジ奉ラバ、疑ヒ無キ事也、トナム語リ伝ヘタルトヤ。

권17 **제4화**

지장보살地藏菩薩에게 염念하여 주인에게 살해당할 위기에서 벗어난 이야기

빗추 지방備中國의 후지와라노 후미토키藤原文時의 종자가 무례하게 굴어 주인에게 처형당하게 되었지만, 지장보살地藏菩薩에게 조상造像을 발원發願한 공덕에 의해 어린 승려로 권화權化한 지장에게 구원받아 처형을 모면한 이야기. 앞 이야기와는 어린 승려로 권화한 지장에 의해서 목숨을 구원받았다는 점에서 연결된다.

이제는 옛이야기이지만, 빗추 지방備中國 □[1] 군郡에 후지와라노 후미토키藤原文時라는 사람이 있었는데 통칭 다이토 대부大藤大夫라고 했다. 이 사람은 선조 이래로 유서 깊은 가문의 자손이었고, 그 가문은 대단히 유복하여 자손이 번창했다. 그 후미토키의 가문은 쓰 군津郡 미야 향宮鄕에 있었다. 그런데 후미토키의 종자從者 중 한 사내가 있어 천성적으로 무례하고 언제나 주인 마음에 들지 않는 일을 저질러 주인의 노여움을 샀다. 그 사내의 집은 후미토키 집의 문 앞에 있었다.

어느 날 이 사내가 주인에게 무례하게 굴어 후미토키가 매우 노하여, 종자 중에서 특히 힘 좋은 자를 불러서,

"너는 당장 그 무책임한 짓을 저지른 사내를 붙잡아 쓰노사카津坂[2]로 데

1 군명의 명기를 위한 의도적 결자. 이후의 기술로 판단하면 '쓰津'가 해당.

2 쓰 군津郡의 역참이 소재했던 땅. 현재도 지명에 남아 있음.

리고 가서 죽여 버려라. 절대 이 명령을 어겨서는 안 될 것이다."
라고 명했다. 종자는 곧바로 주인의 명에 따라 주인에게 무례하게 군 사내를 붙잡아 포박하여 말 앞에 세우고, 그 뒤에서 내몰면서 쓰노사카로 데리고 갔다.

일이 이렇게 되자 이 사내는 눈물을 흘리며 마음속으로

'오늘은 그야말로 24일,[3] 지장보살地藏菩薩의 연일緣日에 해당합니다. 그러나 오늘 저는 죽게 되었습니다. 이것은 지장보살께서 탄식하실 만한 일이 아니겠습니까?[4] 지장이시여 부디 영험한 자비를 베푸셔서 저를 살려주소서. 만약 제 목숨을 살려주신다면 저는 지장님의 불상佛像[5]을 만들어 바치겠사옵니다.'
라고 기원하였다. 그는 잡념을 버리고 한 걸음 내딛을 때마다 기원하였다.

그 시각 후미토키의 집에 두세 사람의 승려[6]가 방문하였다. 후미토키는 이 승려들을 만나 여러 잡담을 나누고 있던 차에, 자기가 이 무례한 사내를 죽이기 위해 쓰노사카에 보낸 것을 이야기했다. 승려들은 이것을 듣고 매우 놀라

"틀림없이 오늘은 지장보살이 중생을 구제하는 날입니다. 그러니 결단코 악업惡業[7]을 행하셔서는 안 됩니다."
라고 말했다. 이에 후미토키는 매우 두려워하며, 한 사내를 불러서 처형을

3 십재일十齋日(* 매월 팔계八戒를 지켜 몸과 마음을 깨끗이 하고 부정不淨한 일을 멀리하도록 정해진 열흘) 중 하나. 하루에 일존一尊을 지정해서 십존불十尊佛 보살을 배정하고, 해당 일에 배정된 불존佛尊을 정진지계精進持戒(* 불도 수행에 힘쓰고, 불교도로서 계율을 굳게 지킴)하여 신앙하고 예배함. 매달 24일은 지장의 연일緣日.

4 지장地藏의 연일緣日인 24일에 사람이 살해당하는 것은 지장의 중생제도衆生濟度의 서원誓願에 맞지 않는 것이 되기 때문에.

5 불상. 여기서는 목조 지장보살로 추정.

6 이 승려들도 지장의 권화權化 혹은 권속眷屬으로 추정.

7 여기서는 살생의 행위를 가리킴. 살생은 불교에서 오계五戒·십계十戒의 첫 번째.

중단시키고자 준마駿馬에 태워 보내어 쓰노사카에 간 일행을 되돌아오게 했다. 그래서 이 사내가 말에 채찍질을 하며 달려 뒤쫓았으나 쓰노사카라는 곳이 본디 멀었고 또 일행은 이미 한참을 앞서 나가고 있었기 때문에 당장은 따라잡지 못했다.

한편 남자를 살해하려고 하는 자[8]가 이제 곧 쓰노사카에 당도할 무렵, 뒤에서 크게 소리치면서 다가오는 자가 있었다. 그 목소리를 자세히 들으니, "주인 대부 나리의 명령이다. 그 사내를 경솔하게 죽여서는 안 된다."라고 소리치고 있었다. 사내는 '누가 소리치고 있는 것일까?'라는 생각에 뒤돌아보니, 열 살 남짓한 어린 승려[9]였다. 그 승려가 필사적으로 달려오면서 소리를 지르고 있었던 것이다. 그런데 남자의 살해를 맡은 자의 말은 천천히 나아가고, 어린 승려는 빨리 달려왔기에 어느새 거리가 2정町 가량으로 좁혀졌다. 그래서 놀랍고 기이하여 그가 말에서 내려 잠시 멈춰 서 있자, 이 일행을 멈추려고 준마를 타고 뒤쫓아 오던 자가 일행이 있는 곳으로 당도했다. 그리고 그가 성급하게 죽여서는 안 된다는 주인의 명을 전하자, 뒤쫓아 왔던 어린 승려는 갑작스레 보이지 않게 되었다. 이것을 본 처형을 담당했던 하인들은 불가사의하게 여기며, 곧 이 무례한 사내를 데리고 돌아가 주인의 집에 도착하였다. 그리고 주인에게 어린 승려가 뒤쫓아 달려와 자신들을 제지한 사실을 이야기했다. 후미토키는 불가사의하게 생각하며, 무례한 사내를 불러들여서 물으니 이 자가 눈물을 흘리며 말하기를 "이것은 다름이 아니라, 오로지 지장보살에게 기원한 덕택입니다."라고 하였다. 후미토키는 이것을 듣고 지장보살이 눈앞에서 보여주신[10] 은혜를 존귀하게 여겼다.

8 처형處刑을 위해 길을 떠난 앞에 나온 '종자 중에서 특히 힘 좋은 자'를 가리킴.
9 지장의 권화. 지장은 어린 승려(어린 법사法師)로 변한 예가 많음.
10 현실에서 실제로 체험했다는 뜻. 영험靈驗을 목전에서 경험함.

이 일을 보고 들은 사람들도 모두 눈물을 흘리며 존귀하게 여겼다.

그 후 이 마을의 모든 이들이 지장보살의 불상을 만들고, 또 그림으로 그려서 귀의하였으며 그것을 항례恒例로 삼아서 지금에 이르기까지 끊임없이 행해지고 있다.

무례한 사내는 지장의 구원으로 목숨을 보전한 것을 기뻐하였으며 전보다 더 열심히 진심을 담아서 지장을 섬겼다고 이렇게 이야기로 전하여 내려오고 있다 한다.

⊙제4화⊙ 지장보살地藏菩薩에게 염念하여 주인에게 살해당할 위기에서 벗어난 이야기

依念地蔵菩薩遁主殺難語第四

今昔、備中ノ国、[四]□ノ郡[五]ニ藤原[六]ノ文時ト云フ者有ケリ。字[七]ヲバ大藤大夫[八]云ヒケル[九]。此レハ先祖相伝ノ良家[一〇]ノ子孫也。其ノ家大ニ富テ子孫繁昌[一一]也ケリ。其ノ文時ガ家ハ、津[一二]郡、宮[一三]ノ郷ニ有リ。其ノ文時ガ従者ノ中ニ一人ノ男有リ。本[一四]性[一五]不調ニシテ、主ノ心ヲ破テ動カス。其ノ男ノ家其ノ文時ガ家ノ門ニ有リ。

而ル間、彼ノ男主ノ為ニ不調ヲ致スニ、文時大キニ嗔テ、郎[一六]等ノ中ニ武キ者一人ヲ呼テ仰セテ云ク、「汝ヂ速ニ彼ノ不調ヲ致ス男ヲ召搦テ、津坂[一七]ニ将至テ、慥カニ可殺シ。敢テ此ノ事ヲ不可違ズ」ト。即チ郎等主ノ仰ヲ蒙テ、不調ノ男ヲ捕ヘテ、縄ヲ以テ縛テ、馬ノ前ニ駈追テ、津坂ニ将テ行ク。

而ル間、不調ノ男泣々ク心ノ内ニ祈念スル様、「今日ハ此レ月ノ二十四日[一八]、地蔵菩薩ノ御日也。而ルニ、我レ今日被[一九]害ナムトス。此レ地蔵菩薩[二〇]ノ御歎キニ非ラムヤ。願クハ地蔵新タ[二一]ニ慈悲ヲ垂テ、我ヲ助ケ給ヘ。然ラバ、我地蔵ノ形像[二二]ヲ造リ顕ハシ奉ラム」ト、歩ブ毎ニ念ジ奉テ、更ニ他ノ思ヒ無シ。

其ノ時ニ、文時ノ家ニ、僧両三人[二三]来ル。文時此ニ値テ物[二四]語スルニ、文時自ラ言ヲ出シテ、此ノ不調ノ男ヲ殺サムガ為ニ、津坂ニ遣ツル事ヲ語ル。僧等此レヲ

地蔵菩薩(図像抄)

聞テ大キニ驚テ云ク、「今日ハ此レ地蔵菩薩ノ利生方便ノ日也。其ノ故ニ永ク悪行ヲ可被止キ也」ト。文時此レヲ聞テ大キニ恐レテ、男一人ヲ呼テ、彼ノ殺害ヲ止メムガ為ニ、駿キ馬ニ乗セテ、馳テ呼ビ令返ム。然レバ、此ノ男、鞭ヲ挙ゲ馬ヲ馳テ追ト云ヘドモ、彼ノ所遠シテ、亦、遥ニ前立ル故ニ、忽ニ難馳付シ。

而ル間、彼ノ殺害セムズル人ハ漸ク津坂ニ行着ムト為ルニ、過ヌル方ヨリ音ヲ高クシテ呼ヒ叫ブ者ノ有リ。其ノ言ヲ吉ク聞ケバ、「主ノ大夫殿ノ仰也。其ノ男速ニ不可殺ズ」ト。然レバ、見返テ其ノ呼フ者ヲ「誰人ゾ」ト見レバ、年十余歳許ノ小僧也。身命ヲ棄テ走テ呼ヒ叫ブ。而ル程ニ、此ノ殺害セムト為ル人ノ馬ハ遅クシテ、小僧ハ疾ク走リ来ルニ、既ニ二町許ニ成ヌ。然レバ、驚キ怪ムデ馬ヨリ下テ、暫ク逗留スル間ニ、此ノ駿キ馬ニ乗テ、止メムガ為メニ追フ人ト来リ付ヌ。速ニ不可殺ヌ由ヲ云フニ、此ノ追テ来ツル小僧、忽ニ不見ズ成ヌ。其ノ時ニ、使共奇異ク思ヒ乍ラ、即チ此ノ不調ノ男ヲ将返テ、主ノ家ニ至テ、小僧ノ走テ追来止ツル事ヲ語ルニ、文時怪ムデ、不調ノ男ヲ召出テ問フニ、此ノ男涙ヲ流シテ泣々ク云ク、「此レ他ニ非ズ。偏ニ地蔵菩薩ヲ念ジ奉ツル故也」ト答フ。文時此レヲ聞テ、地蔵菩薩ノ眼前ノ利益ヲ貴ビケリ。此レヲ見聞ク人、皆涙流シテ不貴ズト云事無シ。

其ノ後、其ノ里ノ人、上中下地蔵菩薩ヲ造リ絵テ、帰依シ奉ル事、恒例ノ事トシテ于今不絶ズ。

不調ノ男ハ、地蔵ノ御助ニ依テ、命ヲ生ヌル事ヲ喜テ、弥ヨ心ヲ発シテ地蔵ニ仕ケリ、トナム語リ伝ヘタルトヤ。

권17 제5화

꿈의 계시에 따라 진흙 속에서 지장地藏을 꺼낸 이야기

무쓰陸奧의 전사前司 다이라노 다카요시平孝義의 낭등郎等인 도지藤二가 논을 조사하던 중 사원 터에서 진흙에 묻힌 지장보살상地藏菩薩像을 발견하여 파내려고 하였으나 이루지 못했는데, 꿈의 계시에 따라 다른 부처·보살 오십여 구를 파낸 후 겨우 진흙 속에서 파내었다는 이야기. 그 후 지장상은 도읍의 로쿠하라미쓰지六波羅蜜寺로 옮겨져 주쿠壽久 성인聖人의 승방에 안치되었다고 한다. 로쿠하라미쓰지의 지장연기담으로서의 일면도 가진다.

이제는 옛이야기이지만, 무쓰陸奧의 전사前司[1] 다이라노 다카요시平孝義[2]라는 사람이 있었다. 이 다카요시의 집에서 낭등郎等으로 부리던 사내가 있었는데, 본명은 알 수 없었지만 통칭 도지藤二라고 했다.

한편 다카요시가 무쓰 지방의 국사國司였을 때,[3] 논을 조사[4]하기 위해 도지藤二를 임지任地로 먼저 내려 보냈다. 그래서 도지는 그 지방으로 내려가

1 무쓰 지방陸奧國(→ 옛 지방명)의 전 국수前國守.

2 → 인명.

3 『소우기小右記』 치안治安 3년(1023) 12월 4일 조條, 『좌경기左經記』 장원長元 원년(1028) 9월 6일 조에는 "다카요시孝義 무쓰 수陸奧守"라고 되어 있음. 이 전후의 일로 추정.

4 본문에는 "검전檢田"이라고 되어 있음. 전지田地의 면적·수확량·경계 등을 검정하는 것. 검전사檢田使로는 국사國司의 하료下僚, 특히 목대目代(* 정식으로 임명된 사람 대신에 현지에 가서 집무하던 사람. 또는 그 직무)가 담당함.

논 근처에 서서[5] 논을 살펴보고 있었다. 그런데 문득 보니 진흙 속에 한 척尺 정도의 지장보살地藏菩薩 상像이 있어 절반은 진흙에 묻히고 절반은 나와 계셨다. 도지는 이것을 보자마자 놀라서 황급히 말에서 뛰어 내려 사람을 시켜서 지장을 끄집어내어 드리려고 했지만, 무거운 바위와 같아서 도무지 끌어낼 수가 없었다. 할 수 없이 많은 사람을 불러와서 끌어내 드리려고 했지만 그래도 불상은 진흙에서 빠져나오지 않았다.

그래서 도지는 이상하게 생각하며 마음속으로 기원하였는데,

'파묻혀 계신 지장보살의 모습을 봐서는 끄집어내지 못할 정도라고는 생각되지 않습니다. 그런데도 이렇듯 빠져 나오시지 않는 것은 분명 무슨 연유가 있으신 것이겠지요. 만약 연유가 있으신 거라면 부디 제 꿈에 나타나셔서 계시를 내려 주시옵소서.'

라고 아뢰고 집으로 돌아갔다. 그날 밤 도지의 꿈에 용모 단정한 어린 승려[6]가 나타나 도지를 향해,

"나는 진흙 속에 있다. 그 논은 본디 절이 있던 자리였는데 절은 한참 전에 없어져서 황폐해지고 많은 부처와 보살상이 모두 진흙 속에 묻혀 계신다. 그러니 그 부처와 보살상을 모두 파내어 드린다면 나도 같이 나오도록 하마."

라고 말씀하셨다. 도지는 이러한 꿈을 꾸고 잠에서 깨어났다. 도지는 놀라며 두려워하였고, 다음날 아침 많은 인부를 급히 불러 모아 인솔하여 가래나 괭이 등을 가지고 그 장소로 가서 파게 했다. 그리하여 꿈의 계시대로 오십여 구의 부처와 보살상을 모두 파내어 드릴 수 있었다. 그러자 지장보살

5 말 위에 있었다는 것은 "말에서 뛰어 내리고"라고 후에 나오는 것에서 알 수 있음. 높은 곳에서 넓게 내다봤던 것.

6 지장地藏의 권화權化.

도 손쉽게 진흙 속에서 빠져 나오셨다.

도지뿐 아니라 가까운 마을 사람들도 모두 이것을 보고 존귀하게 여기고 기뻐했으며 곧바로 그 장소에 조촐한 초당草堂[7]을 세워서 이 많은 부처와 보살상을 안치安置하였다. 그러나 그 지장보살 한 구만은 도지가 특히 귀의해 섬겼고 이 상을 모시고 상경했다.[8] 로쿠하라六波羅[9]의 주쿠壽久 성인聖人이라는 사람이 도지와 친한 사이였던 터에 그의 승방僧坊에 불상을 옮겼다. 주쿠 성인은 이 지장에 얽힌 이야기를 듣고 감격하고 존귀하게 여기며 다시금 불상에 채색[10]을 더하고, 승방에 안치하여 밤낮으로 공경하며 공양을 드렸다.

그 지장은 지금도 그 절에 계신다[11]고 이렇게 이야기로 전하여 내려오고 있다 한다.

7 짚 · 띠 · 참억새 등으로 지붕을 엮어 만든 소당小堂.

8 『영험기靈驗記』에 "그 시현示現의 불상을 주군主君 다이라노 다카요시平孝義의 상경 때 모셨다."라는 기사가 보임. 불상이 도읍으로 옮겨지는 사실로 이야기의 신빙성이 부여됨. 지방의 설화가 중앙에 전파해 가는 상황.

9 로쿠하라미쓰지六波羅蜜寺(→ 사원명)를 가리킴.

10 지장상의 색이 벗겨져 있는 것을 아름답게 칠을 다시 했던 것.

11 『영험기』에 "지금의 로쿠하라미쓰지의 지장은 그것이다."라는 기사가 보이며 로쿠하라미쓰지의 지장 연기緣起로 되어 있음. 로쿠하라미쓰지에 중요문화재 지장상(만현지장존鬘懸地藏尊)이 현존.

⊙ 제5화 ⊙
꿈의 계시에 따라 진흙 속에서 지장地藏을 꺼낸 이야기

依夢告従泥中堀出地蔵語第五

今昔、陸奥ノ前司[二三]、平ノ朝臣孝義[二四]ト云フ人有リ。其ノ家ニ郎等ニ仕フ男コ[二五]有ケリ。実名ハ不知ズ、字ヲバ藤二[二六]トゾ云ケル。

而ルニ、孝義[一]彼ノ国ノ守ニテ有ケル時、件[二]ノ男ヲ以テ検田[三]ノ使トシテ先ニ下シ遣ル。然レバ、彼ノ男国ニ下テ、田ニ立[四]テ検田スル間ニ、見レバ、泥[五]ノ中ニ一尺許[六]ノ地蔵菩薩ノ像、半ハ泥ノ中ニ入タリ、半ハ出デ、御マス。藤二此ヲ見テ、驚テ馬ヨリ忩ギ下テ、令曳出奉[七]ルニ、重[八]キ石ナドノ如クシテ不被曳出給ズ。然レバ、人[九]ヲ数寄セテ曳出シ奉ラムト為ルニ、尚不出給ズ。

其ノ時ニ、藤二怪ビ思テ、心ノ内ニ祈リ申ス様、「此ノ地[一〇]蔵菩薩ノ程[一一]ヲ見奉ルニ、曳出シ不奉ザルベキ程ニ不御ズ。其レニ、此ク被曳出[一二]レ不給ヌハ、定[一三]メテ様有ラム。若シ其ノ故在サバ、今夜必ズ夢ノ中ニ示シ給ヘ」ト申テ、返ヌ。其ノ夜、寝タル夢ニ、形チ端正[一四]ナル小僧[一五]来テ、藤二ニ告テ云ク、「我レ、泥ノ中ニ有リ。其ノ田ハ本寺[一六]ノ跡也。其ノ寺年久ク成テ破レ損ジテ、多ノ仏菩薩ノ像皆泥ノ中ニ被埋レテ在ス。然レバ、其ノ仏菩薩ノ像ヲ皆堀出シ奉ラバ、我モ共ニ可出シ」ト宣フ、ト見テ、夢メ[一七]覚ヌ。驚キ怖レテ、明ル朝ニ数ノ

[一八]夫ヲ催シ具シテ、[一九]鋤鍬等ヲ持チ、其ノ所ニ行テ令堀ルニ、夢ノ告ノ如ク、[二〇]五十余体ノ仏菩薩ノ像ヲ堀出シ奉タリ。其ノ時ニ、地蔵菩薩モ輒ク出給ヘリ。

藤二幷ニ其ノ近辺ノ人共ノ[二一]皆此レヲ見テ、貴ビ喜テ、忽ニ[二二]賤ノ草堂ヲ其ノ所ニ起テ、此ノ多ノ仏菩薩ノ像ヲ安置シ奉リツ。但シ、彼ノ地蔵菩薩一体ヲバ、藤二殊ニ帰依シ奉テ、[二三]相具シ奉テ京ニ上ニケリ。[二四]六波羅ノ[二五]寿久聖人ト云フハ藤二ト親カリケレバ、其ノ房ニ送リ奉テケリ。寿久聖此ノ[二六]地蔵ノ本縁ヲ聞テ、悲ビ貴ムデ、[二七]更ニ綵色ヲ改メ奉テ、房ニ安置シテ、朝暮ニ恭敬供養ジ奉ケリ。

[二八]其ノ地蔵、[二九]于今其ノ寺ニ在ス、トナム語リ伝ヘタルトヤ。

권17 제6화

지장보살地藏菩薩이 화재를 피해 스스로 당에서 나온 이야기

쓰데라津寺 처마의 그을린 서까래에 관한 유래담. 도사 지방土佐國 무로토室戶 진津의 쓰데라가 들불로 인해 타버릴 위기에 처했을 때, 이 절의 지장地藏과 비사문천毘沙門天 상이 당 밖으로 나와 진화에 조력하여 처마의 서까래가 그을렸을 뿐으로 당의 화재를 막은 이야기. 이 이야기는 고로古老 전승으로 설정되어 내용을 구성하고 있다. 또한 화재를 피해서 당 밖으로 피신한 부처와 보살의 영이靈異는 권16 제12화에도 보인다.

이제는 옛이야기이지만, 도사 지방土佐國[1]에 무로토室戶 진津[2]이라는 곳이 있었다. 그곳에 한 초당草堂이 있어 이것을 쓰데라津寺[3]라고 하는데, 그 당 처마의 서까래 끝이 모두 타서 그을려져 있었다. 이 절이 위치한 곳은 바닷가로 마을로부터 한참 멀리 떨어져 있어 사람의 발길이 닿지 않는 곳이었다.

그런데 이 진津에 살고 있는 한 노인이 쓰데라 당 처마의 서까래 끝이 타서 그을려 있는 유래를 이렇게 이야기하였다.[4]

"몇 해 전 산불이 났는데 그 불길이 번져 인근의 산과 들이 모조리 불에

1 → 옛 지방명.

2 『화명유취초和名類聚抄』의 도사 지방土佐國 아키 군安藝郡 향명鄕名에 "무로쓰室津(무로쓰牟呂津)"라고 되어 있음. 현재의 고치 현高知縣 무로토 시室戶市 무로쓰室津.

3 호슈 산寶珠山 신쇼지津照寺로 추정.

4 이 문장은 『영험기靈驗記』에 없음. 이 이야기에서는 고로古老가 전승하는 형식을 설정하고 있음. 권12 제18화 참조.

탄 적이 있었습니다. 그때 한 명의 어린 승려[5]가 별안간 어디선가 나타나서 이 진의 민가를 집집마다 돌아다니며,

"쓰데라가 당장이라도 불타 없어질 것 같소. 마을 사람 모두 지금 당장 나와서 불을 꺼주시오."

라고 소리쳤습니다. 진 근처 사람들이 소리를 듣고 모두 모여 달려 나와 쓰데라를 보니, 당 주위의 초목이 완전히 다 타버린 상태였습니다. 하지만 당 본체는 처마 서까래 끝만 타서 그슬려져 있었을 뿐 불에 타지는 않았습니다. 그런데 당 앞뜰에 지장보살地藏菩薩과 비사문천毘沙門天[6]의 등신불等身佛이 각각 원래의 당에서 나와서 서 계셨습니다. 그런데[7] 지장보살은 연화좌蓮華座[8]에 서 계시지 않았고, 비사문천은 악귀惡鬼[9]의 모습을 한 자를 밟고 계시지 않았습니다.

이것을 본 진의 사람들은 모두 감읍하여

"이 불을 끈 것은 비사문천이셨던 것이다. 사람들을 불러 모은 것은 지장보살의 방편方便[10]인 것이다."

라고 말하며, 그 어린 승려를 찾았지만 원래부터 그 부근에는 그런 어린 승려는 없었습니다.

그러므로 이것을 보고 들은 사람들은, "실로 불가사의한 일이다."라고 말하며 더할 나위 없이 감격하고 존귀하게 여겼습니다. 그 후 이 진을 지나는

5 지장보살地藏菩薩의 권화權化.

6 → 불교.

7 이하의 기사는 지장·비사문毘沙門 두 불상이 영이靈異를 보이고 스스로 대좌台座를 떠나서 진화鎭火에 조력한 것을 시사.『영험기靈驗記』에는 "본존本尊 지장이 있어 어족御足에 진흙을 묻히고 연화蓮華를 떠나 뜰에 서계셨다. 협사脇士 비사문천毘沙門天은 손에 솔잎을 들고 뜰에 서 계신다."라고 되어 있어 매우 구체적임.

8 부처·보살상이 밟고 있는 연꽃 대좌.

9 비사문천상이 발아래 밟고 있는 악귀惡鬼. 보통 이귀二鬼.

10 '이생방편利生方便'과 같은 의미로 중생을 이익 되게 하기 위한 사업.

뱃사람들,[11] 신심信心 깊은 승속僧俗, 남녀는 모두 쓰데라를 참배하고 지장보살과 비사문천에게 결연結緣을 하지 않는 자가 없었습니다."

이것을 생각하면 부처와 보살의 은혜가 불가사의한 예는 많다고는 하지만, 실제로 화난火難으로 인해 당을 나와서 뜰에 서 계시고, 또는 어린 승려로 권화하여 사람들을 불러 모아 불을 끄려고 하셨던 일은 참으로 보기 드문 거룩한 일이다.

사람은 오로지 지장보살을 섬겨야만 한다고 이렇게 이야기로 전하여 내려오고 있다 한다.

11 항해의 안전 등, 해상의 수호로서 신앙되었던 것을 의미함.

⊙제6화⊙
지장보살地藏菩薩이 화재를 피해 스스로 당에서 나온 이야기

地藏菩薩値火難自出堂語第六

[30]今昔、[31]土佐ノ国ニ[32]室戸津ト云フ所有リ。其ノ所ニ一ノ草堂有リ。[1]津寺ト云フ。其ノ堂ノ[2]檐キノ[3]木尻皆焦レタリ。[4]其ノ所ハ海ノ岸ニシテ、人里遥ニ去テ難通シ。

而ルニ、[5]其ノ津ニ住ム年老タル人、此ノ堂ノ檐ノ木尻ノ焦レタル[6]本縁ヲ語テ云ク、「[7]先年ニ野火出来テ、山野悉ク焼ケルニ、一人ノ[8]小僧忽ニ出来テ、此ノ津ノ人ノ家毎ニ走リ行ツヽ、叫テ云ク、『津寺只今焼ケ失ナムトス。速ニ里ノ人皆出テ火ヲ可消シ』ト。津辺ノ人、皆此レヲ聞テ走リ集リ来テ津寺ヲ[9]見ルニ、堂ノ四面ノ辺リ[10]草木皆焼ケ掃ヘリ。堂ハ、檐ノ木尻焦レタリト云ヘドモ[12]不焼ズ。而ルニ、堂ノ前ノ庭ノ中ニ、[11]等身ノ地蔵菩薩[13]毘沙門天、各本ノ堂ヲ出デ、立給ヘリ。但[14]シ、地蔵ハ[15]蓮花座ニ不立給ズ、毘沙門ハ[16]鬼形ヲ不踏給ズ。

其ノ時ニ、津ノ人皆此レヲ見テ、涙ヲ流シテ泣キ悲ムデ云ク、『此ノ火ヲ消ツ事ハ[17]天王ノ[18]所為也、人ヲ催シ集ムル事ハ地蔵ノ[19]方便也』ト云テ、此ノ小僧ヲ尋ヌルニ、其ノ辺ニ本ヨリ然ル小僧無シ。

然レバ、此レヲ見聞ク人、『[20]奇異ノ事也』ト悲ビ貴ブ事無限シ。其ヨリ後、其ノ津ヲ通リ過ル[21]船ノ人、心有ル道俗男女、[22]此ノ寺ニ詣デヽ、其ノ地蔵菩薩毘沙門天ニ結縁シ不奉ズト云フ事無シ」。

[23]此レヲ思フニ、仏菩薩ノ利生不思議[24]其ノ員有ト云ヘドモ、正ク此レハ火難ニ値テ、堂ヲ出デ、庭ニ立給ヒ、或ハ小僧ト現ジテ人ヲ催テ火ヲ令消ムトス。此レ皆難有キ事也。[25]人専ニ地蔵菩薩ニ可仕シ、トナム語リ伝ヘタルトヤ。

권17 제7화

지장보살地藏菩薩의 가르침에 따라 하리마 지방播磨國에 기요미즈데라淸水寺를 창건한 이야기

오미 지방近江國 슈후쿠지崇福寺의 승려 조묘藏明는 오직 지장보살地藏菩薩을 신앙하여 지장 성인聖人이라고 칭했는데, 꿈의 계시에 따라 하리마 지방播磨國으로 이주하여 기요미즈데라淸水寺를 창건하고 지장상을 안치해 많은 사람의 귀의歸依와 보시를 받았다는 이야기. 빈궁한 조묘가 지장을 신앙한 공덕으로 부유해져서 염원하던 보시행布施行을 완수하게 된 경위를 기술한다. 하리마 지방 기요미즈데라의 연기담이기도 하다.

이제는 옛이야기이지만, 오미 지방近江國[1] 시가 군志賀郡에 슈후쿠지崇福寺[2]라는 절이 있었다. 그 절에 한 승려가 살고 있었는데, 이름을 조묘藏明[3]라고 했다. 이 승려는 자비인욕慈悲忍辱하여 널리 베푸는 마음을 지니고 있었다. 그러나 자신은 뭐 하나 비축한 것이 없어서 매우 가난했다. 그래서 이처럼 베푸는 마음은 깊어도 비축한 것이 없었기에 뜻하는 바와 반하는 일이 많았다. 그는 그저 지장地藏의 명호名號를 읊고, 그 이외의 일은 아무것도 하려고 하지 않았다. 그리하여 세간 사람들은 이 승려를 지장 성인聖人이라 부

1 → 옛 지방명.
2 → 사찰명. 시가데라志賀寺라고도 함. 창건의 경위는 권11 제29화 참조.
3 미상. 『영험기靈驗記』에 "고 주江州 시가 군志賀郡에 조묘藏明 대덕大德이라는 승려가 있었다."는 내용의 기사가 보임. 지장地藏과 연관된 이름이라 할 수 있음.

르고 있었다.

어느 날 이 조묘가 꿈을 꿨는데 꿈속에 한 사람[4]이 나타나,

"너는 이제부터 곧장 하리마 지방播磨國으로 가거라. 그 지방 동북쪽에 깊은 산이 하나 있고 그 산 정상에는 승지勝地[5]가 있으니, 너는 그곳에 가서 살도록 하라."

라고 하였다. 그래서 조묘는 그 꿈의 계시대로 하리마 지방으로 향하여 꿈에서 알려준 곳을 찾아 승지를 점정占定하여 암자를 짓고 살게 되었다. 그리고 그곳에서 오랜 세월 근행勤行에 힘쓰고 있었는데, 그동안 그 지방 사람들은 이러한 사실을 전혀 알지 못했다.

그러던 중 조묘의 꿈에 한 사람의 어린 승려[6]가 나타났다. 어린 승려는 단정한 자태로 왼손에 보주寶珠[7]를 들고 조묘 쪽으로 걸어서 다가와,

"너는 전세前世의 숙업宿業[8]이 변변치 못하여 현세現世에 가난한 몸으로 태어난 것이다. 그러나 너는 평소 열심히 나를 염念하고 있다. 나는 이 보주를 네게 주겠노라. 이것을 가지고 베풂의 뜻을 이루도록 하라."

라고 계시하셨다. 조묘는 꿈속에서, '이것은 분명 우리 본존本尊[9]인 지장께서 나타나신 것이다.'라고 생각하여, 땅에 무릎을 꿇고 눈물을 흘리며 보주를 받았다. 조묘는 이러한 꿈을 꾸고 깨어났다. 그 후 조묘는 눈물을 흘리며 더할 나위 없이 감개무량하였고 전보다 더 마음을 담아서 지장보살을 염하였기 때문에 그 지방의 모든 사람들이 자연히 이 일을 알게 되어 조묘에게

4 지장보살菩薩의 권화權化로 추정.

5 영험수승靈驗殊勝의 땅. 영험이 현저한 장소. → 권17 제16화 주5 참조.

6 지장地藏의 권화.

7 다음 문장에 비추어 보면 치부致富의 보주寶珠(→ 불교)일 것. 여의보주如意寶珠는 석장錫杖과 함께 지장보살의 지물持物.

8 → 불교.

9 신앙의 주된 대상으로 삼는 부처·보살이나 그 존상尊像.

귀의하게 되었고, 제자나 종자從者가 될 자도 생겨 승방 안이 풍요로워졌다. 그래서 마침내 당 한 채를 세워서 지장보살의 등신불等身佛을 만들어 안치하고, 그 절을 기요미즈데라清水寺[10]라고 이름 지었다.

그 후 이 절은 영험靈驗이 신통하여 불가사의한 승리勝利[11]가 있었다. 그 때문에 신분의 고하를 막론한 그 지방의 모든 사람들이 머리를 조아리며 구름처럼 몰려와 이 절에 참배했다. 그래서 자연스레 모여드는 기진물寄進物이 산에 가득차고 넘쳐서 둘 곳도 없을 정도였다. 조묘는 본디 베풀고자 하는 마음이 깊어서 사람들이 부탁하는 대로 기진물을 베풀어 주었다. 이것은 오직 지장보살의 이생방편利生方便[12]에 의한 것이다. 그러므로 사람들은 마땅히 지장을 섬겨야 한다.

그 기요미즈데라는 영험이 신통하여 지금도 그 지방 사람들이 모두 참배하는 절이라고 이렇게 이야기로 전하여 내려오고 있다 한다.

10 → 사찰명.

11 각별히 뛰어난 부처·보살의 이익利益.

12 → 불교.

⊙제7화⊙
지장보살地藏菩薩의 가르침에 따라
하리마 지방播磨國에 기요미즈데라清水寺를 창건한 이야기

依地蔵菩薩教始播磨国清水寺語第七

今昔、[二六]近江ノ国、[二七]志賀ノ郡ニ[二八]崇福寺ト云フ寺有リ。其ノ寺ニ一人ノ僧住ス。名ヲバ[二九]蔵明ト云フ。此ノ僧慈悲[三〇]忍辱ニシテ、[三一]施ノ心広カリケリ。然レドモ、[三二]一塵ノ貯無シテ、貧キ事無限シ。此レニ依テ、施ノ心広シト云ヘドモ、貯ヘ無ニ依テ心ト事ト違ヘリ。只、地蔵ノ名号ヲ念ジテ、更ニ他ノ所[三三]作無シ。然レバ、世ノ人此ノ僧ヲ地蔵聖ト名付タリ。

而ル間、蔵明夢ニ、[一]人来テ告テ云ク、「汝ヂ速ニ[二]播磨ノ国ニ行テ、[三]其ノ国ノ[四]東北ニ一ノ深キ山有リ、其ノ山ノ頂ニ一ノ勝地有リ、[五]其ノ所ニ可住シ」ト。然バ、蔵明夢ノ告ニ依テ、播磨ノ国ニ行テ、夢ノ教ヘノ所ヲ尋テ、其ノ勝地ヲ[六]トテ[七]奄室ヲ造テ居住シヌ。其ノ所ニシテ数ノ年勤メ行フ。其ノ間、国ノ人更ニ此レヲ不知ズ。

而ル間、蔵明夢ニ、一人ノ[八]小僧出来ル。其ノ形チ[一〇]端正[九]也。左ノ手ニ[一一]宝珠ヲ捧テ、蔵明ニ歩ビ向テ示シテ宣ハク、「[一二]汝ヂ[一三]宿業拙クシテ今生貧キ身ト有リ。而ルニ、懃ニ我レヲ念ズ。我レ此ノ宝珠ヲ汝ニ与ヘム。此レヲ以テ汝ガ施ノ心ヲ可遂シ」ト。蔵明夢ノ内ニ、「此レ、我ガ[一四]本尊、地蔵ノ来リ給ヘル也」ト思テ、自ラ地ニ跪テ泣々ク宝珠ヲ給ハリヌ、ト見

如意宝珠(石山寺縁起)

テ、夢覚ヌ。其ノ後、涙ヲ流シテ、喜ビ悲ム事無限シ。然レバ、弥ヨ心ヲ発シテ地蔵菩薩ヲ念ジ奉ルニ、国ノ諸ノ人、皆自然ラ此レヲ知テ、蔵明ヲ帰依スルニ、弟子眷属出来リ、房ノ内豊ニ成ヌ。然レバ、遂ニ一ノ堂ヲ造テ、等身ノ地蔵菩薩ノ像ヲ造リ安置シテ、其ノ寺ノ名ヲ清水寺ト云フ。

其ノ後、此ノ寺ノ霊験掲焉ニシテ勝利不思議也。此レニ依テ、国ノ諸ノ人上中下ノ男女首ヲ低テ参リ集ル事雲ノ如トシ。然レバ、出来ル所ノ信施ノ物山岳ニ満テ置ク所無シ。蔵明本ヨリ施ノ心深クシテ、人ノ乞フニ随テ物ヲ施シケリ。此レ偏ニ地蔵菩薩ノ利生方便ノ故也。然レバ、人専ニ地蔵ニ可仕シ。

其清水寺霊験掲焉ニシテ、于今国ノ人首ヲ挙テ詣ヅル所也、トナム語リ伝ヘタルトヤ。

권17 제8화

사미沙彌 조넨藏念이 지장보살地藏菩薩의 권화權化로 세간에서 불리게 된 이야기

무쓰 지방陸奧國 고마쓰데라小松寺의 승려 조넨藏念이 집집마다 돌아다니며 벽지僻地에 지장地藏 신앙을 고취시키고 널리 민중을 교화하여 지장의 권화權化라고 추앙받았는데, 일흔 살이 되어 자취를 감춰 세인들로부터 정토淨土에 귀환했다고 추모받은 이야기. 앞 이야기와는 지장보살과 연관된 이름을 가진 승려가 지장에게 깊이 귀의하고 온 지방 사람들에게 추앙받았다는 점이 공통된다.

이제는 옛이야기이지만, 무쓰 지방陸奧國[1] 국부國府[2]에 고마쓰데라小松寺[3]라는 절이 있었다. 꽤나 오래전 일로, 한 사미沙彌[4]가 이 고마쓰데라에 살고 있었다. 그의 이름은 조넨藏念[5]이라고 한다. 그는 다이라노 마사카도平將門[6]의 손자이자 요시카도良門[7]의 아들이었다. 요시카도는[8] 금니金泥[9] 『대반야경大般

1 → 옛 지방명.
2 미야기 군宮城郡 다가 향多賀鄕(현재의 미야기 현宮城縣 다가조 시多賀城市)에 소재했음. 그러나 고마쓰데라小松寺의 소재는 같은 곳이 아님. 북쪽의 도다 군遠田郡 다지리 정田尻町 고마쓰小松임.
3 → 사찰명.
4 → 불교.
5 미상. 앞 이야기와 같은 양상. 지장보살地藏菩薩과 연관된 이름.
6 → 인명.
7 미상. 이하 금니金泥 『대반야경大般若經』 서사書寫 공양의 기사를 고려하여 권14 제10화 미부노 요시카도壬生良門와 동일인물로 추정.
8 권14 제10화에는 미부노 요시카도의 금니 『법화경法華經』 천 부 서사 공양의 기사가 있음.
9 금분金粉을 아교로 녹인 것. 그것을 붓에 찍어서 경문經文을 서사함.

若經』[10] 한 부를 서사書寫 공양한 자이다. 그의 아들인 이 사미는 지장地藏의 연일緣日인 24일[11]에 태어났기에, 부모가 특별히 지장보살菩薩과 관련지어 조넨이라 이름 지었다. 한편 이 사미는 어린 시절부터 오직 지장보살을 염念하여 자나 깨나 항상 이를 마음에 두고 게을리한 적이 없었다. 또 사미는 대단한 미남으로 보는 사람마다 매우 칭송하였으며 목소리도 이루 말할 수 없이 훌륭하였기에 염하는 소리를 들은 자는 모두 존귀하게 여겼다. 그리하여 사람들은 이 사미를 지장 소원小院[12]이라고 부르고 있었다.

그런데 이 사미의 평소 행동은 매우 존귀하였다. 그는 집집마다 방문하여 손수 석장錫杖[13]을 들고 지장의 명호名號를 읊어 사람들에게 들려줬다. 매일매일 이곳저곳을 돌아다니며, 입으로 법라法螺[14]를 불고 지장의 비원悲願을 기렸다. 이로 인해 신앙심을 일으킨 사람이 매우 많았다. 평소 살생殺生이나 방탕한 행위를 업으로 삼는 사람일지라도, 이 사미를 보면 그 자리에서 악심惡心을 버리고, 곧바로 선심善心을 일으켰다. 그래서 사람들은 모두 이 사미를 대자대비大慈大悲한 지장보살의 화현化現[15]이라고 말했다.

이렇게 하여 세월이 흘러 사미의 나이도 일흔이 되었는데, 그는 홀로 깊은 산으로 들어가 종적을 감추고 말았다.[16] 그래서 신분의 고하를 막론한 그 지방의 모든 사람들이 사미의 실종을 애석해 하고 여기저기 찾아 헤맸지만

10 『대반야바라밀다경大般若波羅蜜多經』의 약칭. → 불교.

11 십재일十齋日(* 매월 팔계八戒를 지켜 몸과 마음을 깨끗이 하고 부정不淨한 일을 멀리하도록 정해진 열흘) 중 하나. 하루에 일존一尊을 지정해서 십존불十尊佛 · 보살을 배정하고, 해당 일에 배정된 불존佛尊을 정진지계精進持戒(* 불도 수행에 힘쓰고, 불교도로서 계율을 굳게 지킴)하여 신앙하고 예배함. 매달 24일은 지장의 연일緣日.

12 지장의 환생이라는 의미를 담은 이명異名. 요컨대 지장 소승小僧이라고 했던 것. '소원小院'은 '소대덕小大德'의 유의어로, 나이 어린 승려를 대하는 일종의 존칭 또는 애칭.

13 → 불교. 석장錫杖은 여의보주如意寶珠와 함께 지장의 소지품.

14 보라寶螺(→ 불교).

15 부처 · 보살이 중생구제를 위해 인간으로 변하여 이 세상에 나타나는 것.

16 모습을 감추는 방법이 신선이나 부처 · 보살의 권화와 같음.

찾을 수가 없었다. 그저 모두 합장하며 사미가 들어간 산을 향해 비탄하며 배례하였다. 사람들은 모두 "그 지장 소원은 실로 지장보살의 생신生身[17]이셨던 것이다. 하지만 우리의 죄가 너무도 무거운 것이라 별안간 우리를 버리고 정토淨土[18]로 돌아가 버리신 것이다."라고 말하며, 비탄하였다. 그 후 사미의 소식은 끝내 들을 수 없었고 두 번 다시 그 사미를 볼 수 없었다.

이것은 실로 불가사의한 이야기라고 이렇게 이야기로 전하여 내려오고 있다 한다.

17 육체를 가지고 있는 살아 있는 몸. → 권17 제1화 참조.

18 부처·보살이 있는 청정한 세계. 지장의 정토淨土는 남방南方의 가라타산伽羅陀山(佉羅陀山·佉羅帝耶山 이라고도 표기)이라고 여겨짐. 태장계만다라에서는 지장원地藏院은 북방에 위치하지만, 지장의 정토淨土, 가라타산伽羅陀山(佉羅帝耶山·佉羅陀山이라고도 씀)은 남방에 있다고 여겨졌음.

⊙제8화⊙ 사미沙彌 조넨藏念이 지장보살地藏菩薩의 권화權化로 세간에서 불리게 된 이야기

沙弥蔵念世称地蔵変化語第八

今昔、陸奥ノ国ノ国府ニ、小松寺ト云フ寺有リ。中比一ノ沙弥有テ其ノ寺ニ住ス。名ヲバ蔵念ト云フ。此レハ平ノ将門ガ孫良門ガ子也。彼ノ良門ハ金泥ノ大般若経一部ヲ書写供養ゼル者也。此ノ沙弥月ノ二十四日ニ生タル故ニ、父母有テ、地蔵菩薩ニ寄テ蔵念トハ云也。此ノ沙弥幼ノ時ヨリ専ニ地蔵菩薩ヲ念ジ奉テ、起居ニ就テモ常ニ心ヲ係テ怠ル事無シ。亦、其ノ沙弥ノ形チ美麗ニシテ見ル人皆此ヲ讃ム。亦、其ノ音微妙ニシテ聞ク者皆此レヲ貴ブ。人此ノ沙弥ヲ名付テ地蔵小院ト云フ。

凡ソ此ノ沙弥ノ所業甚ダ奇特也。門々戸々ニ行テ、自ラ錫杖ヲ振テ、地蔵ノ名ヲ唱ヘテ人ニ令聞ム。日々夜々ニ行テ、口ニ宝螺ヲ吹テ、地蔵ノ悲願ヲ讃ム。此ニ依テ心発ス人世ニ多カリ。殺生放逸ヲ業ト為ル人也ト云ヘドモ、此ノ沙弥ヲ見テハ、即チ悪心ヲ止メテ忽ニ善心ヲ発ス。然レバ、世ニ此ノ沙弥ヲ地蔵菩薩ノ大悲ノ化現也、トゾ云ヒケル。

錫杖（病草紙）

如此クシテ年来ヲ経ルニ、沙弥齢七十ニ満テ、独リ深キ山ニ入テ、跡ヲ暗クシテ失ニケリ。然レバ、国ノ内ノ貴賤ノ男女此ノ沙弥ノ失ヌル事ヲ惜ムデ尋求ムト云ドモ、値フ事無クシテ、皆掌ヲ合セテ、彼ノ沙弥ノ入ル方ノ山ニ向テ、悲ビ歎クテ礼拝シケリ。国ノ人皆、「地蔵小院ハ此レ実ニ生身ノ地蔵菩薩ニ在シケリ。而ルニ、我等罪重キガ故ニ、忽ニ我等ヲ棄テ、浄土ニ返リ給ヌル也ケリ」ト云テ、歎キ悲ビ合ヘリケリ。其ノ後遂ニ聞ユル事無クシテ、失畢テ止ニケリ。

此レ奇異ノ事也、トナム語リ伝ヘタルトヤ。

권17 제9화

승려 조겐淨源이 지장地藏에게 기원하여 비단을 노모老母에게 준 이야기

히에이 산比叡山 요카와横川의 승려 조겐淨源이 도읍에서 아사餓死 직전인 노모를 구하기 위해 지장보살地藏菩薩에게 기원하여 노모는 꿈의 계시대로 비단 세 필을 받아 기아를 면하게 된 이야기.

이제는 옛이야기이지만, 히에이 산比叡山 요카와橫川[1]에 한 승려가 있었는데 이름을 조겐淨源[2]이라고 했다. 속성俗姓은 기 씨紀氏로 교유慶祐[3] 아사리阿闍梨라는 사람으로부터 모든 교법을 전수받은[4] 제자였다. 그는 오랜 세월 히에이 산에 살며 현밀顯密[5]의 법문法文을 수학하였으며 도심道心도 깊어 열심히 불법 수행에 힘쓰고 있었다.

어느 날 세상에 기근이 발생하여[6] 굶어죽는 사람이 많아 길거리에 시체가 넘쳐흘렀다. 그런데 조겐 성인聖人에게는 노모와 여동생 하나가 있어, 도읍에서 살고 있었는데 매우 궁핍하였기에 먹을 것이 전혀 없어 굶어 죽기 직

1 → 사찰명.
2 미상. 권17 제21화와 제27화에도 보임. 동일인물로 추정.
3 → 인명.
4 입실사병入室瀉甁(→ 불교).
5 → 불교.
6 『일본기략日本紀略』 장화長和 4년(1015) 3월 27일 조條에는 "천하해병天下咳病", "사자다의死者多矣"의 기사가 있음. 이 당시 역병疫病이 유행했음.

전까지 이르렀다. 그때 조겐은 지장地藏의 본서本誓[7]를 깊이 의지하며 지장의 기도법祈禱法[8]을 행하여, '아무쪼록 연로한 어머니를 살려주소서.'라고 기원하였다. 그러자 그 행법行法[9]을 수행한 지 이레째 되는 만원滿願의 밤에 도읍에 있던 노모의 꿈에 단정한 모습의 한 어린 승려가 나왔다. 그 어린 승려는 손에 훌륭한 비단 세 필을 받쳐 들고 나타나 노모에게,

"이 비단은 상등품 중에서도 가장 뛰어난 물건으로 요카와의 공봉供奉 스님[10]이 보내신 것입니다. 바로 이것을 쌀과 교환하여 필요한 곳에 쓰도록 하시오."

라고 말하며 비단을 넘겨주었다. 노모는 이러한 꿈을 꾸고 잠에서 깨어났다. 그래서 곧장 곁에서 자고 있던 사람에게 이 꿈 이야기를 했다.

이윽고 날이 밝았다. 노모가 보니 옆에 꿈에서 받은 비단이 놓여 있었다. 곱디고운 비단 세 필이다. 이것을 본 옆 사람은 손뼉을 치며 하늘을 우러러, "이 얼마나 불가사의한 일인가!" 하고 감격한 표정을 감추지 못했다. 노모는, '혹시 누군가 가지고 온 것을 내가 잠결에 꿈이라고 생각한 것일까?'라는 생각이 들어, 근처에 알아보았지만 노모의 집에 온 사람은 아무도 없었다. 노모는 두려운 마음이 들었지만, 하녀를 시켜 이 비단을 팔게 하였는데 어느 부잣집에서 이 하녀를 불러들여 비단을 보고 감탄하고, 기뻐하면서 쌀 서른 석石의 값으로 사들였다. 그리하여 이 쌀을 집으로 가지고 와서 썼는데, 그로 인해 온 집안이 풍족해지고 식량을 충분히 얻을 수 있었다.

그 후 노모는 아무래도 이 일이 불가사의하여, 요카와로 사람을 보내 이 이야기를 전했다. 조겐은 이것을 듣고 눈물을 흘리며 지장의 비원悲願이 헛

7 지장삼부경地藏三部經 이하에 설명되는 지장의 중생제도衆生濟度의 서원誓願을 가리킴.
8 지장법地藏法의 가지기도加持祈禱.
9 가지기도를 행하는 것. 수법修法.
10 공봉供奉(→ 불교). 조겐淨源을 가리킴.

되지 않은 것임을 존귀하게 여기고 감읍하여 노모에게 답변을 전하게 하였다. 그 답변에 조겐은

"저는 연로하신 어머님께서 굶주리고 계신 것을 도와드리고자 지장의 서원誓願을 의지하여 그 기도를 행했습니다. 그런데 어머님께서 꿈에 비단을 받으셨던 밤이 이 기도가 끝나는 이레째 날에 해당했습니다. 이것은 전적으로 지장보살菩薩의 은혜일 것입니다."

라고 하였다. 이를 전해들은 노모는 지장보살의 이생利生[11]을 존귀하게 여김과 동시에 한편으론 조겐의 효양孝養[12]이 깊은 것을 기뻐했다.

이것을 들은 사람은 모두 눈물을 흘리며 지장보살을 섬겼다고 이렇게 이야기로 전하여 내려오고 있다 한다.

11 부처·보살이 중생에게 이익利益을 내리는 것.

12 친효행親孝行. 불교의 덕목 중 하나.

⊙제9화⊙ 승려 조겐浄源이 지장地蔵에게 기원하여 비단을 노모老母에게 준 이야기

僧浄源祈地蔵絹与老母語第九

今昔、比叡ノ山ノ横川ニ僧有ケリ。名ヲバ浄源ト云フ。俗姓ハ紀ノ氏。慶祐阿闍梨ト云フ人ノ入室写瓶ノ弟子也。年来山上ニ住シテ、顕蜜ノ法文ヲ学ス。亦、道心堅固ニシテ懃ニ仏法ヲ修行ズ。

而ル間、世ニ飢渇発テ、餓死ヌル者多クシテ、死人路頭ニ隙無シ。而ルニ、浄源聖人老タル母幷ニ妹一人身貧クシテ京ノ家ニ有リ。敢テ食物無クシテ、殆死ニ可及シ。其ノ時ニ、浄源地蔵ノ本誓ヲ深ク憑テ、蜜ニ其ノ法ヲ行テ、「老母ヲ助ケ給へ」ト祈ルニ、其ノ行法一七日ニ満ズル夜、京ニ有ル老母ノ夢ニ、一人ノ小僧ノ形チ端正ナル、手ニ美絹三疋ヲ捧テ来テ、老母ニ云ク、「此ノ絹ハ上ノ中ノ上品也。横川ノ供奉ノ御房ノ遣ス所也。速ニ此レヲ米ニ交易シテ、御要ニ可被宛シ」ト云テ、絹ヲ令得ム、ト見テ、夢覚ヌ。傍ニ寝タル人ニ此ノ夢ヲ語ル。

而ル間、夜曙ヌ。見レバ、此ノ令得ツル絹現ニ傍ニ有リ。美絹三疋也。此レヲ見ル人手ヲ打チ空ヲ仰テ、「奇異也」ト思フ事無限シ。「若シ、現ニ持来ケルヲ、我ガ寝忙テ夢ト思ユルカ」ト思テ尋ヌレドモ、更ニ来ル人無シ。怖ロシク思フト云ヘドモ、従者ノ女ヲ以テ此レヲ令交易ルニ、或ル富家ニ呼ビ入レテ、此ノ絹ヲ見テ感ジ喜テ、直ノ米三十石ニ買ツ。然レバ、此ヲ運ビ寄セテ仕フニ、一家富テ食物モ飽満ヌ。

其ノ後、尚此事ヲ怪ムデ、横川ニ人ヲ上テ此ノ由ヲ云フニ、浄源此レヲ聞テ、涙ヲ流シテ地蔵ノ悲願ノ不空ヌ事ヲ貴ビ悲ムデ、老母ノ許ニ答テ云ク、「我レ、老母ノ餓ヲ助ケムガ為ニ、地蔵ノ誓ヲ憑テ其ノ法ヲ行ヒキ。而ルニ、夢ニ絹ヲ得給ヒケム夜、彼ノ行法一七日ニ満ズル日ニ当レリ。此レ偏ニ、地蔵菩薩ノ利益ナラム」ト。老母此レヲ聞テ、[33]且ハ地蔵菩薩ノ[34]利生ヲ貴ビ、且ハ浄源ノ[35]孝養ノ[36]深コトノ心ヲ喜ビケリ。

此ヲ聞ク人皆涙ヲ流シテ、地蔵菩薩ニ仕リケリ、トナム語リ伝ヘタルトヤ。

권17 제10화

승려 닌코仁康가 지장地藏에게 기원하여 역병疫病의 난에서 벗어난 이야기

도읍의 기다린지祇陀林寺의 승려 닌코仁康가 치안治安 3년(1023) 4월, 천하에 역병疫病이 유행하던 때, 꿈의 계시를 얻어 대불사大佛師 고조康成에게 의뢰하여 지장상地藏像을 만들고, 지장강地藏講을 창시하여 결연結緣한 사람들을 역병에서 구제한 이야기. 기다린지의 지장강 연기緣起라고도 할 수 있는 이야기로 지장 신앙에 의한 식재연명息災延命으로 앞 이야기와 연결된다.

이제는 옛이야기이지만, 도읍에 기다린지祇陀林寺[1]라는 절이 있었다. 그 절에 닌코仁康[2] 라는 승려가 살고 있었는데, 이 승려는 요카와橫川[3]의 지에慈惠[4] 대승정大僧正의 제자였다. 그는 마음으로는 인과因果[5]의 도리道理를 믿고 삼보三寶[6]를 공경하며 몸으로는 계율戒律을 지켰고,[7] 부처와 같이 중생을 가엾이 여겼다.

한편 치안治安 3년 4월[8] 무렵, 도읍을 비롯하여 전국에 악성 역병疫病이 창

1 → 사찰명.
2 → 인명.
3 → 사찰명.
4 → 인명.
5 → 불교.
6 → 불교. 부처·법·승려의 총칭.
7 계행戒行(→ 불교).
8 고이치조後一條 천황天皇의 치세. 1023년. 이 해의 역병疫病 유행은 알 수 없음. 2년 뒤인 만수萬壽 2년

궐하여 많은 사람들이 병으로 목숨을 잃었다. 그래서 길가는 곳마다 시체가 넘쳐났고, 이에 모든 사람들은 하늘을 우러러 몹시 탄식하였다.

그 무렵 닌코의 꿈에 어린 승려[9] 한 명이 나타났다. 승려는 단정한 모습을 하고 있었다. 어린 승려는 승방 안으로 걸어 들어와 닌코를 향해, "그대는 세상의 무상無常을 관념觀念[10]하고 있는가?"라고 물었다. 닌코가,

"어제 본 사람은 오늘 보이지 않고, 아침에 본 사람은 저녁에 죽어 버립니다. 이것이 실로 작금昨今의 세상 모습입니다."

라고 답하자 어린 승려는 미소를 지으며,

"세상의 무상은 비단 지금 시작된 것이 아니니라. 새삼 슬퍼해야 할 것이 아닌 것이다. 그러나 그대가 만일 무슨 일이 있을 때마다 두려움을 품는다면, 서둘러 지장보살地藏菩薩의 불상을 만들고 그 앞에서 지장보살의 공덕을 칭송하도록 하라.[11] 그리한다면 가깝게는 이 오탁五濁[12]의 악세惡世에서 헤매고 있는 사람들을, 멀게는 지옥과 아귀餓鬼, 축생畜生의 삼악도三惡道에서 고통받는 자를 구하게 될 것이다."

라고 말씀하셨다. 닌코는 이러한 꿈을 꾸고 잠에서 깨어났다.

그 후 닌코는 도심道心을 일으켜 곧바로 대불사大佛師[13] 고조康成[14]의 집을

(1025) 여름 · 가을 동안에는 동국東國에서 기내畿內 일대에 걸쳐 홍역이 대유행하고 천황, 중궁中宮 이하 다수가 발병함(『소우기小右記』, 『부상약기扶桑略記』).

9 → 본문에는 "小僧"으로 되어 있음. 지장은 어린 승려(어린 법사法師)로 변한 예가 많음.

10 관상觀想과 같음. 정신을 통일하고 조용히 오로지 제법諸法의 진리나 불보살의 상호相好 · 정토의 장엄莊嚴 등을 떠올리는 것.

11 명호名號를 읊고 가타伽陀나 화찬和讚 등을 독송하여 불덕佛德을 칭송한다는 뜻. 또한 『영험기靈驗記』에서는 인간의 팔고八苦를 한탄할 것이 아니라 고륜苦輪을 구해주고 싶다면 지장강地藏講을 행하라고 설명하고 있음.

12 → 불교.

13 불사佛師의 우두머리. 다수의 불공佛工(소불사小佛師)을 지휘하여 불상을 만드는 것을 업業으로 삼는 불사.

14 → 인명. 바르게는 '康尙'으로 추정. 당시의 기록의 대부분은 '康尙'으로 되어 있고, 때로는 '康淨', '康常', '好聖'이라 표기됨.

찾아가 의논하였고, 머지않아 지장의 반금색半金色[15] 불상을 완성해 개안공양開眼供養[16]을 했다. 그 후 지장강地藏講[17]을 시작하게 되었다. 모든 승속僧俗, 남녀男女가 머리를 조아리고 합장하며 이 강회講會에 참석해 결연結緣하였다. 그러자 그 절 안과 닌코의 승방 안에서는 역병에 걸리는 자가 전혀 없었다. 또 꿈의 계시에 대해 전해들은 닌코와 친분이 있는 자들과 요카와의 사람들, 그리고 이 강회에 참석하여 결연한 사람들은 모두 전혀 역병에 걸리지 않았다. 모두가 "이것은 실로 불가사의한 일이다."라고 말했고, 이 지장강은 더욱 번성하게 되었다. 이렇게 세월이 흘러 닌코가 여든의 나이를 맞이하여, 임종할 때[18] 정념으로 서쪽을 향해 정좌正坐하여 아미타불阿彌陀佛과 지장보살의 명호名號를 읊으며 잠을 자는듯 숨을 거두었다.

이런 연유로 '이세二世[19]에 걸친 은혜가 지장보살의 서원誓願만큼 뛰어난 것이 없다.'는 것을 알고 세상 사람들은 반드시 이를 신앙하여야 한다고 이렇게 이야기로 전하여 내려오고 있다 한다.

15 권17 제21화의 '개금색皆金色'과 대비되는 말. '개금색'을 순금의 의미로 쓴다면 '반금색半金色'은 순도 50%의 뜻. 불상에 입히는 금박의 순도를 나타내는 말.

16 → 불교.

17 → 불교.

18 닌코仁康의 임종 시기는 미상.

19 현세現世와 내세來世.

⊙제10화⊙ 승려 닌코仁康가 지장地藏에게 기원하여 역병疫病의 난에서 벗어난 이야기

僧仁康祈念地蔵遁疫癘難語第十

今昔、京ニ祇陀林寺ト云フ寺有リ。其ノ寺ニ仁康ト云フ僧住ケリ。此レハ横川ノ慈恵大僧正ノ弟子也。心ニ因果ヲ信ジテ、三宝ヲ敬ヒ、身ニ戒行ヲ持テ、衆生ヲ哀ブ事、仏ノ如シ。

而ル間、治安三年ト云フ年ノ四月ノ比、京中及ビ天下ニ疫癘盛リニ発テ、病ニ死ヌル輩多カリ。然レバ、道ニ死屍隙無シ。此ニ依テ、上中下ノ人、空ヲ仰テ歎キ合ヘル事、無限シ。

而ル間、仁康夢ニ、一人ノ小僧有リ、其ノ形チ端厳也、房ノ内ニ歩ビ来テ、仁康ニ告テ云ク、「汝ヂ世ノ無常ナル事ヲ観ズヤ否ヤ」ト。仁康答テ云ク、「昨日見シ人ハ今日ハ不見ズ、朝ニ見ル者ハ夕ニハ失ヌ。此レ只近日也」ト。小僧咲テ云ク、「世ノ無常今始メテ不可愁ズ。若シ汝ヂ事ニ於テ其ノ恐レヲ思ハヾ、速ニ地蔵菩薩ノ像ヲ造テ、其ノ前ニシテ其ノ功徳ヲ可讃歎シ。然レバ、近ハ五濁ニ迷フ輩ヲ救ヒ、遠ハ三途ニ苦ブ者ヲ訪ハム」ト宣フ、ト見テ、夢覚ヌ。

其ノ後、仁康道心ヲ発シテ、忽ニ大仏師康成ガ家ニ行テ、相語テ、不日ニ地蔵ノ半金色ノ像造テ、開眼供養ジツ。其ノ後、地蔵講ヲ始行フ。道俗男女、首ヲ低ケ掌ヲ合セテ来リ臨デ結縁ス。而ル間、其ノ寺ノ内幷ニ仁康ガ房ノ内ニ、更ニ疫癘ノ難無シ。亦、此ノ夢ノ告有ル事ヲ聞テ、仁康ガ得意ト有ル者共及ビ横川ノ人々、此ノ講ニ縁ヲ結ベル輩、皆敢テ此ノ難無シ。「此レ、希有ノ事也」ト云テ、其ノ地

慈恵大僧正像(八角院蔵)

蔵講弥ヨ繁昌也。如此クシテ、仁康既ニ年八十ニ及テ、命終ル時、心不違ズシテ、西ニ向テ直ク居テ、阿弥陀仏幷ニ地蔵菩薩ノ名号ヲ唱テ、眠ルガ如クシテ失ニケリ。

然レバ、「二世ノ利益地蔵菩薩ノ誓ニ過タルハ無シ」ト知テ、世ノ人専ニ信ジ可奉シ、トナム語リ伝ヘタルトヤ。

권17 제11화

스루가 지방駿河國 후지富士의 신주神主가 지장地藏에게 귀의한 이야기

스루가 지방駿河國 후지 궁富士宮의 신주神主 와케노 미쓰토키和氣光時는 지장보살地藏菩薩에게 깊이 귀의한 자였는데, 외출 때 말에서 내려 승려에게 예를 갖추지 않았던 것에 대해 지장이 미쓰토키의 꿈에 나와 훈계하여 미쓰토키가 무례함을 참회한 이야기.

이제는 옛이야기이지만, 스루가 지방駿河國[1]의 후지 궁富士宮에 신주神主[2]의 자리에 있던 자가 있었는데 이름을 와케노 미쓰토키和氣光時라고 하였다. 이 미쓰토키 부부는 오랜 세월에 걸쳐 함께 열심히 지장보살地藏菩薩을 섬기고 있었다. 그러나 미쓰토키는 신사神社를 섬기는 사司[3]라는 이유로[4] 승려를 만나도 말에서 내려 예를 표하지 않았다. 이것은 옛날부터 이 신사의 관례였다.

한편 이 미쓰토키가 어느 달의 24일[5]에 집을 나와 말을 타고 길을 가고 있

1 → 옛 지방명.
2 신사神社에서 최고위의 신직神職.
3 궁사宮司. 신관神官.
4 신관이 승려보다 상위上位라는 의식.
5 십재일十齋日(* 매월 팔계八戒를 지켜 몸과 마음을 깨끗이 하고 부정不淨한 일을 멀리하도록 정해진 열흘) 중 하나. 하루에 일존一尊을 지정해서 십존불十尊佛·보살을 배정하고, 해당 일에 배정된 불존佛尊을 정진지계精進持戒(* 불도 수행에 힘쓰고, 불교도로서 계율을 굳게 지킴)하여 신앙하고 예배함. 매달 24일은 지장의 연일緣日.

었는데, 문득 보니 나이 열일고여덟 정도의 승려가 걸어서 다가왔다. 미쓰토키는 늘 있던 일이기 때문에 말을 탄 채 승려에게 말을 걸었는데, 갑자기 이 승려는 감쪽같이 사라져 보이지 않게 되었다.[6] 미쓰토키는 두렵고 기이하게 여기며 집으로 돌아갔다. 그날 밤 미쓰토키의 꿈에 단정한 모습의 어린 승려[7]가 나타나 미쓰토키를 향해,

"오늘 길에서 그대를 만난 자는 실은 나, 지장보살이니라. 그대는 나를 독실하게 신앙하고는 있으나 다른 승려를 만나도 말에서 내려오려고 하지 않는다. 승려라는 것은 모두 이 시방十方 제불諸佛[8]의 권화權化로 사람들에게 복보福報를 베푸는 복전福田[9]과도 같은 것이니라. 그래서 승려를 공양하는 사람은 무량無量한 공덕功德을 얻고, 무량한 복덕福德[10]을 얻는다. 더구나 나도 승려의 모습을 하고 있다. 어찌하여 승려를 경시하는 것인가? 앞으로는 결코 말을 탄 채로 승려를 만나서는 안 된다."
라고 말씀하셨다. 미쓰토키는 이러한 꿈을 꾸고 잠에서 깨어났다.

그 후 미쓰토키는 눈물을 흘리며 자신의 과오를 참회하였고, 신분의 고하를 막론하고 승려가 오는 것을 보면 멀리서부터 말에서 내려서 예배했다[11]고 이렇게 이야기로 전하여 내려오고 있다 한다.

6 이 열일고여덟 정도의 승려가 불보살佛菩薩의 권화權化였던 것을 암시.
7 본문에는 "小僧"으로 되어 있음. 지장은 어린 승려(어린 법사法師)로 변한 예가 많음.
8 모든 제불諸佛, 일체의 제불. '시방十方'은 사방四方(동서남북)·사우四隅·상하의 총칭.
9 복보福報를 불러오는 바탕을 밭에 빗댄 비유표현. 승려는 부처가 중생에게 복덕福德을 베풀기 위해 나타난 형태로, 중생이 승려에게 공양함으로써 무량無量의 공덕功德을 얻는다는 사상.
10 선근善根에 의해 얻는 일체의 이득. 복리福利와 공덕.
11 이 이야기에서는 '신사의 관례'와 대응해 그 관례를 수정한 유래담의 색채를 띠고 있음.

◉제11화◉ 스루가 지방駿河國 후지富士의 신주神主가 지장地藏에게 귀의한 이야기

駿河国富士神主帰依地蔵語第十一

[7]今昔、[8]駿河ノ国ノ[9]富士ノ宮ニ[10]神主ナル者有ケリ。[11]和気ノ光時トゾ云ケル。妻夫相共ニ、年来ノ間懃ニ地蔵菩薩ニ仕ケリ。但シ、[15]光時神社ノ[12]司ト有ルニ[13]依テ、僧ニ値フ所ニ[14]下馬スル事無シ。此レ古ヨリ彼ノ宮ノ例也。

而ル間、光時月ノ[16]二十四日ニ家ヲ出デ、馬ニ乗テ[17]道ヲ行ク間、見レバ、年十七八歳許ナル僧、歩ニテ来リ値ヘリ。光時[18]本ノ習ナレバ、下馬セズシテ馬ニ乗乍ラ僧ニ物ヲ云ニ、此ノ僧忽ニ[19]掻消ツ様ニ失ヌ。光時恐レ怪ムデ家ニ返ヌ。其ノ夜、光時夢ニ、形チ[20]端正ナル[21]小僧出来テ、光時ニ告テ云ク、「今日道ニシテ汝ニ値ルハ、此レ我レ[22]地蔵菩薩也。汝ヂ懃ニ我レヲ[23]憑テト云ヘドモ、他ノ僧ニ値テ不下馬ズ。僧ハ皆此レ[24]十方ノ諸仏ノ[25]福田ノ形也。此ヲ供養ズル人ハ、無量ノ功徳ヲ得テ、無量ノ[26]福徳ヲ得ル也。況ヤ、我ガ身亦僧ノ形也。何ゾ僧ヲ[27]忽緒ニ為ムヤ。努々此ヨリ後、馬ニ乗リ乍ラ僧ニ値フ事無カレ」ト宣フ、ト見テ、夢覚ヌ。

其ノ後、光時涙ヲ流シテ咎ヲ悔テ、[28]上下ヲ不論ズ僧ノ来ルヲ見テハ、遠ヨリ下馬シテ[29]礼シケリ、トナム語リ伝ヘタルトヤ。

권17 제12화

지장地藏을 다시 채색한 사람이 꿈의 계시를 얻은 이야기

미이데라三井寺 탑 안의 지장보살상地藏菩薩像을 보수한 지쓰에이實睿 공봉供奉이 꿈에서 지장이 조상造像의 불사佛師을 비호하고 있는 것과 많은 지장이 나란히 남쪽을 향해 있는 것을 보고 감읍感泣하여 더욱 깊이 귀의하였다는 이야기. 또한 이 이야기는 산일散佚『지장보살영험기地藏菩薩靈驗記』의 모두冒頭에 있었던 찬자撰者 지쓰에이의 체험담으로 추정된다.

이제는 옛이야기이지만, 어떤 사람[1]이 아미타불阿彌陀佛의 상像을 만드는 김에 오래된 지장보살상地藏菩薩像을 다시 채색하여 쇼보지正法寺[2]라는 절에 안치安置하였다. 이 지장은 원래 미이데라三井寺[3] 탑 안에 계셨는데 손과 연화좌蓮華座[4]가 훼손되어 있었기에 그 절에 있던 지쓰에이實睿 공봉供奉[5]이라는 사람이 발견해서 수리해 드렸던 것이다.

그때 그의 꿈에 나이 열너댓 살 정도의 단정한 모습을 한 어린 승려[6]가 나타나 지쓰에이의 무릎 위에 올라타서 머리를 끌어안고는,

1 『영험기靈驗記』에 따르면 지쓰에이實睿가 해당.
2 미이데라三井寺의 한 사원을 가리키는 것으로 추정.
3 → 사찰명. 온조지園城寺의 별칭. 그 창건의 경위에 대해서는 권11 제28화 참조.
4 → 불교.
5 미상. 산일散佚『영험기』의 찬자撰者로 생각됨.
6 지장地藏의 권화權化. 본문에는 "小僧"으로 되어 있음. 지장은 어린 승려(어린 법사法師)로 변한 예가 많음.

"그대는 나를 알고 있는가? 사실 나는 미이데라의 전 상좌上座[7] 승려의 처인 비구니가 만든 지장이니라."
라고 말했다. 지쓰에이가 보니 어떤 사람이 어린 승려의 뒤에서 따르고 있었다. 이것을 보고, "당신을 따르고 있는 사람은 누구입니까?"라고 물었다. 어린 승려는,

"이 사람은 옛날 나를 만든 불사佛師이니라. 그래서 내 그림자에 있게 하여 이익利益을 주고 있다."
라고 말씀하셨다. 또 지쓰에이가 축인丑寅[8] 방향을 바라보니 이십여 구[9]의 지장이 계셨는데, 모두가 남쪽[10]을 향해 앉아 계셨다. 지쓰에이는 이러한 꿈을 꾸고 잠에서 깨어났다. 그 후 지쓰에이는 감읍하여 더할 나위 없이 존귀하게 여겼다.

이것을 생각하면 지성으로 지장의 상을 만든 사람이 지장의 은혜를 입는 것은 실로 당연한 일이며 비록 불사가 각별한 신앙심을 일으키지 않고 대가를 받아 만들었을지라도 지장은 은혜를 베푸신다는 것을 알고 존귀하게 여겼다고 이렇게 이야기로 전하여 내려오고 있다 한다.

7 → 불교.
8 북동쪽.
9 『영험기靈驗記』에는 "백천의 지장 百千ノ地藏"이라 되어 있음.
10 남쪽에는 지장의 정토淨土, 가라타산伽羅陀山이 소재. → 권17 제8화, 권17 제17화 참조.

◉ 제12화 ◉

지장地藏을 다시 채색한 사람이 꿈의 계시를 얻은 이야기

改綵色地蔵人得夢告語第十二

[三〇]今昔、[三一]人有テ阿弥陀仏ヲ造奉ケル次ニ、古キ地蔵菩薩ヲ改メ[一]綵色シテ、[二]正法寺ト云フ寺ニ安置シ奉テケリ。此ノ地蔵本ハ[三]三井寺ノ[四]塔ノ内ニ在ケル也。御手并ニ[五]蓮花座無シ。而ルニ、其ノ寺ニ、[六]実睿供奉ト云フ人ノ、此ノ地蔵ヲ見付奉テ修補シ奉タル也ケリ。

其ノ時ニ、夢ニ、年[七]十四五歳許ノ[八]小僧ノ端正ナル来テ、[九]膝ノ上ニ居テ、頸ヲ抱テ語テ云ク、「汝ヂ我レヲバ知タリヤ否ヤ。我レハ此レ、三井寺ノ前ノ[一〇]上座ノ僧ノ妻ノ尼ノ造レリシ地蔵也」ト。見レバ、[一一]小僧ノ後ニ人副テ有リ。此ヲ見テ問テ云ク、「其ノ御後ニ人副テ有リ。此レ誰人ゾ」ト。小僧答テ宣ハク、「此レハ、昔我レヲ造レリシ仏師也。[一二]而ルヲ、我ガ[一三]景ニ下ニ令住メテ、利益スル也」ト。亦、[一四]丑寅ノ方ヲ見遣レバ、[一五]二十余体ノ地蔵在マス。皆、[一六]南ニ向テ坐シ給ヘリ、ト見テ、夢悟ヌ。[一七]其ノ後、涙ヲ流シテ貴ビ奉ル事無限シ。

[一八]此ヲ思フニ、心ヲ至シテ令造メ奉ラム人ハ尤モ可然シ、仏師ノ、心モ不発ズシテ[一九]料物ヲ取テ造レルヲモ、利益シ給フ也ケリ、ト知テ貴ビケリ、トナム語リ伝ヘタルトヤ。

권17 제13화

이세 지방伊勢國 사람이 지장보살地藏菩薩의 도움으로 목숨을 구한 이야기

이세 지방伊勢國 이타카 군飯高郡의 비천한 자가 수은水銀 채굴 노동에 동원되었는데, 낙반落盤 사고를 당해 세 사람이 갱 안에 갇혔으나 이 자만이 오랜 세월 신앙했던 지장地藏의 권화權化에게 인도를 받아 탈출하여 무사히 집으로 귀환했다는 이야기. 낙반 사고를 당한 광산 노동자가 삼보三寶의 가호에 의해 구조되었다는 유화類話는 권14 제9화에도 보인다.

이제는 옛이야기이지만, 이세 지방伊勢國[1] 이타카 군飯高郡[2]에 사는 신분이 천한 남자가 있었다. 그는 매월 24일[3]에 정진精進[4]하여 계戒[5]를 받고 지장보살地藏菩薩을 염念하고 있었는데 이 근행勤行을 오랜 세월에 걸쳐 행하고 있었다.

한편 이 이타카 군에서는 관례적으로 수은水銀[6]을 채굴하여 조정朝廷에

1 → 옛 지방명.

2 현재의 미에 현三重縣 마쓰자카 시松阪市, 이난 군飯南郡 일대. 『지장보살영험회사地藏菩薩靈驗繪詞』 부재付載의 지장 영험소靈驗所로 이세伊勢 항項에 '이타카 군飯高郡'을 들고 있음.

3 십재일十齋日(* 매월 팔계八戒를 지켜 몸과 마음을 깨끗이 하고 부정不淨한 일을 멀리하도록 정해진 열흘) 중 하나. 하루에 일존一尊을 지정해서 십존불十尊佛·보살을 배정하고, 해당 일에 배정된 불존佛尊을 정진지계精進持戒(* 불도 수행에 힘쓰고, 불교도로서 계율을 굳게 지킴)하여 신앙하고 예배함. 매달 24일은 지장의 연일緣日.

4 → 불교.

5 → 불교.

6 이세 수은水銀의 공진貢進에 대해서는 『연희식延喜式』 내장료內藏寮에 "수은 소小 사백 근斤 이세 지방伊勢國

헌상하고 있었다. 이 비천한 남자는 군사郡司에게 징발되어 수은을 채굴하는 인부로 지명되었고, 같은 마을 사람 두 명과 함께 수은 채굴 장소로 갔다.[7] 그는 구멍을 파서 그 안에 들어가 수은을 찾으면서 십여 장丈[8]이나 되는 구멍 속으로 들어갔다. 그러자 갑자기 구멍 출입구 부근의 흙이 무너져 내려서 구멍이 막혀버리고 말았다. 출입구는 막혔지만 그 안은 동굴처럼 되어 있어 모두 그 구멍 속에 있었다. 세 명 모두 눈물을 흘리며 슬퍼했는데, 절대 구멍에서 빠져 나갈 수 없다는 생각이 들자, 이제는 죽을 일만 남았구나하고 절망에 빠져 벌벌 떨었다.

그러나 이 남자는 마음속으로,

'저는 오랜 세월에 걸쳐 매월 24일에 정진을 지키고 계를 받아 열심히 지장보살을 염하기를 게을리한 적이 없습니다. 그런데 지금 이 재난을 당하여 머지않아 목숨을 잃게 되었습니다. 지장보살이시어 부디 대비大悲[9] 서원誓願으로 저를 도와주시어 목숨을 구해 주시옵소서.'

라고 염하였다. 그러던 중 캄캄한 구멍 안에 갑자기 한 줄기 빛[10]이 보였다. 그 빛이 점차 강해져서 구멍 안이 밝아졌다. 바로 그때 열몇 살 정도 되는 엄숙한 모습의 한 어린 승려[11]가 손에 실내용 횃불[12]을 들고 나타나 이 남자를 향해, "그대는 속히 내 뒤를 따라 나오라."라고 말씀하였다. 남자는 두려우면서도 기뻐하며 어린 승려의 뒤를 얼마간 따라 걸어가니, 이윽고 원래 살던

소진所進"이라고 되어 있고, 『속일본기續日本기紀』 화동和銅 6년(713) 5월 11일 조條에도 보임. 또한 도읍과 이세를 왕래했던 수은 상인의 이야기가 권29 제36화에 있음.

7 이세의 수은은 이타카 군 니우 향丹生鄕에서 산출되었음.

8 1장丈은 10척尺으로 약 3미터. 즉 30미터 남짓.

9 중생제도衆生濟度의 대자비大慈悲에 근거한 서원誓願. → 권17 제9화 참조.

10 어둠 속 한 줄기 빛으로 실로 구제救濟의 광명.

11 지장地藏의 권화權化. 본문에는 "小僧"으로 되어 있음. 지장은 어린 승려(어린 법사法師)로 변한 예가 많음.

12 원문은 "紙燭". 실내용 횃불. 길이 1척 5촌寸, 직경 3푼 정도의 소나무 막대의 끝을 검게 태워 그 위에 기름을 쳐서 건조시킴. 손잡이 부분에 종이를 감아서 지촉紙燭이라 함.

촌리村里로 나올 수 있었다. 그리고 그와 동시에 어린 승려는 어느 샌가 사라져 보이지 않았다.[13] 그는 '그렇다면 이는 틀림없이 지장보살이 나를 구해주신 것이다.'라고 생각하며 이루 말할 수 없이 거룩한 마음이 들어 감읍하여 예배를 드렸다. 그러다 문득 정신이 들어 보니 어느새 자신의 집 문앞에 와 있었다. 그는 '다른 두 사람도 똑같이 뒤따라 왔으리라.'라고 생각하며 뒤돌아보았지만 보이지 않았다. 실내용 횃불의 불빛은 구멍 안에서 사라져 버렸기에, 두 사람은 끝내 그 불빛을 보지 못한 것이었다.[14] 이것을 생각하면 그 두 사람에겐 지장의 가호를 입을 만한 신앙심이 없었던 것이리라.[15] 한편 그의 집에서는 처자가 남자의 모습을 보고 눈물을 흘리며 기뻐하고 무사히 돌아올 수 있었던 이유를 물었기에 사내는 그 사정을 이야기해 주었다.

그 후 남자는 더욱 지성으로 지장보살을 염하게 되었다. 또한 이 일을 들은 그 군의 사람들도 지장보살의 불상을 많이 만들고 수은을 채굴할 때는 특히 지성으로 기원을 드렸다고 이렇게 이야기로 전하여 내려오고 있다 한다.

13 어린 승려가 모습을 감춘 것은 지장의 권화라는 것을 암시하는 것.
14 구멍 안에서 빛을 보지 못하고 절명한 것을 암시.
15 편자는 구제의 여부를 지장에 대한 신앙의 유무로 판단하고 있음.

◎제13화◎ 이세 지방伊勢國 사람이 지장보살地藏菩薩의 도움으로 목숨을 구한 이야기

伊勢国人依地蔵助存命語第十三

今昔、伊勢ノ国、飯高ノ郡ニ住ケル下人有ケリ。毎月ノ二十四日ニ、精進ニシテ戒ヲ受テ、地蔵菩薩ヲ念ジ奉ケリ。此レ年来ノ勤也。

而ルニ、彼ノ飯高ノ郡ニハ水金ヲ堀テ公ニ奉ル事ナム有ケル。彼ノ男、郡司ノ催ニ依テ、水銀ヲ堀ル夫ニ被差宛テ、同郷ノ者三人ト烈テ、水銀ヲ堀ル所ニ行ヌ。穴ヲ堀テ、其レニ入テ水銀ヲ求ル間ニ、十余丈ノ穴ニ入ヌ。而ル間、俄ニ穴ノ口ノ土頽テ口塞ヌ。口塞ルト云ヘドモ、奥ハ空ニシテ、三人皆穴ノ内ニ有リ。共ニ涙ヲ流シテ泣キ悲ト云ヘドモ、穴ヲ出ム事思ヒ絶タルニ依テ、忽ニ死ナム事ヲ悲ム。

水銀掘(七十一番歌合)

而ルニ、此ノ男心ニ思ハク、「我レ、年来毎月ノ二十四日ニ、精進ニシテ戒ヲ受テ、懃ニ地蔵菩薩ヲ念ジ奉ル事懈怠無シ。而ルニ、今此ノ難ニ値テ、忽ニ命ヲ失テムトス。願クハ、地蔵菩薩、大悲ノ誓ヲ以テ、我レヲ助ケテ命ヲ生ケ給ヘ」ト念ズル間ニ、暗キ穴ノ内ニ俄ニ火ノ光ヲ見ル。其ノ光漸ク照シテ穴ノ内明ク成ヌ。其ノ時ニ見レバ、十余歳許ノ小僧ノ形チ端厳ナル、手ニ紙燭ヲ取テ来テ、此ノ男ニ告テ宣ハク、「汝ヂ速ニ我ガ後ニ立テ可出シ」ト。男恐レ喜テ小僧ノ尻ニ立テ、漸ク行ク程、本ノ里ニ出ヌ。小僧ハ不見エズ成ヌ。「此レ、偏ニ地蔵菩薩ノ助ケ給フ也ケリ」ト思フニ、極テ悲シケレバ、涙ヲ流シテ礼拝シテ見レバ、我ガ家ノ門ニ来リニケリ。「今二人モ同ク尻ニ来ラム」ト思テ見ルニ、不見エズ。紙燭ノ火ノ光ハ、穴ノ内ニシテ失ニケリ。然レバ、今二人ハ火ノ光ヲモ不見デ止ニケリ。地蔵ノ加護ヲ可蒙キ心ノ無カリケルニコソハ。然テ、家ニハ、妻子此男ヲ見テ泣々喜テ問ヒケレバ、[一八]事ノ有様ヲ答ヘケリ。

[一九]其ノ後ハ、弥ヨ心ヲ至シテ、地蔵菩薩ヲ念ジ奉ケリ。亦、此ノ事ヲ聞テ、其ノ郡ノ内ノ人、多地蔵菩薩ヲ造リ奉テ、水銀堀ル時ハ殊ニ念ジ奉ケリ、トナム語リ伝ヘタルトヤ。

권17 제14화

지장地藏의 지시로 진제이鎭西에서 아타고愛宕護로 옮긴 승려 이야기

히젠 지방肥前國 세부리 산背振山의 지경자持經者가 지장地藏에게 기청祈請하여 꿈의 계시에 의해 생을 마감할 곳을 가르쳐 받고, 상경하여 아타고 산愛宕護山 시라쿠모白雲봉峰에 올라 지장의 연일緣日인 24일에 극락왕생을 이루었다는 이야기. 다음 이야기와는 아타고 산을 매개로 이어진다.

이제는 옛이야기이지만, 진제이鎭西[1]의 히젠 지방肥前國[2] 세부리 산背振山[3]은 쇼샤 산書寫山[4]의 쇼쿠性空[5] 성인聖人이 수행하셨던 곳이다. 이 산은 깊고 비할 데 없이 존귀하였다. 그래서 불도佛道를 수행하는 존귀한 수행자[6]들이 끊임없이 이곳에 와서 살았다.

한편 그리 멀지 않은 과거에 한 지경자持經者가 있어서 이 산에 정착하여 살고 있었다. 이 승려는 밤낮으로[7]『법화경法華經』을 독송讀誦하고 자나 깨나

1 → 지명.

2 → 옛 지방명.

3 후쿠오카 시福岡市와 사가 현佐賀縣 간자키 군神埼郡 세부리 촌脊振村과의 경계에 있는 세부리 산背振山의 주봉主峰. 권12 제34화에는 "지쿠젠 지방筑前國 세부리 산"이라고 되어 있음. 예로부터 산악 영장靈場으로서 고케이皇慶 등도 입산 수행함(『다니아사리전谷阿闍梨傳』).

4 → 지명.

5 → 인명. 쇼쿠性空와 세부리 산에서의 수행에 대해서는 권12 제34화 참조.

6 경전經典, 특히 『법화경法華經』을 수지受持 신앙하는 수행자.

7 이하에 『법화경』 독송讀誦과 지장地藏 염불念佛의 겸수兼修를 기술. 당시 정토왕생淨土往生을 위한 겸수는 일반적.

지장존地藏尊을 염念하며, 그것을 살아생전의 근행勤行으로 삼고 있었다. 그러던 중 세월이 흘러 승려는 예순의 나이에 이르렀다. 그래서 더욱 후세後世를 염려하며 현세現世의 일은 조금도 마음에 두지 않았다.

하루는 이 승려가 본존本尊 앞에 앉아, "제가 어디서 생을 마치면 좋을지 알려주소서."라고 지성으로 기청祈請했다. 그러자 그의 꿈에 아름답고 엄숙한 모습의 어린 승려[8] 한 명이 나타나 승려를 향해,

"그대가 만약 자신의 임종할 장소에 가보고 싶다면, 지금부터 당장 도읍으로 가서 아타고 산愛宕護山[9]의 시라쿠모白雲 봉峰에 가도록 하라. 그리고 24일[10]에 그대는 생을 마감하게 되리라."

라고 계시하셨다. 승려는 이러한 꿈을 꾸고 잠에서 깨어났다.

그 후 승려는 이 꿈의 의미를 깨닫고 감읍하였다.[11] 제자들은 사승師僧이 눈물을 흘리는 것을 보고 연유를 물었지만 승려는 그에 답하려고도 하지 않고, 그저 종이 한 장에 이 꿈에 대해 적은 뒤[12] 남몰래 경상經箱 안에 넣어 두었다. 그리고 그날 한밤중에 산을 떠나 홀로 도읍으로 향하였다. 이윽고 며칠 후 그 달의 24일[13]에 아타고 산의 시라쿠모 봉에 도착했다. 그리고 한 그루의 나무 아래에 자리를 잡고 그곳에서 하룻밤을 보냈다.

다음날 이 산의 승려들이 모여들어 "당신은 어디서 온 분입니까?"라고 물었다. 승려는 "저는 진제이에서 온 자입니다."라고 답하였을 뿐, 그 밖에 아

8 지장의 권화權化. 본문에는 "小僧"으로 되어 있음. 지장은 어린 승려(어린 법사法師)로 변한 예가 많음.

9 아타고 산愛宕山(→ 지명), '愛太子山'이라고도 함.

10 지장의 연일緣日인 것에 주의. 십재일十齋日(* 매월 팔계八戒를 지켜 몸과 마음을 깨끗이 하고 부정不淨한 일을 멀리하도록 정해진 열흘) 중 하나. 하루에 일존一尊을 지정해서 십존불十尊佛·보살을 배정하고, 해당 일에 배정된 불존佛尊을 정진지계精進持戒(* 불도 수행에 힘쓰고, 불교도로서 계율을 굳게 지킴)하여 신앙하고 예배함. 매달 24일은 지장의 연일緣日.

11 꿈의 계시의 진의를 이해함.

12 몽상夢想 기록. 중세中世 때는 묘에明惠의 꿈에 대한 기록이 저명함.

13 24일에 시라쿠모 봉白雲峰에 도착했던 것도 지장과의 깊은 결연結緣을 나타냄.

무것도 이야기하려 하지 않았다. 그래서 아타고 산의 승려들은 이 승려를 가엾게 여기며 아침저녁 먹을 것을 준비하여 갖다 주었다. 이렇게 며칠이 흘러, 다음달 24일이 되었다. 이른 아침 나무꾼이 그곳에 가 보니 이 진제이의 승려가 서쪽을 향해 곧은 자세로 정좌正坐한 채 합장하며 입멸入滅한 뒤였다. 나무꾼은 이것을 보고 놀라서 산의 많은 승려들에게 알렸다. 이 사실을 들은 많은 승려들이 모여들어 보았는데 실로 입멸을 하여 그 모습이 더할 나위 없이 존귀하였다. 진제이 승려의 경상經箱 속에 글이 적힌 종이 한 장이 들어 있었다. 승려들이 이 종이를 펼쳐 보니 진제이 승려가 이전에 본 꿈의 대해 자세하게 기록되어 있었다.

승려들은 이것을 보고 더욱 존귀하게 여기고 감격하여, 모두 모여 눈물을 흘리면서 사후 공양을 행하였다. 또한 보은報恩[14]을 위하여 보시품布施品을 올렸는데, 이것은 마치 사승의 은혜에 보답하는 것과 다름없었다. 이것도 오로지 지장보살地藏菩薩의 대비大悲[15] 은혜인 것이다.

그러므로 참으로 불가사의한 일이라고 이야기한 것을 듣고 전하여, 이렇게 이야기로 전하여 내려오고 있다 한다.

14 지경자持經者를 사승師僧과 같이 존경하여 법회法會의 보시布施를 베풀었던 것.

15 중생제도衆生濟度의 대자비大慈悲.

◉ 제14화 ◉
지장地蔵의 지시로 진제이鎭西에서 아타고愛宕護로 옮긴 승려 이야기

依地蔵示従鎮西移愛宕護僧語第十四

今昔、[二〇]鎮西、[二一]肥前ノ国ノ[二二]背振ノ山ト云フ所ハ、[二三]書写ノ[二四]性空聖人ノ行ヒ給ル所也。[二五]山深クシテ貴キ事此ニ過タル所ハ世ニ無シ。此レニ依テ、仏道ヲ修行ズル止事無キ[二六]行人来リ住ム事不絶ズ。

而ルニ、[二七]中比一人ノ[二八]持経者有テ、彼ノ山ニ住ム。[二九]日夜ニ法花経ヲ読誦シ、[三〇]寤寐ニ地蔵尊ヲ念ジ奉ル。此レヲ以テ[三一]生前ノ勤トス。而ル間、齢漸ク傾テ六十ニ満ヌ。然レバ、弥ヨ後世ヲ恐レテ、現世ノ事ヲ不思ズ。

而ルニ、本尊ノ御前ニシテ申サク、「我ガ命ヲ可終キ所ヲ示シ給ヘ」ト懃ニ祈リ請フニ、夢ノ中ニ一人ノ[一]小僧有リ、形チ[二]端厳也、来テ此ノ僧ニ教ヘテ云ク、「汝ヂ若シ臨終ノ所ヲ尋ネムト思ハヾ、速ニ[三]王城ノ方ニ行テ、[四]愛宕護ノ山ノ[五]白雲ノ峰ニ可行シ。但シ、月ノ[六]二十四日ハ此レ汝ガ命ヲ可終キ日也」ト告ゲ給フ、ト見テ、[七]夢悟ヌ。

其ノ後、僧涙ヲ流シテ、夢ノ告ヲ知ヌ。弟子等師ノ泣ヲ見テ、其ノ[八]心ヲ問ト云ヘドモ、師答フル事無クシテ、只[九]一紙ニ此ノ夢ノ告ヲ注シテ、蜜ニ経箱ノ中ニ納メテ置ツ。其ノ夜ノ夜半ニ、其ノ山ヲ去テ、独リ出デ、王城ノ方ヘ上ル。数日ヲ経テ月ノ[一〇]二十四日ヲ以テ、彼ノ愛宕護ノ山ノ白雲ノ峰ニ行着ヌ。自ラ一ノ[一一]樹ノ下ニ留テ一夜ヲ過シツ。

明ル日、其ノ山ノ僧共集リ来テ問テ云ク、「汝ヂ何レノ所ヨリ来レル人ゾ」ト。僧答テ云ク、「我レ鎮西ヨリ来レル人也」。此ノ外ニ陳ベ語ル事無シ。然レバ、住僧等此レヲ[一二]哀憐シテ、[一三]朝夕ニ飲食ヲ調ヘ送ル。如此シテ日来ヲ経ル間、[一四]亦月ノ二十四日ニ成ヌ。早旦ニ、山ノ人其ノ所ニ至テ見レバ、彼ノ鎮西ノ僧西ニ向テ端坐合掌シテ入滅シニケリ。此レヲ見テ驚テ、山ノ諸ノ僧ニ告グ。僧等此レヲ聞テ、多ク集リ来テ見ルニ、誠ニ入滅セル様貴キ事無限シ。経袋ニ一紙ノ書有リ。諸ノ僧此ノ書ヲ披テ見ルニ、具ニ彼ノ夢ノ事ヲ注セリ。僧共此レヲ見テ、弥ヨ貴ビ哀ムデ、集テ泣々ク没後ヲ訪ヒ報恩ヲ送ケリ。宛カモ師君ノ恩ヲ報ズルニ不異ズ。此レ偏ニ、地蔵菩薩ノ大悲ノ利益也。

然レバ、奇異ノ事也、トテ語リ伝フルヲ聞継テ、語リ伝ヘタルトヤ。

권17 제15화

지장地藏의 계시대로 아타고愛宕護에서 호키伯耆의 다이 산大山으로 옮긴 이야기

지장地藏의 수행자인 아타고 산愛宕護山의 승려 조잔藏算은 나이가 들고 가난하여 괴로워하고 있었는데, 꿈의 계시에 따라 호키伯耆의 다이 산大山에 칩거하여 6년간의 수행을 거쳐 귀산歸山하고, 영험력靈驗力을 발휘하여 크게 귀의歸依와 존경을 받았다는 이야기. 예순 살 때 꿈의 계시를 받는다는 점이 앞 이야기와 공통된다.

이제는 옛이야기이지만, 아타고 산愛宕護山[1]에 한 승려가 살고 있었다. 그의 이름은 조잔藏算[2]으로, 닌나지仁和寺[3] 이케가미池上[4]의 묘구平救[5] 아사리阿闍梨라는 사람의 제자였다. 한편 이 조잔은 원래 가난한 집안의 태생으로 하루하루 살아가기에도 힘이 들었다. 게다가 그는 공덕功德과 행법行法도 부족하여[6] 의식衣食을 베풀어 주는 사람도 없었다. 그래서 항상 모든 것이 부족하였고 여러 가지 점에서 몹시도 궁색하였다. 그러나 숙인宿因[7]이 있었던 것인지 그는 지장보살地藏菩薩을 섬기고 그것을 매일의 근행勤行으로 삼고

1 → 지명(아타고 산愛宕山).
2 미상. 지장地藏과 관련된 이름.
3 → 사찰명.
4 → 사찰명.
5 → 인명.
6 수행이 미숙하여 영험력靈驗力을 갖지 못했다는 의미.
7 → 불교.

있었다.

그러던 중 조잔은 점차 나이를 먹어 어느새 예순 살이나 되었는데, 몸에 병까지 들어 죽음을 목전에 두고 있었다. 그래서 이를 탄식하며 매일같이 슬퍼하고 있었는데, 어느 날 밤 조잔의 꿈에 엄숙한 모습의 어린 승려[8]가 나타나 그를 향해,

"그대는 전세前世의 숙인이 변변치 못했던 탓에 가난한 채로 늙고 만 것이다. 지금 당장 호키 지방伯耆國[9]의 다이 산大山[10]에 참배하여 이세二世[11]에 걸쳐 그대가 원하는 바를 기원하도록 하라. 그곳의 권현權現[12]은 지장보살의 수적垂迹[13]으로 다이치묘大智明 보살이라고 한다. 이 보살은 손수 대비大悲[14]의 원력願力[15]으로 널리 모든 중생을 화도化度[16]해 주시니라."
라고 계시하셨다. 조잔은 이러한 꿈을 꾸고 잠에서 깨어났다.

이후 조잔은 곧장 호키의 다이 산에 참예하여 진심을 담아 수행을 계속하여 여섯 해가 흘렀다. 그리고 다시 아타고 산에 돌아갔는데, 그 이후로 온 도읍에 그의 신통한 영험靈驗이 알려져 많은 사람들이 귀의하게 되었다. 또 누구보다도 뛰어난 은혜를 베풀어 승속僧俗과 남녀 모두 오로지 그를 존경했고, 그와 어깨를 견줄 자가 없을 정도였다.

그러므로 조잔은 궁핍에서 벗어나 풍족해졌다. 이는 오로지 지장보살의

8 지장의 권화權化. 본문에는 '小僧'으로 되어 있음. 지장은 어린 승려(어린 법사法師)로 변한 예가 많음.
9 → 옛 지방명.
10 → 지명. 『지장보살영험회사地藏菩薩靈驗繪詞』 부재付載의 지장 영험소靈驗所의 하나로 '호키伯耆 다이 산大山'이라고 볼 수 있음.
11 현세現世와 후세後世.
12 → 불교. 지장보살菩薩의 권화가 된 다이 산의 권현權現, 즉 아래 나오는 다이치묘보살大智明菩薩을 가리킴.
13 → 불교. 이른바 본지本地(* 수적垂迹인 신神에 대하여, 그 본래 모습인 부처·보살) 수적垂迹(* 부처나 보살이 중생을 구하기 위하여 신의 모습을 하고 나타남)의 사상.
14 권17권 제9화·권17 제13화 참조.
15 * 부처의 본원本願의 힘.
16 (중생을) 교화하여 구제하는 것.

대비의 덕분이라고 깨닫고, 기뻐하며 존귀하게 여겼다고 이렇게 이야기로 전하여 내려오고 있다 한다.

◎제15화◎ 지장地藏의 계시대로 아타고愛宕護에서 호키伯耆의 다이 산大山으로 옮긴 이야기

依地蔵示従愛宕護移伯耆大山僧語第十五

今昔、愛宕護ノ山ニ一人ノ僧住ケリ。名ヲバ蔵算ト云フ。仁和寺ノ池上ノ平救阿闍梨ト云フ人ノ弟子也。而ルニ、此ノ蔵算、本貧キ家ニ生レテ、憑ム所無シ。亦身ノ徳行欠テ衣食ヲ施ス人難シ。然レバ、万ノ事常ニ絶テ、不乏ズト云フ事無シ。而ルニ、宿因ノ引ク所ニヤ有ケム、地蔵菩薩ニ仕テ、此ヲ以テ毎日ノ勤トス。

而ル間、齢漸ク傾テ、既ニ六十ニ満ヌ。亦、身ニ病有テ命尽ムトス。然レバ、此ノ事ヲ歎テ日夜ニ悲ム間、蔵算夢ノ中ニ、一人ノ小僧有リ、形チ端厳也、来テ教ヘテ宣ハク、

「汝ガ宿因拙キガ故ニ、身貧クシテ年老ヌ。今、伯耆ノ国、大山ト云フ所ニ詣デ、二世ノ求メム所ヲ祈リ願ヘ。彼ノ権現ハ、地蔵菩薩ノ垂跡、大智明菩薩ト申ス。自然ラ大悲ノ願力ヲ以テ、広ク一切衆生ヲ化度シ給フ」ト告ゲ給フ、ト見テ、夢悟ヌ。

其ノ後、忽ニ伯耆ノ大山ニ詣デ、懃ニ勤メ行テ六年ヲ経タリ。愛宕護ニ返来テ後、京中ニシテ仏徳ヲ顕シテ、人ニ被帰依ル、事並無シ。冥賀人ニ勝レテ、道俗男女宗ト敬テ、肩ヲ並ブル輩無シ。然バ、貧キ事無クシテ豊ナル身ト成ヌ。此レ偏ニ、地蔵菩薩ノ大悲ノ利益也ト知テ、喜ビ貴ビケリ、トナム語リ伝ヘタルトヤ。

권17 제16화

이즈 지방伊豆國 오시마 군大島郡에 지조지地藏寺를 세운 이야기

사가嵯峨 천황天皇의 치세에 승려 조가이藏海가 이즈 지방伊豆國 오시마 군大島郡의 외딴 섬에 지조지地藏寺를 건립하고, 지장보살地藏菩薩 등신불等身佛을 안치하여 부단히 지장의 명호名號를 읊으며 지장상을 등에 업고 열심히 수행하여 백세 장수를 누리고 극락왕생을 이룬 이야기.

이제는 옛이야기이지만, 이즈 국伊豆國[1] 오시마 군大島郡[2]에, 해안에서 멀리 떨어진 곳[3]에 섬[4]이 하나 있었는데 새도 짐승도 다닐 수 없는 곳이었다. 매우 불편한 벽지僻地로, 그 섬 서남쪽에 승지勝地[5] 하나가 있었는데, 이곳은 옛날 에役 우바새優婆塞[6]가 이 지방으로 유배를 당했을 때, 때때로 날아와서 수행을 하셨던 곳이다.

그런데 사가嵯峨[7] 천황天皇의 치세에 생각지도 못하게 이곳에 수행승 한

1 → 옛 지방명.
2 이즈伊豆의 오시마大島를 군郡에 준하여 그렇게 기록한 것.
3 본토本土의 해안에서 아득히 멀리 떨어진 것.
4 불명. 오시마 남쪽의 이즈 7도島 중 하나로 추정.
5 영험靈驗이 신통한 땅이라는 의미로 신비하고 장엄함이 저절로 느껴지는 땅. 영지靈地. 권17 제7화 참조.
6 → 인명. 에役 행자行者의 이즈 유배는 권11 제3화에 보임.
7 제52대 천황天皇. 간무桓武 천황의 황자皇子. 재위는 대동大同 4년(809)부터 홍인弘仁 14년(823)까지.

명이 찾아왔다. 이름은 조가이藏海[8]라고 했다. 이 승려가 이 산을 처음으로 수행의 장소로 여긴 것이다. 산새는 기괴하여 실로 신령神靈의 거처 혹은 선인仙人의 동굴, 또는 언제나 선녀仙女가 와서 노니는 정원이라고 할 법한 곳이었다. 그러나 조가이는 그 산 위에 절을 세워서 지조지地藏寺라고 이름 지었다. 당堂 안에는 지장보살地藏菩薩 등신불等身佛을 안치했는데, 참으로 영험靈驗이 신통하여 그 지방 사람들은 모두 머리를 조아리고 참배했고, 각각의 소원을 기청祈請하면 무엇이든 이루어졌다. 진정으로 생신生身[9]의 지장과 같았다. 그 때문에 지장보살의 본서비원本誓悲願[10]은 벽지든 비천한 자이든 조금도 차별치 않으신다고 깊이 깨달았다. 조가이는 이곳에 살면서 수행을 했는데, 평소의 근행은 보통 사람과 전혀 달랐다. 왜냐하면 입으로는 오로지 지장의 명호名號를 끊임없이 읊고, 몸으로는 항상 지장상을 짊어지고서 몸에서 떼어놓는 일이 없었기 때문이었다.

이윽고 조가이도 나이 백 살에 이르러 드디어 임종할 시, 그는 정념으로 서쪽을 향해 정좌正坐하고, 합장하며 입멸入滅했다. 그 사이[11] 좋은 향기가 실내에 넘쳐흘렀고, 뭐라 형언할 수 없는 아름다운 빛이 암실庵室 위를 비췄으며 하늘에는 음악 소리가 들리고 자운紫雲이 서쪽을 향해 드리워져 있었다. 이것을 본 사람은 모두 눈물을 흘리며 존귀하게 여겼고, 이것을 들은 자는 합장하며 배례를 드렸다. 그리고 이 조가이 성인聖人에 대해 사람들은, "지장보살이 중생에게 은혜를 베푸시려고 몸을 바꾸어 이곳에 나타나셨던

8 미상. 『영험기靈驗記』 '海藏'. '藏'은 지장地藏에게 영향받은 것으로 추정. 권17 제7화의 조묘藏明 · 권17 제8화의 조넨藏念 참조.

9 권17 제1화의 생신生身관련 주 참조.

10 지장보살菩薩의 본원本願과 자비慈悲의 원願. 즉 무불세계無佛世界에서의 육도六道 중생을 구제하는 것. 『지장삼부경地藏三部經』에 자세히 나와 있음.

11 이 문장부터 '자운紫雲이 서쪽을 향해 드리워져 있었다.'까지는 『극락기極樂記』에는 없음. 극락왕생의 증좌인 기서奇瑞의 묘사로 왕생담의 형식을 취하고 있음.

것은 아닐까?"라고 궁금해 하였다.

그러므로 말세末世의 사람들은 오로지 지장보살을 섬겨야 한다고 이렇게 이야기로 전하여 내려오고 있다 한다.

⊙제16화⊙ 이즈 지방伊豆國 오시마 군大島郡에 지조지地藏寺를 세운 이야기

伊豆国大島郡建地蔵寺語第十六

今昔、[二一]伊豆ノ国、[二二]大島ノ郡ニ、海ノ岸[二三]遥ニ絶テ、鳥獣モ難通キ[二四]島有リ。[二五]極テ悪キ辺地也。其ノ島ノ西南ノ方ニ一ノ[二六]勝地有リ。昔、[二七]江ノ優婆塞ノ此ノ国ニ被流タリケル時ニ、時々飛ビ来テ勤メ行ヒ給ケル所也。

而ルニ、[二八]嵯峨ノ天皇ノ御代ニ、俄ニ一人ノ修行ノ僧出来レリ。名ヲバ[二九]蔵海ト云ケリ。其ノ人初テ此ノ[三〇]山ヲ行ヒ開ク也。山ノ体奇異ニシテ、神霊ノ栖、仙人ノ窟也。亦、常ニ神女来リ遊ブ[三一]庭也。而ルニ、蔵海其ノ山ノ上ニ寺ヲ建タリ。名ヲバ[三二]地蔵寺ト云フ。堂ノ内ニ[三三]等身ノ地蔵菩薩像ヲ安置シ奉レリ。実ニ霊験新タニシテ、[一]国ノ人皆ナ首ヲ[二]傾テ詣デヽ、求メ願フ事ヲ祈リ請フニ、一ツトシテ不叶ズト云フ事無シ。此レ[三]生身ノ地蔵ノ如キ也。然レバ、地蔵菩薩ノ[四]本誓悲願、辺地下賤ヲ不[五]嫌給ズト知ヌ。蔵海其ノ所ニ居テ修行ズルニ、其ノ所行全ク例ノ人ニ[六]不似ズ。其ノ故ハ、口ニハ専ニ地蔵ノ名号ヲ唱ヘテ[七]断ツ[八]事無シ、身ニハ久ウ地蔵ノ形像ヲ負テ、身ヲ放チ奉ル事無シ。

而ル間、蔵海[九]齢ヒ百歳ニ満テ遂ニ命終ル時、心不違ズシテ、西ニ向テ端坐シテ、掌ヲ合セテ[一〇]入滅シヌ。其ノ[一一]間馥バシキ香室ノ内ニ満テ、妙ナル光リ[一二]庵ノ上ヲ照シテ、空ニハ音楽ノ音聞エテ、紫ノ雲西ヲ指テ曳ク。此レヲ見ル人、皆涙ヲ流シテ貴ビ、此レヲ聞ク者掌ヲ合セテ礼ケリ。然レバ、此ノ蔵[一三]海聖人ヲバ、「地蔵菩薩ノ衆生ヲ利益セムガ為ニ、変化シテ此ノ所ニ来リ給ヒタル也」トゾ人皆疑ヒケリ。

[一四]然レバ、末世ノ人専ニ地蔵菩薩ニ可仕シ、トナム語リ伝ヘタルトヤ。

권17 제17화

도다이지東大寺의 조만藏滿이 지장地藏의 도움으로 소생한 이야기

도다이지東大寺의 승려 조만藏滿이 관상가인 도조登昭로부터 단명할 것이라는 예언을 받고 서른 살에 일단 죽게 되지만, 지장地藏을 신앙한 공덕功德으로 인해 소생하여 아흔 살까지 장수를 누리다 극락왕생한 이야기. 지장 행자行者의 장수를 매개로 하여 앞 이야기와 연결되고, 이하 계속되는 지장의 가호에 의한 소생담의 모두冒頭를 장식함. 명계冥界의 구제자인 지장의 본서本誓와 자비慈悲를 설하고 있음.

이제는 옛이야기이지만, 도다이지東大寺[1]에 한 승려가 있었다. 이름은 조만藏滿[2]이라 했고, 기조義藏 율사律師라는 사람의 제자이다.

조만이 용무가 있어서[3] 급하게 도다이지에서 도읍으로 올라갔는데, 도중에 뜻밖에도 도조登昭[4]라는 관상가를 만났다. 조만은 도조를 보자마자 반가워하며,

"아, 당신을 뵈어서 마침 잘 됐습니다. 제 신상의 선악善惡을 한 번 봐주시지 않겠습니까?"

1 → 사원명.
2 미상. 지장地藏과 연관된 이름.
3 이 이하부터 단락 끝까지 『영험기靈驗記』에는 "유년 시절, 교토京都에서 관상가 도조登昭를 만나 이 아이 나이 23살에 죽는다고 말했다."라고 되어 있음. 그리고 그것이 계기가 되어 출가체발出家剃髮한 취지를 기록하고 있음.
4 → 인명. 권24 제21화에는 "登照"라고 되어 있음.

라고 말했다. 그러자 도조는,

"당신은 불교를 공부해서 훌륭한 신분이 되기는 하는데 단명할 운명이오. 아무래도 마흔을 넘기지는 못할 것이오. 만약 오래 살고자 한다면 진심으로 보리심菩提心[5]을 일으키시오. 나는 이 이상의 일은 도저히 점칠 수 없소."

라고 말하고 가버렸다.

조만은 이것을 들은 후 몹시 비탄하며 이내 본사本寺[6]를 떠나, 이후 오랜 세월 동안 가사기笠置 동굴[7]에 칩거하며 보리심을 일으켜 고행 생활에 들어갔다. 조만은 육시六時[8]에 행도行道[9]하여 일심一心으로 염불을 외고, 또 항상 지재持齋[10]하여 매일 신조晨朝[11]에는 지장보살地藏菩薩의 보호寶號[12]를 백 팔 번 외웠다. 조만은 이것을 매일의 근행勤行으로 하며 조금도 게을리하지 않았다.

그런데 조만이 서른 살이 되던 해 4월에 중풍中風[13]에 걸려 며칠 만에 완전히 몸이 쇠약해졌고, 몸에서 혼이 빠져나가 눈 깜짝할 사이에 죽고 말았다. 그러자 푸른 옷을 입은 관인官人[14] 두세 사람이 찾아와서 무시무시하게 성난 표정으로 조만을 붙잡았다. 조만은 큰 소리로 절규했다.

5 → 불교.

6 도다이지東大寺를 가리킴.

7 → 지명.

8 → 불교.

9 → 불교.

10 → 불교.

11 하루를 육시六時(→ 불교), 일중日中을 삼시三時로 나눴을 때의 아침에 해당하는 시간. 염불·독경의 시각으로 지장이 육도六道를 유화遊化하는 시각이라고 설명(권17 제1화 해설 참조).

12 명호名號. 권17 제29화에 보이는 "나무귀명정례지장보살南無歸命頂禮地藏菩薩" 등도 명호를 읊는 방법의 일종. 백 팔번의 칭명稱名은 이른바 백팔번뇌百八煩惱의 소제消除를 기원한 것.

13 예전에는 감기의 일종. 특히 고열을 동반한 독감의 종류(『의심방醫心方』·3). 여기서는 소위 중기中氣·졸중卒中을 의미하는 것으로 추정.

14 청의靑衣는 명계冥界의 관리의 착의着衣. 청의를 입은 명관冥官을 가리킴.

"저는 진정 청정수행清淨修行[15]을 하고 있는 진실한 수행자입니다. 삼업육정三業六情[16]에 있어서 어떤 과오도 범하지 않았습니다. 그 옛날 웅준雄俊[17]이라는 자가 있었는데, 극악하고 사견邪見[18]에 빠진 인간이었습니다. 그조차 임종할 때 염불의 힘으로 지옥의 맹화猛火가 별안간 변하여 청량한 바람이 불었고, 그 자리에서 부처의 영접迎接[19]을 받아 극락세계로 왕생할 수 있었습니다. 저는 염불을 외고 지장보살의 비원悲願[20]을 의지하고 있었는데 어째서 이것이 헛된 것이 될 수 있겠습니까. 만약 제 바람이 이루어지지 않는다면 삼세三世[21]의 제불諸佛과 지장보살의 대비大悲[22] 서원誓願은 모두 무의미한 것이 됩니다."

이것을 들은 명도冥途의 사자들은 조만을 책하며,

"너는 그리 말하지만, 이렇다 할 증거가 없지 않느냐?"라고 말했다. 그러자 조만이 다시 "제불보살의 서원에는 본디 거짓이 없습니다. 만약 제가 지금 말씀드린 것이 정말로 이루어질 수 없다면, 진실로 거짓 없는 제불보살의 진실하고 거짓이 없는 말씀은 모두 허망한 언사가 되겠지요."
라고 말했다. 그때 한 어린 승려[23]가 갑자기 나타나셨는데 그 모습이 단정하고 품위가 있어 아름다웠고 빛을 발하고 있었다. 그리고 이 같은 대여섯 분의 어린 승려도 함께 계셨다. 또한 서른 명 남짓한 어린 승려가 좌우로 줄지어 앉아 있었다. 이분들은 전부 대단히 고귀하고 엄숙하게 합장한 채 나타

15 계율戒律을 지키고 행실을 청정하게 지키는 것.
16 삼업三業(→ 불교).
17 → 인명.
18 → 불교.
19 내영인접來迎引接의 약자. → 권17 제1화 인접引接 관련 주 참조.
20 → 불교.
21 과거·현재·미래의 총칭.
22 대자비大慈悲.
23 본문에는 "小僧"으로 되어 있음. 지장은 어린 승려(어린 법사法師)로 변한 예가 많음.

나셨다. 그러자 사자는 이것을 보고,

“이 승려는 진정 큰 선근善根을 쌓은 사람이었구나. 남방南方의 보살성중聖衆[24]이 이리도 이곳에 나타나셨으니, 이제 우리는 이 승려를 내버려 두고 어서 가자.”

라고 말하며 이 많은 보살을 향해 합장, 배례하고 어딘가로 가버렸다.

그 때 상수上首[25]의 보살이 조만을 향해,

“그대는 나를 알고 있는가? 나는 그대가 매일 신조에 염하고 있는 지장보살이니라. 내가 대비 서원에 의해 그대를 지키고 있는 것은 그야말로 눈동자를 소중히 지키는 것과 같다. 그대는 유전생사流轉生死[26]의 업연業緣[27]으로 인해 지금 여기로 불려오게 된 것이다. 허나 그대는 곧바로 염부閻浮[28]로 돌아가 이번에는 생사生死의 경계[29]를 벗어나 극락왕생의 소망을 이루도록 하라. 절대로 두 번 다시 이곳에 와서는 안 되느니라.”

라고 일깨워 주셨다. 보살의 말이 끝나자 그 순간 조만은 소생하였고 그 사이 하룻밤이 지나 있었다.

그 후 조만은 더욱 도심道心을 일으켜 근행에 힘쓰고, 이를 게을리 하는 법이 없었다.

세월이 지나 조만의 나이가 아흔 살에 이르렀는데, 어디 아픈 곳도 없고 걸음걸이도 가벼웠다. 조만은 임종을 맞이하기에 앞서 그 시기를 알아, 염

24 태장계만다라에서는 지장원地藏院은 북방에 위치하지만, 지장의 정토淨土, 가라타산伽羅陀山(佉羅提耶山 · 佉羅帝耶山 · 佉羅陀山이라고도 씀)은 남방에 있다고 여겨졌음. ‘보살성중菩薩聖衆’은 태장계만다라 지장원의 구존九尊, 지장 이하의 보처寶處 · 보수寶手 · 보인수寶印手 · 지지持地 · 견고의堅固意 등의 제보살을 가리킴. 앞서 나온 ‘대, 여섯 명의 어린 승려’는 이것들의 제보살의 권화權化.

25 상석上席, 수석首席의 의미. 지장원의 수석인 지장보살을 가리킴.

26 육도세계를 살았다 죽었다 하는 것.

27 몸 · 입 · 의意의 삼업三業 행위에서 비롯된 인연.

28 염부제閻浮提(→ 불교)의 약자.

29 생사를 윤회輪廻하는 경계. 번뇌를 헤매다 해탈解脫을 얻는 경계.

불을 읊고 지장보살을 염하며 서쪽을 향해 정좌正坐하여 합장한 채 입멸入滅하였다. "이것은 틀림없이 지장보살께서 도움을 주신 것이다."라고 하며, 이것을 들은 사람은 눈물을 흘리며 존귀하게 여겼다고 이렇게 이야기로 전하여 내려오고 있다 한다.

⊙제17화⊙ 도다이지東大寺의 조만藏滿이 지장地藏의 도움으로 소생한 이야기

東大寺蔵満依地蔵助得活語第十七

今昔、東大寺ニ一人ノ僧有ケリ。名ヲバ蔵満ト云フ。義蔵律師ト云ケル人ノ弟子也。

蔵満要事有テ、白地ニ東大寺ヨリ京ニ上ル間、途中ニシテ、不慮ノ外ニ、登昭ト云フ相人ニ値ヌ。蔵満登昭ヲ見テ、喜テ云ク、「我レ幸ニ君ニ値ヘリ。我ガ身ノ上ノ善悪ヲ相ジ給ヘ」ト。登昭ガ云ク、「汝ヂ、仏教ヲ学テ止事無キ身ト成ルト云フトモ、命極テ短シ。四十ヲ不可過ズ。若シ、命ヲ持タムト思ハヾ、心ヲ至シテ菩提心ヲ発セ。我レ更ニ他ノ事ヲ不可相ズ」ト、云テ過ヌ。

蔵満此ヲ聞テ後、大キニ歎キ悲ムデ、忽ニ本寺ヲ棄テヽ、永ク笠置ノ窟ニ入テ、菩提心ヲ発シテ、苦行ヲ勤行ズ。六時ニ行道シテ、一心ニ念仏ヲ唱フ。亦常ニ持斉シテ、毎日ノ晨朝ニ、地蔵菩薩ノ宝号一百八反唱フ。此レ毎日ノ所作トシテ怠ル事無シ。

而ル間ニ、蔵満年三十ト云フ年ノ四月ニ、身ニ中風ノ病付テ日来ヲ経ルニ、身弱ク魂動キテ忽ニ死ヌ。其ノ時ニ、青キ衣ヲ着セル官人両三人来テ、大キニ嗔ヲ成シテ、蔵満ヲ捕フ。然レバ、蔵満音ヲ挙テ大キニ叫テ云ク、「我レハ此レ浄行ニシテ真実ノ行者也。三業六情ニ於テ犯ス所無シ。昔シ、雄俊ト云シ者ハ極悪邪見ノ人也キ。然レドモ、命終ル時、念仏ノ力ニ依テ、地獄ノ猛火忽ニ変ジテ、清涼ノ風吹テ、即チ仏ノ迎接ヲ預テ、極楽世界ニ往生ズル事ヲ得テキ。我レ念仏ヲ唱ヘ、地蔵菩薩ノ悲願ヲ憑ム。豈ニ此レ空カラムヤ。若シ此ノ事不叶ズハ、三世ノ諸仏及ビ地蔵菩薩ノ大悲ノ誓願皆失ナムトス」ト。使等此ヲ聞テ、蔵

地獄の猛火（地獄草紙）

満ヲ責メ問テ云ク、「汝ヂ如此ク云ヘドモ、指セル証拠無シ」ト。蔵満亦云ク、「諸仏菩薩ノ誓願ハ本ヨリ虚妄無シ。我レ若シ此ノ言遂ニ不叶ズハ、諸仏菩薩ノ真実不虚ノ誠ノ言、皆虚妄ノ説ト可成シ」ト。其ノ時ニ、一人ノ小僧忽ニ来リ給フ。其ノ形チ端厳美麗ニシテ光リヲ放ツ。同ジク五六人ノ小僧在マス。亦三十余人ノ小僧左右ニ烈セリ。巍々蕩々トシテ、皆掌ヲ合セテ来リ給□リ。其時ニ、使此ヲ見テ云ク、「此ノ僧ハ既ニ大善根ノ人也ケリ。南方ノ菩薩聖衆、如此ク来リ臨ミ給フ。今我等速ニ此ノ僧ヲ棄テ、去ナム」ト云テ、此ノ諸ノ菩薩ニ向ヒ奉テ、掌ヲ合セテ礼拝シテ別レ去ヌ。

其ノ時ニ、此ノ上首ノ菩薩、蔵満ニ教テ宣ハク、「汝ヂ我レヲバ知レリヤ。我レハ此レ汝ガ毎日ノ晨朝ニ念ズル地蔵菩薩也。大悲ノ誓願ニ依テ、汝ヲ守ル事尚シ眼精ヲ守ガ如ク也。汝ヂ流転生死ノ業縁ノ引ク所ニ依テ、今被召タル也。汝ヂ速ニ閻浮ニ返テ、生死ノ界ヲ棄テ、往生極楽ノ望ヲ遂ゲヨ。努々更ニ此ノ所ニ不可来ズ」ト宣フ、ト思フ程ニ活レリ。

其ノ程、一日一夜ヲ経タリ。

其ノ後ハ弥ヨ堅ク道心ヲ発シテ退スル事無シ。

蔵満遂ニ年九十ニ満テ、身ニ病無ク、行歩軽クシテ、命終ル時ニ臨デ、兼テ其ノ期ヲ知テ、念仏ヲ唱ヘ、地蔵菩薩ヲ念ジ奉テ、西ニ向テ端坐シテ、掌ヲ合セテ入滅シニケリ。

「此レ偏ニ地蔵菩薩ノ助也」ト知テ、此ヲ聞ク人涙ヲ流シテ貴ビケリ、トナム語リ伝ヘタルトヤ。

권17 제18화

빗추 지방備中國의 승려 아쇼阿清가 지장地藏의 도움으로 소생한 이야기

앞 이야기에 이어, 정해진 수명이 다해 명부冥府로 불려가게 된 빗추 지방備中國의 승려 아쇼阿清가 지장地藏의 소원訴願에 의해 소생한 이야기로, 아쇼가 행한 수행의 공덕功德과 지장의 자비慈悲를 설한다.

이제는 옛이야기이지만, 빗추 지방備中國[1] 구보야 군窪屋郡[2] 오치 향大市鄉[3]에 한 노승이 있었다. 그의 이름은 아쇼阿清로, 속성俗姓은 구다라百濟[4] 씨이다. 아쇼는 본디 기데라紀寺[5] 기쇼基勝[6] 율사律師의 제자였는데, 그곳을 떠나 고향[7]에 돌아와 살게 되었다. 그러나 천성적으로 수험修驗[8]을 좋아하여 이곳저곳으로 산을 돌고 바다를 건너는 난행고행難行苦行의 생활을 거듭하고 있었다.

1 → 옛 지방명.
2 현재의 오카야마 현岡山縣 쓰쿠보 군都窪郡
3 현재의 구라시키 시倉敷市 오우치大內.
4 조선 반도에서 도래한 씨족.
5 → 사찰명.
6 『승강보임僧綱補任』에는 보이지 않음. 혹은 본집 권28 제8화의 기데라木寺의 기쇼基僧와 동일인물로 추정.
7 빗추 지방備中國을 가리킴.
8 영지靈地·영산靈山에 칩거하여 고행苦行을 쌓아 영험력靈驗力을 몸에 익히는 수행. 이른바 야마부시 수험도山伏修驗道로 일본 고래古來의 산악신앙에, 도교道敎·음양도陰陽道·밀교密敎가 복합된 것. 에노 오즈누役小角를 시조로 전하고 있음.

그러던 중, 그의 나이도 어느새 스물네댓 살이 되었을 무렵, 역병疫病이 창궐하여 많은 사람들이 목숨을 잃었다. 그는 이를 매우 두려워하며 본사本寺[9]로 되돌아가고자 하였다. 그러나 길을 떠나고 며칠 뒤 그는 여정 중에 중병에 걸려 얼마 안 가 죽고 말았다. 같이 동행하고 있던 제자는 두려움에 아쇼를 버리고 도망쳐 버렸다.

이틀 만에 아쇼는 소생하였는데 그는 그 주변을 지나가고 있던 사람을 불러 세워 이렇게 이야기하였다.

"저는 실은 이러저러한 자입니다. 태어난 고향에서 본사로 돌아가려던 중 병에 걸려 이곳에서 죽고 말았습니다. 그 후 저는 홀로 서북쪽을 향해 넓은 길을 나아갔습니다. 그러자 머지않아 누문樓門이 있는 곳에 도착했습니다. 그 안에는 위엄 있는 건물들이 몇 채나 서 있었는데 그 모습이 검비위사청檢非違使廳[10]과 비슷했습니다. 그곳의 뜰에 많은 관리들이 줄지어 앉아 있었는데 많은 사람들을 소환하여 그들의 죄의 경중輕重을 가리고 있었습니다. 또한 많은 이들을 포박해서 뇌옥牢獄으로 보내고 있었습니다. 그들의 절규 소리가 마치 천둥이 울려 퍼지는 것과 같았습니다.

저는 이것을 보고 소름이 끼치고 매우 기겁하여 앞뒤의 구별도 할 수 없을 정도였습니다. 겨우 진정하여 좌우를 보니 한 어린 승려[11]가 손에 석장錫杖[12]을 쥐고 한권의 두루마리[13]를 들고 이쪽저쪽 동분서주하고 있었는데, 무언가를 열심히 호소하고 있는 듯 했습니다. 한편 아름다운 모습의 동자[14] 한

9 기데라紀寺를 가리킴.

10 권17 제3화 검비위사檢非違使 좌위문위左衛門尉 관련 주 참조. 죄인·고문·옥사·재판의 이미지.

11 본문에는 '小僧'으로 되어 있음. 지장은 어린 승려(어린 법사法師)로 변한 예가 많음.

12 → 불교.

13 망자亡者, 즉 아쇼阿淸의 생전의 행실을 기록한 두루마리. 지장地藏이 망자의 사면을 소원訴願하는 증거 문서.

14 지장보살菩薩을 따르는 동자가 있는 것은 드문 일. 앞 이야기에서는 지장과 동류의 어린 승려를 총괄하여 "남방南方의 보살성중聖衆"이라고 되어 있음.

명이 그 어린 승려를 뒤따르고 있었습니다. 저는 이 동자 곁으로 다가가, '이 어린 승려는 대체 누구십니까?'라고 물어보았습니다. 그러자 동자는 '그대는 모르는가? 이분은 지장보살地藏菩薩이시니라.'라고 답하는 것이었습니다. 저는 이것을 듣고 놀랍고 두려워서 정중하게 배례를 드렸습니다. 그때 어린 승려가 저를 보고 가엾게 여기시며 말씀하시기를

'그대는 지금 당장 이곳을 나가거라. 그건 그렇고 무슨 연유로 재차 이곳을 찾아 온 것인가?'

라고 하시고, 저를 관리 앞으로 데리고 가서 이렇게 변호해 주셨습니다.

'이 승려는 참으로 올바른 수행을 쌓은 자로, 생전에 시라 산白山[15]과 다테 산立山[16]이라는 영장靈場에 참배했고, 분골쇄신粉骨碎身하여 수행하기가 벌써 수차례에 이른다. 또한 여러 차례 이곳저곳으로 산을 돌고 바다를 건너 불도佛道 수행에 힘쓰기도 하였다. 그러나 지금 단명하게 되는 업연業緣[17]에 묶여서 여기에 불려오게 된 것이다. 그러니 속히 방면해 주어야 한다. 자세한 것은 이 승려의 행업行業[18]을 기록한 일기에 쓰여 있다.'

관리들은 이것을 듣고,

'이 승려에게는 실제로 그러한 수행을 한 사실이 있었습니다. 분부하신 대로 서둘러 방면하겠습니다.'

라고 답하였고, 아쇼는 이를 듣고 눈물을 흘리며 감동하여 더할 나위 없이 존귀하게 여겼습니다. 어린 승려가 제 손을 이끌고 관사官舍[19] 밖으로 나가

15 → 지명. 또한 『영험기靈驗記』에는 이 이하의 영험소靈驗所 순례에 대한 기사 없음. 이 이야기는 수험자修驗者로서의 행실을 강조하고 있음.

16 → 지명.

17 인연因緣.

18 생전의 행실을 기록한 문서. 나날의 행실을 하나하나 기록한 것이라 일기日記라고 한 것.

19 여기에서는 염마왕청閻魔王廳을 가리킴. 권17 제19화 염마청閻魔廳 관련 주 참조.

몸소 말씀하시길, '그대는 속히 고향으로 돌아가 선업善業[20]을 쌓아 두 번 다시 이곳에 와서는 안 되느니라.'라고 하셨습니다. 어린 승려의 말이 끝나자마자 저는 소생한 것입니다."

아쇼의 이야기를 들은 지나가던 사람은 감격하여 존귀하게 여기며 떠났다.

그 후 아쇼는 고향에 돌아가 이것을 사람들에게 이야기했다. 이야기를 들은 사람들은 눈물을 흘리며 존귀하게 여겼고 감격하지 않는 자가 없었다. 아쇼는 '이는 오로지 지장보살께서 도움을 주신 것이다.'라고 생각하며, 각별히 지장보살을 섬겼다고 이렇게 이야기로 전하여 내려오고 있다 한다.

20 선보善報를 얻는 근거가 되는 행위. 선근善根.

◉제18화◉ 빗추 지방備中國의 승려 아쇼阿清가 지장地藏의 도움으로 소생한 이야기

備中国僧阿清依地蔵助得活語第十八

今昔、[五]備中ノ国、[六]窪屋ノ郡、[七]大市ノ郷ニ一人ノ[八]古老ノ僧有ケリ。名ヲバ[九]阿清ト云ケリ。俗姓ハ[一〇]百済ノ氏。阿清本ハ[一一]紀寺ノ[一二]基勝律師ノ弟子ニテ有ケルガ、其ノ所ヲ去テ[一三]本国ニ返テナム住ケル。[一四]天性トシテ[一五]修験ヲ好テ、[一六]諸ノ山ヲ廻リ海ヲ渡テ、難行苦行ズ。

而ルニ、[一七]年漸ク二十四五ニ成ケル時、世ノ中ニ[一八]疫癘発テ死ル者多カリ。[一九]此ヲ恐ル、ニ依テ、[二〇]本寺ニ返ル間ニ、数日ヲ経ルニ、途中ニシテ身ニ重キ病ヲ受テ、忽ニ死ヌ。具セル所ノ弟子恐レヲ成シテ、阿清ヲ棄テ、逃去ヌ。

[二一]一両日ヲ経テ、阿清活ヌ。[二二]其ノ辺ヲ過ル人ヲ呼テ語テ云ク、「我レハ此レ、然々ノ人也。本国ヨリ本寺ニ行ク間、[二三]途中ニシテ病ヲ受テ、忽ニ此ニシテ死ヌ。而ル間、我レ独リ広キ路ニ向テ西北ノ方ニ行ク。即チ[二四]門楼ニ至ル。[二五]其ノ内ニ[二六]器量キ屋共有リ。此ヲ見ルニ、[二七]検非違ノ庁ニ似タリ。其ノ所ニ官[二八]人其ノ数有テ、庭ノ中ニ着並タリ。多ノ人ヲ召シ集メテ、其ノ罪ノ軽重ヲ定ム。亦、多ノ人ヲ捕ヘテ縛テ[二九]獄ヘ遣ル。其ノ泣キ叫ブ音、[三〇]雷ノ響ノ如シ。

而ル間、[三一]阿清此ヲ見ルニ、[三二]身ノ毛竪チ[三三]魂迷テ、更ニ[三四]東西ヲ忘レタリ。[三五]稍、左右ヲ見レバ、一人ノ[三六]小僧手ニ[三七]錫杖ヲ取リ、并ニ[三八]一巻ノ文ヲ持テ、[三九]東西ニ走リ行ク。[四〇]諍フ事有ル気色也。亦、形チ美麗ナル[四一]童子一人、此ノ小僧ニ随ヘリ。阿清歩ビ進ムデ、此ノ童子ニ問テ云ク、『此ノ小僧ハ此レ誰人ゾヤ』ト。童子答テ云ク、『汝ヂ不知ズヤ。此レハ地蔵菩薩ニ在マス』ト。阿清此ヲ聞テ、驚キ恐レテ、礼拝恭敬ズ。其ノ時ニ、小僧阿清ヲ見テ、哀レムデ宣ク、『汝ヂ此ノ所ヲ出ム事[一]只今也。何ノ故有テカ、亦返リ来レル』ト云テ、阿清ヲ官人ノ前ニ将至テ、訴テ宣ハク、『此ノ僧ハ既ニ[二]如法ノ行者也。其ノ故ハ、生タル間、[三]白山[四]立山ト云フ[五]霊験ニ詣デヽ、自ラ[六]骨髄ヲ振テ勤メ行ヘル事、既ニ数度ニ及ベリ。此ノ外ニ諸ノ山ヲ廻リ、海ヲ渡テ、仏道ヲ修行ズル事、亦其ノ数有リ。而ルニ今、[七]中天ノ[八]業縁ニ被縛テ被召タル也。然レバ、速ニ可放免キ也。委キ事ハ此ノ僧ノ[九]行業ノ日記ニ被注タリ』ト。官人等此ヲ聞テ答テ云ク、『此ノ僧実ニ其ノ勤有リ。仰セノ旨ニ随テ、速ニ可免遣シ』ト。阿清此ヲ聞テ、涙ヲ流

修験者（北野天神縁起）

シテ悲ビ貴ブ事無限シ。小僧阿清ヲ引テ[一〇]官舎ノ外ニ出デヽ、自ラ教テ宣ハク、『汝ヂ、早ク[一一]本国ニ返テ、[一二]善業ヲ修シテ、亦更ニ此ノ所ニ来ル事無カレ』ト。阿清如此ク聞ト思フ[一三]程ニ、即活レリ」ト。[一四]過ル人、此ヲ聞テ悲ビ貴デ過ヌ。

其ノ後チ本国ニ返テ此ノ事ヲ語ル。此ヲ聞人、涙ヲ流シテ不貴悲ズト云事無シ。[一五]阿清ハ、「此レ偏ニ地蔵菩薩ノ助ケ也」ト知テ、殊ニ地蔵菩薩ニ仕ケリ、ト[一六]語リ伝ヘタルトヤ。

권17 제19화

미이데라三井寺의 조조淨照가 지장地藏의 도움으로 소생한 이야기

미이데라三井寺의 승려 조조淨照가 열한두 살 때 지장상地藏像을 장난으로 만들어 공양한 공덕功德으로 서른의 나이에 병으로 일단 죽었으나 지장의 소원訴願으로 소생하였다는 이야기. 신심信心 없이 장난삼아 행한 선행조차도 부처·보살菩薩의 감응感應을 받는다는 것을 이야기하는 유형적인 조상造像 공덕담.

이제는 옛이야기이지만, 미이데라三井寺[1]에 한 승려가 있어 이름은 조조淨照라고 한다.

그가 열한두 살[2] 정도였을 때, 아직 출가 전으로 비슷한 나이 또래 아이들과 놀고 있었다. 그는 장난삼아 자신의 손으로 승려의 모습을 하나 조각하여, "이건 지장보살地藏菩薩이야."라고 하며 고사古寺의 불단佛壇 옆에 두고 다른 아이들과 장난치며 놀았다. 장난삼아 만들어 놓은 승상僧像에게 그때 한창 피던 꽃을 꺾어 바치고, 절하며 공양하는 《흉내》[3]를 내다가 그 승상을 내버려두고 아이는 다시 어딘가로 놀러가 버렸다. 이 아이는 그 후 출가하여 이름을 조조라 했는데 사승師僧을 따라 불법佛法을 공부하고 수행하여,

1 → 사찰명.

2 『영험기靈驗記』에서는 12세, 온조지園城寺(미이데라三井寺)의 절의 잡일을 담당하는 지고稚児였다고 함.

3 한자표기의 명기를 위한 의도적인 결자라고 한다면 '흉내' 등이 해당할 것으로 추정.

이윽고 현밀顯密[4]의 가르침을 모두 배워서 어느새 존귀한 승려가 되었다.

한편 조조는 만 서른 살에 이르러 병을 얻어 며칠 동안 병상에 누워 있었는데, 상태가 좋지 않아 결국 중태에 빠져 죽고 말았다. 그러자 갑작스레 무시무시한 형상의 두 사람이 나타나 조조를 포박하여 내몰았고 어두운 산기슭에 다다르게 되었다. 그 산 속에 커다랗고 어두운 구멍이 하나 있었는데[5] 두 사람은 조조를 억지로 그 구멍에 밀어 넣었다. 이때 조조는 두려움에 어찌할 바를 모르고 뭐가 뭔지 알지 못했다. 그는 아주 약간 제정신이 남아 있어, '아아 나는 죽는구나.'라고 생각했는데, 살아생전에 『법화경法華經』을 독송하고 관음觀音과 지장을 지성으로 모시고 《있었던지라》, '부디 이번 한 번만 저를 구해주소서.'라고 기원하며 구멍으로 떨어져 내려갔다.[6] 떨어져 내려가는 동안 어마어마한 바람이 불었는데 두 눈에 그 바람을 맞아 매우 견디기 힘들었다. 그래서 조조는 양손으로 자기 눈을 감쌌고, 그 상태로 아득히 아래로 떨어져 내려가 염마청閻魔廳[7]에 도착했다. 그가 사방을 둘러보니 많은 죄인이 있어 그들 모두 모진 고통을 받고 있었다. 죄인들의 울부짖는 소리는 마치 천둥의 울림과도 같았다. 그때 한 어린 승려[8]가 나타났는데 그 모습이 실로 엄숙했다. 그가 조조를 향해,

"너는 내가 누구인지 아느냐. 나는 네가 아직 어렸을 때 장난삼아 만들었던 지장이니라. 그 상은 네가 특별히 신심信心을 일으켜 만든 것이 아닌, 장

4 → 불교.

5 죽은 자가 어두운 구멍을 낙하하여 명도冥途에 이른다는 발상은 일반적으로 나타나는 것으로, 권17 제22화에서도 볼 수 있음.

6 이하의 기사는 깊은 구멍을 가속도 때문에 맹렬한 속도로 낙하한 상태를 나타냄. 임사臨死 체험의 보고 등과 겹치는 서술.

7 → 불교. 염마왕閻魔王(→ 불교)이 죽은 자의 공죄功罪를 판단하는 청사. 또 『지장시왕경地藏十王經』에서는 염마왕은 명도 십왕十王의 제5왕으로 본지本地는 지장보살地藏菩薩. 염마·지장 동체설同體說에 대해 일본에서는 『영이기靈異記』 하下의 9에 처음 나타남.

8 지장의 권화權化. 본문에는 "小僧"으로 되어 있음. 지장은 어린 승려(어린 법사法師)로 변한 예가 많음.

난삼아 만든 것이라고는 하나 이것으로 인해 너와 결연結緣《하여서》,[9] 나는 밤낮으로 너를 지키고 있었던 것이니라. 또 나에게는 대비大悲의 서원誓願이 있어 잠시라도 악취惡趣[10] 근처를 《떠나지 못하》[11]고, 중생의 선악을 판단하니[12] 정불국토淨佛國土[13]의 보살의 공덕장엄功德莊嚴[14]함조차 거의 잊어버릴 정도이니라. 나는 너를 지키고는 있지만, 내가 잠시 다른 곳에 간 사이 네가 여기로 불려오게 된 것이다."

라고 말씀하셨다. 조조는 이것을 듣고서 땅에 무릎을 꿇고 눈물을 흘리며 예배를 드렸다. 어린 승려는 조조를 염마청으로 데리고 가서 염마왕閻魔王에게 호소하여 방면되게 해주셨다. 이와 같은 것을 조조는 마치 꿈을 꾸듯 보고 소생하였다.

그 후 조조는 굳은 보리심菩提心[15]을 일으켜 본사本寺[16]를 떠나 많은 산을 정처 없이 돌아다니며 끊임없이 불도를 수행하고 이를 게을리하는 법이 없었다.

이것이야말로 지장보살께서 중생을 구원하시기 위한 방편方便이 아니겠는가. 장난삼아 나무를 깎아 지장이라고 칭하고 게다가 정식으로 공양을 하지 않았음에도 불구하고 지장의 중생구제의 은혜는 이와 같은 것이다. 하물며 진심을 담아 상을 만들고 그림을 그리며,[17] 또 공양을 드리는 공덕은 어

9 저본의 파손에 의한 결자. 전후 문맥을 고려하면 '하여서'가 들어갈 것으로 추정.

10 → 불교.

11 저본의 파손에 의한 결자. 전후 문맥을 고려하면 '떠나지 못하'가 들어갈 것으로 추정.

12 죽은 자의 생전의 소업所業의 선악을 판정한다는 의미. 염마·지장동체설의 투영投影이 느껴짐.

13 『법화경法華經』 권2·신해품信解品의 '정불국토淨佛國土'에 기초한 단어로, 원의原義는 보살이 성불成佛할 때 살게 될 불국토佛國土를 청정하게 한다는 의미인데, 여기서는 정토淨土와 동의어.

14 '장엄莊嚴'은 아름답게 꾸미는 것, 미려한 장식이라는 뜻. '공덕장엄功德莊嚴'이라고 합쳐서, 공덕의 수승殊勝함과 공덕의 훌륭함을 말함.

15 → 불교.

16 미이데라三井寺를 가리킴.

17 지장보살의 상을 만들고 그리는 의미.

느 정도일지 헤아릴 수조차 없다.

이 이야기는 조조가 이야기한 것을 듣고 전하여, 이렇게 이야기로 전하여 내려오고 있다 한다.

⊙제19화⊙ 미이데라三井寺의 조조浄照가 지장地蔵의 도움으로 소생한 이야기

三井寺浄照依地蔵助得活語第十九

今昔、三井寺[一七]ニ一人ノ僧有ケリ。名ヲバ浄照[一八]ト云。年[一九]十一二歳許也ケル時ニ、未ダ不出家ズシテ同ジ程ナル童子ト遊ケルニ、戯レニ自ラ一ノ僧ノ形ヲ刻テ、「此レ地蔵菩薩」ト名付テ、古寺ノ仏壇[二〇]ノ辺ニ置テ、諸ノ童部ト共ニ遊ビ戯ル。次ニ、時[二一]ノ花ヲ折テ、其ノ僧形ヲ敬テ供養ズル□[二二]ヲシテ、棄[一]テ遊ビ去ヌ。其ノ後、出家シテ名浄照ト云。師ニ随[二]ヘテ法ヲ学ビ行ヲ修テ、遂ニ顕蜜[三]ノ教ヲ兼ネ学テ、既ニ止事無キ人ト成ニケリ。

而ル間、浄照年三十二満年、身ニ病ヲ受テ、日来悩ム気色有リ。心地不例ズシテ遂ニ病重テ死ヌ。其ノ時ニ、俄ニ猛[四]キ者二人出来テ、浄照ヲ搦メ捕ヘテ、駈追[五]テ黒山ノ有ル麓ニ至ル。其[六]ノ山ノ中ニ大キニ暗キ一ノ穴有リ。即チ浄照ヲ其ノ穴ニ押シ入[七]ル。其ノ程、浄照心迷ヒ[八]胆砕テ、思ユル事無シ。但シ、纔[九]ニ心有テ自ラ思ハク、「我レハ死ヌル也ケリ」[一〇]。而ルニ、生タリツル時、法花経ヲ読誦シ、観音地蔵ニ懃ニ仕リ[一一]ツ、□[一二]「必ズ此ノ度ノ我レヲ助ケ給ヘ」ト念ジテ、穴ニ落入ル間、風極テ猛クシテ、二ノ目ニ風当テ、甚ダ難堪シ。然レバ、二ノ手ヲ以テ自ラ目ニ覆フ。而ル間、遥ニ堕テ、閻[一三]魔ノ庁ニ至ヌ。其ノ所ニシテ四方ヲ見廻カスニ、多ノ罪人有テ、各苦ニ預ル。泣キ叫ブ音雷[一四]ノ響ノ如シ。其ノ時ニ、一人[一五]ノ小僧出来レリ。其ノ形チ端厳也。浄照ニ告テ宣ハク、

「汝ぢ我レヲバ知レリヤ。我レハ汝ガ小童ナリシ時、戯ニ造リ顕ハシタリシ所ノ地蔵也。此レ、心ヲ不発シテ戯ニ所作也キト云ヘドモ、此ヲ以テ結縁[一六]□、日夜ニ我レ汝ヲ守ル也。亦、大悲[一七]ノ誓願ニ依テ、片時モ悪趣[一八]ノ辺ヲ□[一九]ズシテ善悪[二〇]ヲ定ムル間[二四]、殆[二一] 浄仏国土[二二]ノ菩薩ノ功徳[二三]荘厳ヲモ忘レヌベシ。而ルニ、我レ汝ヲ守ルト云ヘドモ、我レ他行ノ間ニ、汝ヂ此ニ被召タル也」ト。浄照此ヲ聞テ、地ニ跪テ涙ヲ流シテ礼拝ス。小僧浄照ヲ庁ノ前ニ将行テ、訴テ此ヲ免シ給ヒ[二五]ツ。如此ク見ルト思フ間ニ、即チ活レリ[二六]。

其ノ後、浄照堅固ノ菩提[二七]心ヲ発テ、本寺[二八]ヲ去テ、諸ノ山ヲ廻リ流浪シテ、永ク仏道ヲ修行ジテ退[二九]スル事無シ。

此レ[三〇]、地蔵菩薩ノ利生[三一]ノ方便ニ非ズヤ。戯レニ木ヲ刻テ地蔵ト名ケテ、如法[一]ノ供養ヲ不至ネドモ、地蔵ノ利生ハ此ゾ在マシケル。況ヤ、心ヲ発シテ造[二]リ書テモ供養ジ奉ラム功徳ヲ可思遣シ。

浄照[三]ガ語ルヲ聞キ継テ、語リ伝ヘタルトヤ。

閻魔庁（春日権現験記）

권17 제20화

하리마 지방播磨國의 고진公眞이 지장地藏의 도움으로 소생한 이야기

하리마 지방播磨國 이나미 군印南郡 고쿠라쿠지極樂寺 본존本尊인 지장地藏의 연기담緣起譚으로, 동일 절의 입도승入道僧 고진公眞이 그의 아버지 시게마사重正의 지장 조상造像 공덕功德으로 명도冥途에서 소생한 후, 발심發心하여 지장을 조립造立 공양한 경위를 기록했다. 앞 이야기에 이어서 조상의 공덕을 설하는 이야기.

이제는 옛이야기이지만, 하리마 지방播磨國[1] 이나미 군印南郡[2] 우타미 포歌見浦라는 곳에 절이 하나 있어 고쿠라쿠지極樂寺라고 했다. 그 절에 한 입도승入道僧[3]이 있었는데 이름은 고진公眞이라고 했다. 고진은 채색[4]한 삼 척尺의 지장보살상地藏菩薩像을 하나 만들어, 그 절 안에 안치하고, 매일같이 공양을 드리며 이를 게을리한 적이 없었다.

그 사정을 물으니, 몇 해 전 고진이 중병에 걸려 며칠간 병상에 있다가 잠시 잠이 든 것처럼 숨을 거뒀다. 한편 고진은 홀로 명도冥途로 향하여 염마청閻魔廳[5]에 이르렀다. 주변을 둘러보니 천만 명의 사람이 있어, 모두 심하

1 → 옛 지방명.
2 → 현재의 효고 현兵庫縣 인나미 군印南郡 · 가고가와 시加古川市 일대.
3 입도入道(→ 불교).
4 → 권17 제5화 채색 관련 주 참조.
5 → 권17 제19화 염마청閻魔廳 관련 주 참조.

게 가책을 받으며 울부짖고 있었다. 그 목소리가 마치 천둥의 울림과 같았다. 고진은 이것을 보자마자 공포로 인해 앞뒤의 구별도 할 수 없을 만큼 정신이 없었다.

그런데 그곳에 한 어린 승려가 있어 엄숙한 모습을 하고 있었는데, 죄인들 사이에 섞여서 문 밖을 뛰어다니고 있었다. 고진이 옆 사람에게 조심스럽게, "저 어린 승려는 누구십니까?"라고 묻자 그중 한 사람이, "저 분은 지장보살地藏菩薩이십니다."라고 말했다. 이것을 들은 고진은 그 어린 승려 앞으로 나아가 땅에 무릎을 꿇고,

"저는 생각지도 못하게 이곳으로 불려오게 되었습니다. 지장보살이시여, 부디 대비大悲[6]의 서원誓願으로 저를 살려주시옵소서. 대사大士[7]의 은혜의 힘이 아니고서야 어찌 이곳을 벗어《나서 고》[8]향《에》[9] 돌아갈 수 있겠습니까."

라고 아뢰었다. 그러자 어린 승려가 고진의 두 손을 잡고

"윤회생사輪回生死[10]의 죄는 그리 쉽게 면할 수 있는 것이 아니니라. 하지만 네 아버지인 아키 지방安藝國 이쓰키伊調 섬[11]의 축사祝師[12] 시게마사重正라는 자는, 몇 해 전 내 모습을 상으로 만들고 개안공양開眼供養[13]을 하였다. 그로 인해 나는 네 아버지 시게마사를 이미 인도해 주었다.[14] 너희들 역시 조금도 게을리하지 않고 지켜주고 있노라. 그러나 너는 전세前世의 죄업罪業에

6 → 권17 제16화 참조.
7 보살菩薩(→ 불교)과 같음.
8 저본의 파손에 의한 결자. 전후 문맥을 고려하면 '나서, 고'가 들어갈 것으로 추정.
9 저본의 파손에 의한 결자. 전후 문맥을 고려하면 '에'가 들어갈 것으로 추정.
10 '유전생사流轉生死'와 같은 의미.
11 히로시마 현廣島縣 사에키 군佐伯郡 미야지마 정宮島町의 이쓰쿠시마嚴島를 가리킴.
12 신직神職의 하나. 신주神主·네의禰宜 다음인 지위로, 축사祝詞의 주상奏上 등의 역할을 함. '시게마사重正'는 미상.
13 → 불교.
14 극락정토로 인도했다는 의미.

끌려서 여기로 불러들여진 것이지만, 나는 널 구해주려고 한다."
라고 말씀하셨다. 그리고는 곧바로 고진의 손을 끌고 관리 앞으로 가서 호소하셨고, 또한 어린 승려가 몸소 고진을 염마청의 문 밖으로 데리고 나와 주셨다. 어린 승려는 손으로 고진의 머리를 쓰다듬으며,[15]

"너는 곧장 인간계[16]로 돌아가 깊은 신앙심을 일으켜 삼보三寶에 귀의하고, 전심으로 선을 행하며 악을 끊고, 두 번 다시 이곳에 와서는 안 되느니라."
라고 깨우쳐 주셨다. 어린 승려의 말씀을 듣자마자 고진은 소생하였다.

그 후 고진은 신앙심을 일으켜 불사佛師에게 부탁하여 지장보살의 상을 만들고, 매일 조석으로 지성으로 공경하고 공양을 올렸다. 이것을 들은 사람은 모두 지장보살을 섬겼다.

이 고쿠라쿠지에 계시는 지장보살상이 바로 이것이라고 이렇게 이야기로 전하여 내려오고 있다 한다.

15 현재는 어린 아이를 칭찬하는 행위이지만, 인도에서는 석가釋迦가 제자에게 행했으며 관정灌頂의 일종. 축복하는 의미 표현.

16 육도六道(→ 불교) 중 하나. 사바세계娑婆世界.

⊙제20화⊙ 하리마 지방播磨國의 고진公眞이 지장地藏의 도움으로 소생한 이야기

播磨国公真依地蔵助得活語第二十

今昔、播磨ノ国、印南ノ郡、哥見ノ浦ト云フ所ニ一ノ寺有リ。極楽寺ト云フ。其ノ寺ニ一人ノ入道ノ僧有ケリ。名ヲバ公真ト云フ。公真三尺ノ綵色ノ地蔵菩薩ノ像一体ヲ造テ、其ノ寺ノ内ニ安置シ奉テ、日夜ニ恭敬ジ奉テ、怠ル事無シ。

其ノ故ヲ尋ヌレバ、先年ニ公真ガ身ニ重キ病ヲ受テ、日来悩ミ煩フ間、暫ク寝ルガ如クシテ絶入ヌ。而ル間、公真独冥途ニ行テ、閻魔ノ庁ニ至ヌ。見廻カスニ、傍ラニ千万ノ人有テ、皆呵嘖ヲ蒙テ泣キ叫ブ。其ノ音雷ノ響ノ如シ。公真此ヲ見ルニ、東西ヲ忘レテ更ニ思ユル事無シ。

而ルニ、一人ノ小僧ウ有リ。其ノ形チ端厳也。罪人等ノ中ニ交テ門外ニ走ル。公真傍ナル人ニ、蜜ニ、「此ハ何ナル小僧ゾ」ト恐々問ニ、人有テ云ク、「此ハ地蔵菩薩ニ在マス」。公真此ヲ聞テ、小僧ノ前ニ進ミ至テ、地ニ跪ヅイテ申テ云ク、「我レ不計ザル外ニ此ノ所ニ被召タリ。願クハ、地蔵菩薩大悲ノ誓願ヲ以テ、我ヲ助ケ免シ給ヘ。大士ノ利益方便ニ非ズハ、何カ此ノ所ヲ遁□郷□返ル事ヲ得ム」ト。其ノ時ニ、小僧公真ガ二ノ手ヲ取テ宣ハク、「輪廻生死ノ過ガ、輙ク此ヲ免ゼム。但シ、汝ガ父ハ安芸ノ国ノ伊調ノ島ノ祝師重正ト云キ。而ルニ、先年ノ比我ガ形像ヲ造テ、開眼供養ジ畢キ。此レニ依テ、我レ汝ガ父重正ヲ引導シ畢キ。亦、汝等ヲモ守ル事敢テ不怠ズ。而ルニ、汝前世ノ罪業ニ被引テ既ニ此ノ所ニ被召タリ。然レドモ、我レ汝ヲ救スクハムト思フ」ト宣フテ、即チ、公真ヲ引テ官人ノ前ヘ行テ訴テ、小僧自ラ公真ヲ官舎ノ門外ニ将出給テ、手ヲ以テ公真ガ頂ヲ摩テ宣ク、「汝ヂ速ヤカニ人間ニ返テ、深ク心ヲ発シテ三宝ニ帰依シ、専ニ善ヲ行ジ悪ヲ止メテ、亦、此所ニ来ル事無カレ」ト教ヘ給フ、ト思フ程ニ、活レリ。

其ノ後、公真心ヲ発テ、仏師ヲ語テ、地蔵菩薩ノ像ヲ造リ奉テ、日夜朝暮ニ恭敬供養ジ奉ル事無限シ。此ヲ聞ク人皆地蔵菩薩ニ仕ケリ。

此ノ極楽寺ニ在マス地蔵菩薩ノ像此レ也、トナム語リ伝ヘタルトヤ。

권17 **제21화**

다지마但馬의 전사前司 □□ 구니타카國擧가 지장地藏의 도움으로 소생한 이야기

다지마但馬의 전사前司 구니타카源國擧가 염마청閻魔廳에서 지장地藏에게 생전의 죄를 참회하고, 지심至心의 신앙을 맹세하여 소생한 이야기. 이야기 뒷부분에서 소생 후의 조상造像, 사경寫經에 대해 기록하고 있으며, 제5화와 같이 로쿠하라미쓰지六波羅蜜寺의 지장연기담地藏緣起譚이기도 하다. 또한 『소우기小右記』에 의하면, 이 이야기는 장화長和 4년(1015) 구니타카의 질병, 출가에 얽힌 전승이었던 것을 알 수 있다.

이제는 옛이야기이지만, 다지마但馬의 전사前司 《미나모토源》[1] 구니타카國擧[2]라는 사람이 있었다. 그는 오랜 세월 조정朝廷에 종사하고 자신의 생활도 돌보고 있던 사이 병에 걸려[3] 갑자기 죽고 말았다.

구니타카는 죽자마자 염마청閻魔廳[4]에 불려가게 되었다. 그곳을 보니 매우 많은 수의 죄인이 있었는데 그중에 어린 승려[5]가 한 명 있었다. 그 모습이 매우 엄숙했는데 손에는 한권의 두루마리[6]를 들고 동분서주東奔西走하며 무엇인가를 열심히 호소하고 있는 모습이었다. 옆에 있던 사람들이 "저 어

1 인명의 명기를 위한 의도적 결자. '미나모토源'로 추정.
2 → 인명.
3 『소우기小右記』에 따르면, 사건 발생은 장화長和 4년 봄 무렵부터.
4 → 권17 제19화 염마청閻魔廳 관련 주 참조.
5 → 본문에는 "小僧"으로 되어 있음. 지장은 어린 승려(어린 법사法師)로 변한 예가 많음.
6 → 권17 제18화 한 권의 두루마리 관련 주 참조.

린 승려는 실은 지장보살地藏菩薩이십니다."라고 가르쳐주었다. 구니타카는 이를 듣고 어린 승려를 향해 무릎을 꿇고 눈물을 흘리며,

"저는 생각지도 못하게 이곳에 불려오고 말았습니다. 지장님, 아무쪼록 대비大悲의 서원誓願으로 저를 도와주시어 사면받을 수 있도록 해 주십시오."

라고 부탁했다. 이렇게 몇 번이나 거듭 부탁드렸지만 어린 승려는 답이 없으시다가, 손가락을 퉁기시며[7] 말씀하시길

"인간세계의 영화榮華란 지극히 덧없는 몽환夢幻과도 같으며, 또한 인간이 범한 죄업罪業의 인연이란 마치 만겁萬劫을 겹친 큰 바위[8]와 같다. 하물며 너는 항상 여색에 빠지고[9] 숱한 죄근罪根[10]을 심어 왔다.[11] 지금 그 죄에 따라서 이곳에 불려오게 된 것이다. 어찌 널 구할 수 있겠느냐?[12] 게다가 너는 생전에 나를 조금도 공경하려 하지 않았다. 내가 《너의 일》[13]을 살펴야 할 이유 따윈 조금도 없지 않느냐."

라고 하시며 등을 돌리고 서 계셨다.

이를 들은 구니타카는 더욱 후회하고 슬퍼하며 어린 승려에게 재차 아뢰길

7 본래 불가에서 재난을 없애기 위한 술법이었음. 납득하지 못함을 나타내는 행동. 여기에서는 구니타카國擧의 변명을 받아들이지 않고 있음.

8 『대지도론大智度論』이나 『보살영락본업경菩薩瓔珞本業經』에서 설하고 있는 반석겁磐石劫이나 겁석劫石의 비유(겁劫〈→ 불교〉의 영원성을 경묘輕妙한 천의天衣로 큰 바위를 마멸摩滅시키는데 걸리는 시간과 같이 오랜 시간이라고 하는 비유)를 바탕으로 한 표현으로, 죄업罪業의 인연은 마치 만겁萬劫을 거친 큰 바위와 같이 영원히 소멸하지 않는다는 뜻.

9 여색에 마음을 빼앗겨서 사음계邪淫戒를 범한 것이 됨.

10 선근善根에 대하여 죄보罪報를 받는 근거가 되는 죄업.

11 죄근罪根을 악보惡報의 씨앗에 비유한 표현. 만든다는 의미.

12 이 전후의 기사에 따르면 생전 구니타카는 사음불신邪淫不信한 인물이었던 것. 그러나 사료에 의하면 이보다 앞선 관홍寬弘 5년(1008) 3월 21일에 장남 구니쓰네國經(후의 법교法橋 교엔行圓)가 출가하였고(『미도관백기御堂關白記』), 본인은 장화 3년 10월 20일에 히에이 산比叡山의 근본중당根本中堂에서 천부의 『법화경法華經』 공양을 행함(『소우기』·장화 3년 10월 17·21일).

13 저본의 파손에 의한 결자. 전후 문맥을 고려하여 '너의 일'이 들어갈 것으로 추정.

"하오나, 부디 제게 자비를 베푸시어 구원하고 사면해 주시옵소서. 만약 본국本國[14]으로 돌아갈 수 있다면 전 재산을 들여 삼보三寶에 봉사奉仕하고, 오로지 지장보살님께 귀의하겠습니다."

라고 하였다. 어린 승려는 이 말을 듣고 뒤돌아서 "만약 네 말이 사실이라면, 내가 청해서 네가 돌아갈 수 있도록 해 주겠다."라고 말씀하시고 곧바로 염마청의 명관冥官들이 있는 곳으로 가서 용서를 청하여 구니타카를 방면하게 하였다. 이후 구니타카는 사후死後 반나절 정도 지나 소생하였다.

그 후 구니타카는 누구에게도 이 일에 대해 이야기하지 않고, 즉시 머리를 밀어 출가 입도入道하였다. 그와 동시에 대불사大佛師[15] 조초定朝[16]에게 의뢰하여 개금색皆金色[17]의 지장보살 등신불等身佛 한 체를 만들고, 색지色紙[18]에 『법화경法華經』 한 부를 서사書寫하여 로쿠하라미쓰지六波羅蜜寺[19]에서 성대하게 법회法會를 열어서 공양을 올렸다. 그 공양의 강사講師[20]는 오하라大原[21]의 조겐淨原[22] 공봉供奉이 담당하였다. 법회 장소에 모여든 승속僧俗, 남녀들은 눈물을 흘리며 모두 지장의 영험靈驗을 신앙했다고 한다.

그 지장보살은 로쿠하라미쓰지에 안치되어 지금도 그곳에 계신다[23]고 이렇게 이야기로 전하여 내려오고 있다 한다.

14 명계冥界에서 현세現世인 사바세계娑婆世界를 가리킨 말.
15 → 권17 제10화 대불사大佛師 관련 주 참조.
16 → 인명.
17 순금純金. → 권17 제10화 반금색半金色 관련 주 참조.
18 여러 색으로 물들인 요지料紙. 그것을 번갈아가며 이어 붙여 놓은 종이에 『법화경』을 서사書寫했음.
19 → 사찰명.
20 법회法會에서 강설하는 승려.
21 → 지명.
22 미상. 권17 제9화와 권17 제27화의 조겐淨源과 동일인물로 추정.
23 → 권17 제5화 마지막 단락 지장地藏 관련 주 참조. 로쿠하라미쓰지六波羅蜜寺의 지장상 연기緣起에 수렴하는 결말임.

⊙제21화⊙
다지마但馬의 전사前司 □□ 구니타카國擧가 지장地藏의 도움으로 소생한 이야기

但馬前司[四]□国挙依地蔵助得活語第二十一

今昔、但馬前司[五]□国挙[六]ト云フ人有ケリ。年来公ケ[七]ニ仕ヘ私ヲ顧テ有ル間、[八]身ニ病ヲ受テ俄ニ死ヌ。

即チ、閻魔[九]ノ庁[一〇]ニ被召ヌ。国挙見レバ、罪人極テ多カル中ニ、一人[一一]ノ小僧有リ。形チ端厳ニシテ、手ニ一巻[一二]ノ文ヲ持テ、東西[一三]ニ走リ廻テ諍フ[一四]事有ル気色也。傍ニ有ル人々ノ云ク、「此ノ小僧ハ此レ、地蔵菩薩ニ在マス」ト。国挙此レヲ聞テ、此小僧ニ向テ、地ニ跪テ、涙流シテ申テ申ク、「我レ不慮[一五]ザル外ニ此ノ所ニ被召タリ。願クハ、地蔵大悲[一六]ノ誓ヲ以テ、我ヲ助ケテ免ス謀ヲ廻シ給ヘ」ト。如此ク頻ニ申スト云ヘドモ、小僧答ヘ給フ事無シテ、自ラ弾指[一七]シテ宣ハク、「人ノ世間ノ栄花ハ只一旦[一八]ノ夢幻ノ如シ。罪業ノ因縁ハ宛モ万劫[一九]ヲ重タル巌ニ似タリ。況ヤ、汝ヂ常ニ女ニ耽[二〇]テ多ノ罪根[二一]ヲ殖[二二]タリ。今其ノ罪有テ既ニ被召タリ。我レ何カ汝ヲ助ケム。亦[二三]、汝ヂ生タリシ間、全ク我ヲ不敬ズ。何ノ故有テ、我レ□[二四]ヲ知[二五]ラム」ト宣テ、後向[二六]テ立給ヘリ。

其ノ時ニ、国挙弥ヨ悔ヒ悲デ、[二七]重ネテ小僧ニ申テ云ク、「尚我ヲ慈ビ[二八]給テ、助ケ救テ免シ給ヘ。我レ本国[二九]ニ返タラバ、財ヲ棄テ、三宝ニ奉仕シ、偏ニ[三〇]地蔵菩薩ヲ帰依シ奉ラム」ト。小僧此ヲ聞テ、前ニ返リ向テ宣ハク、「汝ガ云フ所若シ実ナラバ、我レ試ニ汝ヲ乞請テ可返遣キカ」ト宣テ、即チ冥官ノ所ニ行テ、訴ヘ乞テ、国挙ヲ免シ放ツ、ト思フ程ニ、半日ヲ経テ活ヌ。

其ノ後、国挙此ノ事ヲ人ニ不語シテ、忽　鬢髪ヲ剃テ、出家入道シツ。即チ、大仏師定朝ヲ語テ、等身ノ皆金色ノ地蔵菩薩ノ像ヲ一体造リ奉リ、色紙ノ法花経一部ヲ書写シテ六波羅蜜寺ニシテ、大キニ法会ヲ行テ、供□養ジ奉リツ。其ノ講師ハ、大原ノ浄源供奉ト云フ人也。法会ノ庭ニ来リ集レル道俗男女、皆涙ヲ流シテ、悉　地蔵菩薩ノ霊験ヲ信ジ奉ケリ。

其ノ地蔵菩薩ハ六波羅ノ寺ニ安置シテ于今在ス、ト語リ伝タルトヤ。

권17 제22화

가모노 모리타카賀茂盛孝가 지장地藏의 도움으로 소생한 이야기

지장地藏 신자인 가모노 모리타카賀茂盛孝가 염마청閻魔廳에서 지장의 자비慈悲에 의지하여 소생한 뒤, 출가 입도入道하여 점점 더 지장에게 귀의해 임종정념臨終正念으로 왕생을 이루었다는 이야기.

이제는 옛이야기이지만, 가모노 모리타카賀茂盛孝라는 사람이 있었다. 그는 정직하며 세상에 대처하는 방법을 충분히 터득하고 있었다. 그래서 조정朝廷이나 귀인에게 중용되어 풍요로운 생활을 영위하고 있었다. 또한 사람을 어여삐 여기는 마음을 지녔고 산 것을 죽이지 않았다. 게다가 신앙심이 매우 깊어서 매월 24일[1]에는 반드시 정진결재精進潔齋하여 불사佛事[2]를 거행하고, 특히 지장보살地藏菩薩을 염念하였다.

그런데 이 모리타카가 마흔 세 살 때 □[3]월 □[4]일, 목욕하고 나오려 할 때

1 십재일十齋日(* 매월 팔계八戒를 지켜 몸과 마음을 깨끗이 하고 부정不淨한 일을 멀리하도록 정해진 열흘) 중 하나. 하루에 일존一尊을 지정해서 십존불十尊佛·보살을 배정하고, 해당 일에 배정된 불존佛尊을 정진지계精進持戒(* 불도 수행에 힘쓰고, 불교도로서 계율을 굳게 지킴)하여 신앙하고 예배함. 매달 24일은 지장의 연일緣日.

2 법회法會나 공양.

3 날짜의 명기를 위한 의도적 결자.

4 날짜의 명기를 위한 의도적 결자.

갑자기 숨을 거뒀다. 그와 동시에 그는 커다란 구멍[5]으로 들어갔다. 머리부터 아래로 떨어져 내려갔는데 그러는 동안, 눈에는 맹렬한 불길이 보이고, 귀에는 울부짖는 소리가 들려 사방이 진동하였기에 마치 천둥소리와 같았다. 모리타카는 무시무시한 광경에 간담이 서늘해졌고 큰 소리로 울며 슬퍼했지만 어찌할 방도가 없었다. 이윽고 높은 누각 관사官舍[6]가 있는 곳에 도착했다. 많은 수의 검비위사檢非違使[7]와 관리들이 동서東西로 정연하게 늘어서 앉아 있었다. 그것은 우리나라의 검비위사청檢非違使廳[8]과 비슷했다. 한편 모리《타카》[9]는 사방을 둘러보았지만 안면이 있는 사람은 아무도 없었다. 그런데 그곳에 한 어린 승려[10]가 나타났는데, 그 모습이 비할 데가 《없을》[11] 정도로 엄숙했다. 그 어린 승려가 조용히 걸어 다가왔고, 그 곳에 있던 모든 자들이 이 어린 승려를 보고 땅에 무릎을 꿇으며 저마다 "지장보살께서 납시었다."라고 말했다. 모리타카는 이것을 듣자마자 몹시 기뻐하고, 어린 승려의 앞으로 나아가 합장하며 땅에 무릎을 꿇고 눈물을 흘리면서

"저는 전세前世의 인연으로 다행히도 대사大師[12]를 만나 뵐 수 있었습니다. 지금이야말로 인섭引攝[13]을 받아야 할 때이옵니다. 지장보살이시여 부디 저를 구해주시어 속히 원래의 염부閻浮[14]로 되돌려 보내 주시옵소서."

라고 청했다.

5 → 권17 제19화 '커다랗고 어두운 구멍' 관련 주 참조.
6 염마청閻魔廳. → 권17 제19화 염마청 관련 주 참조.
7 여기서는 명관冥官을 일본의 검비위사檢非違使에 빗댄 말.
8 → 권17 제18화 검비위사청檢非違使廳 관련 주 참조.
9 저본의 파손에 의한 결자. '타카'가 해당할 것으로 추정.
10 → 본문에는 "小僧"으로 되어 있음. 지장은 어린 승려(어린 법사法師)로 변한 예가 많음.
11 저본의 파손에 의한 결자. 전후 문맥을 고려하면 '없을'이 들어갈 것으로 추정.
12 여기서는 깊이 귀의하는 지장地藏에 대한 존칭. 『영험기靈驗記』 '대사大士'. → 권17 제20화 대사 관련 주 참조.
13 '인접引接'과 같음. → 17 제1화 인접 관련 주 참조.
14 염부제(→ 불교).

어린 승려가 말씀하시길

"오기는 쉽지만 돌아가기는 어려운 곳이 이 염마청閻魔廳이니라. 그러므로 너는 죄가 있기 때문에 이곳으로 불려오게 된 것이다. 어째서 내 마음대로 너를 용서할 수 있겠는가? 그저 여기 명관冥官에게 말은 해보도록 하겠다."

라고 하셨다. 어린 승려는 모리타카를 데리고 염마청 뜰로 가서,

"이 사내는 잘못이 없고, 내 오랜 세월 동안의 시주施主이니라. 그런데 지금 여기로 소환되었다. 아무래도 이 사내를 보살피지 않을 수 없으니 용서하여 돌려보내 주고 싶도다."

라고 말씀하셨다. 이에 명관들은,

"중생의 선악의 업業[15]은 절대로 바꿀 수 없는 규칙입니다. 사정이 어떠하든 이것을 받아들이지 않으면 안 됩니다. 이 사내에 대한 이번 업보는 실로 절대적인 것입니다."

라고 답했다. 그때 어린 승려는 눈물을 흘리며,

"이 사내의 업보의 숙명이 도저히 어쩔 수 없는 일이라면, 내가 그를 대신하리라. 설령 일겁一劫[16]에 걸친 기나긴 고통일지라도 내가 그 고통을 받으리라."

라고 말씀하셨다. 이것을 듣고 명관들은 놀라, 그 자리에서 모리타카를 방면하였다. 어린 승려는 매우 기뻐하면서 모리타카를 향해,

"그대는 속히 본국本國[17]으로 돌아가거라. 그리고 삼보三寶에게 귀의해 조금도 게을리 해서는 안 되느니라. 그 선근善根의 힘으로 두 번 다시 이곳에

15 → 불교. 여기서는 '업보業報'와 같은 의미로 쓰였으며, 업業에 따라 받는 과보果報의 의미를 포함.

16 겁劫(→ 불교).

17 명도冥途에서 현세現世를 가리킨 말. → 권17 제21화 본국本國 관련 주 참조.

와서 고통 받는 일이 없도록 하라."

라고 깨우쳐 주셨다. 이리 말씀하시는 것을 보고 모리타카는 소생했다. 그리고 스스로 침상에서 일어나 친족들을 향해 눈물을 흘리며 이 일에 대해 이야기했다.

그 후 모리타카는 즉시 승려를 모셔 머리를 자르고 출가 입도入道하였고, 이후 더욱 깊은 도심道心을 일으켜 삼보에 귀의하였으며 진심을 담아서 지장보살에게 기원을 드렸다.

마침내 임종할 때에 이르러 모리타카는 정념正念으로 염불을 읊으면서 숨을 거두었다고 이렇게 이야기로 전하여 내려오고 있다 한다.

◎제22화◎

가모노 모리타카賀茂盛孝가 지장地蔵의 도움으로 소생한 이야기

賀茂盛孝依地蔵助得活語第二十二

今昔、賀茂ノ盛孝[一八]ト云フ人有リケリ。心直[一九]クシテ身ノ弁[二〇]ヘ賢カリケリ。公[二一]私ニ被仕テ、家豊也ケリ。亦、懃ニ人ヲ[二二]慈ブ心有テ、生類ヲ殺ス事無シ。凡ソ道心深シテ、毎月ノ[二三]二十四日ニハ、必持斉[二四]精進[二五]ニシテ、仏事[二六]ヲ営テ、殊ニ地蔵菩薩ヲ念ジ奉ケリ。

而ル間、盛孝年四十三ト云フ年ノ□月[二七]ノ□日[二八]、沐浴シテ上ル間、忽ニ絶入ヌ。即チ盛孝大ナル[二九]穴ニ入テ、頭ヲ逆サマニ堕下ル。而ル間、目ニ[三〇]猛火ノ炎ヲ見、耳ニ叫ビ泣ク音ヲ聞ク。四方ニ震動シテ雷[三一]ノ響ノ如シ。其ノ時ニ、盛孝[三二]心迷ヒ肝砕ケテ、音ヲ挙テ泣キ悲ト云ヘドモ、更ニ其ノ益無シ。而ル間、高楼ノ[三三]官舎ノ有ル[三四]庭ニ到リ着ヌ。数[三五]検非違使、官人等、東西ニ次第[三六]ニ着並タリ。我ガ朝ノ庁[三七]ニ似タリ。爰ニ、盛□[三八]、四方ヲ見廻スニ、知タル[三九]人一人無シ。而ルニ、一人ノ小僧[四〇]有リ。其ノ形端厳ナル□[四一]比ナシ。漸ク[四二]歩出来ル。其ノ庭ニ有ル諸[四三]ノ人、此ノ小僧ヲ見テ、皆地ニ跪テ、「地蔵菩薩来リ給ヒタリ」ト云フ。盛孝此レヲ聞テ、大キニ喜テ、小僧ノ御前ニ至テ、掌ヲ合セテ地ニ跪テ、泣々ク申シテ云ク、「宿因ノ催ス所ニテ、幸ニ大師ニ値ヒ奉レリ。今此レ引摂ヲ可蒙キ時也。願ハ、地蔵菩薩我レヲ助ケ給テ、早ク本ノ閻浮ニ返シ給ヘ」ト。

小僧ノ宣ク、「来リ易テ返難キハ、此レ閻魔ノ庁也。此ノ故ニ、汝ヂ罪ミ有テ此ノ所ニ被召タリ。我レ何カ心ニ任セテ汝ヲ免サム。但シ、冥官ニ触許也」ト宣テ、小僧盛孝ヲ相具シテ、庁ノ庭ニ行向テ訴テ宣ハク、「此ノ男ハ既ニ我ガ年来ノ檀越也。而ルニ、今此ノ所ニ被召タリ。而ルニ、此ノ男難棄キ故ニ、免シ遣ト思フ」。冥官衆申テ云ク、「衆生ノ善悪ノ業、本ヨリ不可転ヌ法也。定メテ此ヲ受ク。而ルニ、此ノ男コ既ニ今度ハ決定ノ業也」ト。其ノ時ニ、小僧泣テ云ク、「此ノ男ノ法終ニ不可転ハ、我レ此ノ男ニ代ラム。設ヒ一劫也ト云トモ、我レ其ノ苦ヲ受ケム」ト。冥官衆此ヲ聞テ、驚テ、即チ盛孝ヲ小僧ニ免シ奉リツ。小僧大ニ喜テ盛孝ニ教テ宣ハク、「汝ヂ速ヤカニ本国ニ返テ、三宝ニ帰依シテ、忽緒ヲ致ス事無カレ。其ノ善根力ヲ以テ、亦此ノ所ニ来テ不可被擾乱ズ」ト。「如此キ見ル」ト思フ程ニ活レリ。自起居テ、親シキ族ニ向テ、泣々ク此ノ事ヲ語ル。

其ノ後、忽ニ僧ヲ請ジテ、鬢髪剃テ出家入道シツ。入道ノ後ハ、弥ヨ心ヲ発シテ、三宝ヲ帰依シ、地蔵菩薩ヲ念ジ奉ル事不愚ズ。

遂ニ命終ル時ニ臨デ、心不違ズシテ念仏ヲ唱ヘテ失ニケリ、トナム語リ伝ヘタルトヤ。

권17 제23화

지장地藏의 도움으로 소생한 사람이 육지장六地藏을 만든 이야기

스오 지방周防國 이치노미야一の宮 다마노오야玉祖 신사神社의 궁사宮司 다마노오야노 고레타카玉祖惟高가 지장地藏에게 귀의한 공덕功德으로 소생하고, 그 후 명계冥界에서 만난 육지장상六地藏像을 만들어 일흔 남짓한 나이로 출가, 왕생한 이야기. 육지장과 관련하여『습유왕생전拾遺往生傳』하下 9의 기사 등과 함께 가장 오래된 사례에 속한다.

이제는 옛이야기이지만, 스오 지방周防國[1] 이치노미야一の宮[2]에 다마노오야玉祖 대명신大明神[3]이라는 신神이 계셨다. 그 신사神社의 궁사宮司[4]로 다마노오야노 고레타카玉祖惟高라는 자가 있었는데, 신사 신관神官의 자손이라고는 하나 어릴 적부터 삼보三寶에 귀의하는 마음을 지니고 있었다. 그중에도 특히 지장보살地藏菩薩을 섬기며 밤낮으로 염하였고 일상생활에 있어서도 이를 게을리하지 않았다.

한편 장덕長德[5] 4년 4월 무렵, 고레타카는 병에 걸려 며칠 병상에 누워 있

1 → 옛 지방명.
2 한 지방에서 가장 사격社格이 높은 신사神社.
3 다마노오야玉祖 신사神社(야마구치 현山口縣 호후 시防府市)에 진좌鎭坐 하는 신.
4 신관神官.
5 이치조一條 천황天皇의 치세. 998년.

었는데 엿새, 이레가 지나 별안간 숨을 거두었고, 그와 동시에 명도冥途로 향하였다. 고레타카는 드넓은 벌판으로 나오게 되었는데, 그곳에서 길을 잃어 어디가 어딘지 알 수 없었다. 고레타카가 눈물을 흘리며 슬퍼하고 있자 여섯 명의 어린 승려[6]가 나타났다. 모두 더할 나위 없이 엄숙한 모습을 하고 계셨다. 어린 승려들이 이쪽을 향해 천천히[7] 걸어오고 있었는데 그 모습을 보니, 한 명은 손에 향로香爐[8]를 받쳐 들고, 한 명은 합장을 하고 있었다. 또 한 명은 보주寶珠[9]를 들고, 한 명은 석장錫杖[10]을 손에 쥐고 있었다. 또 다른 한 명은 화롱花籠[11]을 들고, 한 명은 염주를 들고 있었다. 이들 중 향로를 들고 계신 어린 승려가 고레타카를 향해, "너는 우리를 알고 있는가, 어떠한가?"라고 말씀하셨다. 고레타카는, "저는 전혀 알지 못하옵니다."라고 답했다. 그러자 그 어린 승려가,

"우리는 육지장六地藏[12]이라고 한다. 육도六道[13]의 중생을 위해 여섯 가지의 모습을 나타내고 있는 것이니라. 너는 본디 신관의 자손이라고는 하나 오랜 세월에 걸쳐 나의 서원誓願을 믿고 열심히 신앙하였다. 너는 곧바로 고향으로 돌아가, 우리 육체六體의 모습을 상으로 만들어 진심을 담아서 배례하도록 하라. 우리들은 여기서 남방南方[14]에 있느니라."

라고 말씀하셨다. 이리 말씀하시는 것을 보고 고레타카는 소생하였는데 이미 죽은 지 사흘 밤낮이 지나 있었다.

6 육지장六地藏의 권화權化.
7 지장地藏이 등장하는 형식.
8 → 불교.
9 → 불교.
10 → 불교.
11 행도行道 때 흩뿌리는 산화散華(종이 연꽃 꽃잎)를 넣는 함.
12 → 불교.
13 → 불교.
14 지장의 정토淨土가 남방의 가라타산伽羅陀山에 있는 점에서 이렇게 말한 것. → 권17 제17화 참조.

그리하여 고레타카는 스스로 침상에서 일어나 친족들에게 이 일에 대해 이야기했다. 이를 들은 사람은 모두 눈물을 흘리며 기뻐했고 더할 나위 없이 감격하며 존귀하게 여겼다. 그 후 고레타카는 곧바로 삼간三間 사면四面의 초당草堂[15]을 세우고, 채색[16]한 육지장 등신불等身佛을 만들어 그 당에 안치한 뒤 법회法會를 거행하여 개안공양開眼供養[17]을 했다. 그 절의 이름은 육지장당六地藏堂이라고 한다. 이 육지장의 모습은 명도에서 뵈었던 모습을 모사한 것이다. 이 공양에 결연結緣[18]하기 위해 멀고 가까운 곳에서 승속僧俗, 남녀가 모여들었는데 그 수가 헤아릴 수 없을 정도였다. 고레타카는 그 후 더욱 진심을 담아 밤낮으로 이 지장보살에게 배례하며 공경하였다.

그러던 중 고레타카는 칠순의 나이를 넘겨서 머리를 자르고 출가입도出家入道하였는데, 속세의 일은 모두 버리고, 오로지 극락왕생을 기원하였다. 이윽고 임종에 임하여 입으로 미타彌陀의 보호寶號[19]를 읊고, 마음으로 지장의 본서本誓를 염하며 서쪽을 향해 정좌正坐한 채 세상을 떠났다. 이것을 보고 들은 사람은 모두 눈물을 흘리며 존귀하게 여기고 감격했다.

그 무렵 미카와三河의 입도入道 자쿠쇼寂照[20]라는 사람이 있었는데, 독실한 도심을 지닌 은둔자隱遁者였다. 자쿠쇼가 꿈에 고레타카 입도가 왕생하는 모습을 보고 그것을 다른 사람에게 전했다.[21] 그래서, "고레타카 입도는 의심할 여지없이 왕생을 이룬 것이다."라고 사람들이 서로 이야기하며 존귀

15 짚·띠·참억새 등으로 지붕을 엮어 만든 소당小堂.
16 → 권17 제5화 채색 관련 주 참조.
17 → 불교.
18 불연佛緣을 맺는 것.
19 → 권17 제17화 보호寶號 관련 주 참조.
20 오에노 사다모토大江定基(→ 인명). 자쿠쇼寂照는 법명法名. 재속在俗 때 미카와參(三)河의 수령이었던 것에 의해 이렇게 불리어짐.
21 자쿠쇼가 왕생담의 제1 전승자가 된 점에 주의.

하게 여겼다. 사실 신관으로서 신물神物[22]을 사용私用한 죄는 컸지만, 지장의 비원悲願에 의해 마침내 왕생을 이룬 것이었다.

그러므로 세상 사람은 이것을 듣고 반드시 지장보살을 염하여야 한다고 이렇게 이야기로 전하여 내려오고 있다 한다.

22 신의 소유물. 신에 대한 공물供物 등 신사 소유의 물품.

◉ 제23화 ◉ 지장地蔵의 도움으로 소생한 사람이 육지장六地蔵을 만든 이야기

依地蔵助活人造六地蔵語第二十三

今昔、周防ノ国ノ一ノ宮ニ玉祖ノ大明神ト申ス神在マス。其ノ社ノ宮司ニテ玉祖ノ惟高ト云フ者有ケリ。神社ノ司ノ子孫也ト云ヘドモ、小年ノ時ヨリ三宝ニ帰依スル志有ケリ。其ノ中ニモ、殊ニ地蔵菩薩ニ仕テ、日夜ニ念ジ奉テ、起居ニ付テモ敢テ怠ル事無カリケリ。

而ル間、長徳四年ト云フ年ノ四月ノ比、惟高身ニ病ヲ受テ、日来悩ミ煩フ。六七日ヲ経テ俄ニ絶入ヌ。惟高忽ニ冥途ニ趣ク。広キ野ニ出デ、道ニ迷テ、東西ヲ失ヒテ、涙ヲ流シテ泣キ悲ム間、六人ノ小僧出来レリ。其ノ形チ皆端厳ナル事無限シ。徐ニ歩ミ来リ向ヘリ。見レバ、一人ハ手ニ香炉ヲ捧タリ。一人ハ掌ヲ合セタリ。一人ハ宝珠ヲ持タリ。一人ハ錫杖ヲ執レリ。一人ハ花筥ヲ持タリ。一人ハ念珠ヲ持タリ。其ノ中ニ、香炉ヲ持給ヘル小僧、惟高ニ告テ宣ハク、「汝ヂ我等ヲバ知リヤ否ヤ」ト。惟高答テ云ク、「我レ更ニ不知奉ズ」ト。小僧ノ宣ハク、「我等ヲバ六地蔵ト云フ。六道ノ衆生ノ為メニ、六種ノ形ヲ現ゼリ。抑、汝ヂ神官ノ末葉也ト云ヘドモ、年来我ガ誓ヲ信ジテ懃ニ憑メリ。汝ヂ早ク本国ニ返テ、此ノ六軀ノ形ヲ顕ハシ造テ、心ヲ至シテ可恭敬シ。我等ハ此ヨリ南方ニ有リ」ト。如此ク見、ト思フ程ニ、既ニ三ケ日夜ヲ経タリ。

其ノ後、惟高自ラ起居テ、親キ族ニ此ノ事ヲ語ル。此ヲ聞ク人皆涙ヲ流シテ喜ビ悲貴コト無限シ。其ノ後、惟高忽ニ三間四面ノ[一八]草堂ヲ造テ、六地蔵ノ[一九]等身ノ[二〇]綵色ノ像ヲ造奉テ、其ノ堂ニ安置シテ、法会ヲ設テ[二一]開眼供養ジツ。其ノ寺ノ名ヲバ[二二]六地蔵堂ト云フ。此ノ六地蔵ノ形チ、彼ノ冥途ニシテ見奉レリシヲ写奉レル也。遠ク近、道俗男女来集テ、此ノ供養ニ[二三]結縁スル事員ヲ不知ズ。其ノ後、惟高弥ヨ心ヲ専ニシテ、日夜ニ此ノ地蔵菩薩ヲ礼拝恭敬ジ奉ケリ。

[二四]而ルニ、惟高齢七十ニ余テ、[二五]鬢髪ヲ剃テ出家入道シテ、永ク[二六]世路ヲ棄テ、偏ニ極楽ヲ願ケリ。遂ニ命終ル時ニ臨デ、口ニ弥陀ノ[二七]宝号ヲ唱ヘ、心ニ地蔵ノ[二八]本誓ヲ念ジテ、西ニ向テ端坐シテ失ニケリ。此ヲ見聞ク人、皆涙流シテ貴ビ悲ケリ。

亦、其ノ時ニ、[二九]参河入道寂照ト云フ人有リ。道心堅固ニシテ世ヲ棄ル人也。其ノ人ノ[三〇]夢ニ、此ノ惟高入道ガ往生ノ相ヲ見テ、[三一]人ニ告ケリ。然レバ、「疑無キ往生也」トゾ人皆云テ貴ビケル。実ニ社司ノ身トシテ[三二]神物ニ犯ス所多シト云ヘドモ、地蔵ノ悲願ニ依テ終ニ往生ヲ遂ル也ケリ。

[一]然レバ、世ノ人此ヲ聞テ、専ニ地蔵菩薩ヲ可念奉シ、トナム語リ伝ヘタルトヤ。

권17 **제24화**

지장보살地藏菩薩을 깊이 공경하지 않았음에도 소생한 사람 이야기

미나모토노 미쓰나카源滿仲의 낭등郎等이 병사病死하여 염마청閻魔廳에 이르렀는데, 생전에 사슴을 쫓다가 지장상地藏像에게 한번 절한 공덕功德으로 소생하여, 발심發心 참회하고 지장에게 귀의했다는 이야기. 사소한 선근善根을 기연機緣으로 하여 살생殺生을 저지르고 불신자不信者도 구하는 지장보살菩薩의 대자비大慈悲를 설한다. 그 점에서 제19화와 일맥상통한다.

이제는 옛이야기이지만, 미나모토노 미쓰나카源滿仲[1]라는 사람이 있었다. 그는 용맹하고 무예에 능했기에 그 방면으로 조정朝廷과 귀인에게 중용되고 있었다. 한편 미쓰나카의 집에 한 낭등郎等[2]이 있었는데 이 낭등 또한 사납고 용맹스러운 기질의 남자였다. 그는 평소 살생殺生을 일삼고 있었으며, 아주 조금의 선근善根[3]조차 쌓으려고 하지 않았다. 어느 날 그는 넓은 들판으로 나가 사슴사냥을 하고 있었는데 사슴 한 마리가 나타났다. 그가 활로 쏘려고 하자 사슴은 도망쳤고, 그 사슴을 쫓아 말을 타고 뒤쫓던 중 어느 절 앞에 다다르게 되었다. 계속 말을 달리며 한 순간 시선을 돌려 절 안

1 → 인명.

2 영주領主나 주인을 섬기는 사람. 대체로 혈연관계가 없는 종자從者를 칭함.

3 → 불교.

을 보니 지장보살상地藏菩薩像이 서 계셨다. 그는 이것을 보고 아주 작은 공경심이 일어 왼손으로 삿갓을 벗기만 한 채 그대로 달려 절을 지나쳤다.

그 후 얼마 지나지 않아, 이 낭등은 병에 걸리게 되어 며칠 간 침상에 누워 있었는데 결국 죽고 말았다. 그리고 곧장 명도冥途로 가서 염마왕閻魔王[4]의 앞에 서게 되었다. 낭등이 염마청 뜰을 둘러보니 많은 죄인이 있어, 그 죄의 경중輕重을 판정하여 처벌이 행해지고 있었다. 이것을 본 낭등은 눈앞이 캄캄해지고 몹시 놀라 이루 말할 수 없이 슬퍼졌다. 남자는,

'나는 일생동안 죄만 짓고 선근을 쌓으려 하지 않았다. 그러니 도저히 죄를 벗어날 수가 없을 것이다. 이 얼마나 슬픈 일인가.'

라고 생각하며 한탄하고 있었는데, 별안간 어린 승려[5]가 나타났다. 그 어린 승려는 엄숙한 모습을 하고 계셨는데 남자에게 말을 걸며 말씀하시길

"나는 그대를 구해주려고 한다. 그대는 고향으로 돌아가 오랜 세월 저질러 온 죄를 참회[6]하도록 하라."

라고 하셨다. 사내는 이것을 듣고 기뻐하며 어린 승려를 향해, "당신은 누구십니까? 어찌하여 저를 구해주시는 것입니까?"라고 말했다. 그러자 어린 승려는,

"나를 모르는가. 나는 그대가 말을 타고 사슴을 쫓다가 절 앞을 지나쳤을 때, 그 절 안에서 언뜻 본 지장이니라. 그대가 오랜 세월 지어 온 죄는 매우 무겁다고 하나, 찰나의 순간 조금이라도 그대는 나를 존경하는 마음이 생겨 삿갓을 벗었다. 그 일로 나는 지금 그대를 구해주려고 하는 것이니라."

라고 말씀하시고 돌려보냈다. 그 순간 남자는 소생하였다.

4 → 불교.
5 지장地藏의 권화權化.
6 죄과罪過를 분명히 하여 뉘우치는 것. '회과悔過'라고도 함. → 불교.

그 후 남자는 옆에 있던 처자에게 이 일에 대해 이야기했고, 눈물을 흘리며 더할 나위 없이 감동했다. 이렇게 하여 남자는 곧바로 도심을 일으켰고, 이후 절대 살생을 범하지 않았으며, 밤낮으로 오로지 지장보살을 염念하기를 게을리하지 않았다.

이것을 생각하면 지장보살은 순간적으로 공경심을 일으킨 사람《조》[7]차 보살피시는 법이다. 하물며 지성으로 오랜 세월에 걸쳐 염하고, 상을 만들거나 그림을 그리는 사람을 구원해 주심은 의심할 여지가 없는 일이다.

그러므로 지장보살의 서원誓願은 다른 보살 이상으로 뛰어나 의지할 수 있다.

사람들은 이 이야기를 듣고 전심傳心으로 지장보살을 섬겨야 한다고 이렇게 이야기로 전하여 내려오고 있다 한다.

7 저본의 파손에 의한 결자. 문맥을 고려하면 '조'가 들어갈 것으로 추정.

⊙ 제24화 ⊙
지장보살地蔵菩薩을 깊이 공경하지 않았음에도 소생한 사람 이야기

聊敬地蔵菩薩得活人語第二十四

今昔、源ノ満中ノ朝臣ト云フ人有ケリ。心猛クシテ武芸ノ道ニ堪タリ。然レバ、其ノ道ニ付、公私ニ□被用タル事無並シ。而ルニ、其ノ人ノ許ニ一人ノ郎等ノ男有リ。亦、心猛クシテ殺生ヲ以テ業トス。更ニ聊ニモ善根ヲ造ル事無シ。而ル間、広キ野ニ出デヽ、鹿ヲ狩ル時ニ、一ノ鹿出来タリ。此ヲ射ト為ルニ、鹿走リ逃グ。此ノ郎等、鹿ノ逃ルニ随テ馬ヲ馳セテ追フ程ニ、一ノ寺ノ有ケル前ヲ馳セ渡ケル時ニ、眸ニ寺ノ内見遣タルニ、地蔵菩薩立給ヘリ。此ヲ見テ、聊ニ敬フ心ヲ発シテ、左ノ手ヲ以テ笠ヲ脱テ、馳セ過ヌ。

其ノ後、幾ノ程ヲ不経ズシテ、此ノ郎等ノ身ニ病ヲ受テ、日来悩ミ煩テ、遂ニ死シヌ。忽ニ冥途ニ行テ琰魔王ノ御前ニ至ヌ。郎等其ノ庭ヲ見廻セバ、多ノ罪人有リ。罪ノ軽重ヲ定メテ罸ヲ行フ。郎等此レヲ見ルニ、目暗レ心迷テ悲キ事無限シ。而ルニ、此ノ男ノ思ハク、「我レ一生ノ間、罪業ヲノミ造テ、善根ヲバ不修ザリキ。然レバ、罪敢テ可遁キ方無カラム。悲シキ態カナ」ト思ヒ歎キ居タル程ニ、忽ニ小僧出来レリ。其ノ形チ端厳也。此ノ男ニ語テ云ク、「我レ汝ヲ助ケムト思フ。速ニ本国ニ返リテ年来造ル所ノ罪ヲ懺悔セヨ」ト。男此ヲ聞テ喜テ、小僧ニ申テ云ク、「此レ、誰人ノ我レヲ助ケ給ハムト為ゾ」ト。小僧答テ宣ク、「我レヲバ不知ズヤ。我レハ汝ガ鹿ヲ追テ馬ヲ馳テ寺ノ前ヘヲ渡リシ時ニ、寺ノ内ニ急ト見シ所ノ地蔵菩薩也。汝ヂ年来造ル所ノ罪ミ、甚ダ重シト云ヘドモ、須臾ノ間聊ニ我レヲ敬フ心有テ、笠ヲ脱リシニ依テ、我レ今汝ヲ助ケム」ト宣テ、返遣ス、ト思フ程ニ、活ヌ。

其ノ後、男傍ナル妻子ニ語テ、泣キ悲シム事無限シ。其ヨリ、此ノ男忽ニ道心ヲ発シテ、永ク殺生ヲ断テ、偏ニ地蔵菩薩ヲ日夜ニ念ジ奉テ、怠ル事無シ。

此レヲ思フニ、地蔵菩薩ハ、白地ニ敬ヒノ心ヲ発セル人□ラ不棄給ザル事既如此シ。何ニ況ヤ、心ヲ発シテ年来念ジ奉リ、亦、形像ヲ造リ画タラム人ヲバ救ヒ助ケ給ハム事可疑キニ非ズ。

然レバ、地蔵菩薩ノ誓願他ニ勝レ給テ、憑モシクナム思ユル。

人此ヲ聞テ、専ニ地蔵菩薩ニ可仕シ、トナム語リ伝タルトヤ。

권17 제25화

지장地藏을 만드는 불사佛師를 보살피고 소생을 얻은 사람 이야기

이나바 지방因幡國 고쿠류지國隆寺의 별당別當 승려가 만들고 있던 지장상地藏像을 전당專當 법사法師가 대신 만들던 중 병으로 쓰러져 죽는데 조상造像한 공덕功德에 의해 소생하고, 지장상을 만들어서 낙성落成 공양을 행한 후 안치했다는 이야기. 고쿠류지의 지장 연기담緣起譚이기도 하다.

이제는 옛이야기이지만, 이나바 지방因幡國[1] 다카쿠사 군高草郡[2] 노사카 향野坂鄕에 절 하나가 있어 이름은 고쿠류지國隆寺[3]라고 했다. 그 지방의 전前 개介의 지위에 있었던 □□□[4] 지카네千包[5]라는 사람이 건립한 절이었다.

이 절에 별당別當[6] 승려가 있었는데 불사佛師를 불러서 숙원宿願이었던 지장보살상地藏菩薩像을 만들게 했다. 그런데 이 별당 승려의 처를 다른 남자에게 빼앗겨서 처가 사라지고 말았다. 그래서 별당 승려는 흥분하여 이성을 잃고 사방팔방으로 소란을 피우며 처를 찾아다녔는데 그러던 사이, 지장

1 → 옛 지방명.

2 나중에 게타 군氣多郡과 합병하여 게타카 군氣高郡이 됨. 현재 일부는 돗토리 시鳥取市에 편입됨.

3 미상. 이나바 국분사因幡國分寺의 지원支院이라 함. 절터는 없지만 원래 고쿠류지國隆寺의 지장地藏이라 불리는 가마쿠라鎌倉 시기의 지장 목상木像이 돗토리 시 오하라小原(구 다카쿠사 군高草郡 오하라 촌小原村)의 소당小堂에 현존.

4 성명의 명기를 위한 의도적 결자.

5 미상. 이나바因幡 개介 지카네千兼(『권기權記』· 관홍寬弘 4년〈1007〉 10월 29일 조條)일 가능성 있음.

6 → 불교.

보살을 만드는 일 따윈 어느새 잊어버리고 말았다. 이로 인해 불사들은 작업장에 오기는 했지만 시주施主인 단월檀越[7]에게 아무런 보살핌도 받지 못하여 아무것도 먹지 못하고 굶주리고 있었다.

한편 이 절에 전당專當[8] 법사法師가 있었는데 본디 선심善心이 있는 자였다. 때문에 이 불사들이 식사도 하지 못하는 것을 보고 먹을 것을 마련하여 먹게 했는데, 며칠인가 지나 목조상木造像이 완성됐다. 그러나 아직 목조상의 채색[9]이 끝나기도 전에 전당 법사는 갑자기 병에 걸려 죽고 말았다. 처자는 울며 슬퍼했지만, 이제와 어찌할 도리가 없어 전당법사를 관에 넣었다. 그리고 곁에 둔 채 장례도 치르지 않고 아침저녁으로 관만 지켜보고 있었는데, 전당 법사가 죽은 지 엿새째 되는 날[10] 미시未時 정도에 별안간 이 관이 움직였다. 처는 놀랍고 두려웠지만 불가사의하게 여겨 곁으로 다가가 관을 열어 들여다보았다. 그러자 죽은 사람이 멀쩡히 되살아나 있었다. 그래서 처는 기뻐하며 그에게 물을 먹여 주었다. 얼마 지나 죽은 사람이 일어나 처자에게 이야기하기를,

"내가 죽었을 때, 갑자기 사납고 무시무시한 큰 오니鬼 두 마리가 찾아와서 나를 붙잡아 넓은 들판으로 데리고 나가 나를 앞세워 내몰며 갔다. 그러자 한 어린 승려[11]가 나타났는데 그 모습이 엄숙했다. 그 승려가 나를 붙잡은 오니들에게, '오니들아, 이 법사를 용서해 주어라. 이리 말하는 나는 지장보살이니라.'라고 말씀하셨다. 두 오니는 어린 승려의 말에 땅에 무릎을 꿇고 나를 용서해 주었다. 그 후 어린 승려는 나를 향해,

7 → 불교. 여기서는 시주施主인 별당別當을 가리킴.

8 진언사원眞言寺院 등에 배치됐던 행정승으로 도다이지東大寺에서는 별당, 상좌上座, 구당勾當 다음의 지위. 사무寺務를 관리함.

9 → 권17 제5화 채색 관련 주 참조.

10 초칠일初七日의 하루 전.

11 지장의 권화權化.

'그대는 나를 모르는가. 이나바 지방 고쿠류지에서 내 상像을 만들던 중 시주인 별당에게 일이 생겨 내 상을 만드는 것을 잊고 말았다. 그러나 그대가 불사들의 식사를 챙겨줘서 내 상을 만들게 했다. 그대는 반드시 그 상을 채색하여 공양하도록 하라. 그 시주인 별당은 더 이상 그 상을 완성하지 못할 것이다. 그러니 그대가 반드시 완성하도록 하라.'

라고 말씀하시고 길을 알려주시어 나를 돌려보내 주셨다. 그리고 그러자마자 나는 소생한 것이다."

라고 하였다. 이 이야기를 들은 처자는 눈물을 흘리며 더할 나위 없이 감동하고 존귀하게 여겼다.

그 후 얼마 되지 않는 전 재산을 들여 지장보살상을 채색하고 공양하였다. 이 지장보살은 고쿠류지에 안치되어 지금도 그곳에 계신다고 한다.[12]

이것을 생각하면 지장보살의 서원은 다른 것보다 뛰어나시다. 신앙심이 있는 사람은 오로지 기념祈念하여야 한다고 이렇게 이야기로 전하여 내려오고 있다 한다.

12 고쿠류지 지장상의 연기緣起로서 결말이 맺어짐.

⊙제25화⊙
지장地藏을 만드는 불사佛師를 보살피고 소생을 얻은 사람 이야기

養造地蔵仏師得活人語第二十五

今昔、因幡ノ国、高草ノ郡、野坂ノ郷ニ一ノ寺[ ]リ。名ヲバ国隆寺ト云フ。彼ノ国ノ前ノ介[ ]千包ト云フ人ノ建立ノ寺也。

此ノ寺ニ別当ナル僧有テ、仏師ヲ呼テ、宿願有ルニ依テ、地蔵菩薩ノ像ヲ令造シム。而ル間、此ノ別当ノ僧ノ妻、他ノ男ニ被奪取テ失ヌ。然レバ、別当ノ僧心ヲ迷ハシ肝ヲ失ヒテ、東西南北ヲ尋ネ求メ騒グ間ニ、此ノ地蔵菩薩ヲ造奉テマツル事ヲモ、不知ズシテ忘ヌ。然レバ、仏師共ニ、其ノ所ニ来ルト云ヘドモ、檀越ノ俸テ無キニ依テ、物食コト無クシテ、既ニ餓ヌ。

而ルニ、其ノ寺ニ専当ノ法師有リ。此ノ仏師共ノ物不食ヲ見テ、善心有テ食物ヲ膳テ、仏師共ヲ養テ日来ヲ経ル程ニ木造ハ既ニ成ヌ、未ダ綵色シ不奉ザル間ニ、此ノ専当ノ法師俄ニ身ニ病ヲ受テ死ヌ。妻子泣キ悲ムト云ヘドモ、甲斐無クシテ、棺ニ入レテ傍ラニ置テ、不棄ズシテ朝暮ニ見ル間、六日ト云フ未時許ニ、俄カニ此ノ棺ム動ク。妻恐レ乍ラ、怪デ寄テ開テ見レバ、死人既ニ活タリ。喜テ、水以テ口ニ入ル。漸ク程ヲ経テ、死人起居テ妻子ニ語テ云ク、「我レ死シ時、忽ニ猛ク恐シキ大鬼二人来テ、我ヲ捕ヘテ、広キ野ニ将出デ、追ヒ持行ク間、一人ノ[一]小僧出来レリ。形チ端厳也。
此ノ、[二]此ク我ヲ捕ヘタル鬼共ニ宣ハク、『汝ヂ鬼共、此ノ法師ヲ免セ。我レハ此地蔵菩薩也』ト。[三]二人ノ鬼此レヲ聞テ地ニ跪テ、法師ヲ免シ畢ヌ。其ノ時ニ小僧法師ニ語テ宣ク、『汝ヂ[四]我レハ不知ヤ。彼ノ因幡ノ国ノ国隆寺[五]シテ、我ガ像ヲ造リシ間、[六]檀越事有ルニ依テ、我ガ像ヲ造ル事ヲ忘レタリ。而ルニ、汝ヂ其ノ仏師共ヲ養テ、我ガ像ヲ令造タリ。汝ヂ必ズ綵色シテ可供養[七]□。彼ノ檀越ハ更ニ造リ遂ル事不有ジ。[八]努々、汝ヂ此レヲ可遂シ』ト宣テ、道ヲ教ヘテ返シ遣ス、ト思フ程ニ活レリ」ト語ル。妻子此レヲ聞テ、涙ヲ流シテ悲ビ貴ブ事無限シ。

其ノ後、[九]小財ヲ投テ、其ノ地蔵菩薩ノ[一〇]僧ヲ綵色シ奉テ、供養ジ奉テケリ。[一一]其ノ地蔵菩薩、彼ノ国隆寺ニ安置シテ、[一二]于今在スト。

[一三]此レヲ思フニ、地蔵菩薩ノ誓ヒ、他ニ勝レ給ヘリ。[一四]心有ラム人ハ専ニ可念奉シ、トナム[一五]伝タルトヤ。

권17 제26화

거북이를 사서 놓아준 남자가 지장地藏의 도움으로 소생한 이야기

오미 지방近江國 고가 군甲賀郡의 비천한 신분의 사람이 어부가 잡은 지장地藏의 권화權化인 거북이를 구해준 공덕功德으로 명도冥途에서 소생한 이야기. 명계冥界에서 돌아오던 중 오니鬼에게 쫓기던 지쿠젠 지방筑前國 무나카타 군宗方郡 관수貫首의 딸을 구제해 달라고 지장에게 청하고, 소생 후에 두 사람이 재회하여 함께 지장에게 귀의했다는 내용으로 결말을 맺는다. 거북이를 지장의 권화로 삼은 것에서 지장 영험담靈驗譚이라 할 수 있는데 설화說話의 골격은 거북이 보은담의 유형에 속한다.

이제는 옛이야기이지만, 오미 지방近江國[1] 고가 군甲賀郡[2]에 비천한 신분의 한 남자가 있었다. 집이 가난하여 궁핍한 생활을 하고 있었는데, 그의 아내가 줄곧 다른 사람 밑에서 베를 짜 그것을 업業으로 삼아 생계를 꾸리고 있었다.

그런데 그 아내가 잘 변통하여 직물 옷감[3] 한 포를 짜서 남몰래 갖고 있었는데, 어느 날 남편에게,

"우리는 오랫동안 줄곧 가난하여 고생만 했어. 마침 몰래 짠 옷감 한 포를

1 → 옛 지방명.
2 현재의 시가 현滋賀縣 남동부.
3 삼베, 고포栲布(* 닥나무 껍질 등의 섬유로 짠 베) 등.

가지고 있는데 요즘 소문에 의하면, '야하세矢橋[4] 선착장에는 많은 어부들이 물고기를 잡아다 팔고 있다.'고 하더라. 그러니 당신이 이 옷감을 가지고 그 선착장에 가서 물고기를 사와라. 그것을 벼나 뉘로 바꾸어 올해는 논을 한 두 단段[5] 지으면 그걸로 생계를 꾸릴 수 있지 않을까?"
라고 말했다.

남편은 아내의 말대로 옷감을 가지고 야하세 선착장으로 나갔다. 그는 어부를 만나 사정을 이야기하고 그물을 당겼지만 물고기가 걸리지 않았다. 그저 커다란 거북이 한 마리를 건져 올렸다. 어부가 그 자리에서 이 거북이를 죽이려고 하자, 옷감을 가지고 온 남자가 그것을 보고 측은지심이 생겨, "이 옷감으로 거북이를 사겠소."라고 말했다. 어부는 기뻐하며 옷감을 받고 거북이를 남자에게 건네주었다. 남자는 자신이 산 거북이에게

"거북이는 원래 장수하는 것이다. 목숨이 있는 것은 그 목숨이 두말할 것 없이 가장 소중한 것이다. 내 비록 집은 가난하지만 옷감을 버리고 네 목숨을 구해주마."
라고 말했다. 그리고 그 거북이를 바다[6]에 풀어준 뒤, 빈손으로 집으로 돌아왔다. 남편이 돌아오길 목이 빠져라 기다리고 있던 아내는, "어디, 물고기는 사왔어?"라고 물었다. 남편이 "나는 그 옷감으로 거북이의 목숨을 구해 주었다."라고 답하자, 이 말에 아내는 몹시 성내며 남편을 책망하고 마구 욕설을 퍼부었다.

그 후 얼마 지나지 않아 남편은 병에 걸려 죽고 말았다. 그래서 그를 가네노야마자키金の山崎 근처에 장사 지냈는데[7] 사흘이 지나 되살아났다. 그 무

4 시가 현 구사쓰 시草津市의 비와 호琵琶湖 주변 땅.
5 옛날에 1단段은 360보步(평坪). 후세에는 300보.
6 비와 호.
7 땅 속에 묻은 것이 아닌 들 밖에 둔 것임. 이른바 풍장風葬.

렵 이가伊賀의 수령 □□□[8]이라는 사람이 임지任地로 내려가던 중, 이 되살아난 남자를 발견하고 불쌍히 여겨 물을 길어 와서 마시게 하여 목을 축이게 하고 그대로 떠나갔다. 집에 있던 아내가 남편이 되살아났다고 전해 듣고 그곳으로 가서 남편을 등에 업고 집으로 데리고 돌아왔다.

얼마 지나 남편이 부인에게 이야기하였다.

"나는 죽자마자 관인官人에게 붙잡혔는데 그는 내몰듯이 나를 끌고 갔다. 넓은 들판[9]을 지나자 한 관사官舍[10]의 문에 이르렀다. 그 문 앞의 뜰을 보니 많은 사람이 묶인 채 뒹굴고 있었다. 나는 내심 더할 나위 없이 두려웠다. 그러던 중 엄숙한 모습의 한 어린 승려[11]가 나타나

'나는 지장보살地藏菩薩이니라. 이 남자는 나를 위해 은혜를 베풀어 주었던 자이다. 나는 이 세상의 유정有情[12]을 구제하기 위해 오미 지방의 호수[13] 근처에서 커다란 거북이의 몸으로 모습을 바꾸어 살고 있었다. 그런데 어부에게 붙잡혀서 하마터면 목숨을 잃게 된 것을 이 남자가 자비심을 일으켜 거북이를 사들였고, 목숨을 구해 주었으며 호수 속에 풀어주었다. 그러니 어서 이 남자를 방면해야 하느니라.'

라고 말했다. 관인은 이 말을 듣고 날 방면해 주었다. 그 후 어린 승려는 내게

'그대는 어서 원래 있던 곳으로 돌아가 부디 선근善根을 잘 쌓고, 악업惡業을 범해서는 안 되느니라.'

라고 말씀하시며 길을 가르쳐 주시고 나를 되돌려보내 주셨다. 그런데 그때 두 마리의 오니鬼가 스무 살 정도의 아름다운 여자를 포박하여 그 여자

8 성명의 명기를 위한 의도적인 결자.
9 명계冥界로 가는 도중의 광야.
10 염마청閻魔廳을 가리킴. → 권17 제19화 참조.
11 지장地藏의 권화權化.
12 중생과 같은 의미. 살아 있는 모든 것.
13 비와 호를 가리킴. 호반湖畔.

의 앞뒤로 따라가며 채찍질을 하고 몰고 오고 있었다. 나는 이를 보고, '당신은 누구십니까?'라고 물으니 여자는 눈물을 흘리며,

'저는 지쿠젠 지방筑前國[14] 무나카타 군宗方郡[15] 관수官首[16]의 딸입니다. 갑자기 부모에게서 떠나 홀로 어두운 길로 들어서게 되어 오니에게 붙잡혀 채찍으로 맞으며 여기까지 왔습니다.'

라고 답했다. 이에 나는 이 여인이 매우 가엽게 여겨져서 어린 승려에게,

'저는 인생의 절반을 살아서 제 목숨도 얼마 남지 않았습니다. 이 여인은 아직 나이도 어리고 살날이 많이 남았으니, 저 대신 이 여인을 용서하여 주십시오.'

라고 부탁드렸다. 어린 승려는 남자의 말에

'그대는 참으로 자비심慈悲心이 깊도다. 자기 몸을 대신해 다른 이를 구하는 일은 좀처럼 할 수 없는 일이니라. 그럼 두 사람 모두 용서받도록 내가 말을 해주마.'

라고 말씀하시고 오니에게 호소하여 두 사람 다 용서받을 수 있었다. 여자는 눈물을 흘리며 기뻐하였고, 나에게 후일의 깊은 친교親交를 약속하고 헤어졌다."

그 후 꽤 시간이 지나, 남자는 '명도冥途에서 봤던 그 여자를 찾아보자.'라고 생각하며 쓰쿠시筑紫[17]로 길을 나섰다. 그 여자의 말대로 지쿠젠 지방 무나카타 군 관수의 집에 가서 물으니, 실제로 관수에게 나이 어린 딸이 있었다. 그곳 사람이, "따님은 전에 병에 걸려서 죽었는데 이삼일 정도 지나서

14 → 옛 지방명.

15 현재의 후쿠오카 현福岡縣 무나카타 시宗像市, 무나카타 군宗像郡 일대.

16 '관수貫首'라고도 표기. 수령首領, 통령統領의 뜻. 여기서는 군사郡司 밑의 직위로 그 지역의 유력자를 의미하는 것으로 추정.

17 지쿠젠筑前 · 지쿠고筑後(→ 옛 지방명) 두 나라의 옛 명칭. 오미 지방近江國에서 아득히 멀리 떨어진 땅.

되살아났습니다."라고 말했다. 남자는 이것을 듣고 명도에서의 약속을 말하여 그 딸에게 전하게 했다. 이것을 들은 여자는 허둥지둥 밖으로 나왔는데 남자가 그 모습을 보니 명도에서 만난 여자와 실로 똑같았다. 여자 또한 남자를 보니 명도에서 만났던 남자와 조금도 다르지 않았다. 그리하여 두 사람은 서로 눈물을 흘리며 감격하여 명도에서 있었던 일을 이야기했다.

이후 서로 친교를 약속하고 남자는 고향으로 돌아갔다. 그리고 각자 신앙심을 일으켜 지장보살을 섬겼다고 이렇게 이야기로 전하여 내려오고 있다 한다.

⊙제26화⊙ 거북이를 사서 놓아준 남자가 지장地藏의 도움으로 소생한 이야기

買亀放男依地蔵助得活語第二十六

今昔、近江ノ国、甲賀ノ郡ニ一人ノ下人有リケリ。家貧クシテ憑ム所無シ。其ノ妻常ニ人ニ被雇テ、機ヲ織ルヲ以テ業トシテ世ヲ渡ケリ。

而ル間、其ノ妻相構テ、手作ノ布一段ヲ私ニ織得テ持ケルヲ、夫ニ語テ云ク、「我等年来家ヘ貧クシテ、憑ム方無シ。而ルニ、此ノ布一段ヲ私ニ織リ得テ持タリ。近来聞ケバ、『箭橋ノ津ニ海人多ク有テ、魚ヲ捕テ商フ』ト。然レバ、汝ガ此ノ布ヲ持テ彼ノ津ニ行テ、魚ヲ買テ持来ル、稲籾等ニ替テ、今年一二段ノ田ヲ作テ、世ノ中ヲ渡ラム」ト。

夫、妻ノ云フニ随テ、布ヲ持テ箭橋ノ津ニ行テ、海人ニ合テ此ノ由ヲ語テ、魚ヲ令曳ルニ、魚不捕得ズ、只大ナル亀一ヲ引上テアリ。海人即チ此ノ亀ヲ殺シテムト為ルニ、布主ノ男此レヲ見テ、哀ビノ心ヲ発シテ云ク、「此ノ布ヲ以テ此ノ亀ヲ買ム」ト。海人喜テ布ヲ取テ亀ヲ男ニ与ヘツ。男亀ヲ買取テ云ク、「亀ハ此レ命永キ者也。命有ル者ハ命ヲ以テ財トス。我レ家ヘ貧シト云ヘドモ、布ヲ棄テ汝ガ命ヲ助クル也」ト、亀ニ云ヒ令聞テ、海ニ放チ入レツ。男手ヲ空クシテ家ニ返ヌ。妻待請テ、「何ゾ魚ハ買得タリヤ」ト問フニ、夫答テ云ク、「我レ布ヲ以テ亀ノ命ヲ助ケツ」ト。妻此ヲ聞テ、大キニ嗔テ、夫ヲ責メ憾テ謗リ令恥ムル事無限シ。

機を織る女（当麻曼陀羅縁起）

其ノ後、夫幾ノ程ヲ不経ズシテ、病ヲ受テ死ヌ。然レバ、金ノ山崎ノ辺ニ棄テツ。三日ヲ経ヘテ活ヌ。其ノ時ニ、伊賀ノ守□云フ人、国ニ下ルニ、此ノ活レル男ヲ見付テ、慈ビノ心ヲ発シテ、水ヲ汲テ口ニ入レテ、喉ヲ潤ヘテ過ヌ。家ノ妻此レヲ聞テ、行テ夫ヲ荷テ、家ニ返ヌ。

夫程ヲ経テ妻ニ語テ云ク、「我レ死シ時キ、官人ニ被捕テ、追テ将行キ。広キ野ノ中ヲ過シニ、一ノ官舎ノ門ニ至ヌ。其ノ門ノ前ノ庭ヲ見レバ、多ノ人ヲ縛伏タリ。心ノ内ニ恐ヂ怖レ思フ事無限シ。而ル間、一人ノ端厳ナル小僧出来テ云ク、『此レ地蔵菩薩也。此ノ男ハ我ガ為ニ恩ヲ施セル者也。我レ有情ヲ利益セムガ為ニ、彼近江国ノ江ノ辺ニシテ、大ナル亀ノ身トシテ有リシ。海人ノ為ニ被引捕テ、命ヲ被殺ムトセシニ、此ノ男慈ノ心ヲ発シテ、亀ヲ買取テ命ヲ助ケテ、江ノ中ニ放テキ。然レバ、速ニ此ノ男可免放シ』ト。官人此レヲ聞テ、男ヲ免シツ。其ノ後、小僧男ニ告テ宣ハク、『汝ヂ、早ク本国ニ返テ、努々善根ヲ修シテ、悪業ヲ可止シ』ト宣テ、道ヲ教テ令返ル間ニ、見レバ、年二十余許ナル女人ノ形チ美麗ナルヲ縛テ、二人ノ鬼前後ニ有テ、打チ追テ来ル。男此ヲ見テ問テ云ク、『汝ヂ何ノ所ノ人ゾ』ト。女泣々ク答ヘテ云ク、『我ハ、筑前ノ国、宗方ノ郡ノ官首ガ娘也。俄ニ父母ヲ離レテ、独リ暗キ道ニ入テ、鬼ニ被打追テ来也』ト。男此ヲ聞テ哀ミ悲デ、此ノ小僧ニ申シテ云ク、『我ハ年既ニ半ニ過ギテ、残ノ命幾ニ非ズ。此女ハ年未ダ幼クシテ、行末ヘ遥也。然レバ、我レヲ此ノ女ニ替テ、女ヲ免シ遣』ト。小僧此ヲ聞テ宣ハク、『汝ガ心極メテ慈悲有リ。我ガ身ニ替テ人ヲ助クル事、此難有キ事也。此ニ依テ共ニ請免サム』ト宣テ、鬼ニ訴テ、共ニ被免ヌ。女泣々ク喜テ、男ニ向テ深キ契ヲ成シテ、道ヲ別レテ去ヌ」。如此ク語ル。

其ノ後、程ヲ経テ、「彼ノ冥途ニシテ見シ所ノ女ヲ尋ム」ト思テ、筑紫ニ行ヌ。彼ノ女ノ冥途ニシテ云ヒシ如クニ、筑前ノ国、宗方ノ郡ノ官首ガ家ニ至テ尋ルニ、実ニ官首ノ娘年若クシテ有リ。「病ヲ受テ、死テ二三日許ヲ経テ、活タリケリ」ト人語ル。男此レヲ聞テ、其ノ娘ニ彼ノ冥途ノ事ヲ令云入ム。娘此レヲ聞テ迷出タリ。男娘ヲ見ルニ、冥途ニテ見

シニ不違ズ。娘亦男ヲ見ルニ、[一一]冥途ニテ見シニ不違ズ。然レ
バ、互ニ涙流シテ泣キ悲デ、冥途ノ事ヲ語ケリ。
其ノ後、互ニ契ヲ成シテ、男本国ニ返ニケリ。[一二]各道心ヲ
発シテ、地蔵菩薩ニ仕ケリ、トナム語リ[一三]伝タルトヤ。

권17 제27화

엣추越中의 다테 산立山 지옥에 떨어진 여자가 지장地藏의 구원을 얻은 이야기

수행승 엔코延好가 엣추 지방越中國 다테 산立山에서 칩거 수행 중, 지옥에 떨어져 고통받는 여자 망령亡靈의 부탁을 받아 도읍 칠조七條 주변의 생가를 방문하여, 지장상地藏像 조립造立과 『법화경法華經』 서사書寫 등 망령을 제도濟度하는 추선追善 공양을 행한 이야기. 망령이 승려를 매개로 가족에게 추선 공양을 부탁한다는 구성은 유형적인 것으로 다테 산 지옥의 신앙을 둘러싼 망령 회향담回向譚이라고 할 수 있다. 이와 비슷한 유형의 전승은 그 사례가 많다. 권14 제7·8화 참조.

이제는 옛이야기이지만, 불도佛道를 수행하며[1] 돌아다니는 승려가 있었는데 이름은 엔코延好라고 했다. 그가 엣추 지방越中國 다테 산立山[2]에 참배하여 칩거하고 있었는데 한밤중인 축시丑時 정도[3]에 사람의 그림자 같은 것이 나타났다.

엔코가 무서워 벌벌 떨고 있으니 그림자 같은 것[4]이 슬피 울면서 엔코를 향해,

1 여기서는 여러 지방을 돌아다니며 수행하는 승려를 뜻함. 여러 지방의 영지靈地, 영장靈場을 순례하여 수행하는 승려로, 회국유행回國遊行의 성인聖人이나 야마부시山伏(* 산야山野에 기거하며 수행하는 승려), 수험자修驗者 등. 설화說話의 전파자이기도 함.

2 → 지명.

3 * 오전 2시경.

4 후세後世의 유령에 해당.

"저는 실은 도읍 칠조七條 부근에 살고 있던 여자입니다. 집은 칠조에서는 □,[5] 서동원西洞院에서는 □[6]로, 이곳을 향해 걸어가면 서북쪽 근처의 제일가는 집입니다. 제 부모형제는 지금도 그곳에 살고 있습니다. 하지만 저는 이미 이 세상의 과보果報[7]가 다하여 매우 젊은 나이에 죽게 되어 이 산 지옥[8]에 떨어지고 말았습니다. 그런데 저는 생전 기다린지祇陀林寺[9]의 지장강地藏講[10]에 참배를 했습니다만, 그것도 단지 한두 번에 지나지 않습니다. 그 외에는 전혀 선근善根을 쌓은 적이 없습니다. 그럼에도 불구하고 지금 지장보살地藏菩薩께서 이 지옥에 와주셔서 매일 조조早朝, 일중日中, 일몰日沒[11]에 세 번 저의 고통을 대신 받아주십니다. 성인聖人이시여 부디 제가 살던 집으로 가서 부모형제에게 이 일을 이야기하시고 저를 위해[12] 선근을 행하도록 말씀해 주십시오. 저를 고통에서 구원해주소서. 그리 해주신다면 저는 세세世世[13] 이 은혜를 결코 잊지 않겠사옵니다."

라고 말하고 곧 사라졌다.

엔코는 이야기를 듣고 무서웠지만 한편 연민의 마음이 생겨 다테 산을 떠나 즉시 칠조 근처로 가서 혹시나 하는 마음에 이 여자가 말한 곳을 물어 찾아가보니 여자의 말대로 정말 여자의 부모형제가 살고 있었다. 엔코가 그들을 만나 이 이야기를 하자 부모형제는 모두 눈물을 흘리며 슬퍼하면서도 더

5 방위方位의 명기를 위한 의도적 결자. 동서남북 중 하나가 해당.

6 방위方位의 명기를 위한 의도적 결자. 동서남북 중 하나가 해당.

7 전세前世의 인연에 의해 받은 현세現世의 과보果報(→ 불교)가 이미 다하여. 즉 수명이 다하여.

8 산중타계山中他界 신앙이 불교와 결부되어 초열焦熱의 온천 용출구湧出口를 현세現世의 지옥(→ 불교)으로 비유한 것. 그 대표적인 예로 다테 산立山 지옥이 있으며 권14 제7·8화 참조.

9 → 사찰명.

10 → 불교.

11 원문에는 "삼시三時"(→ 불교).

12 『영험기靈驗記』에는 여자가 생전 사용하고 있던 거울을 여동생이 가지고 있었기 때문에 그것을 지장地藏에게 바쳐 추선追善의 공덕功德을 쌓아 달라고 부탁한 것으로 되어 있음.

13 생생세세生生世世. 육도세계六道世界를 계속 윤회하는 것.

할 나위 없이 기뻐하였다. 그리고 곧바로 불사佛師를 불러 삼 척尺[14]의 지장보살상 하나를 만들고, 『법화경法華經』[15] 세 부를 서사書寫하여 정자원亭子院[16]이라는 당에서 법회法會를 열어 공양하였다. 이 법회의 강사講師는 오하라大原[17]의 조겐淨源[18] 공봉供奉이 담당하였다. 이 분이 불법佛法을 설하자 이를 들은 사람들은 모두 눈물을 흘렸다.

지장보살의 은혜는 특히 뛰어나시다. 지장강에 단 한두 번 참배했던 여자의 고통을 대신하여 주시는 것이 이와 같으니, 하물며 지성으로 염念하며, 지장의 모습을 상으로 만들거나, 그림을 그리는 사람을 구해 주심은 의심할 필요가 없다. 세상사람 모두가 지장보살에 귀의해야 한다고 이렇게 이야기로 전하여 내려오고 있다 한다.

14 『영험기』에서는 이야기 끝에 지금도 불상이 칠조七條에 현존한다고 되어 있음.

15 망령亡靈의 죄장소멸罪障消滅을 위해 당시 가장 유력한 멸죄滅罪 경전經典으로 믿어지던 『법화경法華經』을 서사書寫했던 것. 『영험기』에는 사경寫經에 관한 이야기는 없고 거울에 대한 이야기가 있음.

16 우다宇多 법황法皇의 처소.

17 → 지명.

18 미상. → 권17 제9화·21화 참조.

⊙ 제27화 ⊙ 옛추 越中의 다테 산立山 지옥에 떨어진 여자가 지장地藏의 구원을 얻은 이야기

堕越中立山地獄女蒙地蔵助語第二十七

今昔、仏ノ道ヲ修行ズル僧有ケリ。名ヲバ延好ト云フ。越中ノ国、立山ト云フ所ニ参テ籠タルニ、夜ル、丑時許ニ人ノ景ノ様ナル者出来ル。

延好、恐ヂ怖ル、間、此ノ景ノ様ナル者泣キ悲デ、延好ニ告テ云ク、「我レハ此レ、京ノ七条ノ辺ニ有リシ女人也。七条ヨリハ□、西ノ洞院ヨリハ□、立テ行ケバ西北ノ辺ニ一ト云フ家也。我ガ父母兄弟、于今其ノ所ニ有リ。而ルニ、我レ、果報既ニ尽テ、極テ若クシテ死テ、此ノ山ノ地獄ニ堕タリ。而ルニ、我レ生タリシ時、祇陀林ノ地蔵講ニ参タリシ事只一両度也。其ノ外ニ更ニ一塵ノ善根ヲ不造ズ。而ルニ、今ノ地蔵菩薩此ノ地獄ニ来リ給テ、日夜三時ニ我ガ苦ニ代リ給フ。願クハ、聖人彼ノ我ガ本ノ家ニ行テ、父母兄弟ニ此ノ事ヲ告テ、我ガ為ニ善根ヲ令修テ、我ガ苦ヲ抜キ給ヘ。然ラバ、我レ、世々ニモ其ノ恩ヲ不可忘ズ」ト云テ、失ヌ。

延好此レヲ聞テ、恐レ怖フト云ヘドモ、哀ビノ心ヲ発シテ、立山ヲ出デ、、忽ニ彼ノ七条ノ辺ニ至テ、試ニ彼ノ女ノ云ヒシ所ヲ尋ネ問フニ、実ニ女ノ云ヒシニ違フ事無シテ、父母兄弟有リ。延好彼等ニ値テ此ノ事ヲ告ルニ、父母兄弟此レヲ聞テ、皆涙ヲ流シテ泣キ悲デ、喜ブ事無限シ。其ノ後、忽ニ仏師ヲ語テ、三尺ノ地蔵菩薩ノ像一体ヲ造リ奉リ、法花経三部ヲ書写シテ、亭子ノ院ノ堂ニシテ、法会ヲ儲テ供養ジ奉リツ。其ノ日ノ講師、大原ノ浄源供奉ト云フ人也。法ヲ説クニ、聞ク者皆涙ヲ不流ズト云フ事無シ。

地蔵菩薩ノ利益、他ニ勝レ給ヘリ。地蔵講ニ一両度参レル女ノ苦ニ代リ給フ事、既ニ如此シ。況ヤ、心ヲ至テ念ジ奉リ、其ノ形像ヲ造リ画キ奉レラム人ヲ助ケ給ハム事ヲ思ヒ遣テ、世ノ人皆地蔵菩薩ヲ帰依シ可奉シ、トナム語リ伝ヘタルトヤ。

권17 제28화

도읍에 사는 여인이 지장地藏의 도움으로 소생한 이야기

도읍의 다치하키 정大刀帶町에 사는 여자가 로쿠하라미쓰지六波羅蜜寺의 지장강地藏講을 청문한 뒤 발심發心하여 지장상地藏像을 만들었으나 개안공양開眼供養은 하지 못한 채 병사病死했는데, 조상造像의 공덕功德으로 소생 후 명관冥官의 가르침을 받고 멸죄滅罪 공덕을 쌓아 지장의 공양을 이룬 이야기.

이제는 옛 이야기지만,[1] 도읍의 다치하키 정大刀帶町 부근에 사는 여자가 있었다. 본디 동국東國 사람으로, 사정이 있어 도읍으로 올라와 정착하게 된 것이었다.

이 여자는 다소 선심善心이 있어 매월 24일[2]에는 로쿠하라미쓰지六波羅蜜寺[3]의 지장강地藏講[4]을 참배하여 청문하였는데, 지장의 서원誓願[5]에 대한 설법說法을 듣고 신앙심을 일으켜 진심으로 감격하여 눈물을 흘리며 집으로 돌아갔다. 그 후 지장보살상地藏菩薩像을 만들고자 하는 마음이 생겨, 입고

1 '관홍寬弘 시기에'(『영험기靈驗記』). 관홍은 1004년부터 1012년까지.

2 십재일十齋日(* 매월 팔계八戒를 지켜 몸과 마음을 깨끗이 하고 부정不淨한 일을 멀리하도록 정해진 열흘) 중 하나. 하루에 일존一尊을 지정해서 십존불十尊佛·보살을 배정하고, 해당 일에 배정된 불존佛尊을 정진지계精進持戒(* 불도 수행에 힘쓰고, 불교도로서 계율을 굳게 지킴)하여 신앙하고 예배함. 매달 24일은 지장의 연일緣日.

3 → 사찰명.

4 → 불교.

5 → 불교.

있던 의복을 벗어서 불사佛師에게 주어 일책수반一磔手半[6]의 높이의 지장을 만들었다. 그런데 아직 그 개안공양開眼供養[7]을 하기 전에 여인이 갑자기 병에 걸려 며칠 병상에 누워 있다가 끝내 죽고 말았다. 아이들이 그 여인의 곁에서 슬피 울고 있었는데, 여섯 시간 정도 지나 여인이 되살아났다. 여인이 눈을 뜨고 아이들에게 이야기하였다.

"내가 혼자 넓은 들판을 걸어가는 동안[8] 길을 잃고 어디로 가면 좋을지 알 수 없게 되고 말았다. 그러자 관冠을 쓴 관인官人[9] 한 사람이 나타나 나를 붙잡아 어딘가로 데려 가려고 했다. 그때 단정端正한 모습의 어린 승려 한 명이 나타나, '이 여자는 사실 내 어머니이니라.[10] 어서 방면하도록 하라.'라고 말했다. 관인은 이것을 듣고 한 권의 두루마리[11]를 꺼내 나를 향해,

'너는 두 가지 죄를 지었다. 빨리 그 죄를 참회하라. 그 두 가지 죄라는 것은, 첫 번째는 남음男婬[12]한 죄이다. 이에는 니탑泥塔[13]을 만들어 공양하라. 두 번째는 강講[14]에 참석하여 설법을 듣는데, 끝까지 듣지 않고 나온 죄이다. 이에 대해 참회를 행하라.'

라고 말하며 나를 방면해 주었다. 그때 어린 승려가 내게, '그대는 나를 알고 있는가?'라고 말씀하셨다. 내가 알지 못한다고 답하자 어린 승려는,

'나는 사실 그대가 만든 지장보살이다. 그대가 내 상을 만들었기 때문에 나는 이곳에 와서 그대를 구한 것이다. 속히 원래 있던 곳으로 돌아가거라.'

6 → 불교.

7 개안開眼(→ 불교).

8 명계冥界로 가는 도중의 풍경.

9 명관冥官을 가리킴.

10 이 여자가 지장상地藏像을 발원發願 조립造立했기 때문에 어머니라고 한 것.

11 죽은 자의 생전의 행적을 기록한 두루마리. → 권17 제18화 두루마기 관련 주 참조.

12 '여음女婬'의 반대. 여성이 범한 사음邪淫의 죄.

13 흙으로 만든 탑. 『소우기小右記』 영연永延 2년(988) 8월 7일에도 니탑泥塔 공양의 기사가 보임. '니탑'은 설구이한 도토제陶土製의 소탑小塔이었을 것임.

14 강회講會. 법회法會의 강설講說. 여기서는 앞에 나온 로쿠하라미쓰지六波羅蜜寺의 지장강地藏講을 가리킴.

라고 말씀하시며 돌아갈 길을 알려주시고 나를 돌려보내 주셨던 것이다."

그 후 여자는 운림원雲林院[15]에 있는 승려와 상의하여 니탑을 만들어 공양하고 참회를 행하게 했다. 또한 지장보살을 공양[16]하고, 지성으로 예배하며 공경하였다고 이렇게 이야기로 전하여 내려오고 있다 한다.

15 → 사찰명.

16 개안공양開眼供養을 의미.

⊙제28화⊙ 도읍에 사는 여인이 지장地藏의 도움으로 소생한 이야기

京住女人依地蔵助得活語第二十八

今昔[17]、京ノ大刀帯町[18]ノ辺ニ住ケル女有ケリ。東者[19]東国ノ人也。事[20]ノ縁有ニ依、京ニ上テ住ム也ケリ。

其ノ女人、聊ニ善心有テ、月[21]ノ二十四日ニ六波羅[22]蜜ノ地蔵[23]講ニ参テ、聴聞シケルニ、地蔵[24]ノ誓願ヲ説ケルヲ聞テ、心ヲ発シテ貴ビ悲デ、泣々ク家ニ返ヌ。其ノ後、地蔵菩薩ノ像ヲ造リ奉ラムト思フ心深ク付テ、衣ヲ脱テ仏師ニ与ヘテ、一搩[25]手半ノ地蔵ヲ造リ奉テケリ。未ダ不開眼[26]ザリケル程ニ、女俄ニ病ヲ受テ、日来悩ミ煩テ、遂ニ死[27]ヌ。子共傍ラニ居テ泣キ悲ム程ニ、三時[1]許有テ活ヌ。目見開テ子共ニ語テ云ク、

「我レ独リ広キ野[2]ノ中ヲ行キツル間、道ニ迷テ行キ方ヲ不知ズ。而ル間、冠[3]タル官人一人出来テ、我ヲ捕テ将行ク。亦、端正ナル一人ノ小僧[4]出来テ云ク、『此[5]ノ女ハ此レ我ガ母也。速ニ可免放シ』ト。官人此レヲ聞テ、一巻[6]ノ書ヲ取出シテ、我レニ向テ云ハク、『汝ガ身ニ二ノ罪[7]有リ。早ク其ノ罪ヲ可懺悔シ。其ノ二ノ罪ト云ハ、一ハ男婬[8]ノ罪也。泥塔[9]ヲ造テ可供養シ。二ハ講[10]ニ参テ法ヲ聞シ間、不聞畢[11]ズシテ出テ去レル罪也。懺悔ヲ可行シ』ト云テ、我レヲ免シ放ツ。其ノ時ニ、小僧我レニ告テ宣ク、『汝ヂ、我レ[12]ヲバ知レリヤ否ヤ』ト。我レ、不知ザル由ヲ答フ。小僧ノ宣ハク、『我ハ此レ、汝ガ造レル所ノ地蔵菩薩也。汝ヂ我ガ像ヲ造レリ。其ノ故ニ、我レ来テ汝ヲ助クル也。速ニ本国ニ可返シ』ト宣テ、道ヲ教テ返シ遣タル也」ト語ル。

其ノ後、雲林院[13]ニ有ル僧ヲ語テ[14]、泥塔ヲ造リ供養ジ、懺悔ヲ令行[15]ケリ。亦、地蔵菩薩ヲ供養[16]ジ奉テ、懃ニ礼拝恭敬ジ奉ケリ、トナム語リ伝ヘタルトヤ。

권17 제29화

무쓰 지방陸奧國의 여인이 지장地藏의 도움으로 소생한 이야기

에니치지惠日寺의 주변에 사는 뇨조如藏 비구니는 다이라노 마사유키平將行(혹은 마사카도將門)의 셋째 딸로서 출가 이전에는 독신獨身으로 일단 병사病死하였으나, 명도冥途에서 지장地藏의 자비와 교화敎化를 받아 소생한 뒤, 출가하여 오로지 지장에 귀의하고 임종시 정념正念으로 왕생을 하였다는 이야기.

이제는 옛이야기이지만, 무쓰 지방陸奧國[1]에 에니치지惠日寺[2]라는 절이 있었는데, 이 절은 예전에 입당승入唐僧이었던 고후쿠지興福寺[3]의 도쿠이치得一 보살菩薩[4]이라는 사람이 세운 절이다. 이 절 근처에 한 비구니[5]가 살고 있었는데, 다이라노 마사유키平將行[6]라는 사람의 셋째 딸이었다. 이 비구니는 출가하기 전엔 꽤나 미인이었으며 온화한 심성의 소유자였다. 부모는 그녀를 몇 번이나 시집보내려고 하였지만, 전혀 받아들이지 않은 채 홀로 세월을 보내고 있었다.

1 → 옛 지방명.
2 → 사찰명.
3 → 사찰명. 창건의 경위에 대해서는 권11 제14화 참조.
4 → 인명.
5 『영험기靈驗記』에 "뇨조如藏 비구니"라고 되어 있음. 본문 뒷부분에 출가하여 뇨조(지장地藏과 같다는 뜻)라고 칭하였다고 되어 있음.
6 미상.

그러던 중, 이 여자는 병에 걸려 며칠을 병상에 누워 있다가 결국 죽고 말았다. 그 후 그녀는 명도冥途로 갔는데 염마청閻魔廳[7]에 도착하여 그 뜰 안을 보니, 많은 죄인을 포박하여 그 죄의 경중輕重을 조사한 뒤 판결을 내리고 있었다. 죄인들이 슬피 우는 소리가 마치 천둥과도 같았다. 이 모습을 보고, 그 소리를 듣자 여자는 몹시 놀라 어찌할 바를 몰라 견딜 수 없었다. 그런데 그 죄인을 조사하고 있는 곳에 한 어린 승려[8]가 있었다. 그 모습이 매우 엄숙하였는데, 어린 승려는 왼손에 석장錫杖[9]을 쥐고, 오른손에는 한권의 두루마리[10]를 들고 동분서주東奔西走하며 죄인의 죄의 경중을 따져 판정을 내리고 있었다. 정원에 있던 사람은 모두 이 어린 승려를 보고, "지장보살地藏菩薩님이 납시었다."라고 서로 이야기하였다. 여자는 이를 듣고 어린 승려를 향해 합장하고 땅에 무릎을 꿇어 눈물을 흘리며, "나무귀명정례지장보살南無歸命頂禮地藏菩薩"[11]이라고 두세 번 읊었다. 그때 어린 승려는 여자에게 말씀하시길,

"그대는 내가 누군지 알고 있는가. 나는 삼도三途[12]의 고난을 구제하는 지장보살이다. 내가 그대를 보아하니 그대는 매우 큰 선근善根[13]을 쌓은 자이다. 그러므로 나는 그대를 구원해주려 하는데 어떠한가."

라고 하셨다. 여자가 이에 "대비자大悲者[14]이신 지장이시여, 부디 저의 이번 목숨을 살려 주시옵소서."라고 말씀드렸다. 그러자 어린 승려는 여인을 데

7 → 불교.

8 → 본문에는 "小僧"으로 되어 있음. 지장은 어린 승려(어린 법사法師)로 변한 예가 많음.

9 → 불교.

10 → 권17 제18화 두루마리 관련 주 참조.

11 '나무南無'는 범어梵語 namo, namas의 음을 묘사한 것이며, '귀명歸命'은 그 한역漢譯임. 수순귀의隨順歸依의 뜻. '정례頂禮'는 상대의 다리를 자신의 머리위로 받드는 최고의 경례敬禮. '나무귀명정례南無歸命頂禮'는 불보살佛菩薩의 명호名號 앞에 덧붙여 불보살에 대한 절대귀신絶對歸信의 마음을 표하는 관용구慣用句.

12 → 불교.

13 → 불교.

14 대자비심大慈悲心으로 중생衆生을 구제救濟하는 불보살이라는 뜻.

리고 관청 앞으로 나아가,

"이 여자는 실로 독실한 신앙심을 지니고 있는 훌륭한 자이다. 여자의 몸으로 태어나기는 하였으나, 남음男婬을 범하지 않았기 때문이다. 그런데 이미 지금 이곳에 불려와 있으니, 속히 돌려보내 더 많은 선근을 쌓게 하려고 한다. 어떠한가."
라고 호소하셨다. 이에 대해 염마왕閻魔王은 "분부대로 하겠습니다."라고 대답하셨다.

이에 어린 승려는 여자를 문밖으로 데리고 나가,

"나는 한 줄의 법문法文을 소중히 여기고 있다. 그대는 이것을 항상 명심하여 신앙할 수 있겠는가. 어떠한가."
라고 말씀하셨다. 여자는 "저는 깊이 신앙하며 잠시라도 잊지 않겠습니다."라고 답하였다. 그러자 어린 승려는 법문 한 줄을 읊으셨다.

인신난수人身難受 불교난치佛敎難値 일심정진一心精進 불석신명不惜身命[15]

그리고 거듭 말씀하시길 "그대는 극락왕생極樂往生할 인연因緣이 있다. 지금 그에 필요한 구句를 알려주도록 하마. 결코 잊어서는 아니 된다."라고 하시며

극락왕생으로 인도하는 것은 오로지 정직한 자신의 마음이로다.[16]

15 사구게四句偈. "인간으로는 태어나기 힘들고, 불교佛敎와는 조우遭遇하기 힘들다. 마침 인간으로 태어났으니 한마음으로 불도佛道에 정진精進하여, 신명身命을 아까워해서는 안 된다."라는 뜻.

16 원문은 "極樂ノ道ノシルベハ我身ナル心ヒトツガナホキナリケリ". 이 와카和歌가 『원형석서元亨釋書』, 『영험기』에는 없음. 『저문집著聞集』 권1 (신기神祇), 권7에는 히에日吉의 십선사十禪師가 가즈사上總 수령 도키시게時重에게 들려준 영가詠歌로서 "極樂の道のしるべは身をさらぬ心ひとつのなをき成けり"라고 되어 있어 세 번째 구가 다를 뿐, 동일한 영가이다. → 권17 제32화 참조.

라고 어린 승려가 읊으시는 것을 여자는 경청하였다. 그리고 이를 듣자마자 여자는 소생하였다.

그 후, 이 여자는 한 승려를 모셔 출가하였고, 이름을 뇨조如藏[17]라고 하였다. 그리고 오로지 지장보살을 염念하였는데 세상 사람들은 이 여자를 지장 비구니라고 불렀다. 그러던 중 세월이 흘러 비구니는 나이 여든을 넘어 정념正念으로 곧게 정좌한 채, 입으로 염불念佛을 읊고 마음으로 지장을 염하며 입멸入滅했다.

이를 보고 들은 사람은 존귀하게 여기지 않은 사람이 없었다고 이렇게 이야기로 전하여 내려오고 있다 한다.

17 주5번 참조.

⦿ 제29화 ⦿ 무쓰 지방陸奧國의 여인이 지장地藏의 도움으로 소생한 이야기

陸奥国女人依地蔵助得活語第二十九

今昔、陸奥国[一七]ニ恵日寺[一八]ト云フ寺有リ。此レハ興福寺[一九]ノ前ノ入唐ノ僧、得一菩薩[二〇]ト云フ人ノ建タル寺也。其ノ寺ノ傍ニ一人ノ尼[二一]有ケリ。此レハ平ノ将行[二二]ト云ケル者ノ第三ノ女子也。此ノ尼不出家ザリケル時、形チ美麗ニシテ心柔和[二三]也ケリ。父母有テ、度々夫ヲ合セム[二四]トスト云ヘドモ、全ク此レヲ不好ズシテ、寡[二五]ニシテ年ヲ送ル。

而ル間[二六]、此ノ女身ニ病ヲ受テ、日来悩ミ煩テ遂ニ死ヌ。冥途ニ行テ、閻魔庁[二七]ニ至ル。自ラ庭ノ中ヲ見レバ、多ノ罪人ヲ縛テ、罪ノ軽重ヲ勘ヘ定ム[二八]。罪人ノ泣キ悲ム音、雷[二九]ノ響ノ如シ。此ヲ見聞クニ、肝砕ケ心迷テ[三〇]難堪キ事無限シ。其ノ罪人ヲ勘フル中ニ、一人ノ小僧[三一]有リ。其ノ形チ端厳也。左ノ手ニ錫杖[一]ヲ取リ、右ノ手ニ一巻[二]ノ書ヲ持テ、東西ニ往反[三]シテ、罪人[四]ノ事ヲ定ム。其ノ庭[五]ノ人皆此ノ小僧ヲ見テ、「地蔵菩薩来リ給ヘリ」ト云フ。此ノ女人此レヲ聞テ、掌ヲ合テ小僧ニ向テ、地ニ跪テ泣々ク申シテ云ク、「南無[六]帰命頂礼地蔵菩薩」ト両三度[七]。其ノ時ニ、小僧女人ニ告テ宣ハク、「汝ヂ、我レヲバ知リヤ否ヤ。我レハ此レ三途[八]ノ苦難救フ地蔵菩薩也。我レ汝ヲ見ルニ、既ニ大善根[九]ノ人也。然レバ、我レ汝ヲ救ハムト思フ。何ニ」ト。女人申テ云ク、「願クハ、大悲者[一〇]、我ガ今度ノ命ヲ助ケ給ヘ」ト。其ノ時ニ、小僧女人ヲ引具[一一]シテ、庁ノ前ニ行向ヒ給テ、訴ヘテ宣ハク、「此ノ女人ハ、大キニ信有ル丈夫[一二]也。女ノ形ヲ受タリト云ヘドモ、男婬ノ業無ガ故[一三]也。而ルニ、今既ニ被召タリト云ヘドモ、速ニ返シ遣シテ、弥ヨ善根ヲ令修ムト思フ。何ニ」ト。王答テ宣ハク、「只仰セノ旨ニ可随シ」ト。

然レバ、小僧女人ヲ門外ニ将出デヽ、女人ニ教テ宣ハク、「我レ一行ノ文ヲ持テリ。汝ヂ此レヲ受ケ持タムヤ否ヤ」

ト。女答テ云ク、「我レ吉ク[14]持テ不忘ジ」ト。小僧一行ノ文ヲ説テ宣ハク、

[15]人身難受　仏教難値　一心精進　不惜身命

ト。亦宣ハク、[16]「汝ヂ、[17]極楽ニ可往生キ縁有。[18]今其ノ要句[19]ヲ教ヘム。努々[20]不忘ザレ」トテ、

[21]極楽ノ道ノシルベハ我身ナル心ヒトツガナホキナリケリ

ト。如此ク聞ク、ト思フ程ニ活レリ。

其ノ後、一人ノ僧ヲ請ジテ、出家シツ。名ヲバ[22]如蔵ト云フ。心ヲ一ニシテ地蔵菩薩ヲ念ジ奉ル。此ノ故ニ、世ノ人此ノ[23]尼ヲ地蔵尼君ト云フ。如此クシテ年来ヲ経ル間、年八十ニ余テ、[24]心不違ズシテ、端坐シテ口ニ念仏ヲ唱ヘ、心ニ地蔵ヲ念ジテ入滅ニケリ。

[25]此レヲ見聞ク人、不貴ズト云フ事無カリケリ、トナム語リ伝ヘタルトヤ。

권17 제30화

시모쓰케 지방下野國의 승려가 지장地藏의 도움으로 죽을 때를 알게 된 이야기

시모쓰케 지방下野國 야쿠시지藥師寺의 승려 조엔藏緣이 지장地藏에게 깊이 귀의하여, 아흔 살까지 장수를 누렸는데 죽기 직전에 지인과 이별의 연회를 열고 평소 예언한대로 지장地藏의 연일緣日에 왕생을 이루었다는 이야기. 지장신앙에 의해 장수를 누리고 극락왕생極樂往生을 이루었다고 하는 모티브는 앞 이야기와 연결된다. 또한, 『원형석서元亨釋書』 9·『조엔전藏緣傳』 14권본·『지장보살영험기地藏菩薩靈驗記』 14의 7은 조엔藏緣에 관한 지장영험담이지만 다른 이야기이다.

이제는 옛이야기이지만, 시모쓰케 지방下野國[1]에 야쿠시지藥師寺[2]라는 절이 있었는데 천황天皇이 처음으로 계단戒壇[3]을 세우셨기 때문에 존귀하게 여겨지던 절이었다. 그런데 이 절에 당동자堂童子[4] 승려 한 명이 있었는데 이름은 조엔藏緣[5]이라고 했다. 이 승려는 오랜 세월 지장보살地藏菩薩[6]을 섬기며 밤낮 자나 깨나 염念하였는데, 그 밖의 근행勤行은 전혀 행하지 않았다.

1 → 옛 지방명.

2 → 사찰명. 『지장보살영험회사地藏菩薩靈驗繪詞』 부재付載의 지장 영험소, 시모쓰케下野 항項에 "藥師寺藏緣願"이라고 되어 있는 것은 이 이야기와 같은 전승을 기초로 하고 있음.

3 → 불교.

4 불당佛堂 관리나 불전佛前 공화供花·점등點燈 등 잡무에 종사하는 하급 승려.

5 미상. 『원형석서元亨釋書』, 『영험기』에 따르면 신유神融 법사法師(→ 권12 제1화)의 제자이며 시라 산白山·다테 산立山 등 산중수험山中修驗의 행자行者이므로 이 이야기의 조엔藏緣과 이미지가 다름.

6 → 불교.

한편 조엔이 서른 살이 되었을 무렵부터 점차 집이 풍족해져서 부인도 생기고 아이를 얻어 크게 번창했다. 그래서 친족 지인에게 권유하여 모두 협력해서 당 하나를 세우고, 불사佛師를 초대해 지장보살 등신불等身佛을 한 구를 만들어 그 당에 안치하였다. 그리고 항상 향화香花와 등명燈明을 바쳤다. 또 매월 24일은 승공僧供[7]을 마련하여 여러 승려를 초대하여 공양물을 보시布施하고 동시에 불사佛事[8]를 거행하였는데, 그날 밤 지장강地藏講[9]을 행했다. 가까운 승속僧俗 모두가 와서 청문聽聞하였고 밤새워 예배했다.

그런데 조엔은 언제나 입버릇처럼 사람들에게, "나는 분명 24일[10]에 극락왕생할 것입니다."라고 말하곤 했다. 이것을 듣고 어떤 사람은 칭송하는가 하면 어떤 사람은 비웃으며 조롱하기도 하였다. 이윽고 조엔은 점점 나이를 먹어 아흔이 되었다. 그러나 그 낯빛은 장년壯年의 사람과 같았고, 걸음걸이에도 기운이 넘쳤다. 그래서 조엔은 일심불란一心不亂으로 예배고행禮拜苦行[11]을 계속하고 거르는 법이 없었기에, 이 모습을 보고 들은 사람은, '불가사의한 일이다.'라고 생각했다.

한편 연희延喜[12] 2년 8월 24일, 조엔은 많은 음식[13]을 준비하여 멀고 가까운 지인 남녀를 초대해서 술과 음식을 권했다. 그리고 조엔은 스스로, "내가 당신들과 만나 뵙는 것은 오늘이 마지막입니다."라고 말했다. 그 연회에 모

7 승려에 대한 공양. 요리를 제공하여 승려를 향응饗應하는 것.

8 법회法會.

9 → 불교.

10 십재일十齋日(* 매월 팔계八戒를 지켜 몸과 마음을 깨끗이 하고 부정不淨한 일을 멀리하도록 정해진 열흘) 중 하나. 하루에 일존一尊을 지정해서 십존불十尊佛·보살을 배정하고, 해당 일에 배정된 불존佛尊을 정진지계精進持戒(* 불도 수행에 힘쓰고, 불교도로서 계율을 굳게 지킴)하여 신앙하고 예배함. 매달 24일은 지장의 연일緣日.

11 문자 그대로 고행의 의미로 해석할 수도 있지만 '예배禮拜'와 결합한 사자숙어의 형태를 사용될 때는 '공경恭敬'이 일반적. '고행苦行'은 그 차자借字로 추정. '예배공경'은 권17 제28화 이하 본집에서 자주 보임.

12 다이고醍醐 천황天皇의 치세. 902년.

13 마지막 임종을 앞두고 연회를 개최한 예는 권15 제52화에도 보임.

여든 사람들은 이것을 듣고, 다시 평소 입버릇이겠거니 생각하여 돌아가거나 이상히 여기면서 눈물을 흘리기도 했다. 그러고 이윽고 모두 각각 집으로 돌아갔다.

그 후 조엔은 그 지장당에 들어가 그대로 숨을 거두었는데 누구 하나 그것을 알아차리지 못했다. 이튿날 아침, 어떤 사람이 당 문을 열어보니 조엔이 부처 앞에서 합장하여 이마를 마루에 대고 앉은 채로 죽어 있었다. 그가 이것을 보고 놀라서 사람들에게 알리자, 모두 찾아와 이 모습을 보고 눈물을 흘리며 감동하고 존귀하게 여기지 않는 자가 없었다. 진정 평소 조엔의 말대로 24일에 부처 앞에 단좌端坐하여 죽었기 때문에, 조엔은 틀림없이 왕생을 이루었다고 사람들은 서로 말했다.

이것도 오로지 지장보살을 오랜 세월에 걸쳐 염한 공덕功德이라고 이렇게 이야기로 전하여 내려오고 있다 한다.

◉ 제30화 ◉ 시모쓰케 지방下野國의 승려가 지장地藏의 도움으로 죽을 때를 알게 된 이야기

下野国僧依地蔵助知死期語第三十

今昔、下野国[1]ニ薬師寺[2]ト云フ寺有リ。公ケ[3]其ノ寺ニ戒壇[4]ヲ始メ被置テ、止事無キ寺也。而ルニ、其ノ寺ニ一人ノ堂童[5]子ノ僧有リ。名ヲバ蔵縁[6]ト云ケリ。其ノ僧年来地蔵菩薩ニ仕テ、日夜寤寐[7]ニ念ジ奉テ、更ニ他ノ勤メ無カリケリ。

而ル間、蔵縁年三十ニ満ツ□程[8]ヨリ、自然ラ漸ク家豊カニ成テ、縁[9]ニ値テ子ヲ儲テ繁昌[10]也。其ノ時ニ、親キ族[11]ヲ催テ、各力ヲ合テ一ノ堂ヲ造テ、仏師ヲ請ジテ、等身[12]ノ地蔵菩薩一体ヲ造リ奉テ、其ノ堂ニ安置シテ、常ニ香花灯明[13]ヲ奉テ、日夜ニ不怠ズ。亦、毎月ノ二十四日[14]ニ大ニ僧供[15]ヲ儲テ、諸ノ僧ヲ集テ、此レヲ施シテ仏事[16]ヲ営ケリ。其ノ夜地蔵講[17]ヲ行フ。近隣[18]ノ道俗皆来リ集テ、聴聞シテ、終夜礼拝シケリ。

而ル間、蔵縁、常[19]ノ言ニ、人ニ向テ語テ云ク、「我レ必ズ月二十四日ヲ以テ可極楽往生[20]スシ」ト。此レヲ聞ク人、或ハ讃メ貴ブモ有リ、或ハ謗リ咲テ嘲哢スルモ有リ。而ル間、蔵縁[21]齢漸ク傾テ、九十ニ満ヌ。然レドモ、顔色[22]盛ナル人[23]ノ如クシテ、行歩不衰[24]ズ、力堪[25]タリ。然レバ、懃ニ礼拝苦行[26]ジテ退[27]スル事無シ。此ヲ見聞ク人、「奇異也[28]」ト思フ。

而ルニ、延喜[29]二年ト云フ年ノ八月二十四日ニ、蔵縁多ノ饗膳[30]ヲ儲ケ調ヘテ、知レル所ノ遠近ノ男女ヲ請ジテ集メテ、飲酒ヲ令食シメテ、自ラ告テ云ク、「蔵縁汝達[31]ニ対面セム事只今日許也」ト。集リ来レル人々、皆此レヲ聞テ、或ハ常[32]ノ言ト思テ散ヌ、或ハ此ノ言ヲ怪[33]デ涙ヲ流シテ有リ。然レドモ、皆家々ニ返ヌ。

其ノ後、蔵縁彼ノ地蔵堂ニ入テ、既ニ死ニケリ。人[34]此レヲ不知ズ。明ル朝ニ、人有テ堂ノ戸ヲ開テ見ルニ、仏ノ御前ニ、蔵縁掌ヲ合セテ額ニ当テ、居乍ラ[35]死テ有リ。此レヲ見テ、驚テ諸ノ人ニ告グ。人皆来テ此レヲ見テ、涙ヲ流シテ悲ビ不貴ズト云フ事無シ。誠ニ言ニ不違ズ、月ノ二十四日ニ仏ノ御前ニシテ、端坐シテ死タレバ、疑ヒ無キ往生也、トナム人云ヒケル。

此レ偏ニ地蔵菩薩ヲ年来念ジ奉ル力也、トナム語リ伝ヘタルトヤ。

권17 **제31화**

설경說經 승려 쇼렌祥蓮이 지장地藏의 도움으로 고통에서 벗어난 이야기

야마토 지방大和國 요시노 군吉野郡의 파계무참破戒無慚한 설경說經 승려 쇼렌祥蓮이 병사한 후, 그 처인 비구니의 꿈에 나타나 지옥에 떨어져 고통을 받고 있음을 이야기하고, 그 비구니가 삼 척尺의 지장상地藏像을 조립造立 공양하여 남편을 정토淨土로 전생시킨 이야기.

이제는 옛이야기이지만, 야마토 지방大和國[1] 요시노 군吉野郡에 한 승려가 살고 있었다. 이름은 쇼렌祥蓮[2]이라 하는데 설경說經을[3] 업業으로 생활을 하고 있었다. 그는 불법을 설하여 사람들을 교화하면서도 스스로 지켜야 할 계율戒律은 등한시했다.[4]

그런데 쇼렌도 어느새 나이가 들어 며칠 동안 중병에 걸려 앓더니 숨을 거두고 말았다. 그 후 두세 해가 지나 그의 처인 비구니가 꿈을 꾸었다. 꿈에 비구니는 아득한 산을 지나는데,[5] 햇빛이 전혀 비치지 않았다. 이윽고 날도 저물고 밤이 되어 비구니는 홀로 커다란 바위 아래에 앉아 새벽을 기다

1 → 옛 지방명.
2 미상. 처를 가진 반승반속半僧半俗 성인聖人이었던 것으로 추정.
3 설경說經을 직업으로 삼고 있던 승려. 직업적인 설경승으로 신분은 낮음. 설경은 경전을 이해하기 쉽게 비유 인연화因緣話 등을 사용하여 여러 사람에게 설하는 것을 말함.
4 당시의 설경승은 처가 있는 파계破戒 성인이 많음.
5 명계冥界로 가는 도중의 광경.

리고 있었는데 옆에서 사람이 슬피 우는 소리가 들렸다. 그 소리를 들어보니 죽은 남편 쇼렌의 목소리였다. 비구니는 슬퍼하며, "그 목소리는 혹시 쇼렌님이 아닙니까?"라고 물었다. 그러자,

"그렇소. 나는 쇼렌이오. 나는 생전 무참파계無慚破戒[6]하여 많은 사람의 신시信施[7]를 받았으나 그 보답은 전혀 하지 않았소. 그 죄로 고독지옥孤獨地獄[8]에 떨어지고 말았지. 허나 생전에 때때로 지장보살地藏菩薩께 귀의했기 때문에 매일 삼시三時[9]마다 지장께서 찾아오셔서 내 고통을 대신해 주고 계시오. 이때만이 고통에서 벗어날 뿐이라오."
라고 말하고 와카和歌[10]를 읊었다.

아무도 없는 쓸쓸한 심산深山 그늘에서 오직 홀로, 아아, 이내 몸은 언제까지 지옥의 책고責苦를 받아야만 하는가.[11]

비구니는 이러한 꿈을 꾸고 잠에서 깨어났다.

그 후 비구니는 곧바로 불사佛師에게 의뢰하여 삼 척尺 지장보살상地藏菩薩像 한 구를 만들었다. 또 『법화경法華經』[12] 한 부를 서사書寫하여 요시노吉野강 상류에 위치한 니치조日藏[13]의 별소別所[14]에서 공양을 하였다. 그러자 그

6 '파계무참破戒無慚'과 같은 의미. 계율戒律을 어기고도 부끄러워하지 않는 것.
7 신자가 기진寄進하는 보시布施.
8 고립하여 존재하는 지옥이라는 의미. 지옥도地獄道에 있는 팔대지옥八大地獄, 십육소지옥十六小地獄 등과는 달리, 여러 곳에 따로 떨어져 산재하는 지옥을 칭함.
9 → 불교.
10 『영험기靈驗記』에서는 지장이 읊은 것으로 되어 있지만 본 화에서는 설경승 쇼렌祥蓮이 지옥의 고통을 노래한 것으로 되어 있음. 이 부분 설경승의 창도唱導와 관련됨.
11 원문 "人モナキミヤマガクレニタヾヒトリアハレワガミノイクヨヘム".
12 → 불교.
13 → 인명.
14 → 불교.

날 밤 비구니의 꿈에 죽은 쇼렌이 기쁜 얼굴로, 정갈한 옷[15]차림에 단정端正한 모습으로 나타나 비구니를 향해 말하기를

"그대가 쌓은 선근善根의 힘으로 나는 죄를 면할 수 있었고, 지금『법화경』과 지장보살의 구원을 얻어 정토淨土로 가게 되었소."[16]

라고 하였다. 비구니는 이러한 꿈을 꾸고 잠에서 깨어났다.

그 후 비구니는 기뻐하며 존귀하게 여겼고, 더욱 지장보살에게 귀의하였다.[17]

이것을 들은 사람도 비구니를 칭송하고 존귀하게 여겼다고 이렇게 이야기로 전하여 내려오고 있다 한다.

15 정토淨土에 왕생하는 의상.

16 『영험기靈驗記』에서는 천상의 삶을 얻어, 추선追善의 공덕으로 서방정토에 태어났으면 하는 바람이 기술되어 있음.

17 『영험기』에서는 그 후 비구니가 다시 꿈을 꾸리라 생각하였지만, 망상뿐으로 호상好相은 없었다고 함.

⊙제31화⊙
설경說經 승려 쇼렌祥蓮이 지장地藏의 도움으로 고통에서 벗어난 이야기

説経僧祥蓮依地蔵助免苦語第三十一

今昔、大和国[四]、吉野ノ郡[五]ニ一人ノ僧住ケリ。名ヲバ祥蓮[六]ト云フ。説経[七]ヲ以テ業トシテ、世ヲ渡ケリ。法ヲ説テ人ヲ教化スト云ヘドモ、自[八]ノ勤ハ緩[九]也ケリ。

而ルニ、祥蓮齢既[一〇]ニ老ニ臨デ、身ニ重キ病ヲ受テ、日来ヲ経テ死ヌ。其ノ後、両三年ヲ過テ、妻ノ尼ノ夢ニ、遥ナル[一一]山ヲ過ギ行クニ、更ニ日ノ光リ無シ。而ル間、日暮レテ[一二]夜ニ成ヌレバ、尼巌ノ下ニ留テ、独リ夜ノ[一三]嗟ム事ヲ待ニ、傍ニ人ノ泣キ悲ム音有リ。尼此ヲ聞クニ、夫ノ故祥蓮[一四]ガ音ニテ有リ。尼此ヲ聞テ、悲ムデ問テ云ク、「此レ祥蓮カ否ヤ」ト。答ヘテ云ク、「我レ祥蓮也。我レ生タリシ時キ[一五]、無慚[一六]破戒ニシテ、多ノ人ノ信施[一七]ヲ受テ、敢テ償フ所無カリキ。其ノ罪ニ依テ、此ノ孤地獄[一八]ニ堕タリ。而ルニ、生シ間ダ時々[一九]地蔵菩薩ニ帰依シ奉リキ。其ノ故ニ、日三時[二〇]ニ地蔵来リ給テ、我ガ苦ニ代リ給フ。此ノ外カニハ[二一]更ニ助カル事ト無シ[二二]」ト云テ、和歌[二三]ヲ読テ云ク、

人[二四]モナキミヤマガクレニタヾヒトリアハレワガミノイクヨヘム

ト云フ、ト見テ、夢覚ヌ。

其ノ後、尼忽ニ仏師[二五]ヲ語テ、三尺ノ地蔵菩薩ノ像一体ヲ造リ奉レリ。法花経一部[二六]ヲ書写シテ、川上[二七]ノ日蔵君[二八]ノ別所[二九]ニシテ供養ジ奉リツ。其ノ夜、尼ノ夢ニ、故祥蓮喜タル気色ニシテ、姿麗シク服鮮カ[三〇]ニシテ来テ、尼ニ告テ云ク、「汝ガ[三一]善根ノ力ニ依テ、我レ罪ヲ遁レテ、只今、法花経地蔵菩薩ノ助ヲ蒙テ、浄土ニ参ヌ」ト告グ、ト見テ、夢覚ヌ。

其ノ後[一]、尼喜ビ貴デ、弥ヨ地蔵菩薩ヲ帰依シ奉ル事無限シ。

此レ[二]ヲ聞ク人、亦、尼ヲ讃メ貴ビケリ、トナム語リ伝ヘタルトヤ。

권17 제32화

가즈사上總 수령 도키시게時重가 『법화경法華經』을 서사書寫하여 지장地藏의 구원을 받은 이야기

가즈사上總 수령 후지와라노 도키시게藤原時重가 『법화경法華經』 일만 부를 독송 공양하던 밤, 꿈속에서 지장地藏이 노래한 세 수의 와카和歌를 통해 극락왕생의 중요한 점에 대한 가르침을 받고, 지장상地藏像을 조립造立 공양하여 항상 신앙했다는 이야기. 와카가 들어간 점에서 앞 이야기와 연결된다. 이 이야기로 지장 영험담靈驗譚은 끝이 난다.

이제는 옛이야기이지만, 가즈사上總[1] 수령 후지와라노 도키시게藤原時重[2]라는 사람이 있었다. 그는 가즈사 지방上總國의 수령[3]으로 부임하여 그 지방의 백성들을 평안하게 다스렸다. 그가 가즈사 지방을 다스린 지 삼 년이 지났을 무렵, "가즈사 지방에서 『법화경法華經』 일만 부를 읽고자 하노라." 하고 청선廳宣[4]을 내려 오랜 세월의 숙원宿願을 이루려 하였다.

이에 가즈사 내의 산사山寺와 마을사람 모두가 이 경을 읽지 않는 자가 없었다. 수령이 말하기를

1 → 옛 지방명.
2 → 인명.
3 국수國守. 또한 가즈사 지방上總國은 친왕親王 임국任國으로 정식으로는 '개介'가 맞음. 단 '개'도 '수守'로 통칭됨.
4 여기서는 국아청國衙廳의 명령장. 국사國司가 관내에 내리는 명령문서.

"경전을 읽고 나서 각자 독송한 권수를 보고하여라. 그러면 『법화경』 한 부에 벼 한 말[5]을 주도록 하겠다."
라고 하였다. 그러자 가즈사뿐 아니라 이웃 지방에서도 모든 신분의 승려들이 이것을 듣고 각자 경을 독송하여, 다 독송한 권수를 받들어 올리고자 구름처럼 수령의 저택으로 모여들었다. 이윽고 독송한 권수가 충분히 일만 부를 채웠기에, 수령은 크게 기뻐하며 그해 10월에 법회法會를 열어 공양하였다.

그날 밤 수령의 꿈에 어린 승려[6]가 나타났다. 그 승려는 용모단정容貌端正하고 손에 석장錫杖[7]을 쥔 채 얼굴에 기쁨이 가득하였다. 어린 승려가 가까이 다가와 수령에게 고하길, "그대가 행한 청정한 선근善根을 나는 크게 기쁘게 생각하노라."라고 하며 와카和歌를 읊었다.

법화일승法華一乘의 가르침을 우러르는 사람이야말로 실로 삼세三世 부처의 스승이 되리라.[8]

그리고,

극락極樂으로 안내하는 것은 이내 몸에서 떨어지지 않는 정직한 마음이니라.[9]

5 『법화경法華經』 독송 한 부당 벼 한 말의 비율로 보시布施를 한다는 뜻. 『법화경』은 7권본도 있지만, 당시는 8권을 한 부로 삼음.

6 → 본문에는 "小僧"으로 되어 있음. 지장은 어린 승려(어린 법사法師)로 변한 예가 많음.

7 → 불교.

8 원문 "一乘ノミノリヲアガムル人コソハミヨノ佛の師トモナルナレ".

9 유사한 노래는 권17 제29화에도 수록되어 있음. 원문 "極樂ノ道ハシラズヤ身モサラヌ心ヒトツガナヲキ也ケリ".

또,

먼저 세상 떠난 사람에 대하여 보고 들어 본 적이 없는가. 모든 것은 덧없는 운연雲煙이 되어 버리는 법이니라.[10]

어린 승려는 이리 말씀하시고 가까이 다가오셔서, 손수 왼손을 뻗어 수령의 오른손을 잡으며

"이후 그대는 더욱 이 세상의 무상無常을 관념觀念하고 후세後世 왕생을 위한 근행勤行을 행하도록 하라."
라고 말씀하셨다. 수령은 이것을 듣고 눈물을 흘리며 감사드리고 어린 승려에게, "지금 가르쳐주신 것은 《모두》 지키겠습니다."라고 말했다. 수령은 이러한 꿈을 꾸고 잠에서 깨어났다.

그 후 수령은 아직 날이 밝기도 전에 고승高僧을 불러 모아 꿈의 계시를 이야기했다. 이에 승려들은 눈물을 흘리고, "이것은 지장보살地藏菩薩의 가르침이로다."라고 말하며 더할 나위 없이 존귀하게 여겼다. 수령은 서둘러 불사佛師를 불러 곧바로 지장보살상을 만들어 개안공양開眼供養[11]을 드렸다. 그리고 그 후 수령의 일가一家는 모두 머리를 조아리고 합장하며, 매일같이 자나 깨나 지장보살에게 귀의하였다.

이것을 생각하면 사람에게 은혜를 베푸시기 위해 지장보살께서도 와카를 읊으신다. 이 이야기를 들은 사람은 모두 존귀하게 여겼다고 이렇게 이야기로 전하여 내려오고 있다 한다.

10 원문 "サキニタツ人ノウヱヲバキヽミズヤムナシキクモノケムリトゾナル".
11 → 불교.

⊙제32화⊙
가즈사上總 수령 도키시게時重가 『법화경法華經』을 서사書寫하여
지장地藏의 구원을 받은 이야기

上総守時重書写法花蒙地蔵助語第三十二

今昔、上総[三]ノ守、藤原[四]ノ時重朝臣ト云フ人有ケリ。彼ノ
国[五]ノ司ニ任ジテ、国[六]ヲ治メ民[七]ヲ息メテ、国ニ有事既ニ三箇[八]
年ニ及ブニ、年来ノ宿願有テ、「国[九]ノ内ニシテ法花経一万部
ヲ読奉ラム」ト云フ庁宣[一〇]ヲ下シツ。
然レバ、国ノ内ノ山寺里ニ、皆此ノ経ヲ読不奉ザル人無シ。
守ノ云ク、「読テ後ハ、各 巻数ヲ可送シ。但シ、籾一斗[一一]ヲ以
テ一部ニ可宛シ」ト。然レバ、当国隣国ノ上下ノ僧共此ノ事
ヲ聞テ、各 経ヲ読テ、巻数ヲ捧テ、星[一二]ノ如ク館ニ集ル事無
限シ。而ル間、一万部ノ巻数既ニ満ヌレバ、守大キニ喜テ、
其ノ年ノ十月ヲ以テ法会ヲ儲テ、供養ジ奉リツ。
其ノ夜、守ノ夢ニ、一人ノ小僧[一三]有リ。其ノ形チ端正也。
手ニ錫杖[一四]ヲ取テ、喜ベル気色ニシテ来テ、守ニ告テ云ク、
「汝ガ修スル所ノ清浄ノ善根[一五]ノ、我レ大キニ喜ブ」ト云テ、
和歌ヲ読テ云ク、

[一六]一乗ノミノリヲアガムル人コソハミヨノ仏ノ師トモナル
ナレ

亦云ク、

[一七]極楽ノ道ハシラズヤ身モサラヌ心ヒトツガナヲキ也ケリ

亦云ク、

[一八]サキニタツ人ノウエヲバキヽミズヤムナシキクモノケム
リトゾナル

ト。小僧此ク宣テ、歩ビ近付テ、自ラ左ノ手ヲ延テ守ノ右ノ
手ヲ取テ宣ハク、「汝ヂ弥ヨ無常[一九]ヲ観ジテ、後世[二〇]ノ勤メヲ可

成シ」ト。守此ヲ聞テ、泣々ク喜テ、小僧ニ申テ云ク、「今ノ教ヘ給フ所□可信シ」ト。如此ク見ル程ニ、夢覚ヌ。

其ノ後、未ダ不曙ザルニ、智リ有ル僧ヲ請ジ集テ、夢ノ告ヲ語ル。此レヲ聞ク僧共、涙ヲ流シテ、「此レ地蔵菩薩ノ教ヘ也」ト貴ム事無限シ。守忽ニ仏師ヲ呼テ、不日ニ等身ノ地蔵菩薩ノ像ヲ造リ奉テ、開眼供養ジ奉リツ。其ノ後ハ、守ノ一家皆首ヲ傾ケ、掌ヲ合テ、日夜寤寐ニ地蔵菩薩ヲ帰依シ奉ケ□。

此ヲ思フニ、人ヲ利益ガ為ニハ、地蔵菩薩モ和歌ヲ読ミ給フ也ケリ、ト聞ク人皆貴ケリ、トナム語リ伝ヘタルトヤ。

권17 제33화

히에이 산比叡山의 승려가 허공장虛空藏의 도움으로 깨달음을 얻은 이야기

서경西京 호린지法輪寺의 허공장보살虛空藏菩薩이 여인으로 권화權化하여 색욕色慾을 방편方便으로 젊은 승려의 수행을 성취시킨 이야기. 금욕 생활을 해야만 했던 승려들의 원망願望이 형상화된 분위기가 느껴진다. 그런 만큼 인간적이며 또 문학적이기도 하다. 본집 중 굴지의 장편에 속한다.

이제는 옛이야기이지만, 히에이 산比叡山[1]에 젊은 승려가 있었다. 출가한 이래 학문에 대한 뜻은 있었으나 유희遊戲에 마음을 빼앗겨 수학修學도 하지 않고, 그저 『법화경法華經』을 조금 익혔을 뿐이었다.[2] 그래도 역시 학문을 하고 싶다는 뜻은 있었기에 항상 호린지法輪寺[3]에 참배하여 허공장보살虛空藏菩薩[4]에게 기원을 드리고 있었다. 그러나 바로 마음을 잡고 학문에 힘쓰지도 않아 여전히 아무것도 모르는 승려였다.

승려는 이러한 상황을 탄식하며 9월 무렵 호린지를 참배했다. 그는 곧장 돌아오려고 했으나 우연히 그 절에 알고 지내던 승려들을 만나 그들과 이야기를 나누던 사이, 어느새 해질 무렵이 되었다. 그래서 귀가를 서둘렀지

1 → 지명.
2 이 『법화경法華經』의 습득이 다음의 전개에 중요한 역할을 함. 복선이 되는 기술.
3 → 사찰명.
4 → 불교.

만 서경西京[5] 부근에서 완전히 해가 지고 말았다. 승려는 어쩔 수 없이 지인의 집으로 찾아갔는데 그 집 주인이 시골로 출타 중이라 빈집을 지키는 하녀 외에는 아무도 없었다. 그래서 또 다른 지인의 집을 방문하려고 걸어가던 중, 당문唐門[6]이 있는 집이 있었는데 그 문 앞에 아코메衵[7]를 여러 겹 겹쳐 입은 청아한 젊은 여인이 서 있었다. 승려는 가까이 다가가 여인에게,

"히에이 산에서 호린지를 참배하고 돌아가던 길에 해가 저물어 버리고 말았습니다. 그러니 오늘밤만이라도 이 저택에 묵게 해 주시지 않겠습니까?" 하고 말했다. 여인은 "잠시 거기서 기다려 주세요. 물어보고 오겠습니다." 라고 말하고 저택 안으로 들어가서는 곧 나와서, "잘됐습니다. 어서 들어가시지요."라고 말했다. 승려는 기뻐하며 저택 안으로 들어가니 여인은 하나치이데노마放出ノ間[8]에 등불을 켜고 그곳으로 안내했다. 승려가 방안을 보니 깔끔한 네 척尺 병풍屛風[9]이 세워져 있었고 고라이베리高麗端[10] 다다미疊가 두세 첩帖 깔려 있었다. 그리고 곧 아코메 위에 하카마袴를 입은 청아한 여인이 굽 높은 그릇高坏[11]에 음식을 차려 가지고 왔다. 승려는 그 음식을 모두 먹고 술을 마신 뒤, 손을 씻고 앉아 있었다. 그러자 집 안쪽에서 미닫이가 열리고 휘장대[12]를 세워 그 뒤에서 여인이 승려에게 말하길, "당신은 누구신지요, 이곳에는 어찌 오게 되셨습니까?"라고 물었다. 승려는

5 우경右京.
6 대문의 꾸밈새가 당풍唐風인 문. 당문唐門은 원주圓柱, 당호唐戶를 붙여 지붕은 가라하후唐破風 구조(* 중앙은 활꼴에 양끝이 곡선형으로 된 박공의 한 가지)의 문. 호화롭고 사치스런 꾸밈새.
7 부녀자의 속옷. 후에 고치기小袿(* 헤이안平安 이후의 고위 궁녀의 웃옷. 정장正裝에 준하는 것으로, 보통의 우치기袿보다 기장이 짧음) 대신이 되었다. 만추晩秋라 추워서 껴입기를 한 것.
8 모옥母屋에 연결되어 밖으로 튀어나온 건물. 접객의 용도로 씀.
9 3척尺 병풍屛風에 비해 더 키가 큰 병풍을 말함. 높이 4척 병풍의 총칭.
10 다다미疊의 가선의 일종. 흰 바탕에 국화꽃이나 구름 모양 등의 모양을 수놓은 것. 본래 고려高麗에서 들어왔던 것에서 이렇게 이름을 붙였음.
11 음식을 쌓는 높은 다리가 붙은 용기. 옛날에는 토기土器, 후에는 목제木製나 금속제金屬製로 만들어짐.
12 원문에는 "几帳". * 옛날에 귀인貴人의 방 칸막이나 가리개로 사용하던 가구.

"저는 히에이 산에서 호린지를 참배하고 돌아오던 길에 해가 저물어 이처럼 폐를 끼치게 되었습니다."

라고 답했다. 그러자 여인이, "항상 호린지에 참배하신다고 하니 그때는 이곳에 꼭 들러 주십시오."라고 말하고, 미닫이를 닫고 안으로 들어가 버렸다. 미닫이를 닫기는 하였으나 휘장대의 가로대[13]가 《걸려》[14] 미닫이가 꼭 닫히지 않았다. 이윽고 밤도 깊어져 승려는 문 밖으로 나가봤다. 집 남쪽의 덧문[15] 부근을 왔다 갔다 하다가, 우연히 덧문에 구멍이 나 있는 것을 보게 되었다. 구멍을 들여다보니 집 주인으로 보이는 여인이 있었다. 여인은 낮은 촛대를 옆에 두고 누워서 서책[16]을 읽고 있었다. 나이는 스물을 넘긴 듯하고 이루 말할 수 없이 아름다웠으며 단정한 자태로 자원색紫苑色[17] 능직물綾織物[18]로 된 의복을 입고 있었다. 여인의 머리카락이 옷소매 부근까지 둥글게 흘러내려 있는 모습이 상당히 길어 보였다. 여인의 앞 쪽에 휘장대가 있어 그 뒤편에서 두 시녀가 자고 있었고, 거기서 조금 떨어진 곳에 여동女童 한 명이 자고 있었는데 아마도 승려에게 식사를 가져다 주어 권한 자일 것이다. 방 안의 풍경은 실로 훌륭하였다. 두 단으로 되어 있는 장에는 마키에蒔繪[19] 빗접과 벼룻집이 아무렇게나 놓여 있었고, 어딘가에서 향로香爐에 향을 피우는지 좋은 향기가 났다. 승려는 이 여주인의 모습을 보고 사려분별思慮分別을 잃고 말았다. 승려는

'나에게 어떠한 전세의 운명이 있어 이 집에 묵게 되어 이리도 아름다운

13 원문에는 "手". 휘장대几帳에 가로로 댄 나무 부분으로 휘장을 거는 곳. '袖'라고도 함.

14 한자 표기를 염두에 둔 의식적인 결자. 휘장대의 가로대가 걸렸다는 의미가 들어갈 것으로 추정.

15 원문에는 "蔀戶". * 주택이나 절·신사 등의 건축에 쓰인 판자문. 위에 겹첩을 달아 안이나 밖으로 매달아 올려서 엶. 햇볕을 가리고 비바람을 막는 구실을 하였음.

16 여기에서는 가나仮名로 된 책을 가리키는 것으로 추정.

17 의복을 겹쳐 입을 때 배색의 하나. 보통 겉은 옅은 보라색, 속은 푸른색(황록黃綠). 가을에 착용함.

18 능직綾織 비단. 줄무늬 모양이나 꽃 모양 등, 무늬를 내서 짠 견직물.

19 옻, 금은 가루, 금구金具를 써서 그림을 그려 넣은 것.

사람을 만나게 된 것일까.'

라며 기뻐하고, 여인에 대한 마음을 이루지 못한다면 세상을 사는 보람이 없다고 생각하였다. 그래서 모두 잠들어 조용해지고 이 여인도 잠들었다고 생각될 무렵, 휘장대의 가로대에 걸려 제대로 안 닫혀 있었던 미닫이를 열고 발소리를 죽여 살며시 가까이 다가가 여인 곁에 누웠다. 여인은 깊이 잠들어 있어서 전혀 눈치채지 못했다. 곁으로 다가가니 이루 말할 수 없이 향기로웠다. 승려는, '여인이 눈을 뜨면 소리를 내겠지.'[20]라고 생각하자 어쩐지 걱정이 되었지만, 그저 염불念佛을 하며[21] 여인의 옷을 헤치고 품안으로 들어갔다. 여인이 깜짝 놀라 눈을 뜨고, "누구시오?"라고 말했다. 승려가 "이러이러한 자입니다."라고 답하자 여인은,

"존귀한 스님이라고 생각하여 이곳에 묵게 해 드린 것입니다. 이런 짓을 하시다니 실로 유감스럽습니다."

라고 말했다. 승려는 더욱더 다가가려고 했지만 여인이 옷을 몸에 두르고 쉽사리 허락하지 않았기 때문에 불타오르는 정염情炎에 몸도 마음도 타는 듯이 괴로웠다. 하지만 다른 사람이 듣게 되면 큰 망신인지라 억지로 할 수도 없는 노릇이었다. 여인은,

"당신 말씀에 따르지 않겠다는 것이 아니옵니다. 제 남편이었던 이가 작년 봄에 세상을 떠났기에 그 후로 구혼해 오는 사람은 많았습니다. 그렇지만, '이렇다 할 장점이 없는 사람을 남편으로 삼지 않겠다.'라고 생각하여 아직도 이렇게 홀로 지내고 있는 것입니다. 그리고 오히려 당신 같은 훌륭한 스님을 존경하고 있었습니다.[22] 그러니 딱히 당신을 거부하려는 것은 아닙

20 여인에게 거부당할 것을 예상하는 것.

21 괴로울 때 신에게 의지하는 것과 유사한 부정不淨한 불신심佛信心.

22 승려를 치켜세워서 여자가 사모할 만할 인물이 되도록 기운을 돋는 복선적인 발언.

니다. 어떠십니까? 당신은 『법화경』을 암송暗誦하실 수 있으신지요. 존귀한 목소리로 독송하십니까? 그러시다면 다른 사람에게는 법화경을 섬긴다고 믿게 하고 몰래 당신과 만나고자 합니다. 어떠신지요?"

라고 말했다. 승려가 "『법화경』은 배웠습니다만 아직 외워서 읽지는 못합니다."라고 말하자 여인은, "그건 외우기 어렵기 때문인가요?"라고 물었다. 승려가 이에,

"암송하려고 생각하면 못할 일은 아닙니다. 하지만 제가 유희에 정신을 빼앗겨 외워서 읽지 못할 뿐입니다."

라고 말하자 여인은,

"그렇다면 우선 히에이 산으로 돌아가셔서 경을 암기하여 다시 와 주십시오. 그때는 은밀히 바라시는 것을 해 드리겠습니다."

라고 말했다. 승려는 이것을 듣고 지금까지의 간절한 마음도 진정되고[23] 어느새 날도 밝아왔기에, "그럼 이만."이라고 말하고 살며시 방을 나왔다. 여인은 아침 식사를 차려주고 승려를 보내 주었다.

승려가 히에이 산으로 돌아가 여인의 모습과 자태가 자꾸 떠올라, '어떻게든 빨리 이 경을 암송하여 찾아가 만나자.'고 생각했다. 그래서 서둘러 열심히 암기하여 스무 날 정도 만에 암송할 수 있게 되었다. 이렇게 경을 외우고 있는 동안에도 여인이 잊히지 않아 끊임없이 편지를 보냈다. 여인은 그 답장과 함께 홑옷[24] 천이나 주먹밥[25] 등을 용기[26]에 넣어서 보내자, 승려는 '정말로 나를 남편으로 여기고 있구나.'라는 생각이 들어, 내심 말할 수 없이

23 『법화경法華經』을 암송할 수 있는가에 대한 이야기나 수행에 대한 이야기를 하는 중에 욕정이 사라져 버렸음.

24 내피를 덧대지 않은 홑겹 의복. 단의單衣.

25 보존 식량으로서 한 번 밥을 한 흰 쌀을 건조시킨 것. 냉수나 온수에 넣어서 밥으로 만들어 먹었음.

26 원문에는 "에부쿠로餌袋"로 되어 있음. 원래 매사냥 때 매의 먹이를 넣어서 들고 다니는 용기였는데, 후에 사람의 식량을 넣어서 들고 다니는 데 사용함.

기뻤다.

승려는 경을 완전히 외웠기에 언제나처럼 호린지를 참배하고 그 돌아오던 길에 이전처럼 여인의 집으로 찾아갔다. 그러자 전과 같이 식사 대접을 받고, 집 주인을 시중드는 시녀들이 나와 이야기를 나누었는데 점차 밤도 깊어져 시녀들도 모두 안으로 들어갔다. 그래서 승려는 손을 씻고 경을 읽으니 그 목소리가 참으로 존귀했다. 그러나 마음이 들떠 경을 제대로 읽을 수 없었다. 이윽고 밤도 매우 깊어져 모두 잠든 듯했다. 그때 승려는 이전처럼 미닫이를 열어 발소리를 죽이고 살며시 여인에게 가까이 갔지만 아무도 눈치채지 못했다. 승려가 여인의 곁으로 다가가 누웠는데 여인은 깨어 있었다. 승려는, '날 기다리고 있었구나.' 하고 생각하니 한없이 기뻐 그 품 안으로 들어가려고 했지만, 여인은 옷을 여미고 받아 주지 않았다. 여인은,

"저는 여쭙지 않으면 안 될 일이 있습니다. 그것을 분명히 듣고 나서 하겠습니다. 제 생각으로는 당신은 경은 다 외우셨습니다. 둘이 친밀해지면 서로 헤어질 수 없다고 생각하여 사람들의 시선도 개의치 않고 행동하겠지요. 저를 위해서라도 평범한 남자보다는 당신과 같은 분의 처가 되는 것이 보다 존귀한 일입니다. 하지만 경을 잘 읽는 것만으로 자부심을 느끼시는 분의 처가 되는 것은 억울합니다. 이왕이면 정식으로 학승學僧[27]이 되어 주시지 않으시겠습니까? 그리되어 이곳에서 공경公卿, 황족의 학승으로서 출사하시고, 저는 그 내조를 하는 것이 제가 오로지 바라는 것입니다. 경을 잘 읽는 사람을 밖으로 내보내려고도 하지 않은 채 단지 집 안에만 있게 하는 것은 해서는 안 될 일입니다. 이렇게 제 곁에 계셔 주시는 것도 기쁜 일입니다만, 이왕이면 그렇게 함께 살고 싶습니다. 그러니 당신이 정말로 저를 사

27 학문에 전념하는 승려. 승려의 수행에는 학문을 전공으로 삼는 방면과 실제 불교 행사에 숙달하는 방면으로 나뉜다.

랑스럽게 여기신다면 삼년 정도 히에이 산에 칩거하여 밤낮으로 학문에 힘써 학승이 되어 오십시오. 그때 비로소 당신과 반드시 연을 맺겠습니다. 그렇지 않는 이상, 설령 죽는다 할지라도 당신 말씀에 따를 수 없습니다. 당신이 산에 칩거하여[28] 계시는 동안에도 항상 소식은 전하겠습니다. 또 주변에 어려운 일이 있으시다면 언제든지 편의를 봐 드리겠습니다."

라고 말했다. 승려는 이것을 듣자,

'과연 여인의 말이 맞다. 사리를 잘 판단하여 이리 말하는 사람에게 무정한 처사를 하는 것도 딱한 일이다. 또 내가 이렇게 가난한 처지이니 이 사람에게 도움을 받아 출세하는 것도 나쁘지 않겠구나.'

라고 생각하여, 굳게 약속하고 방을 나섰다. 이윽고 아침이 되어 승려는 식사를 한 뒤 히에이 산으로 돌아갔다.

그 후 승려는 곧바로 학문을 시작해 밤낮으로 게을리하지 않고 노력하였다. '그 사람을 만나고 싶다.'는 마음에 촌각을 다투어 고심하고 노력하며 학문에 힘쓰는 사이, 두 해 정도 지나 마침내 학승이 되었다. 본래 총명한 사내인지라 이렇게 빨리 학승이 될 수 있었던 것이다. 승려가 학문을 시작한 지 삼 년째에는 참으로 훌륭한 학승이 되었다. 내논의內論議[29]나 삼십강三十講[30] 등의 법회法會에 나갈 때마다 다른 사람보다 뛰어나 크게 칭찬을 받았다. "동년배 학승 중에서는 이 사람이 가장 뛰어나다."라고 히에이 산에 명성을 떨쳤다.

이리하여 어느새 삼 년이 지났다. 이처럼 산에 칩거하고 있는 동안에도 여인으로부터 끊임없이 소식이 전달되어 왔으며, 그것을 의지하며 조용히

28 '농산籠山'과 같은 뜻. 여기서는 히에이 산 안에 칩거하여 수행에 전념하는 것. 히에이 산의 농산 수행 규정은 『산가학생식山家學生式』에 상세히 나옴.

29 → 불교.

30 → 불교.

학문을 계속할 수 있었던 것이었다. 한편 삼 년도 지나 학승이 되었으니 여인을 만나려고 언제나처럼 호린지에 참배하고, 돌아오던 길 해질 무렵에 여인의 집을 방문했다. 미리, '방문하겠습니다.'라고 말해 두었기 때문에 항상 머물던 방에 앉아서 휘장대 너머로 그간의 근황 등을 물었다. 여주인은 두 사람이 이렇게 가까운 사이가 된 것을 다른 사람에게는 감추고 있었기에 시녀에게,

"그렇게 몇 번이나 이곳에 들러 주셨음에도 제가 직접 말을 걸지 않았으니 필시 이상하게 생각하고 계시겠지요. 이번에는 직접 이야기하겠습니다."[31]

라고 전하게 했다. 승려는 기뻐 마음에 설레어, "그리하도록 하겠습니다." 라고 짧게 답했다. 여인이, "이리 들어오세요."라고 말하자 승려는 기뻐하며 안으로 들어갔다. 승려가 보니 누워 있는 여인의 베갯머리의 휘장대 옆에 정갈한 다다미가 깔려 있었고, 그 위에 둥근 방석[32]이 놓여 있었다. 병풍 뒤로 맞은편을 향한 촛대가 서 있다.[33] 시녀 한 명만이 여인의 발치에 앉아 있는 듯했다. 승려가 곁에 다가가 방석에 앉자 여주인이,

"저는 오랜 세월 동안 불법佛法에 대해 많은 의문을 가지고 있었습니다. 그런데 당신은 학승은 되셨습니까?"

라고 말했다. 매력적인 그 목소리에 그는 넋을 잃을 정도였다. 이에 학승은 몸 둘 바를 몰라 몸이 떨려, "대단한 것은 아닙니다만, 삼십강이나 내논의 등에 나갈 적에 칭찬을 받았습니다."라고 답했다. 여주인은,

"그건 정말로 기쁜 일입니다. 그럼 궁금하게 생각하고 있는 것을 이것저것 여쭙겠습니다. 이러한 일을 여쭐 수 있는 분이야말로 진정한 스님이라고

31 여인이 승려와의 친교를 공공연히 하는 것을 의미.

32 짚, 사초莎草, 골풀 등으로 평평하고 둥글게 소용돌이 모양으로 짠 깔개.

33 병풍 안쪽으로 뒤를 비추듯 촛대를 세워서 실내를 어둡게 한 것. 승려를 맞이하기 위한 여인의 배려. 이 이하 승려는 여인과 정을 나누게 될 것이라고 기뻐하며 긴장하고 있음.

생각합니다. 그저 경만 읽은 사람에게는 조금도 마음이 끌리지 않습니다."
라고 말하고 『법화경』의 서품序品[34]부터 시작하여 애매하여 답하기 어려운 부분을 질문했다. 그것에 대해 승려는 공부한 대로 답해 나갔다. 다시 여인은 그에 응하여 더욱 어려운 질문을 냈는데, 학승이 고민을 거듭하여 답하거나 옛날 사람이 설명했던 대로 답하니 여주인은,
"정말로 훌륭한 학승이 되셨군요. 어찌 이삼 년 사이에 그렇게 되신 건가요? 정말이지 총명한 분이셨군요."
라고 칭찬했다. 때문에 승려는,
'이 사람은 여인임에도 이리도 깊이 불법에 통달해 있구나. 미처 생각지도 못했다. 부부로서 서로 이야기하기에 참으로 제격이구나. 이 여인은 내게 학문을 권하려 한 것임에 틀림없다.'
라고 생각하고 이런저런 이야기를 하던 사이에 밤도 깊어졌다. 그래서 승려가 칸막이의 장막을 살짝 걷어 올리고 안으로 들어가자 여인은 아무 말도 하지 않고 누웠고, 승려는 기쁜 마음으로 곁에 누웠다. "잠시 이대로 있어 주세요."라고 여인은 말하며 팔짱을 끼고 이야기하며 누워 있었는데, 승려는 히에이 산에서 호린지를 참배하고 여기까지 오는 데 쌓인 피로로 어느새 지쳐서 잠들어 버렸다.
승려는 문득 잠에서 깨어 '내가 깊이 잠들어 버렸구나. 내 마음을 아직 털어놓지도 못했구나.'라고 생각하며 놀라 잠에서 깨어났다. 문득 주변을 보니 자신은 우거진 억새풀 위에 누워 있었다. '이게 무슨 일인가?'라고 생각하며 고개를 들어 주변을 둘러보니 어딘지도 알 수 없는 들판으로, 사람 한 명 없는 곳에 오직 홀로 누워 있는 것이 아닌가. 승려는 놀라 기겁하였으며

34 『법화경』의 개권開卷 제1품品으로, 법화의 교의를 설하는 필요성과 그 유래를 기술한 권.

이루 말할 수 없이 두려웠다. 일어나 보니 옷가지가 옆에 흩어져 있었다. 승려는 옷을 주워서 가슴에 꼭 끌어안고 멀뚱히 선 채 한동안 주변을 가만히 살폈다. 아무래도 사가노嵯峨野[35] 동쪽 부근의 들판에서 자고 있었던 것 같았다. 아무리 생각해도 영문을 알 수 없었다.[36] 새벽달은 밝게 빛나고 3월 무렵이라 몹시 추웠다. 승려는 몸이 덜덜 떨리고 아무것도 생각나지 않았다. 당장 어디로 가면 좋을지도 알지 못한 채, '여기서는 호린지가 가장 가깝다. 거기로 가서 밤을 지새우자.'라고 생각하여 호린지로 내달렸다. 승려는 우메 진梅津[37]으로 나와 가쓰라 강桂川을 건넜다. 물이 허리까지 차서 떠내려갈 지경이었지만 겨우겨우 건너 부들부들 떨면서 호린지에 도착해 당堂 안으로 들어가 부처님 앞에 넙죽 엎드렸다. "이렇게 슬프고 무서운 꼴을 당했습니다. 부디 구해주소서."라고 말하고 엎드려 있다가 잠들고 말았다.

그러자 승려의 꿈에 장막 안에서 엄숙한 모습의 머리가 파르란 어린 승려[38]가 나타나 승려 곁에서 말씀하시길,

"그대가 오늘밤 속았던 것은 여우나 너구리 등의 짐승에게 속은 것이 아니고[39] 내가 속인 것이다. 그대는 본디 총명하나 유희에 마음을 빼앗겨 학문을 하지 않은 탓에 학승이 되지 못했다. 그런데 그것을 당연하다고 생각하지도 않고, 항상 내가 있는 곳에 와서 '학문을 잘하게 해 달라, 지혜를 얻게 해 달라.'라고 매달리기에, 나는 이것을 어쩌면 좋을까하고 고심한 결과, '이 사내는 여자에게 각별한 관심을 가지고 있다. 그러니 이 점을 이용하여 지혜를 얻도록 하자.'고 생각하여 그대를 속였던 것이니라. 그러니 그대는 두

35 → 지명.
36 이 전후는 황량한 사가노嵯峨野에 밝은 달빛이 비추고 적료한 느낌을 더함. 승려의 허탈한 심상과 겹침.
37 사가노 안에 있고, 가쓰라 강桂川의 북쪽 연안에 위치.
38 지장의 권화담權化譚과 유사. 본문에는 '小僧'으로 되어 있음. 지장은 어린 승려(어린 법사法師)로 변한 예가 많음.
39 여우, 너구리에게 사람이 속는 전승이 많았음. 본집 권27 참조.

려워 말고 바로 히에이 산으로 돌아가, 더욱 불도를 공부하여 결코 게을리 하는 일이 있어서는 안 된다."

라고 말씀하셨다. 승려는 이러한 꿈을 꾸고 잠에서 깨어났다.

승려는

'그렇다면 허공장보살虛空藏菩薩[40]이 나를 도와주시고자 오랜 세월 여인으로 몸을 바꿔서 속이셨던 것이구나.'

라고 깨닫고, 한없이 부끄럽고 슬픈 마음이 들었다. 그리하여 눈물을 흘리며 후회하고 슬퍼했다. 날이 밝자 산으로 돌아와 한층 더 지성으로 학문에 힘써 진정으로 뛰어난 학승이 되었다.

허공장이 꾀하셨던 일이었던 만큼 어찌 소홀함이 있을 리 있겠는가. 『허공장경虛空藏經』을 삼가 보면,

"나를 의지하는 자는 생이 끝날 때, 병에 시달려 눈도 보이지 않고 귀도 들리지 않게 되어 염불을 올릴 수 없게 되어도, 나는 그 사람의 부모, 처자가 되어 그 곁에 있으면서 바르게 염불을 권해 주리라."

라고 설하고 있다.[41]

그러므로 허공장보살은 그 승려가 바라는 대로 여자가 되어 학문을 권하셨던 것이다.[42] 경문에 쓰인 그대로이니 특히 존귀하고도 거룩하게 여겨지는 것이다. 그 승려 자신이 틀림없이 이야기로 전하여 이렇게 내려오고 있다 한다.

40 → 불교.

41 설화說話가 경전의 기술 내용과 일치함을 설명. 『영이기靈異記』에서는 많이 나오지만 본집에서는 그 용례가 적음.

42 앞선 경문 내용에서 이러한 설화가 생겼다고 판단하는 것은 무리가 있음. 여성에게 동경을 품으면서도 그 정을 억제해야 하는 승려의 망집을 형상화하고, 여기에 무리하게 불교의 교의를 연결시킨 이야기로 추정.

◉제33화◉ 히에이 산比叡山의 승려가 허공장虛空藏의 도움으로 깨달음을 얻은 이야기

比叡山僧依虚空蔵助得智語第三十三

[一四]今昔、[一五]比叡ノ山ニ若キ僧有ケリ。出家シテヨリ後、学問ノ志ハ有ト云ヘドモ、遊ビ戯ニ心ヲ入テ、学問スル事無シ。[一六]纔ニ法花経許ヲ受習奉レリ。然ルニ、尚ヲ[一七]学問ノ志シ[一八]有ケレバ、常ニ[一九]法輪ニ詣テ、[二〇]虚空蔵菩薩ニ祈リ申ケリ。然ドモ、忽ニ思ヒ立テ学問スル事無ケレバ、[二一]何ニ事モ不知ヌ僧ニテゾ有ケル。

僧此ノ事ヲ歎キ悲デ、九月許ニ法輪ニ詣ヌ。疾ク返ラムト為ルニ、寺ノ僧共ノ相知ル有テ、物語リスル間ニ、日漸ク暮方ニ成ヌレバ、忩ギ返ルニ、[二二]西ノ京ノ程ニテ日暮ヌ。然レバ、知ル人ヲ尋ヌルニ、其ノ家主田舎ニ行ニケリ。[二三]留主ノ下女ヨリ外ニ人無シ。然レバ、亦知ル所ノ有ケルヲ尋ガ為ニ行ク道ニ、[二四]唐門屋ノ[二五]家有アリ。其ノ門ニ[二六]袙メ数タ着タル若キ女ノ清気ナル、立テリ。僧立寄テ、其ノ女ニ云ク、「[二七]山ヨリ法輪ニ詣テ罷リ返ルニ、日暮タレバ、[二八]此夜許リ此ノ殿ニ宿シ給ヒテムヤ」ト。女、「[二九]暫ク立給ヘレ。申テ返リ来ム」ト

袙姿（扇面写経）

云テ入ヌ。即チ出来テ云ク、「極メテ安キ事也。疾ク入給へ」ト。僧喜テ入テ、放出ノ方ニ火燃シテ居ヘツ。見レバ、四尺ノ屏風ノ清気ル立タリ、高麗端ノ畳二三帖許敷タリ。即チ、清気ナル女袙袴着タル、高坏ニ食物ヲ居ヘテ持テ来タリ。皆食テ酒ナド呑テ、手打洗テ居タルニ、内ヨリ遣戸ヲ開テ几帳ヲ立テ、女房ノ音ニテ云ク、「此ハ何ナル人ノ此ハ入給ヘルゾ」ト。僧、「山ヨリ法輪ニ参テ罷リ返ルニ、日ノ暮テ此カク宿レル」由ヲ答フ。女ノ云ク、「常ニ法輪ニ参リ給ナレバ、其ノ次ニハ入給ヘカシ」ト云テ、遣戸ヲ閉テ入ヌ。遣戸ハ立ツレドモ、几帳ノ手ノ□テ立不被畢ズ。其ノ後、漸ク夜深更テ、僧外ニ出タルニ、南面ノ蔀ノ前ヲ彳亍行テ見レバ、蔀ニ穴有。其ヨリ望ケバ、主ト思シキ女有リ。短キ灯台ヲ取リ寄テ、双紙ヲ見テ臥タリ。年二十余許ノ程ド也。形チ美麗ニ姿厳キ事並無シ。紫苑色ノ綾ノ衣ヲ着テ臥タリ。髪衣ノ裾ニ曲タル程長ク見エ、前ニ女房二人許、几帳ノ後ニ寝タリ。其ヨリ去テ女童一人寝タリ。此ノ物取テ食ツル者ナメリ。内ノ□有カシキ事無限シ。二階ニ蒔絵ノ櫛ノ箱、硯ノ箱置散シタリ。火取ニ空薫スルニヤ、馥ク聞ユ。僧此ノ主ノ女ヲ見ルニ、諸ノ事不思ズ成ヌ。「我レ、何ナル宿世有テ、此ニ宿テ、此ノ人ヲ見付ツルナラム」ト喜ク思テ、此ノ思ヲ不遂ズハ世ニ生テ可有クモ不思エデ、人皆ナ静マリテ此ノ人モ寝ヌルナメリト思フ程ニ、此ノ立不畢ザリツル遣戸ヲ開テ、和ラ抜足ニ寄テ、傍ニ副ヒ臥ニ、女吉ク寝入ニケレバ、露不知ズ。近ク寄タル馥サ艶ズ。「驚テ云ム」ト思ニ、極メテ侘シ。只仏ヲ念ジ奉テ、衣ヲ引開テ懐ニ入ルニ、此ノ人驚テ、「此ハ誰ソ」ト云ヘバ、「然々也」ト云フニ、女ノ云ク、「貴キ人ト思テコソ宿シ奉ツレ。此ク御ケレバ悔クコソ」ト。僧近付ムト為ルト云ヘドモ、

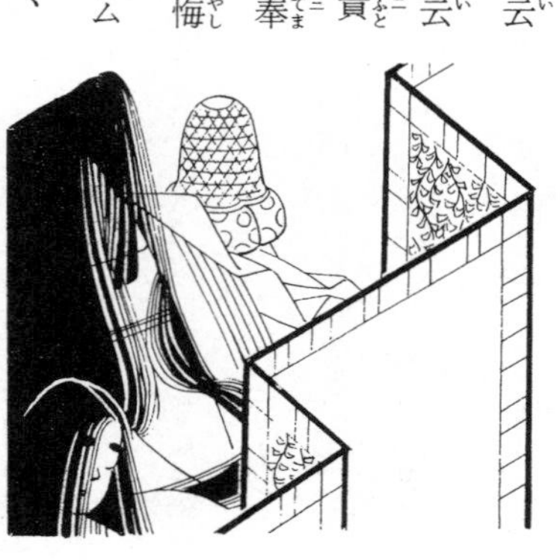
火取(枕草子絵巻)

女衣ヲ身ニ纏[1]テ馴レ陸[2]ブル事無シ。而ル間、僧辛苦[3]悩乱スル事無限シ。然レドモ、人ノ聞カム事ヲ恥ルニ依テ、強[4]ニ不翔ズ。女ノ云ク、「我レ、汝ガ云事ニ不随ジトニハ非ズ。我ガ夫ナリシ人、去[5]シ年ノ春失ニシカバ、其ノ後ハ云[6]ハスル人数多[7]有レドモ、『指[8]セル事無カラム人ヲバ不見ジ』ト思テ、此ク寡[9]ニテ居タル也。其[10]レニ、中々[11]此様ナル僧ナムドノ有ルヲ、貴ブ様ニテハ有ナム。然レバ、辞ビ可申キニハ非[12]ラネドモ、法花経ヲ空ニハ読給フヤ。音ハ貴シヤ。然ラバ、『経ヲ貴ゾ』ト、人ニハ不令見デ陸[13]ビ聞エムト、何ニ」ト。僧ノ云ク、「法花経ハ習ヒ奉タリト云ヘドモ、空ニハ未ダ不浮ズ」ト。女ノ云ク、「其レハ浮ベ得ム事ノ難キカ」ト。僧ノ云ク、「何カ浮ベ得不奉ザラム。而ルニ、我ガ身乍モ遊ビ戯レニ心ヲ入レテ、不浮ザル也」ト。女ノ云ク、「速ニ山ニ返テ経ヲ浮ベテ来給ヘ。其ノ時ニ忍テ本意ノ如ク陸ビ聞ム」ト。僧此ヲ聞テ、切[14]ニ思エツル事モ止テ、夜モ漸ク曙方[15]ニ成ヌレバ、「然ハ」トテ蜜[16]ニ出ヌ。朝ニ物ナド令食テ出シ遣シツ。

僧山ニ返テ、此ノ人ノ気色有様ヲ思フニ、難忘ク心ニ懸リテ、「何デ疾ク此経ヲ浮得テ、行テ会ハム」ト思フニ依テ、忩ギ浮ベケレバ、二十日許ニ浮ベ得ツ。如此ク浮ル間モ忘ル、事無ケレバ、常ニ文ヲ遣ル。其ノ返事毎ニ付テ、帷[17]ノ布、干飯[18]ナドヲ餌袋[19]ニ入テ遣ス。然レバ、僧、「我レヲ誠ニ憑也ケリ」ト思テ、心ノ内ニ喜ク思フ事無限シ。

既ニ経ヲ浮ベ得レバ、例ノ如ク、法輪ニ詣ヌ。返ルニ、始ノ如ク此ノ家ニ行ヌ。前ノ様ニ物[20]ド令食テ、家主ノ女房ナド出会テ、物語ナドシテ夜モ漸ク深更レバ入ヌ。僧手ナド洗テ、経ヲ読居タリ。其ノ音極テ貴シ。然レドモ、心ノ内ニハ更[21]ニ読ム空ラ無シ。夜痛[22]ク深更ヌレバ、人共皆寝ヌル気色也。其ノ時ニ、僧始メノ如ク遣戸ヲ開テ、和ラ抜足ニ寄ルニ、敢テ知ル人無シ。寄テ副臥スニ、女驚タリ。「我レヲ待ケ

餌袋(年中行事絵巻)

ル也」ト思フニ、極メテ喜クテ懐ニ入ト為スルニ、女衣ヲ身ニ纏テ不入ズシテ云ク、「我レ可聞キ事有リ。其レヲ慥ニ聞テナム。我ガ思フ様ハ、『此ク経ハ浮ベ給ヒツ。其レ許ヲ事ニテ陸シク成ナム後ニ、互ニ難去ク思ハヾ、人目モ不恥ズシテ有ラム。我ガ為ニモ、男ヨリハ中々此様ナル人ノ具ニ成テ有ラムハ穢カルマジ。其レニ、経許ヲ読給ハムヲ賢キ事ニテ有ラム人ノ具ニ成テ有ラム事ナム口惜カルベキ。同クハ、形ノ如クノ学生ニ成リ給ナムヤ。然テ、此ヨリ殿原宮原ニモ其ノ方ニ被仕レテ行カム後見ヲセムコソ吉カラメ。只経許ヲ読マム人ヲ、出立モセズ、籠メ居ヘテ有ラム事ハ、可有キ事モ非ズ。此ク気近ク御スルモ媚ケレバ、同クハ然様ニテ見聞エバヤ』ト思フヲ、誠ニ我ヲ思フ事ナラバ、三年許山ニ籠居テ、日夜ニ学問ヲシテ学生ニ成テ来給ヘ。其ノ時ニ、打チ解ケ聞エム。不然ザラム限リハ、譬ヒ被殺ルトモ不用也。山籠ノ間モ常ニ申シ可通シ。亦、不合ニ御セム程ノ事ハ訪ヒ聞エム」ト。僧此ヲ聞クニ、「現ニ然モ有ル事也。心得テ此ク云ハム人ノ事ヲ、慈悲無ク強ニ当ラムモ糸惜シ。亦、此ク不合ナルヲモ、此ノ人ノ養ハムニ懸リテ、世ニ可有キニモ有ラム」ト思テ、返々ス契リ置テ出ヌ。曙ヌレバ、物ナド食テ山ニ返リ登ヌ。

其ノ後、忽ニ学問ヲ始メテ日夜ニ不怠ズ。「此ノ人ニ会ハム」ト思フ志ノ、首ノ火ヲ揮ガ如ク思エテ、心ヲ尽テ肝モヲ砕キ、学問スル程ニ、二年□許ヲ経ルニ、既ニ学生ニ成ヌ。本ヨリ心聡敏也ケレバ、此ク疾クハ学生ニ成ル也ケリ。三年ニ成ルニ、誠ニ止事無キ学生ニ成ヌ。内論議三十講ナド云フ事ニ出ル度ビ毎ニ、人ニ勝レテ被讃ル、事無限シ。

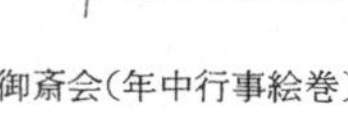

御斎会（年中行事絵巻）

「等輩ノ齢ノ学生ノ中ニハ此ノ人勝レタリ」ト、山ノ上ヘニ響カス。

而ル間、墓無クテ三年ニ成ヌ。此クテ籠リ居タル間モ、彼ノ人ノ許ヨリ、不絶ズ問ヘバ、其ニ懸リテ多クハ静ニモ有ケル也。三年モ過ヌレバ、学生ニ成リ得エテ、彼ノ人ニ会ハムガ為ニ、例ノ如ク法輪ニ詣ヌ。返ルニ、夕暮方ニ彼ノ家ニ行タリ。兼テモ「参ラムズ」ト云タレバ、例ノ方ニ居タルニ、物超ニ年来ノ不審キ事ナド云フニ、主ノ女房モ、人ニハ「此ク気近キ事有リ」トヤ不令知ネバ、女房ヲ以テ令云ル様、「此ク度々立寄給フニ、自ラ不聞ネバ怪シク思スラム。然レバ、此ノ度ハ自ラ聞エム」ト令云レバ、僧心ノ内ニ胸騒ギ、喜クテ、「畏リテ承リヌ」ト許言少ニ答フ。「此方ニ入給ヘ」ト云ヘバ、喜ビ乍ラ入テ見レバ、臥タリシ枕上ノ几帳ノ外ニ、清気ナル畳敷タリ。其ノ上ニ円座置タリ。屏風ノ後ニ火背ケテ立タリ。女房一人許、跡ノ方ニ居タル気色有リ。僧寄テ円座ニ居レバ、主ノ云ク、「年来ノ不審ム積タリ。然テモ学生ニハ成リ給ヘリヤ」ト云フ音、愛敬付キ労タシ。僧此ヲ聞ク、心ノ置キ所無ク、身モ被篩テ云ク、「墓々シクハ不侍ネドモ、三十講内論議ナドニ罷出テハ被讃侍リ」ト。主ノ云ク、「極テ喜シキ事カナ。不審キ事ト共問ヒ申サム。此様ノ事ナド問ヒ聞ユルコソ法師トハ思ユレ。只経許ヲ読マム人ハ何トモ不思エズ」ト云テ、法花経ノ序品ヨリ始メテ、疑ヒ有テ難答キ所々ヲ問フニ、習タルニ随テ答フ。其レニ付テ、難ク問ヒ成ス。押量リツ、答ヘ、或ハ前前キ古キ人ノ云置タル如クニ答フレバ、主ノ云ク、「極テ止事無キ学生ニ成リ給ヒニケリ。何デ此ク二三年ニ成リ給ヒツラム。極テ聡敏ニ御スルニ、ト有ケレ」ト讃レバ、僧ノ思ハク、「女也ト云ヘドモ、此ク法ノ道

円座（春日権現験記）

ヲ知[一]タリケル、思ヒ不懸ヌ事也。親[二]クテ語ハムニモ糸吉カルベシ。此レハ学問ヲモ勧ムルニコソ有ケレ」ト思テ、物語[三]ナド為ル程ニ、夜モ深更ヌレバ、僧和ラ几帳ヲ褰[四]テ入ルニ、女何[五]ニモ不云ズシテ臥セバ、僧喜シク思テ副ヒ臥ヌ。女ノ云ク、「暫ク此様ニテ御セ」トテ、手許[六]ヲ互ニ打懸ケ通シテ、物語[七]リシ臥タル程ニ、僧山ヨリ法輪ニ参リ返ケル間ニ、歩ビ極ジテ、打解[八]テ寝入ニケリ。

驚[九]テ、「我ハ吉ク寝入ニケリ。思ヒツル事ヲモ不云ザリケリ」ト思テ、驚[一〇]クマヽニ目悟ヌ。見レバ、薄ノ生タルヲ掻臥セテ、我[一一]レ寝タリ。「怪シ」ト思テ、頭ヲ持上テ見廻セバ、何クトモ不思ヌ野中ノ人[一二]ホノサモ無キニ、只独リ臥タリケリ。心迷ヒ肝騒テ怖シキ事無限シ。起上テ見レバ、衣共モ脱ギ散シテ傍ニ有リ。衣ヲ掻キ抱テ、暫ク立テ吉ク見廻セバ、嵯[一三]峨野ノ東渡[一四]ノ野中ニ臥タリケル也ケリ。奇異[一五]ナル事無限シ。有明[一六]ノ月ノ明キニ、三月許ノ事ナレバ、極テ寒シ。被振[一七]テ更ニ物不思エズ。忽[一八]ニ可行キ方不思エデ、「此ヨリハ法輪コソ近ケレ。参テ夜ヲ明サム」ト思テ、走リ行クニ、梅津[一九]ニ行テ桂川ヲ渡ルニ、腰[二〇]ニ立、流レヌベキヲ構テ渡テ、振々フ法輪ニ参着テ、御堂ニ入テ御前ニ低シ臥テ申サク、「此ク悲シク怖シキ事[二一]ニナム罷[二二]リ値タル」ト、「助ケ給ヘ」ト申シテ、臥タル程ニ、寝入ニケリ。

夢ニ、御帳[二三]ノ内ヨリ頭青[二四]キ小僧ノ形チ端正ナル、出来テ、僧ノ傍ニ居テ告テ宣ハク、「汝ガ今夜被謀タル事ハ、狐狸[二五]等ノ獣[二六]ノ為ニ被謀ルニハ非ズ。我ガ謀タル事也。汝[二七]ヂ、心聡敏[二八]也ト云ヘドモ、遊ビ戯ニ心ヲ入レテ、学問ヲセズシテ、学生ニ不成ズ。而ルニ、其レヲ穏[二九]ニ不思ズシテ、常ニ我ガ許ニ来テ、『才[三〇]ヲ付ケ、智ヲ令有ヨ』ト責レバ、我レ、『此ノ事ヲ何ガ可為キ』ト思ヒ廻スニ、『汝ヂ、頗[三一]ル女ノ方ニ進[三二]タル心有。然レバ、其レニ付ケテ、智リ得ル事ヲ勧メム』ト思テ、謀タル事也。然レバ、汝ヂ怖レヲ成ス事無クシテ、速ニ本山[三三]ニ返テ、弥ヨ法ノ道ヲ学テ、努々[三四]怠ル事無カレ」ト宣フ、ト見ル程ニ、夢覚メヌ。

僧、「然レバ、虚空蔵菩薩ノ我ヲ助ケムガ為メニ、[一]年来女ノ身ト変ジテ、謀リ給ヒケル事」[二]ト思フニ恥カシク悲キ事無限シ。涙ヲ流シテ悔ヒ[三]悲ムデ、夜明テ後山ニ返リテ、弥ヨ心ヲ至シテ、学問ヲシケリ、誠ニ止事無キ学生ニ成ニケリ。

虚空蔵ノ謀リ給ハムニ、将ニ愚ナラムヤ。[四]虚空蔵経ヲ見奉レバ、「我レヲ憑マム人ノ、命終ラム時ニ臨デ、病ニ被責テ、目モ不見ズ耳モ不聞ズ成テ、仏ヲ念ジ奉ル事無カラムニ、我レ其ノ人ノ父母妻子ト成テ、[五]直シク其ノ傍ニ居テ、念仏ヲ勧メム」[六]ト被説タリ。

[七]然レバ、彼ノ僧ノ好ム方ニ女ト成テ、学問ヲ勧メ給ヘル也。[八]経ノ文ニ違フ事無ケレバ、貴ク悲キ也。[九]彼ノ僧ノ正シク語リ伝ヘタルトヤ。

권17 제34화

미륵보살彌勒菩薩이 잡목에 화생化生하신 이야기

오미 지방近江國 사카타 군坂田郡 사람이 『유가론瑜伽論』 서사書寫를 발원發願했지만 아직 실행에 옮기지 못하고 있었을 때, 미륵보살彌勒菩薩이 산사山寺의 한 그루의 잡목 표면에 화생化生하여 이웃 사람들의 신시信施를 모아 마침내 서사 공양할 수 있었다는 이야기. 허공장虛空藏 보살에 이어 이 이야기와 다음 이야기는 미륵보살을 소재로 여러 보살의 영험靈驗과 은혜를 이야기한다.

이제는 옛이야기이지만, 오미 지방近江國[1] 사카타 군坂田郡[2] 오에 리表江里에 한 사람이 있었는데 대단히 유복하여 매우 많은 재산을 갖고 있었다. 이 사람이, '『유가론瑜伽論』[3]이라는 법문法文을 서사書寫하자.'라고 발원發願했는데, 공사다망公私多忙하여 그 뜻을 이루지 못한 채 어느새 몇 해가 지나고 말았다.

그 사이 집의 재산도 점차 줄어들어 먹을 것과 입을 것이 부족해졌다.[4] 아베阿倍[5] 천황의 치세 천평신호天平神護[6] 2년 9월 무렵, 이 남자는 어느 산사山

1 → 옛 지방명.
2 현재의 시가 현滋賀縣 나가하마 시長浜市, 사카타 군坂田郡 일대.
3 → 불교.
4 『영이기靈異記』에는 이 문장에 이어 집과 처자를 버리고 불도佛道를 수행하고, 서사書寫의 염원을 이루려고 고민하고 있었다고 되어 있음.
5 → 인명. 제48대 쇼토쿠稱德 천황天皇.
6 766년. 쇼토쿠 천황의 치세.

寺로 가 그곳에 정착하게 되었다. 며칠이 지나 《이》[7] 산사 경내境內에 한 그루의 잡목이 자라났는데 그 잡목 껍질에 갑자기 미륵보살彌勒菩薩[8]의 상像이 화생化生[9]하셨다. 사내는 이 미륵보살의 상을 보고 그 잡목 껍질을 우러러보며 더할 나위 없이 존귀하게 여기고 감읍하였다. 이 사실을 전해 듣고 많은 사람들이 이곳으로 모여와 미륵상을 뵙고 존귀하게 여기며 예배했다. 어떤 이는 벼를 가져와 바치고, 어떤 이는 쌀을 가져와 바쳤으며, 또 어떤 이는 옷을 가져와서 바치는 등 온갖 물건을 공양했다.

그래서 이 남자는 많은 물건들을 모아 이것을 가지고 『유가론』 백 권을 서사하여 공양하였다. 그러자 그 후 별안간 미륵상이 사라져 버리셨다. 그래서 확실히 깨달았으니, 미륵보살은 바로 이 남자의 바람을 이루어주기 위해 나타나셨던 것이었다.

이것을 생각하면 미륵보살은 도솔천상兜率天上[10]에 계시기는 하지만 중생에게 은혜를 베풀기 위해서라면 고박苦縛의 범지凡地[11]에 내려와 그 모습을 나타내시는 것이다.

그러므로 세상 사람은 진심으로 신앙심을 일깨워 미륵을 존귀하게 여겨야 한다고 이렇게 이야기로 전하여 내려오고 있다 한다.

7 저본의 파손에 의한 결자. 『영이기』의 기사를 근거로 '이'로 추정.

8 → 불교.

9 사생四生 중 하나. 태생胎生 · 난생卵生 · 습생濕生에 대하여 무위자연無爲自然적으로 태어나는 것.

10 → 불교.

11 '고박苦縛'은 고환苦患, 즉 번뇌에 속박되어 해탈할 수 없는 것. '범지凡地'는 범부지凡夫地의 약자. 번뇌의 고통에 속박되어 깨달음을 얻지 못하는 범부의 경지. 사바세계娑婆世界, 인간계를 가리킴.

◉ 제34화 ◉
미륵보살彌勒菩薩이 잡목에 화생化生하신 이야기

弥勒菩薩化柴上給語第三十四

今昔、近江ノ国ノ坂田ノ郡ノ表江ノ里ニ一ノ人有ケリ。家大キニ富テ、財極テ多シ。而ルニ、其ノ人、「瑜伽論ト云フ法文ヲ書写セム」ト願ヲ発スト云ヘドモ、公ケ私ノ営多カル間ニ、其ノ事ヲ不遂ズシテ、数ノ年ヲ経ニケリ。

而ル間、家ノ財漸ク衰ヘテ、衣食ニ便無ク成ヌ。然レバ、其ノ人、阿倍ノ天皇ノ御代ニ、天平神護二年ト云フ年ノ九月ノ比、一ノ山寺ニ行テ留マリ住テ、日来ヲ経ルニ、□山寺ノ内ニ一本ノ柴生タリ。而ルニ、其ノ柴ノ皮ノ上ニ、忽ニ弥勒菩薩ノ像化生ジ給フ。其ノ時ニ、此ノ人此ノ弥勒ノ像ヲ見奉テ、柴ノ上ヲ仰ギ見テ、貴ビ悲ブ事無限シ。諸ノ人亦此ノ事ヲ伝ヘ聞テ集リ来テ、此ノ弥勒ノ像ヲ見奉テ、貴ビテ礼拝スル間、或ハ稲ヲ持来テ奉リ、或ハ米ヲ持来テ奉リ、或ハ衣ヲ持来テ奉リ、凡ソ諸ノ財ヲ供養ズ。

而ル間、此ノ人此ノ諸ノ財ヲ取リ集メテ、其レヲ以テ瑜伽論百巻ヲ書写シテ供養ジツ。其ノ後、忽ニ此ノ弥勒ノ像失給ヒヌ。現ニ知ヌ、此レ此ノ人ノ願ヲ令遂ムガ為ニ現レ給フ也ケリ。

此レヲ思フニ、弥勒菩薩ハ、兜率天上ニ在マスト云ヘドモ、衆生利益ノ為ニハ、苦縛ノ凡地ニ下テ形ヲ示シ給フ也ケリ。然レバ、世ノ人専ニ信ヲ発シテ、弥勒ヲ崇メ可奉シ、トナム語リ伝ヘタルトヤ。

권17 제35화

미륵보살彌勒菩薩이 도둑에 의해 부서지며 소리를 지르신 이야기

쇼무聖武 천황天皇의 치세에 가즈라키葛木 이사尼寺의 미륵상이 도둑에게 파손당하게 되었을 때, 고통스러운 소리를 낸 영이靈異에 의해 원래의 절로 돌아간 이야기. 정신心이 없는 불상佛像의 발성發聲을 통하여, 부처와 보살의 법신상재法身常在를 이야기한다.

이제는 옛이야기이지만, 쇼무聖武[1] 천황天皇 치세, 나라奈良에 도읍이 있던 무렵의 일로, 칙명勅命에 의해 밤에 도읍 안을 순찰한 일이 있었다.

어느 날 한밤중의 일이었다. 순찰관이 가즈라키葛木의 이사尼寺[2] 근처를 지나고 있었는데 절 앞 여뀌가 무성한 곳에서 사람이 울부짖는 소리가 들렸다.[3] "아아, 아프다, 아파!", 이렇게 소리치고 있었다. 순찰관은 이 소리를 듣자마자 그 장소로 급히 달려가서 보니 여뀌 들판에 사람이 있었다. 그는 이상하게 생각하여 그 사람을 잡아서 물어보니, 웬걸 도둑이었다. 이 자가 이사의 미륵보살彌勒菩薩[4] 동상銅像을 훔쳐서 부수려고 하고 있었던 것이었다.

1 → 인명.
2 → 사찰명.
3 불상이 소리 내서 도움을 구하는 모티브는 본집 권12 제11~13화 등에 보임. 권12 제13화와 권16 제39화는 유화類話라고 볼 수 있음.
4 → 불교. 『영이기靈異記』에서는 처음부터 도둑이 나오는데, 이 이야기가 더 효과적인 전개임.

순찰관은 서둘러 도둑을 포박하고 관청으로 압송하여 투옥시켰다. 그리고 사건의 전말을 천황에게 아뢰었고[5] 불상은 원래대로 절에 안치하였다.

이것을 생각하면 보살은 우리처럼 피나 살이 있는 것이 아니다. 어떻게 아프실 수 있겠는가. 그런데 '아프다.'라고 말씀하셨던 것은 오로지 우리들 범부凡夫를 위해 나타내 보이셨던 것이다. 그리고 도둑에게 무거운 죄를 짓게 하지 않으려는 생각에서 하신 일이었다.

그 당시 사람들은 모두 이 일을 듣고, "불가사의한 일이다."라고 말하며 감격하고 존귀하게 여겼다고 이렇게 이야기로 전하여 내려오고 있다 한다.

5 해당 문장이 『영이기』에는 보이지 않음. 왕법王法에 따른 통치를 의식한 것으로 추정.

⦿ 제35화 ⦿ 미륵보살彌勒菩薩이 도둑에 의해 부서지며 소리를 지르신 이야기

弥勒為盗人被壊叫給語第三十五

今昔、聖武天皇ノ御代ニ、奈良ノ京ノ時、勅有テ、夜ル京中ヲ巡テ夜行スル事有ケリ。

而ルニ、其ノ夜行ノ人ノ聞クニ、夜半許ニ、葛木ノ尼寺ノ前ノ蓼原ノ中ニ、人ノ哭キ叫ブ音有リ。叫テ云ク、「我レ、痛哉、々々」ト。夜行ノ人此ヲ聞テ、其ノ所ニ馳至ヌ。見レバ、蓼原ノ中ニ人有。怪ムデ、此ヲ捕ヘテ問ヘバ、早ウ盗人也ケリ。其ノ寺ノ弥勒菩薩ノ銅ノ像ヲ盗取テ、破リ損ゼムト為ル也ケリ。即チ、夜行ノ人其ノ盗人ヲ搦捕ヘテ、官ニ送テ獄ニ禁メツ。天皇ニ此ノ由ヲ奏シテ、仏ヲバ取テ、本ノ如ク寺ニ安置シ奉リツ。

此レヲ思フニ、菩薩ハ血肉ヲ具シ不給ハズ。豈ニ痛ミ給フ所有ラムヤ。而ルニ、只此レ凡夫ノ為ニ示シ給フ所也。「盗人ニ重罪ヲ不令犯ジ」ト思ヒ給フ為也。

其ノ比、人皆此ノ事ヲ聞テ、「奇異ノ事也」トテナム悲ビ貴ビケル、トナム語リ伝ヘタルトヤ。

권17 제36화

문수보살文殊菩薩이 교키行基로 태어나셔서 여인을 보고 불쾌해 하신 이야기

교키보살行基菩薩이 나라奈良 간고지元興寺 마을의 법회法會에서 머리에 멧돼지 기름을 바른 여인을 발견하고 부정不淨을 꾸짖어 밖으로 내쫓은 이야기. 이 이야기부터 제38화까지 교키의 권화權化와 쇼반淸範의 사적事績을 통하여 문수보살의 영이靈異를 기록했다.

이제는 옛이야기이지만, 교키보살行基菩薩[1]이라는 성인聖人이 계셨다. 이 분은 오대산五臺山[2]의 문수文殊[3] 보살이 일본日本[4]의 중생에게 은혜를 베푸시고자 이 나라에 교키보살로 태어나신 것이다.

어느 날 아스카飛鳥의 간고지元興寺의 마을[5]에서 어떤 사람이 법회法會에 교키보살을 모시고 이레 동안 설법을 부탁했다. 그 근처의 승속僧俗, 남녀가 모두 몰려들어 설법을 들었는데, 그중 한 여인이 있었다. 그녀는 나이가 젊었고 머리에 멧돼지 기름[6]을 바른 채 법회에 모인 사람들 틈에 앉아서 설법

1 → 인명.
2 → 지명.
3 → 불교.
4 이하 권11 제7화에 관련 기사 참조. 원문은 '일기日記'로 표기했지만 관련 기사를 근거로 '일본日本'의 오기로 추정.
5 아스카飛鳥의 본 간고지本元興寺가 소재했던 마을. 현재의 나라 현奈良縣 다카이치 군高市郡 아스카 촌明日香村.
6 멧돼지의 지방으로 만든 기름.

을 듣고 있었다. 교키보살은 이 여인을 보고,

"이거 참 지독한 냄새로다. 저 여인이 머리에 짐승의 피를 발랐구나. 어서 저 여인을 멀리 내쫓아라."

라고 말했다. 여인은 이 말을 듣고 몹시 부끄러워하며 그 자리를 떠났다. 이것을 보고 들은 사람은 이 교키보살에 대해, "평범한 분이 아니시다."라고 말하며 존귀하게 여겼다.

이것을 생각하면 범부凡夫의 육안으로는 짐승의 기름 색을 분간할 수 없지만,[7] 성인의 명안明眼[8]으로는 그것이 짐승의 피라는 것을 분명히 간파할 수 있었던 것이다.

그러므로 교키보살은 실로 문수보살이 그 몸을 감추고[9] 권화權化로서 일본국日本國에 나타나신 성인이었다고 이렇게 이야기로 전하여 내려오고 있다 한다.

7 기름을 바르고 있는지 아닌지 알 수 없었다는 것.

8 '범부凡夫의 육안'에 대하여 신통력으로 사물을 명확하게 간파하는 눈. 멧돼지 기름은 멧돼지의 피와 살에서 짜낸 것이기 때문에, 교키行基는 신통한 눈으로 머릿기름의 원료가 피와 살이라는 것을 알았던 것.

9 문수보살文殊菩薩이라는 것을 숨겼던 것.

来集テ法ヲ聞ク。其ノ中ニ、一人ノ女人有リ。年若クシテ髪ニ猪ノ油ヲ塗テ、其ノ庭ニ人ノ中ニ有テ法ヲ聞ク。行基菩薩此ノ女人ヲ見テ、宣ハク、「我レ甚ダ臭シ。彼ノ女ノ頭ニ血肉ヲ塗レリ。速ニ其ノ女ヲ遠ク追棄テヨ」ト。女此レヲ聞テ、大キニ恥テ其ノ庭ヲ出テ去ヌ。此レヲ見聞ク人、此菩薩ヲ「只人ニハ不在ザリケリ」ト貴ブ。

此レヲ思フニ、凡夫ノ肉眼ニハ油ノ色ヲ見ル事無シ。聖人ノ明眼ニハ完血ヲ見ル事顕也。

然バ、行基菩薩ハ此レ日本国ノ化身ノ聖ノ、身ヲ隠セル也ケリ、トナム語リ伝ヘタルトヤ。

⊙제36화⊙

문수보살文殊菩薩이 교키行基로 태어나서 여인을 보고 불쾌해 하신 이야기

文殊生行基見女人悪給語第三十六

今昔、行基菩薩ト申ス聖在ス。此レハ五臺山ノ文殊ノ日記ノ衆生ヲ利益セムガ為ニ、此ノ国ニ行基ト生レ給ヘル也。

而ルニ、古京ノ元興寺ノ村ニ法会ヲ行フ人有テ、行基菩薩ヲ請ジテ、七日ノ間法ヲ令説ケリ。其ノ辺ノ道俗男女、皆

권17 제37화

교키보살行基菩薩이 여인에게 악한 아이에 대해 알려주신 이야기

교키보살行基菩薩이 나니와 후미難波ノ江에서 설법說法하실 때, 울면서 청문聽聞을 방해하는 어린 아이의 정체를 간파하고, 아이 어머니에게 명하여 깊은 못에 내다 버리게 한 이야기. 앞 이야기와 같이 문수文殊의 권화權化인 교키의 신통력을 칭송한다.

이제는 옛이야기이지만, 교키보살行基菩薩[1]은 문수文殊[2]의 권화權化이셨다.

어느 날 교키보살이 나니와 후미難波ノ江[3]로 가, 그 후미 지역을 파서 넓히고[4] 선착장[5]을 만들어 불법佛法을 설파하여 사람을 교화하셨는데, 신분의 고하를 막론한 승속僧俗, 남녀 모두가 모여들어 불법을 청문했다. 그 청중 가운데 가와치 지방河內國[6] 와카에 군若江郡[7] 가와마타 향川派鄉[8]에 사는 한 여인이 있었다. 여인은 아이를 안고서 법회장法會場에 앉아 설법을 듣고 있었다.

1 → 인명.
2 → 불교.
3 → 지명.
4 운하運河를 개착開鑿하게 한 것.
5 교통의 요충지는 사람들이 모이기 쉬어 설법에 적절한 장소가 됨.
6 → 옛 지방명.
7 현재의 오사카 부大阪府 히가시오사카 시東大阪市 서부西部와 야오 시八尾市 일대.
8 강이 합류하는 지형을 향명화한 것으로, 다마쿠시 강玉串川과 구스네 강楠根川의 합류 지대. 현재의 히가시오사카 시東大阪市 가와마타川俣.

그런데 아이가 시끄럽게 울어서 어머니인 여인이 설법을 들을 수 없었다. 아이는 나이가 열 살을 넘겼지만 아직 제대로 서지를 못했고 항상 소란스레 울면서 끊임없이 음식을 먹어치웠다.

그래서 교키보살이 이 여인에게, "그대는 아이를 데리고 나가 곧장 깊은 못에 버리시오."라고 말했다. 사람들은 이것을 듣고 불만스럽게, "지극히 자비로우신 성인聖人께서 어찌하여 자식을 버리《라》[9]고 말씀하시는 걸까?" 하고 작은 소리로 속삭이며 말했다. 여인은 자식을 사랑하는 마음을 이기지 못하여 아이를 버리지 않았고,[10] 여전히 아이를 안은 채 설법을 들었다. 다음날 다시금 이 여인이 아이를 안고 와서 설법을 들었다. 아이는 전처럼 앙앙 울어댔고, 청중 모두 아이의 목소리가 시끄러워서 설법을 정확히 들을 수 없었다.

그러자 교키보살이, "거기 있는 여인이여, 내가 말했던 대로 자식을 못에 내다 버리시오."라고 말씀하셨다. 여인은 납득이 가지 않았지만 계속 말씀을 거스를 수 없어 깊은 못에 가서 자식을 던져 넣었다. 아이는 못에 빠지자마자 떠올라 발을 동동거리고 손을 허우적거렸고, 이글거리는 눈으로 "분하다, 앞으로 3년 더 독촉하려고 했는데."라고 원망스러운 목소리로 말했다. 이것을 들은 여인은 이상하게 여기며 다시 설법《을》[11] 들으러 돌아왔다. 그러자 보살이 여인에게, "어떻게 됐는가, 아이는 던져 버렸는가?"라고 물으셨다. 여인은 아이가 물에 떠오르며 한 말을 자세히 말씀드렸다. 그러자 보살이 말씀하시길

"그대는 전세前世에 어떤 사람의 물건을 빌리고는 돌려주지 않았다. 그래

9 저본의 파손에 의한 결자. 문맥을 고려하면 '라'가 들어갈 것으로 추정.

10 아이가 불구라 과하게 애정을 쏟은 것으로 봄.

11 저본의 파손에 의한 결자. 문맥을 고려하면 '을'이 들어갈 것으로 추정.

서 이 세상에서 그대의 아이로 태어나 그것을 돌려주길 재촉하며 빌려간 만큼 먹은 것이다.[12] 그 아이는 그대가 전세에 빌린 물건의 주인이니라."

라고 하셨다.[13] 이것을 들은 사람은 모두 이 보살이 전세의 일을 알고 가르쳐 주신 일을 존귀하게 여기고 감격하여, "교키보살은 실로 부처의 권화權化이시다."라며 신앙하고 더욱 존귀하게 여겼다.

또한 이것을 생각하면 어떤 일이 있더라도 다른 사람에게 물건을 빌리면 돌려주어야 하며 그렇게 하지 않으면 이처럼 생생세세生生世世에도 지독한 빚 독촉에 시달리는 법이라고 이렇게 이야기로 전하여 내려오고 있다 한다.[14]

12 부채負債만큼 채근하며 먹은 것.

13 『영이기靈異記』는 이후, "아아, 부끄럽구나. 다른 사람의 것을 갚지 않고 어찌 죽을 수 있겠는가. 후세後世에 반드시 그 보답을 해야 한다."라고 하며, 『출요경出曜經』 경문을 인용.

14 이 문장에 의해 보살 영험담이 처세에 관한 교훈이 된 점에 주의. 『영이기』의 결말을 따른 것으로 추정.

⊙제37화⊙ 교키보살行基菩薩이 여인에게 악한 아이에 대해 알려주신 이야기

行基菩薩教女人悪子給語第三十七

今昔、行基菩薩ハ文殊ノ化身ニ在マス。

而ルニ、難波ノ江ニ行テ、江ヲ堀リ令開メ、船津ヲ造リ、法ヲ説テ人ヲ化シ給フニ、貴賤上下の道俗男女、来集テ法ヲ聞ク。其ノ中ニ、河内ノ国、若江ノ郡ノ川派ノ郷ニ有ケル一ノ女人、子ヲ抱テ、法会ノ庭ニ来テ、法ヲ聞ク。其ノ子、哭キ譴テ母ニ法ヲ不令聞ズ。其ノ子、年十余歳ニ至ルマデ、足不立ズシテ、常ニ哭キ譴テ物ヲ噉フ事間無シ。

而ルニ、行基菩薩此ノ母ノ女ニ告テ宣ハク、「其ノ汝ガ子、持出デ、速ニ淵ニ棄テヨ」ト。諸ノ人此ヲ聞テ、当頭テ云ク、「慈悲広大ノ聖人トシテ、何ノ故ヲ以テ、『此ノ子ヲ棄テ□』トハ宣フゾ」ト。母慈ビノ心ニ不堪ズシテ、子ヲ不棄ズシテ尚抱キ持テ、法ヲ聞ク。明ル日、亦此ノ女子ヲ抱テ来テ法ヲ聞ク。子尚讙キ哭ク。聞ク者、皆此ノ子ノ音ノ囂キニ依テ、法ヲ聞ク事不詳ズ。

而ル間、行基菩薩ノ宣ハク、「彼ノ女、尚其ノ子ヲ淵ニ投棄テヨ」ト。母此ノ事ヲ怪ムデ、思ヒ忍ブ事不能ズシテ、深キ淵ニ行テ、子ヲ投入レツ。其ノ子淵ニ入テ、即チ浮出デ、足ヲ踏反リ、手ヲ攢ミ、目ヲ大キニ見曜カシテ、捩出ダシテ云ク、「妬哉。我レ今三年徴ラムトシツル者ヲ」ト。母此レヲ聞テ、怪ムデ返来テ、法□聞ク。菩薩女ニ問テ宣ハク、「何ニ。子ヲバ投棄テツヤ否ヤ」ト。女具ニ子ノ水ヨリ浮出デ、云ツル事ヲ申ス。菩薩ノ宣ハク、「汝ヂ前世ニ彼ガ物ヲ負テ不償リキ。然レバ、今ノ子ト成テ、徴リ食也。此ノ子ハ昔ノ物ノ主也」ト。此レヲ聞ク人、皆ナ此ノ菩薩ノ前世ノ事ヲ知テ教ヘ給フ事ヲ貴ビ悲ムデ、「誠ニ此レ仏ノ化身ニ在マシケリ」ト信ジテ、弥ヨ貴ビケリ。

亦、此レヲ思フニ、尚人ノ物ヲ負テ可償キ也、此ク世々ニ責ル也ケリ、トナム語リ伝ヘタルトヤ。

권17 **제38화**

율사律師 쇼반清範이 문수文殊의 권화權化라는 것을 깨달은 이야기

야마시나데라山階寺의 쇼반清範 율사律師가 죽은 지 네다섯 해가 지난 후 입도入道 자쿠쇼寂照가 도송渡宋하여 중국中國의 황자皇子와 만나, 쇼반 율사가 주었던 염주에 관한 대화를 통해 황자가 쇼반 율사의 환생인데다 문수보살의 권화權化인 것을 깨달은 이야기. 일련의 문수 화신담이지만, 전생담적인 요소를 매개로 하여 앞 이야기와 연결되어 있다. 또한 일본 사람이 중국의 황자로 전생轉生한다는 모티브는 『하마마쓰 중납언 이야기浜松中納言物語』에도 보인다.

이제는 옛이야기이지만, 율사律師 쇼반清範[1]이라는 학승學僧이 있었다. 그는 야마시나데라山階寺[2]의 승려로 기요미즈데라清水寺[3]의 별당別當[4]이었다. 쇼반은 불법佛法을 깊이 통달했고 사람을 가엾게 여기는 것이 부처와 같았다. 특히 설경說經[5]은 그 실력을 견줄 만한 자가 없었다. 그래서 쇼반은 여러

1 → 인명.

2 고후쿠지興福寺(→ 사찰명)의 별명. → 권11 제14화.

3 → 사찰명.

4 → 불교. 쇼반清範의 기요미즈데라清水寺 별당別當 재임기간은 미상. 기요미즈데라의 청령원清令院에 살며, 기요미즈 율사律師, 기요미즈 상강上綱, 기요미즈 법안法眼, 법안 기요미즈 쇼반 등으로 불렸음(호국사본護國寺本 『제사연기집諸寺緣起集』· 권말부기卷末付記, 『고사담古事談』· 3, 『이중력二中歷』· 명인력名人歷 · 조불력造佛歷).

5 경의經義 · 경설經說을 이해하기 쉽게 비유와 인연담을 이용하여 설한 것. 쇼반이 설경說經의 명인이었던 것은 『속본조왕생전續本朝往生傳』에 이치조一條 치세 때의 준재俊才로서, "能說之師則清範 · 静昭·院源 · 覺緣"이라는 기사가 있으며, 『이중력』 명인력 · 설경의 항에도 보임. 『대경大鏡』 '옛날이야기昔物語'에 실린 재치가

곳으로 가서 불법을 설하여 사람들에게 들려주고 도심道心을 고취시켰다.

한편 당시에 입도入道 자쿠쇼寂照[6]라는 사람이 있었다. 자쿠쇼는 속인俗人이었을 때 오에노 사다모토大江定基라고 했으며 학문이 각별히 뛰어나 조정에 종사하던 중 도심을 일으켜 출가했던 사람이다.[7]

그런데 이 입도 자쿠쇼는 쇼반 율사와 속인 시절이었을 때부터 사이가 좋았고 서로 격의 없이 교제하고 있었는데, 언젠가 쇼반 율사가 자신이 가지고 있던 염주念珠를 입도 자쿠쇼에게 주었다. 그 후 쇼반 율사가 죽고[8] 네다섯 해가 지나 입도 자쿠쇼는 진단震旦[9]으로 건너갔다. 자쿠쇼가 쇼반 율사에게 받았던 염주를 가지고 진단의 황제皇帝[10]를 알현하였는데, 그곳에 네다섯 살 정도의 황자皇子가 있었다. 황자가 달려 나와 자쿠쇼를 보자마자, "그 염주는 아직 잃어버리지 않고 갖고 있구나."라고 일본국日本國의 언어로 말했다. 자쿠쇼는 이것을 듣고, '불가사의한 일이다.'라고 생각하며, "대체 무슨 말씀이십니까?"라고 말하자 황자는, "□[11] 그대가 줄곧 소중히 가지고 있는 염주는 실은 내가 준 것이오."라고 말씀하셨다. 그때 자쿠쇼는,

'내가 이리 가지고 있는 염주는 분명히 쇼반 율사가 주었던 것이다. 그럼 율사가 이 황자로 다시 태어나신 것이로구나.'

라고 깨닫고, "도대체, 어찌하여 이렇게 되신 건가요?"라고 물었다. 황자는,

풍부한 강설講說은 저명함. 『마쿠라노소시枕草子』에도 관련 기사 있음.

6 → 인명.

7 권19 제2화 참조.

8 쇼반은 장보長保 원년元年(999), 38세에 사망.

9 중국中國의 고칭古稱. 자쿠쇼寂照의 입송入宋 시기에 대해서는 다른 설도 있는데, 『부상약기扶桑略記』에 의하면 장보 5년 8월. 『송사宋史』 열전列傳, 일본 조條에서는 "경덕景德 원년(관홍寬弘 원년) 내조來朝"라고 되어 있고, 이듬해인 관홍 원년(1004)의 일이라고도 함. 본문의 "쇼반 율사가 죽고 네다섯 해"는 역사적 사실과 일치함.

10 당시 송나라 황제는 진종眞宗.

11 결자가 있었던 것으로 추정. 그렇지 않으면 당돌한 발언이 됨.

"이 나라[12]에 제도하지 않으면 안 되는 자가 있기 때문에 이렇게 오게 된 것입니다."라고만 답하고 안으로 달려 들어가 버리셨다. 그래서 자쿠쇼는,

'사람들은 모두 율사를 문수文殊의 권화權化[13]라고 말했었다. 진정 훌륭한 설교를 하여 사람에게 도심을 일으켜서 그리 말하는 것이라고 짐작했었는데, 그렇다면 실로 문수의 권화이셨던 것이구나.'

라고 생각했다. 자쿠쇼는 이루 말할 수 없이 감개무량하여 눈물을 흘리며 황자가 들어가신 쪽을 향해 예배했다.

실로 이 이야기는 듣는 것만으로도 존귀하고 감동적인 일이다.[14] 이 이야기는 그 자쿠쇼와 함께 진단으로 간 사람이 귀국하여 이야기한 것을 듣고 전하여, 이렇게 이야기로 전하여 내려오고 있다 한다.

12 여기서는 중국의 송나라를 가리킴. 중국의 오대산五臺山(→ 지명)은 문수文殊가 계신 성지聖地로 여겨짐.

13 앞선 제36, 37화의 문수와 관련된 설화 참조. 쇼반의 문수 권화權化설은 여러 문서에서 볼 수 있는데, 『고사담』 3권에는, 후지와라노 미치나가藤原道長가 문수라고 써진 표찰을 감추고, 그 자리에 쇼반이 앉아서 그것을 확인한 이야기가 있음.

14 이후의 내용은 이 이야기의 제1 전승자를 덧붙여 마침으로써 설화의 신빙성을 부여함. 자쿠쇼는 귀국하지 않고 중국에서 죽었기 때문에 쇼반이 황자皇子로 다시 태어난 것과 문수의 권화라는 설을 강조하기 위해 이와 같은 인물이 필요했었던 것으로 보임. 또 고후쿠지에서 성립된 전승일 가능성도 있음.

◉ 제38화 ◉ 율사律師 쇼반清範이 문수文殊의 권화權化라는 것을 깨달은 이야기

律師清範知文殊化身語第三十八

今昔、律師[18]清範ト云フ学生[19]有ケリ。山階寺[20]ノ僧也。清水[21]ノ別当ニテゾ有。心ニ智リ深クシテ、人ヲ哀ブ事仏ノ如シ。

其ノ中ニ説経[22]ナム並ビ無カリケル。然レバ、諸ノ所ニ行テ、法ヲ説テ人ニ令聞テ、道心ヲ令発ム。

而ルニ、其ノ時ニ、入道寂照[23]ト云フ人有リ。俗[24]ニテハ大江ノ定基ト云ヒケリ。身ノ才止事無[25]クシテ、公ケ[26]ニ仕ケル程ニ、道心[27]ヲ発シテ出家セル也。

而ルニ、此ノ入道寂照、彼清範律師ト俗ノ時ヨリ、得意[28]トシテ互ニ隔ツル心無クシテ過ケルニ、清範律師ノ持タリケル念珠[29]ヲ、入道寂照ニ与[30]テケリ。其ノ後、清範律師死[31]テ四五年ヲ経ケル間ニ、入道寂照ハ震旦[32]ニ渡ニケリ。彼清範律師[33]ノ与ヘタリシ念珠ヲ持テ、寂照震旦ノ天皇[34]ノ御許ニ参タリケルニ、四五歳許ナル皇子走リ出タリ。寂照ヲ打見テ宣ハク、「其ノ念珠ハ、未ダ不失ハズシテ持タリケリナ」[35]ト、此ノ国[36]ノ言ニテ有リ。寂照此レヲ聞テ、「奇異也[37]」ト思テ、答テ云ク、「此ハ何ニ仰セ給フ事ゾ」ト。御子ノ宣ハク、「[38]□有テ其ノ持タル念珠ハ、自ラガ奉リシ念珠ゾカシ」ト。其ノ時ニ、寂照ガ思ハク、「我ガ此ク持タル念珠ハ、清範律師ノ令得タリシ念珠ゾカシ。此ノ御子ハ、然ハ其ノ律師ノ生レ給□」ト心得テ、「此ハ何ニ此クテハ御マシケルゾ」ト問ヒケレバ、御子ノ宣ハク、「此ノ国ニテ可利益キ者共ノ有レバ、此ク詣来タル也」ト許答テ、走リ返リ入給ヒニケリ。其ノ時ニ、寂照思ハク、「彼ノ律師ヲバ、皆人、『文殊ノ化身ニ在ス』ト云ヒシ。『説経ヲ微妙ニシテ、人ニ道心ヲ令発レバ云フナメリ』ト思ヒシニ、然ハ、実ノ文殊ノ化身ニコソ在マシケレ」思ニ、哀レニ悲クテ涙ヲ流シテゾ、御子ノ入給ヒヌル方ニ向テゾ礼ミケル。

実ニ此レコソ聞ニ貴ク悲シキ事ノ有レ。此レハ彼ノ律師ノ共ニ震旦ニ行タル人ノ返テ語ルヲ聞キ継テ、語リ伝ヘタルトヤ。

권17 제39화

니시노 이와쿠라西石藏의 센쿠仙久가 보현普賢의 권화權化인 것을 알게 된 이야기

도읍 니시노 이와쿠라西石藏의 승려 센쿠仙久는 도심道心이 깊은 『법화경法華經』 지경자持經者로, 세상 사람들이 꿈을 통해 그가 보현보살普賢菩薩의 권화權化인 것을 알게 되어 그와 결연結緣하기 위해 찾아오는 자가 많았으며, 센쿠는 말년에 임종정념臨終正念으로 염불念佛 왕생往生했다는 이야기. 이 이야기부터 제41화까지 보현보살의 이익利益 영험담靈驗譚으로 배열되어 있다.

이제는 옛이야기이지만, 도읍의 니시 산西山에 니시노 이와쿠라西石藏[1]라고 하는 산사山寺가 있었다. 그 산사에 센쿠仙久라는 지경자持經者[2]가 살고 있었는데 오랜 세월 이 산사에 살면서 밤낮으로 『법화경法華經』 독송讀誦을 조금도 게을리하지 않았다. 또한 이 센쿠는 본래 □□□[3]의 승려로서 법문法文[4]을 공부하였기에 이 산사에 살게 된 후에도 법문에 대한 학문을 게을리하지 않았다. 센쿠는 도심道心이 깊고 모든 사람에 대해 부모와 같이 깊은 자비를 베풀었다.[5] 또 자나 깨나 오로지 극락왕생을 기원하며 끊임없이 염

1 미상. '이와쿠라石藏' → 사찰명.
2 경전經典, 특히 『법화경法華經』을 수지受持 신앙하는 수행자.
3 거주하는 산 또는 거주하는 절의 명기를 위한 의도적 결자.
4 불교 경전 및 교리.
5 자비심이 깊은 것은 센쿠仙久가 보현보살普賢菩薩의 권화權化인 것에 대한 복선적 서술.

불을 외우고, 승방僧坊 옆에 따로 초암草庵을 지어 그 안에 법화法花의 팔만다라八曼茶羅[6]를 놓고 팔향인八香印[7]을 태우며 그 수법修法을 행하고 있었다.

그는 이처럼 여러 가지로 열심히 근행을 행하였는데 많은 세간 사람들의 꿈에,

"만약 보현보살普賢菩薩[8]을 보고자 하는 사람이 있으면 니시노 이와쿠라의 산사에 사는 센쿠 성인聖人을 만나도록 하라. 이자가 보현보살의 권화權化이니라. 필히 가까이 해야 한다."

라는 계시가 있었다. 이 꿈의 계시를 전해 듣고서 많은 세간 사람들이 도읍과 시골을 가리지 않고 성인과 결연結緣[9]하려고 찾아왔다. 그러던 중 성인은 점차 나이가 들어, 오랜 세월의 법화 독송의 공덕이 저절로 훈수薰修[10]하여 마침내 명이 다할 때, 정념正念으로 염불을 읊고, 경을 독송하면서 숨을 거두었다.

세간 사람들은 이것을 듣고 모두 더욱 큰 신앙심을 일으켰다고 이렇게 이야기로 전하여 내려오고 있다 한다.

6 팔축八軸의 법화만다라法華曼陀羅라는 뜻으로 추정. 팔만다라八曼茶羅(→ 불교).

7 여덟 개의 향인香印(향시계香時計의 일종). 또한 팔만다라, 팔향인의 '8'이라는 숫자는 『법화경』 8권의 영향으로 추정.

8 → 불교. 『법화경』 지자持者의 수호신이기도 함.

9 불연佛緣을 맺는 것.

10 '훈습薰習'이라고도 함. 수행의 공덕이 결실을 맺은 것.

⊙제39화⊙ 니시노이와쿠라西石蔵의 센쿠仙久가 보현普賢의 권화權化인 것을 알게 된 이야기

西石蔵仙久知普賢化身語第三十九

今昔、京ノ西山ニ西石蔵[11]ト云フ山寺有リ。其ノ山寺ニ仙[12]久ト云フ持経者[13]住ケリ。年来此ノ山寺ニ住テ、法花経ヲ日夜ニ読誦シテ、更ニ怠ル事無シ。亦、本ハ[14]仙久□□[15]ノ僧トシテ法文[16]ヲ学シケレバ、此ノ山寺ニ住テモ、常ニ法文ニ向テ学問ヲシケリ。亦、道心並ビ無クシテ、諸ノ人ヲ見テハ、慈[17]ビノ心深クシテ、父母ノ如ク思ヒケリ。亦寤寐[18]モ専ニ極楽ニ生レム事ヲ願テ、念仏ヲ唱フル事隙無シ。亦、房ノ傍ニ別ノ草ノ庵[19]ヲ造テ、法花ノ八曼陀羅[20]ヲ懸奉テ、八香印[21]ヲ焼テ其ノ法ヲ行フ。

如此ク様々ニ懃ニ勤メ行フ間ニ、世ノ人数夢ニ見ル様、「若シ、普賢[22]ヲ見奉ラムト思フ人アラバ、西石蔵ノ山寺ニ住ム仙久聖人ヲ可見シ。此レ普賢ノ化身也[23]。専ニ可近付シ」ト。此ノ夢ノ告ヲ聞キ継テ、世ノ人[24]京ヨリモ田舎ヨリモ、此ノ人ニ結縁[25]セムガ為メニ、尋ネテ来ル人其ノ員多シ。如此ク為ル間ニ、聖人[27]齢漸ク傾テ、法花ノ薫修[26]自然ラ至テ、遂ニ命終ル時、心不乱ズシテ、念仏ヲ唱ヘ、経ヲ誦シテ失ニケリ。世ノ人[28]此レヲ聞テ、皆弥ヨ信ヲ発シケリ、トナム語リ伝ヘタルトヤ。

권17 제40화

승려 고구光空가 보현普賢의 도움으로 목숨을 구한 이야기

오미 지방近江國의 곤쇼지金勝寺 법화法華 지경자持經者 고구光空가 효헤이스케兵平介라는 무사에게 그의 아내와 밀통했다고 의심받아 무고한 죄로 사살射殺당할 처지에 놓였을 때, 보현보살普賢菩薩이 대신하여 화살이 빗나가 목숨을 구한 이야기. 효헤이스케가 참회하고 고구가 도망쳐 자취를 감췄다는 것이 이야기의 결말이다. 보현보살의 영험靈驗을 이야기하는 유형적類型的인 불보살의 대역代役 설화說話.

이제는 옛이야기이지만, 오미 지방近江國에 곤쇼지金勝寺[1]라는 산사山寺가 있었다. 그 산사에 고구光空라는 『법화경法華經』 지경자持經者[2]가 살고 있었다. 오랜 세월 이 산사에 살며 밤낮으로 『법화경』을 독송讀誦하기를 게을리하지 않았다. 그 목소리는 참으로 아름다웠으며 이를 듣고 존귀하게 여기지 않는 이가 없었다. 그리고 이 지경자는 자비심이 있어 사람을 사랑하는 마음이 깊었다.

한편 이 지방 □□ 군郡[3]에 효헤이스케兵平介[4] □□[5]라는 사납고 용맹스러

1 → 사찰명.
2 경전經典, 특히 『법화경法華經』을 수지受持 신앙하는 수행자.
3 군명郡名의 명기를 위한 의도적 결자.
4 미상. 『법화험기法華驗記』의 "兵部郎中平公"을 근거로 병부승兵部丞이었던 것을 알 수 있음. '平公'은 통칭으로 추정.
5 효헤이스케兵平介의 이름을 명기하기 위한 의도적인 결자.

운 남자가 있었다. 이 남자는 옛날 다이라노 마사카도平將門[6]의 일족이며, 몹시 성미가 거칠었고 살아 있는 것에 대한 연민의 정이 없었다. 그는 아침에는 야산에 나가 새나 사슴을 사냥하고, 저녁에는 강이나 호수에 가서 물고기와 조개를 잡았다. 이와 같이 남자는 악인惡人이었으나, 고구 성인聖人의 독경 소리를 듣고 감격하고 존귀하게 여겨, 처음에는 산사에 가서 성인에게 귀의하였지만 후에는 성인을 집으로 모셔 경을 읽게 하고 오랜 세월 귀의하였다. 그런데 그에게는 젊은 부인이 있었는데 종자從者가 부인과 고구 지경자가 은밀히 밀통密通을 하고 있다고 주인에게 은밀하게 고했다.

효헤이스케는 이것을 듣자마자 벌컥 화를 내며 사건의 진위도 따지지 않고, '먼저 지경자를 죽여 버리자.'라고 생각하였다. 그래서 산사로 가는 것[7]이라 속여 지경자를 데리고 산 속으로 들어가 느닷없이 지경자를 붙잡아 나무에 결박하였다. 지경자는 매우 놀라며 몹시 두려워하고 슬퍼했다. 지경자는 대체 어찌된 영문인지 어안이 벙벙했는데, 효헤이스케가 큰 소리로, "당장 저 자식 배 한가운데에 활을 쏴라."라고 말했다. 종자 중 특히 솜씨 좋은 자가 활을 꺼내 시위에 화살을 메겨 당겼다. 지경자의 배를 겨냥하여 쏜 화살은 지경자를 맞추지 못하고 옆으로 떨어졌다.[8] 종자가, "이거 참 불가사의한 일이구나."라고 말하며 다시 쏘았지만 똑같이 옆으로 떨어졌다. 지경자는 평정심을 잃지 않고 이것 역시 전세의 과보果報[9]에 의한 것이라고 관념觀念하고, '나는 무고하게 여기서 지금 목숨을 잃게 되었구나.'라고 생각하여 소리 높여 『법화경』을 외웠다.

6 → 인명.
7 산사山寺에 데려가는 모티브는 권27 제33화와 같음.
8 부처, 보살菩薩의 가호로 화살이 빗나가는 모티브는 권3 제25화, 권16 제26화에도 보임.
9 → 불교.

어차명종於此命終 즉왕안락세계卽往安樂世界 아미타불阿彌陀佛 대보살중大菩薩衆 위요주소圍遶住所 청련화중靑蓮花中 보좌지상寶座之上[10]

지경자가 이렇게 읊으니, 효헤이스케의 종자들 중 어떤 자는 이것을 듣고 존귀하여 눈물이 날 것 같았지만 주인이 두려워 꾹 참고 있었다.

한편 이렇게 두 번이나 화살이 빗나간 것을 보고 효헤이스케는 격노하여, "너희들이 쏘는 게 형편없어서 그런 것이다."라고 말하며 손수 활을 가져다 쐈다. 그러나 그것 또한 전과 같이 옆으로 떨어지자 그는 놀라고 두려워하며 화살과 활을 버렸다. '이것은 예삿일이 아니다. 이렇게 가까이서 쏘았는데 세 번이나 맞추지 못했다는 것은 호법護法[11]의 가호가 있기 때문이리라.' 라고 두려워하며, 바로 지경자를 용서해 주었다. 그리고 지경자에게,

"저는 큰 잘못을 범하고 말았습니다. 앞으로는 당신께 해심害心을 품는 일은 하지 않겠습니다."

라고 맹세하고, 눈물을 흘리며 참회하고 함께 집으로 돌아갔다.

그날 밤 효헤이스케는 백상白象[12]에 타신 금색의 보현보살普賢菩薩[13]의 몸에 화살이 세 발 꽂혀있는 꿈을 꾸었다. 꿈속에서 그가 보현보살에게, "무슨 연유로 보현보살의 몸에 화살이 꽂혀 있는 것입니까?"라고 묻자 보현보살이,

"너는 어제 무고한 누명으로 지경자를 죽였다. 내가 그 지경자를 대신하여 이 화살을 몸으로 받은 것이니라."[14]

10 『법화경法華經』 권7·약왕품藥王品 제23에 있는 구句. 제6구의 제1자字인 '청靑'은 '생生'이 올바른 것임. 일본어로 음이 같아 오기誤記가 발생한 것임. 사후 극락정토로 향해 가고 아미타불阿彌陀佛이나 보살 성중聖衆에게 둘러싸여 있는 연꽃의 옥좌玉座 위에 전생轉生할 것이라는 뜻.

11 → 불교.

12 보현보살普賢菩薩이 타는 흰 코끼리. 문수보살文殊菩薩은 사자에 탐.

13 → 불교.

14 보살이 대신 고통을 받는 모티브는 권16 제5화·26화, 권17 제3화 등에도 보임.

라고 말씀하셨다. 효헤이스케는 이러한 꿈을 꾸고 잠에서 깨어났다.

그 후 효헤이스케는 더욱 두려움에 떨며,

'내가 무고한 누명을 씌워 법화 지경자를 죽이려고 했기 때문에 보현보살이 일깨워 주신 것이다.'

라고 슬퍼했고 지경자를 향해 눈물을 흘리며 참회하고 꿈 이야기를 들려주었다. 그리고 거짓을 고한 종자를 견책하고 영원히 추방했다.

한편 지경자는 사흘간 그간의 일을 곰곰이 생각하고 이 세상이 싫어져, 본존지경本尊持經[15]을 챙겨 한밤중 무렵 집에서 몰래 나가고자 했다. 그러자 그날 밤 효헤이스케의 꿈에 보현보살이 나타나,

"너는 오랜 세월 나를 공양했다. 그 공덕으로 나는 너를 인접引接[16]하려 한다. 그러나 너는 무고한 자의 죄를 물어서 나[17]를 죽이려고 했다. 죄를 보면 멀리 떠나고, 선을 보면 가까워지는 법, 이것이 모든 부처가 말씀하시는 것이다. 이에 나는 지금 이 집을 떠나 영원히 다른 곳으로 가려고 한다."

라고 말씀하셨다. 효헤이스케는 이러한 꿈을 꾸고 잠에서 깨어났다. 효헤이스케는 놀랍기도 하고 이상하여 등불을 켜고 지경자의 방으로 서둘러 가보았지만 지경자는 없었다. 본존도 『법화경』도 계시지 않았다. 어느샌가 떠나버리신 것이다. 날이 밝은 뒤 여기저기 찾아보았지만 딱히 행방을 알 수 없었다. 그래서 효헤이스케는 비탄하고 눈물을 흘리며 자신이 저지른 잘못을 깊이 후회했다. 그 후에도 오랜 세월에 걸쳐 지경자를 찾아 다녔지만 결국 찾지 못하고 말았다.

그러므로 사람은 설령 무슨 말을 듣더라도 사실인지 아닌지를 확인하고

15 본존本尊과 지경持經. 수호 본존으로서 신앙하는 불상佛像과 매일 수지受持하는 『법화경』을 가리킴. 본존은 휴대할 수 있을 정도의 소상小像이었을 것.

16 부처, 보살이 염불자念佛者의 임종에 내영來迎하여 극락정토로 안내하는 것. '引攝'이라고도 표기.

17 보현보살과 지경자持經者 고구光空가 일체가 되었음.

서 믿어야 한다. 한 순간의 진에瞋恚[18]에 의해 악행을 범해서는 안 된다고 이렇게 이야기로 전하여 내려오고 있다 한다.

18 분노하고 원망하는 것. 불교에서는 인간을 해하는 삼독三毒 중의 하나로 간주.

◉ 제40화 ◉

승려 고구光空가 보현普賢의 도움으로 목숨을 구한 이야기

僧光空依普賢助存命語第四十

今昔、近江ノ国ニ金勝寺[1]ト云フ山寺有リ。其ノ山寺ニ光[2]空ト云フ法花経持経者[3]住ケリ。年来此ノ山寺ニ住テ、日夜ニ法花経ヲ読誦シテ怠[4]タル事無シ。其音[5]微妙ニシテ、聞[6]ク者此ラ[7]ヲ不貴ズト云フ事無カリケリ。亦、此持経者心ニ慈悲有テ、人ヲ哀レブ心深シ。

而ル間、其ノ国ノ□[8]ノ郡ニ兵平介[9]□[10]ト云フ武キ者[11]有ケリ。此レハ、古ヘ[12]ノ平ノ将門[13]ガ一類[14]也。心極[15]テ武ク[16]シテ、者[17]ヲ哀ブ心無シ。朝ニハ山野ニ出デ、鹿鳥ヲ狩リ、夕ニハ江[18]河ニ臨デ魚貝ヲ捕ル。悪人[19]也ト云ヘドモ、此光空持経者ノ経ヲ聞テ悲ビ貴デ、初ハ山寺ニ有ルヲ帰依シケルニ、後ハ我ガ家ニ迎ヘ置テ、経ヲ令読テ帰依シテ年来ヲ経ル間、兵平介ガ[20]妻年若クシテ、光空持経者ニ窃ニ婚合[21]スル由ヲ、兵平介ガ従者[22]有テ、主ニ窃ニ令聞ム。

兵平介此レヲ聞テ、忽ニ嗔[23]ヲ成シテ、実否[24]ヲ不問ズシテ、「先ヅ持経者ヲ殺シテム」ト思テ、「山寺[25]ニ行クゾ」ト謀テ、持経者ヲ具シテ山ノ中ニ将行キヌ。俄ニ持経者ヲ捕ヘテ、木ノ本ニ縛リ付ケツ。持経者奇異ク[26]怖ヂ悲ム事無限シ。此レ何ノ故ト云事ヲ不知ザル間、兵平介音ヲ挙テ云ク、「其ノ最中[27]ヲ速ニ可射シ」ト。然レバ、従者ノ中ニ上兵[28]タル者、弓ヲ取テ箭ヲ番テ強ク引テ、持経者ノ腹ニ差宛テ、射ルニ、其箭[29]持経者ニ不当ズシテ傍ニ落ヌ。「此レ希有ノ事也[30]」ト云テ、亦射ルニ、前ノ如ク傍ニ落ヌ。持経者ハ心不乱ズシテ、前生ノ果報[31]ヲ観ジテ、「我レ無実ノ事ニ依テ、忽ニ命ヲ失フ事[32]」ヲ思テ、音ヲ挙テ法花経ヲ誦ス。

於此命終[33]　即往安楽世界　阿弥陀仏　大菩薩衆　囲遶住所　青蓮花中　宝座之上

ト読ミケレバ、兵平介ガ郎等ノ中ニモ、此[34]コレヲ聞テ、貴ガリテ哭ヌベク思ユル者共モ有ケレドモ、主ニ恐レテ有リ。
而ルニ、如此ク二度不当ヌヲ、兵平介嗔テ、「汝等ガ幣ク射ル也」ト云テ、自ラ弓ヲ取トテ射ルニ、前ノ如ク傍ラニ落ヌ。其ノ時ニ、兵平介驚キ怪ムデ、弓箭ヲ棄テ云ク、「此レ只ノ事ニハ非ジ。此許リ近クシテ射ルニ、三度不当ザルヲ以テ知ルニ、護法ノ加護シ給フ故ナメリ」ト恐レテ、忽ニ持経者ヲ免シツ。兵平介持経者ニ向テ云ク、「我レ今大キニ誤レリ。此ヨリ後、更ニ持経者ノ御為ニ悪キ心ヲ不発ジ」ト誓テ、涙ヲ流シテ咎ヲ懺悔シテ、具シテ家ニ将返ヌ。

兵平介、其ノ夜ノ夢ニ、金色ノ普賢菩薩ノ白象ニ乗リ給ヘル御身ニ、箭ヲ三筋射立奉タリ、ト。夢ノ中ニ兵平介問テ云ク、「何ノ故ニ、普賢菩薩ノ御身ニ箭ハ立給ヘルゾ」ト。普賢自ラ答テ宣ハク、「汝ガ昨日無実ノ事ニ依テ、持経者ヲ殺セリキ。我レ其ノ持経者ニ代テ、此ノ箭ヲ身ニ受タル也」ト宣フ、ト見テ、夢覚ヌ。

其ノ後、兵平介弥ヨ恐ヂ怖レテ、「我レ無実ノ事ニ依テ、法花ノ持経者ヲ殺サムト為ルニ依テ、普賢菩薩ノ示シ給フ事也」ト悲ムデ、持経者ニ向テ涙ヲ流シテ懺悔シテ、此ノ夢ノ事ヲ語リ令聞ム。彼ノ無実ノ事ヲ告ゲシ従者ヲバ、勘当シテ永ク追却シツ。

而ル間、持経者二三日ヲ経ル間、此ノ事共ヲ思ヒ次ケテ、深ク世ヲ厭テ、本尊持経ヲ具シ奉テ、夜半許ニ其ノ家ヲ窃ニ出テ去ナムトス。兵平介其ノ夜ノ夢ニ、普賢菩薩来テ告テ宣ハク、「汝ヂ年来我ヲ供養ゼリ。其ノ功徳ニ依テ、我レ汝ヲ可引接シ。但シ、汝ヂ無実ノ事ニ依テ、我レヲ殺害セムトス。然バ、悪ヲ見テハ遠ク去リ、善ヲ見テハ近付ク、此レ諸ノ仏ノ説給フ所也。此ノ故ニ、我レ今此ノ家ヲ去テ、永ク他ノ所ニ行キナムトス」ト宣フ、ト見テ、夢覚ヌ。兵平介驚キ怪ムデ、持経者ノ居所ニ火ヲ燃シテ忩ギ見ルニ、持経者無シ、本尊持経モ不在マサズ、早ウ出テ去ニケリ。夜曙テ後、東西ヲ尋ネ求ト云ヘドモ、更ニ行方ヲ不知ズ。其ノ後、兵平介歎キ悲デ、泣々ク前ノ咎ヲ悔ル事無限シ。年来ヲ経ヘテ尋ネ求ト云ヘドモ、遂ニ尋ネ不得ズシテ止ニケリ。
然レバ、譬ヒ人有テ何ナル事ヲ令聞ムト云ヘドモ、実否ヲ聞テ後、可信キ也。嗔恚ノ発ラムニ随テ、悪ヲ行ゼム事ヲバ可止シ、トナム語リ伝ヘタルトヤ。

권17 제41화

승려 조온貞遠이 보현普賢의 도움으로 위기에서 벗어난 이야기

히에이 산比叡山 서탑西塔의 승려 조온貞遠이 수행 후 미카와 지방三河國으로 귀향했을 무렵 국수國守에게 하마下馬의 예를 갖추지 않아서 책망받는데, 그날 밤 국수는 보현보살普賢菩薩을 포박하는 꿈을 꾸고 놀라 두려워하며, 용서를 빌고 조온에게 귀의했다는 이야기. 권17 제11화에는 속인俗人이 승려에게 하마의 예를 하지 않은 결례를 기술하고 있는데 승려에 대한 무례를 훈계하는 점에서 공통된다.

이제는 옛이야기이지만, 히에이 산比叡山 서탑西塔[1]에 조온貞遠이라는 승려가 있었다. 원래 미카와 지방三河國 사람으로 어린 시절 태어난 고향을 떠나 히에이 산에 올라 출가하여 수계受戒[2]한 뒤, 스승을 따라서 『법화경法華經』을 공부하고 밤낮으로 독송讀誦을 하여 전부 암송할 수 있게 되었다. 그는 말을 매우 빨리해서 보통 사람이 경을 한 권 독송할 동안 그는 두세 부[3]를 독송하였다.[4] 그래서 하루에 서른 부, 마흔 부를 독송할 수 있었다. 그는 진언眞言의 비법[5]을 공부하고 매일 수법修法을 행하여 거르는 법이 없었다. 또한 신

1 → 지명.
2 → 불교. 여기서는 엔랴쿠지延暦寺 계단원戒壇院에서 대승계大乘戒를 받은 것.
3 『법화경法華經』 여덟 권을 한 부로 계산한 것.
4 똑같이 말을 빨리하여 독송讀誦하는 기사가 권12 제34화, 권13 제28화에도 보임.
5 '진언眞言의 밀법密法'(→ 불교)과 같음. 여기서는 태밀台密의 비법을 가리킴.

身, 구口, 의意 삼업三業[6]을 청정하게 지켜 조금도 육근六根[7]에 있어 계를 깨는 법이 없었다.

그러던 중 어느새 조온은 장년壯年에 접어들어, 갑작스레 본산本山[8]을 떠나 고향으로 내려가 그곳에 있는 선조先祖의 당堂에 칩거하며, '조용히 후세後世를 위한 근행勤行[9]을 행하자.'고 마음먹었다. 이렇게 하여 조온은 고향에 돌아와 있었는데, 어느 날 용무가 있어서 말을 타고 마을로 가려고 할 때 이 지방의 국사國司인 □□□[10]라는 사람이 국청國廳의 관사를 나서다 서로 우연히 마주쳤다. 국사는 조온을 보고 말에서 내려오지 않는 것을 나무라며 종자에게 명하여 조온을 말에서 끌어내리고 마구 때려 자기 앞으로 끌고 와 욕설을 심하게 퍼부었다.[11] 국사는

"네 놈은 대체 누구냐. 이 지방에서는 신분의 고하를 막론하고 승려든 속인俗人이든 모두 국사에게 복종하지 않으면 안 되느니라. 그런데 네 놈은 어째서 말에 올라탄 채로 나를 대하는 무례를 범하는 것이냐."

라고 격노하며 조온을 말 앞으로 몰아세우고 관저로 연행했고, 곧바로 마구간에 집어넣어 종자에게 명하여 호되게 고문하도록 했다. 조온은 이러한 일 역시 전부 자신의 과보果報[12] 때문임을 관념觀念하고 지성으로『법화경』을 독송하였다.

그러자 그날 밤 국사가 꿈을 꿨다. 국사는 꿈에서 보현보살普賢菩薩[13] 불상

6 → 불교.

7 → 불교.

8 히에이 산比叡山을 가리킴.

9 내세來世에 극락정토에 왕생하기 위한 근행勤行.

10 국사國司의 성명의 명기를 위한 의도적인 결자.

11 국수國司의 횡포이기는 하나,『승니령僧尼令』우삼위이상遇三位已上의 조條에 따르면, 승니는 5위 이상인 사람에게 하마下馬해야 한다고 규정하고 있음.

12 → 불교.

13 → 불교.

을 백상白象에 태워 마구간에 가두어 두었다. 그런데 그 문 앞에 또 다른 보현보살이 똑같이 백상에 올라 빛을 발하며, 마구간 안에 갇혀 묶인 채 수모를 당하고 계신 보현보살을 위로하고 계셨다.[14] 국사는 이러한 꿈[15]을 꾸고 잠에서 깨어났다. 그는 몹시 놀랍고 두려워서 밤중에 사람을 불러 이 승려를 풀어주고 곧장 승려를 불렀다. 그는 조온을 황급히 깨끗한 자리에 앉히고, "성인께서는 어떤 근행을 행하고 계십니까?"라고 물었다. 조온은,

"저는 딱히 이렇다 할 근행은 하고 있지 않습니다. 단지 어린 시절부터 『법화경』을 수지受持하고, 밤낮으로 독송하고 있었을 뿐입니다."

라고 답했다. 국사는 이것을 듣고 더욱 놀라 감탄하며,

"하잘것없는 범부凡夫인 제가 우둔한 나머지 성인께서 훌륭한 근행을 하고 계시는 것을 알지 못하고, 성인을 괴롭고 고통스럽게 만들었습니다. 부디 이 죄를 용서해 주시옵소서."

라고 말하며 자신이 꾼 꿈 이야기를 들려주었다.

그 후 국사는 조온에게 각별히 귀의하여 관저로 모셔 날마다 음식을 준비하고 의복을 드리며 정중하게 공양하게 되었다. 온 지방 사람들은 이 사실을 전해 듣고 존귀하게 여겼다.

그러므로 설령 승려에게 무거운 죄가 있더라도 무턱대고 그 죄를 책망해서는 안 된다고 이렇게 이야기로 전하여 내려오고 있다 한다.

14 『법화험기法華驗記』에서는 승려가 보현보살普賢菩薩이라고 기술하고 있음. 백상白象은 보현보살의 탈것.

15 이 꿈은 국사가 승려에게 수치를 준 것을 무의식중에 후회하고 있다는 것을 암시하는 것으로 추정.

⊙제41화⊙ 승려 조온貞遠이 보현普賢의 도움으로 위기에서 벗어난 이야기

僧貞遠依普賢助遁難語第四十一

今昔、比叡ノ山ノ[三]西塔ニ[四]貞遠ト云フ僧有ケリ。本、参河ノ国ノ人也。幼シテ生国ヲ去テ、比叡山ニ登テ出家シテ[五]受戒シテ後、師ニ随テ法花経ヲ受習ヒテ、昼夜ニ読誦スル間ニ、皆、[六]空ニ浮メ思ニケリ。[七]極メテ口早クシテ、人ノ一巻ヲ誦スル程ニ、[八]二三部ヲゾ誦シケル。然レバ、一日、三十、四十部ヲゾ誦シケル。亦、[九]真言ノ秘法ヲ受習テ、毎日ニ法ヲ行フ事不断ズ。凡ソ[一〇]三業ヲ調ヘテ[一一]六根ニ犯ス所無シ。

而ル間、[一二]長大ニ成テ後、忽ニ[一三]本山ヲ去テ、生国ニ下テ、[一四]先祖ノ堂ノ有ケルニ籠リ居テ、「静ニ[一五]後世ノ勤ヲ営ナマム」[一六]ト思ヒ得テ、下テ有ル間ニ、[一七]要用有ルニ依テ、馬ニ乗テ里ニ出ル程ニ、途中ニシテ其ノ国ノ国司[一八]□[一九]ト云フ人、館ヲ出テ行ク間ニ、貞遠ニ値ヌ。守貞遠ヲ見テ、[二〇]馬ヨリ不下ザル事ヲ咎メテ、[二一]人ヲ以テ貞遠ヲ馬ヨリ令曳落テ打ツ。守貞遠ヲ召寄セテ令恥テ云ク、「汝ハ誰人ゾ。国ノ内ノ貴賤ノ僧俗、皆国司ニ可随キ者也。而ルニ、汝ヂ[二二]何ニ依テ、我レニ[二三]乗合ヲシテ[二四]無礼ヲ至セルゾ」ト嗔テ、貞遠ヲ馬ノ前ニ追立テ、館ニ[二五]将行テ、即チ[二六]御厩ニ下シテ、人ヲ付ケテ[二七]令擽躒ム。貞遠我ガ[二八]果報ノ拙キ事ヲ[二九]観ジテ、心ヲ至シテ法花経ヲ誦ス。

其ノ夜ノ守ノ夢ニ、[三〇]普賢菩薩ノ像ヲ白象ニ令乗テ、御厩ニ下シテ置タリ。其ノ門ノ前ニ、亦他ノ普賢菩薩、其レモ白象ニ[三一]乗テ、光ヲ放テ、奥ニ向テ、本ノ普賢

普賢菩薩(図像抄)

ノ捕ヘ被禁レ給ヘル事ヲ訪ヒ給フ、ト見テ、夢覚ヌ。守大キニ驚キ恐レテ、夜中ニ人ヲ呼テ僧ヲ令免メツ。即チ僧ヲ呼テ、忽ニ浄キ畳ニ居ヘテ、守向テ問テ云ク、「聖人何ナル勤カ在マス」ト。貞遠答テ云ク、「我レ別ノ勤メ無シ。只年少ノ時ヨリ法花経ヲ持テ、昼夜ニ読誦ス」ト。守此レヲ聞テ、弥ヨ驚キ歎テ云ク、「凡夫ノ身、拙ナク愚カナルガ故ニ、聖人徳行ヲ不知ズシテ悩マシ煩ラハシ奉ケリ。願クハ、此ノ咎ヲ免シ給ヘ」ト云テ、見ル所ノ夢ヲ語ル。

其ノ後ハ、殊ニ帰依シテ、館ニ請ジ入テ、日ノ供ヲ宛テ衣服ヲ与ヘテ、丁寧ニ供養ジケリ。国ノ内ノ人、此ノ事ヲ伝ヘテ聞テ、貴ビ敬ヒケリ。

然レバ、譬ヒ重キ咎ガ有ト云トモ、僧ヲバ強ニ不可掕蹂ズ、トナム語リ伝ヘタルトヤ。

권17 제42화

다지마 지방但馬國 고사古寺에서 비사문천毘沙門天이 우두牛頭 오니鬼를 굴복시켜 승려를 구한 이야기

노승老僧과 젊은 승려, 두 수행승이 다지마 지방但馬國의 산사山寺에 묵던 중, 한밤중에 우두牛頭 오니鬼에게 습격을 당하게 되는데, 젊은 승려만이 『법화경法華經』을 수지受持한 공덕으로 비사문천毘沙門天에게 구원받은 이야기. 비사문천에 의한 『법화경』 지경자持經者의 보호를 이야기한 것으로 앞 이야기와는 법화 독송讀誦의 공덕으로 위기에서 벗어났다는 공통적인 모티브로 연결된다.

이제는 옛이야기이지만, 다지마 지방但馬國[1] □□[2] 군郡 □□[3] 향鄕에 한 산사山寺가 있었다. 산사가 세워진 지 벌써 백여 년이 지났는데, 어느 무렵부터인가 이 절에 오니鬼가 살게 되어 오랜 세월 아무도 가까이 하지 않았다.

한편 두 승려가 길을 가다 이 절 부근을 지날 즈음, 날이 훌쩍 저물고 말았다. 승려들은 오니가 산다는 사실을 알지 못한 채, 이 절에 들러 하룻밤을 보내려고 하였다.[4] 한 승려는 젊은 법화法華 지경자持經者[5]였고, 다른 한 명은

1 → 옛 지방명.

2 군명郡名의 명기를 염두에 둔 의식적인 결자.

3 향명鄕名의 명기를 염두에 둔 의식적인 결자.

4 나이 어린 법화法華 지경자持經者와 연로한 수행자로 설정한 것은 연공年功이 얕아도 『법화경法華經』의 신앙이 특히 깊다는 사실을 말하기 위한 것임. '연로한 수행자'는 여러 지방의 영장靈場을 돌아다니고 고행의 공덕을 쌓은 노승老僧으로 추정. 연로, 연소한 두 사람의 승려의 동행은 권14 제3화의 도조지道成寺 연기담緣起譚을 상기시킴.

5 → 불교.

연로한 수행자였다. 밤이 되어 절 동쪽과 서쪽 마루[6]에 두 사람은 각각 자리를 차지했다. 한밤중이 되었을까, 벽에 구멍을 뚫는 소리가 들리며 누군가가 들어왔다. 몹시 고약한 냄새가 났고 숨 쉬는 것이 소가 콧김을 내뱉는 것과 비슷했다. 그러나 칠흑 같이 어두워서 어떤 모습을 한 자인지는 알 수 없었는데, 그것이 성큼성큼 들어와서는 젊은 승려에게 달려들었다. 승려는 공포에 부들부들 떨며 지성으로 『법화경法華經』을 외고, "제발 살려주소서."라고 빌었다.

그러자 이자[7]는 젊은 승려를 버리고 노승老僧 쪽으로 가까이 가 당장에 노승을 들어 올려 갈기갈기 찢어서 잡아먹었다. 노승은 큰 소리로 절규했지만 구해줄 이도 없어 결국 잡아먹히고 말았다. 젊은 승려는, '노승을 다 먹으면 다음에는 틀림없이 나를 잡아먹겠구나.'라고 생각했지만 도망칠 방도도 없어 불단佛壇[8]에 기어올라 불상 안에 숨어들어 한 불상의 허리를 끌어안고, 염불하며 마음속으로 경을 읊고, '구해주소서.'라고 빌었다. 이때 오니는 노승을 벌써 다 먹어치우고, 이번에는 젊은 승려가 있는 곳으로 다가왔다. 승려는 이 발소리를 듣고[9] 혼이 나갈 지경이었지만, 그래도 마음속으로 『법화경』을 염했다.

그때 오니가 불단 앞에서 털썩 쓰러지는 소리가 들렸다. 그리고 아무 소리도 들리지 않았다. 승려는,

'이것은 분명히 오니가 내가 있는 곳을 알아보려고 소리를 내지 않고 귀를 기울이고 있는 것이다.'

라고 생각했기 때문에 더욱더 숨죽이고, 소리를 내지 않은 채 단지 부처의

6 자거나 앉거나 하는 조금 높게 만든 마루. 거기에 다다미疊나 깔개를 깖.
7 이 시점에서는 아직 정체가 밝혀지지 않았음.
8 불상佛像을 안치하는 단.
9 당내堂內가 어두워 오니鬼의 모습이 보이지 않아서 발소리로 짐작한 것.

허리를 끌어안고 『법화경』을 염하며 날 밝기를 기다렸는데, 그 시간은 마치 '몇 해를 기다리는 것과 같이 길다.'고 느껴졌다. 겨우 날이 밝아 와서 승려는 끌어안고 있던 부처를 보자 그것은 비사문천毘沙門天[10]이셨다. 불단 앞을 보니 우두牛頭 오니鬼가 세 동강으로 찢겨져 쓰러져 있었다. 비사문천이 가지고 계시는 창[11] 끝에는 붉은 피가 묻어 있었다. 그래서 승려는, '나를 구해 주시려고 비사문천께서 오니를 찔러 죽이셨던 것이다.'라고 생각하자, 더할 나위 없이 존귀하고 감개무량하였다. 분명한 사실은 비사문천이 법화 지경자를 가호하셨다는 점이다. '영백유순내令百由旬內 무제쇠환無諸衰患'[12]이라는 『법화경』 속의 서원誓願은 틀림이 없다.

그 후 승려는 마을로 달려가 절에서 일어난 일을 사람들에게 전하자, 많은 사람들이 절로 모여와 보니 정말로 승려가 말한 대로였다. "정말 불가사의한 일이 아닌가."라고 모두가 입을 모아 큰 소리로 이야기하였다. 승려는 눈물을 흘리며 비사문천에게 예배하고 절을 나섰다.

그 후 그 지방의 수령, □의 □□[13]라는 사람이 이 일을 듣고, 그 비사문천을 □□ 하고 도읍으로 모셔서 본존本尊으로 공양해 섬겼다.[14] 승려는 게을리 하지 않고 더욱 열심히 『법화경』을 독송하였다고 이렇게 이야기로 전하여 내려오고 있다 한다.

10 → 불교.

11 비사문천毘沙門天이 소지하는 무구武具. 창의 조형祖形으로 양날의 직도直刀에 자루를 붙인 것.

12 『법화경』 권8 · 다라니품陀羅尼品의 구句. 『법화경』 지경자持經者와 그 주위에 어떠한 재난이 일어나지 않도록 수호한다는 뜻. 비사문천이 법화 지경자를 수호한다는 서약. '유순由旬'(→ 불교). '쇠환衰患'은 인간을 쇠약하게 만드는 질병이나 액난厄難.

13 국수國守의 성씨의 명기를 염두에 둔 의식적인 결자.

14 저본의 파손에 의한 결자. 도읍으로 불상佛像을 옮기는 이야기는 권17 제5화 · 제21화에도 보임. 비사문천상의 연기담이라고도 할 수 있는 서술.

⊙제42화⊙
다지마 지방但馬國 고사古寺에서 비사문천毘沙門天이
우두牛頭 오니鬼를 굴복시켜 승려를 구한 이야기

於但馬国古寺毗沙門伏牛頭鬼助僧語第四十二

今昔、但馬[15]ノ国ノ□[16]ノ郡ノ□[17]ノ郷ニ一ノ山寺[18]有リ。起テ後、百余歳ヲ経ニケリ。而ルニ、其ノ寺ニ鬼来リ住テ、人久ク不寄付ズ。

而ル間、二人[19]ノ僧有ケリ。道[20]ヲ行クニ、其ノ寺ノ側ヲ過ル間、日既ニ暮レヌ。僧等案内[21]ヲ不知ザルニ依テ、此ノ寺ニ寄テ宿リヌ。一人[22]ノ僧ハ年シ若ク[23]シテ、法花ノ持経者[24]也。今一人ノ僧ハ年老タル修行者也。夜ニ入ヌレバ[25]、東西ニ床[26]ノ有ルニ、各[27]ノ居ヌ。夜半ニ成ヌラムト思フ程ニ、聞ケ[28]バ、壁ヲ穿テ入ル者有リ。其ノ香極テ臭シ。其ノ息、牛ノ鼻息ヲ吹キ懸ルニ似タリ。然[29]レドモ、暗ケレバ、其ノ体ヲバ何者ト不見ズ。既ニ入リ来テ、若キ僧ニ懸カル[30]。僧大キニ恐ヂ怖レテ、心ヲ至シテ法花経ヲ誦シテ、「助ケ給ヘ」ト念ズ。

而ルニ、此ノ者[1]若キ僧ヲバ棄テ、老タル僧ノ方ニ寄ヌ。鬼[2]僧ヲ[3]齟ミ刻テ忽ニ噉フ。老僧音ヲ挙テ大キニ叫ブト云ヘドモ、助クル人無クシテ、遂ニ被噉ヌ。若キ僧ハ、「老僧[4]ヲ噉畢テバ、亦、我レヲ噉ハム事疑ヒ不有ジ」ト思テ、可逃キ方不思ネバ、仏壇[5]ニ掻キ登テ、仏ノ御中ニ交テ、一ノ仏ノ御腰ヲ抱テ、仏ヲ念ジ奉リ、経ヲ心ノ内ニ誦シテ、「助ケ給ヘ」ト念ズル時ニ、鬼老僧ヲ既ニ食畢テ、亦、若キ僧ノ有ツル所ヘ来ル。僧此レヲ聞ク[6]ニ、東西[7]思ユル事無クシテ、尚心ノ内ニ法花経ヲ念ジ奉ル。

而ル間、鬼仏壇ノ前[8]ヘニ倒レヌト聞ク[9]。其ノ後、音モ不為ズシテ止ヌ。僧[10]ノ思ハク、「此ハ、鬼ノ我ガ有リ所ヲ伺ヒ[11]知ラムト思テ、音ヲ不為ズシテ聞クナメリ[12]」ト思ヘバ、弥ヨ息音ヲ不立ズシテ、只仏ノ御腰ヲ抱キ奉テ、法華経ヲ念ジ奉テ、夜ノ曙ル[13]ヲ待ツ程ニ、「多ノ年[14]ヲ過ス」ト思ユ。更ニ物不思エズ。辛[15]クシテ夜曙ヌレバ、先ヅ我ガ抱キ奉レル仏ヲ見レバ[16]、毗[17]沙門天ニテ在マス。仏壇ノ前ヲ見レバ、牛ノ頭ナル鬼ヲ三段[18]ニ切殺シテ置タリ。毘沙門天ノ持給ヘル鉾[19]ノ崎[20]ニ、赤キ血付タリ。然[21]バ、僧、「我ヲ助ケムガ為[22]メニ毘沙門天ノ差シ殺シ給ヘル也ケリ」ト思フニ、貴ク悲キ事無限シ。現[23]ハニ知ヌ、此レ法花ノ持者ヲ加護シ給フ故也ケリ。「令[24]百由旬内　無諸衰患」ノ御誓[25]不違ズ。

其ノ後、僧人郷ニ走リ出テ、此ノ事ヲ人ニ告グレバ、多ノ人集行テ見レバ、実ニ僧ノ云フガ如シ。「此レ希有[26]ノ事也」ト、口々ニ云喤ル事無限シ。僧[27]ハ泣々ク毘沙門天ヲ礼拝シテ其所ヲ過ヌ。

其ノ後、其ノ国ノ守[28]□ノ[29]□ト云フ人、此ノ事ヲ聞テ、其ノ毘沙門天ヲ[30]□奉テ、京ニ迎ヘ奉テ、本尊[31]トシテ供養ジ恭敬ジ奉ケリ。僧[32]ハ弥ヨ法花経ヲ誦シテ、怠ル事無カリケリ、トナム語リ伝ヘタルトヤ。

권17 제43화

구라마데라鞍馬寺에 은거하던 승려가 나찰귀羅刹鬼의 위기에서 벗어난 이야기

구라마데라鞍馬寺에 칩거하던 수행승이 본존本尊인 비사문천毘沙門天에게 기원을 드려 여자로 변신한 나찰귀羅刹鬼의 위기로부터 벗어난 이야기. 앞 이야기에 이어 비사문천의 악귀惡鬼 조복담調伏譚으로 호법선신護法善神인 비사문천의 악귀 조복은 발아래에 두 야차귀夜叉鬼를 밟고 있는 상像의 모습이 단적으로 상징하고 있다.

이제는 옛이야기이지만, 구라마데라鞍馬寺[1]에 한 수행승[2]이 은거하며 수행을 하고 있었다. 어느 날 밤, 장작을 주어 와서 불을 지피고 있는 동안 어느새 밤이 깊어졌다. 그러자 나찰귀羅刹鬼[3]가 여인으로 변하여 승려가 있는 곳에 와서는 불을 쬐며 승려와 마주보고 앉았다.

승려는 '이는 예사 여자가 아니리라. 필시 오니鬼일 것이다.'라고 의심하고, 쇠 지팡이[4]의 끝부분을 달궈서 오니의 가슴에 꽂자마자 승려는 도망쳐서 당堂 서쪽에 있는 썩은 나무에 몰래 숨어 몸을 움츠리고 있었다. 달궈진 쇠 지팡이가 가슴에 꽂힌 오니는 격노하여 승려가 도망친 흔적을 찾아 쫓아

1 → 사찰명.

2 영지영산靈地靈山을 돌아다니며 고행한 승려였을 것으로 추정됨.

3 → 나찰羅刹(불교). 귀녀鬼女가 지핀 불에 가까이 와서 몸을 녹이는 모티브는 야마오토코山男, 야마온나山女의 이야기로도 많이 전승되었음.

4 석장錫杖의 종류.

와서 승려를 발견하고는 커다란 입을 벌려 승려를 잡아먹으려고 했다. 승려는 공포에 떨면서 지성으로 비사문천毘沙門天[5]을 염하고 '저를 제발 살려주시옵소서.'라고 빌었다.

그러자 옆에 있던 썩은 나무가 별안간 쓰러져서 오니가 깔려 죽고 말았다. 구사일생으로 목숨을 부지한 승려는 더욱 지성을 다해 비사문천을 염하였다. 날이 밝은 뒤 그것을 보자 정말로 썩은 나무가 쓰러져 있고, 오니가 깔려 뭉개져 죽어 있었다. 승려는 이것을 보고 눈물을 흘리며 비사문천에게 예배禮拜드리고 그 절을 나와 다른 곳으로 수행을 떠났다.

또한 이것을 보고 들은 사람들은 비사문천의 신통한 영험靈驗을 더욱 신앙하고 감격하여 존귀하게 여겼다고 이렇게 이야기로 전하여 내려오고 있다 한다.

5 → 불교.

⊙제43화⊙ 구라마데라鞍馬寺에 은거하던 승려가 나찰귀羅刹鬼의 위기에서 벗어난 이야기

籠鞍馬寺遁羅刹鬼難僧語第四十三

今昔、鞍馬寺ニ一人ノ修行ノ僧籠テ行ヒケリ。夜ル薪ヲ拾テ、火ヲ打テ木ヲ焼ク間、夜深更テ、羅刹鬼女ノ形ト成テ、僧ノ所ニ来テ、木ヲ焼テ火ニ向テ居リ。

僧、「此レ只ノ女ニ非ジ。鬼也メリ」ト疑テ、金杖ノ尻ヲ焼テ、鬼ノ胸ニ突立テ、僧ハ逃去テ、堂ノ西ナル朽木ノ下ニ窃ニ隠レテ、曲マリ居タリ。其ノ時ニ、鬼胸ニ焼タル金杖ヲ被突立テ、大キニ忿ヲ成シテ、僧ノ逃去ヌル跡ヲ尋テ走リ来テ、僧ヲ見付テ、大口ヲ開テ、僧ヲ噉ムト為ルニ、僧大キニ恐ヂ怖レテ、心ヲ至シテ、毗沙門天ヲ念ジ奉テ、「我レヲ助ケ給ヘ」ト申ス。

其ノ時ニ、其ノ朽木俄ニ倒レテ、鬼ヲ打圧テ殺シツ。然レバ、僧命ヲ存スル事ヲ得テ、弥ヨ毗沙門天ヲ念ジ奉ル事無限シ。夜曉テ後見ルニ、現ニ朽木倒レテ、鬼ヲ打圧テ、死タリ。僧此レヲ見テ、泣々ク毗沙門天ヲ礼拝シ奉テ、其ノ寺ヲ出テ他所ニ行ニケリ。

亦、此レヲ見聞ク人、毗沙門天ノ霊験ノ新タナル事ヲ、弥ヨ信ジテ悲ビ貴ビケリ、トナム語リ伝ヘタルトヤ。

권17 **제44화**

승려가 비사문천毘沙門天의 도움으로 황금을 낳아 재산을 얻은 이야기

구라마데라鞍馬寺 비사문천毘沙門天이 운림원雲林院에 있는 승려의 기원에 감응하여 어린 아이(실제로는 여인)로 권화權化하여 승려와 정을 통하고 황금을 낳아 승려에게 준 이야기. 이야기 끝에 '황금'의 어원에 대한 설명이 첨가되었다. 제42화와 제43화가 비사문천의 호법선신護法善神적인 측면을 이야기한 것에 비해 이 이야기에서는 시복施福의 공덕을 기술하고 있다. 또 색욕을 기연機緣으로 승려를 제도濟度하는 보살菩薩의 방편方便은 제33화와 유사하며 금욕생활을 강요받아 온 승려들이 애욕의 번뇌에 괴로워하는 실태를 그리고 있다. 황금을 준다는 점은 권16 제29화와 공통된다.

이제는 옛이야기이지만, 히에이 산比叡山[1]의 □□[2]에 한 명의 승려가 있었다. 뛰어난 학승學僧이었지만 더없이 가난하였다. 제대로 된 단가檀家[3]도 없었기에 히에이 산에 있지 못하고 후에는 도읍으로 내려와 운림원雲林院[4]이라는 곳에 살았다. 또한 부모도 없고, 보살펴 줄 사람도 없어서 자연스레 생활도 궁핍하자, 이 일[5]을 빌고자 오랜 세월 동안 구라마鞍馬[6]에 참배하였다.

1 → 지명.
2 승려가 속한 히에이 산比叡山의 삼탑三塔의 이름, 또는 주원住院의 명기를 염두에 둔 의식적인 결자.
3 시주施主, 후원자. 단월檀越 → 불교.
4 → 사찰명.
5 생활 자금을 달라고 기원하기 위한 것임.
6 구라마데라鞍馬寺(→ 사찰명).

어느 해의 9월 20일 무렵, 그가 구라마에 참예하고 돌아가던 중, 이즈모지出雲路[7] 부근에서 날이 저물고 말았다. 승려는 볼품없는 어린 법사法師 한 명을 종자로 데리고 있었다. 달이 매우 밝았기 때문에 승려는 빠른 걸음으로 귀가를 서두르며, 일조一條 북쪽의 작은 길로 접어들었을 때 용모가 아름다운 나이 열예닐곱 정도의 동자와 동행하게 되었다. 동자는 하얀 옷을 아무렇게나 입고, 끈을 허리춤에 묶고 있었는데 승려가 '어디 가는 동자[8]인지 모시는 법사와 같이 다니지 않는 것이 이상하구나.'라고 생각하고 있자 그 동자가 가까이 다가와 승려에게, "스님께서는 어디로 가시는 겁니까?"라고 말했다. 승려가 "운림원이라 하는 곳에 갑니다."라고 말하자 동자는 "저를 데리고 가 주세요."라고 말했고 그래서 승려는

"동자여, 그쪽이 누구신지도 모르는데, 사정도 알지 못하고 동행하는 것은 도리가 아니지요. 당신은 대체 어디로 가시는 겁니까, 스승이 있는 곳으로 가시는 겁니까? '데리고 가 달라.'라고 말씀하신 것은 기쁘지만, 후에 좋지 않은 소문이라도 나면 일이 번거롭게 될 테지요."

라고 말했다. 그러자 동자는

"당신이 그리 생각하시는 것은 당연합니다만, 오랜 세월 동안 가까이 지냈던 스님[9]과 사이가 틀어져서 요 열흘 정도 정처 없이 떠돌고 있었습니다. 부모는 어릴 적에 사별하고 말았고 '저를 가엾이 여겨 주는 사람이 있다면 그분과 함께 어디든 가자.'라고 생각하고 있었습니다."

라고 답했다. 승려는

"그것 참 기쁜 일입니다. 후에 좋지 않은 소문이 나도 제 죄가 될 것 같지

7 → 지명.

8 다음 문장의 "모시는 법사와 같이 다니지 않는 것"으로 추정해 볼 때, 치고稚兒(* 사원 등에서 일하는 소년. 남색의 대상이 되기도 했음)인 것을 알 수 있음. 이 경우 '동자'는 승려의 남색의 대상이었다고 봐도 좋음.

9 남색의 대상으로 추정.

않군요. 제가 있는 승방僧坊에는 재미없는 어린 법사 한 명 외에 아무도 없습니다. 그곳에 가더라도 분명 매우 지루하고 쓸쓸할 텐데요."

라고 말하고 뭔가를 이야기하면서 걸어가던 중, 이 동자가 대단히 아름다웠기에 승려는 완전히 마음을 빼앗기고 '신경 쓸 것 없다, 기왕지사 데리고 가자.'라는 생각이 들어 운림원의 승방으로 함께 갔다. 승방의 불을 켜고 보니 동자승의 피부는 하얗고 얼굴은 포동포동해 사랑스러웠고, 참으로 기품이 있었다. 승려는 동자의 얼굴을 보고 더욱 기뻐졌고 '아무래도 이는 비천한 가문의 아이는 아닐 것이다.'라고 여기게 되었다. 승려는 동자《에게》[10] "그런데 아버님께서는 어떠한 분이셨습니까?"라고 물었다. 그러나 동자는 아무런 대답도 하지 않았다. 승려는 침실을 평소보다 《잘 정돈》[11]하고 동자를 재웠다.

승려가 그 옆에 다가와 누워 이런저런 이야기를 하면서 잠이 들었는데, 이윽고 날이 밝자 옆 승방의 승려들이 이 동자를 보고 《놀라》[12]서 대단히 칭찬하였다. 승려는 아무에게도 동자를 보이고 싶지 않아 툇마루에도 나가게 하지 않고 한시도 잊지 않으며 귀여워하였다. 그 다음 날도 해가 저물자 승려는 동자 옆에 가까이 다가왔고 이제는 매우 친근하게 행동했다. 그러자 그때 승려는 문득 이상함《을》[13] 느꼈던 것일까, 동자에게[14]

"저는 이 세상에 태어나 어머니 품 이외 다른 여자의 살갗을 경험한 적이 없어서 잘 모르지만 아무래도 이상합니다. 당신과 있으면 이상하게도 평범한 동자 곁에 가까이 있는 때와 달리, 무슨 영문인지, 어쩐지 마음이 편해집

10 저본의 파손에 의한 결자. 전후 문맥을 고려하여 보충.
11 한자 표기를 염두에 둔 의식적인 결자.
12 한자 표기를 염두에 둔 의식적인 결자. 빼어난 아름다움에 놀라서라는 뜻.
13 저본의 파손에 의한 결자.
14 이하 상당히 도심道心이 견고한 불범不犯 승려다운 발언.

니다. 혹시 당신은 여인이 아니신지요? 만약 그렇다면 사실대로 말씀해 주세요. 이제는 이렇게 돌봐주게 된 이상, 한시라도 떨어져 지낼 수는 없다고 생각되지만, 역시 이상하고 불가사의한 점이 있습니다."

라고 말했다. 그러자 동자는 웃으며 "만약 제가 여자라면 잘 대해주지 않으실 겁니까?"라고 말했다. 승려는

"여인인 분과 함께 있으면 '다른 사람이 뭐라고 말할까.'라고 생각하면 아무래도 떳떳하지 못한 기분이 듭니다. 또 삼보三寶[15]께서 어찌 생각하실지 그것도 두려운 일이지요."

라고 말하자 동자는

"부처님께서 당신 스스로 죄를 범하신다면 책망하시겠지요. 그리고 남의 눈에는 동자승을 데리고 있는 것처럼 보일 겁니다. 설령 제가 여자일지라도 당신은 동자승과 사이좋게 지내는 것처럼 행동하시면 됩니다."

라고 말하며 매우 재미있어 했다. 승려는 이것을 듣고 '역시 여자였구나.'라고 생각하자 두렵기도 하고 깊이 후회가 되기도 하였다. 하지만 동자가 사무치게 사랑스럽고 귀여워 되돌려 보내지도 못하였다. 이런 이야기를 나눈 후, 승려는 어색하게 옷《등》[16]을 사이에 두고 자 보았지만 승려도 역시 범부凡夫였기에 마음을 다잡지 못하고 서로 정을 나누는 사이가 되고 말았다.

그 후 승려는

'그 어떤 아름다운 동자라 할지라도 이 정도로 사랑스럽고 귀여운 사람은 없을 것이다. 이리 된 것도 어떤 전세의 인연이리라.'

라고 생각하며 지냈는데 옆 승방의 승려들은 "저렇게 가난한 승려가 어떻게 저리도 훌륭한 젊은이를 손에 넣은 것일까?"라고 수근거렸다.

15 → 불교. 부처, 법法, 승려를 가리킴.

16 저본의 파손에 의한 결자.

그런데 동자가 몸이 안 좋아져 음식을 먹지 않게 되었다. 승려가 이것을 매우 이상하게 생각하자 동자가 "저는 회임하고 말았습니다. 그리 알고 있어 주세요."라고 말했다. 승려는 이것을 듣고 곤혹스러운 얼굴로

"다른 사람에게는 한 달 동안이나 동자라고 말하고 지내고 있었는데 정말로 난처하게 되었군요. 그럼 아이가 태어날 때는 어떻게 하면 좋겠소."

라고 말하자 동자승은

"당신은 모른 척 있어주세요. 절대로 당신에게 신세를 지진 않겠습니다. 그리고 출산할 때는 절대 소리를 내지 말고 있어 주세요."

라고 말했다. 승려가 동자를 가엾게 생각하며 지내고 있는 동안 어느새 산달이 찼다. 동자는 불안한 안색으로 슬픈 이야기를 하며 연신 울었다.[17] 승려도 애처로워 슬퍼하자 동자가 "배가 아파옵니다, 아이가 태어날 것 같아요."라고 말했다. 그것을 듣고 승려는 어찌할 바를 모르고 소란을 피웠다. 동자는 "그렇게 허둥대지 말아주세요. 다만 적당한 헛방[18] 한 켠에 다다미疊를 깔아 주세요."라고 말했기에, 승려는 동자가 말한 대로 방《에》[19] 다다미를 깔고 동자가 그곳에 간 지 얼마 후, 어느새 아이를 낳은 듯했다. 승려가 방에 가보자 갓난아이는 동자의 옷에 싸여 누워 있었지만 어머니인 동자는 어디에도 보이지 않았다. 승려는 매우 이상해서 곁에 다가가 살짝 옷을 헤쳐 보니 갓난아기는 없고 커다란 베개 크기만 한 돌이 있었다. 승려는 무섭고 소름이 끼쳐 주위를 밝혀보니 그 돌에 황금빛이 돌았고, 다시 자세히 살펴보니 그것은 황금이었다. 동자는 그대로 사라지고 말았기 때문에 승려는 그 후 동자의 환영이 눈에 선하고 그 모습이 그리워 견딜 수 없었다. 하지만

17 출산의 공포나 그것에 의한 죽음 등을 슬퍼한 것. 동자는 출산 후의 이별을 의식하고 있었던 것.

18 원문에는 "쓰보야壺屋"로 되어 있음. 삼면을 벽으로 에워싼 방. 칸막이를 한 방. 다른 곳과 차단된 곳에서 출산함.

19 저본의 파손에 의한 결자.

승려는 '이것은 역시 구라마의 비사문천毘沙門天[20]이 나를 구해 주려고 이리 하신 일이다.'라고 생각하고, 그 후 그 황금[21]을 조금씩 잘라 팔아 쓰는 사이 정말로 유복한 생활을 할 수 있게 되었다.

그래서 황금을 본래는 기가네黃金라고 했는데 이 이후 고가네子金라고 부르게 된 것인가.[22]

이 일은 법사의 제자가 이야기로 전하여 이렇게 내려오고 있다.[23] 비사문천의 신통한 영험靈驗은 이러한 것이라고 이렇게 이야기로 전하여 내려오고 있다 한다.

20 → 불교. 비사문천毘沙門天은 구라마데라鞍馬寺의 본존本尊. 그리고 이 동자가 비사문천의 권화權化라고 해석하는 것은 이 승려의 추측인 것뿐으로 승려가 자책하는 마음에서 비롯된 반전으로 추정. 이하는 비사문천의 시복施福 공덕담으로 끝을 맺음.

21 주보呪寶로서의 많은 황금을 말하는 것으로 추정. 다음에 이어지는 이야기에서는 길상천녀吉祥天女에게 무한히 많은 쌀을 하사받음. 또 황금을 조금씩 떼어서 썼다는 기사는 권16 제15화·제29화에도 보임. 이하 비사문천의 시복에 의해 승려가 부유해졌다는 이야기로 되어 있음.

22 황금을 일본어로 '고가네'라 하는데, 화자는 '기가네黃金'가 '고가네子金'가 된 이유, 즉 어원語源을 설명하는 평을 삽입하고 있는데, 이야기 내용과 동떨어진 감이 있고 다소 장난스러움이 느껴진다. * 일본어로 자식을 의미하는 '자子'는 '고'로 발음함.

23 설화說話의 신빙성을 높이기 위해 당사자 또는 친한 사람을 제1전승자로 삼은 것. 이 법사의 제자는 여기에만 나타날 뿐으로 이야기와는 거의 관계없음.

僧依毗沙門助令産金得便語第四十四

今昔、比叡[22]ノ山ノ□[23]ニ僧有ケリ。止事無キ学生ニテハ有ケレドモ、身貧キ事無限シ。墓々シキ[24]檀越ナドモ不持ザリケレバ、山[25]ニハ否無クテ、後ニハ京ニ下テ、雲林院[26]ト云フ所ニナム住ケル。父母ナンド[27]モ無カリケレバ、物云懸ル人[28]ナドモ無クテ、便[29]ヨリ無カリケルマヽニ、其[30]ノ事祈リ申ストテ、鞍馬[31]ニゾ年来仕リケル。

而ル間、九月ノ中ノ十日[32]ノ程ニ、鞍馬ニ参ニケリ。返ケルニ、出雲路[1]ノ辺ニテ日暮ニケリ。幽ナル小法師一人ヲナム具[2]シタリケル。月糸明ケレバ、僧足早ニ忩テ返リケルニ、一条[3]ノ北ナル小路ニ懸ル程ニ、年十六七歳許[4]有ル童[5]ノ、形チ美麗ナルガ、月々[6]シ気ナルガ、白キ衣ヲ四度解無気[7]ニ中結[8]タル、行キ具シタリ。僧、「道行ク童[9]ニコソハ有ラメ。共[10]ニ法師ドモ不具セネバ、怪シ」ト思フ程ニ、童近ク歩ビ寄テ、僧ニ云ク、「御房[11]ハ何コヘ御スゾ」ト。僧、「雲林院ト申ス所ヘ罷ル也」ト云ヘバ、童、「我ヲ具シテ御セ」ト云ヘバ、「童、誰トモ知リ不奉デ、上[12]ノ空ニハ何カニ。和君[13]ハ亦何コヘ御マスゾ。師ノ許ヘ御マスカ、父母ノ許ヘ御マスカ。『具シテ行ケ』ト有ルハ、喜シキ事ニハ侍レドモ、後[14]ノ聞エナド悪ク侍リナム」ト云ヘバ、童、「然思サムハ理ナレドモ、年来[15]知テ侍ツル僧ト中ヲ違テ、此ノ十日許[16]浮レ行キ侍ルヲ。祖[17]ニテ有シ人ニモ幼クテ送[18]クレニシカバ、『糸惜ク為ル人[19]有ラバ、具シ奉テ、何チ也トモ』ト思フ也」ト云ヘバ、僧、「糸喜シキ事ニコソ侍ナレ。後ノ聞エ侍リトモ、法師ガ咎ニハ不有マジ[20]カナリ。然レドモ、法師ガ候フ房[21]ニハ、賤[22]ノ小法師一人ヨリ外ニ、人モ不候ズ。糸徒然[23]ニテ侘シクコソハ思サムズラメ」ト云ヒテ、語ヒ行クニ、童ノ極テ厳[24]カリケレバ、僧心ヲ移テ、

「然ハレ、只将行ナム」ト思テ、具シテ雲林院ノ房ニ行ヌ。火ナムド燃シテ見レバ、此ノ童色白ク、顔福ラカニテ、愛敬付キ、気高カキ事無限シ。僧此ヲ見ルニ、極ク喜シク思テ、「定テ、此レ下﨟ノ子ナドニテハ不有ジ」と見ユレバ、僧童□、「然テモ父ハ誰トカ聞エシ」ナド問ドモ、何カニモ不云ズ。寝所ナド常ヨリハ取□テ臥セツ。

僧ハ傍ニ臥シテ物語ナドシテ寝タル程ニ、夜モ明ヌレバ、隣ノ房ノ僧共此ノ童ヲ見テ□テ讃メ合タリ。僧ハ童ヲ人ニモ不見セズシテ思テ、延ニダニ不出サズシテ、糸珍ラシク心ノ暇モ無ク思フ程ニ、亦ノ日モ暮ヌレバ、僧近付テ、今ハ馴々シキ様ニ翔ケルニ、僧怪シキ事□思ケム、僧童ニ云ケル様、「己ハ此ノ世ニ生レテ後、母ノ懐ヨリ外ニ女ノ秦触ル事無ケレバ、委クハ不知ネドモ、怪ク例ノ児共ノ辺ニ寄タルニモ不似ズ、何ニゾヤ、心解クル様ニ思エ給フゾトヨ。若シ女ナドニテ御スルカ。然ラバ、有ノマヽニ宣ヘ。今ハ此ク見始メ奉テ後ハ、片時離レ可奉クモ不思エヌヲ。尚怪ク不心得ズ思ユル事ノ侍ツル也」ト云ヘバ、童打咲テ、「女ニテ侍ラバ、得意ニモ不為ジトヤ」ト云ヘバ、僧、「女ニテ御セムヲ具シ奉テ有ラムハ、『人モ何ニカハ申スラム』ト思テ、極メテ慎マシクコソハ。亦、三宝ノ思食サム所モ怖シクコソハ」ト云ヘバ、童、「三宝ハ、其ニ心ヲ発シテ犯シ給フ事ナラバコソハ、有ラメ。亦、人ノ見ム所ハ『童ヲ具シ給ヘル』トコソハ知ラメ。若シ女ニ侍リトモ、童ト語ヒ給フラム様ニ翔テ御カシ」ト云テ、糸可咲気ニ思タリ。僧、此レヲ聞テ、「女ナ也ケリ」ト思フニ、怖シク悔シキ事無限シ。然レドモ、此ガ身ニ染テ、思ハシク労タケレバ、出シ遣ル事ヲバ不為デ、此ク聞テ後ハ、僧外々ニテ衣□ヲ隔テヽ寝ケレドモ、僧凡夫也ケレバ、遂ニ打解テ馴レ睦タル有様ニ成ニケリ。其ノ後ハ、僧、「極キ童ト云

寺の稚児（親鸞上人絵伝）

ヘドモ、此ク思ハシク労タキモ無シ。此レハ可然キ事ナメリ」ト思テ過ケル程ニ、隣ノ房ノ僧共ナドハ、「微妙キ若君ヲ然許貧シキ程ニ、何ニシテ儲タルニカ有ラム」トゾ云ケル。
而ル程ニ、此ノ童ハ心地不例ズ成テ、物ナンド不食ズ。僧糸怪シク思フ程ニ、童ノ云ク、「我レハ懐任シニタリ。然知リ給ヒタレ」ト。僧此ヲ聞テ、疎キ顔シテ、「人ニハ童ト云テゾ月来ハ有ツルヲ、極メテ侘シキ事カナ。然テ子産ム時ハ、何ガセムト為ル」ト云ヘバ、童、「只御セ。ヨモ其ニ知セ不奉ラジ。然ラム時ニハ、只音不為デ御セ」ト云ヘバ、僧心苦ク糸惜ク思ヒ乍ラ過ル程ニ、既ニ月満ヌレバ、童心細気ニ思テ、哀ナル事共ヲ云テ、泣ク事無限シ。僧モ哀レニ悲シク思フ程ニ、童、「腹痛ク成タリ。子産ムベキ心地ス」ト云ヘバ、僧侘テ騒グ。童、「此ナ騒ギ不給ソ。只可然キ壺屋一壺ニ、畳ヲ敷テ給ヘ」ト云ヘバ、僧童ノ云フマヽニ、壺屋□畳ヲ敷タレバ、童其ニ居テ暫許有ルニ、既ニ子ヲ産ツルナメリ。衣ヲ脱ギ着テ、子ヲ含ミ臥セタル様ニシテ、母ハ何チ行トモ不見エデ失ニケリ。僧糸怪ク思テ、寄テ、和ラ衣ヲ掻去テ見レバ、子ハ無クテ、大キナル枕許ナル石有リ。僧怖シク気踈ク思ユレドモ、明リニ成シテ見レバ、其ノ石ニ黄ナル光有リ。吉々ク見レバ、金也ケリ。童ハ失ニケレバ、其ノ後僧面影ニ立テ、有ツル有様恋シク悲シク思エケレドモ、「偏ニ鞍馬ノ毗沙門ノ我レヲ助ケムトテ謀リ給タル也ケリ」ト思テ、其ノ後、其金ヲ破ツヽ売テ仕ケルニ、実ニ万ヅ豊ニ成ニケリ。

出産（北野天神縁起）

然レバ、本ハ黄金ト云ケルニ、其ヨリ後、子金トハ云ニヤ有ラム。
此ノ事ハ、弟子ノ法師ノ語リ伝タル也ケリ。毗沙門天ノ霊験掲焉ナル事、此ナム有ケル、トナム語リ伝ヘタルトヤ。

권17 제45화

길상천녀吉祥天女의 섭상攝像을 범한 사람의 이야기

시나노 지방信濃國의 사내가 이즈미 지방和泉國 지누노카미血渟上의 산사山寺의 길상천녀상吉祥天女像을 보고 애욕을 일으켜 매일같이 미녀를 내려달라고 소원을 빌었는데, 지성이 통해 꿈속에서 천녀와 정을 나눈 이야기. 재가在家의 도심자道心者와 연관된 생생한 애욕담으로 이 이야기에서는 사내의 간절한 소원에 대한 길상천녀의 감응을 설하는 현보담現報譚으로 되어 있다. 또 길상천녀는 비사문천毘沙門天의 후비后妃 또는 여동생이기 때문에 비사문천에 이어서 3화에 걸쳐 길상천녀의 영험담靈驗譚을 배치한 것이다.

이제는 옛이야기이지만, 쇼무聖武[1] 천황天皇의 치세 때 이즈미 지방和泉國[2] 이즈미 군和泉郡[3]의 지누노카미血渟上의 산사山寺에 길상천녀吉祥天女[4]의 섭상攝像[5]이 계셨다. 그즈음 시나노 지방信濃國[6]에서 어떤 용무로 이 지방에 찾아온 한 남자[7]가 있었다. 남자가 이 산사山寺에 와서 길상천녀의 섭상을 보자마자 갑자기 애욕이 생겨 이 상에 마음을 빼앗겨서 밤낮으로 그리워하고 사

1 → 인명.
2 → 옛 지방명.
3 후에 센난泉南, 센호쿠泉北 두 군으로 나누어짐. 현재의 오사카 부大阪府 기시와다 시岸和田市, 이즈미오쓰 시泉大津市, 이즈미 시和泉市를 포함하는 일대.
4 → 불교.
5 소상塑像의 일종. 토제土製 불상佛像. 권11 제22화의 "섭불攝佛"과 같음.
6 → 옛 지방명.
7 원문에는 "俗"이라고 되어 있음. 『영이기靈異記』에는 "우바새優婆塞"라고 되어 있음. 재가在家의 도심자道心者로 반승반속半僧半俗의 머리카락이 있는 사미沙彌의 종류였다고 본집의 편자는 해석한 것으로 추정. 뒷문장의 '가까이서 따르고 있던 제자'도 그러한 해석을 했다는 방증임.

모하며 '이 천녀처럼 훌륭한 미인을 제게 내려주십시오.'라고 끊임없이 소원을 빌었다.

그러자 그 후 남자는 그 절에 가서 천녀의 섭상과 정을 나누고 욕정을 푸는 꿈을 꾸고 잠에서 깨어났다. 남자는 '참 불가사의한 꿈을 꾸었구나.'라고 생각하고 다음 날 그 절로 가서 천녀의 상을 뵙자 천녀상의 모裳[8] 허리 부분에 부정한 음수婬水가 얼룩져 있었다. 남자는 이것을 보《고》[9] 자신의 과오를 후회하며

'저는 천녀의 상을 뵙《고》[10] 욕정이 생겼기에 천녀를 닮은 여인을 내려주십사 소원을 빌었는데, 《천녀께서》[11] 몸소 저와 정을 나누셨다니 황송하고 죄송스럽습니다.'

라고 슬피 울었다. 사내는 이 일을 부끄러워하여 다른 사람《에게》[12] 절대로 입 밖에 내지 않았다.

그런데 이 사내를 가까이서 따르고 있던 제자가 우연히 이 일을 간접적으로 주워듣게 되었다. 그 후 제자가 스승에 대해 무례한 행동을 하여 쫓겨나 그 마을을 떠나서 다른 마을로 갔는데, 그곳에서 이 일을 누설하여 스승을 험담했다. 그 마을 사람이 이 이야기를 듣고서 스승이 있는 곳으로 가서 사실은 어떠한지, 또한 천녀의 상이 음수로 더럽혀졌는지를 묻자, 스승은 변명하지 않고 숨김없이 자세하게 자초지종을 이야기했다. 사람들은 모두 이 이야기를 듣고서 "불가사의한 일이다."라고 생각하게 되었다. 실로 마음을 담아서 간절히 소원을 빌었기에 천녀가 대신 인간의 여자로 권화權化하셨던

8 부녀자가 허리에서 아래에 걸치는 옷. 속옷이 아닌 위에 입는 것. 여기서는 길상천녀상의 천의天衣의 모裳.

9 저본의 파손에 의한 결자. 전후 문맥을 고려하여 보충

10 저본의 파손에 의한 결자. 전후 문맥을 고려하여 보충.

11 저본의 파손에 의한 결자. 『영이기靈異記』의 내용을 고려하여 보충.

12 저본의 파손에 의한 결자. 전후 문맥을 고려하여 보충.

것일까. 정말로 불가사의한 일이다.

이것을 생각하면 음욕淫慾이 왕성한 사람은 설사 미녀를 보고 애욕이 생겼다고 해도, 무턱대고 연모하는 것을 삼가지 않으면 안 된다. 이것은 실로 무익한 일이라고 이렇게 이야기로 전하여 내려오고 있다 한다.

⊙제45화⊙
길상천녀 吉祥天女의 섭상攝像을 범한 사람의 이야기

吉祥天女摂像奉犯人語第四十五

今昔、聖武天皇ノ御代ニ、和泉ノ国、和泉ノ郡ノ血渟上山寺ニ、吉祥天女ノ摂像在マス。其ノ時ニ、信濃ノ国ヨリ事ノ縁有テ、其ノ国ニ来レル一人ノ俗有ケリ。其ノ山寺ニ行テ、此ノ吉祥天女ノ摂像ヲ見テ、忽ニ愛欲ノ心ヲ発シテ、彼ノ像ニ心ヲ懸ケ奉テ、明ケ暮レ此レヲ恋ヒ悲デ、常ニ願テ云ク、「此ノ天女ノ如クニ、形チ美麗ナラム女ヲ、我レニ令得メ給ヘ」ト。

其ノ後チ、此ノ俗夢ニ、彼ノ山寺ニ行テ、其ノ天女ノ摂像ヲ婚奉ル、ト見テ、夢メ覚ヌ。「奇異也」ト思テ、明ル日彼ノ寺ニ行テ、天女ノ像ヲ見奉レバ、天女ノ像ノ裳ノ腰ニ、不浄ノ婬付テ染タリ。俗此レヲ見□、過ヲ悔テ泣キ悲デ申サク、「我レ、天女ノ像ヲ見奉□欲ノ心ヲ発ニ依テ、『天女ニ似タラム女ヲ令得給ヘ』ト願ツルニ、忝ナク□身ヲ自ラニ交ヘ奉ル事ヲ恐レ歎ク」ト。然レバ、此レヲ恥テ、此ノ事ヲ努々他人□不語ズ。

而ルニ、親シキ弟子自然ラ窃ニ此ノ事ヲ聞ケリ。其後チ、其ノ弟子、師ノ為メニ無礼ヲ成ス故ニ、弟子追ヒ被去テ、其里ヲ出ヌ。他ノ里ニ至テ、師ノ事ヲ謗テ、此ノ事ヲ語ル。其ノ里ノ人此ノ事ヲ聞テ、師ノ許ニ行テ、其ノ虚実ヲ問ヒ、幷ニ彼ノ天女ノ像ノ婬穢ノ付ケル事ヲ尋ヌルニ、師隠シ得ル事不能シテ、具ニ陳ブ。人皆此ノ事ヲ聞テ、「希有也」ト思ヒケリ。誠ニ懃ニ心ヲ至セルニ依テ、天女ノ権ニ示シ給ケルニヤ。此レ奇異ノ事也。

此ヲ思フニ、譬ヒ多婬ナル人有テ、好キ女ヲ見テ、愛欲ノ心ヲ発ト云トモ、強ニ念ヲ繋ル事ヲ可止シ。此レ極テ無益ノ事也、トナム語リ伝ヘタルトヤ。

권17 **第46화**

왕족王族의 여자가 길상천녀吉祥天女를 섬겨서 부귀를 얻은 이야기

어느 가난한 왕족 여인이 다른 왕족들에게 향응饗應을 베풀지 못하여 나라奈良의 좌경左京에 있는 복부당服部堂 길상천녀상吉祥天女像에게 기원한 결과, 천녀가 유모로 변신하여 향응에 사용할 물품을 마련하고 여왕을 부귀하게 만들어 준 이야기. 길상천녀와 관음觀音 사이에 차이점은 있지만 구조적으로는 권16 제7·8화와 같은 치부담致富譚에 해당한다.

이제는 옛이야기이지만, 쇼무聖武[1] 천황天皇의 치세에 스물세 명의 왕족이 있었는데, 모두가 약속을 해서 순서대로 음식을 마련하여 연회를 벌이고 있었다.

그런데 여기 한 왕족의 여인이 있었다. 이 여인도 이들 왕족의 무리에 속해 있었지만 가난한 탓에 음식을 준비할 여력이 없었다. 그런데 다른 스물두 명의 왕족이 순서대로 음식을 마련하여 유연遊宴을 행하였다. 그러나 이 여인만이 홀로 아직도 연회를 열지 못하여 가난한 과보果報를 매우 부끄러워하며 슬퍼하였다. 여왕은 나라奈良의 좌경左京에 있는 복부당服部堂[2]에 참

1 → 인명.
2 → 사찰명.

예參詣하여 길상천녀吉祥天女[3]상像을 향해 눈물을 흘리며

"저는 전세前世에 빈궁의 씨앗을 뿌린 결과 이 세상에서 가난의 과보를 받게 되었습니다. 저희 스물세 명의 왕족이 약속을 하여 서로 각자 음식을 준비해서 차례로 연회를 열고 있는데 저도 그 속에 포함되어 있지만 음식을 마련할 재물이 없어 그저 다른 사람 것을 먹기만 할 뿐, 제 자신은 음식을 준비하지 못하고 있습니다. 아무쪼록 저를 가엾이 여기시어 재물《을 베풀어주소서.》[4]"

라고 소원을 빌었다.

그런데 그 여왕에게 한 명의 어린 자식이 있었다. 그 아이가 갑자기 어머니가 있는 곳으로 달려와서 《어머니에게》,[5] "□□□[6] 옛 도읍[7]에서 먹을 것을 많이 준비하여 가지고 왔어요."라고 말했다. 여왕은 이것을 듣고 《달려가 그곳에 가 보자》[8] 예전에 여왕을 길러준 유모가 와 있었다. 그 유모가 여왕에게

"저는 풍문으로 '여왕께서 손님을 모신다.'라고 《들었습니다.》[9] 그래서 음식을 준비해 왔습니다."

라고 말하자 여왕은 이것을 듣고 더할 나위 없이 기뻐하였다. 유모가 가져온 음식은 비할 바 없이 맛있었고 그릇도 모두 골고루 갖추어져 있었다. 준비해 온 식기는 전부 금속제[10]로 그것을 서른여덟 명의 시종에게 짊어지게

3 → 불교.
4 저본의 파손에 의한 결자. 『영이기靈異記』의 내용을 고려하여 보충.
5 저본의 파손에 의한 결자. 『영이기靈異記』의 내용을 고려하여 보충.
6 저본의 파손에 의한 결자.
7 보통 교토京都(새 도읍新京)를 기준으로 나라奈良를 지칭하는 명칭이지만, 여기서는 아스카飛鳥를 가리키는 것으로 추정.
8 저본의 파손에 의한 결자. 『영이기靈異記』의 내용을 고려하여 보충.
9 저본의 파손에 의한 결자. 『영이기靈異記』의 내용을 고려하여 보충.
10 여기서는 토제土製나 목제 용기에 비해 고급품인 것을 강조함.

해서 가지고 왔다. 이것을 보고 여왕은 매우 기뻐하며 왕족들을 초대하자 모두가 찾아왔다. 그리고 왕족들이 그 요리를 먹자 여태까지 먹은 것들 중에 가장 훌륭한 음식이었다. 모두 기뻐하며, "여왕은 부자로구나." 하고 매우 칭찬하고 한껏 먹어 배를 채웠다. 왕족들은 노래하고 춤을 추며 놀았고, 어떤 자는 입고 있던 것을 벗어서 여왕에게 주었다.[11] 또 어떤 자는 돈, 비단, 베, 면 등을 선물했으며 여왕은 기뻐하며 그것들을 받았다. 그리고 '이것도 오로지 유모 덕분이다.'라고 생각하고 받은 옷가지를 가지고 가서 유모에게 입혔다. 유모는 이것을 입자마자 곧바로 돌아갔다.[12]

그 후 여왕은 복부당에 가서 '길상천녀께 절을 올리자.'라고 마음먹고 당에 참예參詣하였는데 길상천녀를 보자 그 유모에게 입혀주었던 옷을 천녀의 불상이 입고 있었다. 불가사의하게 생각하며 돌아가 유모가 있는 곳으로 심부름꾼을 보내서 물어보았는데, 유모는 음식을 보낸 기억 같은 건 전혀 없다고 대답했다. 이것을 들은 여왕은 눈물을 흘리며 '그럼 그것은 천녀께서 나를 구해 주시려고 내려 주신 것임에 틀림없구나.'라고 생각하고 더욱 지성으로 천녀를 섬기게 되었다. 이후 여왕은 매우 풍족해지고 재산도 늘어나 가난 걱정은 완전히 하지 않게 되었다.

이것을 보고 들은 사람은 "참으로 불가사의한 일이다."라고 말하며 모두 칭송하고 존귀하게 여겼다고 이렇게 이야기로 전하여 내려오고 있다 한다.

11 향연에 대한 답례품.

12 유모는 역할을 다하고, 뒤에 나오는 증거인 옷을 입은 채 떠났음.

⊙제46화⊙ 왕족王族의 여자가 길상천녀吉祥天女를 섬겨서 부귀를 얻은 이야기

王衆女仕吉祥天得富貴語第四十六

今昔、聖武天皇[二一]ノ御代ニ、王衆[二二]二十三人有テ、心ヲ同クシテ契ヲ結テ、次第[二三]ニ食ヲ儲テ宴[二四]ヲ成ス事有ケリ。

而ルニ、一人ノ女王[二五]有ケリ。此ノ中ニ交リト云ドモ、身貧クシテ、食ヲ儲ルニ力無シ。然レバ、二十二人ノ王衆ハ次第ニ食ヲ儲テ、宴ノ楽ヲ成ス事既ニ畢ヌ。而ルニ、此ノ女王独リ未ダ此ノ備ヲ不遂シテ、女王大キニ貧報[二六]ヲ恥ヂ悲ムデ、奈良ノ左京、服部[二七]ノ堂ニ詣テ、吉祥天女[二八]ノ像ニ向テ、泣々ク申シテ云ク、「我レ[二九]ニ前世ニ貧窮[三〇]ノ種[三一]ヲ殖テ、今生ニ貧キ報ヲ得タリ。而ルニ、我等[三二]契ヲ結テ、二十三人互ニ各食ヲ儲テ次第宴ヲ成ス。我レ其ノ中ニ入レリト云ヘドモ、食ヲ儲ルニ便無クシテ、徒ニ人ノ物ヲ食テ、我レ其ノ饌[三三]ヲ不遂ズ。願クハ、我レヲ哀ビ給テ財□[一]。

然ルニ、其ノ女王ニ一人ノ児有リ。忩テ走リ来テ□[二]「□[三]古京ヨリ大キニ食ヲ儲テ持来レリ」ト。女王、此レヲ聞[四]□女王ヲ養ヒシ乳母ノ来レル也ケリ。乳母女王ニ語テ云[五]□、「我レ自然[六]□『客人[七]ヲ得給ヘリ』ト。然レバ、其ノ故ニ、我レ饌ヲ具シテ来レリ」ト。女王此レヲ聞テ、喜ブ事無限シ。飲食ノ味ヒ殊ニ美ナル事無比シ。亦、飲食トシテ不具ザル物[八]無シ。儲タル器ハ皆鋺[九]也。使三十八人[一〇]ニ荷ヒ令持タリ。女王[一一]此レヲ見テ、喜テ王衆ヲ呼ブニ、即チ、皆来レリ。此ノ饗[一二]ヲ食フニ、前々ノ饌ニ増レリ。王衆等皆喜テ此レヲ讃メテ、「富王[一三]」ト云テ吉ク食フニ、皆飽キ満ヌ。然レバ[一四]、舞ヒ歌ヒ、遊ビ戯レテ、或ハ衣[一五]ヲ脱テ女王ニ与ヘ、或ハ裳[一六]ヲ脱テ与ヘ、或ハ銭絹布綿等ヲ与フルニ、王女[一七]皆喜テ受ケツ。「此レ偏[一八]ニ乳母ノ徳也[一九]」ト思テ、得タル所ノ衣裳[二〇]ヲ捧テ、乳母ニ令着ム。乳母[二一]此レヲ着テ、即チ返ヌ。

其ノ後、女王彼ノ服部ノ堂ニ詣テ、「吉祥天女ヲ礼ミ奉ラム」ト思テ、詣テ見ルニ、彼ノ乳母ニ令着ツル衣裳、天女ノ像ニ令着奉タリ。此レヲ見テ、疑ヒ怪ビテ、[二二]家ニ返テ、乳母ノ許ニ人ヲ遣テ、此ノ事ヲ尋ネ聞クニ、乳母更ニ飲食ヲ不送ザル由ヲ答フ。[二三]其ノ時ニ、女王涙ヲ流シテ、泣々ク思ハク、「此ノ事定メテ知ヌ。天女ノ我レヲ助ケ給テ、授ケ給也」ト思テ、弥ヨ心ヲ至シテ天女ニ仕ケリ。其ノ後、女王大キニ富テ、財多クシテ、更ニ貧窮ノ愁無カリケリ。

「[二四]此レ奇異ノ事也」トテ、見聞ク人皆讃メ貴ビケリ、トナム語リ伝ヘタルトヤ。

권17 제47화

이쿠에노 요쓰네生江世經가 길상천녀吉祥天女를 섬겨서 부귀를 얻은 이야기

에치젠 지방越前國에 가난한 이쿠에노 요쓰네生江世經가 길상천녀吉祥天女에게 소원을 빌어서 아무리 퍼내어 써도 쌀이 떨어지지 않는 쌀 주머니를 받아 부유해졌는데 이 소문을 들은 지방의 수령에게 어쩔 수 없이 쌀 주머니를 팔지만 무사히 되돌려 받고 대부호가 되었다는 이야기. 주보呪寶로서의 화수분과 같은 쌀 주머니나 그것을 빼앗은 수령의 횡포와 실패 등은 민담의 모티브적인 성격이 강하다.

이제는 옛이야기이지만, 에치젠 지방越前國[1]에 이쿠에노 요쓰네生江世經[2]라는 사람이 있었는데 그는 가가加賀의 연掾[3]이었다. 처음에는 그의 집이 가난하여 먹을 것조차도 부족한 지경이었는데, 특히 지극정성으로 길상천녀吉祥天女[4]를 섬기는 동안 나중에는 부자가 되어 차고 넘칠 정도의 재산을 소유하게 되었다.

처음 가난했을 때, □□□[5] 먹지 못하여 □□□[6] 날도 있었으니 '제가 의

1 → 옛 지방명.
2 → 인명.
3 '연掾'은 삼등관三等官. 재지在地 관인官人이었던 것.
4 → 불교. 『고본설화古本說話』, 『우지 습유宇治拾遺』에 "비사문毘沙門"이라 되어 있음. 설화의 배열상 수정된 것으로 추정.
5 저본의 파손에 의한 결자. 『고본설화』와 『우지 습유』에 의하면 "먹을 것"이 들어갈 것으로 추정됨.
6 저본의 파손에 의한 결자. 『고본설화』와 『우지 습유』에 의하면 "먹을 것이 절실한"이 들어갈 것으로 추정됨.

지하는 길상천녀님, 아무쪼록 도와주소서.'라고 빌었는데 □□□□□□□□□,[7] "문 앞에 대단히 아름다운 여인께서 오셔서 이 집 주인과 《만나고 싶다고 하십니다."라고 고했다. 요》[8]쓰네는 '도대체 누구지?'라고 생각하며 나가 보니 정말로 아름다운 여인이 《질그릇에》[9] 밥을 한가득 담고서 "시장하실 텐데 이것 좀 드셔 보세요."라고 말하며 건네주었다. 요쓰네는 기뻐하며 당장에 이것을 손에 《들고》[10] 집으로 들어가서 우선 조금 먹어 보니 그것만으로도 충분히 배가 부른 기분이 들었고, 이틀이 지나도 사흘이 지나도 전혀 배가 고프지 않았다.

그래서 이 밥을 소중하게 두고 조금씩 며칠 동안 먹는 사이 밥이 다 떨어지게 되었다. 그리하여 '이제 어찌한담.' 하고 생각하여 다시 전처럼 길상천녀에게 기원을 드렸다. 그러자 어떤 사람이 "며칠 전처럼 '이 집 주인과 만나고 싶다'라고 하는 여인께서 집 앞에 와 계십니다."라고 알려주었다. 요쓰네는 전과 같이 기뻐하며 허둥지둥 나가 보자 그 여인이 와 계셨고 요쓰네에게

"그대를 가엾게 여기고 있습니다만 어찌하면 좋을까요. 그럼 이번에는 공문서[11]를 드리지요."

하며 문서를 주셨다. 요쓰네가 그것을 펼쳐보니, '쌀 서 말'[12]이라고 적혀 있는 문서였다. 이것을 받은 요쓰네가, "이건 어디 가서 받으면 됩니까?"라고 묻자 여인은

7 저본의 파손에 의한 결자. 문맥상 '어떤 사람이'가 들어갈 것으로 추정.

8 저본의 파손에 의한 결자. 『고본설화』와 『우지 습유』의 기사를 근거로 보충함.

9 저본의 파손에 의한 결자. 『고본설화』와 『우지 습유』의 기사를 근거로 보충함.

10 저본의 파손에 의한 결자. 『고본설화』와 『우지 습유』의 기사를 근거로 보충함.

11 원문에는 "하문下文"이라고 되어 있음. 관청에서 관할하의 인민 또는 하급 관청에 내리는 공문서. 해解, 해문解文, 해장解狀이라고도 함. 여기서는 길상천녀吉祥天女가 시종에게 보내는 명령서.

12 한 말은 약 18리터.

"여기서 북쪽으로 봉우리를 넘어가면 유달리 높은 봉우리가 있습니다. 그 봉우리 위에 올라서, '수타修陀[13]시여, 수타시여.'라고 부르면 응답하며 나오는 자가 있을 것입니다. 그를 만나서 쌀을 받으십시오."
라고 말했다.

요쓰네는 이것을 듣고 가르쳐 준 대로 가보자 정말로 높은 봉우리가 있었다. 그 봉우리 위에 올라가서 여인이 말씀한 대로 '수타시여, 수타시여.'라고 큰소리로 부르자, 커다랗고 무시무시한 목소리로 대답하며 나오는 자가 있었다. 그를 보니 이마에 뿔 하나가 나있고 눈은 하나로 빨간 천으로 음부만을 가린[14] 오니鬼였다.[15] 오니가 곁에 와서는 요쓰네 앞에 무릎을 꿇었는데 오니는 형언할 수 없을 정도로 무시무시했다. 그러나 요쓰네는 꾹 참고 "이런 문서가 있소. 이 쌀을 가지고 와 주시오."라고 말했다. 오니는 "그 일은 이미 알고 있었습니다."라고 말하며 문서를 받아보고는

"명령서에는 '서 말' 이라고 적혀 있습니다만, '한 말을 드리라.'라는 주인님의 분부가 있었습니다."[16]
라고 말하며 쌀 한 말을 주머니에 넣어서 건네주었기에 요쓰네는 그것을 받아 들고 집으로 돌아갔다.

그 후 이 쌀을 꺼내서 썼는데 꺼낼 때마다 주머니에 쌀이 저절로 차서 꺼내도, 꺼내도 좀처럼 동이 나지 않았다.[17] 쌀 천만 석《을》[18] 꺼내도 《역시 변

13 → 불교.

14 원문에는 "다후사기浴衣"로 되어 있음. 훈도시褌의 일종으로 입욕을 할 때도 착용했음.

15 오니鬼의 형상을 기술할 때의 상투구로, 비슷한 표현은 권14 제43화, 권16 제32화, 권20 제7화, 권27 제13화 등에도 나옴.

16 길상천녀로부터 별도의 지시가 있었던 것.

17 주머니가 이른바 무진장無盡藏의 주보呪寶라는 것을 의미함.

18 저본의 파손에 의한 결자. 전후 문맥을 고려하여 보충함.

함없이》[19] 주머니 속의 한 말의 쌀은 없어지지 않았다. 그래《서》[20] 요쓰네는 이윽고 □□□□□□□□□□□[21] 넘쳤다.

그런데 그 지방의 수령인 □□[22] 라는 사람이 있었는데, 이《일을 듣고서 요쓰네를 불러들여》[23] "네게 이러저러한 주머니가 있다고 하는데 그걸 내게 팔도록 하라."《라고 말했다. 요쓰네는 그 지방》[24]에 사는 자였기 때문에 수령의 명령을 거역할 수 없어 주머니를 수령에게 주고 말았다. 수령은 주머니를 손에 넣고 흔쾌히 그 대가로 쌀 백 석을 요쓰네에게 주었다. 수령의 경우도 똑같이 쌀 한 말을 꺼내 쓰면 다시 똑같이 쌀이 생겨서 동이 나지 않았기 때문에 '굉장한 보물을 손에 넣었구나.' 하며 기뻐하였다. 그런데 주머니에서 쌀 백 석 분량의 쌀을 다 꺼내 쓰자 쌀이 바닥이 나서 두 번 다시 나오지 않았다. 기대가 어긋난 수령은 분했지만 이렇다 할 방도도 없어 주머니를 요쓰네에게 돌려주었다.

요쓰네는 이것을 되돌려 받고 집에 두었는데 다시 전처럼 쌀을 꺼내 쓰면 쓴 만큼 없어지지 않고 쌀이 나왔기에 요쓰네는 더할 나위 없는 부자가 되었고 많은 재산으로 차고 넘쳤다.

수령의 마음은 참으로 어리석다. 요쓰네는 길상천녀를 섬겼기 때문에 주머니를 하사받은 것인데 그것을 무리하게 빼앗았으니 어찌 언제까지고 그것을 갖고 있을 수 있겠는가.

19 저본의 파손에 의한 결자. 『고본설화』와 『우지 습유』의 기사를 고려하면 '마찬가지로'가 들어갈 것으로 추정.

20 저본의 파손에 의한 결자. 전후 문맥을 고려하여 보충함.

21 저본의 파손에 의한 결자. 『고본설화』와 『우지 습유』의 기사를 고려하면 '부자가 되어 온갖 재물이 차고'의 내용이 들어갈 것으로 추정.

22 국수의 성명을 염두에 둔 의식적인 결자.

23 저본의 파손에 의한 결자. 『고본설화』와 『우지 습유』의 기사를 근거로 보충함.

24 저본의 파손에 의한 결자. 『고본설화』와 『우지 습유』의 기사를 근거로 보충함.

지성으로 불천佛天[25]을 섬기는 사람은 이와 같은 일이 있다고 이렇게 이야기로 전하여 내려오고 있다 한다.

25 부처와 천계의 제왕제신諸王諸神. 천신天神인 길상천녀도 포함시켜 일반화한 것.

⊙ 제47화 ⊙
이쿠에노 요쓰네生江世經가 길상천녀吉祥天女를 섬겨서 부귀를 얻은 이야기

生江世経仕吉祥天女得富貴語第四十七

今昔、[25]越前ノ国ニ[26]生江ノ世経ト云フ者有ケリ。[27]加賀ノ掾ニテゾ有ケル。初ハ家貧クシテ、物食フ事極テ難カリケルニ、殊ニ[1]吉祥天女ニ懃ニ仕ケル間ニ、後ニハ富人ト成テ、財ニ飽キ満テゾ有ケル。

初、貧シカリケル時、□[2]不食ズシ□[3]日有ケルニ、「憑ミ奉ル所ノ吉祥天女、助ケ給ヘ」ト[4]念ジ□[5]□告テ云ク、「門ニ極テ[6]端正ナル女人ノ『家主ニ物□[7]□』□」□経、「誰ニカ有ラム」ト思テ、出テ見レバ、実ニ[8]美麗ナル女人、□[9]飯一盛ヲ持テ、「餓タリト云ツルニ、此ヲ食ヘ」トテ令得タレバ、世経喜テ、此レヲ□[10]持入テ、先ヅ少シク食タルニ、飽キ満タル心地シテ、二三日ヲ経ト云ヘドモ、餓ノ心更ニ無シ。

然レバ、此レヲ置テ、少シヅツ食テ有ケル間ニ、[11]日来ヲ経テ、此ノ飯既ニ失ニケレバ、「亦何ガ為ム」ト思テ、亦前ノ如ク吉祥天女ヲ念ジ奉ケレバ、亦、人有テ告テ云ク、「前ノ如ク『家主ニ物[12]宣ハム』ト有ル女人、門ニ在マス」ト告ケレバ、世経前ニ習テ、喜テ迷ヒ出テ見レバ、前ノ女人在マシテ、世経ニ告テ宣ハク、「汝ヲ糸惜シト思フト云ヘドモ、何ガハ可為キ。然レバ、今度ハ[13]下文ヲ与フ」ト宣テ、[14]文ヲ給ヒタレバ、世経披テ見レバ、「[15]米[16]三斗」ト云フ下文也。此レヲ給リテ、世経申テ云ク、「此レハ何コニ行テ可請キゾ」ト。女人ノ宣ハク、「此ヨリ[17]北ニ峰ヲ超テ行カムニ、中ニ高キ峰有リ。

其ノ峰ノ上ニ登テ、『修陀々々』ト呼バヾ、答テ出来ル者有ラムズラム。其レニ値テ可請シ」ト。

世経此レヲ聞テ、教ヘノ如ク行テ見レバ、実ニ高キ峰有リ。其ノ峰ノ上ニ登リ立テ、女人ノ宣ヒシ如ク、「修陀々々」ト呼バ、高ク怖シ気ナル音ヲ以テ答ヘテ、出来ル者有リ。見レバ、額ニ角ノ一ツ生テ、目一ツ有ル者ノ、赤キ俗衣ヲシタル鬼也。出来テ世経ガ前ニ、跪テ居タリ。見ニ、極メテ怖キ事無限シ。然レドモ念ジテ云ク、「此ノ御下文有リ。此ノ米ヲ可令得シ」ト。鬼ノ云ク、「然ル事侍ルラム」トテ、下文ヲ取テ打見テ、「下文ニハ『三斗』ト侍レドモ、『一斗ヲ奉レ』トナム侍リシ」トテ、米一斗ヲ袋ニ入テ令得ムレバ、其ヲ請取テ、世経家ニ返ヌ。

其ノ後、此ノ米ヲ取テ仕フニ、亦袋ニ米自然ラ満テ、取レドモ々レドモ更ニ不尽ザリケリ。千万石□取レド□袋ニ一斗ノ米ハ不失リケリ。然□世経、程無ク□満ヌ。

而ル間、其ノ国ノ守□ト云ケル人、此□云ク、「汝ガ許ニ然ル袋有ナリ。其レ速ニ我レニ可売」□内ニ有ル者ナレバ、守ノ仰セヲ難辞クシテ、袋ヲ守ニ与テケリ。守袋ヲ得テ、喜テ、其ノ直ニトテ米百石ヲゾ世経ニ与ヘタリケル。守ノ許ニシテモ同ジ様ニ一斗ヲ取リ仕ツレバ、亦同ジ様ニ出来テ不尽リケレバ、守、「極タル財儲ツ」ト思テ、持リケル程ニ、百石取リ畢ケレバ、一斗ノ米尽テ、亦不出来ザリケリ。然レバ、守本意ニ違ヒテ口惜ク思ヒケレドモ、力不及ズシテ、世経ニ返シ与ヘテケリ。

世経此レヲ得テ、家ニ置タルニ、其ノ所ニシテ、亦、前ノ如ク取リ仕フニ随テ、不尽ズ米出来ケレバ、世経無限キ富人ト成テ、諸ノ財ニ飽キ満テゾ有ケル。

守ノ心極テ愚也。世経ハ吉祥天女ニ仕テ給タル物ヲ、故無クシテ押取ラムニハ、当ニ持チナムヤハ。誠ノ心ヲ至シテ、仏天ニモ仕ル人ハ、此クゾ有ケル、トナム語リ伝ヘタルトヤ。

권17 제48화

묘견보살妙見菩薩의 도움으로 도둑맞은 비단을 되찾은 이야기

기이 지방紀伊國의 부유한 사람이 도둑에게 비단 열 필을 도둑맞아 묘견보살妙見菩薩에게 기청祈請하자, 그 감응으로 회오리바람이 일어나 도둑이 시장에서 팔려고 했던 비단이 하늘로 올라가 원래의 주인에게 보내진 이야기.

이제는 옛이야기이지만, 기이 지방紀伊國 아테 군安諦郡[1] 기사이베데라私部寺[2]라는 절이 있었다. 그 절 앞에 한 부잣집이 있었는데 그 집에 도둑이 들어 비단 열 필을 훔쳐갔다. 그러나 누가 비단을 훔쳐갔는지는 알 수 없었다.

그런데 집 주인은 예전부터 오랜 세월 동안 묘견보살妙見菩薩[3]을 깊이 신앙하고 있어서 도둑맞은 비단을 찾게 해달라고 지성으로 묘견보살에게 기청祈請하였다. 한편 그 도둑은 훔친 비단을 가지고 이 집의 북쪽 부근에 있는 시장에 가서 팔려고 했고, 어떤 사람이 이것을 사들였다. 그때는 아직 비

1 현재의 와카야마 현和歌山縣 아리타 군有田郡.

2 미상. 기사이베私部 가문이 세운 가문의 절氏寺로 추정. 기사이베 가문은 『신찬성씨록新撰姓氏錄』 우경황별右京皇別 하下에 "大私部"라고 되어 있으며, "私部"에 "기사이치베"라는 훈이 달려 있음. 『이중력二中歷』 성시력姓尸歷의 만성萬姓 '기キ'의 항목에 "私 私市同上"이라고 되어 있음. 또 무사시시치도武藏七党에도 '기사이私市' 씨가 있고, 사이타마 현埼玉縣 기타사이타마 군北埼玉郡에 기사이私市(현재의 기사이騎西)라는 지명이 남아 있음.

3 → 불교.

단을 도둑맞은 지 이레도 지나지 않은 때였다. 그런데 이 시장에 돌연 맹렬한 바람이 불어 닥쳐[4] 비단을 하늘 높이 감아올렸다.[5] 비단은 저 멀리 남쪽을 향해 바람《에》[6] 날려서 주인 집 마당에 떨어졌다. 비단 주인은 이것을 보고 기뻐하며 비단을 손에 들고 '이것은 정말로 묘견보살의 가호로 □□□□□□□.'[7]라고 생각하고 더욱 신앙심을 일으켜 묘견보살을 섬기게 되었다.

그 시장에서 비단을 사려《고》[8] 하였《던 사람이 이것을 전해》[9] 듣고서, "그건 훔친 비단이었구나."라고 알게 되어 그것《을 되돌려 받으려고 하지 않》[10]았다.

이는 참으로 불가사의한 일이다. 지성으로 불천佛天을 섬겼기 때문에 이 □□□□□[11] 고 이렇게 이야기로 전하여 내려오고 있다 한다.

4 묘견보살妙見菩薩은 북두칠성을 신격화한 것이라서 북쪽의 시장에 강풍이 불었던 것으로 추정됨.
5 바람이 물건을 하늘로 나르는 모티브는 본집 권10 제23화에도 보임.
6 저본의 파손에 의한 결자. 전후 문맥을 고려하여 보충함.
7 저본의 파손에 의한 결자. '비단이 되돌아 왔다.'는 의미가 들어갈 것으로 추정함.
8 저본의 파손에 의한 결자. 전후 문맥을 고려하여 보충함.
9 저본의 파손에 의한 결자. 전후 문맥을 고려하여 보충함.
10 저본의 파손에 의한 결자. 전후 문맥을 고려하여 보충함.
11 저본의 파손에 의한 결자. 앞 이야기에서는 "이와 같은 일이 있다."라고 되어 있음.

◎ 제48화 ◎ 묘견보살妙見菩薩의 도움으로 도둑맞은 비단을 되찾은 이야기

依妙見菩薩助得被盗絹語第四十八

今昔、紀伊[17]ノ国ノ安諦[18]ノ郡ニ、私部寺[19]ト云フ寺有リ。其ノ寺ノ前ニ一ノ富ル家有ケリ。其ノ家ニ盗人入テ、絹[20]ヲ十疋[21]ヲ盗ミ取ツ。此レ[22]誰人ノ盗メルト云フ事ヲ不知ズ。

而ルニ[23]、其ノ家ノ主、本ヨリ妙[24]□[25]見菩薩ヲ深ク憑テ年来有ケルニ、此ノ絹被盗タル事ヲ、心ヲ至シテ□[26]妙見ニ祈リ申シ請ケルニ、其ノ盗人此ノ盗タル絹ヲ持テ、其ノ北ニ辺[27]ニ有ル市ニ持テ行テ売ルニ、人有テ此レヲ買フ間、被盗テ後未ダ七日ニ不満ザルニ、彼ノ市ノ庭[28]ニ忽ニ猛キ風出来テ、其ノ絹ヲ空ニ巻キ上テ、遥[1]ニ南ヲ指テ吹□[2]持行ク。彼ノ絹ノ主ノ家ノ庭ニ吹キ落シツ。絹[3]ノ主此レヲ見テ、喜テ取テ思ハク、「此レ他ニ非ズ。妙見菩薩ノ助ケニ依テ、□[4]」、弥ヨ信ヲ発シテ仕ケリ。

彼ノ市ニシテ買ハム□[5]為[6]□聞テ、「此レ盗メル絹也ケリ」ト云フ事ヲ知ニケリ。其[7]□止ニケリ。

此レ[8]奇異ノ事也。心[9]ヲ至シテ仏天[10]ニモ仕レバ、此[11]□□ル也、トナム語リ伝ヘタルトヤ。

권17 제49화

곤주金就 우바새優婆塞가 집금강신執金剛神을 신앙하며 수행한 이야기

곤쇼지金鐘寺의 곤주金就 행자行者가 밤낮으로 믿고 섬긴 집금강신執金剛神이 내뿜은 영이靈異한 빛을 천황天皇이 발견하여 곤주金就 행자行者의 출가득도出家得度를 허락한 이야기. 이 산사山寺가 도다이지東大寺의 견색당羂索堂으로 지금 집금강신은 북쪽 문에 서 있다는 것으로 이야기가 일단락된다. 집금강신의 영이담이지만 도다이지 창건의 전사적前史的 설화說話로 유명하며 이전異傳 및 관련 기사는 여러 책에 등장한다.

이제는 옛이야기이지만, 쇼무聖武[1] 천황天皇의 치세에 도읍 나라奈良의 히가시 산東山에 한 산사山寺[2]가 있었다. 그 산사에 한 우바새優婆塞[3]가 있었는데 그 이름을 곤주金就[4]라 했다. 우바새가 그 산사를 건립하였기 때문에 그곳에 살고 있는 것이었다.

한편 아직 도다이지東大寺[5]가 조영造營되지 않았을 무렵, 곤주 행자行者는 그 산사에 살며 불도佛道 수행을 하고 있었는데, 절에 집금강신執金剛神[6]의 섭

1 → 인명.
2 도다이지東大寺의 견색원羂索院(堂)의 전신으로 곤쇼지金鍾(鐘)寺(『도다이지요록東大寺要錄』 1, 후에 법화당法華堂, 삼월당三月堂이라고도 함)를 가리킴.
3 → 불교.
4 → 인명.
5 → 사찰명.
6 → 불교.

상攝像이 하나 계셨다. 곤주 행자는 그 집금강신의 장딴지에 밧줄을 묶고[7] 이것을 당기며 쉬지 않고 밤낮 수행을 하고 있었다. 그러자 집금강신의 장딴지에서 빛이 뿜어져 나와 일직선으로 황거皇居를 향해 뻗어나갔다. 천황은 이 빛을 보시고 이것이 어디서 온 빛인지 영문을 몰라 놀라 의아해 하며 사자를 보내서 찾게 하셨다. 사자는 칙명을 받들어 빛을 따라 그 산사에 가보니 한 명의 우바새가 집금강신의 장딴지에 밧줄을 묶고, 예배禮拜하면서 불도 수행을 하고 있었다. 이것을 본 사자는 돌아가서 자초지종을 천황께 아뢰자 천황은 이것을 들으시고는 서둘러 그 곤주 행자를 불러들이셨고 행자는 즉시 참내參內하였다. 천황은 행자에게, "그대는 무엇을 기원하여 그러한 수행을 하고 있는가?"라고 말씀하시자 곤주 행자는 "제게는 '출가하여 불도를 수행하자.'라는 소원[8]이 있었기 때문이옵니다."라고 답했다. 천황은 이것을 들으시고 칭찬하시며 출가를 허락하고 득도得度[9]를 하게 하셨다. 그래서 행자는 소원대로 출가하여 비구比丘[10]가 되었다. 당시 사람들은 모두 이것을 듣고 행자를 《매우 칭찬하며 곤주 보살菩薩이라고 불렀다.》[11] 그 곤주 보살에게 천황은 깊이 □□□□□□□□□□□□[12] 일을 의논하셨다.

그 빛을 뿜으셨던 집《금》[13] 강신《의》[14] 섭《상은》[15] 도다이지 견색당羂索堂

7 신불과 결연結緣하고, 그 인도를 구하는 행위.

8 천평天平 6년(734) 11월에는 득도得度의 자격을 엄하게 정하고(『속기續紀』), 천평보자天平寶字 3년(759) 6월에는 사도私度의 금령을 내림(『유취삼대격類聚三代格』). 이로 인해 민간 우바새優婆塞의 득도는 어렵게 되었는데 곤주金就 행자行者의 기원은 이러한 사회 정세를 배경으로 하고 있음.

9 도첩度牒(* 나라시대 이후 관에서 발급한 출가 허가서)·도연度緣·공험公驗(* 율령국가가 특정 인물에게 특권을 인정할 때 발급하는 증명서의 일종)을 내려서 정규 승려가 될 것을 칙허勅許했다는 것임.

10 → 불교.

11 저본의 파손에 의한 결자. 『영이기靈異記』의 기사를 참고로 보충함.

12 저본의 파손에 의한 결자. '깊이 귀의하셔서 도다이지 건립에 대해 의논하셨다.'라는 의미가 들어갈 것으로 추정.

13 저본의 파손에 의한 결자. 『영이기靈異記』의 기사를 참고로 보충함.

14 저본의 파손에 의한 결자. 『영이기靈異記』의 기사를 참고로 보충함.

15 저본의 파손에 의한 결자. 『영이기靈異記』의 기사를 참고로 보충함.

의 북쪽 문에 지금도 서 계신다.[16] 사람들은 반드시 참예參詣하고 예배드려야 할 상이다. 곤주 행자가 살았던 옛 산사가 바로 그 견색당이다.

또한 옛날에는 출가도 천황의 허가 없이는 쉽게 할 수 없었기 때문에[17] 곤주 행자가 그렇게 열심히 기청을 드렸던 것이라고 이렇게 이야기로 전하여 내려오고 있다 한다.

16 견색당(→ 불교). 집금강신상은 견색당의 비불秘佛(국보國寶)로 당내의 제불 모두가 남쪽을 향한 가운데 이 상만이 본존本尊의 뒤에서 북쪽을 향하고 서 있기 때문에 특별히 이렇게 기술한 것.

17 천황의 권위를 강조하고 있는 점에 주의.

⊙ 제49화 ⊙
곤주金就 우바새優婆塞가 집금강신執金剛神을 신앙하며 수행한 이야기

金就優婆塞修行執金剛神語第四十九

今昔、聖武天皇[一二]ノ御代ニ、奈良ノ京ノ東ノ山ニ、一ノ山[一三]寺有リ。其ノ山寺ニ一人ノ優婆塞[一四]有リ。名ヲバ金就[一五]ト云フ。[一六]此ノ優婆塞ノ此ノ山寺ヲバ造レルニ依テ、此ノ山寺ニ住セル也。

而ル間、未ダ東大寺[一七]ヲ不造ザル時ニ、金就行者[一八]其ノ寺ニ住シテ、仏ノ道ヲ行フニ、其ノ山寺ニ、一ノ執金剛神[一九]ノ摂像[二〇]在マス。金就行者其ノ執金剛神ノ蹲[二一]ニ縄[二二]ヲ付テ、此レヲ引[二三]テ昼夜ニ息ム事無ク修行ズ。其ノ時ニ[二四]、執金剛神ノ蹲ヨリ光ヲ放ツ。其ノ光リ即チ天皇ノ宮ニ至ル。天皇[二五]、此ノ光ヲ見給テ、此レ何レノ所ヨリ来レル光ト云フ事[二六]□知リ不給ズシテ、驚キ怪ビ給テ、使[二七]ヲ遣テ尋ネ給フニ、使勅ヲ奉テ、光ニ付テ彼ノ山寺ニ行テ見レバ、一人ノ優婆塞有テ、執金剛神ノ蹲ニ縄ヲ懸テ、礼拝シテ仏道ヲ修行ズ。使此レヲ見テ、返リ参テ、此ノ由ヲ奏ス。天皇[二八]此レヲ聞キ給テ、忽ニ彼ノ金就行者ヲ召スニ、即チ参レリ。天皇行者ニ宣ハク、「汝ヂ、何事ヲ求メ願フニ依テ、如此ク修行ズルゾ」ト。金就行者答テ云ク、「我レ願フ[二九]、『出家シテ仏道ヲ修行ゼム』ト思フ故也」ト。天皇此ヲ聞キ給テ、讃メテ出家[三〇]ヲ許シテ令度給フ[三一]。其ノ時ニ、行者本意ノ如ク出家シテ、比丘[三二]ト成□[三三]。時ノ人、皆此レヲ見聞テ、行者ヲ[一]□其ノ金就菩[二]薩ヲ天皇深□[三]帰□事ヲ仰セ合セ給ヒケリ。

其ノ光ヲ放チ給ヘル執[四]□[五]剛神[六]□摂[七]□東大寺ノ羂[八]索堂ノ北ノ戸[九]ニ于今立給ヘリ。専ニ[一〇]人詣テ礼シ可奉キ像也。其ノ羂索堂ハ、彼ノ金就行者ノ住ケル昔ノ山寺、此レ也。

[一一]亦、古ヘハ出家ヲモ、天皇ノ許サレ[一二]無クテハ、輙ク為ル事無カリケレバ、然モ懃ニ祈リ請ケル也ケリ、トナム語リ伝ヘタルトヤ。

권17 제50화

간고지元興寺 중문中門의 야차夜叉가 영험靈驗을 베푼 이야기

이 이야기는 이야기 첫 부분만이 남아 있는데 영록본鈴鹿本에 국한해서 보면 영록본의 파손은 아니며, 문장이 단절되어 있기 때문에 영록본의 원본(또는 원자료原資料)의 파손이라고 여겨진다. 앞 이야기의 집금강신執金剛神의 영험靈驗에 이어서 같은 종류의 천부天部 귀신鬼神, 간고지元興寺 중문中門의 야차夜叉의 영험담을 배치하고 있다. 보살菩薩, 천중天衆 순서로 편집된 본권의 영험담은 천부의 하인인 야차의 영험담으로 끝이 난다. 또한 문장이 중단되었기 때문에 이 이야기의 구체적인 내용은 알 수 없다.

이제는 옛이야기이지만, 간고지元興寺[1] 중문中門[2]에 이천二天[3]이 계셨다. 그 사자使者로 야차夜叉[4]가 있었는데 더할 나위 없이 신통한 영험靈驗을 가지고 있었다. 그래서 그 절의 승려를 비롯하여 마을의 남녀 모두 이 야차에게 참배하였다. 경문經文을 독송讀誦하거나 공양물을 바치며 마음속의 원하는 바를 기청祈請하면 모든 일이 이루어졌다.

그리하여 사람들은 모두 (이하 결缺).

1 → 사찰명.
2 간고지元興寺 금당金堂의 정면에 있는 문. 금당과 남대문南大門 사이에 있음.
3 → 불교.
4 → 불교.

◉ 제50화 ◉ 간고지元興寺 중문中門의 야차夜叉가 영험靈驗을 베푼 이야기

元興寺中門夜叉施霊験語第五十

今昔、元興寺[13]ノ中門[14]ニ二天[15]在マス。其ノ使者[16]トシテ夜叉[17]有リ。其ノ夜叉、霊験ヲ施ス事無限シ。然レバ、其ノ寺ノ僧ヨリ始テ、里ノ男女、此ノ夜叉ノ許ニ詣テ、或ハ法施[18]ヲ奉リ、或ハ供具[19]ヲ備テ、心ニ思ヒ願フ事ヲ祈リ請フニ、一トシテ不叶ト云フ事無シ。

此ニ□[20]テ人ト皆（以下欠）

금석이야기집今昔物語集

권 18

결 권

【三寶靈驗】

주지主旨 본권은 권8·권21과 함께 제본 결권으로, 처음부터 내용이 없었던 것으로 추정된다. 권18은 진단부震旦部로, 천축부天竺部, 본조부本朝部와의 대응이나, 그 전후 권들과의 관계로 미루어 볼 때, 승보영험僧寶靈驗에 해당하는 권이며 제보살諸菩薩·고승高僧 영험담을 수록할 예정이었을 것으로 추측된다. 이 본조부 권18은 권16이 관음觀音 영험담, 권17이 지장地藏 영험담 및, 제보살·제천諸天 영험담을 수록하고 있으므로, 그것에 이어 고승 영험담이 예정되어 있던 것으로 볼 수 있다. 그러나 이미 권11의 본조불법전래·홍통弘通 설화군 속에 제종諸宗의 시조라고 할 수 있는 고승설화가 다루어져 있고, 더 나아가 권12 이후의 법화경法華經·제경諸經 영험담, 권15의 왕생담往生譚의 권들에서도 많은 수의 설화에서 소화하고 있기 때문에, 고승 영험담을 하나의 권으로써 배열, 정비하는 것이 어려워지자 미완인 채로 끝낸 것은 아닌가라고 추측할 수 있다.

금석이야기집今昔物語集

권 19

【因果應報】

주지主旨 결권인 권18을 사이에 두고, 본권 이후부터는, 불법부라고는 하나 내용적으로도 어법語法적으로도 권17까지와는 차이가 있다. 서술의 관심이 삼보三寶에의 동경에서 차츰 인간의 일상적인 생활로 바뀌어, 선행하는 한문체漢文體 불교설화집군에서의 취재取材도 그 예가 격감하고, 화문체和文體의 전거를 기초하는 것으로 여겨지는 설화군이 우세해진다. 본권은 앞부분에서 남녀·귀천貴賤의 구분을 두어 대부분 시대 순으로 출가담出家譚을 수록하고, 이어 불물도용佛物盜用의 명벌冥罰, 보은報恩, 삼보의 가호加護를 주제로 한 통속적인 불교설화를 배열하고 있는데, 이야기에 등장하는 인물의 대다수는 불법에 귀의한 전형적인 인간상이 아닌 인간의 본성을 적나라하게 드러낸 생생한 인간 군상들이다.

두소장頭少將 요시미네노 무네사다良峰宗貞가 출가出家한 이야기

요시미네노 무네사다良峰宗貞의 출가를 주제로 하는데 실질적으로는 무네사다의 출가와 관련된 애화哀話를 중심으로, 전후에 정신廷臣 시절과 출가 후의 행장行狀을 배치한 승정僧正 헨조전遍照傳과 같은 설화이다. 같은 전기체傳記體의 설화이면서 『속본조왕생전續本朝往生傳』 6에 보이는 승정 헨조전과는 서술의 태도가 다르다.

이제는 옛이야기이지만, 후카쿠사深草 천황天皇[1]의 치세에 장인두藏人頭 우근소장右近少將 요시미네노 무네사다良峰宗貞[2]라고 하는 사람이 있었다. 대납언大納言 야스요安世라고 하는 사람의 자식이었다. 무네사다는 용모와 자태가 아름답고 정직한 마음을 가지고 있었다. 학문도 남들보다 뛰어났기 때문에 천황은 각별히 신뢰하고 애지중지하셨다. 그래서 측근들은 그를 미워하며 불쾌하게 생각하고 있었다. 그 당시의 황태자[3]는 천황의 아드님이셨는데 무네사다를 미워하는 사람들은 항상 무슨 일이 있을 때마다 이 두소장頭少將의 일을 황태자에게 나쁘게 아뢰었다. 이에 천황과 황태자가 부모 자식의 관계라고는 해도 황태자는 이 두소장을 무슨 일이 있을 때마다 괘씸한 녀석

1 → 인명. 제54대 닌묘仁明 천황天皇을 가리킴. 능陵이 야마시로 지방山城國 후카쿠사深草에 있기 때문에 후카쿠사深草 천왕이라고 불림.

2 → 인명.

3 닌묘 천황의 제1황자. 미치야스道康 친왕親王(후의 제55대 몬토쿠文德 천황 → 인명)을 가리킴.

이라고 생각하시는 일이 잦아졌다. 두소장은 황태자의 마음을 알고 있었지만 천황께서 이처럼 귀여워하시고 신뢰해 주시고 계셨기 때문에 이것을 염려하지 않고 밤낮으로 공무公務를 게을리하지 않고 지내고 있던 중, 천황이 병환이 깊어지셔서 수개월 병상에 누워 계셨다. 두소장은 억장이 무너지고 가슴이 찢어질 정도로 비탄하였지만 결국 천황이 붕어하셨으니 어둠을 헤매는 듯한 기분으로, 의지할 곳이 전혀 없다고 생각하게 되었다. 그리하여 '이 세상은 덧없구나. 차라리 법사法師가 되어 불도 수행을 하자.'라고 결심을 굳히게 되었다.

그런데 이 소장은 황족의 딸을 아내로 두고[4] 금슬이 매우 좋아 좀처럼 서로 떨어질 수 없는 마음으로 지내고 있는 사이에, 이 아내에게서 남자아이 하나[5]와 여자아이 하나[6]가 태어났다. 소장은 '아내는 달리 기댈 곳이 없고 나 이외에는 의지할 사람이 없다.'라고 생각하자 아내가 무척이나 가엾고 딱하게 여겨졌지만 출가하려는 마음을 단념하지는 않았다. 소장은 천황의 장송葬送의 밤의 의식이 끝난 후 사람들에게 아무 말도 하지 않고 행방을 감추어 버렸기 때문에[7] 처자나 종자從者들은 울며 당혹해하고 알고 있는 모든 산과 절을 찾아 헤맸지만 행방을 전혀 찾을 수 없었다.

한편 소장은 장송 날 다음 새벽녘, 혼자서 히에이 산比叡山의 요카와橫川에 올라 마침 지카쿠慈覺 대사大師[8]가 요카와의 북쪽 골짜기에 있는 커다란 삼나무 굴에서 법화경法華經을 서사書寫하고 계신 곳을 방문하여 법사法師가

4 미상. 『야마토 이야기大和物語』에는 요시미네노 무네사다良峰宗貞에게는 세 명의 아내가 있었는데, 그중에서 자식을 낳았으며, 가장 사랑하는 아내에게만 출가의 의사를 밝히지 않았다고 함.

5 『존비분맥尊卑分脈』, 『석가초예초釋家初例抄』에 의하면 유세이由性, 소세이素性 두 명이 있어 유세이를 형으로 함. 『요시미네계도良峰系圖』에는 소세이, 겐리玄理(문맥에 의하면 素性와 같은 사람)의 두 명이 있음.

6 미상. 『존비분맥尊卑分脈』에도 보이지 않음.

7 『승강보임』 권1 이서裏書에는 무네사다의 출가를 가상嘉祥 3년(850) 3월 28일이라고 함.

8 → 인명. 이하 지카쿠의 『여법경如法經』 서사書寫에 대해서는 권11 제27화 제5단에 보임.

되었다. 그때 소장은 혼잣말로

우리 어머님은 내가 어렸을 때 이처럼 법사가 되라고 나의 검은 머리를 쓰다듬어 주시지는 않으셨는데[9]

라고 하는 노래를 읊으셨다. 그 후 지카쿠 대사의 제자가 되어 불법을 배우고 더욱더 깊이 배움에 정진하여 열심히 불도수행을 하고 있던 중, 풍문으로 새 천황이 즉위[10]하셨다는 것을 들었다. 양암諒闇[11] 등도 끝나서 '세간 사람들은 모두 상복에서 보통 때의 의복으로 갈아입었으리라.'라고 생각하니 가슴이 미어지는 마음으로 무네사다는 혼자말로

양암이 끝나 지금은 누구라도 모두 검은 상복을 벗고 화려한 의상으로 갈아입었겠구나. 오로지 나만은 선제가 돌아가신 슬픔이 가시지 않아 이 검은 승의僧衣의 소매는 눈물로 마를 일이 없구나.[12]

라고 읊었다. 이렇게 해서 수행을 계속하고 있는 동안 세월도 흘러갔다.

이리하여 어느 해 10월경, 가사기데라笠置寺[13]에 참예參詣하고 혼자서 배전拜殿 구석 한쪽에 도롱이를 깔고 근행勤行하고 있었는데 문득 보니 참예하러 온 사람이 있었다. 주인이라고 생각되는 여자 한 명과 시녀로 보이는 여자 한 명, 시侍[14]처럼 보이는 남자 한 명 및 하인이 남녀 합쳐 두세 사람 정도

9 タラチネハカヽレトテシモムバタマノワガクロカミヲナデズヤアリケム.

10 앞에 나온 황태자로 몬토쿠 천황을 가리킴. 가상嘉祥 3년 3월 21일 천조踐祚, 4월 17일 즉위.

11 제왕帝王이 부모의 상을 치르는 기간으로 1년. 여기서는 닌묘 천황의 붕어에 의한 복상服喪 기간.

12 ミナ人ハ花ノ衣ニナリヌラムコケノタモトハカハキダニセズ.

13 → 사찰명.

14 * 일본어로 '사부라이'로 읽음. 후세의 사무라이侍와는 다르게, 신분이 낮은 고용살이를 하는 남자의 총칭.

였다. 무네사다가 앉아 있는 곳에서 두 칸 정도 떨어진 곳에 이 사람들이 자리를 잡았다. 무네사다가 있는 곳은 어두워서 그곳에 사람이 있는지 알아차리지 못하고 작은 소리로 부처께 소원을 빌고 있는 소리가 띄엄띄엄 들려왔다. 잘 들어보니 그 여자가 "행방을 알 수 없는 그 사람의 소식을 가르쳐 주십시오."라고 곧 울음을 터뜨릴 듯이 슬프게 기원하고 있었다. 무네사다가 더욱 귀를 기울이고 들어보니 겨우 자신의 아내의 목소리라는 것을 알아차렸다. 그리고 '나를 찾기 위해서 이같이 기청祈請을 하고 있는 것이다.'라고 생각하니 딱하고 불쌍한 마음에 가슴이 터질 듯했다. 무네사다는 '나는 여기에 있소.'라고 말해주고 싶었지만

'여기서 알리더라도 무슨 소용이 있단 말인가. 부처는 이 같은 남녀의 사이를 버리고 떠나라고 거듭 가르치시고 계신 것이 아닌가.'

라고 생각하며 꾹 참으며 조용히 앉아 있는 사이 새벽녘이 가까워졌다. 이 참예하러 온 사람들이 돌아가려고 배전 쪽에서 걸어 나가는 것을 보고 있자니, 그중에 있던 남자는 자신의 유모였던 자의 자식으로 호위무사였던 사람이었다. 그 사람이 일고여덟 살 정도의 자신의 자식을 등에 업고 있었다. 시녀는 네다섯 살 정도의 자신의 딸을 안고 있었다.[15] 이들은 배전에서 나와 안개가 자욱하게 낀 쪽으로 사라져 가버렸는데 '어지간히 도심이 강한 사람이 아니었다면 마음이 동요했을 테지.'라고 생각될 정도였다.

이렇게 해서 수행을 계속하고 있는 동안 그의 영험靈驗[16]은 매우 신통해졌다. 병을 앓고 있는 사람 곁에 그의 수주數珠[17]나 독고獨鈷[18] 등을 보내면 즉시

경비나 잡무에 종사하는 고용인.

15 『보물집寶物集』에는 아홉 살의 여자와 다섯 살의 남자라고 함. 『야마토大和』에는 아이에 대한 언급이 없음.

16 → 불교.

17 염주念珠(→ 불교).

18 금강저金剛杵(→ 불교).

병자에게 들러붙어 있던 모모노케[19]의 정체가 밝혀지는 등 신통한 영험이 있었다.

그런데 두려워하던 황태자가 즉위하여 몬토쿠文德 천황이라고 불리셨는데 그 천황이 병에 걸린 끝에 붕어하셨다. 그 다음 황자인 세이와清和 천황[20]이 즉위하셔서 세상을 다스리고 계셨는데 병에 걸리셨다. 수많은 뛰어나고 신통한 영험을 가진 승려들을 불러들여 갖가지 기도가 행해졌지만 전혀 그 효험이 나타나지 않으셨다. 그러자 어떤 사람이

"히에이 산의 요카와에 지카쿠 대사의 제자로 두소장 무네사다 법사가 있는데 열심히 불도를 수행하여 영험靈驗이 신통합니다. 그 사람을 불러들이셔서 기도를 하게 하심이 어떻겠습니까."

라고 아뢰었다. 천황은 이것을 들으시고 "즉시 불러들여라."라고 누차 선지宣旨를 내리셨다. 무네사다가 참내參內하여 어전에 와서 가지加持[21]를 올리자 즉시 그 영험이 나타나 병이 나으셨기에 천황은 그에게 법안法眼[22]의 지위를 하사하셨다.

그 후에도 게을리하지 않고 수행을 계속하고 있는 사이 요제이陽成 천황[23]의 치세가 되었고, 또 신통한 영험을 보였기에 승정僧正의 지위에 오르셨다. 그 이후 하나야마花山[24]라는 곳에 살며 이름을 헨조遍照라고 했다. 오랜 세월 동안 그 하나야마에 살며 봉호封戶[25]를 하사받고 연차輦車[26]의 선지를 입었지

19 원문에는 "物ノ気"라고 되어 있음. 사람에게 들러붙어 병이나 재액災厄을 가져오는 악령.

20 → 인명.

21 → 불교.

22 → 불교. 헨조遍照가 법안의 지위에 오른 것은 정관 11년(869) 2월 26일(『삼대실록』, 『승강보임』).

23 → 인명.

24 → 사찰명.

25 봉호封戶는 나라 · 헤이안 시대의 녹제祿制의 하나. 관위 · 훈공 등에 따라 급여한 민호民戶. 조租의 절반(때로는 전부), 용庸, 조調의 전부가 봉주封主의 소득이 되었음.

26 건례문建禮門 통행에 사용된 수레로 그 수레의 채를 허리 부근까지 올려서 손으로 끎. 동관東官 · 친왕 · 후비后妃·섭관攝關·대신 또는 그것에 준하는 중신이나 공신에게 선지宣旨에 의해 승차하여 내리內裏에 출입하는

만, 결국 관평寬平 2년[27] 정월 19일에 입멸入滅했다. 나이는 일흔둘이었다. 하나야마 승정이란 이 사람을 말한다.

그러므로 출가라는 것에는 모두 기연機緣[28]이 있는 것이다. 무네사다는 오랜 세월 후카쿠사 천황의 총애를 받은 사람으로 몬토쿠 천황을 두려워하셔 갑자기 도심을 일으켜 출가한 것인데 이것이 출가해야 할 연이었다는 사실을 알아야 할 것이라고 이렇게 이야기로 전하여 내려오고 있다 한다.

것을 허가하였음.

27 우다宇多 천황의 치세. 890년. 헨조의 임종 시기에 대해서는 『승강보임』, 『부상약기扶桑略記』, 『일본기략日本紀略』, 『삼십육인가선전』, 『요시미네 계도良峰系圖』 등 이 모두 관평 2년(890) 정월 19일. 『존비분맥』만 2월 19일. 임종 시기에 대해서는 일흔네 살, 일흔다섯 살, 일흔여섯 살 설이 있는데 인화仁和 원년(885) 11월 18일에 일흔 축하를 행하고 있어서(『삼대실록』) 정확히는 일흔다섯 살임.

28 불교어로는 중생에 내재하는 마음의 활동으로 불교에 결연結緣하는 것이라고 하는데 여기서는 동기 또는 계기의 뜻임.

⊙ 제1화 ⊙
두소장頭少將 요시미네노 무네사다良峰宗貞가 출가出家한 이야기

頭少将良峰宗貞出家語第一

今昔、深草ノ天皇ノ御代ニ、蔵人ノ頭右近ノ少将良峰ノ宗貞ト云フ人有ケリ。大納言安世ト云ケル人ノ子也。形チ美麗ニシテ、心正直也ケリ。身ノ才人ニ勝タリケレバ、天皇殊ニ睦マシク哀レニ思食シタリケリ。然レバ、傍ノ人此レヲ憎ムデ、不宜ズ思ケリ。其ノ時ノ春宮ハ天皇ノ御子ニ御マシケルニ、此ノ憎ム人々、事ニ触レテ、此ノ頭ノ少将ヲ、春宮ニ便無キ様ニ常ニ申ケレバ、天皇春宮ト祖子ノ御中ニテ在スト云ドモ、春宮此ノ頭ノ少将ヲ事ニ触テ便無キ者ニ思食シ積タリケリ。頭ノ少将其ノ御気色ヲ心得タリケレドモ、天皇ノ此ク哀レニ睦マシキ者ニ思シ食タリケレバ、其事ヲモ不顧ズシテ、日夜朝暮ニ宮仕ヘ怠ル事無クシテ過ケル程ニ、天皇身ニ病ヲ受テ、月来悩ミ煩セ給ルニ、頭少将肝砕ケ心迷テ歎キ悲ムト云ヘドモ、天皇遂ニ失セサセ給ヒニケレバ、暗ノ夜ニ向ヘル心地シテ、身更ニ置キ所無ク思エテ有ケルニ、心ノ内ニ、「此ノ世不幾ズ。法師ニ成テ、仏道ヲ修行ゼム」ト思フ心深ク付ニケリ。

而ルニ、此ノ少将ハ、宮原ノ娘也ケル人ヲ妻トシテ、極テ哀レニ難去ク思ヒ通シテ過ケル程ニ、男子一人女子一人ヲナム産セタリケル。「妻独身ニシテ我レヨリ外ニ可憑キ無人シ」ト思ケレバ、少将極テ心苦シク哀レニ思ト云ヘドモ、出家ノ心不退シテ、天皇ノ御葬送ノ夜事畢テ後、人ニ此ク告グル事無クシテ失ニケレバ、妻子眷属泣キ迷テ、聞キ及ブ所ノ山々寺々ヲ尋ネ求ムト云ヘドモ、露其ノ所ヲ不知ザリケリ。

然テ少将ハ、御葬送ノ暁ニ、比叡ノ山ノ横川ニ只独リ登リ、慈覚大師ノ横河ノ北ナル谷ニ大ナル椙木ノ空ニ在マシテ、如法経書キ給フ所ニ詣デ、、法師ニ成ヌ。其ノ時ニ少将独リ事ニ云ク、

タラチネハカ、レトテシモムバタマノワガクロカミヲナ

デズヤアリケム

トナム云ケル。其ノ後、慈覚大師ノ御弟子ト成テ、法ヲ受ケ習テ、其レヨリ今少シ深ク入テ、[二〇]勲ニ仏道ヲ行フ程ニ、聞ケバ、[二一]今ノ天皇ノ位ニ即セ給テ、[二二]諒暗ナド畢テ、「世ノ人皆[二三]衣ノ色替リヌラム」ト[二四]押シ量リテ、物哀ニ思ケレバ、入道独リ事ニ、

[二五]ミナ人ハ花ノ衣ニナリヌラムコケノタモトハカハキダニセズ

トナム云ケル。如此クシテ[二六]行ヒケル程ニ、年月ヲ経ニケリ。

而ル間、[二七]十月講ニ[二八]笠置ト云フ所ニ詣デヽ、只独リ[二九]礼堂ノ片角ニ、[三〇]菰ヲ打敷テ行ヒ居タル程ニ、見レバ、人参ル。主ト見ユル女一人、[三一]女房立タル女一人、侍ト思シキ男一人、[三二]下ノ男女 合 二三人許ナム見ユル。[三三]居タル所ニ間許ヲ[三四]去キテ、此等ハ居ヌ。我レハ暗キ所ニ居タレバ、人有トモ不知シテ、忍テ仏ニ申ス事共[三五]粗聞ユ。吉ク聞ケバ、此ノ女人申ス様、[三六]「世ニ失ニシ人ノ有様知ラセ給ヘ」ト[三七]泣キ気ハヒニテ哀ニ申ヲ、耳ヲ立テ吉ク聞ケバ、[一]我ガ妻ニテ有シ人ノ気ハヒニ[二]聞キ成シツ。「我ヲ尋ネン為ニ此ク[三]行フ也ケリ」ト思ヒ、哀レニ悲シキ事無限シ。『我レ此ニ有リ』トヤ云ハマシ」[四]ト思ドモ、[五]「知セテハ何ニカハセム。仏ハ、[六]『此ル中ヲバ別ネ』トコソ返々ス教ヘ[七]給ケル」事ナレバ、思ヒ念ジテ居タル程ニ、夜モ曙方ニ成ヌレバ、此ノ詣タル人々出ヅトテ、礼堂ノ方ヨリ歩ビ出タルヲ見レバ、男ハ、[八]我ガ乳母子ニテ[九]帯刀ニテ有リシ者也ケリ、[一〇]七八歳許有シ我ガ男子ヲ背ニ負テゾ有ル。女ハ四五歳許也シ我ガ女子ヲ抱キタリ。礼堂ヨリ出デヽ、[一一]霧ノ降タルニ歩ビ隠レケル程ニ、[一二]「吉ク心不強ザラム人ハ被知ナムカシ」トゾ思エケル。

如此クシテ修行ズル程ニ、[一三]霊験実ニ強ク成ニケレバ、病ニ煩人ノ許ニ、[一四]念珠[一五]独鈷ナドヲ[一六]遣タリケレバ、[一七]物ノ気現レテ、[一八]霊験掲焉ナル事共有ケリ。

而間ダ、[一九]恐レ奉シ[二〇]春宮位ニテ文徳天皇ト申ケルニ、[二一]御悩有テ既ニ[二二]失セ給ニケリ。其後、其御子ノ[二三]清和天皇位ニ即給ヒ

テ、世ヲ[二四]政チ給フ間、御悩有テ、諸ノ止事無キ験シ[二五]有ル僧共ヲ召テ、様々ノ御祈共有ケレドモ、露ノ験不御ザリケルニ、人有テ奏シテ云ク、「比叡ノ山ノ横川ニ、慈覚大師ノ弟子トシテ、頭少将宗貞法師懃ニ仏道ヲ修行ジテ、霊験掲焉也。彼レヲ召テ可令祈給シ」ト。天皇此レヲ聞食シテ、「速ニ可召ベシ」ト度々宣旨有ケレバ、参タルニ、御前ニ参テ[二六]御加持ニ参ル程、忽其ノ験有テ、御病愈セ給ヒケレバ、[二七]法眼ノ位ニ被成ニケリ。

其ノ後行ヒ緩ム事無クシテ有ケルニ、[二八]陽成院ノ天皇ノ御代ニ成テ、亦霊験掲焉ナル事有テ、[二九]僧正ニ被成ニケリ。其ノ後ハ[三〇]花山ト云フ所ニナム住ケル。名ヲバ遍照トナム云ケル。年来其ノ花山ニ住テ有ケルニ[三一]封戸ヲ給ハリ、[三二]輦車ノ宣旨ヲ蒙テ、遂ニ[三三]寛平二年ト云年ノ正月ノ十九日ニ失ニケリ。年七十二也ケリ。花山ノ僧正ト云、此也。

然バ、出家ハ皆[三四]機縁有ル事也。年来深草ノ天皇ノ[三五]寵人トシテ、文徳天皇ニ恐セ奉ルニ依テ、忽ニ道心ヲ発シテ出家スルヲ以テ、出家ノ縁有ケリト可知キ也、トナム語リ伝ヘタリトヤ。

권19 제2화

미카와三河 수령 오에노 사다모토大江定基가 출가出家한 이야기

성지순례를 위해 입송入宋하여 다시는 고국 땅을 밟지 않은 미카와三河 입도入道 자쿠쇼寂照(오에노 사다모토大江定基)는 전형적인 구도승求道僧으로 널리 조정朝庭과 민간의 존경과 동경을 받았으며, 자쿠쇼를 둘러싼 다채로운 전승이 형성되었는데 이 이야기는 그러한 전승의 몇 가지를 사다모토 출가라는 주제하에서 결집한 것이다. 전거는 복수로 아마도 서승書承일 것이라고 추정된다. 또한 이 이야기 끝에 제7·8단의 전승원傳承源을 넨구念救 귀조歸朝 시의 이야기로 덧붙이고 있는데 이 주기注記는 설화의 진실성을 강조하기 위해 허구로 만든 진부한 주와는 달리 어느 정도의 신빙성을 갖추고 있는 것으로 주목받는다.

이제는 옛이야기이지만, 엔유圓融 천황天皇[1]의 치세에 미카와三河 수령 오에노 사다모토大江定基[2]라고 하는 사람이 있었다. 참의參議 좌대변左大辨 식부대보式部大輔 나리미쓰濟光[3]라고 하는 박사의 자식이었다. 자비심이 깊고 학문은 남들보다 뛰어나서 장인藏人의 직위의 임기를 마치고 미카와 수령에 임명되었다.

그런데 사다모토는 전부터 계속 함께했던 본처가 있었는데도 한창 때의

1 → 인명.
2 → 인명.
3 → 인명.

젊고 아름다운 여자를 사랑하게 되어 그 여자와 도무지 헤어지기 힘들다고 생각하고 있었는데 그것을 본처가 몹시 질투하여 즉시 부부의 연을 끊고 헤어져 버렸다. 그래서 사다모토는 그 젊은 여자를 아내로 삼고 있었는데 그 여자를 데리고 임지任地인 미카와 지방三河國에 내려갔다.

한편 이 여자는 미카와 지방에 있는 동안 중병에 걸려 오랫동안 병상에서 고통받게 되었다. 사다모토는 제정신이 아닌 듯 비탄하며 갖가지 기도를 드려 보았지만 그 병은 아무리 해도 낫지 않고 날이 갈수록 여자의 아름다웠던 용모와 자태도 점차 시들어 갔다. 사다모토는 이것을 보고 더할 나위 없이 슬퍼했다. 하지만 결국 여자는 병이 악화되어 죽고 말았다. 여자가 죽고 난 후, 사다모토는 슬픔을 견디지 못하여 언제까지고 죽은 여자의 장례도 치루지 않고 여자를 안은 채 같이 자고 있었는데 수일이 지나 여자의 입을 빨아보니 그 입에서 뭐라 말할 수 없는 역겨운 악취가 났다. 돌연 그것이 역겹게 여겨져 울면서 여자를 묻기로 했다. 그 이후 사다모토는 '이 세상은 덧없다.'고 깨닫고 즉시 도심이 생기게 되었다.

그 후, 이 지방 사람들이 풍제風祭[4]를 행하며 멧돼지를 잡아 산 채로 가르고 있는 모습을 보고 사다모토는 점점 도심이 견고해지고 '즉시 이 지방을 떠나자.'고 생각하게 되었다. 그러던 어느 날, 살아 있는 꿩을 잡아온 사람이 있었다. 수령은 이것을 보고

"어떠한가, 이 새를 산 채로 요리해 먹지 않겠는가. 죽은 것보다는 한 층 맛이 좋을지도 모르오."

라고 말했다. 수령의 비위를 맞추고자 하는 생각이 짧은 가신들이 이것을 듣고 "그것은 실로 지당합니다. 그렇게 한다면 맛이 좋아지는 것은 틀림없

4 풍해風害 예방의 제사. 풍신風神을 축복하며 진정시켜 농작물의 풍양豊穰을 비는 것. 야마토 지방大和國의 히로세廣瀨·다쓰타龍田의 풍제風祭는 공적인 제사로 유명함.

습니다."라고 부추기듯이 말했다. 조금이라도 자비심을 가진 사람들은 '기가 막힌 짓을 하는구나.'라고 생각했다. 이리하여 꿩을 산 채로 가져오게 하여 털을 잡아 뜯게 하자 잠시 동안 꿩이 퍼덕였지만, 꿩을 눌러서 마구 닥치는 대로 털을 잡아 뜯었다. 새는 피 같은 눈물을 흘리고 눈을 깜박이며 주위 사람들의 얼굴을 본다. 이것을 보고 견디지 못하여 물러서는 사람도 있었는데 "저것 봐라, 새가 울고 있다."라고 웃으면서 잔혹하게 잡아 뜯는 사람도 있었다. 털을 다 잡아 뜯자 꿩을 잘라 가르게 했다. 그 칼에 피가 뚝뚝 떨어지자, 그것을 연신 닦아내며 잘라 가르자 새는 말할 수 없이 고통스러운 소리를 내며 숨이 끊어졌다. 자르고 나서 그것을 삶거나 구워서 맛을 보게 하자 "정말 맛있습니다. 죽은 것을 갈라서 삶거나 구운 것과는 비교가 되지 않습니다."라고 말했다. 그것을 곰곰이 보고 듣고 있던 수령이 눈에서 커다란 눈물방울을 떨어뜨리며 큰 소리로 울기 시작하자 "맛이 좋습니다."라고 말한 자들은 완전히 잠잠해졌다. 수령은 그날 중으로 국부國府를 나와 도읍으로 올라갔다. 도심이 독실해져서 상투를 자르고 법사가 되어 버렸는데 이름을 자쿠쇼寂照라고 개명했다. 세간에서 미카와 입도入道라고 하는 것은 이분을 말한다. 더욱더 도심을 견고히 하고자 이처럼 황당한 일을 해 보았던 것이다.

그 후, 자쿠쇼는 도읍에서 희사喜捨를 청하며 다니던 중 어느 집 문전에 이르렀다. 그러자 집에서 자쿠쇼를 불러들여 자리에 앉히고 음식을 준비하여 대접하였다. 건너편의 말아 올린 발 안쪽에 훌륭한 옷을 입은 여자가 앉아 있었다. 그 여자를 보니 자신이 예전에 이혼한 아내가 아닌가. 여자는

"이렇게 걸식乞食하고 있는 모습이란. 언젠가는 이런 모습으로 걸식하는 것을 보리라 여기고 있었습니다."

라고 말하고 자쿠쇼의 얼굴을 찬찬히 보았지만, 자쿠쇼는 부끄럽게 여기는

모습도 없이 "아아, 고마운 일이도다."라고 말하며 가져온 음식을 충분히 먹고 돌아갔다. 실로 좀처럼 볼 수 없는 훌륭한 마음을 가지고 있었다. 도심이 견고해졌기 때문에, 이러한 불법불신佛法不信의 무리[5]를 만나도 소동을 일으키지 않고 대응한 것은 존경할 만하다.

그 후 자쿠쇼는 '중국에 건너가 성스러운 성지[6]를 순례하자.'라는 마음이 생겨 중국으로 건너갈 준비를 하고 있었다. 그런데 그의 자식으로 □□[7]라는 승려가 히에이 산比叡山에 있었는데 자쿠쇼는 중국에 건너가기 전에 작별 인사를 하려고 히에이 산에 올라갔다. 자쿠쇼는 근본중당根本中堂[8]에 참예參詣하고 히에日吉[9] 신사神社에 참배하고 돌아오는 길에 자식인 □□의 승방에 가서 문을 두드리자 문을 열고 그 □□가 승방의 마루에 나왔다. 마침 칠 월 중순 무렵이어서 달이 밝게 빛나고 있었는데 자쿠쇼는 마루에서 자식인 □□와 마주보며

"나는 전부터 성스러운 성지를 순례하고자 하는 바람이 있었는데 이번에 중국에 가려한다."

라고 말했다. 또한

"돌아오는 것은 어려우리라 생각되니 너의 얼굴을 보는 것도 오늘 밤뿐이다. 너는 반드시 이 산에 살며 수행과 학문을 게을리하지 않고 정진해야 한다."

라고 울며 이야기하자 □□도 하염없이 눈물을 흘렸다. 이같이 말하고 자쿠쇼는 도읍으로 돌아갔는데 □□는 오타케大嶽[10]까지 배웅하였다. 달이 무

5 원문은 "외도外道"(→ 불교).
6 신성한 유적. 과거의 고승高僧, 성자聖者 등과 연고가 있는 영장을 뜻함.
7 승명僧名의 명기를 위한 의도적 결자.
8 → 사찰명.
9 → 사찰명.
10 → 지명.

척 밝고 이슬은 근처 일대에 하얗게 내려 있었다. 벌레 소리도 각양각색으로 들려 애처롭고, 모든 것이 슬프게 몸에 스며드는 듯했다. 아래쪽까지 배웅하러 갔는데 자쿠쇼는 "빨리 돌아가거라."라고 말하고 안개 속으로 모습을 감추었기에 □□는 그곳에서 울면서 돌아갔다.

그 후 자쿠쇼는 중국에 건너가 전부터 염원하던 대로 이곳저곳의 성지를 참배하고 다녔다. 황제도 그가 오는 것을 기다려 깊이 공경하여 귀의하셨다. 어느 날 황제는 이 나라의 훌륭한 성인들을 불러 모아 불당을 꾸미고 승려에게 공물을 준비하여 마음을 담아 공양하는 법회를 치루셨는데 그때 황제는

"오늘 재회齋會[11]에는 급사給仕[12]인 자는 들어와서는 안 된다. 다만 앞에 놓여 있는 바리때를 각각 날려서 식사를 받도록 해라."[13]

라고 말씀하셨다. 그것은 일본의 자쿠쇼를 시험하려 한 것이었다. 그래서 분부대로 제일 상위의 화상和尙부터 시작하여 순서대로 각자 바리때를 날리게 하여 식사를 받았다. 자쿠쇼는 출가 연차[14]로 따지면 신참이기 때문에 가장 말석末席에 앉아 있었는데 자신에게 차례가 돌아오자 바리때를 가지고 일어나려고 했다. 그것을 본 한 사람이 "그리하여서는 안 됩니다. 바리때를 날려 받으십시오."라고 말했다. 그러자 자쿠쇼는 바리때를 손에 받쳐 들고 말했다.

"바리때를 날리게 하는 것은 특별한 행법行法이며 그 행법을 수행하고 나서야 비로소 날릴 수 있습니다. 하지만 이 자쿠쇼는 아직 그 법을 배우지 않

11 → 불교.

12 향응饗應 때 공양의 음식 등을 전하는 역. 접대 담당.

13 비발飛鉢은 탁발托鉢의 바리때를 신통력에 의해 비행시키는 술법. 고수연행苦修練行의 성인이 걸식을 위해 행한 것으로 일본에서는 묘렌命蓮(권11 제36화)·다이초泰澄(『다이초화상전泰澄和尙傳』) 히라 산比良山의 아무개 승려(『본조신선전本朝神仙傳』), 조조淨藏(『고사담古事談』 3) 등이 비발의 행자로 유명함.

14 계랍戒臘(→ 불교).

았습니다. 일본에서는 옛날 그 법을 배운 사람이 드물게 있었다고 전해 들었습니다만 이 말세末世에는 그 법을 행하는 사람은 없습니다. 이미 끊겨 버렸습니다. 그러니 어떻게 제가 바리때를 날릴 수 있겠습니까."

이렇게 말하고 앉은 채로 있자 "일본의 성인이여, 빨리 바리때를 날리십시오. 어서요."라고 끊임없이 재촉하기에 자쿠쇼는 고민 끝에 마음을 담아

"우리 고국의 삼보三寶여, 부디 도와주십시오. 혹시 제가 바리때를 날릴 수 없다면 고국이 매우 부끄럽게 됩니다."

라고 말하고 마음속으로 빌고 있자 자쿠쇼 앞의 바리때가 별안간 팽이처럼 빙글빙글 돌기 시작하여 앞 승려들의 바리때보다 빨리 날아가서 식사를 받아 돌아왔다. 이것을 보고 황제를 비롯하여 대신과 백관들은 모두 더할 나위 없이 배례하며 공경하였다. 이후 황제는 자쿠쇼에게 깊이 귀의하게 되셨다.

또한 자쿠쇼가 오대산五臺山[15]에 참예하고 여러 공덕功德을 행하셨는데 그 하나가 물을 끓여 중승衆僧을 입욕시키는 일이었다. 그때 먼저 중승이 공양供養하는 자리에 나란히 앉아 있자 매우 더러운 모습을 한 여자가 자식을 안고 개를 한 마리 끌며 자쿠쇼 앞에 나왔다. 여자는 종기투성이로 이루 말할 수 없이 더러웠다. 보는 사람은 모두 더러워 하며 큰소리로 쫓아내려고 했다. 자쿠쇼는 그것을 말리고 여자에게 먹을 것을 주고 돌려보냈다. 그러자 이 여자는

"나는 몸에 종기가 생겨서 고통스럽고 괴로우니 목욕을 하게 해 주십사 부탁하려고 왔습니다. 아주 적은 양의 물이라도 나를 씻게 해 주소서."

라고 말했다. 사람들은 이것을 듣고 한층 더 비난하며 쫓아냈다. 쫓겨난 여

15 → 지명.

자는 뒤쪽으로 도망갔는데 몰래 욕실에 숨어들어 자식을 안은 채 개를 데리고 첨벙첨벙 소리를 내며 목욕을 했다. 사람들은 이 소리를 듣고 "두들겨 패서 끌어내라."라고 말하며 욕실에 와 보니 여자는 감쪽같이 자취를 감추고 보이지 않게 되었다. 사람들은 놀라며 수상히 여겨 욕실 밖에 나와 주위를 돌아보자 처마 부근에서 위를 향해 자색 구름이 빛을 발하며 떠올라 가고 있었다. 이것을 본 사람들은 "이는 문수보살文殊菩薩[16]이 여자의 모습을 하시고 오신 것이다."라고 눈물을 흘리며 감동하며 배례拜禮하였는데 이미 소 잃고 외양간 고친 격이었다.

이들 이야기는 자쿠쇼의 제자로 함께 중국으로 건너간 넨구念救[17]라고 하는 승려가 귀국하여 전한 이야기였다. 중국의 황제는 자쿠쇼에게 귀의하여 그에게 대사호大師號를 하사하고 엔쓰圓通라 하였다.

이것도 기연機緣에 의해 출가한 이야기이며 자쿠쇼는 이처럼 외국에서 공경을 받게 되었다고 이렇게 이야기로 전하여 내려오고 있다 한다.[18]

16 → 불교.

17 자쿠쇼의 제자. 보통 송승宋僧이라고 알고 있지만 일본인으로 도사 지방土佐國 사람. 귀국할 때 부모를 만나기 위해 도사 지방으로 향함(『미도관백기御堂關白記』 장화長和 2년〈1013〉 10월 16일). 송에서 자쿠쇼를 가까이 모심. 장화 2년에 대송국 지식사知識使로서 귀조하여 천태산 국청사國淸社에서 엔랴쿠지延曆寺로 보낸 공물을 전함과 동시에 후지와라노 미치나가藤原道長 이하의 귀족을 권진하여 다액의 금품을 천태산 대자사大慈寺 등에 권진시킴. 장화 4년 중(?)에 권진한 물건을 가지고 재차 입송. 그때 미치나가가 경론 구입을 위해 황금 백량을 넨구에게 맡기고 자쿠쇼에게 보냄(『미도관백기』, 『소우기小右記』).

18 기연에 의한 출가담出家譚인 제1화를 받아 덧붙인 문장임.

⊙제2화⊙
미카와三河 수령 오에노 사다모토大江定基가 출가出家한 이야기

参河守大江定基出家語第二

今昔、円融院ノ天皇ノ御代ニ、参河ノ守大江ノ定基ト云フ人有リ。参議左大弁式部大輔済光ト云ケル博士ノ子也。心ニ慈悲有テ身ノ才人ニ勝タリケル。蔵人ノ巡ニ参河ノ守ニ任。

而ル間、本ヨリ棲ケル妻ノ上ヘニ、若ク盛ニシテ形チ端正也ケル女ニ思ヒ付テ、極テ難去ク思テ有ケルヲ、本ノ妻強ニ此レヲ嫉妬シテ、忽ニ夫妻ノ契ヲ忘レテ相ヒ離ニケリ。然バ、定基此ノ女ヲ妻トシテ過グル間ニ、相具シテ任国ニ下ニケリ。

而ル間、此ノ女国ニシテ身ニ重キ病ヲ受テ、久ク悩ミ煩ケルニ、定基心ヲ尽クシテ歎キ悲ムデ様々ノ祈禱ヲ至スト云へドモ、其ノ病ノ喩ル事無クシテ、日来ヲ経ルニ随テ、女ノ美麗也シ形モ衰ヘ持行ク。定基此レヲ見ルニ、悲ノ心譬ヘム方無。而ルニ、女遂ニ病重ク成テ死ヌ。其後、定基悲ビ心ニ不堪シテ、久ク葬送スル事無クシテ、抱テ臥タリケルニ、日来ヲ経ルニ、口ヲ吸ケルニ、女ノ口ヨリ奇異キ臭キ香ノ出来タリケルニ、踈ム心出来テ、泣々ク葬シテケリ。其後定基、「世ハ踈キ物也ケリ」ト思ヒ取テ、忽ニ道心ヲ発シテケリ。

而ル間、其国ニシテ、国ノ者共風祭ト云事ヲシテ、猪ヲ捕、生ケ乍ラ下シテケルヲ見テ、弥ヨ道心ヲ発シテ、「速ニ此ノ国ヲ去ナム」ト思フ心付テ、亦雉ヲ生ケ乍ラ捕テ人ノ持来レルヲ、守ノ云ク、「去来、此ノ鳥ノ生乍ラ造テ食ハム。今少シ味ヤ美キト試ム」ト。守ノ心ニ入ラムト思ヒタル、物モ不思エヌ郎等共、此レヲ聞テ云ク、「極ク侍リケム。何デカ味ヒ増ラヌ様ハ有ム」ト勧メ云ケレバ、物ノ心少知タル者共ハ、「奇異シキ態ヲモ為ムズルカナ」ト思ヒケリ。而ルニ、雉ヲ生乍ラ持来テ揃ニスルニ、暫クハフタ〳〵ト為ルヲ引カヘテ、只揃ニ揃レバ、鳥目ヨリ血ノ涙ヲ垂テ、目ヲシバ叩キテ彼レ此レガ貞ヲ見テ、不堪シテ立去ク者モ有ケリ、「鳥此ク泣ヨ」トテ咲テ情無気ニ揃ル者モ有リケリ。揃リ畢テツレバ下セケルニ、刀ニ随テ血ツフ〳〵ト出来ケルヲ、刀ヲ打巾ヒ打巾ヒ下シケレバ、奇異ク難堪気ナル音ヲ出シテ死ニ畢ニケレバ、下シ畢テ、煎リ焼ナドシテ試セケレバ、「事ノ外ニ侍レリケリ。死タルヲ下シテ煎リ焼タルニハ、事ノ外ニ増タリ」ト云ヒケルヲ、守ツク〴〵ト見聞居テ、目ヨリ大ナル涙ヲ落シテ、音ヲ放テ泣ケルニ、「味ヒ甘シ」ト云ツル者ハ恐レテゾ有ケル。守其ノ日ノ内ニ国府ヲ出テ京ニ上ニケリ。道心堅ク発ニケレバ、髻ヲ切テ法師ト成ニケリ。名ヲ寂照ト云フ。世ニ参河ノ入道ト云フ、此レ也。「吉々ク心ヲ堅メム」ト思テ、此ル希有ノ事共ヲシテ見ケル也ケリ。

其後、寂照、京ニシテ、行キテ知識ヲ催ケルニ、一ノ家ニ至タリケルニ、呼ビ上テ畳ニ居ヘテ、美饌ヲ儲テ令食ムト為ルニ、簾ヲ巻上タル内ニ、服物吉キ女居タリ。見レバ、我ガ昔シ去リニシ妻也ケリ。女ノ云ク、「彼ノ乞匃、此クテ乞食セムヲ見ムト思ヒシヲ」ト云テ見合セタルヲ、寂照恥シト思タル気色モ無クシテ、「穴貴」ト云テ、持来タル饌吉ク食テ、返ニケリ。極テ難有キ心也ケリ。道心堅ク発ニケレバ、此ル外道ニモ値テモ不騒ズシテ、貴ク也ケリ。

其ノ後、寂照心ニ、「震旦ニ渡テ止事無キ聖跡ヲ礼セム」ト思テ、心付テ、既ニ渡ラムト為ルニ、子ニ□ト云フ僧比叡ノ山ニ有リ。寂照震旦ニ渡ナムト為ル事ヲ暇申サムガ為メニ、比叡ノ山ニ登テ、根本中堂ニ参リ、日吉ニ詣テ返ケル次ニ、子ノ□ガ房ニ行テ、戸ヲ叩ケバ、戸ヲ開テ、□房ノ延ニ出来ヌ。七月ノ中旬ノ程ノ事ナレバ、月極テ明キニ、寂照延ニシテ子ノ□ニ

巻き上げた簾（豊明絵草子）

値テ云ク、「我レ貴聖跡共ヲ礼セム本意有テ、震旦ニ渡ナムトス」ト、「返リ来ラム事ハ難キ事ナレバ、相見ム事ハ只[一]今夜許也。汝ヂ[二]慥ニ此ノ山ニ住シテ行ヒ、学問怠ル事ナク可有シ」ト、泣々ク云フニ、□[三]モ泣々ク事無限シ。如此ク云テ、寂照京ニ返ルニ、□[四]大嶽[五]マデゾ見送リケル。月[六]ハ極テ明キニ、露ハ白ク置キ渡リタリ。虫ノ音様々ニ哀レ也。[七]惣哀レニ身ニ染テ悲キ心地ス。下ノ方マデ送ルニ、寂照、「疾ク返リネ」ト云テ、霧ニ交テ隠ヌレバ、其ヨリゾ□[八]ハ泣々ク返ニケル。

其後、寂照既ニ震旦ニ渡テ、思ヒノ如ク所々ノ聖跡ヲ礼ヌ。[九]天皇モ待受テ止事無ク敬ヒ帰依シ給ヒケリ。而間、天皇其ノ国ノ止事無キ聖人共ヲ召集メテ、堂ヲ荘[一〇]リ、僧供[一一]ヲ儲テ、懃ニ供養ジ給フニ、天皇ノ云ク、「今日ノ斉会[一二]ニハ手長[一三]不可入ズ。只前ニ居タル所ノ鉢共ヲ各令飛[一四]テ、僧供ヲバ可請キ也」ト宣フ。心[一五]ハ日本ノ寂照ヲ試ムガ為也ケリ。然レバ宣旨ニ任テ一和上[一六]ヨリ始メテ、次第ニ各ノ鉢ヲ令飛テ僧供ヲ請ルニ、寂照ハ戒臈[一七]ノ浅ケレバ最下ニ着タルニ、寂照ガ巡ニ成テ、自ラ鉢ヲ取テ立ムト為ルニ、人有テ云ク、「何デカ然カ有ラム。鉢ヲ令飛テコソ請メ」ト。其時ニ、寂照ガ鉢ヲ取テ捧テ云ク、「鉢ヲ令飛ル事ハ別ノ法トシテ、其ノ行法ヲ修シテ令飛ル事也。而ルニ、寂照未ダ其ノ法ヲ不習ズ。日本ノ国ニハ古ヘ希ニ其法ヲ習ヘル人有ケリト伝ヘ聞クト云ヘドモ、末ノ世ニハ其法ヲ行フ人無シ。此レ絶タル事也。然レバ何ニ依テカ寂照ガ鉢ヲ令飛ム」ト云ヒ居タルニ、「日本ノ聖人[一八]ノ鉢遅シ遅シ」ト責ケレバ、寂照思ヒ煩テ、心ヲ至テ、「本国ノ三宝助ケ給ヘ。我レ若シ鉢ヲ不令飛ズハ、本国ノ為ニ極テ恥也」ト念ズル程ニ、寂照ガ前ナル鉢、俄ニ狛鷸[一九]ノ如ククル〳〵ト[二〇]転テ、前ノ鉢共ヨリモ疾ク飛テ行テ、僧供ヲ請テ返ヌ。其ノ時ニ天皇ヨリ始メテ、大臣百官皆礼ミ貴ブ事無限シ。其ノ後、天皇寂照ヲ帰依シ給フ事無限シ。

亦、寂照五臺山[二一]ニ詣デ、、種々[二二]ニ功徳ヲ修ケルニ、湯ヲ涌シテ大衆ニ浴[二三]サムトシテ、先大衆僧供ニ着キ並タル程ニ、極ト語リ伝ヘタルトヤ。

テ穢気ナル女ノ、子[一]ヲ抱タル、一ノ犬ヲ具シテ。寂照ガ前ニ出来ヌ。此ノ女瘡[二]テ穢気ナル事無限シ。此レヲ見ル人共穢ガリテ追ヒ[三]喤ル。寂照此ヲ制シテ女ニ食物ヲ与ヘテ返シ遣ル。而ルニ、此ノ女ノ云ク、「我ガ身ニ瘡有テ糸難堪ク侘シケレバ、湯浴ムガ為ニ参ツル也。湯[四]ノ切、少シ我レニ浴シ給へ」ト。人共此レヲ聞テ喤テ追フ。女被追テ後ノ方ニ逃去テ、窃ニ湯屋[五]ニ入テ、子ヲ抱キ乍ラ、犬[六]ヲ具シテサフメカシテ湯ヲ浴ム。人共此レヲ聞テ、「打追ハム」ト云ヒテ、湯屋ニ入テ見レバ、掻消ツ様ニ失ヌ。其時ニ人々驚キ怪ムデ、出テ見廻セバ、檐ヨリ上様ニ紫[七]ノ雲光リテ昇レリ。人々此レヲ見テ、「此レ、文殊[八]ノ化シテ、女ト成テ来給ヘル也ケリ」ト云ヒテ、泣キ悲ムデ礼拝スト云ヘドモ、甲斐[九]無クテ止ニケリ。

此[一〇]ノ事共ハ寂照ノ弟子ニ念救[一一]ト云僧ノ、共[一二]ニ行タリケルガ、此ノ国ニ返テ語リ伝ヘタル也。彼[一三]ノ国ノ天皇寂照ヲ帰依シテ、大師号ヲ給テ、円通トゾ云ヒケル。

此[一四]レモ機縁ニ依テ出家シテ此ク他国ニテモ被貴ルヽ也ケリ、

내기內記 요시시게노 야스타네慶滋保胤가 출가出家한 이야기

내기內記의 성인이라고 불리어 존경받는 요시시게노 야스타네의 기행을 모아 놓은 이야기이다. 전체 8단으로 성립되어 있는데 제2·3·4단, 제5·6단, 제7·8단의 각 그룹은 원래 따로따로 전승된 설화로, 이 이야기는 그것들을 야스타네保胤의 출가와 도심이라는 주제로 통합한 것이라 할 수 있다. 세 개의 작은 이야기는 모두 야스타네의 한결같은 도심을 전하는 데 부족함이 없으나 때로는 그 고집스러울 정도의 도심은 생각지 못한 실패를 초래하여 독자의 실소를 자아내는 장면도 적지 않다. 제5·6단에서는 도가 지나친 도심이 유머러스한 결과를 낳고 제7·8단은 그러한 경향이 극한으로까지 확대되어 골계담滑稽譚적인 성격을 띠게 되었다.

이제는 옛이야기이지만, □□[1] 천황天皇의 치세에 내기內記 요시시게노 야스타네慶滋保胤[2]라고 하는 사람이 있었다. 이 사람은 본래는 음양사陰陽師 가모노 다다유키賀茂忠行[3]의 자식이었다. 그런데 □□[4]라고 하는 박사의 양자[5]가 되어 성을 바꾸어 요시시게라고 했다. 자비심이 깊으면서 학문에도 각별히 뛰어났다.

1 천황天皇의 시호諡號의 명기를 위한 의도적 결자. 엔유圓融 혹은 이치조一條로 추정됨.
2 → 인명.
3 → 인명.
4 인명人名의 명기를 위한 의도적 결자.
5 야스타네保胤가 아무개 박사의 양자가 된 기사는 『동재수필東齋隨筆』, 『불법류佛法類』에도 보임.

그 때문에 젊었을 때부터 조정에 박사로 출사하고 있었는데 점차 노경老境에 접어들어 도심이 생겼기에 □□□[6]라는 곳에서 머리를 깎고 법사가 되었다. 이름을 《자쿠신寂心》[7]이라고 했다. 세간에서 내기內記 성인聖人이라고 하는 것은 이 사람을 말한다. 출가 후에는 고야空也 성인[8]의 제자가 되어 오로지 존귀한 성인으로서 불도 수행에 전념하던 중, 본디 불도에 깊이 통달해서 '공덕이 되는 수행 중에서는 무엇이 가장 훌륭한 것일까.'라고 여러 가지로 생각한 결과, '불상을 만들고 당堂을 세우는 것이 최상의 공덕이다.'라고 결론을 내렸다. 이에 먼저 당을 세우려고 하였는데 자신의 힘만으로는 불가능하여 '사람들에게 희사喜捨를 청하여 이 기원을 이루자.'라고 생각하고 이곳저곳을 돌며 이 이야기를 하자, 정재淨財를 기진寄進하는 사람들이 있어 약간의 자재資財를 모을 수 있었다. 이것으로 재료에 쓸 나무를 손에 넣으려고 '잠시 하리마 지방播磨國에 가서 신자에게 협력을 청하여 재목材木을 가져오게 하자.'고 생각하여 하리마 지방으로 갔다. 하리마 지방에 가서 기진을 모으자 그 지방 사람들은 모두 모여 희사에 응했다.

이리하여 기진을 권하며 다니고 있는 사이 어느 강기슭에 이르렀다. 보니 강기슭에 법사 음양사[9]가 있어 종이로 된 보관寶冠[10]을 쓰고 하라에祓[11]를

6 장소의 명기를 위한 의도적 결자.

7 '이름을'의 아래에 있었던 공란이 서사하는 중에 없어진 것으로 추정. 없어진 공란은 야스타네의 법명의 명기를 의도한 의식적인 결자로 '자쿠신寂心'이 해당됨. 이후 공란에 '자쿠신'이 해당하는 공란이 많은데 이 문장을 쓴 편자는 자쿠신의 이름이 떠오르지 않은 것으로 보임. 『우지 습유宇治拾遺』에는 "자쿠신"의 이름이 보임.

8 → 인명.

9 승의 모습을 한 음양사란 뜻으로 속인인 음양사와 구별한 표현. 『마쿠라노소시枕草子』에 "法師陰陽師のかみかうぶりして祓たる"라고 보이고, 하리마 지방은 중고시대 이래 음양사의 거점이었던 것으로 추정됨. 권24 제19화의 지토쿠智德 법사, 권14 제44화 및 권24 제15화 참조.

10 음양사陰陽師가 이마에 쓰는 삼각 형태의 종이. 죽은 사람이 머리에 쓰는 삼각지三角紙와 같은 것으로 에보시烏帽子, 보관 등이라고도 함.

11 * 신에게 빌어 죄·부정不淨·재앙 등을 떨쳐 버림. 그것을 위한 의식.

하고 있었다. 《자쿠신》[12]은 이것을 보고 급히 말에서 내려 음양사의 옆에 다가가 "귀승은 도대체 무엇을 하고 계십니까."라고 물었다. 그러자 음양사는 "하라에를 하고 있습니다."라고 대답했다. 《자쿠신》은 "과연 그러하신 모양이네요. 그런데 그 보관은 무엇을 하기 위한 것입니까."라고 묻자 음양사는

"하라에를 하는 장소의 신들은 승려를 싫어하시기에, 하라에를 하고 있는 동안은 잠시 종이로 된 관을 쓰고 있는 것입니다."

라고 대답했다. 《자쿠신》은 이것을 듣고 크게 고함을 치면서 음양사에게 덤벼들었기 때문에 음양사는 영문을 모른 채 양손을 든 채로 하라에도 하지 않고 "무슨 짓입니까. 무슨 짓입니까."라고 말할 뿐이었다. 또한 하라에를 시킨 사람도 《기가 막혀》[13]서 꼿꼿이 서 있었다. 《자쿠신》은 음양사의 종이로 된 보관을 집어 들고 잡아당겨 찢고 울면서

"당신은 어찌하여 부처의 제자이면서 부질없이 하라에 신이 싫어하신다고 말하고는 여래如來님의 훈계하는 계를 어기고 종이로 된 관 따위를 쓰고 있는 것입니까. 무간지옥無間地獄[14]에 빠질 죄업을 만드는 것이 아닙니까. 이 어찌나 한심한지. 차라리 나를 죽이시오."

라고 말하고 음양사의 소매를 붙잡고 하염없이 눈물을 흘리며 울었다.

음양사는 "이건 또 무슨 괴상한 일이란 말인가. 그렇게 울지 마십시오. 말씀하시는 것은 실로 지당합니다. 하지만 승려만으로는 도무지 살아갈 수 없기에 음양도[15]를 배워 이러한 일을 하고 있는 것입니다. 이렇게라도 하지 않

12 자쿠신의 법명의 명기를 위한 의도적 결자. 문맥을 고려하여 보충.

13 한자 명기를 위한 의도적 결자. 문맥을 고려하여 보충.

14 → 불교.

15 음양오행설陰陽五行說에 민간신앙을 가미한 일종의 고대 자연철학. 6, 7세기 무렵 전래되었는데 전승적傳承的으로는 기비노 마키비吉備眞備를 당도當道의 시조로 보고 헤이안平安 시대에는 음양료陰陽寮를 중심으로 가모賀茂, 아베安倍 두 가문이 주관. 본래는 천문과 역법을 주로 하였는데 점차 천문과 지상地相에 의한 길흉화복의 복점卜占과 양재초복攘災招福의 주술로 변함.

으면 어떻게 처자를 부양하고 자신의 목숨을 부지할 수 있겠습니까. 본디 도심이 있는 것도 아닌지라 명리名利를 버리고 오로지 수행에 전념하는 성인은 되지 못했습니다. 어찌됐든 승려의 모습을 하고 있습니다만 완전히 속인과 다르지 않은 생활을 하고 있는 몸이니 '이래선 후세 극락왕생을 위한 선근공덕善根功德을 쌓을 수도 없구나.'라고 슬퍼질 때도 있습니다만 이 세상의 관례로 어쩔 수 없이 이러한 일을 하고 있는 것입니다."

라고 말했다. 《자쿠신》은

"설령 그렇다고 할지라도 어째서 삼세三世 여러 부처의 머리에 종이로 된 관을 씌우게 하다니, 무슨 짓입니까. 가난에 견디지 못하고 이러한 짓을 하시는 것이라면 제가 모은 기진물을 모두 당신에게 드리겠습니다. 단 한 명의 사람에게 보리菩提[16]를 권하는 공덕이라 하더라도 탑이나 절을 세우는 공덕에 결코 뒤지지 않을 것입니다."

라고 말하고 자신은 강기슭에 있으면서 제자들을 시켜서 기진물을 모두 모아 이 음양사인 승려에게 전부 베풀어 주고 《자쿠신》은 도읍으로 올라갔다.

그 후 히가시 산東山의 뇨이如意[17]라는 곳에 살고 있었는데 육조원六條院으로부터 "즉시 오너라."라는 부르심이 있었기에 지인의 말을 빌려 그것을 타고 아침 일찍부터 길을 나섰다. 보통 사람은 말을 타면 《마구 부추겨》[18] 가는데 이 《자쿠신》은 천천히 말의 걸음에 맞추어 갔다. 말이 도중에 서서 풀을 먹으면 그대로 언제까지나 그곳에 멈추어 버리니 언제까지나 앞으로 가지 못하고 같은 장소에서 날이 저물고 말았다. 말을 끌던 사인舍人은 참지 못하고 말의 엉덩이를 때렸다. 그러자 그 자리에서 《자쿠신》은 말에서 뛰어

16 → 불교.

17 → 사찰명. 뇨이지如意寺를 말함.

18 한자 명기를 위한 의도적 결자. 문맥을 고려하여 보충. 말의 배나 말다래를 차서 말을 몬다는 의미.

내려 사인에게 달려들어

"너는 도대체 무슨 생각으로 이러한 짓을 하느냐? 이 나이든 법사를 태우고 있어 우습게보고 그같이 때리는 것이냐. 이건 전세前世 이래 몇 번이고 몇 번이고 부모가 되셨던 말이라고 생각지 않느냐. 너는 '이 말은 나의 이전의 부모가 아니다.'라고 생각하고 그같이 업신여긴 것이냐. 너를 위해 몇 번이나 부모가 되어 너를 가엾게 여긴 그 애집愛執의 허물에 의해 이같이 짐승의 몸이 되고 또한 많은 지옥도地獄道와 아귀도餓鬼道에도 떨어지고 고통을 받고 있는 것이 아닌가. 이처럼 짐승이 된 것도 자식을 사랑하고 가엾게 여긴 과보로 받은 몸이다. 그리고 도저히 견디기 힘들 정도로 무언가 먹고 싶으셨기 때문에 푸른 풀잎이 맛있게 자라있는 것을 보고 그냥 지나칠 수 없어 뜯어먹으시는 것을 너는 어째서 황송하게도 때리는 것이냐. 또한 이 말은 전세에 수없이 몇 번이나 이 노법사의 부모가 되셨던 것을 생각하면 송구스럽긴 하지만, 나는 나이가 들어 거동도 쉽지 않고 조금 먼 길은 빨리 걸을 수 없기에 황송스럽지만 탄 것이다. 그러한데 길에 자란 풀을 드시려고 하는 것을 어째서 방해하여 《마구 부추겨》[19] 갈 수가 있는 것이냐. 참으로 자비심 없는 남자로구나."

라고 큰소리로 울며 부르짖었다. 사인은 내심 '좀 이상하구나.'라고 생각하였지만 우는 것을 보고 딱히 여겨

"말씀하신 것은 도리에 맞습니다. 제가 마음이 어지러워 무심코 말을 때려 버렸습니다. 신분이 비천한 놈은 어쩔 수 없는 것으로 이처럼 말로 태어나신 사정도 모른 채 때렸습니다. 앞으로는 부모라고 생각하고 소중히 대하겠습니다."

19 한자 명기를 위한 의도적 결자. 문맥을 고려하여 보충. 말의 배나 말다래를 차서 말을 몬다는 의미.

라고 대답했다. 이것을 듣고 《자쿠신》은 목이 메어 몇 번이고 흐느껴 울며 "아아, 황송하다, 황송하다."라고 말하고 다시 말을 탔다.

이렇게 나아가는 동안 길가에 말라비틀어진 솔도파卒都婆[20]가 있었다. 이것을 보자 자쿠신은 부산을 떨며 말에서 넘어지듯이 뛰어내렸다. 사인이 영문을 모른 채 급히 곁에 가서 말의 재갈을 잡았다. 자쿠신은 내린 곳에서 조금 앞에 말을 세우게 했다. 사인이 말을 멈추고 뒤를 돌아보자 한 무더기의 참억새가 자라고 있는 곳에 《자쿠신》은 엎드려 절하고 있었다. 그리고 하카마의 끈을 내리고 동자에게 맡겨둔 가사袈裟를 입었다. 옷깃을 깔끔히 정리하고 좌우의 소매를 여미고 허리를 깊숙이 구부리며 솔도파 쪽에 곁눈질하면서 수신隨身[21]처럼 정중하게 가까이 다가가 눈물을 흘리며 솔도파의 앞까지 이르렀다. 그리고 솔도파를 향해 손을 모으고 이마를 지면에 붙여 몇 번이고 몇 번이고 배례하며 행동거지를 정중하게 하였다. 그러고 나서 솔도파에서 몸을 감추듯이 물러나서 말에 올랐다. 솔도파를 볼 때마다 이같이 하니 도중에 계속 내렸다가 탔다가 하여 두 시간 이내에 당도하는 길을 묘시卯時부터 신申의 하각下刻[22]까지 걸려 겨우 육조원의 부지에 도착한 꼴이었다. 사인은 "다시는 절대로 이 성인과 동행하지 않겠어. 정말이지 속이 타서 원."이라고 말했다.

또한 이와쿠라岩藏라고 하는 곳에 살고 있을 때 너무 추워서 설사를 했다. 측간에 갔는데 옆의 승방에 있는 승려가 듣자 측간 속에서 대야의 물을 들이붓는 듯한 소리가 났다. 나이 든 사람이 이처럼 매우 심하게 설사를 하니 '매우 걱정이구나.'라고 생각하고 있자 성인이 무언가를 이야기하고 있었

20 → 불교.

21 상황上皇이나 섭정攝政·관백關白·대신 등의 외출에 수행隨行하여 경위警衛의 임무에 해당하는 근위부近衛府의 무관.

22 * 묘시卯時부터 신申의 하각下刻은 오전 6시경부터 오후 5시를 지난 시각을 말함.

다. 승려는 틀림없이 '누군가 안에 있는 것이 틀림없다.'라고 생각하여 살며시 벽 구멍으로 들여다보자 늙은 개 한 마리가 성인과 마주보고 있었다. 그 개는 성인이 일어나기를 기다리고 있는 것이리라. 성인은 그 개를 향해 말하고 있는 것이었다. 그 말을 듣자하니

"당신은 전세에 사람들에게 떳떳하지 못한 행동을 하고 더러운 것을 먹이며 매우 욕심을 부렸습니다. 또한 자신만이 위대한 사람인 양 남을 경멸하고 부모에게는 불효를 행하고 그 외 이 같은 온갖 악심惡心을 품고 선심善心은 가진 적이 없었기에 이러한 짐승의 몸으로 태어나 어쩔 수 없이 더러운 것을 찾아 그것을 노려서 먹는 것입니다. 그러나 먼 전세에 몇 번이나 우리 부모가 되셨던 그 몸에 이 같은 부정한 것을 드시게 하는 것은 매우 황송하옵니다. 요 수일 제가 감기에 걸려 물 같은 변이어서 정말이지 먹을 만한 것이 못 됩니다. 매우 죄송하게 생각하고 있습니다. 그러니 내일 맛있는 것을 마련해 드리겠습니다. 그것을 마음껏 드십시오."

라고 몇 번이나 말하며 눈에서 눈물을 하염없이 흘리고 이윽고 자리에서 일어섰다.

그 다음날 성인의 행태를 훔쳐본 승려가 그 일을 누구에게도 말하지 않고 '성인이 어제 말한 대로 개에게 어떻게 대접을 할까.' 하며 보고 있자, 성인은 "손님의 식사를 준비하자."라고 말하고 토기에 많은 밥을 담고 반찬을 서너 종류 준비하여 정원에 돗자리를 깔았다. 그리고 그 위에 바칠 음식을 놓고 성인은 돗자리 밖으로 내려가 그 앞에 앉아 "식사 준비가 되었습니다. 빨리 오십시오."라고 큰 소리로 말했다. 그러자 그 개가 찾아와서 밥을 먹었다. 그것을 보고 성인은 두 손을 모아 비비며 "아아, 잘 됐다. 잘 드신다. 식사를 준비한 보람이 있었다."라고 말하며 울고 있자 옆에서 젊고 큰 개가 나와서 그 밥을 바로 가로채지는 않고 앞의 늙은 개를 받아 넘어뜨리고 엉겼

다 떨어졌다 하며 큰 싸움이 났다. 이것을 본 성인은 황급히 일어나

"그런 난동을 부리지 마시오. 당신의 식사도 준비하겠습니다. 일단 부디 사이좋게 드십시오. 그 같은 악한 마음을 가지고 있으시니 한심한 짐승의 몸으로 태어나신 것입니다."

라고 말하며 말렸지만 알아들을 리 만무하다. 두 마리의 개는 밥을 밟아 모두 흙투성이로 만들고 크게 짖으며 서로 물어뜯었다. 그 소리를 듣고 다른 많은 개들이 몰려들어 서로 물어뜯는 큰 소동이 되어 버리자 성인은 "이렇게 한심한 마음을 가진 여러분이 하는 짓은 보지 않는 편이 좋겠소."라고 말하며 도망가서 마루로 올라가 버렸다. 옆방의 승려는 이 모습을 보고 웃음을 터뜨렸다. 불도에 통달한 사람이라고는 하나 개의 마음을 모르고 그 전세만을 생각하고 공경한 것이었는데 개가 어찌 그러한 것을 알겠는가.

이 성인을 내기內記 성인聖人이라고 하여 불도에 깊이 통달하고 도심이 독실한 존귀한 분이셨다고 이렇게 이야기로 전하여 내려오고 있다 한다.

⊙제3화⊙ 내기內記 요시시게노 야스타네慶滋保胤가 출가出家한 이야기

内記[一五]慶滋ノ保胤出家語第三

今昔、[一六]□天皇ノ御代ニ、[一七]内記慶滋ノ保胤ト云フ者有ケリ。実ニハ[一八]陰陽師賀茂ノ忠行ガ子也。而ルニ、[一九]□ト云フ博士ノ[二〇]養子ト成テ、姓ヲ改テ慶滋トス。心ニ慈悲有テ、身ノ才並ビ無シ。

然レバ若ヨリ公ニ仕テ、[二一]博士トシテ有ケル間ニ、年漸ク積テ道心発ニケレバ、[二二]□ト云フ所ニシテ[二三]髻ヲ切リテ法師ト成ヌ。名ヲ[二四]□云フ。世ニ内記ノ

剃髪(遊行上人縁起)

聖人ト云フ、此レ也。出家ノ後ハ[一]空也聖人ノ弟子ト成テ、偏ニ貴キ聖人ト成テ有ケル間、[二]本ヨリ心ニ智有テ、「功徳ノ中ニ何事カ勝レタル事」ト思ヒ廻ケルニ、「仏ヲ顕シ奉リ、堂造クルコソ極タル功徳ナレ」ト思得テ、先ヅ堂ヲ造ラムト為ルニ、我ガ力不及ズシテ、「[三]知識ヲ曳テコソ此ノ願ヲバ遂メ」ト思テ、諸ノ所ニ行テ、此ノ事ヲ云ケレバ、[四]物ヲ加フル人共有レバ、少々ノ物共出来ニケリ。此レヲ以テ材木ヲ儲ケムト為ルニ、「[五]播磨ノ国ニ行テ、知識ヲ曳テ、材木ヲ令取ム」ト思ヒテ、播磨ノ国ニ行ヌ。其ノ国ニシテ知識ヲ曳ケレバ、国ノ者共[六]靡テ物ヲ加ヘケル。

如此クシテ行ケル間ニ、川原ノ有ル所ニ至ニケリ。見レバ、川原ニ[七]法師陰陽師ノ有テ、[八]紙冠ヲシテ[九]祓ヲス。[一〇]□此レヲ見テ、馬ヨリ忩ギ下テ、陰陽師ノ許ニ寄テ云ク、「此レハ何態シ給フ[一一]御房ゾ」ト。陰陽師答ヘテ云ク、「祓シ侍ル也」ト。□云ク、「[一二]然ナ、リ。但シ、其ノ紙冠ハ何ノ料ゾ」ト。[一三]陰陽師ノ云ク、「[一四]祓殿ノ神達ハ法師ヲバ忌給ヘバ、祓ノ程ド暫

ク紙冠ヲシテ侍ル也」ト。□、此レヲ聞テ音ヲ放チ大キニ叫テ、陰陽師ニ取リ懸レバ、陰陽師心モ不得ズシテ、手ヲ捧テ秡ヲモ不為シテ、「何ニ何ニ」ト云フ。亦秡セサル人□レテ居タリ。□陰陽師ノ紙冠リヲ取テ引キ破リテ棄テ、泣々ク云ク、「汝ハ何デ仏ノ御弟子ト成テ後ニ、秡殿ノ神苦シビ給ト云テ、如来ノ禁戒ヲ破テ、紙冠ヲバ為ルゾ。無間地獄ノ業ヲ造ニハ非ズヤ。悲キ事也。只我レヲ殺セ」ト云テ、陰陽師ノ袖ヲ引ヘテ、泣ク事無限シ。

陰陽師ノ云ク、「此レ糸物狂ハシキ事也。此クナ不泣給ヒソ。宣フ事ハ極メタル理リニ侍リ。然レドモ世ヲ過ス事ノ難有ケレバ、陰陽ノ道ヲ習テ此クシ侍ル也。不然ズシテハ何態ヲシテカ妻子ヲモ養ヒ、我ガ命ヲモ助ケ侍ラム。道心無レバ身ヲ棄タル聖人ニモ難成シ。和纔ガニ法師ノ姿ニテハ侍レドモ、只俗ノ様ニ侍ル身ナレバ、『後ノ世ノ事何ヲカハ可為ハカム』ト、悲ク思ユル時モ侍レドモ、世ノ習ヒトシテ此ク仕ル也」ト。

紙冠（北野天神縁起）

□云フ、「然リト云フトモ、何デカ三世ノ諸仏ノ御首ニハ紙冠ヲバ為ム。貧サニ不堪シテ此クシ給ハヾ、我ガ此ノ知識ニ曳キ集タル物共ヲ皆其ニ進ナム。一人ノ菩提ヲ勧ムル功徳トテモ、塔寺造タラム功徳ニ可劣キニ非ズ」ト云テ、我レハ川原ニ居乍ラ弟子共ヲ遣テ、知識ノ物共ヲ皆取リ寄セテ、此ノ陰陽師ニ擲ヒ与ヘテ、□ハ京ニ上ニケリ。

其ノ後、東山ニ如意ト云フ所ニ住ケルニ、六条院ニ、「只今参レ」ト召ケレバ、知タル人ノ馬ヲ借テ、其レニ乗テ早朝ヨリ参ル。例ノ人ハ、馬ニ乗テハ掻キ□テ行ケバコソ、此ノ□ハ只馬ノ心ニ任セテ行ケレバ、馬ハ留リテ草食クヘバ、其ニ随テ無期ニ立テリ。然レバ行キモ不遣ズシテ同ジ所ニ日ヲ暮セバ、馬ニ付タル舎人ノ男ハ糸六借ク思テ、馬ノ尻ヲ打テバ、其時ニ□馬ヨリ踊リ下テ、舎人ノ男ニ取リ懸リテ云ク、「汝ハ何ニ思テ此ル態[二〇]ヲバ為ルゾ。此ノ老法師ノ[二一]乗リ進レバ、蔑リテ此クハ打チ進ルカ。此レハ前ノ世ヨリ、絡リ返シ絡リ返シ[二二]父母ト成リ在ス馬ニハ非ズヤ。汝チ、『当時[二三]ノ父母ニハ非ズ』ト思テ、此ク蔑リ進ルカ。汝ニモ、絡リ返シ父母ト成テ汝ヲ悲ビシ[二四]ニ依テ、此ク獣ト成リ、亦若干[二五]ノ地獄[二六]餓鬼ノ道ニモ堕テ、苦ヲ受ルニハ非ズヤ。此ク獣ニ成ルニ[二七]、子ヲ愛シ悲シニ依テ、此ル身ヲモ受タル也。極メテ難堪タク、物ノ欲ク坐ヌレバ、青キ草ノ葉ノ食吉気ニ生タルヲ難見過クシテ揃リ給ハムト為ルヲ、何デ忝ク打チ進ルゾ。又此ノ老法師ノ父母トモ員モ不知ズ成リ給ヘレバ、忝ク思ヒ進レドモ、年ノ老テ起居心ニモ不叶ズ、少シ遠キ道ハ速カニ可歩クモ非ネバ、恐レ乍ラ乗リ進タルニコソ有レ。何デ道々草ノ有ル食給ハムヲ妨ゲ進テ、搔キ□[二八]テハ可行キゾ。極メテ慈悲無カリケル尊[二九]カナ」ト云テ、音ヲ放テ叫ブ。舎人ノ男ノ、心ノ内ニ、「可咲」ト思レドモ、泣クガ糸惜ケレバ、答テ云ク、「宣フ所極タル理ニ候フ。物ニ狂ヒテ打チ進リ候ケリ。下郎ノ方無事ハ、此[二]ク生レ給ヒタレバ、其ノ由ヲモ不知シテ打進ル也。今ヨリハ父母ト憑ミ進テ、忝ク思ヒ進ラム」ト。然レバ□[三]泣キ[四]噎ヲシツヽ、「穴貴々々[五]」ト云テ、只乗[六]ヌ。

然テ行ク程ニ、道チ辺ニ朽タル卒覩婆[七]ノ喎[八]タル有リ。此レヲ見付テ、手迷[一〇]ヲシテ丸ビ[一一]下ヌ。舎人男不心得シテ、忿ギ寄テ馬ノ口ヲ取ル。馬ヨリ下リテ、馬ヲ前キニ引カセテ留ヌ。舎人男[一二]ニ馬ヲ留メテ見返テ見レバ、薄村ノ少シ所ニ[一三]□[一四]平ガリ居ヌ。袴ノ扶[一五]ヲ下シテ、童ニ持セタル袈裟ヲ取テ着ツ。衣ノ頸ビ[一六]ヲ引キ立テ、左右ノ袖ヲ搔キ合セテ、二重[一七]ニ屈テ、卒堵婆ノ方ヲスガ目[一八]ニ見遣ツヽ、御随身[一九]ノ翔フ様[二〇]ニ翔テ、涙[二一]タテ、卒堵婆ノ前ニ至テ、卒堵婆ニ向テ手ヲ合セテ、額ヲ土

御随身(年中行事絵巻)

二付テ、度々礼拝シテ、屈リ翔フ事微妙シ。然シテ卒覩婆隠テゾ馬ニハ乗ケル。如此卒堵婆ヲ見ル毎ニ為レバ、一道下リ乗リ為ル程ニ、時中ニ可行キ道ヲ、卯ノ時ヨリ申ノ時ノ下ル程ニゾ、六条ノ院ノ宮ニヤ着タリケル。此ノ舎人男、「此ノ聖人ノ御共ニハ今ヨリ不参ジ。心モト無カリケリ」トナム云ケル。

亦石蔵ト云フ所ニ住ケル時キニ、冷ミ過シテ腹解ニケリ。厠ニ行キタル間ダ、隣ノ房ニ有ケル法師ノ聞ケレバ、厠ニ居タルケル音ハ楾ノ水ヲ沃泛ス様也。年老タル人ノ此ク為レバ、「極メテ糸惜」ト思フ程ニ、聖人物ヲ云ヘバ、只、「人ノ有カ」ト思テ、和ラ壁ノ穴ヨリ臨ケバ、老タル犬一ツ向居タリ。聖人ノ立ヲ待ナメベシ。其レニ向テ云フ也ケリ。其ノ言ヲ聞ケバ、「前ノ世ニ、人ノ為メニ後メタ無キ心ヲ仕ヒ、人ニ穢キ物ヲ令食メ、破無キ物ヲ貪リ、我ガ身ヲ止事無ク持成シ、人ヲ令落メ、父母ノ為ニ不孝ニ当リ、如此ク諸ノ悪キ心ヲ仕ヒテ、善キ心ヲ不仕ザリシニ依テ、此ク獣ノ身ヲ受ク。弊ク穢キ物ヲ要シテ伺ヒ給フ也。我ガ父母ト絡返シ成リ坐タル身ニ、此ル不浄ノ物ヲ令食進ラム、極メテ忝キ事也。就中ニ近来乱リ風ヲ引テ、水ノ如クナル物ヲ仕タレバ、更ニ可食キ様モ無シ。糸口惜ク思ヒ進ル。然レバ明日美物ヲ備テ令食メム。其ヲ心ノ欲マヽニ食シ可給シ」ト云ツヽ、目ヨリ涙ヲ流シテ泣々ク云居タリ。其ノ後立ヌ。

明ル日、「聖人ノ昨日フ云ヒシ犬ノ備ヘハ何為ル」ト、人ニ此ノ事ヲ不語ズシテ見レバ、聖人、「人ノ御儲為セム」ト云ヒテ、飯ヲ多ク土器ニ令盛ム。菜三四許調テ、庭ニ莚ヲ敷テ、其ノ上ヘニ此饌ヲ居ヘテ、聖人ハ其ノ前ニ下居テ、「食物備タリ。早ク御セ」ト音挙テ云ヒ居タリ。其ノ時ニ彼ノ犬来テ、飯ヲ食フ。而ル間、聖人手ヲ摺テ、「喜クモ甲斐有テ食ス物カナ」ト云テ泣ク程ニ、喬ヨリ若キ犬ノ長ケ高出来テ、先飯ヲバ不食シテ、本ノ老犬ヲバ搔キ丸バシテ、散シラガリ。其時ニ、聖人手迷シテ立テ、「此ク濫ガハシクテ不御シソ。其ノ御料モ儲ケ侍ラム。先ヅ只中吉クテ食シ給ヘ。

此ク非道ノ御心ノ有レバ、弊キ獣ノ身ヲ受テ在スゾカシ」ト云テ障フルニ、[一九]敢テ聞ムヤハ。飯ヲモ皆[二〇]泥形ニ踏ミ成シテ噉シラガフ音ヲ聞テ、他ノ犬共集リ来テ噉ヒ合ヒ[二一]喤ケレバ、聖人、「[二二]此レ御心共ヲバ不見ヌハ吉事」ト云テ、逃テ板敷ニ上ニケリ。隣ノ房ノ法師此ヲ見テ咲ヒケリ。智リ有ル人也ト云ヘドモ、犬ノ心ヲ不知シテ、[二三]前生ノ事ヲ思ヒテ敬ニ、犬知ナ[二四]ムト。

内記ノ聖人ト云テ、[二五]知リ深ク道心盛リニシテ止事無カリケリ、トナム語リ伝ヘタルトヤ。

권19 제4화

셋쓰攝津 수령 미나모토노 미쓰나카源滿仲가 출가出家한 이야기

미나모토노 미쓰나카源滿仲의 아들인 겐켄源賢 법사法師가 무참히 살생을 일삼는 아버지를 불도로 인도하기 위해 겐신源信과 계획을 세워서 다다多田에 있는 아버지의 저택을 방문하여 경설經說을 강의하고 영강迎講[1]을 행하여 미쓰나카를 무한의 법열法悅 속에서 출가시킨 이야기. 약간의 과장은 있지만 일념一念으로 도심道心을 일으켜 망설임 없이 출가한 미쓰나카의 모습은 순수하며 과단果斷한 무인의 면모를 생생하게 그리고 있다. 또한 『존비분맥尊卑分脈』에 미쓰나카의 출가를 관화寬和 2년(986) 8월 15일, 법명을 만케이滿慶라고 한 것으로 볼 때 이 이야기는 당시의 화제가 설화로 된 것이라고 추정된다.

이제는 옛이야기이지만 엔유圓融 천황天皇[2]의 치세에 좌마두左馬頭 미나모토노 미쓰나카源滿仲[3]라고 하는 사람이 있었다. 지쿠젠筑前 수령 쓰네모토經基[4]라고 하는 사람의 자식이었다. 세상에 견줄 자 없는 무인武人이었기에 천황도 그를 몹시 신뢰하고 계셨고 또한 대신大臣, 공경公卿을 비롯하여 세간의 사람도 모두 그를 중용重用하였다. 가문도 미천하지 않고 미노오水尾

1 * 정토신앙을 배경으로 염불행자의 임종 시에 아미타여래가 여러 부처들과 함께 극락에서 내영하는 모습을 연출하는 법회임.

2 → 인명.

3 → 인명.

4 → 인명.

천황[5]의 가까운 자손으로 오랜 세월동안 조정에 출사하여 여러 지방의 국사國司로서 더할 나위 없는 신망을 받고 있었다. 미쓰나카는 국사의 임무를 마치고 셋쓰 지방攝津國 데시마 군豊島郡[6] 다다多多라고 하는 곳에 저택을 지어 은거 생활을 보내고 있었다.

그에게는 많은 자식[7]이 있고 모두 무예에 통달하였는데 그중에 승려가 한 명 있어 이름을 겐켄源賢[8]이라고 했다. 히에이 산比叡山의 승려로 이무로飯室[9]의 진젠深禪 승정僧正[10]의 제자였다. 그가 아버지의 저택인 다다를 방문하고 아버지가 저지르는 살생의 죄를 보고 비탄하며 요카와橫川에 돌아가 겐신源信 승도僧都[11]가 있는 곳으로 찾아갔다. 겐켄은

"저는 아버지가 하고 있는 것을 보니 슬퍼서 견딜 수 없습니다. 나이는 이미 예순을 넘어 남은 목숨이라고 해 봐야 얼마 남지 않았습니다. 그런데도 매를 사오십 마리나 키우며 여름 사육[12]을 시키고 있는데 이는 엄청난 살생입니다. 여름 사육이라는 것은 생물의 목숨을 끊는 가장 큰 행위입니다. 또한 여기저기 강에 어량魚梁을 설치하여 많은 물고기를 잡거나 수많은 독수리를 길러 그들에게 살아 있는 것을 먹이거나 하며, 늘 바다로 나가 그물을 치고 또한 많은 낭등郎等을 산에 풀어 사슴을 사냥하도록 하는 일을 끊임없

5 제56대 세이와淸和 천황을 가리킴(→ 인명).
6 현재의 오사카 부大阪府 도요노 군豊能郡을 말함.
7 『존비분맥尊卑分脈』에 요리미쓰賴光, 요리치카賴親, 요리노부賴信, 요리히라賴平, 요리노리賴範, 요리아키賴明, 요리사다賴貞, 다카미치孝道, 겐켄源賢, 라이진賴尋의 이름이 보임.
8 → 인명.
9 → 지명.
10 본 집에서는 "진젠深禪"으로 표기하고 있지만(권20 제2화 참조), 정확하게는 '尋禪'(→ 인명).
11 → 인명. 어떠한 연유로 겐켄이 자신의 스승인 진젠에게 가지 않고 겐신을 방문한 것인지 추측하자면, 미쓰나카가 출가가 관화寬和 2년(986)에 이루어졌다고 한다면(『존비분맥尊卑分脈』), 그 시기에 진젠은 천태좌주天台座主로 있어 쉽사리 지방으로 길을 떠나는 것이 어려웠기 때문에 진젠의 제자로 당시 가장 명망이 있던 겐신에게 상담한 것이라고 생각할 수 있음.
12 매의 새끼를 잡아서(→ 권16 제6화 참조) 여름에 사육하고 조련시켜 매 사냥용의 매로 만드는 것임. 음력 6월경이 적기로 여겨짐.

이 행하고 있습니다. 이것들은 자신의 집 근처에서 하는 살생으로 이 외에도 멀리 있는 여러 곳의 영지에 명하여 살생하게 하는 생물의 수는 이루 헤아릴 수 없을 정도입니다. 또한 자신의 뜻에 거스르는 자가 있으면 벌레를 죽이듯이 죽여 버리고 그다지 무겁지 않다고 생각되는 죄에 대해서는 손발을 자릅니다. 저는 '이 같이 무서운 죄를 거듭한다면 후세에 얼마만큼의 고통을 받을까.'라고 생각하면 실로 슬퍼집니다. 아버지에게 어떻게든 해서 '법사가 되고 싶다.'라는 마음이 생기도록 하고 싶지만 무서워서 도무지 말할 수 없습니다. 그러니 제발 방법을 생각해 주셔서 아버지에게 출가의 마음을 일으켜 주실 수 없겠습니까. 이렇게 오니鬼와 같은 마음을 가졌습니다만 존귀한 성인께서 말씀하시는 것은 믿으실 것입니다."

라고 이야기하였다. 겐신 승도는 이것을 듣고

"그것은 실로 딱한 일이군요. 그러한 사람을 권하여 출가시킨다면 출가의 공덕功德만이 아니라 많은 생물을 죽이는 일도 없어져 더할 나위 없는 공덕이 될 테지요. 그러면 내가 방법을 하나 생각해 보지요. 그러나 나 한 사람으로는 실행하기 어려운 일로 가쿠운覺雲 아사리阿闍梨,[13] 인겐院源[14] 님과 같이 일을 행하지 않으면 안 되니 당신이 먼저 다다에 갔다 오십시오. 나는 이 두 사람에게 권유하여 수행길을 가는 도중에 당신이 계신 곳을 방문하는 것처럼 해서 그곳에 가겠습니다. 그때 당신은 큰 소동을 벌이며 '이거, 이거 존귀한 성인들이 수행길을 가시던 도중에 나를 방문하셨다.'라고 수령에게 말씀드리십시오. 아무리 그래도 우리들에 대한 것은 전부터 듣고 있었을 것입니다. 그리고 수령이 놀라 공경하는 모습을 보이면 당신은 '이 성인들은

13 이 시대의 헤이이 산比叡山 승려 가쿠운覺雲(→ 인명)은 자료상으로 발견되지 않음. 가쿠운覺運과 동일인물이라고 추정됨.

14 → 인명.

조정에서 부르시더라도 간단히 산을 내려오지 않는 훌륭한 분들입니다. 그럼에도 불구하고 수행길 도중에 여기에 오신 것은 흔히 있는 일이 아닙니다. 그러니까 지금이 좋은 기회이니 아주 조금만이라도 공덕을 쌓는다는 의미로 이 분들에게 설법을 시키시고 그것을 들으십시오. 이분들의 설법을 들으셔야 많은 죄를 없애고 오래 살 수도 있게 되십니다.'라고 말씀하고 권하십시오. 그렇게 한다면 그 설경說經을 하는 중에 출가를 권유하는 말씀을 올리겠습니다. 또한 평범한 대화에서도 수령이 절실한 마음이 들도록 이야기해 드리겠습니다."
라고 말하였기에 겐켄은 기뻐하면서 다다로 돌아갔다.

겐신 승도는 그 가쿠운 아사리, 인겐님 두 사람을 만나 "이러이러한 일을 하기 위해서 셋쓰 지방에 가려고 합니다. 같이 가 주십시오."라고 말하자 두 사람은 이것을 듣고 "정말 좋은 일입니다."라고 말하고, 세 사람은 동행하여 셋쓰 지방으로 향했다. 이틀이 걸리는 여정이여서 다음 날 오시午時[15] 무렵 다다 근처에 도착하여 그들은 사람을 시켜

"겐켄님의 거처에 이러이러한 사람들이 방문하였습니다. 실은 미노오箕面[16]의 산에 참배하러 왔습니다만 '이 기회에 방문하지 않을 수 없다.'라고 생각하여 찾아뵈었습니다."
라고 안내를 청했다. 그 사람이 안에 들어가 이것을 전하자 겐켄은 "당장 들어오시라고 전해 드려라."라고 말하고 아버지의 거처로 달려가서 "요카와에서 이러이러한 성인들이 오셨습니다."라고 말하자 수령은 "뭐라고, 뭐라고."라고 말하며 내객來客의 이름을 다시 한 번 주의 깊게 듣고 나서

"그분들은 매우 존귀한 분들이라고 나도 들었다. 꼭 뵙고 싶구나. 실로 기

15 * 정오 무렵.
16 → 지명.

쁜 일이 아닌가. 융숭히 대접하거라. 방을 잘 《정돈》[17]해라."
라고 말하며 우왕좌왕하며 야단법석이었다. 겐켄은 내심 "옳거니."라고 생각하고 성인들을 맞아들였다. 훌륭하게 멋스럽게 꾸며진 방으로 안내하여 쉬게 하고 수령은 겐켄을 통해 성인들에게

"당장이라도 찾아뵈어야 하지만 모두 여행길에 지치셨을 터, 뵙는 것도 분별없는 일인지라 오늘은 천천히 휴식을 취하시고 저녁때는 입욕을 하십시오. 내일 찾아뵙고 직접 인사 아뢰겠습니다. 결코 돌아가시면 아니 되오며 편히 머물러 주십시오."
라고 아뢰었다. 이에 성인들은

"실은 미노오 산에 참배하는 길에 들린 것이기 때문에 오늘이라도 떠날 생각이었습니다만 이렇게 말씀하시니 만나 뵙고 돌아가도록 하겠습니다."
라고 대답했다.

겐켄이 돌아와서 이것을 수령에게 전하자 수령은 "참으로 기쁘구나."라고 말했다. 겐켄은

"오신 세 명의 성인들은 조정의 부름이 있다고 하더라도 참내參內하지 않으실 분들입니다. 그분들이 뜻밖에 이렇게 오셨습니다. 그러니 이 기회에 부처님과 경經을 공양供養하게 하시면 어떻겠습니까."
라고 말했다. 수령은 "과연, 참으로 좋은 이야기를 해 주었다. 참으로 네 말이 맞다."라고 말하고 즉시 아미타불阿彌陀佛의 불화佛畵를 그리게 하였다. 또한 『법화경法華經』의 서사書寫도 시작하고 사람을 시켜 성인들에게

"이 기회에 이러한 것을 생각하였습니다. 내일 하루만은 여행의 피로도 푸실 겸 머물러 주십시오."

17 한자 명기를 위한 의도적 결자. 문맥을 고려하여 보충.

라고 전하게 하자, 성인들은 "이같이 말씀하시니 그저 분부에 따르고 나서 돌아가도록 하겠습니다."라고 하였다. 그날 밤 목욕물을 끓였는데 욕실의 훌륭함은 이루 말로 다 표현할 수 없을 정도였다. 성인들은 하룻밤 내내 입욕하셨는데 다음 날 사시巳時[18] 무렵이 되자 불상도 경의 서사도 전부 완성되었다. 또한 미쓰나카는 이 이전에 등신等身의 석가釋迦[19] 불상佛像을 만들고 그 공양을 하려고 생각하였지만 죄가 되는 행위에만 마음을 빼앗겨서 여태껏 공양하지 않았는데 그것도 이번 기회에 공양을 완수하고자 완벽하게 준비를 갖추었다. 오미시午未時[20] 무렵이 되어 침전寢殿의 남쪽에 불화를 걸고 경을 전부 늘어놓고 성인들에게 "그러면 이쪽으로 오셔서 공양을 해주십시오."라고 전하자 모두 찾아와서 인겐을 강사講師로 하여 공양을 행하였다. 이어서 설경을 하셨는데 마침 출가해야 할 인연이 도래할 때였을까 수령은 설경을 듣고 소리를 내어 울기 시작했다. 수령뿐만이 아니라 숙소 쪽의 낭등들이나 오니鬼같은 마음을 가진 무사들까지도 모두 눈물을 흘렸다.

설경이 끝나자 수령은 성인들이 계신 곳에 찾아와 직접 뵙고

"어떤 연緣이 있어, 이같이 갑자기 오셔서 더할 나위 없는 공덕을 행하여 주신 것도 출가해야 할 시기가 도래한 것이겠죠. 저는 나이도 들었고, 게다가 수많은 죄를 지어 왔습니다. 이제는 '법사가 되자.'라고 생각하고 있습니다만 다시 한 이틀 머무셔서 괜찮으시다면 저를 불도佛道에 인도해 주시지 않겠습니까?"

라고 말하자 겐신 승도는

"그것은 매우 존귀한 일입니다. 말씀하신 대로 어떻게든 합시다. 내일 출

18 * 오전 10시경.
19 → 불교.
20 * 오후 1시경

가하시는 것이 좋을 듯합니다. 내일이 지나면 당분간 좋은 날이 없습니다."
라고 말했다. 승도가 이렇게 말한 것은

'이런 인간은 설경을 들은 《때》[21]라 도심을 일으켜서 이같이 말한 것이고, 수일이 지나면 반드시 마음이 바뀌어 버릴 것이다.'
라고 생각했기 때문일 것이다.

수령이 "그러면 오늘 당장이라도 상관없습니다. 바로 출가시켜 주십시오."라고 말했다. 그러자 승도가 "오늘은 출가하기에는 좋지 않은 날입니다. 오늘 하루 참고 내일 아침 일찍 출가하십시오."라고 말하자, 수령은 "기쁘고 감사한 일입니다."라고 말하고 합장하면서 자신의 방으로 돌아와 중히 썼던 낭등들을 불러

"나는 내일 출가하려고 한다. 나는 오랜 세월동안 무도에 관해서는 누구에게도 뒤지지 않았다. 하지만 무인으로 임하는 것은 이제 오늘밤뿐이다. 너희들은 그것을 잘 이해하고 오늘밤만 나를 잘 경호하라."
라고 명했다. 낭등들은 이것을 듣고 모두 눈물을 흘리며 떠나갔다.

그때부터 낭등들은 각자 활과 화살을 메고 갑주를 입고, 사오백 명 정도가 저택의 주위를 삼중사중으로 둘러싸고 밤새도록 화톳불을 붙이고 많은 사람을 불러내어 순찰하며 방심하지 않고 경호했다. 파리 한 마리 날지 못할 정도로 경호하여 날이 밝았고 수령은 새벽을 기다리는 동안에도 초조한 기분으로 날이 새자마자 목욕을 하고 어서 출가하고 싶다고 말했다. 세 명의 성인은 실로 존귀한 말씀으로 그에게 권하여 출가를 하도록 하였다. 그 사이 매를 가두어둔 방에 들어 있던 많은 매의 다리에 이어둔 끈을 전부 잘라 놓아주자 까마귀가 날아가듯이 날아갔다. 곳곳에 설치한 어량도 사람을

21 저본의 파손에 의한 결자. 문맥을 고려하여 보충.

시켜 부셔버리고 가두어 두었던 방 안에 있던 독수리들도 모두 놓아주었다. 나가아케長明[22]에 넣어두었던 큰 그물 등도 모두 가져오게 하여 눈앞에서 찢어버리고 창고에 있던 갑주, 활과 화살, 도검류는 모두 꺼내어 눈앞에 쌓아서 불태워 버렸다. 오랜 세월동안 거느리고 있던 가까운 낭등 오십여 명은 수령과 함께 출가해 버렸다. 그러자 그 처자들은 모두 큰소리로 울며 난리였다. 출가의 공덕은 본디 매우 존귀한 것이라고는 하나 이 출가는 각별히 부처님이 기뻐하실 것으로 생각되었다.[23] 이리하여 수령이 출가를 한 후 성인들은 한층 존귀한 말씀을 이야기를 하듯이 들려주자 수령은 더욱더 두 손을 비비며 감읍했다. 이것을 본 성인들은 '정말 큰 공덕을 쌓을 수 있었구나.'라고 생각하고 '조금 더 그의 도심을 독실하게 하고 돌아가자.'라고 생각하여 "내일 하루만은 이대로 머물고 모레 돌아가겠습니다."라고 말하자 새로 출가한 미쓰나카는 매우 기뻐하며 자신의 방으로 돌아갔다.

그날이 저물고 다음날, 성인들은 하나같이

"이렇게 도심이 생긴 때에는 미친 사람같이 보일 정도로 정말이지 급격히 생기는 것이니 이 기회에 조금 더 강하게 도심을 불러일으킵시다."

라고 서로 이야기하였다. 그런데 성인들은 이전에 '어쩌면 미쓰나카가 정말로 신앙심이 생길지도 모른다.'라고 생각하여 미리 보살菩薩로 분하기 위한 장속裝束[24]을 열 벌 정도 준비하게 하였었다. 이에 피리나 생황[25] 등을 부는

22 미상. 『일본고전문학대계』에서는 "長倉" 즉 창고를 가리키는 것으로 추측하고 있지만 지명으로도 생각할 수 있음.

23 미쓰나카 주종主從의 출가는 보통 사람의 출가와 달리 다수의 생물의 목숨을 구하는 것도 됨.

24 보살로 변장하기 위한 장속. 영강迎講(→ 불교)에 사용되는 의복으로 아미타불阿彌陀佛의 내영來迎에 수반하는 이십오보살二十五菩薩을 본뜬 것. 이후 겐신 일행이 미쓰나카의 도심을 조장하기 위해 영강迎講을 실연實演한다는 내용이 이어짐.

25 아악雅樂 등에서 사용하는 관악기의 하나. 나라奈良 시대에 당唐으로부터 전래. 목제의 바가지 위에, 금속제의 떨림판을 밑에 장치한 열 몇 줄(보통 17줄)의 가는 대나무를 둥근 모양으로 세워서 바가지의 구멍으로 숨을 불어넣어 연주함.

자를 여러 명 고용하여 그들을 어딘가에 숨게 하고 보살의 장속을 입히고는

"새로 출가한 미쓰나카가 찾아와서 도심에 대한 이야기를 할 때에 너희들은 연못 서쪽에 있는 산 뒤에서 피리, 생황 등을 불고 아름다운 음악을 연주하며 오너라."

라고 명했다. 그리하여 그들이 음악을 연주하면서 점차 가까이 오자 미쓰나카는 그것을 보고 "저것은 도대체 무엇을 위한 음악입니까."라고 의아한 얼굴로 물었다. 성인들을 전혀 모르는 체하며

"무엇을 위한 음악일까요. 극락에서 마중을 올 때에 이 같은 음악이 들리는 것일까요. 자, 염불을 외웁시다."

라고 말하고 성인들과 열 명 정도의 제자들이 모두 염불을 외우니 미쓰나카는 오로지 합장하고 존귀하게 여기는 것이었다. 미쓰나카가 자신이 앉아 있는 옆쪽 맹장지문[26]를 열어서 보자 금색의 보살이 금색 연화蓮華를 받쳐 들고 조용조용히 다가오셨다. 이것을 본 미쓰나카는 큰소리로 울며 마루에서 굴러 떨어져 절하고 성인들도 공손하게 절하였다. 이윽고 보살은 아름다운 음악을 연주하고 돌아갔다.

그 후에 미쓰나카는 마루에 올라가

"실로 더할 나위 없는 공덕을 쌓게 해 주셨습니다. 저는 수많은 생물을 죽인 인간입니다. 그 죗값을 치르기 위해 즉시 당을 세우고 자신의 죄를 속죄하며 죽인 생물도 구하려 합니다."

라고 말하고 즉시 당을 건립하기 시작했다. 성인들은 그 다음 날 아침 일찍 다다를 떠나 히에이 산으로 돌아갔다. 그 후 그 당은 완성되어 공양이 행해

26 원문은 "障紙"(=障子)로 되어 있음. 당시의 '障子'는 '襖', '唐紙', '衝立(이동식 칸막이)' 등 방의 칸막이로 사용하는 건구建具의 총칭. * 현대어역에서 '후스마襖'로 하고 있고 이를 참조하였음.

졌다. 이른바 다다데라多多寺[27]라는 것은 그때 처음 건립된 당을 말한다.

이것을 생각하면 출가에는 마땅한 기연機緣이 있다고는 하지만 자식인 겐켄의 마음은 실로 보기 드문 존귀한 것이다. 또한 부처와 같은 성인들이 권한 것이기에 이 극악한 자도 선심善心으로 되돌아와서 출가한 것이라고 이렇게 이야기로 전하여 내려오고 있다 한다.

27 다다데라多田寺, 다다원多田院이라고도 함. 천록天祿 원년(970) 창건으로 전해지는데 미쓰나카의 관화 2년(986) 출가설(『존비분맥』)이 정확하다면 출가 후의 건립으로 하는 이 이야기의 기사와 맞지 않음. 효고 현兵庫縣 가와니시 시川西市 다다인多田院에 소재함.

⊙제4화⊙ 셋쓰攝津 수령 미나모토노 미쓰나카源滿仲가 출가出家한 이야기

摂津守源満仲出家語第四

今昔、円融院[26]ノ天皇ノ御代ニ、左ノ馬ノ頭源[27]ノ満仲ト云フ人有ケリ。筑前守経基[28]ト云ケル人ノ子也。世[29]ニ並ビ無キ兵ニテ有ケレバ、公ケモ此レヲ止事無キ者ニナム思食ケル。亦大臣公卿ヨリ始テ、世ノ人皆此レヲ用[1]キテゾ有ケル。階[2]モ不賤ズ、水尾[3]天皇ノ近キ[4]御後ナレバ、年来公ケニ仕ケレバ、国々ノ司[5]トシテ勢徳[6]モ並ビ無キ者ニテゾ有ケル。終ニハ摂津守[7]ニテナム有ケル。年漸ク老ニ臨デ、摂津ノ国ノ豊島[8]ノ郡ニ[9]多々ト云フ所ニ家ヲ造テ、籠居タリケリ。

簗(一遍上人絵巻)

[10]数ノ子共有ケリ。皆兵[11]ノ道達[12]レリ。其ノ中ニ一人ノ僧有ケリ。名ヲバ源賢[13]ト云フ。比叡ノ山ノ僧トシテ、飯室[14]ノ深禅[15]僧正ノ弟子也。父ノ許ニ多々[16]ニ行タリケルニ、父ノ殺生ノ罪ヲ見テ、歎キ悲デ、横川[17]ニ返リ上テ、源信僧都[18]ノ許ニ詣デ、語テ云ク、「己ガ父ノ有様ヲ見給フル[19]ニ、極テ悲キ也。年ハ

既ニ六十二余ヌ。残ノ命幾ニ非ズ。見レバ、鷹四五十ヲ繋テ夏飼セサスルニ、殺生量リ無シ。鷹ノ夏飼ト云フハ、生命ヲ断ツ第一ノ事也。亦河共ニ簗ヲ令打テ、多ノ魚ヲ捕リ、亦多ノ鷲ヲ飼テ、生類ヲ令食メ、亦常ニ海ニ網ヲ令曳、数ノ郎等ヲ山ニ遣、鹿ヲ令狩ル事隙無シ。此レハ我ガ居所ニシテ為ル所ノ殺生也。其ノ外ニ、遠ク知ル所々ニ宛テ令殺ル所ノ物ノ員、計ヘ可尽キニ非ズ。亦我ガ心ニ違フ者有レバ、虫ナドヲ殺ス様ニ殺シツ。少シ宜シト思フ罪ニハ足手ヲ切ル。『此ル罪ヲ造リ積テハ、後ノ世ニ何許ナル苦ヲ受ズラム』ト思給フルニ、極テ悲ク思ユ候フウ。『此レ何デ、「法師ニ成テム」ト思フ心付ケム』ト思給フレド、怖ロシク、申シ可出クモ無キニ、此レ構テ出家ノ心付サセ給ヒテムヤ。此ク鬼ノ様ナル心ニテハ候ヘドモ、止事無キ聖人ナドノ宣ハム事ヲバ、可信キ様ニナム見エ候フ」ト。源信僧都答テ云ク、「実ニ極テ糸惜キ事ニコソ侍ナレ。然様ノ人ヲ勧メテ令出家シメタラムハ、出家ノ功徳ノミニ非ズ、多ノ生類ヲ殺ス事ノ止タラムハ、無限キ功徳ナルベシ。然レバ己レ構ヘ試ム。但シ己レ一人シテハ難構シ。覚雲阿闍梨、院源君ナドシテ、共可構キ事ニコソ有ナレ。其ハ前立テ多々ニ御シテ居給タレ。己ハ此ノ二人々ヲ倡テ、修行ズル次ニ、和君ノ御スルヲ尋ネテ行タル様ニテ、其ヘ行カム。其ノ時ニ君騒テ、『然々ノ止事無キ聖人達ナム、修行ノ次ニ己レ問ヒニ坐シタル』ト、守ニ宣ヘ。然リトモ己等ヲバ聞テ渡タラム。其レニ驚キ畏ル気色有ラバ、君ノ宣ハム様ハ、『此ノ聖人達ハ、公ケ召スニダニ、速ニ山ヲ下ヌ人共也。其レニ、修行ノ次ニ此ニ御シタルハ希有ノ事也。然レバ、此ル次ニ聊ノ功徳造テ、法ヲ令説テ聞キ給ヘ。此人達ノ説キ給ハムヲ聞キ給テコソ、若干ノ罪モ滅シ、命モ長ク成シ給ハム』ト勧ヨ。然ラバ、其説経ノ次ニ可出家キ事ヲ説キ令聞ム。只物語ニモ、守ノ身ニ染許云ヒ令聞メ進ラム」ナド云ヘバ、源賢君喜ビ乍ラ、多々ニ返リ行ヌ。

源信僧都ハ彼ノ二人ニ会テ云ク、「然々ノ事構ムガ為ニ、摂津ノ国ヘ可行シ。諸共ニ御セ」ト。二人ノ人此レヲ聞テ、「極テ喜キ事也」ト云テ、三人相ヒ具シテ摂津ノ国ヘ行ヌ。[一五]二日ニ行ク所ナレバ、次ノ日ノ午時許ニ多々ノ辺ニ行テ、人ヲ以テ云ヒ令入ム。[一六]「源賢君ノ許ニ然々ノ人共ナム参タル。[一七]箕面ノ御山ニ参タルニ、『此ル便リニ何デカ不参デ有ラム』ト思テ参タル也」ト。使入テ此ノ由ヲ云ヘバ、「疾ク令入メ給ヘ」ト云テ、源賢君父ノ許ニ走リ行テ、「横川ヨリ然々ノ聖人達ナム御シタル」ト云ヘバ、守、「何ニ何ニ」ト云テ、慥ニ問ヒ聞テ、『糸止事無ク貴キ人達』ト[一八]我モ聞ク。必ズ対面シテ礼ミ奉ラム。極テ喜キ事也。御儲吉セヨ。所吉ク□[一九]□ヘ」ト云テ、[二〇]立チニ立テ騒グ。源賢君心ノ内ニ「喜」ト[二一]思テ、聖人達ヲ入レツ。微妙ク面白ク造タル所ニ入レテ居ヘバ、守源賢君ヲ以テ聖人ノ許ニ[二二]申ス様、「忩ギテ其方ニ可参キニ、御シ極ジタラムニ参タラムモ無心ナルベケレバ、今日ハ吉ク息マセ給テ、夕サリ御湯ナド浴サセ給テ、[二三]明日参テ自ラ申サムト思給フ。[二四]何カ返ラセ可給ベキ」ト。聖人達答テ云ク、「箕面ノ山ニ参テ候ツル次ナレバ、『今日ニテモ罷返ナム』ト思給レドモ、此ク仰セ有レバ対面給ハリテコソハ罷返ラメ」ト。

阿弥陀如来（図像抄）

源賢其ノ由ヲ返テ守ニ云ヘバ、守、「糸喜キ事也」ト云フニ、源賢君守ニ云ク、「此ノ御シタル三人ノ聖人達ハ、公ノ召ニダニ不参ヌ人共也。而ルニ、思ノ外ニ此ク来リ給ヘリ。此ノ次デニ[一]仏経ヲコソ令供養メ給ハメ」ト。守、「汝ヂ糸吉ク云タリ。[二]現ニ然コソ可為カリケレ」ト云テ、忽ニ阿弥陀仏ヲ令図絵メ奉ル。亦法花経[三]ヲ始メツヽ、然テ聖人達ニ、「此ノ次ニ[四]此ル事[五]ヲナム思給フル。明日許ハ御足[六]息メガテラ留リ給ヘ」ト令云タレバ、聖人達、「此ク参ヌ。只仰セニ随ヒテ罷リ可返キ也」ト云テ、其ノ夜湯沸シタリ。湯ノ有様微妙ク物浄キ事、云ヒ可尽クモ無ク造タリ。聖人達終夜湯浴テ、亦ノ日ノ巳ノ時許ニ成ヌレバ、仏経皆出来給タリ。兼テ亦、等身釈迦仏ヲ造リ奉テ供養ゼムト、先ヅ罪ノ方ノ事共忩ギニ、于今供養ジ不奉ザリケルヲ、此ノ次ニ供養ゼムトテ、皆調ヘ立テ、午未ノ時許ニ、寝殿ノ南面ニ仏経皆居ヘ懸ケ奉テ、「然ラバ、此方ニ御シテ、此ク申シ上ゲ奉リ給ヘ」ト令云タレバ、聖人達皆渡テ、院源君ヲ講師トシテ供養ズ。説経ノ間、時ノ縁ノ来ル程ニヤ有ケム、守説経ヲ聞テ、音ヲ放テ泣ヌ。守ノミニ非ズ、館ノ方ノ郎等共、鬼ノ様ナル心有ル兵共、皆泣ヌ。

説経畢ヌレバ、守聖人達ノ方ニ詣テ対面シテ云ク、「可然キ縁ニ依テ此ク俄ニ来リ給ヒテ、無限キ功徳ヲ令修メ給ヘレバ、期ノ来ルニコソ候メレ。年ハ罷リ老ヌ、罪ミハ員モ不知ズ造リ積テ候。『今ハ法師ニ成ナム』ト思給ルヲ、今一両日御シテ、同クハ仏道ニ入レ畢サセ給ヘ」ト云ケレバ、源信僧都、「極テ貴キ事也。仰セノ如ク何ニモ侍ラム。但シ、明日コソ吉日ニ侍レ。然レバ、明日御出家候ラハムコソ吉カラム。明日過ナバ久ク吉日不侍ズ」ト云フ。心ハ、「此ル者ハ説経ヲ聞タル□ナレバ道心ヲ発シテ此ク云ニコソ有レ。日来ニ成ナバ定メテ思ヒ返ナム」ト思テ、云ナルベシ。

守ノ云ク、「然ラバ只今日也ト云フトモ、疾ク令成メ給ヘ」ト。僧都ノ云ク、「今日ハ出家ノ日ニハ悪ク侍リ。今日許念ジテ、明日ノ早旦ニ令出家メ給ヘ」ト。守、「喜ク貴キ事也」ト云テ、手ヲ摺テ我ガ方ニ返テ、宗ト有ル郎等共ヲ召シテ、仰セテ云ク、「我レハ明日ニ出家シナムトス。我レ年来兵ノ方ニ付テ、聊ニ恙無カリツ。而ルニ、兵ノ道ヲ立ム事、只今夜許也。汝等其心ヲ得テ、今夜許我レヲ吉ク可護シ」ト。郎等共此レヲ聞テ、各涙ヲ流シテ立去ヌ。

其ノ後、各調度ヲ負ヒ、甲冑ヲ着テ、四五百人許館ヲ三重四重ニ囲テ、終夜篝火ヲ立テ、若干ノ眷属ヲ令廻テ、緩ミ無ク護ル。蠅ヲダニ不翔ズシテ、明ヌレバ、守夜ヲ曉ス程ヲダニ心モト無ク思テ、明マヽニ、湯浴テ疾ク可出家キ由ヲ云ヘバ、三人ノ聖人極テ貴ク云テ、勧テ令出家シメツ。其間[一六]、鷹屋[一七]ニ籠タル多クノ鷹共、皆足緒[一八]ヲ切リ、放タル鳥ノ如クニ飛ビ行ク。所々ニ有ル簗ニ人遣テ破ツ。鷲屋[一九]ニ有ル鷲共皆放ツ。長明[二〇]ニ有ル大網共皆取ニ遣テ、前ニシテ切ツ。倉ニ有甲冑、弓箭、兵杖[二一]皆取リ出シテ、前ニ積焼ツ。年来[二二]仕ケル親キ郎等五十余人、同時に出家シツ。其妻子共ニ泣キ合ヘル事無限シ。出家ノ功徳極テ貴キ事ト云ヒ乍、「此ノ出家ハ、仏[二三]殊ニ喜ビ給ラム」ト思ユ。守出家シテ後、聖人達弥ヨ貴キ事共ヲ物語[二四]ノ様ニテ云令聞シムレバ、弥ヨ手ヲ摺テナム泣[二五]キ居タル。聖人達、「極キ功徳ヲモ勧メ得ツルカナ」ト思テ、「今少シ道心付ケテ返ラム」ト思テ、「明日許[二六]ハ此クテ候ヒテ、明後日ニ罷返ラム」ト云ヘバ、新発[二七]極テ喜テ返リ入ヌ。

鷹屋（春日権現験記）

其ノ日ハ暮ヌレバ、又ノ日[一]、此ノ聖人達云ヒ合スル様、「此ク道心発シタル時ハ、狂フ様ニ何ニ盛ニ発タラム。此ノ次ニ今少シ令発」トテ、兼テ[二]「若シ信ズル事モヤ有」トテ、菩薩[三]ノ装束ヲナム十具許令持タリケル。只笛笙[四]ナド吹ク人共ヲ少々雇タリケレバ、隠ノ方ニ遣シテ、菩薩ノ装束ヲ着セテ、「新発ノ出来シテ、道心ノ事共云フ程ニ、池ノ西ニ有ル山ノ後ヨリ笛笙ナド吹テ、面白ク楽ヲ調ベテ来レ」ト云ヒタレバ、楽ヲ調ベテ[五]漸ク来タルヲ、新発、「此ハ何[六]ゾ楽ゾ」ト怪シメバ、聖人達不知ズ白ニテ、「何[七]ゾノ楽ニカ有ラム。極楽ノ迎ヘナドノ来ルハ此様ニヤ聞ユラム。念仏唱ヘム」ト云テ、聖人達幷ニ弟子共十人許、諸音ニ貴キ音ヲ以テ念仏ヲ唱フレバ、新発手ヲ摺リ入テ貴ブ事無限シ。而ル間、新発居タル障紙[八]ヲ曳開テ見

笙（信西古楽図）

レバ、[九]金色ノ菩薩、[一〇]金蓮華ヲ捧テ、漸ク寄リ御ス。新発此レヲ見付テ、音ヲ放テ泣テ、板敷ヨリ[一一]丸ビ[一二]堕テ礼ム。聖人達モ此レヲ貴ビ礼ム。菩薩楽ヲ引調ベテ返ヌ。

其ノ後、新発上テ云ク、「極タル功徳ノ限ヲモ令造メ給ツルカナ。己ハ[一三]量モ無ク生類ヲ殺シタル人也。其ノ罪ヲ滅セムガ為ニ、今ハ堂ヲ造テ自ノ罪ヲモ滅シ、[一四]彼等ヲモ救ヒ侍ラム」ト云テ、忽ニ堂造リ始メケリ。聖人達ハ亦ノ日ノ暁ニゾ、多々ヲ出テ[一五]山ニ返ニケリ。其後、其ノ堂ヲ造畢テ供養ジテケリ。所謂ル[一六]多々ノ寺ハ其ヨリ始メテ造タル堂共也。

[一七]此レヲ思フニ、出家ハ[一八]機縁有ル事トハ云ヒ乍、子ノ源賢ガ心極テ難有ク貴シ。亦仏ノ如クナル聖人達ノ勧メナレバ、[一九]此極悪ノ者モ善心ニ[二〇]翻ヘテ出家スル也ケリ、トナム語リ伝タルトヤ。

권19 제5화

로쿠노미야六の宮 따님의 남편이 출가出家한 이야기

로쿠노미야六の宮의 따님과 무쓰陸奥 수령의 아들을 둘러싼 노래이야기歌物語 풍의 비련설화悲戀說話이다. 복이 없는 로쿠노미야의 따님의 혼인이 본의 아니게 이별로 전개되고 또한 그것이 비극적 재회로 이어져 남자가 출가한다는 구성으로 그 사이에 '옛날에는 선잠의 팔베개…'라는 옛 노래가 삽입되어 노래이야기적인 서정성을 고조시키고 있다. 높은 신분에서 몰락한 미녀와 귀공자의 만남을 주제로 한다는 점에서는 비슷한 유형이라고도 할 수 있지만 행복한 결말로 맺는 전통적, 민담적 구성(→ 권16 제7·8화, 권22 제7화 등)과는 달리 비극이 자아내는 이질적인 낭만성을 내세웠다는 점에서 이색적인 가작이라고 할 수 있다. 또한 아쿠타가와 류노스케芥川龍之介의 「로쿠노미야의 따님六の宮の姫君」은 이 이야기에서 소재를 취하였다.

이제는 옛이야기이지만, 육궁六宮[1]이라는 곳에 살며, 나이가 들어 세간에서도 잊혀진 황족의 자식으로 병부대보兵部大輔[2] □□[3]라고 하는 사람이 있었다. 《고아高雅한》[4] 마음을 가지고 인품도 고지식했기 때문에 자진하여 세상에 나와 사람들과 교류를 하려고도 하지 않고 아버지가 물려주신 나무가

1 미상. 『고본설화집古本說話集』에 "오조五條 주변에"라고 되어 있음.
2 병부성兵部省의 차관次官.
3 인명의 명기를 위한 의도적 결자.
4 한자 명기를 위한 의도적 결자. 『고본설화집古本說話集』을 참조하여 보충.

울창하게 자란 넓은 저택 내의 황폐한 채 남아 있는 동쪽 바깥채[5]에 살고 있었다. 나이는 쉰 무렵이었는데 딸이 한 명 있었다. 나이는 열 살 정도로 아름다운 외모를 가지고 머리카락을 비롯하여 모습, 언동 등 어느 하나 흠잡을 데가 없었다. 마음가짐도 바르고 사랑스러운 인품이었다. 이처럼 매우 미인이었기에 유력한 황족의 아들과 짝지어 주더라도 전혀 부끄럽지 않을 정도였다. 그러나 이렇듯 미인이면서도 세간에 알려지지 않았기 때문에 특별히 구혼을 청하는 자도 없고

'구혼하는 사람이 있다면 혼인을 시키겠지만 아무리 궁색하여도 어찌 이쪽에서 나서서 남편을 구할 수 있겠는가.'

라고 고지식하게 조심스레 생각하고 있었다. 때로는 '딸을 여어女御[6]로 입궁시킬까.'라고 생각했지만 아버지인 자신의 가난함을 생각하니 그것도 불가능했다. 그러므로 아버지도 어머니도 딸을 한층 더 딱하고 가엽게 여기어 그저 두 사람 사이에 재우고는 여러 가지를 가르쳐주었다. 유모는 전혀 신뢰할 수도 없고 이야기 상대가 되는 형제도 없었다. 그것이 더할 나위 없이 걱정되어 부모는 그저 이것을 한탄하며 눈물을 흘릴 수밖에 없었다.

이러고 있는 동안 아버지도 어머니도 잇달아 세상을 떠났다. 혼자 남겨진 따님의 슬픔은 어떠했을까. 몸을 의지할 곳도 없는 신세는 그 무엇에도 비할 바 없이 불쌍하였다. 그렇지만 어느새 세월은 흘러 상복도 벗게 되었다. 부모가 자나 깨나 방심할 수 없는 자라고 말씀하셨기에 유모에게는 마음을 허락할 수 없었는데, 그렇다고는 해도 어찌할 도리도 없이 몇 년이 지나는 동안 선조 대대로 내려온 훌륭한 살림살이도 유모가 어느새 다른 사람 손에

5 "東の對の屋".

6 * 후궁으로 입궁하여 천황의 침소에서 시중들던 고위의 여관女官. 황후, 중궁 다음으로, 갱의更衣의 지위로 주로 섭관攝關의 딸이고 헤이안 중기 이후에는 황후가 된 사람도 나왔음.

건네주어 탕진해 버렸다. 그래서 따님은 완전히 초라한 꼴이 되어 매우 불안해하며 슬퍼하였다.

어느 날 유모가

"실은 제 형제에 해당하는 승려를 통해서 이렇게 말해온 사람이 있습니다. □□[7] 전사前司의 아들로 나이는 스물 정도, 용모도 준수하고 마음도 고운 분이 계십니다. 그 아버지도 지금은 수령受領이지만 최근의 상달부上達部의 자제인 만큼 《고상한》[8] 분입니다. 그분이 아가씨가 매우 아름답다는 것을 듣고 꼭 뵙고 싶다고 하십니다. 이분이라면 신랑으로 아가씨의 거처에 왕래하셔도 부끄러운 분이 아닙니다. '이같이 불안해하고 계신 것보다는 좋지 않을까.'라고 생각합니다."

라고 말했다. 이것을 들은 딸은 머리를 흐트러뜨리고 오로지 울 뿐이었다. 그 후 유모는 재차 남자에게서 편지를 잇달아 받았지만 따님은 보려고도 하지 않았기 때문에 유모는 집에 있는 젊은 시녀에게 따님이 썼다고 여겨지도록 답신을 쓰게 해서는 남자에게 건넸다. 이 같은 일이 몇 번 반복되어 이윽고 남자가 언제라고 날을 정하여 방문하게 되었고 따님도 그렇게 되자 어쩔 수 없이 남자와 부부의 인연을 맺게 되었다. 남자는 아름다운 따님을 보고 마음에서 애정이 생겼으니 그것도 당연한 도리였다. 남자 쪽도 어쨌든 《상당한 집안》[9] 사람의 자식이었기에 인품과 풍채가 보통이 아닌 자였다.

따님은 의지할 사람도 없는 채 이 남자를 의지하여 지내고 있었는데 이 남편의 부친이 무쓰陸奧 수령으로 임명되었다. 봄이 되어 급히 임지任地로

7 지방명의 명기를 위한 의도적 결자. 단, 원문에는 "□□ノ前司ノ年"라고 되어 있으나 전사의 아들이 아니면 이 이야기가 맞지 않음. 『고본설화집』에는 "아무개 전사의 자식으로 나이 열 살 정도인데"라고 되어 있음.

8 한자 명기를 위한 의도적 결자. 『고본설화집』을 참조하여 보충.

9 한자 명기를 위한 의도적 결자. 『고본설화집』을 참조하여 보충.

내려가게 되었는데 부친은 "자식이니 도읍에 머물 수는 없다."[10]라고 하였기에 아버지를 따라서 내려갔다. 하지만 아내를 남겨두고 가는 것이 견디기 힘들고 괴로웠기 때문에 같이 데리고 가고 싶었다. 그러나 아내는 아직 버젓이 부모의 허락을 받은 사이가 아니었기에 "데리고 가고 싶습니다."라고 부끄러워 입에서 꺼낼 수도 없어 여러 가지로 고민하는 중에 결국 내려가는 날이 되자 장래를 굳게 약속하고 울면서 헤어져 무쓰로 내려갔다. 무쓰에 도착하고 나서 곧 도읍으로 편지를 보내려고 생각했는데 확실한 인편도 없어 한탄하면서 지내고 있는 사이 어느새 세월이 흘렀다.

한편 아버지가 무쓰 수령의 임기가 끝난 해, 상경길을 서둘렀는데 그 당시 임지에서 매우 위세를 떨치고 있던 히타치常陸 수령 □□□□[11]라고 하는 사람이 전부터 이 무쓰 수령의 자식을 "사위로 맞이하고 싶소."라고 몇 번이나 사람을 보내 청하였다. 무쓰 수령도 "그것은 참으로 좋은 일이다."라고 기뻐하며 자식을 히타치 수령의 사위로 보내 버렸다. 그래서 남자는 무쓰 지방에서 오 년, 그 후 히타치 지방에 삼사 년 사는 동안 어느새 칠팔 년이 지나갔다. 히타치 지방의 아내는 젊고 매력이 넘치는 여자였지만 그 도읍의 사람에게는 도저히 비할 수가 없었기 때문에 남자는 항상 도읍을 생각하며 밤낮으로 그리워했지만 어찌할 도리가 없었다. 수단을 강구하여 도읍으로 편지를 보내봤지만 어느 날은 장소를 발견하지 못하였다고 하여 편지가 되돌아오고, 어느 때는 심부름꾼이 그대로 도읍에 머물러 버려서 답신을 가지고 오지 않았다.

10 공사령公私令에 기록된 "대저 외관外官으로 부임 시에 자제의 나이 21세 이상인 경우 데려갈 수 없다."라고 하는 기사는 율령 체제가 붕괴된 그 당시에는 이미 효력을 상실했던 것이라고 판단됨. 남자아이를 임지로 데려갔다는 이야기는 권16 제20화에도 보임. 노부노리惟規(무라사키 식부紫式部의 오빠)가 엣추越中에 간 것도 아버지의 부임지에 따라간 것임(권31 제28화).

11 인명의 명기를 위한 의도적 결자.

그동안 히타치 수령의 임기가 끝나서 상경하게 되었기에 사위도 같이 상경했다. 안절부절못하며 여정을 계속 하는 사이 어느새 아와즈粟津[12]에 당도하였다. 그대로 도읍에 들어가기에는 날이 좋지 않아[13] 이삼 일 그곳에 머물렀다. 그 며칠이 지금까지의 수년보다도 오히려 불안하였다. 드디어 도읍에 들어가는 날에는, 낮에는 보기 흉하다[14]고 하여 날이 저물고 나서 들어갔다. 도읍에 들어가자마자 아내는 그 아버지인 히타치 수령의 집에 보내놓고 자신은 여장旅裝을 풀지도 않고 육궁으로 서둘러 갔다. 가보니 옛날에는 무너져가는 토담이 있었지만 지금은 그것도 없어지고 작은 집만 남아 있었다. 앞에는 사족문四足門이 있었는데 그 흔적도 없었으며 침전寢殿의 바깥채[15] 등도 있었는데 지금은 하나도 보이지 않았다. 정소옥政所屋[16]에 있던 판잣집도 금방이라도 쓰러질 듯하였다. 연못에는 물도 없고 그곳에는 물옥잠이 있어 도저히 연못으로는 보이지 않았다. 풍취 있던 수목樹木도 여기저기 베어져 없어져 버렸다. 이 모습을 보고 가슴이 두근거리고 매우 걱정이 되어 '이 근처에 사정을 아는 자가 없을까?' 하고 찾게 하였지만 아는 사람은 전혀 없었다.

쓰러져 가는 정소옥에 아무래도 사람이 살고 있는 듯한 기척이 있었기에 다가가 말을 걸자 한 명의 비구니가 나왔다. 밝은 달빛에서 보니 그 사람 밑에서 일하고 있던 여자의 어머니였다. 남자는 그곳에 쓰러져 있는 침전 기둥에 걸터앉아 이 비구니를 가까이 불러들여 "이곳에 살고 있던 분은 어떻게 되었습니까."라고 묻자 비구니는 입을 다문 채 대답하지 않았다. 남자는 '틀림없이 숨기고 있는 것이 있구나.'라고 생각하였는데 때마침 10월 20일

12 → 지명.
13 그 날의 길흉을 점쳐 좋은 날을 골라 입경하는 것이 일반적이었음.
14 당시 여행자가 사람 눈을 꺼리어 밤을 기다려 입경入京한 사례는 여러 책에 나옴.
15 "對の屋".
16 공경公卿이나 귀족 집의 사무소.

무렵으로 비구니도 매우 추워하고 있었기 때문에 남자는 입고 있던 옷을 한 장 벗어주자 비구니는 매우 당황한 모습으로 "이 같은 것을 주시다니 당신은 도대체 누구십니까."라고 물었다. "나는 이러이러한 자가 아닌가. 자네는 나를 잊었는가. 나는 결코 잊지 않았네."라고 남자가 말하자 비구니는 이것을 듣고 흐느끼며 한없이 울어댔다.

잠시 후,

"'모르는 분이 말씀하시는구나.'라고 생각하여 말씀드리지 않았습니다. 그럼 사실대로 말씀드리겠습니다. 물어보십시오. 당신이 지방에 내려가신 후 한 해 정도는 이곳의 시녀들도 '편지라도 주시지 않을까' 하고 기다리고 있었지만 전혀 연락이 없으셨기 때문에 '이제 완전히 잊으셨나 보다.'라고 생각하게 되었습니다. 그리하여 그렇게 세월을 보내고 있는 사이 유모의 남편도 두 해 정도 있다가 돌아가셔서 돌봐 드릴 사람도 전혀 없어 모두 뿔뿔이 흩어져 버렸습니다. 침전은 저택에 일하는 사람의 장작이 되어 부서졌고 결국 무너져 버렸습니다. 아씨가 계신 바깥채[17]도 길 가는 사람이 부셔버렸고 그것도 작년의 태풍으로 무너져 버렸습니다. 아씨는 시侍의 대기소였던 복도의 두세 칸 정도를 《거처로 삼아》[18] 그곳에 있는 듯 없는 듯 살고 계셨습니다. 저는 '딸이 남편을 따라 다지마 지방但馬國으로 내려가 버리면 도읍에 있어도 누구 한 사람 제 자신을 돌보아 줄 사람이 없다.'고 생각하여 딸의 남편을 따라갔었지만, 지난해 아가씨가 걱정되어 상경해 보니, 이처럼 저택은 자취도 없이 사라져 버렸습니다. 아씨도 어디에 가셨는지 모르니 아는 사람에게 부탁하고 이 비구니도 찾고 있지만 전혀 계신 곳을 알 수 없습니다."

17 '對の屋'.

18 한자 명기를 위한 의도적 결자. 『고본설화집』을 참조하여 보충.

라고 말하고 한없이 울었다. 남자는 이것을 듣고 이루 말할 수 없는 슬픔에 눈물을 흘리며 돌아갔다.

일단은 자신의 집에 돌아왔지만 이 사람을 만나지 않으면 살아 있는 것 같지도 않았기에 '그냥 발길 가는 대로 가서 찾자.'라고 생각하여 참배라도 가는 듯한 차림새로 짚신을 신고, 갓을 쓰고 이곳저곳 찾아다녔지만 전혀 찾아낼 수 없었다. '혹시 서경西京 근처에 있을지도 모른다.'라고 생각하여 이조二條 거리의 서쪽을 향해 커다란 울타리를 따라 걸어갔다. 신유申酉[19] 무렵이었는데 갑자기 하늘이 어두워지더니 한차례 비가 세차게 쏟아졌다. 남자는 '주작문朱雀門[20] 앞의 서쪽 곡전曲殿[21]으로 가서 비를 피하자.'라고 생각하여 다가가자 격자창[22] 안에서 인기척이 났다. 살짝 가까이 가서 들여다보자 몹시 더러운 거적을 주위에 깔고 사람이 두 명 있었다. 한 사람은 늙은 비구니, 한 사람은 매우 마르고 새파란 얼굴빛으로, 마치 그림자 같은[23] 젊은 여자로 살짝 더러운 거적 조각을 깔고 그 위에 자고 있었다. 그 여자는 소에 입히는 옷 같은 누더기를 입고 허리춤에 찢어진 거적을 걸치고 손 베개를 하고 자고 있었다. 남자는 '저런 심한 행색을 하고 있지만 왠지 《좋은 집안》[24] 사람인 듯하구나.' 하고 의심스럽게 생각하여 가까이 가서 잘 들여다보자, 놀랍게도 그 행방을 알 수 없었던 여자였음을 깨달았다. 눈도 멀고 심장도 멈출 듯한 심정으로 바라보고 있자 이 여자는 매우 《품위 있고》[25] 사랑스런 목소리로

19 * 오후 5시 무렵.
20 헤이안 경平安京 대내리大內裏의 남쪽 중앙에 있는 정문. 여기서부터 주작대로가 시작되어 남쪽으로 내려감.
21 건축물의 한쪽 모퉁이에 직각으로 구부러져 지어진 건물.
22 원문에는 "렌지連子"라고 되어 있음. 창에 세로 혹은 가로로 격자를 댄 것.
23 권17 제27화에는 유령幽靈을 형용하는 표현으로 쓰임.
24 한자 명기를 위한 의도적 결자. 『고본설화집』을 참조하여 보충.
25 한자 명기를 위한 의도적 결자. 『고본설화집』을 참조하여 보충.

옛날에는 선잠의 팔베개에 부는 외풍조차 추워 견딜 수 없었는데 지금은 이런 초라한 모습으로 자고 있네. 정말로 사람은 환경에 길들여지는 존재로구나.[26]

라고 읊었다. 이 목소리를 듣자 정말로 그 여자임에 확실하기에 남자는 놀라서 걸친 거적을 벗기고

"어찌하여 이처럼 계십니까. 나는 어떻게든 당신을 찾아내려고 무척이나 헤매고 다녔습니다."

라고 말하고는 여자의 옆으로 가서 보듬어 안자, 여자는 얼굴을 마주하고 '정말 멀리 떠났던 사람이로구나.'라고 깨닫자 부끄러움에 견디지 못했던 것일까 그대로 기절해서 숨이 끊어져 버렸다. 남자는 잠시 동안은 '어쩌면 살아날지도 모른다.'라고 생각하여 여자를 안고 있었지만 그대로 차갑게 움직이지 않게 되자 이젠 틀렸다고 포기하고 그곳에서 집으로도 돌아가지 않고 아타고 산愛宕護山에 가서 머리를 자르고 법사法師가 되어 버렸다.

이 남자의 도심은 매우 독실하였기 때문에 이후 존귀하게 수행을 하였다. 출가라는 것은 지금으로부터 먼 전세前世로부터의 인연인 것이다.

이 이야기는 자세히 전해져 내려오고 있지 않지만 『만엽집萬葉集』이라고 하는 서책에 실려 있기 때문에 이렇게 이야기로 전하여 내려오고 있다 한다.

26 タマクラノスキマノ風モサムカリキミハナラハシノモノニザリケル.

⊙ 제5화 ⊙

로쿠노미야六の宮 따님의 남편이 출가出家한 이야기

六宮姫君夫出家語第五

今昔、六ノ宮ト云フ所ニ住ケル旧キ宮原ノ子ニ、兵部ノ大輔□ト云フ人有ケリ。心□ニシテ旧メカシケレバ、世ニ指出モ不為デ、父ノ宮ノ家ノ、木高クシテ大ナルニ、荒バレ残タル東ノ対ニゾ住ケル。年ハ五十余ニ成ヌルニ、娘一人有ケリ。年十余歳許ニテ、形チ美麗ニシテ、髪ヨリ始メテ姿様体此ハ弊シト見ル所無シ。心バヘ厳シテ気ハヒ労タシ。此ク微妙ナレバ、可然キ君達ナドニモ合セタラムニ、露愚ニ可思ニ非ズ。此ク美麗ナレドモ、世ニ人不知ザリケレバ、殊ニ云ハスル人モ無マヽニ、「何デカ進テモ云ハム。云フ人有ラバコソ」ト旧メカシク思ヒ静メテゾ有ケル。「高キ翔ヒモ令為バヤ」ト思ヒケレド、父貧キ身ニテ思ヒ不懸ズ。然レバ父モ母モ心ニ懸テ、只二人ノ中ニ臥セテ、教フル事ナム有ケル。乳母ノ心ハ打チ解クモ無シ、相思可キ兄弟モ無シ。然レバ、後メタ無ク思フ事無限シ。只父母此ヲ歎キ泣ヨリ外ノ事無シ。

而ル間、父モ母モ墓無ク打次キテ失ケレバ、姫君ノ心只思ヒ可遣ベシ。哀ニ悲シク置所無ク思ユル事譬ヘム方無シ。月日漸ク過テ服ナドモ脱ツ。父母ノ睹暮レ後メタ無キ者ニ宣ヒシカバ、乳母ニモ不被打解ズ。只何トモ無クテ年来ヲ経ル程ニ、可然キ調度共数伝ヘ得タリケルモ、乳母墓無ク漸ク仕ヒ失テケリ。然レバ姫君モ、可有クモ無クテ、心細ク悲シク思ユル事無限シ。

而ル間、乳母ノ云ク、「己

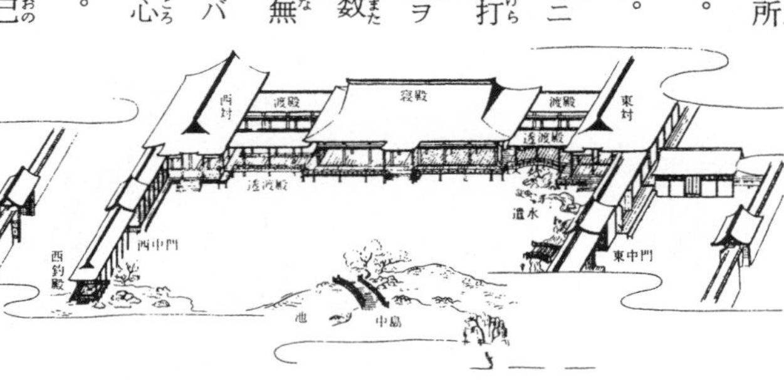

寝殿造復元図

ガ[1]兄弟ニテ侍ル僧ニ付テ令云メ侍ル也。[2]□ノ前司ノ年二十余歳許ナルガ、形モ美麗ニ心バヘモ[3]直シキ御ス也。父モ只今[4]受領ナレドモ、[5]近キ上達部ノ子ナレバ[6]□人也。其レガ此ク御スヲ聞テ令云メ侍ル也。通ヒ給ハムニ[7]苟カルベキ人ニモ非ズ。『此ク心細クテ御スヨリモ吉キ事』トナム思ヒ給ル[9]」ト。

姫君此ヲ聞テ髪ヲ振懸テ、泣ヨリ外ノ事無シ。其ノ後、乳母度々消息取リ伝ト云ヘドモ、姫君ミ見モ不入ネバ、若キ女房ナドノ有ルニ、[10]姫君ノ御文ト思シク返事ヲ令書メツ、遣ル。如此クテ度々ニ成ヌレバ、其ノ日ト定メテ既ニ来リ始メヌレバ、[11]云フ甲斐無クテ通ヒ行ク。女ノ有様ノ此ク微妙ケレバ、男コ志ヲ尽シテ思タルモ理也。男モ[12]和纔ニ[13]□人ノ子也ケレバ、気ヒ有様モ不弊ズナム有ケル。

姫君、憑モシキ人モ無キマヽニ此ノ人ヲ憑ミテ過ル程ニ、此ノ夫ノ父陸奥ノ守ニ成ニケリ。春比忩テ国ニ下ルニ、[14]「男ナレバ京ニ留ルベキ事ニ非ズ」トテ、父ノ[15]共ニ下ニ、妻ヲ[16]見置テ行カム事ノ破無ク心苦シク思ケレバ、祖ニ被知テ打チ解タル中ラヒニモ非ネド、[17]「相具セム」トモ恥クテ不云デ心ニ思砕ケ乍ラ、下ル日ニ成テ深キ契ヲ云ヒ置テ、泣々ク別レテ、夫ハ陸奥へ下ヌ。国ニ行着テ後、何シカ消息ク[18]上ゲムト思フニ、慥ナル便モ無クテ、歎キ乍ラ過グル間ニ、年月モ過ニケリ。

[19]任終ノ年忩ギ上ラムト為ルニ、其ノ時ノ常陸ノ守[20]□ト云フ人、任国ニ有テ花ヤカニテ有ルニ、此ノ陸奥ノ守ノ子ヲ「聟ニセム」ト人ヲ遣セテ度々迎ヘケレド[21]、陸奥ノ守、「極メテ賢キ事也」ト喜テ、子ヲ常陸ニ遣リツ。然レバ、陸奥国ニ五年居テ、常陸ニ三四年有ル間ニ、墓無クシテ七八年ニモ成ヌ。此ノ常陸ノ妻ハ若シテ[22]愛敬付ナドハ有モ、彼ノ京ノ人ニハ可当クモ非ネバ、常ニ心ヲ京遣ツヽ、恋ヒ侘ブト云ドモ甲斐無シ。態ト京ニ消息ヲ[23]遣ドモ、或ハ不尋得ザル由ヲ云テ消息ヲ持返リ、或ハ使京ニ留テ返事ヲ不持来ズ。

而ル間、此ノ常陸ノ守任畢テ上レバ、聟モ同ジク上ボル。道スガラ、[25]破無ク思フ程ニ、既ニ[26]粟津ニ着テ、[27]日次悪シトテ

四足門（年中行事絵巻）

二三日居ルニ、中々年来ヨリモ不審キ事無限シ。京ニ入ル日、昼ハ見苦シトテ、日暮ラシテゾ入ケル。京ニ入ヤ遅キト、妻ヲバ父ノ常陸ノ守ノ家ニ送テ、我ハ旅装束乍ラ六ノ宮ニ忩ギ行テ見レバ、築地頽乍モ有シニ、皆小屋居ニケリ。四足ノ門ノ有シモ跡形モ無シ、寝殿ノ対ナドノ有モ一モ不見ズ。政所屋ニ有シ板屋モ喎々ム残タル。池ハ水モ無クテ葱ト云フ物ヲ作テ池モ不見ズ。可咲カリシ木共モ所々切リ失テケリ。此ヲ見ニ、心迷ヒ肝騒テ、「其ノ辺ニ知タル者ヤ有ル」ト令尋レドモ、更ニ知タル人無シ。

政所屋ノ壊レ残タル所ニ、纔ニ人住ム様ニ見ユ。寄テ人ヲ呼ベバ、一人ノ尼出タリ。月ノ明キニ見レバ、彼ノ人ノヒスマシ也シ者ノ母ニテ有シ女也ケリ。寝殿ノ柱ノ倒レテ残タルガ有ルニ尻ヲ打懸テ、此ノ尼ヲ呼ビ寄セテ、「此ニ住シ給ヒシ人ハ」ト問ヘバ、尼墓々シク云フ事無シ。然レバ、「隠スナメリ」ト思テ、十月ノ中ノ十日程ナレバ、尼モ糸寒気ナルニ、男着タル衣ヲ一ツ脱テ与フレバ、尼手ヲ迷シテ、「此ハ何ナル人ノ此クハ給フニカ」ト云ヘバ、男、「我ハ然々ノ人ニハ非ズヤ。汝ハ忘ニケルカ。我レハ更ニ不忘ズ」ト云ヘバ、尼此ヲ聞クマヽニ、噎返テ泣ク事無限シ。

其後云ク、「『不知ヌ人ノ宣フカ』トテコソ隠シ申ツレ。有ノマヽニ申候ハム。尋ネ奉ラセ給ヘカシ。殿ノ国ニ下セ給ヒテ後一年許ハ、候シ人共モ『御消息ヤ奉ラセ給フ』ト待チ候シニ、掻絶然ル事モ不候シカバ、『忘レ畢サセ給ヒニケルナメリ』ト思候シカドモ、自然ラ過シ候ヒシ程ニ、御乳母ノ夫モ二人許有テ失セ給ヒニシカバ、露知リ奉ル人モ不候デ、皆散々ニ罷リ去キ候ヒニキ。寝殿ハ殿ノ内ノ人ノ焼物ニ罷成テ、壊レ候ヒニシカバ倒レ候ニキ。御シ対モ只道行ク人ノ壊チ物ニ罷成テ、其レモ一トセノ大風ニ倒レ候ヒキ。御前ハ侍ノ廊ニテナム二三間許ヲ□テ、御坐ス様ニモ無クテ居サセ給ヘリシ。尼ハ、『娘メノ、夫ニ付テ但馬ノ国ニ罷下ラムカ、京ニハ誰ニ被養テカハ候ハムズル』ト思テ、但馬ニ罷テ、去年ナム御前ノ御事ノ不審ク思給シカバ、罷リ上テ候ニ、此ク跡形モ無ク殿モ成ニケリ、御前モ御シニケム方モ知リ不奉ネバ、知タル人ニモ付ケ、尼モ尋ネ奉レドモ、更ニ御スラム所ヲ不知ネバ」ト云テ、泣ク事無限シ。男此レヲ聞テ、悲キ事無限クシテ泣々返ヌ。

家ニ行タルニ、此ノ人ニ不値ズシテ世ニ可有クモ不思ザリケレバ、「只足手ノ向タラム方ニ行テ尋ネム」ト思テ、物詣ノ様ニテ、藁履ヲ着ハキ、笠ヲ着テ所々ヲ尋ネ行クト云ヘバ、更ニ不尋得ザリケレバ、「若、西京ノ辺ニヤ有ラム」ト思テ二条ヨリ西様ニ、大垣ニ副テ行ク程ニ、申酉ノ時許ニ掻暗ガリテ、霙痛ク降レバ、「朱雀門ノ前ノ西ノ曲殿ニ立隠レム」ト思テ立寄タレバ、連子ノ内ニ人ノ気ハヒ有リ。和ラ寄テ臨ケバ、莚ノ極テ穢ナルヲ曳キ廻シテ人二人居タリ。一人ハ年老タル尼也、一人ハ若キ女ノ、極テ痩セ枯テ色青ミ影ノ様ナル、賤シキ様ナル莚ノ破ヲ敷テ、其レニ臥シタリ。牛ノ衣ノ様ナル布衣ヲ着テ、破タル莚ヲ腰ニ曳懸テ、手抛シテ臥シタリ。「和纔ガニ此ク賤シ乍ラ□ナル者ヨ」ト見ユ。怪シク思レバ、近ク寄テ吉ク臨ケバ、此ノ失ヒタル人ニ見成シツ。目モ暗レ心モ騒テ守リ居タル程ニ、此ノ人ノ極テ□ニ労タ気ナル音ヲ以テ此ク云フ、

タマクラノスキマノ風モサムカリキミハナラハシノモノニザリケル

ト。此ク云ヲ聞クニ、現ニ其ニテ有レバ、奇異ク思ヒ乍ラ、懸タル莚ヲ掻キ開テ、「此ハ何ニ此クテハ御マシケルゾ。尋ネ奉ルトテ此ク迷ヒ行キツル

尼(信貴山縁起)

ニ」ト云テ、寄テ抱ケバ、女㒵ヲ見合セテ、「[一]早ウ遠ク行ニシ人也ケリ」ト思フニ、難堪クヤ有ケム、即チ絶入テ失ニケリ。男暫ハ、「生ヤ返ル」ト抱キタリケレドモ、ヤガテ[二]氷エ痓ニケレバ、此ク見成シテ、其レヨリ家ニモ不行シテ、[三]愛宕護ノ山行テ、髻ヲ切テ法師ニ成ニケリ。

道心発ニケレバ、貴ク行ヒテゾ有ケル。出家ハ、于今始ヌ[四]機縁有ル事也。

此ノ事ハ委シク語リ不伝ヘズト云ドモ、[五]万葉集ニトモ云フ文ニ被注タレバ、此ク語リ伝ヘタルトヤ。

권19 **제6화**

암컷 오리가 수컷 오리가 죽은 곳을 찾아온 것을 보고 출가出家한 사람 이야기

도읍의 풋내기 시侍가 산후의 아내를 위해 미미도로美々度呂 연못의 수컷 오리를 쏴죽였는데 남편의 뒤를 그리워하며 시체를 좇아온 암컷 오리의 순정에 감동하고 발심發心하고 출가出家하여 아타고 산愛宕護山에 칩거한 이야기. 아타고 산에 입산수행入山修行한 점에서 특히 앞 이야기와 연결된다.

이제는 옛이야기이지만, 도읍에 한 명의 풋내기 시侍[1]가 있었다. 언제 적 일인지는 모르지만 집이 매우 가난하여 하루하루 지내는 것도 어려운 형편이었다.

그러던 중 《아내》[2]가 출산하게 되었는데 아내는 무척 고기를 먹고 싶어 했다. 그러나 남편은 가난하여 고기를 손에 넣을 수 없었다. 부탁할 만한 시골의 아는 사람도 없었고 시장에 가서 사려고 해도 살 돈이 없었다. 남편은 어떻게 할까 궁리하다 아직 날이 밝지 않을 무렵 직접 활과 화살 두 개 정도를 가지고 집을 나섰다. '연못에 가서 그곳에 찾아오는 새를 쏘아 아내에게 먹이자.'고 생각하였기 때문이다. '어느 연못에 가면 좋을까.' 궁리하는 중에

1 * 일본어로 '사부라이'로 읽음. 후세의 사무라이侍와는 다르게, 신분이 낮은 고용살이를 하는 남자의 총칭. 경비나 잡무에 종사하는 고용인.

2 저본의 파손에 의한 결자. 문맥을 고려하여 보충.

'미미도로美々度呂 연못[3]에는 사람이 그다지 가지 않는 곳이다. 그곳에 가서 찾아보자.'라는 생각이 들어 길을 나섰다. 연못 옆에 다가가 풀 속에 숨어서 상황을 보고 있자니 암컷, 수컷 오리가 사람이 숨어 있는 것도 모르고 다가왔다. 남자는 이것을 노려 활시위를 당기자 수컷 오리에 명중했다. 크게 기뻐하며 연못에 내려가 오리를 들고 급히 집으로 향했는데 도중에 날이 저물어 밤이 되어서야 돌아올 수 있었다. 아내에게 자초지종을 말하고 기뻐하며 '아침이 되면 요리해서 아내에게 먹이자.'라고 생각하고 그곳에 있는 횃대에 매달고 잠을 잤다.

한밤중에 남편은 횃대에 매단 새가 푸드덕푸드덕 날개 치는 소리를 들었다. 그래서 '이 새가 다시 살아났나?' 하고 일어나서 불을 켜고 다가가보니 죽은 수컷 오리는 죽은 채 횃대에 매달려 있었다. 그 옆에 살아 있는 암컷 오리가 있었는데 수컷 오리에게 다가가 푸드덕푸드덕 날갯짓을 하는 것이었다. '그러고 보니 낮에 연못에 나란히 먹이를 찾고 있던 암컷 오리가 수컷 오리가 화살에 맞아 죽은 것을 보고 남편이 그리워 내가 잡아 가져오는 뒤를 밟아 이곳에 온 것이구나.'라고 생각하자 남자는 갑자기 도심이 생겨 이루 말할 수 없이 슬퍼졌다.

그런데 암컷 오리는 사람이 불을 켜고 온 것도 두려워하지 않았으며 목숨도 아끼지 않고 남편 곁에 나란히 있었다. 이 모습을 보고 남자는

'축생畜生[4]의 몸이면서 남편을 연모하여 목숨도 아까워하지 않고 이렇게 와 있구나. 나는 사람으로 태어나서 아내를 가엾게 여겨서 새를 죽였다고는 하나 그 고기를 당장 아내에게 먹이《려 하다니 이 얼마나 무정한 일인가.'

3 교토 시京都市 기타 구北區 미조로가이케深泥池.

4 → 불교.

하고》[5] 연민의 마음이 생겨 자고 있는 아내를 깨워서 이 일을 이야기해 주고 새를 보여 주었다. 아내도 또한 이것을 보고 더할 나위 없이 불쌍히 여겼다. 그래서 날이 새고도 이 새고기를 먹으려 하지 않았다. 남편은 이 일을 생각하고 깊이 도심이 생겼기 때문에 아타고 산愛宕護山의 존귀한 산사에 가서 바로 머리를 자르고 법사法師가 되었다. 그 후 오로지 청정한 성인의 생활을 보내고 불도수행에 정진하였다.

이것을 생각하면 살생의 죄는 무겁지만 살생을 하였기 때문에 도심을 일으키고 출가한 것이다. 그러므로 이것도 모두 그렇게 될 수밖에 없는 연緣이 있었던 것이라고 이렇게 이야기로 전하여 내려오고 있다 한다.

5 저본의 파손에 의한 결자. 문맥을 고려하여 보충.

⊙제6화⊙ 암컷 오리가 수컷 오리가 죽은 곳을 찾아 온 것을 보고 출가出家한 사람 이야기

鴨雌見雄死所来出家人語第六

今昔、京ニ一人ノ生侍有ケリ。何レノ程ト云フ事ヲ不知ズ。家極テ貧クシテ、世ヲ過スニ便無シ。

而ル間、其ノ□産シテ専ニ完食ヲ願ヒケリ。夫身貧クシテ、完食ヲ難求得シ。田舎ノ辺ニ可尋キ人モ無シ。市ニ買ハムト為レバ、其ノ直無シ。然レバ心ニ思ヒ繚テ、未ダ不明ザル程ニ、自ラ弓ニ箭二筋許ヲ取リ具シテ家ヲ出ヌ。「池ニ行テ池ニ居タラム鳥ヲ射テ、此妻ニ令食ム」ト思故ニ也。「何方ニ可行キニカ有ラム」ト思ヒ廻スニ、「美々度呂池コソ人離タル所ナレ。其ニ行テ伺ハム」ト思ヒ得テ、行ニケル。池ノ辺ニ寄テ、草ニ隠レテ伺ヒ居タルニ、鴨雌雄、人有トモ不知シテ近ク寄来タリ。男此レヲ射ルニ、雄ヲ射ツ。極テ喜ク思テ、池ニ下テ鳥ヲ取テ、忩テ家ニ返ルニ、日暮ヌレバ夜ニ入テ来レリ。妻ニ此ノ由ヲ告テ、喜ビ乍ラ、「朝メテニ調美シテ妻ニ令食ム」ト思テ、棹ノ有ルニ打懸テ置テ臥ヌ。

夫夜半許ニ聞ケバ、此ノ棹ニ懸タル鳥フタ〱トフタメク。然レバ、「此ノ鳥ノ生キ返タルカ」ト思テ、起テ火ヲ灯シテ行テ見レバ、死タル鴨ノ雄ハ死乍ラ棹ニ懸テ有。傍ニ生タル鴨ノ雌有リ。雄ニ近付テフタメク也ケリ。「早ウ、昼ル池ニ並テ食ツル雌ノ、雄ノ射殺シヌルヲ見テ、夫ヲ恋テ、取テ来タル[一]尻ニ付テ、此ニ来ニケル也ケリ」ト思フニ、男 忽ニ道心発テ、哀ニ悲キ事無限シ。

而ルニ、人火ヲ灯シテ来レルヲ不恐ズシテ、命ヲ不惜ズシテ夫ト並テ居タリ。此ヲ見テ男ノ思ハク、「[二]畜生也ト云ヘドモ、夫ヲ[三]悲ブガ故ニ、命ヲ不惜マズシテ此ク来レリ。我レ人ノ身ヲ受テ、妻ヲ悲ムデ鳥ヲ殺スト云ドモ、忽ニ此ク完ヲ[四]令食メ□」□事ヲ慈テ、寝タル妻ヲ起シテ、此ノ事ヲ語テ、此レヲ令見ム。妻亦此レヲ見テ、悲 事無限シ。遂夜明テ後モ、此ノ鳥ノ完ヲ食フ事無カリケリ。夫ハ尚此事ヲ思フニ道心深ク発ニケレバ、[五]愛宕護ノ[六]山ニ貴キ山寺ニ行ニ、忽ニ髻ヲ切テ法師ト成ニケリ。其後、偏ニ[七]聖人ト成テ、[八]懃ニ懃メ行テナム有ケル。

此ヲ思フニ、殺生ノ罪重シト云ヘドモ、[九]殺生ニ依テ道心ヲ発シテ出家ス。然レバ皆[一〇]縁有ル事也ケリ、トナム語リ伝タルトヤ。

권19 **제7화**

단고丹後 수령 후지와라노 야스마사藤原保昌의 낭등郎等이 사슴으로 전생轉生한 어머니를 쏘게 되어 출가出家한 이야기

후지와라노 야스마사藤原保昌의 낭등郎等 아무개가 꿈에 나타난 죽은 어머니의 간원懇願을 잊고 사냥터에서 어머니가 전생한 암사슴을 쏘아 죽이고 발심發心하여 출가出家한 이야기. 앞 이야기에 이어서 살생에 의한 역연逆緣[1]의 출가를 기록하고 있는데, 사냥감으로 만난 한순간에 이전의 결의를 잊어버리고 반사적으로 암사슴을 쓰러뜨린 낭등의 행위에서 윤리를 초월한 궁수의 본능을 엿볼 수 있다.

이제는 옛이야기이지만, 후지와라노 야스마사藤原保昌[2]라고 하는 사람이 있었다. 무인가문의 사람은 아니지만 용맹하고 무예에 능하였다. 이 사람이 단고丹後 수령으로 재임[3]하는 중에는 그 지방에서 밤낮으로 낭등이나 종자從者와 함께 사슴 사냥하는 것을 매일의 업으로 일삼고 있었다.

그런데 이곳에 한 낭등이 있었는데 이름을 □□[4]라고 했다. 화살을 특히 잘 쏘며 오랜 세월 동안 주인을 섬기고 있었는데 조금도 주인의 기대를 저버리는 일이 없었다. 특히 사슴 사냥에 발군의 솜씨를 발휘하였다.

어느 날 산야山野에 나와 사냥을 하게 되었는데 그 사냥하기 이틀 전날의

1 ＊불도에 거슬리는 일로 인해 도리어 불도에 들어가는 인연.
2 → 인명.
3 야스마사의 단고 수령 재임기간은 확실하지 않음.
4 인명의 명기를 위한 의도적 결자.

밤, 이 남자의 꿈에 죽은 어머니가 나타나서

“나는 악업惡業의 과보로 인해 사슴의 몸으로 태어나 지금 이 산에 살고 있소. 그런데 모레 사냥 때 분명 나는 죽을 것이오. 그때 나는 많은 사수射手를 피해 도망칠 테지만 활 솜씨가 뛰어난 그대로부터는 피할 수 없을 것이요. 그러니 혹시 그대가 커다란 암사슴이 나오는 것을 보게 된다면 ‘이것이 내 어머니구나.’라고 생각하여 쏘지 말아 주시오. 나는 그대가 있는 곳으로 달려가겠소.”

라고 말했다. 남자는 이러한 꿈을 꾸고 잠에서 깨어났다. 남자는 매우 놀라며 한편으로 이루 말할 수 없이 슬퍼졌다.

날이 밝자 남자는 수령에게 병이 났다고 거짓을 고하고 내일 사냥에는 수행을 할 수 없다고 말했다. 하지만 수령은 이를 허락하지 않았다. 몇 번이나 거절하였지만 수령은 허락하지 않고 결국에는 화를 내며

“이번 사냥은 그저 네가 사슴을 몰아서 쏘는 것을 보기 위해 개최한 것이다. 그것을 어찌하여 고사固辭하려고 하는가. 만약 내일 사냥에 오지 않는다면 이 자리에서 너의 목을 칠 것이다.”

라고 말했다. 남자는 그것을 듣고 매우 두려워하며

‘어쩔 수 없다. 하지만 설령 사냥에 나간다고 하더라도 꿈의 계시대로 그 사슴을 결코 쏘지 않을 테다.’

라고 결심하고 사냥에 나가기로 하였다.

드디어 그날이 되어 이 남자는 아무래도 마음이 내키지 않아 마지못해 사냥에 나갔다. 때는 2월 20일 무렵이었다. 수령은 준비가 다 된 것을 확인하고 사냥을 명하였다. 이윽고 이 남자는 쫓기는 일고여덟 마리의 큰 사슴 무리와 마주쳤다. 그중에 커다란 암사슴이 있었다. 그 사슴을 왼손 쪽으로 맞

추기 위하여[5] 말의 방향을 바꾸어 활을 당기고 등자를 밟아서 말의 배에 바싹 붙이고, 힘껏 발로 차서 말을 달리게 하였다. 그 순간 이 남자는 꿈의 계시를 완전히 잊어버렸다. 남자가 활을 쏘자 멋지게 사슴의 오른쪽 배에 명중하여 가리마타雁股의 화살촉[6]이 반대편까지 꿰뚫었다. 사슴은 화살에 맞고 남자를 돌아보았다. 남자가 그 얼굴을 보니 틀림없이 어머니의 얼굴이었으며 사슴은 "아프다."라고 소리쳤다. 순간 남자는 꿈의 계시를 떠올리고 후회하며 슬퍼하였지만 이제 와서 어쩔 도리도 없었다. 즉시 말에서 내려 울면서 활과 화살을 던져버리고, 그 자리에서 머리를 자르고 법사法師가 되었다.

수령은 이 모습을 보고 놀라 의아해 하며 그 연유를 묻자 남자는 꿈의 계시를 비롯하여 사슴을 쏘았을 때의 일을 이야기하였다. 수령은 이것을 듣고

"너는 얼마나 어리석은 놈인가. 어찌하여 그러한 일을 먼저 이야기하지 않았는가. 내가 그것을 들었다면 너에게 오늘 사냥의 역할을 바로 면제시켜 줬을 텐데."

라고 말하였지만 이미 소 잃고 외양간 고치는 격이었다. 남자는 집으로 돌아가 다음날 아침 그 지방에 있는 존귀한 산사를 찾아갔다. 깊이 도심이 생겨 그 후에도 마음이 약해지는 일 없이 지극히 존귀한 성인이 되어 불도 수행에 전념하였다.

역죄逆罪[7]를 저지르더라도 그것이 출가의 연緣[8]이 되는 것은 이 같은 일이라고 이렇게 이야기로 전하여 내려오고 있다 한다.

5 사슴의 위치를 활을 잡는 왼쪽 손에 맞추었다. 즉, 말을 이동시켜서 사슴을 쏘기에 편하도록 자세를 잡았다는 것을 말함.

6 화살 끝이 개구리의 다리모양과 같이 좌우로 벌어진 화살촉을 말함.

7 어머니를 죽인 것은 불교에서 설하는 오역죄五逆罪의 하나가 됨.

8 권19 제6화의 경우도 역연으로 인한 출가에 해당함.

⊙ 제7화 ⊙
단고丹後 수령 후지와라노 야스마사藤原保昌의 낭등郎等이
사슴으로 전생轉生한 어머니를 쏘게 되어 출가出家한 이야기

丹後守保昌朝臣郎等射テ母ノ成タル鹿ト出家語 第七

今昔、藤原ノ保昌ト云フ人有ケリ。兵ノ家ニテ非ズト云ヘドモ、心猛クシテ弓箭ノ道ニ達レリ。此ノ人丹後ノ守トシテ有ケル間、其ノ国ニシテ朝暮ニ郎等眷属ト共ニ鹿ヲ狩ヲ以テ役トス。

而ルニ、一人ノ郎等有リ。名ヲ□ト云フ。弓箭ヲ以テ身ノ荘トシテ、主ニ随テ年来ヲ経ルニ、聊ニ心モト無キ事無シ。就中ニ此ノ鹿ヲ射ル事、衆人ニ勝レタル。

而ル間、山野ニ出テ狩ヲセムト為ル。此ノ男其ノ狩明後日ト云フ夜ル、寝タル夢ニ、死タル我ガ母来テ告テ云ク、「我レ悪業ノ故ニ依テ、鹿ノ身ヲ受テ此ノ山ニ住セリ。而ルニ、明後日ノ狩ニ我レ既ニ命終ナムトス。多ノ射手ノ中ヲ逃ゲ遁レムト為ルニ、汝ヂ弓箭ノ道ニ極タルニ依テ、汝ガ手ヲ難遁カリナム。然レバ汝ヂ、大ナラム女鹿ノ出来ラムヲ見テ、『此レ我ガ母也』ト知テ、射ル事無カレ。我レ進テ汝ガ所ニ懸トス」ト云フ、ト見テ、夢覚ヌ。其後心騒テ、悲シク哀ナル事無限シ。

夜明テ後、病ノ由ヲ申シテ、明日ノ狩ニ不可共奉ザル由ヲ守ニ云フ。守此レヲ不許ズ。度々辞スト云ヘドモ、守不承引ズシテ、畢ニハ守嗔テ云ク、「此ノ狩、只汝ガ鹿ヲ懸テ射ヲ可見キ故也。而ルニ、何ゾ汝ヂ強ニ此ヲ辞スル。若シ明日ノ狩ニ不参ズハ、速ニ汝ガ頸ヲ可召也」ト。男此レヲ大キニ恐テ、「譬ヒ参レリト云フトモ、夢ノ告ヲ不錯ズ、其ノ鹿ヲ不可射ズ」ト思得テ出立ツ。

既ニ其ノ日ニ成テ、此ノ男心地悪ゲニテ怒ニ出立ヌ。二月ノ中ノ十日ノ程ノ事也。守打立シヲ見テ令狩ムルニ、此ノ男七八許具タル大マケニ値。其ノ中ニ大ナル女鹿有。弓手ニ合テ弓引テ、[一〇]鐙ヲ[一一]踏返テ押宛馬テヽ、掻[一二]□ル程ニ、此ノ男夢ノ告皆忘レニケリ。箭ヲ放[一三]ナツ。鹿ノ右ノ腹ヨリ彼方[一四]ニ[一五]鷹胯ヲ射通シツ。鹿被射レテ見返タル皃ヲ見レバ、現[一六]ニ我ガ母ノ皃ニテ有テ、「痛ヤ」ト云フ。其ノ時ニ男、夢ノ告ヲ思出シテ、悔[一七]ヒ悲ブト云ヘドモ、甲斐無クシテ、忽ニ馬ヨリ踊落テ、泣々ク弓箭ヲ投棄テヽ、其ノ庭[一八]ニ髻ヲ切テ法師ト成ヌ。

守此レヲ見驚キ怪ビテ、其故ヲ問フニ、男夢ノ事ヨリ始テ、鹿ヲ射ツル間ノ事ヲ語ル。守ノ云ク、「汝ヂ極テ愚也。何ゾ其ノ由ヲ前ニ不云ザル。我レ其ノ由ヲ聞[一九]マシカバ、汝ガ今日ノ狩ノ役ヲ速ニ許シテケレ」。然リト云ヘドモ男甲斐無クシテ家ニ返ヌ。明ル日ノ暁ニ、其国ニ貴キ山寺ノ有ケルニ行ニケリ。道心深ク発ニケレバ、其ノ後[二〇]退スル事無クシテ、極テ貴キ聖人ニ成テ、貴ク行テゾ有ケル。

[二一]逆罪ヲ犯スト云ヘドモ、出家ノ縁[二二]ト成ル事如此シ、トナム語リ伝ヘタルトヤ。

권19 **제8화**

서경西京의 매를 부리는 자가 꿈을 꾸고 출가出家한 이야기

밤낮으로 살생殺生을 업으로 삼는, 서경西京의 매를 부리는 사람이 꿈에서 꿩이 되어 처자를 매에게 살해당하는 슬픈 경험을 한 후, 평소의 살생을 참회懺悔하며 출가한 이야기. 앞 이야기와 같이 살생으로 인해 출가하는 역연逆緣을 내용으로 하고 있다.

이제는 옛이야기이지만, 서경西京[1]에 매를 부리는 것을 업으로 삼고 있는 사람이 있었는데 이름은 □□[2]라고 했다. 많은 아들을 두고 있었는데 그들에게도 이 매를 부리는 방법을 생계를 꾸리는 업으로 할 수 있도록 가르쳤다. 이 남자는 열심히 밤낮을 가리지 않고 매를 부리는 것을 좋아하여 자나 깨나 이 매에 관한 것 이외에는 생각하려고도 하지 않았다. 언제나 밤에는 매를 손 위에 올려 둔 채 밤을 지새우고 낮에는 들판에 나가 꿩을 사냥하며 날을 보냈다. 집에서는 횃대에 매를 일고여덟 마리를 올려놓고 열 마리에서 스무 마리 정도의 개를 묶어서 기르고 있었다. 매의 여름 사육을 할 무렵에는 셀 수 없을 정도로 많은 생물을 죽이고 겨울이 되면 연일 들판에 나가 꿩을 잡았다. 봄에는 나키토리아와세鳴鳥合[3]를 하여 아침 일찍 들판에 나가 꿩

1 우경右京.
2 성명의 명기를 위한 의도적 결자.
3 겨울과 달리 봄은 초목이 무성하여 꿩이나 둥지를 찾기 어렵기 때문에 피리 또는 육성으로 꿩의 울음소리를 흉내를 내어 야생의 꿩의 소재를 파악하고 불러내어 사냥하는 것임.

의 우는 소리를 듣고 꿩을 잡았다. 이렇게 하는 동안 이 사람도 점차 노년에 접어들었다.

어느 날 이 남자는 감기에 걸려 몸 상태가 좋지 않아 밤새 잠을 잘 수가 없었다. 새벽녘이 되어 겨우 선잠에 들었는데 이러한 꿈을 꾸었다. 사가노嵯峨野[4]에 커다란 무덤구덩이가 있었다. 그 무덤구덩이에 자신은 오랜 세월 동안 처자들과 함께 꿩의 몸이 되어 살고 있는 듯이 보였다. 매우 추운 겨울이 지나고 어느새 봄이 되어 햇빛도 화창하여 '햇볕이라도 쬐러 갈까, 봄나물이라도 뜯으러 갈까.' 하며 처자들을 이끌고 무덤구덩이 밖으로 나갔다. 따뜻하고 기분이 좋아 각자 봄나물을 뜯거나 놀며 장난을 쳤다. 이렇게 노는 사이, 어느 새 날은 어두워지고 각자 무덤구덩이에서 멀리 떨어지게 되어 자식도 아내도 뿔뿔이 흩어져 버리게 되었다.

그때 우즈마사太秦[5]의 북쪽 숲 근처에 많은 사람들의 소리가 들리며 크고 작은 방울소리가 울려 퍼졌다. 이것을 듣자 숨이 막히고 너무 무서워 높은 곳에 올라가 보니 비단 모자를 쓴 자가 얼룩무늬 사냥옷을 입고, 곰의 가죽을 허리에 두르고, 얼룩 멧돼지 가죽으로 만든 칼집의 태도太刀를 차고 있었다. 오니鬼같은 매를 그 손에 올려놓고 그 매에게 높이 울려 퍼지는 방울을 달았다. 많은 사람이 날아오르려 하는 매를 손으로 강제로 부여잡고 준마駿馬를 타고 사가 들판에 흩어지면서 가까이 다가왔다. 그 앞에는 골풀 삿갓을 쓴 자가 팔에는 빨간 가죽 소매를 한 감색의 사냥옷을 입고 있었다. 그는 하카마袴[6]에도 가죽을 대고 무릎에도 무언가를 감고 있었으며 발에는 모피 신발을 신고, 지팡이를 짚고 사자 같은 개에게 커다란 방울을 달고 다가왔

4 → 지명. 교토 시 우쿄 구右京區 안의 한 지구. 가쓰라 강桂川의 북부에 펼쳐진 기복이 많고 주위 보다 높은 지대.

5 교토 시 우쿄 구의 일대. 고류지廣隆寺가 있는 곳으로 유명함.

6 * 일본옷의 겉에 입는 아래옷.

다. 이 방울이 서로 부딪혀 천지를 울리며 매처럼 날아왔다. 이 모습을 보고 눈이 멀 정도로 매우 놀라 '이것 참 큰일이다, 빨리 처자들을 불러 숨어야겠구나.'라고 생각하여 주위를 둘러보았지만 모두 여기저기 뿔뿔이 흩어져 놀러 갔기 때문에 부를 수도 없었다. 서쪽이 어딘지 동쪽이 어딘지도 모른 채 근처 덤불에 숨었다. 둘러보니 자신이 가장 사랑하는 장남도 그곳에 숨어 있었다.

한편 들판에는 개 조련사와 매 조련사가 모두 여기저기 흩어져 있었다. 개 조련사는 지팡이로 덤불을 헤치며 많은 개에게 냄새를 맡게 했다. '이거 큰일이네. 어떡하지.'라고 생각하고 있자 한 개 조련사가 이 장남이 숨어 있는 덤불로 다가왔다. 개 조련사가 지팡이로 덤불을 헤치자 무성한 참억새가 지팡이에 맞아 모두 쓰러졌다. 개는 방울을 울리며 콧등을 땅에 대고 냄새를 맡으면서 옆으로 다가왔다. '이제 틀렸구나.' 하고 보고 있자 장남은 가만히 있지 못하고 하늘로 날아올랐다. 그 순간 개 조련사는 큰소리로 외쳤다. 동시에 조금 떨어져 서 있던 매 조련사가 매를 풀어서 꿩을 덮치게 했다. 장남은 하늘 높이 날아갔지만 매는 밑에서 날개를 □[7] 공격했다. 장남이 힘이 빠져 떨어지는 것을 매가 밑에서 달려들어 배와 머리를 물고 그대로 지상으로 굴러 떨어졌다. 개 조련사가 달려가서 매를 잡아떼어 놓고는 장남을 잡고 목뼈를 잡아 《비틀》[8]어서 꺾었다. 장남이 낸 비명을 듣자 칼로 내장이 갈가리 찢기는 듯하여 죽을 것만 같았다.

'차남은 어떻게 하고 있을까.'라고 생각하자 또 차남이 숨어 있는 덤불 쪽으로 개가 냄새를 맡고 돌면서 가까이 다가가고 있었다. '아아, 위험하다.'라고 생각하며 보고 있자 개는 날렵하게 달려들어 차남을 물어 올렸다. 차남

7 저본의 파손에 의한 결자.

8 한자 명기를 위한 의도적 결자. 문맥을 고려하여 보충.

은 날개를 펼치며 필사적으로 버둥거렸다. 그러자 개 조련사가 달려와서 목뼈를 잡아 《비틀》[9]어서 꺾었다. '또 삼남은 어떻게 되었나.'라고 바라보자 한 마리의 개가 삼남이 숨어 있는 덤불 쪽으로 냄새를 맡으면서 다가갔다. 삼남은 참지 못하고 날아오르자 개 조련사는 지팡이로 삼남의 머리를 때려 쳐서 떨어뜨려 버렸다. '자식은 모두 죽어 버렸구나. 적어도 아내만큼이라도 남아 있어 주오.'라고 애절한 마음으로 보고 있자, 아직 개 조련사가 근처에 오기 전에 재빨리 아내는 날아올라 기타 산北山으로 도망쳤다. 그러자 매 조련사가 이것을 발견하여 매를 풀어 쫓도록 하고 자신은 뒤에서 말로 추격하였다. 아내는 날갯짓이 빨라서 아득히 먼 소나무 뿌리 쪽에 있는 덤불에 날아들었다. 그러나 바로 뒤에서 개가 뛰어들어 아내를 물었다.

매는 소나무에 멈추었고 매 조련사는 매를 원래대로 불러들였다. 자신이 숨어 있는 덤불은 잡초나 가시나무가 높이 무성하게 자란 곳이어서 그 안에 깊숙이 숨어 있었는데 한 마리는커녕 대여섯 마리의 개가 방울을 울리면서 자신이 숨어 있는 덤불 쪽으로 다가왔다. 도저히 가만히 있을 수가 없어 기타 산으로 날아 도망쳤다. 그때 하늘에는 많은 매가 위아래로 어지럽게 날고 있었는데 자신을 발견하고 추격해 왔다. 밑에서는 많은 개가 방울을 울리면서 쫓아왔다. 매 조련사는 말을 타고 달려오고, 개 조련사는 지팡이로 덤불을 헤치면서 《수색했》[10]다. 그 사이를 날아 도망쳐 겨우 목숨을 부지하여 깊은 덤불 속으로 날아들어 갔다. 매는 높은 나무에 멈춰서 방울을 울리며 자신이 있는 곳을 개에게 가르쳐주었다. 개는 매가 알려주는 대로 자신이 도망친 장소를 찾아 냄새를 맡으면서 쫓아왔다. 이렇게 된 이상 도망칠 방법은 전혀 없었다. 개 조련사가 사냥감을 지치게 해서 몰아붙이는 소리는

9 한자 명기를 위한 의도적 결자. 문맥을 고려하여 보충.
10 한자 명기를 위한 의도적 결자. 문맥을 고려하여 보충.

수백의 천둥이 울리는 것과 같았다. 슬프고 어찌할 도리가 없어, 습지濕地에 자라난 덤불 속에 머리만을 감춰 넣고 엉덩이를 거꾸로 해서 기어 들어갔다. 개가 방울을 울리며 다가왔다. '이것이 마지막이다.'라고 생각한 순간 잠에서 깨어났다.

땀범벅이 되어 '아아, 꿈이었구나.'라고 생각함과 동시에 '분명 내가 오랜 세월 동안 매 사냥을 하고 있던 것이 꿈에 보인 것이 틀림없다. 오랜 세월 동안 많은 꿩들을 죽였는데 그 꿩들은 내가 오늘밤 꿈에서 느낀 것과 같이 슬펐을 것이다. 이루 말할 수 없는 죄를 범한 것이다.'라고 즉시 꿈의 의미를 깨달았다. 그리하여 아침이 밝아 오자마자 매를 사육하는 곳으로 가서 줄지어 앉아 있는 매를, 묶어 두었던 모든 끈을 끊어 날아가게 하였고, 개는 목의 줄을 끊어 모두 쫓아냈다. 그리고 매와 개를 사육하는 도구는 전부 모아서 눈앞에서 태워 버렸다. 그 후 처자를 향해 이 꿈에 대해 울며 이야기하여 들려주고 자신은 즉시 존귀한 산사에 가서 머리를 자르고 법사法師가 되었다.

그 후로는 오로지 수행에 전념하는 성인이 되어 밤낮으로 미타彌陀의 염불을 외우고, 십여 년 후에는 거룩한 임종[11]을 맞이하였던 것이다. 이것은 실로 존귀한 일이라고 이렇게 이야기로 전하여 내려오고 있다 한다.

11 임종정념臨終正念으로 라는 뜻으로 임종 시에 잡념 없이 예의 바르게 죽은 것을 말함.

⊙ 제8화 ⊙
서경西京의 매를 부리는 자가 꿈을 꾸고 출가出家한 이야기

西京仕鷹者見夢出家語第八

今昔、西京ニ鷹ヲ仕ヲ以テ役トセル者有ケリ。名ヲバ□ノ□ト云ケリ。男子数有ケリ。其等ニモ此ノ鷹仕フ事ヲナム業ト伝ヘ教ヘケル。心ニ懸テ夜ル昼ル好ケル事ナレバ、寐テモ寤テモ此ノ鷹ノ事ヨリ外ノ事ヲ不思ザリケリ。常ニ、夜ハ鷹ヲ手ニ居ヘテ居明シ、昼ハ野ニ出テ鵄ヲ狩テ日暮ラス。家ニハ、鷹七八ヲ木居ヘ並タリ。狗十二十ヲ繋テ飼ケリ。鷹ノ夏飼ノ程ハ多ノ生物ヲ殺ス事、其ノ員ヲ不知ズ。冬ニ成ヌレバ、日ヲ経テ野ニ出テ鵄ヲ捕ル。春ハ鳴鳥ヲ合スト云テ、暁ニ野ニ出テ、鵄ノ鳴ク音ヲ聞テ此レヲ捕ル。如此ク為ル間、此ノ人年漸ク老ニ臨ヌ。

而ル間、風発テ心地悪クテ、夜ル不被寝ザリケルニ、暁方ニ成ル程ニ寝入タリケル夢ニ、嵯峨野ニ大ナル墓屋有リ。其ノ墓屋ニ我レ年来住テ、妻子共引烈テ有、ト思フニ、冬極テ寒クシテ過ル程ニ、春ノ節ニ成テ、日ウラヽカニテ、「日ナタ誇モセム。若菜ニ摘ナム」ト思テ、夫妻子共引烈テ、墓屋ノ外ニ出ヌ。煖ニヨキマヽニ、散々ニ、或ハ若菜ヲ摘ミ或ハ遊ナムドシテ、各墓屋ノ辺ヲモ遠ク離レヌ。子共モ妻モ此ク散々ニ遊ビ去ヌ。

而ル間、大秦ノ北ノ杜ノ程、多ノ人ノ音有リ。鈴ノ音大ナル小キ、数鳴リ合タリ。聞クニ、胸塞テ、極テ恐シク思ユレバ、高キ所ニ登テ見バ、錦ノ帽子シタル者ノ、斑ナル狩衣ヲ着テ、熊ノ行縢ヲ着テ、斑ナル猪ノ尻鞘シタル大刀ヲ帯テ、鬼ノ様ナル鷹ヲ手ニ居テ、高ク鳴ル鈴ヲ鷹ニ付タリ、鷹ノ飛ビ立ツヲ手ニ引キ居ヘテ、早気ナ

行縢(男衾三郎絵巻)

ル馬ニ乗テ、数人嵯峨野ニ打散テ来ル。其ノ前ニハ、藺笠[一]着タル者、身ニハ紺ノ狩衣ヲ着タリ、肱[二]ニハ赤キ革[三]ヲ袖[四]ニシタリ、袴ニモ皮ヲ着タリ、膝[五]ニモ物ヲ巻タリ、貫[六]ヲ履タリ、杖ヲ突テ、師子[七]ノ様ナル狗ニ大ナル鈴ヲ付タリ。鳴リ合タル事空ヲ響カス。疾気[八]ナル事隼[九]ノ如シ。此ヲ見ニ、目モ暗[一〇]クレ心モ迷レバ、「然ハ、我ガ妻子共ヲ疾ク呼ビ取テ、隠レム」ト思テ、見レバ、所々ニ遊ビ散テ、可呼取クモ[一一]無シ。然レバ、西東[一二]モ不思ヘズシテ、深キ藪ノ有ルニ隠レ入テ見レバ、我ガ極ジク悲シ[一三]ト思フ太郎子[一四]モ藪ニ隠レヌ。

而ル間ダ、狗飼鷹飼皆野ニ打散テ、所々ニ有リ。狗飼ハ杖ヲ以テ藪ヲ打チ、多ノ狗共ヲ以テ聞[一五]ス。「穴極ジキ[一六]態ヤ。此ハ何ガ可為キ」ト思ヒ居[一七]タル。此ノ太郎子ノ隠タル藪様ニ狗[一八]飼一人寄ヌ。狗飼杖ヲ以テ藪ヲ打ツ。生ヒ繁リタル薄モ皆杖ニ当リテ折レ臥ス。狗ハ鈴ヲ鳴シテ、鼻ヲ土ニ付テ聞ツ寄ル。「今ハ限」ト見ル程ニ、太郎子不堪ズシテ空ニ飛ビ上タリ。其時ニ、狗飼音ヲ挙テ叫ブ。少去[一九]テ立テル鷹飼、鷹ヲ放テ打[二〇]合セバ、太郎子ハ上ザマニ高ク飛テ行ク、鷹ハ下ヨリ羽ヲ□[二一]ノ責メ許ノ□。而間、太郎子飛ビ煩テ下ル程ニ、鷹下ヨリ飛ビ合テ、腹ト頭トヲ取テ、転テ落ヌ。狗飼走リ寄テ、鷹ヲバ引キ放テ、太郎子ヲ取テ、頸骨ヲ掻[二二]□テ押シ折ツ。其ノ間、太郎子破無キ[二三]音ヲ出スヲ聞クニ、更ニ生タルベクモ不思。刀[二四]ヲ以テ肝心ヲ割クガ如シ。

「二次郎子何ガ有ラム」[二五]ト思フニ、亦二郎子ガ隠タル藪様へ行狗聞テ寄ル。「穴心踈[二六]」ト見居[二七]タル程ニ、狗急ト[二八]寄テ、二次郎子ヲ挟テ挙ツ。二郎子羽ヲ開テ迷フ事無限シ。狗飼亦走リ寄テ、頸骨ヲ掻[二九]□テ押シ折ツ。「三郎子亦何ナラム」[三〇]ト見遣ルニ、三郎子ガ隠タル藪様ニ狗聞テ寄ヌ。三郎子不堪シテ立チ上レバ、狗飼杖ヲ以テ三郎子ノ頭ヲ打テ、打落シツ。「子共皆死ヌレバ妻ヲダニ残セカシ」[三一]ト悲シク見居タル程ニ、未ダ狗飼モ不来ヌ前ニ、妻疾ク飛ビ立テ、北ノ山様ニ逃グ。鷹飼此レヲ見テ、鷹ヲ放テ合セテ、馬ヲ令走テ行ク。妻ハ羽疾クシテ、離レタル松ノ木ノ本ナル藪ニ落入ヌ。狗次キテ寄テ妻ヲ挟ツ。

鷹ハ松ノ木ニ居タレバ、鷹飼置キ[一]取テ、其ノ後、我ガ隠レタル藪[二]ハ草モ高ク蕀[三]モ滋ケレバ、深ク隠レテ居タルニ、一ニモ非ズ、五六ノ狗ノ鈴ヲ鳴シテ、我ガ居タル藪様ニ来ル。我レ不堪ズシテ、北ノ山様ニ飛テ逃ル時ニ、空ニハ数ノ鷹高ク飛ビ短ク[四]飛ツ[五]、追テ来ル。下ニハ多ノ狗鈴ヲ鳴シテ追フ。鷹飼[六]ハ馬ヲ令走テ来ル。狗飼ハ杖ヲ以テ藪ヲ打ツ、□[七]ル。此ク飛テ逃ル間ニ、辛クシテ深キ藪ニ落入ヌ。鷹ハ高キ木ニ居テ、鈴ヲ鳴シテ我ガ有ル所ヲ狗ニ教フ。狗ハ鷹ノ教フルニ随テ、我ガ逃ゲ行所ヲ尋テ聞テ来ル。然バ更ニ可遁方無。狗飼ノ疲[八]レ遣ル音雷ノ鳴リ合タルガ如シ。悲ク、為ム方無ク思ユルマヽニ、下ハ沢立[九]タル藪ニ、頭許[一〇]ヲ隠シテ尻ヲ逆ニシテ臥セリ。狗鈴ヲ鳴シテ寄リ来ルニ、「今ハ限」ト思フ程ニ、夢覚ヌ。

汗水[一一]ニ成テ、「夢也ケリ」ト思フニ、「然ハ我ガ年来鷹ヲ仕ツル事ノ見ユル也ケリ。年来多ノ鴙共ヲ殺ツルハ、我今夜[一二]思エツル様ニコソ悲シク思エツラメ。無限キ罪ニテ有[一三]ケレ」ト忽ニ其ノ心[一四]ヲ知ヌ。夜明クルヤ遅[一五]キト、鷹屋ニ行テ、居ヘ並メタル鷹共ヲ、有ル限リ皆足緒[一六]ヲ切テ放ツ。狗ヲバ頸縄ヲ切テ皆追ヒツ。鷹狗ノ具共[一七]ヲバ皆取リ集メテ前ニシテ焼ツ。其ノ後、妻子ニ向テ、此ノ夢ノ事ヲ泣々ク語テ、我レハ忽ニ貴キ山寺ニ行テ、髻ヲ切リ法師ト成ヌ。

其後、偏[一八]ニ聖人ト成テ、日夜ニ弥陀ノ念仏ヲ唱ヘテ、十余[一九]年ト云フニナム終[二〇]リ貴クシテ失ニケル。実ニ此レ貴キ事也、トナム語リ伝ヘタルトヤ。

권19 **제9화**

벼루를 깬 시侍가 소년에 의해 출가出家한 이야기

실수로 주인 가문의 비장秘藏인 벼루를 깨뜨린 고이치조小一條 좌대신左大臣 집의 젊은 시侍가, 죄를 대신 떠맡아 의절당한 도련님이 병들어 죽은 것을 계기로 발심發心하여 출가하고 그 보리菩提를 공양하였다는 이야기. 노래이야기歌物語 풍으로 구성된 가작佳作으로 후대의 대역 설화와는 반대로 주인의 혈통을 지닌 인물이 종자從者를 대신한다는 점이 주목할 만하다. 감동적인 애화哀話로서 인기를 얻은 듯하며 후세에 무로마치室町 시대 이야기인『깨진 벼루硯破』등, 동일한 구조의 이야기가 다수 만들어졌다.

이제는 옛이야기이지만, 무라카미村上 천황天皇[1]의 치세에 고이치조小一條 좌대신左大臣[2]이라고 하는 분이 계셨다. 이름은 모로마사師尹이시고 데이신공貞信公[3]이라고 하시는 관백關白의 다섯 번째 아들이셨다. 이분께는 금지옥엽으로 귀여워하시는 따님[4]이 한 명 계셨다. 용모와 자태도 아름답고 사랑스러운 성격을 가지신 분이셨기에 부모는 더할 나위 없이 애지중지하셨다.

1 → 인명.
2 → 인명.
3 → 인명.
4 모로마사師尹의 외동딸인 요시코芳子로 추정. 무라카미村上 천황의 여어女御. 천덕天德 2년(958) 10월 28일 입내入內, 센요덴宣耀殿 여어라 칭함. 용모와 자태가 아름답고 수려하여 무라카미 천황의 총애가 깊었음. 강보康保 4년(967) 7월 29일 사망함(『대경大鏡』 모로마사 전師尹傳, 『대경』 이서裏書 등).

그런데 천황이 이것을 전해 들으시고 여어女御[5]로 들이도록 거듭 말씀하시니 대신은 분부에 따르기 위해 그 준비를 서두르고 있었는데 □□[6]도구나 살림도구 등 생각이 나는 것은 그것이 무엇이 되었든 모든 수단을 다 써서 준비하셨다. 그것들 중에서도 벼룻집은 특별히 훌륭한 것이었다. 그 안에는 벼루가 들어 있는데 이것은 선조대대로 내려온 물품으로, 예로부터 귀중한 보물로 여겨진 것이었다. 옻칠을 하고 금은가루를 뿌려 기물의 표면에 무늬를 넣은 벼루는 모양도 아름다웠고 비할 바 없이 훌륭하였다. 그리고 다른 것과 비교할 수 없이 글씨가 잘 써졌기 때문에 도구 중에서도 이것을 특히 귀중품으로 여기셨다. 그렇기 때문에 사람들에게 쉬이 보여주지 않으시고 비단 주머니에 넣어서 자신의 곁에 있는 2단으로 된 장 안에 두시고 '여어가 참내參內하시는 날이 되면 상자에 넣자.'라고 생각하시어 꺼내지 않으셨던 것이다. 천황도 이것을 들으시고 본디 그러한 방면에 흥미를 갖고 계셨기에 "그러한 벼루가 있다지."라고 물으시니 대신도 자신이 이러한 보물을 가지고 있어, 이번 살림도구 속에 넣은 것을 잘한 일이라고 생각하셨다.

한편 그 저택에 다소 좋은 집안의 자식으로, 젊고 용모와 자태가 빼어난 남자가 시중을 들고 있었다. 대신이 이 남자에게 "내 방을 청소하도록 해라."라고 명하여 남자는 매일 아침 청소를 하고 있었는데, 원래 이 남자는 다소 글을 쓰는 것을 즐기는 자였기 때문에 이 장 안의 벼루가 보고 싶어서 견딜 수 없었다. 어느 날 마침 대신이 입궐을 하시고, 대신의 부인[7]께서 자신의 방에 아가씨의 의상 등을 준비하려고 따님과 함께 계셨다. 시녀들도 어떤 자는 그곳으로 따라갔고 어떤 자는 각자의 방에서 따님의 입궐 준비로

5 * 헤이안平安 시대에, 중궁中宮에 버금가는 후궁後宮.

6 한자 명기를 위한 의도적 결자. 전후 문맥상 '화장'이라는 말이 들어갈 것이라고 추정됨.

7 우대신右大臣 후지와라노 사다카타藤原定方의 딸을 가리킴.

분주했다. 이같이 일손이 모자라는 때인지라 청소를 하던 남자는 '지금이야말로 장을 열어서 그 벼루를 보더라도 누구하나 눈치채지 못할 것이다.'라고 생각하여 벼룻집 밑에 있던 열쇠를 빼서 장을 열고 벼루를 꺼내보았다. 실로 듣던 대로 말문이 막힐 정도로 훌륭한 물건이었다. 넋을 잃고서 손바닥에 올려두고, 올렸다내렸다 하며 잠시 황홀한 듯 바라보고 있을 때, 사람의 발소리가 들렸기 때문에 황급히 원래 장소에 두려고 했는데, 손으로 잡다 《놓쳐》서 떨어뜨려 벼루는 두 동강으로 깨졌다. 남자는 몹시 놀라 망연히 마치 호법護法이라도 옮아 붙은 듯이 부들부들 떨고,[8] 눈도 멀고 가슴은 두근두근 울렁거려, 눈물을 흘리며 소리 내어 울기 시작했다. 남자는 '대신이 이것을 본다면 뭐라고 하실까. 나는 앞으로 어떻게 될까.'라고 생각했을 것이며, 그 마음을 헤아리면 참으로 괴롭고 슬펐을 것이리라.

그런데 발소리의 주인은 이 저택의 도련님[9]이었다. 도련님은 아름답고 자비심이 깊은 분으로 나이는 열셋이 되시어 이미 성인식을 했어도 좋을 나이인데도 아름다운 머리카락이 아쉬워서 아직까지 성인식을 치르지 않으셨고, 아직 소년이시지만 학문도 뛰어나셨다. 그런데 도련님이 남자가 벼루를 깨뜨리고 망연자실하여 두려워 떨고, 마치 죽은 사람 같이 있는 것을 보고 놀라서 "이것은 도대체 무슨 일이냐."라고 물으셨는데 남자는 울며 대답도 하지 않았다. 도련님은 남자를 매우 불쌍히 여겨 벼루가 깨진 파편을 주워서 원래대로 장에 넣고 열쇠를 잠갔다. 그러고 나서 남자를 향해 "그대는 그처럼 한탄하지 않아도 된다. 벼루에 대해 누가 물어보면 '도련님이 이 벼루

8 호법護法이 빙의한 자가 부들부들 떠는 모습으로 가지기도加持祈禱의 법력에 의해 불신佛神의 영이 병자에게 빙의하여 그때까지 붙어있던 악령을 쫓아낼 때에 병자가 떠는 모습을 예로 든 것임.

9 『존비분맥尊卑分脈』·『대경大鏡』 이서裏書·『영화 이야기榮花物語』 등에 의하면 모로마사에게는 사다토키定(貞)時, 나리토키濟時란 두 아들이 있는데 사다토키는 이른 시기에 사망하였고, 시종侍從, 종오위상從五位上(『존비분맥』)이었기 때문에 사다토키를 이 도련님으로 추정하는 것은 불가능함.

를 꺼내서 보는 중에 깨 버렸습니다.'라고 이렇게 말해라."라고 알려주었다. 남자는 이것을 듣고 얼마나 감격했을까. 너무도 기쁘고 감사하여 간신히 일어나서 그 자리를 떠났다.

그러나 역시 남자는 매우 마음에 걸렸고 이 사실을 누구에게도 말하지 않고 혼자 망연히 있는데, 대신이 퇴궐하셔서 물건을 이것저것 꺼내려고 장을 열어 보시자 이 벼루가 주머니에서 나와 있고 두 동강으로 깨져 있었다. 이것을 보자마자 앞이 깜깜하고 기가 막혀서 넋을 잃으셨다. 잠시 마음을 진정시키고 나서 시녀에게 물으셨지만 시녀는 모른다고 하며 "항상 청소를 담당하던 자가 왔을 때에 일어난 일입니다."라고 아뢰니 대신은 이 남자를 불러 "이 벼루가 왜 깨졌는지 너는 알고 있느냐."라고 물으셨다. 남자는 안색이 새파랗게 질려 대신 앞에 손을 모으고 엎드렸다. 대신은 몹시 성미가 급한 분으로 눈을 부릅뜨고 "이놈, 상세히 고하라."라고 격하게 추궁하셨기 때문에 남자는 떨면서 가는 목소리로 "도련님께서"라고 했고, 두 마디 정도 아뢰는 것을 들은 대신은 "뭐라, 뭐라는 것이냐."라고 큰 소리로 힐문하셨다. 그래서 남자는 "도련님께서 꺼내 보시다가 잡다《놓쳐》서 깨 버리셨습니다."라고 아뢰자 대신은 아무 말도 하시지 않고 남자에게 "이제 됐으니까 어서 물러가라."라고 말씀하시니 남자는 기어가듯이 그 자리를 일어나서 나갔다.

대신은 안방에 들어가셔서 부인을 향해

"이 벼루는 아들이 깼소. 그건 내 자식이 아니라 전세前世의 적이었구려. 이런 쓸모없는 놈을 잘도 오랜 세월 애지중지하며 키웠소."

라고 말하며 소리 내어 우셨다. 부인도 이것을 듣고 우셨는데 시녀들도 무엇인가 불길하게 생각될 정도로 모여들어서 엉엉 울었다. 하물며 도련님을 모시는 유모의 슬픔은 더할 나위 없었다. 잠시 후 대신이

"그 녀석의 얼굴은 일절 보고 싶지 않다. 부모자식 관계이니 몇 년 후에는 얼굴을 볼 수도 있겠지만 지금은 도저히 보고 싶지 않구나. 빨리 유모의 집에 데리고 가서 그곳에 있도록 해라."
라고 말씀하시며 무작정 집에서 쫓아내셨기에 유모는 다른 사람의 수레를 빌렸다. 유모는 망연자실하여 '비참하다.'고 생각하며 가지고 가야 할 것들도 챙기지 못하고 울면서 도련님을 데리고 집을 나섰다. 가는 길 도중에, 유모도 울고 도련님도 계속 우셨다.

도련님이 유모의 집에 도착해 보니 몹시도 황폐하고 좁은 집이었다. 익숙하지 않은 상황에 왠지 두려워 불안한 마음으로 지내고 계셨는데, 어느 날 해 질 무렵에 의기소침한 표정으로 혼잣말처럼

> 내 쪽에서 자초한 것이기는 하나 이 같이 황폐한 집에서 생활하게 되어 생각지도 못한 슬픔을 맛보는구나.[10]

라고 읊조리고 있었다. 그것을 본 유모는 얼마나 슬펐을까. 본디 도련님은 매우 아름다운 심성을 가지신 분이어서 저택 내의 사람은 모두 울며 숨어서 이곳에 찾아와서 도련님을 위로하였다. 개중에도 특히 옆에서 가까이 모시고 있던 시侍들은 서로 의논하여 경호를 섰다.

이윽고 삼사일 지났을 무렵, 도련님은 몸 상태가 좋지 않아 열이 나서 드러눕게 되셨다. 다시 삼사일이 지나자 "이것은 무거운 병이구나."라고 생각되었고 도련님은 매우 고통스러워 하셨다. 유모는 부인이 계신 곳에 가서 이 일을 전하게 하자 부인은 듣고 놀라서 대신에게 "그 아이가 요 삼사

10 コヽロカラアレタルヤドニタビネシテ思モカケヌ物思ヒコソスレ.

일 열이 나서 고통스러워 하고 있다고 합니다."라고 아뢰었다. 하지만 대신은 "그런 얼간이는 살아 있어도 소용이 없네. 이 기회에 죽어 버려도 상관없소."라고 말씀하시고 한탄하는 기색도 없으셨다. 부인은 비탄하며 어떻게 해서든 가서 도련님을 보고 싶다고 생각하셨는데 대신이 역정을 내시고 계시니 여자의 몸으로 마음대로 쉬이 가서 볼 수도 없었다.[11] 그래서 부인은 이 뜻을 글로 써서 유모에게 보냈다. 유모는 도련님의 머리맡에서 글을 읽고, 도련님은 앓아누운 채 듣고 계셨다.

한편, 일주일 정도가 지났다. 그러나 그날은 모노이미物忌[12]날이었기 때문에 누구 하나 도련님을 방문하지 않았다. 그날 해시亥時[13] 무렵부터 도련님은 위독해지셨다. 모노이미의 날이었기 때문에 그 일을 부모에게도 알리지 않았다. 인시寅時[14] 무렵이 되어 유모는 '이제는 모노이미도 풀렸을 것이리라.'라고 생각하여 부인께 도련님이 위독한 상태에 빠지셨다고 편지를 써서 보냈다. 도련님도 부모님을 몹시 그리워하고 계신 듯했지만 주저하며 입 밖에 꺼내지 못하셨을 것이다. 유모는 이것을 보고 더할 나위 없이 슬퍼하였다. 그러자 도련님이 혼잣말처럼

> 새벽을 고하는 새가 울고 있는 듯한데, 나는 부모님을 연모하여 하룻밤 내내 깜빡 졸지도 않고 울며 날을 샜습니다. 이것을 아버지와 어머니는 알고 계신지요.[15]

11 부창부수夫唱婦隨의 사회로 아내에게는 자유가 없었음을 전함.

12 음양도陰陽道에 근거한 금기. 도련님에게 옮겨 붙은 천일신天一神 또는 태백신太白神이 다니는 방향에 해당하기 때문에 문을 닫고 외부와의 접촉을 끊고 집안에서 근신하고 있는 것을 가리킴.

13 * 오후 10시 무렵.

14 * 오전 4시 무렵.

15 アケヌナルトリノナクナクマドロマデコハカクコソトシルラメヤキミ.

라고 고통스러운 숨을 내쉬며 말씀하는 것을 듣고 있어도 유모는 어찌할 도리도 없어 괴로웠다. 그리하여 유모는 이 노래와 사신私信을 써서 도련님의 부모님께 편지를 보내드렸다. 부인은 이 편지를 보시고 울면서 노래와 사신을 대신에게 읽어 들려주시자 대신도 본디 매우 애지중지하시던 아들이셨기에

"그렇게까지 큰일은 아니라고 생각하고 있었네. 정말로 위독하다면 실로 슬픈 일이오. 그럼 어서 가 봅시다."

라고 말하고 부인과 함께 수레에 탔다. 다만 유모의 집은 누추한 곳이라 잠행潛行의 차림새로 울면서 가셨다. 수레에서 내려 가까이서 보시자 들으셨던 것보다도 도련님은 매우 위독한 모습으로 잠들어 계셨다. 대신께서 보시더니

"금은으로 만든 백천百千의 벼루가 무엇이라고. 단지 얼간이라고 여겨서 화가 난 나머지 쫓아낸 것이다. 아아, 이런 불쌍하도다. 내가 뭐에 미쳐서 이 자식을 쫓아낸 것인가."

라고 후회하며 슬퍼하여

> 평소 주고받은 부자의 정다운 대화도 지금에 와서 무슨 소용이란 말인가. 금생今生에서 이 같은 이별을 하지 않으면 안 되다니 이 얼마나 원통한 일인가.[16]

라고 말씀하셨다. 대신이 이미 의식도 흐려진 도련님의 귀에 얼굴을 대고 "너는 나를 무정한 부모라고 생각하고 있는가."라고 울면서 말씀하시자 도련님은 가는 목소리로 "어째서 부모를 그처럼 여기겠습니까."라고 대답하

16 ムツゴトモナニニカハセムクヤシキハコノヨニカヽルワカレ成ケリ.

셨다. 대신은 더할 나위 없이 슬퍼져서 목소리도 아끼지 않고 후회하며 우셨지만 이제 와서 아무런 소용도 없었다. 도련님은 가는 목소리로

그때의 이별이 그대로 사별死別로 이어질 것을 처음부터 알았더라면 아버님께서 혼내셨을 때 차라리 죽었다면 좋았을 텐데.[17]

라고 말씀하시고 그토록 고통스러운 모습이면서도 미타彌陀의 염불을 열 번 정도 드높이 외우시고 숨을 거두셨다. 부모의 심정은 이루 다 말할 수 없었다. 긴 머리카락이 흘러내리듯 몸을 덮고 아름다운 얼굴로 무심히 잠이 든 것처럼 누워 계신 모습에, 아버지도 어머니도 유모도 실성할 듯 비탄하였다. 이윽고 며칠 후, 관례대로 관에 넣었는데 유모의 집은 초라하였기에 원래의 저택에 돌아가서 장례식을 집행하셨다.

이리하여 삼칠일三七日[18] 정도 지났을 무렵, 그 청소하러 왔던 남자가 수일 동안 모습을 보이지 않더니 저택에 찾아왔다. 대신이 보시니 남자는 검은 상복을 입고 있었다. 의아하게 여겨

"어찌된 것이냐. 너의 부모가 죽었다는 말은 못 들었는데 누구의 상례를 치루고 있는 것이냐."

라고 물으시자 남자는 엎드린 채로 슬피 울었다. 대신은 더욱 이상하게 생각하여 "도대체 어찌 된 일이냐."라고 물으시자 남자는 "도련님의 상례 때문입니다."라고 대답했다.

"그렇다 하더라도 많은 사람들 중에 너만이 특히 검은 상복을 입고 있으니 도대체 무슨 연유냐."

17 タラチネノイトヒシトキニキエナマシヤガテワカレノミチトシリセバ.
18 21일을 말함.

라고 말씀하시자 남자는 울면서

"사실을 말씀드리면 저는 벼루가 훌륭하다는 것을 듣고 어떻게 해서든지 정말이지 보고 싶어, 나리가 입궐하셨을 동안 몰래 꺼내서 보고 있는 동안 잡다《놓쳐》서 떨어뜨려 깨 버렸습니다. 그러나 마침 그곳에 도련님이 오셔서 저의 비탄에 빠진 모습을 보시고 '이 일은 내가 한 짓으로 하여라. 네가 그렇게 곤란해 하는 모습이 가엾구나. 나의 죄로 한다면 큰일은 되지 않을 것이다. 네가 한 짓으로 밝혀진다면 분명 벌을 받을 것이야.'라고 말씀하셨기 때문에 송구하지만 죄를 면하려고 그같이 아뢴 것입니다. 도련님께서 벌을 받으셨을 때조차 한탄스럽게 생각하고 있던 차에 도련님께서 금방 돌아가셨다는 것을 듣고 너무 슬픈 일이라고 생각하여 말로써는 표현할 수 없을 정도로 송구스러운 마음에 제가 할 수 있는 공양供養을 하려고 고민한 끝에 이같이 상복을 입고 있는 것입니다."

라고 말하며 울었다. 이어서 남자는

> 벼루를 깬 저의 죄를 감싸주시고 돌아가신 도련님을 슬퍼하며 애도하기 위해 입고 있는 이 검게 물들인 옷은 제 아무리 눈물을 흘려도 씻어 낼 수는 없을 것입니다.[19]

라고 말하고 울음을 그치지 않았다.

대신은 이를 듣고 비탄하시며 부인을 향해 "그 아이에게는 조금도 죄가 없었네. 원래는 이러이러한 일이었소."라고 말씀하셨다. 그것을 들은 부인의 슬픔은 이루 말할 수 없었다. 대신은 "그 아이는 보통 인간이 아니었던

19 ナミダガハアラヘドヲチズハカナクテ硯ノユヘニソメシ衣ハ.

게야. 그런 아이를 책망했다니."라고 말하며 후회하고 한탄하셨다. 유모도 또한 이것을 듣고 얼마나 슬퍼하며 괴로웠을까.

그 후 이 남자는 행방을 감추었고 그의 부모와 처자가 남자를 찾았지만 그 행방이 묘연하여 알 수 없었다. 시侍가 대기하는 방의 칸막이[20]에는

> 저는 저의 죄를 속죄하기 위해 검은 머리를 잘라 도련님의 영전에 바치고 도련님의 명도冥途 길에 함께하기로 마음을 정했습니다.[21]

라고 쓰여 있었다. 놀랍게도 남자는 머리를 자르고 법사法師가 되어 수행을 떠난 것이었다. 실로 이 세상의 애처로움을 절실히 깨달은 남자였다.[22]

이것을 들은 부모와 유모는 실로 끊임없이 도련님을 연모하며 한탄하셨다. 다만 부모와 유모는 출가까지는 이르지 않았지만 이 남자는 도련님의 은혜에 보답하기 위해 출가하여 오로지 불도수행을 하고 도련님의 후세[23]를 빌었다고 이렇게 이야기로 전하여 내려오고 있다 한다.

20 원문에는 "障子"로 되어 있음. 당시의 '障子'는 '襖', '唐紙', '衝立(이동식 칸막이)' 등 방의 칸막이로 사용하는 건구建具의 총칭. 현재의 '障子'는 옛날에는 '紙障子'(권28 제42화) 혹은 '明り障子'라 해서 여기에 들어가지 않음.

21 ムマタマノカミヲタムケテワカレヂニヲクレジトコソヲモヒタチヌレ.

22 죄를 후회하고 도련님의 죽음에 발심한 남자의 마음을 칭찬하는 구절임.

23 → 불교.

⊙제9화⊙ 소년에 의해 벼루를 깬 시侍가 출가出家한 이야기

依小児破硯侍出家語第九

今昔、[二一]村上ノ天皇ノ御代ニ[二二]小一条ノ左大臣ト云フ人御ケリ。名ヲバ師尹トゾ申ケル。[二三]貞信公ト申ケル関白ノ[二四]五郎ノ男子ニテナム御ケル。極テ愛シ傅キ給ケル[二五]娘一人御ケリ。形チ[一]端正ニシテ心ニ愛敬有ケリ。然レバ、父母此レヲ悲ビ給フ事無限シ。而ル間、天皇此ノ由ヲ聞シ食シテ、女御ニ可奉べキ由責メ被仰ケレバ、「奉ラム」トテ、[二]忩ギ出立チ給フ間、御[三]□ノ具、[四]御調度ナド、[五]心ノ至ニ随ヒ、力ノ及ブ限リ、手ヲ尽シ給フ。其ノ中ニモ[六]御硯ノ筥極テ[七]微妙カリケル。此ニ入タル硯有リ。此レハ[八]伝ハリノ物ニシテ、昔ヨリ艶ヌ財也ケリ。[九]鋳懸地ニ蒔タル硯様モ[一〇]厳シク、[一一]墨付ナドモ世ニ不似ザリケレバ、此レヲゾ御調度ノ中ニハ止事無キ物ニ被為ケル。然レバ[一二]輙ク人ニ見セ給フ事無クシテ、御傍ナル[一三]二階ノ厨子ニ錦ノ袋ニ入テゾ被置タリケル。「[一四]女御ノ内ニ参リ給ハム日ニ成テ、[一五]筥ニハ入レム」トテ、不取出ズシテ被置タルナルベシ。内ニモ聞シ食シテ令好メ給フ物ニテ、「然ル硯ヤ有ナル」ト[一六]尋サセ給ヒケ

硯箱(源氏物語絵巻)

レバ、大臣モ此ル財ヲ我ガ持テ御調度ニ具セム事ヲ微妙キ事ト思給ケリ。

而ル間、其ノ家ニ生良家子ノ年若キガ見目穢気無キ有ケリ。大臣此ヲ、「近キ当リノ浄メナド為ヨ」ト有ケレバ、朝毎ニ浄メシケル程ニ、此ノ男生手書ク者ニテ、此御厨子ナル硯ノ極テ見マ欲シク思ケル。大臣ハ内ニ御ス程ニテ、上ヘハ我ガ方ニ渡テ、姫君ノ衣共ノ事云ヒ倖トテ、姫君ト共ニ御ス。女房共モ或ハ其ノ共ニ有リ、或ハ各出立チ忩グトテ、局々ニ居タリ。此ク人無キ隙ニ、此ノ浄メ為ル男思ハク、「只今窃ニ開テ此ノ硯ヲ見タラムニ、誰カハ知ラム」ト思テ、硯ノ筥ノ下ナル鎰ヲ取テ、厨子ヲ開テ、此ノ硯ヲ取出シテ見ルニ、実ニ伝ヘ聞ツルヨリモ云ハム方無ク微妙ナレバ、愛シテ、手裏ニ居テ、差上ゲ差下シ暫ク見ル程ニ、人ノ足音ノ

二階厨子（類聚雑要抄）

為レバ、忩テ置カムト為ル程ニ、取リ□シテ打落シツ。中ヨリ打破ツ。此ノ男実ニ奇異ク物モ不思デ、護法ノ付タル物ノ様ニ振ヒテ、目モ暗レ心モ騒ギテ、目ヨリ涙ヲ流シテ泣ク事無限シ。「大臣此レヲ見テ、何ナル事ヲ宣ハムズラム。我ガ身ハ何ガ成ラム為ラム」ト思ヒケム。実ニ何許カハ侘シク悲シク思エケム。

而ルニ、此ノ足音シツル人ハ此ノ殿ノ若君也ケリ。其若君形美麗ニシテ心ニ慈悲有ケリ。年ハ十三也ケリ。今ハ元服モ可有キニ、御髻ノ厳ヲ惜ムデ、今マデ元服ハ無ニゾ有ケル。少年ナレドモ、身ノ才モ賢カリケリ。而ルニ、此ノ男ノ、此ノ硯ヲ打破テ、物モ不思シテ恍迷テ死タル者ノ様ニテ居タルヲ見テ、若君「奇異」ト思テ、「此ハ何ニシタルノ事ゾ」ト問ヘバ、此男泣キ、答モセズ。若君極テ此ヲ、「糸惜」ト思ヒテ、此ノ硯破ヲ取テ、本ノ如ク厨子ニ納テ、鏁ヲ差シツ。其ノ後チ、此ノ男ニ云ク、「汝ヂ強ニ歎ク事無カレ。『若君ノ、此ノ硯ヲ取リ出テ見給ヒツル程ニ、打破リ給ヒツ』

トゾ云ヘ」ト教ヘツ。男此レヲ聞クニ、何許思エケム、実ニ嬉ク忝ク思エテ、這々フ立テ去ヌ。

然レドモ、極テカハ、ユク思エテ、此ノ事ヲ人ニ不云ズシテ毫ケ行ク程ニ、大臣内ヨリ出給テ、「物共取出サム」トテ、厨子ヲ開テ見給フニ、此ノ硯袋ヨリ被取出テ、糸直シク中ヨリ破レタリ。此レヲ見ルニ、目モ暗レテ、奇異ノ物モ思エ不給ハズ。暫ク思ヒ静メテ女房ニ問ヒ給フニ、不知ヌ由ヲ申ス。「例ノ御浄メ参ツル程也」ト申セバ、此ノ男ヲ召シテ、「此ノ硯ノ破タルハ何ナル事ゾ。汝ハ知テヤ有ル」ト問ヒ給ヘバ、男皃ノ色モ草ノ葉ノ様ニ成テ、袖デヲ打合セテ低ブシテ候フ。大臣極テ腹悪キ人ニテ、目ヲ嗔ラカシテ、「尊、慥ニ申セ、申セ」ト被責レバ、男振々フ気ノ下ニ、「若君ノ御前ノ」ト許ニ音許申ヲ、大臣、「何ド何ニ」ト音ヲ高クシテ被責バ、「取出テ御覧ジツル程ニ、取[ ]テ打破セ給ヒタルニナム」ト申セバ、大臣トモカクモ不宣シテ、男ヲ、「早ウ立々ネ」ト宣エバ、男這々フ立テ去ヌ。

大臣内ニ入テ、上ヘニ宣ハク、「此ノ硯ハ児ノ打破タルニコソ有ケレ。此ノ子ハ子ニハ非デ、前世ノ敵也ケリ。此ル非常ノ者ヲ、我ガ年来悲クシテ養ヒケル事」トテ、音ヲ放泣給フ。上ヘ此ヲ聞テ泣給フ。女房共モ忌々マシキマデ泣キ合ヒタリ。若君ノ乳母ハタラ可云キ様無シ。暫許有テ、大臣ノ宣ハク、「我レ此児ニ目ヲナム見合マジキ。親子ノ契ナレバ、年経テハ行キ合フ事有トモ、忽ナム見ジキ。速ニ乳母ノ家ニ将行テ置タレ」トモ、只出シニ出シ給ヘバ、乳母ト人ノ車ヲ借テ、糸心地澆デヽ、「奇異シ」ト思テ、物モ取リ不敢ズシテ、泣々若君ヲ具シテ出ヌ。終道ガラ乳母モ泣ク、若君モ泣ク事無限シ。

若君、乳母ノ家ニ行キ着テ見レバ、極テ荒タル小宅ノ狭キ也。不習ヌ心地ニ物恐シク、心細クテ過ル程ニ、夕暮方ニ心苦シゲナル気色ニテ、此ク独リ言ニ、

コヽロカラアレタルヤドニタビネシテ思モカケヌ物思ヒ
コソスレ

[一六]ト打チ詠メテ居タルヲ見ル乳母ノ心可思遣。若君ノ心ノ極テ厳ケレバ、殿ノ内ノ人皆忍テ泣々ク参ツヽ訪ヒケリ。取リ分テ仕ケル侍共ハ、互ニ云合セテゾ[一七]宿直ニ行キケル。

而ル間、三四日ヲ経ルニ、若君心地不例シテ、[一八]身温ニテ臥ヌ。三四日ニ成レバ「[一九]態ノ心地也ケリ」ト見テ、悩ミ煩フニ、乳母上ノ御許ニ此ノ由ヲ申シ遣タレバ、上ハ聞キ驚テ、大臣ニ、「児ナム此ノ三四日温ニテ苦ビ煩フ」ト申シ給ヘバ、大臣、「然ル[二〇]心無ハ生テモ[二一]何ニカハセム。此ル次ニ死ヌ、吉キ事也」ト宣テ、歎キ給フ気色無シ。上ハ歎キ悲ムデ、行テモ見マ欲ク思ヒ給ヘド[二二]モ、大臣ノ深ク心不得ズ思ヒ給タレバ、[二三]女ノ身ノ口惜キ事ハ輙ク心ニ任セテ行テモ不見給ハズ。此ノ由ヲ上ハ書テ乳母ノ許ニ遣タレバ、

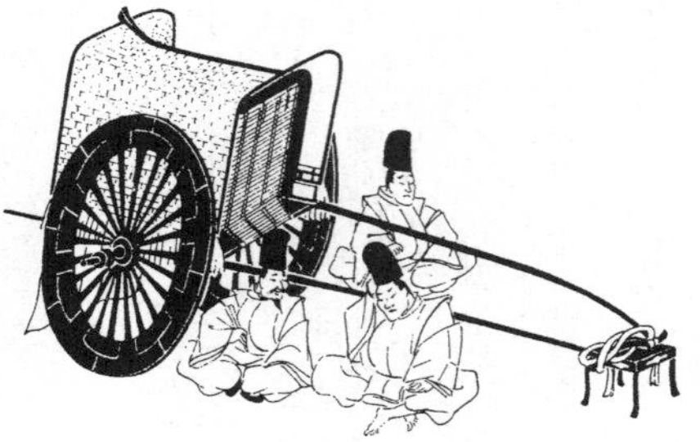

檳榔毛の車（年中行事絵巻）

乳母若君ノ傍ニテ此レヲ読ムヲ、若君モ聞テ臥シ給ヒタリ。

而ル間、七日許ニ[一]成ヌレバ、[二]物忌固クシテ人モ不通ハズ。其ノ日ノ亥ノ時許ヨリ若君[三]限リニ成給ヌ。物忌ノ固ケレバ、此ノ由ヲモ告ゲ不申ズ。寅時許ニ、「今ハ物忌モ[四]開メ」ト思テ、上ヘノ御許ニ若君ノ御病限ニ成タル由ヲ書テ遣ツ。亦若君モ父母ヲ極テ恋シ気ニ思シタレドモ、憚リ申シテ然モ申シ不給ヌナメリ。乳母此レヲ見ルニ悲キ事無限シ。亦若君独言ニ、

[五]アケヌナルトリノナク〳〵マドロマデコハカクコソトシ
ルラメヤキミ

ト苦シ気ナル[六]息ノ下ニ宣フヲ聞クニ[七]付ニテモ、乳母ノ、心地[八]遣ラム方無ク思エテ、[九]其由ヲ書テ重テ奉ル。上ヘ此ノ文ヲ見テ、[一〇]二ツ乍ラ泣々ク大臣ニ読ミ聞セ給フニ、大臣ノ本ヨリ極テ悲ク思ヒ給ヒシ子ナレバ、「[一一]事モ宜シクコソ思ヒツレ。[一二]実ニ大事ニ煩ハヾ、糸悲キ事也。然レバ行テ見」トテ、上ト一ツ車ニテ、[一三]所ノ賤ケレバ忍テ、泣々ク行キ給ヒヌ。車ヨリ下

テ、寄テ見給ヘバ、聞ツルヨリモ無下[14]ニ限ニ成テ臥シ給ヘリ。此ヲ見給フニ、「百千ノ金銀ノ硯也トモ何ニカハセム。只無心ト思シニ依テ、腹ノ立テ追出シタルニコソ有レ。哀ニ悲キ態カナ。我レ何ニ狂テ此ヲ追出シケム」ト悔[15]ヒ悲ビテ、此ク宣フ、

[16]ムツゴトモナニニカハセムクヤシキハコノヨニカヽルワカレ成ケリ

トテ、物[17]モ不思エヌ若君ノ耳ニ皃ヲ差シ宛テ、、「君、我レヲバ伷[18]シトヤ思ヒツル」ト泣々ク宣ヘバ、若君息ノ下タニ、「何デカ祖ヲバ然カ思ヒ奉ラム」ト答ヘ給フニ、大臣云ハム方無ク思エテ、音モ不惜ズ悔[19]ヒ泣キ給フト云ヘドモ、更ニ甲斐無シ。若君息ノ下ニ、

[20]タラチネノイトヒシトキニキエナマシヤガテワカレノミチトシリセバ

ト宣テ、然許苦シ気ナル気色ニ、弥陀ノ念仏ヲ十度許糸高ヤカニ唱ヘテ、失給ヒニケリ。父母ノ心地云ヒ可尽ニモ非ズ。

御髪ノ糸長ヲ身ニ搔副テ、厳シ気ナル皃ヲ何ニ心モ無ク寝入タル様ニテ臥シ給ヘルヲ、父母乳母心ヲ迷シテ悲ブ事無限ナシ。其後チ日来ニ成ヌレバ、例ノ如ク納[1]ツ。其ノ家ハ見苦ケレバ、本[2]ノ殿ニ返テナム後ノ仏事ナド始メ被行ケル。

此クテ三七日許過ル程ニ、此ノ御浄メ[3]ニ参リシ男、日来ハ不見ザリケルガ参ルヲ大臣見給ヘバ、服ヲ黒ク着タリ。大臣、此レヲ怪[4]ビテ、「汝ハ祖ヤ失[5]タリトモ不聞ヌニ、誰[6]ガ服ヲ着タルゾ」ト問ヒ給ヘバ、男コ低ブシテ極ク泣ク。大臣弥ヨ怪ビテ、「何事ゾ」ト問ヒ給ヘバ、男、「若君[7]ノ御服ヲ仕タル也」ト申セバ、大臣、「此[8]ハ何ゾ。汝ヂ多ノ人ノ中ニ別ニ服ヲ黒クシタル」ト宣ヘバ、男泣々ク申ク、「己レ御硯ヲ微妙シト聞キ、責テ見マ欲ク候ヒシ余リニ、殿ノ内[9]ニ御シヽ間、窃ニ取出シテ見候シ程ニ、取[10]□テ落シテ打破テ候シヲ、若君ノ御シ会テ、歎キ悲ビテ候シ気色ヲ御覧ジテ、[11]『此ノ事ハ我ニ負セヨ。汝ガ此ク大事ニ思タルガ糸惜ケレバ。我ガ負タラムニハ、何許ノ事カ有ム。汝ガ負タラムハ必ズ咎

有リナム』ト被仰シカバ、恐レ乍ラ罪ヲ遁レムガ為ニ、其ノ由ヲ申テ候ヒシニ、若君其咎ヲ蒙ラセ給ヒシダニモ歎キ思ヒ給ヘ[一二]候シニ、程無ク失サセ給ヒタレバ、哀ニ悲シク思ヒ奉ルト云ヘドモ、申モ愚ニ候ヘバ、堪[一三]フルニ随ヒテ御服許ヲ仕テ候也」トテ、泣々ク、

[一四]ナミダガハアラヘドヲチズハカナクテ硯ノユヘニソメシ
衣ハ

トテ、泣ク事無限シ。

大臣此ヲ聞テ、弥ヨ歎キ悲ビテ、内[一五]ニ入テ泣々ク上ヘニ、「児ハ更ニ過[一六]ス事無カリケリ。早[一七]ウ然々ニコソ有ケレ」ト宣フヲ、上聞テ、何許思ヒ歎キ給ヒケム。大臣ノ宣ハク、「此ノ児ハ只人[一八]ニハ非ケリ。此ヲ咎[一九]シケム事」トテゾ歎キ悔[一]ヒ給ヒケル。亦乳母此レヲ聞テ、何ニ悲シク哀ニ思ケム。

衡立障子（石山寺縁起）

其ノ後、此ノ男ハ跡[二]ヲ暗クシテ失ニケリ。父母妻子有テ此ヲ求メケレドモ、行方ヲ不知ザリケリ。侍[三]ノ障子ニカクナム、

[四]ムマタマノカミヲタムケテワカレヂニヲクレジトコソヲ
モヒタチヌレ

ト。早[五]ウ、髻ヲ切テ法師ニ成テ、修行ニ出ニケリ。哀[六]レニ思ヒ知ケル男也カシ。

此レヲ聞キ給フニ付テモ、父母乳母実ニ尽[七]キセズ歎キ恋ヒ給ヒケリ。然ドモ父母乳母ナドハ出家スル事無カリケルニ、此ノ男ハ若君ノ恩ヲ報ゼムガ為ニ、出家シテ偏ニ仏道ヲ修行ジテ、若君ノ後世[八]ヲ訪ヒケリ、トナム語リ伝ヘタルトヤ。

권19 **제10화**

동궁東宮의 장인藏人 무네마사宗正가 출가出家한 이야기

사랑하는 아내의 썩어 문드러진 시체를 보고 발심發心한 장인藏人 무네마사宗正가 사랑하는 자식이 매달리는 것을 떨쳐버리고 도노미네多武峰로 향하여 소가增賀의 매우 엄격한 성품과 행실에도 견디며 수행을 한 이야기. 무네마사가 출가하게 된 동기는 권19 제2화의 오에노 사다모토大江定基에서도 볼 수 있는 것처럼 무상관無常觀의 깨달음을 동기로 삼고 있는 유형적인 것이다. 근저에 흐르는 정서는 소식蘇軾의 구상시九想詩의 시상과도 통하고 있다. 무네마사가 어린 딸에게 보인 태도는 사랑하는 사람에게는 무정하게 행동하는 출가인出家人의 유형적 행동이다. 이는 그리워하는 딸을 마루에서 밀어 떨어뜨렸다고 하는 사이교西行 출가에 관한 유화(『사이교 이야기西行物語』)를 떠올리게 한다. 더욱이 동궁東宮의 노래를 접한 무네마사의 눈물에 도심이 미숙하다고 격노한 소가의 이야기는 소가의 성벽性癖이나 기행奇行을 전하는 전승군傳承群의 하나로서 소가 설화說話의 형성 과정을 생각하는 데 있어 단서가 되어 주목된다.

이제는 옛이야기이지만, □□[1]인院의 천황天皇이 아직 동궁東宮[2]이셨을 때 장인藏人[3] □□[4] 무네마사宗正[5]라고 하는 사람이 있었다. 나이가 젊고 용모가

1 천황天皇의 시호諡號의 명기를 위한 의도적 결자.
2 원문에는 "춘궁春宮"으로 되어 있음. 황태자의 별칭으로 음양오행설陰陽五行說에서 봄을 방향으로 배치하면 동쪽에 해당한다는 것에서 나온 표기임.
3 표제 및 설화說話 내용으로부터 추측하면 여기서는 동궁東宮의 장인藏人으로 추정. 동궁 부속의 장인소藏人所의 직원으로 직장職掌은 장인에 준함.
4 무네마사宗正의 성씨의 명기를 위한 의도적 결자.
5 미상.

아름다우며 정직한 마음을 가졌기 때문에 동궁은 이분을 특히 마음에 들어하셔 여러 가지 일을 지시하셨다.

그런데 이 남자의 부인은 상당한 미인으로 마음도 《우아》[6]했기 때문에 남자는 더할 나위 없이 부인을 사랑하였고 부부간의 정이 돈독하였는데 부인이 중한 유행병에 걸려 며칠이나 병상에서 괴로워하였다. 남편은 더할 나위 없이 비탄하며 신불神佛께 갖가지 기도를 올렸지만 결국 부인은 죽어 버렸다.

그리하여 남편이 부인을 제 아무리 깊이 사랑하였다 하나 그대로 둘 수도 없어 시체를 관에 넣었다. 그러나 화장터에 보내기까지는 아직 날이 남아 있어 십 일 남짓은 집에 두었는데 남편은 이 죽은 부인이 너무나도 그리워 참을 수 없어 관을 열어 들여다보았다. 그러자 그 길었던 머리는 완전히 빠져 머리맡에 흐트러져 어지럽게 떨어져 있고, 사랑스러웠던 눈은 나무줄기가 빠진 흔적처럼 쏙 구멍이 나 있었다. 피부는 검노란 색으로 변해 보기에도 무섭고 코뼈는 무너져 두 개의 구멍이 크게 벌어져 있었다. 입술은 얇은 종이같이 변하여 오그라들어 버렸기에 새하얗던 이빨이 맞물려진 채로 훤히 보였다. 그 얼굴을 보고 있자니 소름이 끼칠 정도로 무서워져 원래대로 관의 뚜껑을 덮고 그 자리를 떠났다. 시체 썩는 냄새는 코를 찌르는 듯하여 이루 말할 수 없는 심한 악취 때문에 숨이 막히는 것 같았다.

그 후에 이 죽은 부인의 얼굴이 눈에 선하여 잊어지지 않고 그때부터 강하게 도심이 일어났다. 남자는 "도노미네多武峰[7]의 소가增賀[8] 성인聖人은 실로 존귀한 성인이다."라고 듣고 '이분의 제자가 되자.'라고 결심하여 이 세상에서의 영화榮華는 단념하고 남몰래 집을 나가려고 했다. 그런데 남자에게는

6 한자 명기를 위한 의도적 결자. 문맥을 고려하여 보충.
7 → 지명.
8 → 인명.

네 살이 되는 딸아이가 있었는데 그 죽은 부인이 낳은 아이였다. 어여쁜 아이로 더할 나위 없이 귀여워하고 있었는데 어머니가 죽고 나서는 항상 같이 자고, 한 번도 떨어지지 않았지만 오늘 저녁은 새벽녘에 도노미네로 가려고 결심했기 때문에 미리 유모에게 보내어 안고 재우도록 하였다. 그런데 어른들에게조차 전혀 알리지 않았던 출가出家를 어린 마음이 알아차렸던 것인지 "아버님은 저를 버리고 어디에 가시는 겁니까."라고 말하며 소매를 잡고 울기 시작했다. 그것을 갖가지 방법으로 달래고 얼래서 재우고는 그 사이에 살짝 빠져나왔다.

길을 가는 도중에, 매달려 울던 어린 자식의 목소리가 귓전에 맴돌고 그 행동이 마음에 걸리고 슬퍼서 견딜 수 없었지만 이미 도심이 흔들림 없이 견고했기 때문에 '무슨 일이 있어도 멈춰서는 안 된다.'라고 참고 견디었다. 도노미네에 이르러서 상투를 잘라 법사法師가 되고 소가 성인의 제자가 되어 열심히 수행에 임했다. 그러자 동궁이 이 사실을 들으시고 무척 안쓰럽게 여기셔서 와카和歌를 지어 보내셨다. 무네마사 입도入道[9]는 이것을 보고 깊이 감격하여 눈물을 흘렸는데 스승인 성인이 그 모습을 엿보고 '이 무네마사가 우는 것은 진심으로 도심이 생겼기 때문이다.'라고 존귀하게 생각하여 "그대는 무엇 때문에 울고 계신가."라고 물었더니 무네마사는

"동궁께 편지를 받았는데 이렇게 출가한 몸이라고는 해도 동궁이 그리워 울고 있었습니다."

라고 말하고 울었다. 그러자 성인은 눈을 크게 뜨고

"동궁의 편지를 받은 사람이 부처가 될 수 있겠느냐. 그대는 그러한 생각으로 머리를 깎은 겐가. 대체 누가 법사가 되라고 한 것이야. 나가라, 이 입

9 → 불교.

도 녀석아. 얼른 동궁의 곁으로 가 버리거라."
라고 사정없이 비난하며 쫓아냈기 때문에 무네마사는 슬쩍 나와 가까운 승방에 가서 숨어 있다가 이윽고 성인의 분노가 가라앉은 때를 봐서 다시 스승이 있는 곳으로 돌아갔다. 성인은 굉장히 화를 잘 내는 사람이었지만 성급히 화를 내는 대신 금방 화가 가라앉았다. 매우 엄하고도 외곬수인 분이셨다.

입도는 마지막까지 도심을 게을리하지 않고 열심히 고귀하게 수행을 계속했다. 특히 매우 도심이 견고한 사람이었다고 모두가 칭송하며 존귀하게 여겼다고 이렇게 이야기로 전하여 내려오고 있다 한다.

⊙ 제10화 ⊙

동궁東宮의 장인藏人 무네마사宗正가 출가出家한 이야기

春宮蔵人宗正出家語第十

今昔、□院ノ天皇ノ春宮ニテ御マシケル時ニ、蔵人ニテ□ノ宗正ト云フ者有ケリ。年若クシテ、形チ美麗ニ、心直カリケレバ、春宮此レヲ睦マシキ者ニ思シ食シテ、万ニ仕セ給ヒケル。

而ル間、其ノ人ノ妻形チ端正ニシテ心□也ケレバ、男無限ク相ヒ思テ棲ケル程ニ、其ノ妻世ノ中ノ心地ヲ重ク煩ヒテ、日来ヲ経ルニ、夫心ヲ尽シテ嘆キ悲ビテ、様々ニ祈請ズト云ヘドモ、遂ニ失セニケリ。

其ノ後、夫無限ク思フト云ヘドモ、然テ置タルベキ事ニ非ネバ、棺ニ入テ、葬ノ日ノ未ダ遠カリケレバ、十余日家ニ置タルニ、夫此ノ死タル妻ノ無限ク恋シク思エケレバ、思ヒ煩ヒテ、棺ヲ開テ望ケルニ、長カリシ髪ハ抜ケ落チ、枕上ニヲボトレテ有リ、愛敬付タリシ目ハ木ノ節ノ抜跡ノ様ニテ空ニ成レリ。身ノ色ハ黄黒ニ変ジテ恐シ気也。鼻柱ハ倒レテ穴二ツ大ニ開タリ。唇ハ薄紙ノ様ニ成テ縮マリタレバ、歯白ク上下食ヒ合セラレテ有ル限リ見ユ。其ノ㒵ヲ見ケルニ、奇異ク恐シク思ヘテ、本ノ如ク覆テ去ニケリ。香ハ口鼻ニ入ル様ニテ無限ク臭カリケレバ、噎スル様ニナム有ケル。

其ヨリ後、此ノ㒵ノ面影ゲノミ思ヘテ、其ヨリ深ク道心発ニケレバ、「多武ノ峰ノ増賀聖人コソ止事無キ聖人ニテ在スナレ」ト聞テ、「其ノ人ノ弟子ニ成ラム」ト思ヒ得テ、現世ノ栄花ヲ棄テ、窃ニ出立タムト為ルニ、女子ノ四歳ナル有ケリ。彼ノ死タル妻ノ子也。形チ端正也ケレバ、無限ク悲シク思エケルニ、母ハ死テ後ハ臥シテ不離ザリケレバ、既ニ暁ニ多武ノ峰ニ行ムト為ルニ、乳母ノ許ニ抱テ臥セケルヲ、[7]長共ニダニ露不令知ヌ事ヲ、幼キ心地ニ心ヤ得ケム、「[9]父ハ我ヲ棄テハ何チ行カムト為ルゾ」ト云テ、袖ヲ引カヘテ泣ケルヲ、トカク[10]誘ヘテ[11]叩キ臥ヲ、其程ニ窃ニ出ニケリ。

[12]終道、[13]児ノ取リ懸リテ泣ツル音有様ノミ耳ニ留リ心ニ懸リテ、悲ク難堪ク思エケレドモ、道心固ク発リ畢ニケレバ、「然トテ可留キニモ非ズ」ト思念ジテ、多武ノ峰ニ行テ、髻ヲ切テ法師ト成テ、増賀聖ノ弟子トシテ懃ニ行ヒテ有ケル間ニ、春宮此ノ由ヲ聞シ食シテ、極メテ哀ニ思シ食シテ、和歌ヲ読テ遣ス。[14]入道此ヲ見テ悲カリケレバ泣ケルヲ、師ノ聖人[15]髣ニ此ヲ見テ、「此ノ入道ノ泣クハ実ニ道心発タル也ケリ」ト貴ク思テ、「[16]入道ハ何事ニ泣キ給フ」ト問ケレバ、入道、「宮ヨリ[17]御消息ヲ給ハセタレバ、[18]和纔ニ、此ク成タル身ナレドモ、悲シク思エ侍ル也」トテ泣ケバ、聖人目ヲ[19]鋺ノ如ク見成シテ、「春宮ノ御消息得タル人ハ仏ニヤハ[20]成ル。此ク思テヤハ頭ヲバ剃シ。誰ガ『[21]成レ』トハ云ヒシゾ。出給ヒネ、此ノ入道。速ヤカニ春宮ニ参テ[22]坐シカレ」ト[23]糸半無ク云テ追ケレバ、入道[24]和ラ出デ、傍ノ房ニ行テ居タリケルヲ、聖人[25]腹止ニケル時ナム、入道返リ行タリケル。此ノ聖人ハ極テ[26]立チ腹ニゾ有ケル。立腹ナル替ニハ疾ゾ腹止ケル。極ジク[27]蜜ク[28]際武クゾ[29]坐カリケル。

入道ハ遂ニ道心[30]退スル事無クシテ、懃ニ貴ク行テゾ有ケル。世ニ極テ心強カリケル者トゾ人皆讃メ貴ビケル、トナム語リ伝ルトヤ。

권19 **제11화**

시나노 지방信濃國 오도王藤 관음觀音이 출가出家한 이야기

우연히 시나노信濃의 온천溫泉을 찾아온 고즈케 지방上野國 무사가 마을 사람의 꿈과 똑같은 모습을 하고 있어 관음觀音의 권현權現으로 오해받아 진퇴양난進退兩難에 빠져 출가한 이야기. 세상에 흔히 미화된 출가담出家譚과는 달리 전혀 비애감悲哀感이 없는 유쾌한 이야기이다. 관음으로 오해받은 끝에 괴로워하다 이루어진 출가는 골계미滑稽美가 있다고 하면 그뿐이지만 웃음 속에서도 단순하게 자신이 생각한 바를 꾸밈없이 그대로 드러내는 행동적인 동국東國 무사의 편린片鱗을 엿볼 수 있는 점이 주목할 만하다. 또한 우연한 출가라는 점에서는 도다이지東大寺 개안공양開眼供養이 있던 날에 고등어를 팔던 노인 등(→ 권12 제7화)과도 비슷하다.

이제는 옛이야기이지만, 시나노 지방信濃國 □□[1] 군郡에 《쓰카마筑摩》[2] 탕湯[3]이라고 하는 곳이 있었는데 많은 사람들이 약탕이라고 하며 찾아와서 입욕하는 온천이었다.

그런데 그 마을의 한 주민이 어느 날 밤 꿈을 꾸었다. 꿈에서 한 사람이 어딘가에서 찾아와 알리기를

1 군명의 명기를 위한 의도적 결자.

2 온천명의 명기를 위한 의도적 결자. 『고본설화집古本說話集』을 참조하여 보충.

3 쓰카마筑摩 탕湯은 나라奈良 시대 이전부터 개발되어 헤이안平安 시대에는 시로도 읊어질 정도로 저명했던 온천. 나가노 현長野縣 마쓰모토 시松本市 야마베유노하라山邊湯の原로 추정되는데 아사마淺間 온천이 아닌가 하는 설도 있음.

"내일 축시丑時[4]에 관음觀音님이 오셔서 이 탕에 들어가실 것이다. 사람들은 반드시 결연結緣을 위해 이곳에 오도록 하여라."
라고 하였다. 꿈을 꾼 사람이 "그 관음님은 어떤 모습으로 오십니까."라고 묻자 그 사람은

"나이 마흔 정도로 수염이 거뭇거뭇하게 난 남자인데 골풀로 된 삿갓을 썼으며 검은 칠을 한 큰 화살통을 등에 지고 가죽을 만 활을 들고 있을 것이다. 또한 감색의 스이칸水干[5]을 입고 무카바키行縢[6]를 걸치고 하얀 《버선》[7]을 신고, 검게 칠한 큰 칼을 메고는 위모葦毛[8]를 타고 있다. 그러한 남자가 오면 망설일 것도 없이 관음님이라고 생각하여라."
라고 고했는데 이 이야기를 들었다고 생각한 순간 남자는 꿈에서 깨어났다. 꿈을 꾼 마을 주민은 놀랍고 이상하게 여겨 날이 밝자마자 꿈의 계시를 마을 사람들에게 이야기하며 여기저기 퍼뜨리고 다녔다.

이것을 전해 듣고 많은 사람들이 이 탕에 몰려왔다. 서둘러 새로운 물로 갈고 주변을 청소하고, 금줄을 치고 향과 꽃을 신불神佛에 바치고 많은 사람들이 나란히 줄지어 앉아서 기다리고 있었다. 시간이 흘러 축시도 지나고 미시未時[9] 무렵에 그 꿈에서 들은 것과 똑같은 남자가 찾아왔다. 얼굴을 비롯해서 무엇 하나 꿈의 계시와 다른 것이 없었다. 이 남자가 그곳에 있는 사람을 향해 "이것은 대체 무슨 일인가."라고 물었다. 그러나 사람들은 단지 남자에게 배례拜禮할 뿐으로 꿈의 계시를 이야기하는 사람은 아무도 없었다. 남자는 한 승려가 손을 모아 이마에 대고 배례하고 있는 곳에 다가가서

4 * 정오 무렵.
5 천에 풀을 먹이지 않고 물에 적셔 재양판에 붙여 말린 천으로 지은 평상복.
6 * 무사武士가 말을 타고 먼 길을 가거나 사냥을 할 때, 허리에 둘러 정강이까지 가리던 모피.
7 한자 명기를 위한 의도적 결자.
8 * 흰 털에 검정 또는 밤색의 털이 섞인 털빛. 또는 그런 말.
9 * 오후 2시 무렵.

"대체 무슨 일이 있어 이렇게 많은 사람들이 나를 보고 배례하는 것인가."라고 심하게 사투리가 섞인 목소리로 묻자 승려는 "실은 지난 밤, 어떤 사람이 이러이러한 꿈을 꾸었기 때문입니다."라고 대답했다.

이것을 듣고 남자는

"나는 하루 이틀 전에 사냥을 하다 낙마하여 왼쪽 팔이 골절되어 그것을 온천에서 치료하려고 생각하여 온 것인데 모두가 이렇게 나를 배례하시는 것은 도무지 이해가 되지 않소이다."

라고 말하며 여기저기 도망쳐 다녔다. 그 뒤를 따라가며 사람들이 큰 소란을 피우며 배례하였다. 남자는 도저히 어쩔 도리가 없어 "그러면 나는 관음이었던 것인가. 차라리 법사法師가 되자."라고 말하고는 그 자리에서 활과 화살을 버리고 무구武具를 벗어 즉시 상투를 잘라 법사가 되었다. 이렇게 출가出家하는 것을 보고 모든 사람들은 존귀하게 여기며 감격하였다.

그런데 마침 이 남자를 알고 있던 사람이 나타나 남자를 보고 "저 사람은 고즈케 지방上野國의 오도王藤님이 아닌가."라고 말하였기 때문에 사람들은 이것을 듣고 이 남자를 오도 관음이라고 불렀다. 남자는 출가出家한 뒤 히에이 산比叡山의 요카와橫川에 올라가 가쿠초覺朝 승도僧都[10]라고 하는 사람의 제자가 되었는데 5년 정도 요카와에 살다 그 후에는 도사 지방土佐國으로 옮겨 갔다. 그 후로는 어찌 되었는지 전해 들은 사람은 없었다.

이것은 실로 보기 드문 이야기이다. 정말로 관음께서 오셨던 것일까. 이같이 출가하는 것은 부처님의 방편方便으로 실로 존귀한 것이라고 이렇게 이야기로 전하여 내려오고 있다 한다.

10 미상. 혹은 '가쿠초覺超'(→ 인명)라고 추정됨.

⊙제11화⊙ 시나노 지방信濃國 오도王藤 관음觀音이 출가出家한 이야기

信濃国王藤観音出家語第十一

今昔、信乃国、□ノ郡ニ、□湯ト云フ所有リ。諸ノ人「薬湯也」トテ、来テ浴ル所湯也。

而ル間、其ノ里ニ有ル人、夢ニ見ル様、人来テ告テ云ク、「明日ノ午時ニ観音来リ給ヒテ此ノ湯ヲ浴ミ可給シ。必ズ人結縁シ可来シ」ト。此ノ見ル人問テ云ク、「何様ナル姿シテ来給ハムト為ルゾ」ト。告グル人答テ云ク、「年四十許ナル男ノ鬢ゲ黒キガ、綾藺笠ヲ着テ、節黒ナル大胡録ヲ負テ、革巻タル弓ヲ持テ、紺ノ水旱ヲ着テ、夏毛ノ行縢、白□ヲ履テ、黒造ノ太刀ヲ帯テ、葦毛ノ馬ニ乗テ来ル人有ラバ、其レヲ必ズ観音ト知リ可奉シ」ト告ルヲ聞ク、ト思フ程ニ、夢覚ヌ。驚キ怪ムデ、夜明テ後、普ク其ノ里ノ人ニ此ノ事ヲ告ゲ廻シ語リ令聞ム。

然レバ、此ヲ聞キ次テ、此ノ湯ニ人集ル事無限シ。忽ニ湯ヲ替ヘ、廻ノ庭ヲ掃治シ、注連ヲ引キ、香花ヲ備ヘテ、多ノ人居並テ待奉ルニ、日漸ク午時傾テ未ニ成ル程ニ、彼ノ夢ニ見ツル様ナル男来タリ。貞ヨリ始メテ夢ニ云ツル様ニ露違フ事無シ。諸ノ人ニ向テ、「此ハ何事ヲ」ト問ヘドモ、只礼拝ノミシテ、此ノ事ヲ語ル人無シ。一人ノ僧有テ、手ヲ摺テ額ニ宛テ礼ミ居タル所ニ寄テ、男、「此ハ何事ニ依テ己ヲ見テ万ノ人ハ礼ミ給ゾ」ト、横ナバレタル音ヲ以テ問ニ、僧答テ云ク、「此ノ過ヌル夜、人ノ夢ニ然々見ケルニ依テ也」ト。

男此レヲ聞テ云ク、「己ハ此ノ一両日ガ前ニ、狩ヲシテ馬ヨリ落テ、左ノ方ノ肱ヲ突キ折タレバ、其ヲ茹ガ為ニ来タルヲ、此ク礼ミ合給コソ怪シト思ユレ」ナド云テ、トカク行クヲ、万ノ人、後ニ立テ礼ミ喤シル。男侘テ、「我ガ身ハ然ハ観音ニコソ有ナレ。同ク我法師ト成ナム」ト云テ、其庭ニ弓箭ヲ棄テ、兵杖ヲ投テ、忽ニ髻ヲ切テ法師ト成ヌ。此ク出家スルヲ見テ、万ノ人貴ビ悲ム事限無シ。

而ル間、自然ラ此ノ男ノ知タル人出来テ見テ云ク、「彼ハ上野ノ国ニ有ル王藤大主ニコソ有メレ」ト云ケレバ、万ノ人此ヲ聞テ、名ヲ王藤観音トゾ付タリケル。出家シテ後、比叡ノ山ノ横川ニ登テ、覚朝僧都ト云人ノ弟子ニ成有ケルガ、五年許横川ニ有テ、其ノ後ハ土佐ノ国ニゾ行ニケル。其後、其ノ有様ヲ伝へ聞タル人無シ。

此レ希有ノ事也。実ノ観音ノ御ケルニヤ。此ク出家スル、仏ノ極テ貴キ也、トナム語リ伝ヘタルトヤ。

권19 **제12화**

진제이鎭西의 무조지武藏寺에서 노인이 출가出家한 이야기

규슈九州를 도는 수행승이 우연히 도소신道祖神의 사당祠堂에 머물던 중 지나가는 귀신鬼神과 도소신의 대화를 들은 연緣으로 인해 무조지武藏寺에서 노인의 출가를 목격하게 되고, 제천諸天과 귀신鬼神에게 축복받은 출가의 공덕功德에 감명을 받는다는 이야기이다.

이제는 옛이야기이지만, 불도佛道를 수행하는 승려가 있었다. 규슈九州까지 와서 여기저기 발길 가는 대로 걷고 있었는데, □□[1] 지방國의 □[2]사카坂라는 곳에 도소신道祖神[3]이 있었다. 그 승려는 도소신의 사당 옆에서 노숙하기로 하고 밤이 되자 물건에 기대어 잠을 자고 있었다. 야반夜半에 사람들이 모두 조용히 자고 있을 무렵, 많은 말발굽소리가 들리며 사람들이 지나가는 기척이 나더니 승려는 "도소신은 계십니까."라고 묻는 소리를 들었다. 승려는 이것을 듣고 매우 이상하게 여겨 '실로 불가사의한 일이다. 누군가 사람이 있어 말을 하고 있는 것인가?'라고 고개를 갸우뚱하고 있자 사당 안에서 "있습니다."라고 대답하는 소리가 들렸다. 이 목소리를 듣고 승려는 더욱더

1 지방명의 명기를 위한 의도적 결자.

2 언덕의 이름(지명)의 명기를 위한 의도적 결자.

3 도시와 시골, 촌락의 경계나 길의 분기점 등에 모셔져, 악령惡靈의 침입이나 여행길의 평안 등을 지키는 신.

불가사의한 일이라고 생각하고 있었는데 다시 지나가던 이가 "내일 무조지武藏寺[4]에 참예參詣를 하십니까."라고 말을 걸었다. 그러자 사당 안에서 "아니오, 가지 않습니다. 도대체 무엇이 있습니까?"라고 말했다. 다시 지나가던 이의 목소리가

"내일 무조지에서 새로운 부처가 출현出現한다고 하여 범천梵天,[5] 제석천帝釋天,[6] 사대천왕四大天王,[7] 용신팔부龍神八部[8]가 모두 모이십니다. 이 사실을 알고 계십니까?"

라고 물었다. 그러자

"그러한 이야기는 아직 듣지 못했습니다. 잘 알려주셨습니다. 그렇다면 가지 않을 수 없지요. 반드시 참예하겠습니다."

라고 사당 안에서 대답이 들려왔다. "그러면 내일 사시巳時[9] 무렵일 터이니 꼭 오십시오. 기다리고 있겠습니다."라고 말하고 목소리의 주인공은 지나가는 듯했다. 승려는 이것을 듣고 이것은 영락없이 귀신鬼神이 이야기한 것이 틀림없다고 생각하여 무서웠지만 꾹 참고 있는 동안에 날이 밝았다.

승려는

'오늘은 다른 곳으로 가려고 했지만 어젯밤의 일을 확인하기 전까지는 어디에도 갈 마음이 생기지 않는구나.'

라고 생각하고, 가까운 곳에 무조지가 있었기에 날이 새자마자 그곳에 가보았는데 별로 특이한 일이 있을 것 같은 기색은 전혀 없었다. 평소보다도 조용하고 사람 한명 보이지 않았다. 승려는 '하지만 무언가 연유가 있을게야.'

4 후쿠오카 현福岡縣 지쿠시 군筑紫郡 지쿠시야 정筑紫野町 무조 온천武藏溫泉 소재의 무조지武藏寺로 추정함.
5 → 불교.
6 제석帝釋(→ 불교).
7 사천왕(→ 불교).
8 → 불교
9 * 오전 10시경

라고 생각하여 본존상本尊像 앞에 앉아 사시巳時가 되기를 기다렸는데 어느새 조금 더 지나면 오시午時[10]가 될 무렵이었다. '도대체 무슨 일이 있는 것일까?'라고 주변을 둘러보니 칠팔십 살 정도로 검은 머리는 하나도 없으며, 흰머리라고 해도 드문드문 남아 있고 머리에 자루 같은 에보시烏帽子를 썼는데, 원래 몸집이 작은데다가 매우 허리가 굽은 노인이 지팡이를 짚고 걸어오고 있었다. 뒤에는 비구니 한명이 따라오고 있었는데 비구니는 검고 작은 나무통에 뭔지 모를 무엇인가를 넣고 손에 들고 있었다. 두 사람은 당堂에 올라갔고 노인은 본존상 앞에 앉아 두세 번 정도 예배禮拜를 하고 크고 긴 무환자 나무 씨로 만든 염주를 손바닥으로 돌리고 있자 비구니는 가지고 온 작은 나무통을 노인의 옆에 놓고 "스님을 불러 오겠습니다."라고 말하고는 나갔다.

얼마 후 예순 정도의 승려가 나와 본존에 예배를 하고 그곳에 무릎을 꿇고 노인에게 "어떤 용무로 부르셨습니까."라고 물었다. 노인은

"저는 이제 오늘내일하는 몸이 되었기에 오늘 이 얼마 남지 않은 흰 머리를 밀고 부처의 제자가 되고자 합니다."

라고 말했다. 이것을 들은 승려는 눈을 비벼 닦고는 "그것은 실로 존귀한 일입니다. 그렇다면 지금 당장."이라고 말하고 그곳에 있던 작은 나무통을 들었다. 그 나무통에 들어있던 것은 따뜻한 물이었는데 그 물로 노인의 머리를 감기고 머리를 밀었다. 그 후에 노인은 승려를 향해 계戒[11]를 받고 본존에 예배를 하고 나갔다. 그로부터 별다른 일은 없었다. 이때 승려는

'그렇다면 이 노인이 출가出家하는 것을 기뻐하셔서 천지의 부처와 신들

10 * 정오.
11 → 불교. 여기서는 오계五戒 내지는 십계十戒를 받아 출가입도出家入道했다는 것을 말함.

이 모이신다는 것을 듣고 귀신鬼神도 "새로운 부처님이 나신다."[12]라고 도소신에게 알렸던 것이로구나.'

라고 생각하여 깊이 감격하고 존귀하게 여기며 이곳을 떠났다.

생각하면 출가를 하는 공덕功德은 새삼스러운 것은 아니지만 나이가 들어 오늘내일하는 노인이 출가하는 것조차 이렇게 천지의 신들은 기뻐하신다. 하물며 젊고 혈기가 넘치는데 깊이 도심을 일으켜 출가하는 사람의 공덕은 어느 정도일까.

이 이야기를 들은 사람은 모든 것을 다 내던지고 출가해야 한다고 이렇게 이야기로 전하여 내려오고 있다 한다.

12 새롭게 출가한 노인을 '새로운 부처님'이라고 말하고 있음.

⊙ 제12화 ⊙ 진제이鎮西의 무조지武蔵寺에서 노인이 출가出家한 이야기

於鎮西武蔵寺翁出家語第十二

今昔、[九]仏ノ道ヲ行フ僧有ケリ。[一〇]鎮西ニ至テ流浪シケルニ、[一一]□ノ国ニ□[一二]坂ト云フ所ニ[一三]道祖神有ケリ、此ノ僧其ノ道祖神ノ[一四]祠ノ辺ニ宿ニケリ。夜ニ入テ、寄リ臥タリケルニ、[一五]夜半許ニ、人皆寝ヌラムト思フ程ニ、馬ノ足音数シテ、「人多過グ」ト聞クニ、「[一六]道祖在マスカ」ト問フ音有リ。此ノ僧此レヲ聞テ、極テ怪シビ思フ。「此ハ希有ノ事カナ。人ノ云フニヤ有ラム」ト怪シビ思フ程ニ、此ノ祠ノ内ニ、「侍リ」ト答フル音有リ。僧ヲ[一七]此レヲ聞テ、「弥ヨ希有也」ト思フニ、亦[一八]通ル音ノ云ク、「明日ハ[一九]武蔵寺ニヤ参リ給フ」ト問ケレバ、祠ノ内ニ云ク、「然モ不侍ラズ。抑何ニ事ノ侍ルゾ」ト云ヘバ、通ル音[二〇]、「『明日武蔵寺ニ新キ仏ケ可出給シ』トテ、[二一]梵天、[二二]帝尺、[二三]四大天王、[二四]竜神八部皆集マリ給フ』トハ[二五]知リ不給ザルカ」ト云ヘバ、祠ノ内ニ、「然ル事モ未ダ不承ズ。[二六]喜フ告ゲ給ヒ[二七]タル。何デカ不参デハ侍ラム。必可参シ」ト云ヘバ、通ル者、「然ハ明日ノ巳時許ノ事ナリ。必参リ給へ。待申サム」ト云テ過[二八]ヌナリ。僧此ヲ聞テ、「此ハ早ウ[二九]鬼神[三〇]ノ云フ事也ケリ」ト心得テ、物恐シク思ヘドモ、念ジテ居タル程ニ夜明ヌ。

僧、「[三一]今日ハ物ヘ行カム」ト思ヒツレドモ、「此ノ事ヲ見テコソ何チモ行カメ」ト思テ、明[一]ルヤ遅キト、武蔵寺近キ程ナレバ、参テ見レドモ、事可有キ気色更ニ無シ。例ヨリモ静ニテ人一人モ不見エズ。然ドモ、「尚様有ラム」ト思テ、仏ケノ御前ヘニ居テ巳時[三]ヲ待チ居ル程ニ、今暫ク有ラバ午時ニ成ナムトス。「何事ノ可有ニカ」ト見廻スニ、年七八十許ナル翁ノ黒キ髪モ無クテ、白シトテモ所々有ル頭ニ、袋[四]ノ様ナル烏帽子ヲ押入レテ、本ヨリモ小カリケル男ノ、弥ヨ腰屈[五]ヲレバ、杖ニ懸リテ歩ビ来ル、有リ。後ニ尼立テ来ル。小ク黒キ桶ニ、何ニカ有ラム、物ヲ入テ、尼臂[六]提タリ。御堂[七]ニ参テ、翁ハ仏ノ御前ニ居テ、二三度許礼拝シテ、木連子[八]ノ念殊ノ大キニ長キヲ、押攤[九]テ居タレバ、尼ハ其ノ持タル小桶ヲ翁ノ傍ニ置テ、「御房呼ビ奉ラム」ト云テ、去ヌ。

暫許有テ、年六十許有ル僧出来ヌ。仏ヲ礼シテ御前ニ突居テ云ク。「何事ニ依テ呼ビ給ヒツルゾ」ト翁ニ問ヘバ、翁ノ云ク、「今日明日トモ不知ヌ身ニ罷成ニタレバ、此ノ白[一〇]髪ノ少シ残タル、今日剃テ、御弟子ト罷成ラムト思給フル也」ト。僧此レヲ聞テ目ヲ押シ巾[一一]テ、「糸貴ク侍ル事カナ。然ハ疾ク」トテ、此ノ小桶[一二]ナリツルハ早ウ湯也ケリ、其ノ湯ヲ以テ翁頭ヲ洗テ剃ツ。其後、僧ニ向テ、戒[一三]ヲ受テ、仏ヲ礼拝シ、出去ヌ。其後亦他ノ事無シ。其ノ時ニ僧ノ思ハク、「然ハ、『此ノ翁ノ出家スルヲ随喜シ給』トテ、天衆[一四]地類ノ集リ給ヲ聞テ、鬼神モ『新[一五]キ仏出給フ』トハ、道祖ニハ告ルニコソ有ケレ」ト思フニ、哀レニ貴キ事限無クシテ去ニケリ。

此レヲ思フニ、出家ノ功徳ハ今始タル事ニハ非ネドモ、年老テ今日明日トモ不知ヌ翁ノ出家スルヲダニ、此ク天衆地類喜ビ給ヒケリ。何況[一六]ヤ、若ク盛ニシテ懃ニ道心発シテ出家セム人ノ功徳ヲ可押量シ。

此[一七]ヲ聞カム人、万ヲ棄テヽ出家可為キ也、トナム語リ伝ヘタルトヤ。

권19 **제13화**

에치젠越前 수령 후지와라노 다카타다藤原孝忠의 시侍가 출가出家한 이야기

한 겨울에 홑옷 한 장으로 떨고 있던 가난한 시侍가 주인인 에치젠越前 수령 후지와라노 다카타다藤原孝忠의 청에 응하여 훌륭한 와카和歌를 짓고, 그 상으로 받은 옷을 보시布施하고 산사山寺에서 숙원宿願의 출가를 이루었다는 이야기이다. 앞 이야기에 이어 후세의 왕생을 바라는 노인의 출가를 기록하고 있다.

이제는 옛이야기이지만, 에치젠越前 수령 후지와라노 다카타다藤原孝忠[1]라고 하는 사람이 있었다. 이 사람은 임국任國인 에치젠 지방越前國에 있을 때 밤낮으로 충성스럽고 부지런히 일하고 있었다. 그곳에는 매우 빈곤한 시侍[2]가 있었는데 겨울이었지만 단 한 장의 홑옷만 입고 있었다.

어느 눈 내린 이른 아침, 그 시侍인 남자는 청소를 하고 있었는데 마치 호법護法이 병자에게 옮겨붙은 듯이 부들부들 떨고 있는 것을 수령이 보고 "자네, 와카和歌 하나 읊어보게. 눈이 이렇게 아름답게 내리고 있지 않은가."라

1 시대적으로 해당하는 후지와라노 다카타다藤原孝忠가 두 사람 있음. 한 사람은 斯生의 자식으로 이나바因幡 수령, 종오위상從五位上(『존비분맥尊卑分脈』). 『권기權記』 장보長保 2년 6월 20일 조에 등장하며 장보 2년(1000) 6월 사망. 다른 사람은 이것보다도 약간 후대 사람으로 나가요리永賴의 자식으로 장인藏人, 이세伊勢 수령, 종사위하從四位下(『존비분맥尊卑分脈』). 『미도관백기御堂關白記』 관홍寬弘 원년(1004) 4월 17일, 5월 28일 조에 등장하며 관홍 원년부터 2년 무렵 우위문권좌右衛門權佐, 장화長和 5년(1016) 8월 27일 조에 이세 수령 다카타나라고 등장함. 두 사람 모두 에치젠越前 수령 재임은 명시되지 않음.

2 * 일본어로 '사부라이'로 읽음. 후세의 사무라이侍와는 다르게, 신분이 낮은 고용살이를 하는 남자의 총칭. 경비나 잡무에 종사하는 고용인.

고 말했다. 그 시侍가 "어떤 주제로 와카를 지으면 좋겠습니까."라고 묻자, 수령은 "자네가 벌거숭이라는 것을 주제로 하여 만들어 보게."라고 대답했다. 시종은 즉시 떨리는 목소리를 높여서

가난하여 입을 옷이 없어 벌거숭이로 떨고 있는 나의 몸에 더욱더 차갑게 내려오는 흰 눈은 아무리 털어도 사라지지 않는구나[3]

라고 읊으니 이를 들은 수령은 매우 감탄하여 자신이 입고 있던 솜옷을 벗어서 상으로 주었다. 수령의 부인도 "훌륭하게 읊었구나."라고 감탄하며 연보라색의 훌륭한 옷을 주니 시侍는 이 두벌의 옷을 가슴에 품고 그곳을 나갔다. 시侍가 대기하는 장소로 돌아오자 그곳에 있던 많은 시侍들이 그 옷을 보고 놀라며 의아하게 여겨 그 연유를 물으니 시侍는 일의 자초지종을 이야기했다. 이야기를 들은 시종들도 모여 들어 남자를 칭찬하였다.

그 후 이삼일, 이 시侍의 모습이 보이지 않았다. 그것을 수령이 듣고 이상하게 여겨 여기저기 찾게 하였지만 전혀 찾을 수 없었다. '그렇다면 옷을 받고는 도망친 것이겠지.'라고 의심했는데, 실은 이 시侍는 국사國司의 관사의 북쪽 산에 있는 □□[4]라고 하는 존귀한 절에 살고 있는 덕망이 높은 성인聖人이 있는 곳으로 간 것이었다. 그리고는 받은 옷 두 벌을 모두 성인에게 건네며

"저는 이미 완전히 나이 들었고 해가 지날수록 빈곤해지기만 할 뿐입니다. 이미 이 세상에는 아무런 도움이 되지 않는 몸이기에 '적어도 후생後生에서만은 구원을 받자.'라고 생각하여 출가하려고 했지만, 계戒를 주시는 스

3 ハダカナルワガミニカヽル白雪ハウチフルヘドモキエセザリケリ.

4 산사명의 명기를 위한 의도적 결자.

님께 드릴 것 하나 가지고 있지 않았습니다. 그래서 지금까지 출가를 못하고 있었는데 이번에 이렇게 생각지도 못한 옷을 주인께서 주셨기에 더할 나위 없이 기쁘게 생각하고, 너무 기뻐서 이것을 보시布施[5]로서 드리는 것입니다. 그러하니 부디 법사法師가 되게 해 주십시오."

라고 눈물에 목이 메어 울면서 말하자, 성인은 "그것은 실로 기특한 일이요."라고 말하며 남자를 출가시켜 계를 내려 주었다. 그 후 그곳을 나와서 어디로 간다고도 알리지 않고 행방을 감춰버렸다.

관사 사람들은 어느새 이 일을 듣고 수령에게 "그 남자로 말하자면 실은 이러이러한 일이 있었습니다."라고 말씀드리니 수령은 이것을 듣고 거듭 감동하여 사람을 사방팔방으로 보내 남자를 찾게 했는데 결국 그가 있는 곳을 알지 못하였다. 도심이 강하게 일어난 것일까. 그렇다고 한다면 아무도 모르는 깊은 산의 산사山寺에 들어간 것은 틀림없는 일일 것이다.

실제로 오랜 세월 동안 깊이 마음으로 결심하고 있는 것을 다른 사람들이 전혀 알지 못하게 한 것은 실로 기특한 마음가짐이라고 이야기를 들은 사람들은 칭찬하고 존귀하게 여겼다고 이렇게 이야기로 전하여 내려오고 있다 한다.

5 → 불교.

⊙제13화⊙ 에치젠越前 수령 후지와라노 다카타다藤原孝忠의 시侍가 출가出家한 이야기

越前守藤原孝忠侍出家語第十三

今昔、越前[一]ノ守藤原[二]ノ孝忠ト云フ人[三]ノ有ケリ。其ノ人ノ任国ニ有ケル間ニ、極テ身貧カリケル侍ノ、夜[四]ル昼[五]ル懃ニ被仕ケル有ケリ。冬ノ比ニテ有ケルニ、帷[六]一ツヲナム着タリケル。

雪ノ降ケル日、早朝ニ、此ノ侍ノ男浄[七]メストテ、護法[八]ノ付タル者ノ様ニ振ケルヲ、守見テ、「汝ヂ[九]和歌読メ。此ク可[一〇]咲ク降ル雪」ト云ケレバ、此ノ侍、「何[一一]ニヲ題ニテ可仕ゾ」ト云ケレバ、「汝ガ裸ナル由ヲ題ニシテ読メ」ト守云フニ、侍程無ク振ヒ音ヲ挙テ、

ハダカナルワガミニカヽル白雪ハウ[一二]チフルヘドモキエ[一三]セザリケリ

ト読[一四]タリケレバ、守此ヲ聞テ、極ジク讃メ感ジテ、我着[一五]ケル綿衣[一六]ヲ脱テ取セテケリ。亦、北ノ方モ、「哀ニ読タリ」ト感ジテ、薄色[一七]ノ衣ノ微妙ヲ取セタリケレバ、侍此ノ二ノ衣ヲ掻キ抱テ、立テ去ヌ。侍[一八]ニ出タリケレバ、多ク居並タル侍共此レヲ見テ、驚キ怪ビテ問ケレバ、侍事ノ有様ヲ答ヘケリ。侍共モ、「此ク」ト聞テ集テ、讃メ感ジケリ。

其ノ後、此ノ侍ヒ二[一九]三日[二〇]不見ザリケレバ、守聞テ怪ビテ尋サセケルニ、更ニ尋得ル事無カリケレバ、「此ノ衣ヲ得テ逃ニケルナメリ」ト疑ケルニ、早ウ[二一]、此ノ侍ハ館ノ北山[二二]ニ[二三]□□ト云フ貴キ山寺ノ有ケルニ、止事無キ聖人住ケリ、其ノ聖人ノ許ニ行キテ、此ノ得タル衣ヲ二ツ乍ラ聖人ニ渡シテ云ク[二四]、「己レ年ハ既ニ罷老ヌ。身ノ貧サハ年ヲ経テ増ル。今ハ此ノ生ノ事益無キ身[二五]ニ候メレバ、『後生ヲダニ助ラム』ト思[二六]ヒ給テ、『出家シ候ナム』ト思給ツルニ、戒師[二七]ニ可奉キ物ノ露不候ザリツレバ、今マデ不罷成シテ候ヒツルニ、此ク思ヒ不懸ヌ物ヲ主ノ給テ候ヘバ、無限ク喜ク思給テ、喜ビ乍ラ此レヲ[二八]布施ニ奉ル也。然テ法師ニ成サセ給ヘ」ト、涙ニ噎[二九]テ泣々ク

云ケレバ、聖人、「極テ貴キ事也」ト云テ、令出テ[一]戒[二]ヲ授ケツ。其後チ[三]其ノ所ヲ出デ、、何方ヘ行クトモ不云ズシテ失ニケリ。

館ノ者共自然ラ[四]此ノ事ヲ伝ヘ聞テ、守ニ、「某[五]ハ早[六]ウ然々仕テケルニコソ候ヒケレ」ト云ヒケレバ、守此レヲ聞テ、返々ス哀ガリテ、人ヲ東西南北ニ分テ尋サセケレドモ、遂ニ有所[七]モ不知シテ止ニケリ。道心固ク発タリケルニヤ。然レバ、人モ不知ヌ深キ山寺ナドニコソハ有ケメ。

実[八]ニ年来深ク思ヒ取タリケル事ヲ、露其ノ気色ヲ人ニ不見令[九]ザリケム、極テ有難キ心也シ[一〇]、トゾ聞ク人讃メ貴ビケル、トナム語リ伝ヘタルトヤ。

권19 제14화

사누키 지방讃岐國 다도 군多度郡 오위五位가 설법說法을 듣고 즉시 출가出家한 이야기

극악무도極惡無道한 사누키讃岐의 겐 대부源大夫가 사슴 사냥을 하고 돌아오는 길에 들린 법회法會에서 강사講師로부터 아미타불阿彌陀佛의 본원本願을 듣고는 도심이 생겨 그 자리에서 출가하고, 염불을 외우며 금고金鼓를 두드려 서방을 향해 부단히 전진하여 마침내 서해西海를 바라보는 높은 봉우리의 나무 위에서 왕생을 이루었다는 이야기. 입 안에 생긴 연꽃은 겐 대부의 서방왕생의 증거이다. 악인왕생담惡人往生譚의 전형典型으로 서 유명한 이야기로, 홀린 듯 서방을 희구한 겐 대부의 신심信心과 행동은 실로 장렬하고, 수행의 연수만을 거듭하는 헛된 구도에 비해서 훨씬 미타彌陀의 비원悲願에 적합하다고 할 수 있다.

이제는 옛이야기이지만, 사누키 지방讃岐國 다도 군多度郡[1] □□[2] 향鄕에 본명은 알 수 없지만 겐 대부源大夫[3]라 불리는 사람이 있었다. 기질이 매우 거친 사람으로 살생을 평소의 업으로 삼고 있었다. 밤낮으로, 날이 새도 날이 저물어도 산과 들에 가서 사슴과 새를 사냥하고 바다나 강에 가서 물고기를 잡았다. 또한 사람의 목을 자르거나, 다리나 손을 꺾지 않는 날이 오히려 적다고 할 정도였다. 게다가 인과의 도리가 무엇인지를 모르고 삼보三寶

1 후에 다가 군多珂郡과 병합하여 나카다도 군仲多度郡이 됨.
2 향명의 명기를 위한 의도적 결자.
3 미상. * 오위五位의 직위를 대부大夫라고도 함.

를 믿으려고도 하지 않았으며 더구나 법사라고 이름 붙은 사람들을 특히 싫어하여 근처에도 가지 않았다. 이러한 극악무도極惡無道한 악인이었기 때문에 그 지방 사람들은 모두 이 남자를 두려워하였다.

어느 날 이 남자는 네다섯 명의 종자들을 데리고 사슴 등을 많이 잡아 산에서 내려오는 도중에 한 당堂에 많은 사람들이 모여 있는 것을 보았다. "대체 여기서 무엇을 하는 것인가?"라고 종자에게 묻자

"이것은 당이라고 하는 곳으로 여기에서 강講을 하고 있는 것 같습니다. 강을 한다는 것은 불상佛像이나 불경佛經을 공양供養하는 것입니다. 실로 존귀한 일입니다."

라고 말했다. 겐 대부는

"그러한 일을 하는 사람이 있다는 것은 어쩌다 어렴풋이 듣고는 있었는데 이렇게 가까이서 본 적은 없었다. 중이 무슨 말을 지껄이는지 한번 가서 들어 주지. 잠깐 기다려라."

라고 말하고 말에서 내렸다. 가신들도 모두 내리며

'주인님이 대체 무슨 일을 저지를까. 강사講師인 스님을 혼내 주시려는 것은 아닐까. 걱정이로구나.'

라고 생각하고 있는 사이 겐 대부는 성큼성큼 당으로 걸어가 안으로 들어갔다. 설법說法 장소에 모여 있던 청중들은 극악한 악인惡人이 들어왔기에 '무슨 짓을 저지르지는 않을까.'라고 두려워하며 술렁거리고 있었다. 개중에는 무서워하며 당에서 나가는 사람도 있었다. 겐 대부가 나란히 서 있는 청중들을 밀어 헤치며 들어가는 바람에 모여 있던 사람들은 나부끼는 풀처럼 옆으로 쓰러졌다. 그 안을 헤치고 밀고 들어가서는 고좌高座[4] 옆에 털썩 앉아

4 한 층 높이 설치된 좌석으로 강사講師가 설법하는 자리.

강사를 한껏 째려보며

"강사는 대체 무엇을 지껄이고 있는 거야? 이 몸이 마음속으로 '과연' 하고 납득이 가도록 해 보거라. 그렇지 않다면 그냥 두지 않겠다."
라고 말하고는 허리에 꽂고 있던 칼을 만지작거리며 돌렸다.

강사는 '이거 참으로 엄청난 재앙이로구나.' 하며 겁을 먹고 자신이 무엇을 설법하고 있는지조차 기억하지 못하고 '고좌에서 끌어 내던져지는 것은 아닐까.' 하며 제정신이 아니었다. 그러나 원래 지혜로운 승려였기에 마음속으로 '부처님 부디 도와주십시오.' 하고 기원하면서

"이곳에서 서쪽, 수많은 세계世界[5]를 지난 곳에 한 분의 부처님이 계십니다. 그분을 아미타불阿彌陀佛이라고 부릅니다. 그 부처님은 마음이 넓으시어 오랜 세월 동안 죄를 지은 사람이라 할지라도 후회하며 한 번이라도 "아미타불"이라고 읊으면 부처님은 반드시 그 사람을 즐겁고 멋진 나라[6]로 인도하십니다. 그리고 그 사람은 원하는 일이 모두 이루어지는 몸으로 다시 태어나 결국에는 부처가 되는 것입니다."
라고 말했다. 겐 대부는 이것을 듣고 "그 부처께서 사람을 가엾게 여기신다고 한다면 이 몸도 미워하시지 않으시겠군."이라고 말하니 강사는 "말하신 그대로입니다."라고 대답했다. 겐 대부가 "그렇다면 내가 그 부처의 이름을 부르면 응답을 얻을 수 있겠는가."라고 묻자 강사는 "진심을 담아 부르면 어찌 응답을 하시지 않으시겠습니까."라고 답하였다. 이를 들은 겐 대부는 "그러면 그 부처는 어떤 사람을 좋아하신다고 말씀하시는가."라고 묻자 강사는

"사람이 타인의 자식보다 자신의 자식을 예쁘다고 생각하듯이 부처님도

5 → 불교. 불교에서 가르치고 있는 나라. 여기에서도 이념상으로 가르치고 있는 나라들을 뜻함.
6 서방극락정토西方極樂淨土를 가리킴.

원래 누구든 미워하시지는 않지만 특별히 자신의 제자가 된 사람을 더욱 어여삐 생각하십니다."
라고 대답하였다. 다시 겐 대부는 "어떤 사람을 제자라 하는가."라고 물었고 강사는
"오늘 이 강사와 같이 머리를 깎은 사람은 모두 부처님의 제자입니다. 모든 속인俗人 남녀도 그분의 제자이지만 역시 머리를 깎는 것이 낫습니다."
라고 말했다. 겐 대부는 이것을 듣고 "그렇다면 나의 이 머리를 깎아라."라고 말했다. 강사는
"그것은 실로 존귀한 일입니다만 지금 별안간 어찌 머리를 깎을 수 있습니까. 당신은 진심으로 발심發心을 하셨습니다. 그러하니 일단 집에 돌아가서 처자와 종자들과 의논을 하시고 모든 일을 처리하신 뒤에 머리를 깎으시는 것이 좋을 듯합니다."
라고 말했다. 오위五位는
"이보게, 자신을 부처의 제자라고 하면서, 부처는 거짓말을 안 한고, 부처의 제자가 된 사람을 부처가 어여삐 여기신다고 하면서, 대체 어째서 금세 말을 바꾸어 '나중에 깎으라.'고 지껄이는가. 정말이지 무책임하지 않은가."
라고 말하더니 칼을 빼내어 스스로 상투 밑동을 잘라내었다.
이러한 악인이 갑자기 상투를 잘랐으니 어찌 되는 것인가 하고 강사도 당황하여 말을 잇지 못하고, 그 자리에 있던 청중들도 시끌벅적 떠들어댔다. 종자들은 이 소란을 듣고 "주인님, 도대체 무슨 일이십니까." 하며 큰 칼을 빼어들고 화살을 메기고 당으로 달려 들어왔다. 주인인 겐 대부는 이것을 보고 큰소리로 가신들을 조용히 시키며
"너희들은 내가 극락에서 왕생하는 몸이 되고자 하는데 어찌 방해하려고 하는 것이냐. 나는 오늘 아침까지만 해도 너희들을 거느리고 있으면서도

'종자들을 더 가지고 싶다.'고 생각했었다. 하지만 이제부터는 즉시 너희들은 가고 싶은 데로 가서, 모시고 싶은 자를 모시거라. 한 명도 나를 따라와서는 안 된다."

라고 말했다. 가신들은

"도대체 어째서 갑자기 이런 일을 하시는 것입니까. 도저히 제정신으로는 이러한 일을 하실 리가 없습니다. 무언가 씐 것이 틀림없습니다."

라고 말하고 모두 땅에 엎드려 몸을 들썩이며 울고 불며 소동을 피웠다. 주인은 이것을 제지하며 자른 상투를 부처에게 바치고 즉시 따뜻한 물을 끓였다. 그리고 입고 있던 옷의 끈을 풀고 목 주변을 드러내어 스스로 머리를 감고 강사를 향해 "자, 깎아라. 깎지 않으면 가만두지 않을 테다."라고 말했다. 이러한 말을 듣고 강사는

'진실로 이 정도까지 결심했는데 머리를 깎지 않는다면 오히려 좋지 않을 것이다. 또한 출가하는 것을 막는다면 오히려 죄를 짓는 것이 되겠지.'

라고 생각하며 부들부들 두려워하며 고좌에서 내려와 겐 대부의 머리를 깎고 계戒를 내려주었다. 종자들은 눈물을 흘리며 더할 나위 없이 슬퍼하였다.

그 후 입도入道가 된 겐 대부는 입고 있던 스이칸水干 하카마袴[7]를 벗고 삼베로 조잡하게 만든 가사袈裟 등으로 갈아입고, 가지고 있던 활과 화살 통을 금고金鼓[8]로 바꾸었다. 그리고 그는 옷과 가사를 제대로 입고, 금고를 목에 걸고

"나는 이제부터 서쪽을 향해 금고를 두들기며, 아미타불의 이름을 부르

7 풀을 쓰지 않고 물칠을 한 것을 말린 비단 하카마袴. 민간에서 남자들의 평복이었음.

8 불교에서 사용하는 타악기의 하나. 동銅 또는 동의 합금合金으로 만든 것을 징으로 매달아 두들기는 것과 엎드려서 두드리는 것이 있음. 여기서는 전자로 염불성인念佛聖人이 탁발托鉢 수행에 사용한 것.

며 응답해 주시는 곳까지 가려고 한다. 응답이 없다면 들과 산, 바다든 강이든 나를 막는다 할지라도 물러서지 않고 그저 서쪽을 향해서 나아갈 생각이다."

라고 말하고 목소리를 높여서 "아미타 부처님이여. 어이, 어이."를 외치고 금고를 두들기며 걷기 시작했다. 종자들이 따라가려고 하자 "어이, 너희들이 내 갈 길을 방해하려는 것이냐."라고 말하고는 때려눕히려 하자 모두 그 자리에 남았다.

이리하여 서쪽을 향해 금고를 두들기면서 아미타불의 이름을 부르며 걸어갔는데 앞서 말한 것처럼 정말로 깊은 강을 만나도 얕은 곳을 찾아 건너려고도 하지 않고, 높은 봉우리가 있어도 우회하는 길을 찾지 않고 굴러 넘어지며 서쪽을 향해 저돌적으로 나아갔다. 이윽고 날이 저물어 한 절에 도착했다. 절의 주지를 향해

"저는 이러이러한 맘을 먹고 서쪽을 향해 가고 있는 사람인데 좌우 어느 쪽으로도 한눈팔지 않고, 더구나 뒤를 돌아보지도 않고 여기에서 서쪽에 있는 높은 봉우리를 넘어가려고 하오. 이제부터 이레가 지나면 제가 있는 곳을 찾아서 꼭 와 주시오. 도중에 풀을 엮으면서 갈 생각이니 그것을 표시로 와 주시오. 무언가 먹을 것은 없소? 정말 조금이라도 괜찮으니 나눠 주시오."

라고 말하였기에 말린 밥[9]을 꺼내와 주니 "이것은 너무 많소."라고 말하고 아주 조금만 종이에 싸서 허리에 동여 메고 그 절을 나갔다. 주지가 "벌써 밤이 되었습니다. 오늘 저녁만이라도 이곳에 머무시지요."라고 말하며 말렸지만 듣지도 않고 나갔다.

9 한 번 지은 밥을 건조시킨 것으로 물이나 뜨거운 물로 밥의 상태로 되돌려서 먹음. 당시의 보존식량으로 응급식이나 여행식 등으로 쓰임.

그 후 주지는 그가 말한 대로 이레가 지나 그의 흔적을 찾아가니 정말로 길마다 풀이 묶여 있었다. 그것을 따라 높은 봉우리를 넘었고, 그곳에서 보니 더 높은 험한 봉우리가 기다리고 있었다. 그 봉우리에 오르니 서쪽으로 바다가 잘 보이는 장소가 있었는데 그곳에 두 갈래로 갈라진 나무가 있었다. 그 갈라진 나무 사이에 입도가 걸터앉아 금고를 두들기며 "아미타 부처님이여. 어이, 어이."라고 큰소리로 외치고 있었는데 주지를 보고 기뻐하며

"나는 이곳에서 더욱더 서쪽을 향해 바다에라도 들어가려고 했지만, 이곳에서 아미타불께서 응답을 해 주셨기 때문에 여기서 이름을 부르고 있는 것이오."

라고 말했다. 주지는 이것을 듣고 의아하게 여겨 "뭐라고 응답하셨습니까." 라고 묻자, 그는 "그러면 불러 보지. 들어 보시게."라고 말하며 "아미타 부처님이여. 어이, 어이. 어디 계십니까."라고 큰소리로 부르니, 바다 쪽에서 무엇이라 형용할 수 없는 아름다운 목소리로 "여기 있노라."라고 응답하는 것이었다. "어떤가, 들었는가."라고 입도가 묻자, 주지는 아미타불의 목소리를 듣고 거룩하고 존귀하게 여기며 땅에 엎드려 목청껏 울었다. 입도도 눈물을 흘리며 "그대는 바로 돌아가도 좋소. 그리고 이레가 더 지나면 다시 와서 나의 모습을 봐 주시게."라고 말했다. 주지는 '먹을 것이 필요할 것이라 생각하여 말린 밥을 가져왔습니다."라고 말하니 "아무것도 필요하지 않소. 아직 이전에 받은 것이 남아 있소이다."라고 말했다. 보니 정말로 이전과 같이 말린 밥이 허리에 묶여 있었다. 이리하여 그와 후세後世[10]의 일을 약속하고 주지는 절로 돌아갔다.

그로부터 이레가 지나고 주지가 다시 그곳에 가보니 전과 마찬가지로 겐

10 내세來世의 왕생往生을 말함.

대부는 나무가 갈라진 곳에 걸터앉은 채로 서쪽을 향해 있었는데 이번에는 죽어 있었다. 그것을 보니 입에서 더할 나위 없이 선명한 아름다운 연꽃[11]이 한 잎 돋아나 있었다. 주지는 이것을 보고 눈물을 흘리며 감격하고 존귀하게 여기며 입에서 자란 연꽃을 꺾었다. 주지는 '시체는 매장하자.'라고 생각했지만, 이러한 존귀한 사람은 이대로 두자. 본인도 시체를 새와 맹수에게 베풀어 주자고 생각하고 있었을지 모르지라고 생각하여 시체를 그대로 두고 울면서 돌아갔다. 그 후 어찌 되었는지는 알 수 없지만 겐 대부는 반드시 극락왕생極樂往生하였을 것이다.

주지도 틀림없이 아미타불의 목소리를 듣고 그의 입에서 자라난 연꽃을 꺾었다고 하는 사실로 보았을 때, 결코 죄가 많은 사람은 아니었을 것이다. 그 연꽃은 그 후 어찌 되었는지는 알 수 없다.

이 일은 아주 오래전 일은 아니다. □□[12] 무렵의 일일 것이다. 설령 말세末世[13]라고 하더라도 진실로 발심하였기에 이와 같이 존귀한 일도 있었다고 이렇게 이야기로 전하여 내려오고 있다 한다.

11 『발심집發心集』, 『사취백인연집私聚百因緣集』의 기사에 의하면, 많은 산사의 승려가 겐 대부의 죽음을 실제로 보고 입에서 돋아난 푸른 연꽃을 꺾어 국사國司의 손을 통해 우지도노宇治殿(요리미치賴道)에게 헌상하였다고 함.

12 연호 또는 연도의 명기를 위한 의도적 결자.

13 말법末法의 세상이란 뜻으로 해석하면, 일본에서는 보통 영승永承 7년(1052)에 말법의 세상이 시작되었다고 함.

⊙제14화⊙
사누키 지방讃岐國 다도 군多度郡 오위五位가 설법說法을 듣고
즉시 출가出家한 이야기

讃岐国多度郡五位聞法即出語第十四

今昔、讃岐国、多度[11]ノ郡、□[12]ノ郷ニ、名ハ不知ズ、源[13]大夫ト云フ者有ケリ。心極テ猛クシテ、殺生ヲ以業ス[14]。日夜朝暮ニ、山野ニ行テ鹿鳥ヲ狩リ、河海[15]ニ臨デ魚ヲ捕ル。亦、人ノ頸ヲ切リ、足手ヲ不折ヌ日ハ少クゾ有ケル。亦因果[16]ヲ不知シテ、三宝ヲ不信ズ。何況ヤ、法師ト云ハム者ヲバ故ラニ[17]忌テ、当リニモ不寄ケリ。如此クシテ、悪奇異キ悪人ニテ有ケレバ、国ノ人ニ[18]、皆恐テゾ有ケル。

而ル間、此ノ人郎等四五人許ヲ相ヒ具シテ、鹿共多ク取セテ、山ヨリ返ル道ニ、堂ノ有ケルニ、人多ク集リタルヲ見、「此ハ何事為ル所ゾ」ト問ケレバ、郎等、「此レハ堂也。講ヲ行ニコソ侍メレ。講ヲ行フト云ハ仏経[19]ヲ供養[20]ズル事也。哀ニ貴ク侍ル事也」ト云ヒケレバ、五位、「『然ル態ザ[21]為スル[22]者有』トハ髴ニ時々聞ケレドモ、此ク目近クハ不見ザリツ[23]。何ナル事ヲ云フゾ。去来[24]行テ聞カム。暫ク留レ」ト云テ、馬ヨリ下ヌ。然レバ郎等共モ皆下テ、「此ハ何ナル事セムズルニカ有ラム。講師ナム掕[25]ゼムズルニヤ。不便ノ態ヤ」ナド思フ程ニ、五位只歩ビミ[26]歩ビ寄テ、堂ニ入ルヲ、此講ノ庭[27]ニ有ル者共モ、此ル悪人ノ入来レバ、「何ナル事セムズルニカ有ム」ト思テ、恐ヂ騒グ。恐テ出ヌル者モ有リ。五位並居タル人ヲ押分[一]テ入レバ、風ニ靡ク草ノ様ニ靡タル中ヲ分ケ行テ、高座[二]ノ傍ニ居、講師ニ目ヲ見合テ云ク、「講師ハ何ナル事ヲ云ヒ居タルゾ。我ガ心ニ、『現[三]ニ』ト思ユ許ノ事ヲ云ヒ聞セヨ。不然ズハ便無[四]カリナム者ゾ」ト云テ、前[五]ニ差タル刀ヲ押廻シテ居タリ。

講師、「極テ不祥[六]ニモ値ヌルカナ」ト恐クテ、云[七]ヒツル事ノ始終モ不思デ、「引[八]テ被落レヌ」ト思ケルニ、智恵有ケル者ニテ、「仏[九]ケ助ケ給ヘ」ト念ジテ、答ヘテ云ク、「此ヨリ西ニ、多ノ世界[一〇]ヲ過テ、仏ケ在マス。阿弥陀仏ト申ス。其ノ仏、心広クシテ、年来罪ヲ造リ積タル人ナレドモ、思[一一]ヒ返シテ一度、『阿弥陀仏』ト申シツレバ、必ズ其ノ人ヲ迎テ、楽[一二]ク微妙キ国ニ思ヒト思フ事叶フ身ト生レテ、遂ニハ仏トナム成ル」ト。五位此ヲ聞テ云ク、「其ノ仏ハ人ヲ哀ビ給ニテハ、我ヲモ憾ミ不給ジナム」。講師ノ云ク、「然也」ト。五位ノ云ク、「然ラバ我レ其ノ仏ノ名ヲ呼ビ奉ラムニ、答ヘ給ヒナムヤ」ト。講師ノ云ク、「其レモ実ノ心ヲ至テ呼ビ奉ラバ、何ドカ答ヘ不給ザラム」ト。五位ノ云、「其ノ仏ハ何ナル人ヲ吉トハ宣フゾ」ト。講師ノ云ク、「人ノ、他人ヨリハ子ヲ哀レト思フ如クニ、仏[一三]モ、誰ヲモ憾シト不思サネドモ、御弟子ニ成タルヲバ今少シ思ヒ給フ也」ト。五位ノ云ク、「何ナルヲ弟子トハ云フゾ」ト。講師ノ云ク、「今日ノ講師ノ様ニ、頭ヲ剃タル者ハ皆仏ノ御弟子也。男[一四]モ女モ御弟子ナレドモ、尚頭ヲ剃レバ増ル事也」ト。五位此ヲ聞テ、「然ハ、我ガ此ノ頭剃レ」ト云フ。講師、「哀レニ貴キ事ニハ有レドモ、只今俄ニ何デカ其ノ御頭ヲバ剃ラム。実ニ思ス事ナラム。家ニ

金鼓（融通念仏縁起）

返、妻子眷属ナドニ云ヒ合セテ、万ヲ拈テ剃リ給ベキ」ト。五位ノ云ク、「汝ヂ、『仏ノ御弟子』ト名乗テ、『仏ハ虚言無キ』ト云テ、『御弟子ニ成タル人ヲバ哀ト思ス』ト云テ、何ニ忽ニ舌ヲ返テ、『後ニ剃レ』トハ云フゾ。糸不当ヌ事也」ト云テ、刀ヲ抜テ、自ラ髻ヲ根際ヨリ切ツ。

此ル悪人俄ニ此ク髻ヲ切ツレバ、何ナル事出来ズラムトテ、講師モ周テ物モ不云ズ、其ノ庭ニ居タル者共モ喤リ合タリ。亦、郎等共此レヲ聞テ、「我ガ君ハ何ナル事ノ御スルゾ」トテ大刀ヲ抜キ、箭ヲ番テ走リ入来タリ。主此レヲ見テ、大キニ音ヲ挙テ、郎等共ヲ静メテ云ク、「汝等、我ガ吉キ身ト成ラムト為ルヲバ、何ニ思テ妨ゲムトハ為ルゾ。今朝マデハ、『汝等ガ有ル上ニモ尚人ヲモガナ』ト思ヒツレドモ、此ヨリ後ハ、速ニ、各、『行カム』ト思ハム方ニ行キ、『被仕ム』ト思ハム人ニ被仕テ、一人モ我レニハ不可副ズ」ト。郎等共ノ云ク、「何ニ此ル態ヲバ俄ニ令メ給ヘルゾ。直キ心ニテハ此ル事不有ジ。物ノ詫キ給ヒニケルヲコソ有ケレ」ト云テ、皆臥シ丸ビ泣ク事限無シ。主此レヲ止メテ、髻ヲ切テハ仏ニ奉テ、忽ニ湯ヲ涌シテ、紐ヲ解テ押去テ、自ラ頭ヲ洗テ、講師ニ向テ、「此レ剃レ。不剃ズハ悪カリナム」ト云ヘバ、「実ニ此許思ヒ取タラム事ヲ、不剃ズハ悪クモ有ナム。亦出家ヲ妨ゲバ其ノ罪有ナム」。旁ニ恐レ思テ、講師高座ヨリ下テ頭ヲ剃テ戒ヲ授ケツ。郎等共涙ヲ流シテ悲ム事限無シ。

其ノ後、入道着タリケル水干袴ニ、布衣袈裟ナド替ツ。持タル弓胡録ナドニ金鼓ヲ替ヘテ、衣袈裟直ク着テ、金鼓ヲ頸ニ懸テ云ク、「我レハ此ヨリ西ニ向テ、阿弥□仏ヲ呼ビ奉テ、金ヲ叩テ、答ヘ給ハム所マデ行カムトス。答ヘ不給ザラム限ハ、野山ニマレ、海河ニマレ、更ニ不返マジ。只向タラム方ニ可行キ也」ト云テ、音ヲ高ク挙テ、「阿弥陀仏ヨヤ、ヲイ〳〵」ト叩ヒ行クヲ、郎等共ニ行カムト為レバ、「己等ハ我ガ道妨ゲムト為ルニコソ有ケレ」ト云テ、打タムト為レバ、皆留リヌ。

此ク西ニ向テ、阿弥陀仏ヲ呼ビ奉テ、叩ツヽ行クニ、実ニ云ツル様ニ、深キ水トテモ浅キ所ヲ不求ズ、高キ峰トテモ[一]廻タル道ヲ不尋ズシテ、倒レ丸ビテ向タルマヽ[二]ニ行クニ、日暮レテ寺ノ有ルニ行キ着ヌ。其寺ニ有ル住持[三]ノ僧ニ向テ云ク、「我レ、此[四]ノ思ヒヲ発シテ、西ニ向テ行クニ、蕎平[五]ヲ不見ズ。況ヤ後ヲ不見返シテ、此ヨリ西ニ高キ峰ヲ超テ行カムトス。今七日有テ、我ガ有ラム所ヲ必ズ尋テ来レ。草[六]ヲ結ツヽゾ行カムト為ル。其レヲ見テ注トシテ可来シ。若可食キ物ヤ有ル。[七]夢許令得ヨ」ト云ケレバ、干飯[八]ヲ取出テ与ヘタレバ、「多ヤ」ト云テ、只少シヲ紙ニ裹テ腰ニ挟テ、其ノ堂ヲ出デヽ行ヌ。住持、「既ニ夜ニ入ヌ。今夜許ハ留マレ」ト云テ留ムト云ヘドモ、不聞入ズシテ行ヌ。

其ノ後、住持、彼ノ教ノ如ク七日ト云ニ尋テ行クニ、実ニ草[九]ヲ結ビタル。其ヲ尋テ高キ峰ヲ超テ見ルニ、亦[一〇]其ヨリモ高ク嶮キ[一一]峰有リ。其ノ峰ニ登テ見レバ、西ニ海現ニ見ユル所有リ。其ノ所ニ二胯[一二]ナル木有リ。其ノ胯ニ入道登リ居テ、金ヲ叩テ、「阿弥陀仏ヨヤ、ヲイ〳〵」ト叩ヒ居タリ。住持ヲ見テ喜テ云ク。「我レ尚此ヨリ西ニモ行テ、海ニモ入[一三]ナムト思ヒシカドモ、此ニテ阿弥陀仏ノ答ヘ給ヘバ、其レヲ呼ビ奉リ居タル也」ト。住持此レヲ聞テ、「奇異シ」ト思ヒテ、「何ニ答ヘ給ゾ」ト問ヘバ、「然ハ呼ビ奉ラム。聞ケ」ト云テ、「阿弥陀仏ヨヤ、ヲイ〳〵。何コ[一四]ニ御マス」ト叫ベバ、海[一五]ノ中ニ微妙ノ御音有テ、「此ニ有」ト答ヘ給ヒケレバ、入道、「此レハ聞ヤ」ト云フニ、住持此ノ御音ヲ聞テ、悲シク貴クテ、臥シ丸ビ泣ク事限無シ。入道モ涙ヲ流シテ云ク、「汝ヂ速ニ可返シ。今七日有テ来テ、我ガ有様ヲ見畢ヨ」。「物ヤ欲キト思テ、干飯ヲ取リ持タリキ」ト云ヘバ、「更ニ物欲キ事無クシテ、未ダ有リ」ト。住持見レバ、実ニ有シ如クニテ腰ニ挟ミテ有リ。此クテ後[一六]ノ世ノ事ヲ契リ置テ、住持ハ返ヌ。

其後亦七日有テ行テ見レバ、前ノ如ク

蓮華(図像抄)

木ノ胯ニ西ニ向テ、此ノ度ハ死テ居タリ。見レバ、[一]口ヨリ微妙ク鮮ナル蓮花一葉生タリ。住持此レヲ見テ、泣キ悲ビ貴ビテ、口ニ生タル蓮花ヲバ折リ取ツ。「[二]引モヤ隠サマシ」ト思ヒケレドモ、此ル人ヲバ只[三]此クテ置テ、『[四]鳥獣ニモ被噉ム』ト思ヒケム」ト思テ、不動カサズシテ、泣々ク返ニケリ。其ノ後何ニカ成ニケム、不知ザリケリ。必ズ極楽ニ往生シタル人ニコソ有メレ。

住持モ正ク阿弥陀仏ノ御音ヲ聞キ奉リ、口ヨリ生出タル蓮花ヲ取テケルハ、[五]定メテ罪人ニハ非ズト思ユ。[六]其ノ蓮花ハ何ニカ成ニケム、不知ズ。

[七]此ノ事糸昔ノ事ニハ非ズ。[八]□ノ比ノ事ナルベシ。[九]世ノ末ナルトモ、[一〇]実ノ心ヲ発セバ此ク貴キ事モ有ル也ケリ、トナム語リ伝ヘタルトヤ。

권19 제15화

긴토公任[1] 대납언大納言이 출가出家하여 나가타니長谷[2]에 칩거한 이야기

이 이야기는 표제만이 있고 본문이 없는 이야기이다. 혹은 처음부터 누락되었을 것으로 추정된다. 표제로부터 만수萬壽 2년(1025) 12월 19일부터 45일간에 걸쳐 후지와라노 긴토藤原公任가 도읍의 북쪽에 있는 나가타니長谷에서 칩거하여 출가한 이야기일 것이라고 추측할 수 있다. 이것에 대해서는 『영화 이야기英花物語』에 가장 상세하게 나와 있으며 『소우기小右記』 만수 2년 12월 8일 · 18일 · 19일 등에도 관련 기사가 보인다.

(본문 결缺)

1 → 인명.

2 긴토가 출가하여 칩거하던 게다쓰지解脫寺가 있었음. 긴토가 주로 칩거하였던 원院은 보석원寶石院이라고 불렸던 곳으로 추정됨(『소우기小右記』).

⊙ 제15화 ⊙
긴토公任 대납언大納言이 출가出家하여 나가타니長谷에 칩거한 이야기

公任大納言出家籠居長谷語第十五

(本文欠)

권19 **第16화**

아키모토顯基[1] 중납언中納言이 출가出家하여 진언眞言을 배운 이야기

저본에는 표제가 누락되어 있지만 목록에 의해 보충하였다. 그러나 다음 이야기가 새로운 페이지부터 시작되고 있고 이 이야기의 부분이 백지로 되어 있기 때문에 이곳에 이 이야기를 넣으려고 했던 것은 확실하다. 다만 제14화와 제17화가 모두 '출가한 이야기出語'로 이어지고 있는 것으로 파악하면 제15화와 제16화는 후에 추가, 삽입하려고 했던 것으로 상상할 수 있다. 그리고 제15화와 제16화는 모두 '출가했다.'라는 동일한 내용의 제목인데 이것은 두 이야기를 한 세트로 묶으려는 의도였을 것이다. 이렇게 하면 현재의 모습은 제삼고第三稿 정도였을 것이라고 생각된다. 아키모토의 출가는 예로부터 유명한 화제로 관련된 설화가 다수 존재한다(→ 출전, 연관자료 일람).

(본문 결缺)

1 → 인명.

⊙ 제16화 ⊙ 아키모토顯基 중납언中納言이 출가出家하여 진언眞言을 배운 이야기

一四 顯基中納言出家受学真言語第十六

（本文欠）

권19 제17화

무라카미村上 천황天皇의 황녀皇女 대재원大齋院이 출가出家한 이야기

운림원雲林院의 부단염불不斷念佛을 듣고 돌아가는 도중에 젊은 전상인殿上官들이 명성이 자자한 재원齋院에 들러 대재원大齋院 만년의 한아閑雅한 생활을 접한 화제를 중심으로 대재원의 출가와 왕생往生을 기록한 이야기. 다소의 윤색은 있어도 사실에 근거한 전승傳承인 듯하여 왕조王朝 사교계의 여왕적 존재였던 대재원 센시選子 내친왕內親王의 만년의 소식을 전하는 귀중한 자료의 하나로서 정사正史에 누락된 것을 보충하는 이야기이기도 하다. 이야기 끝의 대재원의 왕생에 관한 기사는 노후의 대재원과 가깝게 지내고, 그 임종에도 입회하였던 조카, 입도入道 중장中將 미나모토노 나리노부源成信의 이야기를 전승원傳承源으로 하는 점이 주목된다. 대재원의 출가에 관해서는 『소우기小右記』, 『좌경기左經記』의 장원長元(1031) 4년 9월의 기사에, 죽음에 대해서는 『좌경기』(유취잡례인용類聚雜例引用) 장원 8년 6월의 기사에 상세히 나온다.

이제는 옛이야기이지만, 대재원大齋院[1]이라고 불리시는 분은 무라카미村上 천황天皇[2]의 황녀이시다. 엔유圓融 천왕[3]은 이분의 오라버니이셨기 때문에 이 천황의 치세에 황녀께서는 재원齋院이셨던 것이다. 그 후 재원으로 계실 동안, 참으로 훌륭하고 풍취風趣 있는 생활을 보내고 계셨으니 상달부上

1 → 인명.
2 → 인명.
3 → 인명.

達部나 전상관殿上官들이 쉴 새 없이 문안을 드렸다. 원을 모시는 사람들은 언제나 긴장을 놓지 않고 빈틈이 없었기에 세간 사람들은 모두 "재원만큼 멋진 곳은 없다."라고 이야기하였다.

그런데 점차 세월이 흘러 재원의 황녀님도 노경老境에 접어드시고 이제는 특별히 찾아오는 사람도 없었다. 찾아오는 사람이 전혀 없으니 원도 이전의 긴장감은 사라지고 편안한 분위기가 되었다. 또한 예전에는 젊었던 시녀들도 모두 나이가 들어 버렸기에 이전과 같이 시녀들에게 마음이 끌려 찾아오는 사람들도 없어졌다. 한편, 고이치조後一條 천황의 치세가 끝날 무렵, 풍류를 아는 전상인 네다섯 명 정도가 서쪽의 운림원雲林院의 부단염불不斷念佛[4]을 위해 참배를 하러 갔다. 그 부단염불이 9월 20일경에 행해졌는데 그 염불의 마지막 날 밤은 달이 이루 말할 수 없이 아름답고 형형히 빛나고 있었다. 참배가 끝나고 축시丑時[5] 무렵이 되어 돌아가던 도중에 재원의 동쪽 문이 살짝 열려 있어

"요즘의 전상관이나 장인藏人들은 재원 안을 제대로 본 적 없을 테니 이번 기회에 재원 안을 살짝 보고 가자."

라고 하며 안으로 들어갔다.

밤이 깊어 인적도 없어서 동쪽의 토담으로 된 출입구로 들어갔다. 동쪽 바깥채[6]의 북쪽 처마 밑에서 조용히 서성거리며 둘러보니 뜰의 나무들이 무성히 우거져 있어 '손질 하는 사람도 없는가.' 하고 매우 안타깝게 생각했다. 이슬은 달빛에 비쳐 《빛나》[7]고 각양각색의 벌레 우는 소리가 들려오며

4 → 불교.
5 * 오전 2시경.
6 '東の對の屋'.
7 한자 명기를 위한 의도적 결자. 『고본설화古本說話』를 참조하여 보충.

정원의 물은 《고요》[8]히 흐르고 있었다. 이렇게 바라보고 있는 동안에도 사람의 목소리는 전혀 들리지 않았다. 후나오카 산船岡山에서 서늘한 바람이 불어오자 앞에 걸려 있는 발이 조금씩 움직이고 그에 따라 향을 피우는 냄새가 형용할 수 없이 향기롭고 서늘하게 감돌았다. 분명 격자덧문[9]은 내려져 있는데 이같이 좋은 냄새가 향기롭게 감돌고 있으니 '무슨 연유일까.'라고 궁금해져 그쪽을 바라보자, 바람에 펄럭이는 발 사이로 휘장대의 천 끝이 살짝 보였다. 즉 격자덧문은 내려져 있지 않았던 것이다. '그렇다면 황녀님은 달을 보시려고 격자덧문을 내리지 않고 계셨나 보다.'라고 생각하고 있자 저 멀리 안쪽에서 쟁箏[10] 소리가 희미하게 들렸다. 쟁을 율선법律旋法[11]으로 조정한 평조平調[12]의 음색이었다. 어렴풋이 듣고 있자 시험 삼아 한 곡 정도 연주하셨다. 이를 듣고 있으니 더할 나위 없이 매우 훌륭하였다.

이윽고 쟁 소리가 그쳤기에 '내리內裏로 돌아가자.'라고 했는데 그중에 한 사람이

"이렇게 훌륭하고 정취 있는 쟁의 음색을 멀리서나마 들은 사람이 있었다고 황녀님께 알려 드리고 싶은데, 그러려면 시녀에게 말을 해야 하지 않겠는가."

라고 말하자 다른 사람이 "참으로 그러하오."라고 맞장구를 쳤다. 침전寢殿의 동북쪽 구석의 출입구는 방문객이 시녀를 만나는 곳으로, 스미요시住吉

8 한자 명기를 위한 의도적 결자. 『고본설화』를 참조하여 보충.

9 원문에는 "御隔子"(=格子)로 되어 있음. 가는 각재를 종횡으로 촘촘하게 방형으로 짜 맞춘 문.

10 당으로부터 전래된 현악기. 일본의 경우, 몸체가 오동나무로 현을 비단실로 만든 13현 악기.

11 '율律'은 율선律旋으로 여呂(여선呂旋)와 짝을 이룸. 대륙 전래의 아악의 선법 중의 하나임. 동양의 5음 음계(궁, 상, 각, 치, 우)의 제3음. 각角이 기음基音인 궁과 완전 4도를 이루는 것.

12 일본의 12율律로 기음인 일월壱越 보다 2율 위의 음계. 서양 음계의 '미'에 해당. 여기에서는 그 음을 궁宮(기음)으로한 선법旋法, 즉 율선법의 평조로 쟁을 연주한 것임.

의 따님 이야기[13]를 그린 이동식 칸막이[14]가 세워져 있었는데 두 명 정도가 다가가 말을 걸자 그곳에는 이미 두 명의 시녀가 있었다. 전상관들은 그곳에 시녀가 있을 것이라고 알지 못했기 때문에 의외라고 생각했다. 이 두 시녀는 《저녁》[15] 무렵부터 이런저런 이야기를 하고 있었는데 달이 환하게 비추니 "이대로 여기에서 밤을 지새우자."라고 하고 있던 차에 생각지도 못하게 전상관들이 찾아와 매우 감동을 하는 모습이었다. 전상관들이 방문한 것을 재원인 황녀님께서도 전해 들으시고 옛날을 추억하시며 감개무량하셨을 것이다. 예전의 전상관은 매일 찾아와서 반드시 관현을 즐기셨기 때문에 황녀님께서도 쟁과 비파琵琶 등을 항상 연주하셨는데 지금은 전혀 그러한 일도 없고 찾아오는 사람조차 없었다. 어쩌다가 찾아오는 사람이 있더라도 관현을 즐기는 사람이 없는 것을 안타깝게 여기고 계셨다. 오늘 밤은 달이 아름다워 옛날을 떠올리시고 애절한 기분으로 시녀들과 이런저런 이야기를 하시며 침소에도 들지 않으셨는데 밤도 깊어져 이야기 상대를 하던 시녀들도 황녀님 앞에서 선잠에 들고 말았다. 황녀님께서는 깨어 계셨기 때문에 쟁을 심심풀이 삼아 켜고 계셨던 것이다. 그때 전상관들이 이렇게 찾아와 어쩐지 예전 일처럼 느껴져 감개무량하셨던 것이다. 황녀님께서는 "오늘 밤 찾아온 사람들은 관현에 다소 소양이 있는 듯합니다."라고 전해 들으셨는지 발 안에서 쟁과 비파 등을 꺼내시고 격식 있는 연주법은 아니지만 합주를 하며 한두 곡 정도 연주하는 동안 날이 밝았다. 그리고 전상관들은 내리로 돌아간 후, 청량전清凉殿의 전상인이 머무는 방에서 실로 감명 깊고 흥취가 있었다고 이야기하자 그곳을 찾지 않았던 사람들은 유감스럽게 생

13 산일散佚된 후루모노가타리古物語(* 오래된 시대의 이야기 혹은 『겐지 이야기源氏物語』 이전의 이야기를 말함)의 하나. 현존하는 『스미요시住吉』의 원조적인 산일散佚 의붓자식 이야기繼子物語임.

14 원문에는 "障紙"로 되어 있으나 여기서는 쓰이타테衝立(이동식 칸막이)일 것임.

15 한자 명기를 위한 의도적 결자. 문맥을 고려하여 보충.

각했다.

그 후 그해 11월, 황녀님께서는 사람들 모르게 원을 나오셔서, □□[16]무로마치室町에 계시며 미이데라三井寺의 교소慶祚 아사리阿闍梨[17]의 승방에 가셔서 머리를 깎고 비구니가 되셨다. 그 후에는 도심을 일으키셔 오로지 미타彌陀의 염불을 외우시고 실로 존귀한 임종臨終을 맞이하셨다.

누구라도

"이번 생에서 매우 훌륭하고 고상한 일생을 보내셨으니 후세에는 무거운 죄의 응보를 받으실 것이다."

라고 생각하고 있었다. 하지만 게을리하지 않고 존귀한 근행勤行을 계속하셨기 때문에 황녀님의 임종에 입회하여 그 모습을 본 입도入道 중장中將[18]이 "반드시 극락왕생하셨을 것이다."라고 기뻐하며 존귀하게 여기셨다고 이렇게 이야기로 전하여 내려오고 있다 한다.

16 지명 혹은 장소의 명기를 위한 의도적 결자.

17 → 인명.

18 → 인명.

⊙제17화⊙ 무라카미村上 천황天皇의 황녀皇女 대재원大齋院이 출가出家한 이야기

村上天皇御子大斉院出語第十七

今昔、[一五]大斉院ト申スハ、[一六]村上ノ天皇ノ御子ニ御マス。[一七]円融院天皇ハ御兄ニ御セバ、其ノ御時ニ斉院ニハ立セ給ヘル也。其ノ後、斉院ニテ御マス間、世ニ微妙ク可咲クテノミ御マセバ、[二]上達部[三]殿上人不絶ズ参レバ、院ノ人共モ[四]緩ム事無ク、[五]打チ不解ズシテノミ有レバ、[六]「斉院許ノ所無シ」トナム世ノ人皆云ヒケル。

而ル間、漸ク世モ末ニ成リ、宮ノ御年モ老ニ臨マセ給ヒニタレバ、今ハ殊ニ参ル人モ無シ。然レバ院ノ有様モ、参ル人[七]シ無ケレバ、[八]打チ不解ヌ、亦若カリシ[九]人々モ皆老ニタレバ、心憶ガリテ参ル人モ無キニ、[一〇]後ノ一条ノ院ノ天皇ノ御代ノ末ノ程ニ、心有ケル殿上人四五人許、[一一]西ノ[一二]雲林院ノ[一三]不断ノ念仏ハ[一四]九月ノ中ノ十日ノ程ノ事ナレバ、其ノ念仏ノ終ノ夜、月ノ艶ズ明ナリケルニ、念仏ヲ礼ムガ為ニ、此ノ殿上人共雲林院ニ行テ、丑ノ時許ニ返ケルニ、斉院ノ東ノ門ノ細目ニ開タリケレバ、「近来ノ殿上人蔵人ハ、斉院ノ内ヲ墓々シクモ不見ネバ、此ル次ニ、院内窃ニ見ム」ト云テ、入ヌ。

夜深更ヌレバ、人影モ不為ズ。東ノ[一五]屏ノ戸ヨリ入テ、東ノ対ノ[一六]北面ノ檜ニ[一七]蜜ニ居テ見レバ、御前ノ[一八]前栽心ニ任セテ高ク生ヒ繁タリ。「疏ノ人モ無ニヤ有ラム」ト哀レニ見ユ。露ハ月ノ光ニ被照テ□キ渡タリ、虫ノ音ハ様々ニ聞ユ。遣水ノ音□ヤカニ流レタリ。其ノ程、露人音無シ。船岳下ノ風氷ヤカニ吹タレバ、御前ヘノ御簾ノ少シ打チ動ニ付テ、薫ノ香艶ズ馥ク氷ヤカニ匂ヒ出タルヲ聞グニ、御隔子ハ被下タラムニ、此ク薫ノ匂ノ花ヤカニ聞ユレバ、「何ナルニカ有ラム」ト思テ見遣バ、風ニ被吹レテ、御几帳ノ裾ソ少シ見ユ。早ウ御隔子モ不被下デ有ケル也ケリ。「月ナド御覧ズトテ不被下ザリケルニヤ有ラム」ト思フ程ニ、奥深カニ箏ノ音少許聞ユ。律ニ被立テ平調ノ音ナリ。髴ニ聞ケバ、搔合セ、楽一ツ許有リ。此レヲ聞クニ、微妙キ事限無シ。

箏ノ音不為ズ成ヌレバ、「今ハ内ニ返リ参ナム」ト為ル程ニ、一人ノ云ク、「此ク微妙ノ可咲キ御有様ヲ人モ聞ケリト思シ食サムニ、女房ニ令

遣り水(年中行事絵巻)

知バヤ」ト云ヘバ、「現ニ然モ有ル事也」トテ、寝殿ノ丑寅ノ角ノ戸ノ間ハ、人参テ女房ニ会フ所也、住吉ノ姫君ノ物語リ書タル障紙被立タル所也、其ニ二人許歩ミ寄テ、気色バメバ、兼テヨリ女房二人許居タリケリ。殿上人モ、此ノ女房有ラムトモ不知ヌニ女房居タレバ、思ヒモ不懸ズ思ユ。女房二人許□ヨリ物語シテ、月ノ明カリケレバ、「居明サム」ト思テ居タリケルニ、此ノ思ヒモ不懸ズ人々ノ参タレバ、極ジク哀レニ思ヒタル気色有リ。院モ聞シ食シテ、昔シ思シ食シ出テ、哀レニ思シ食シケムカシ。昔ノ殿上人ハ常ニ参テ可咲キ御遊ナドモ常ニ有ケレバ、御箏御琵琶ナド常ニ弾ナドシツヽ、遊ケルニ、今ハ絶テ然ル事モ無ケレバ、参ル人モ無シ。適ニ参ルト云ヘドモ、如然ノ遊ビスル人モ無キヲ口惜ク思食ケルニ、今夜ハ月ノ明ケレバ、昔ヲ思シ食シ出テ、哀ニ思シ食シテ、御物語ナドセサセ給テ御不寝ザリケルニ、夜ノ痛ク深更ヌレバ、物語申ス人共モ御前ニウタヽ寝ニケリ。院ハ御目ノ醒サセ給ヘリケレバ、御箏ヲ手扣ニ遊バシケル

程ニ、此ク人々ノ参タリケレバ、昔メキテ哀レニナム思シ食シケル。「此ノ参タル人々ハ此様ノ事少シ許為ナリ」[一五]ト聞シ食ケルニヤ、御簾ノ内ヨリ御箏　琵琶ナド出サセ給ヘリケレバ、態[一六]トハ無ケレドモ弾合セテ、楽一ツ二ツ許弾ク程ニ、夜モ明ケ方ニ成レバ、内ニ返リ参ヌ。殿上ニシテ哀レニ面白カリツル由ヲ語ケレバ、不参ヌ人々ハ口惜キ事ニナム思ケル。

其ノ後、其[一七]ノ年十一月ニ忍テ斉院を出サセ給テ、[一八]□ト室町トナル所ニ御マシテ、其ヨリ三井寺ノ慶祚[一九]阿闍梨ノ房ニ御マシテ、御髪ヲ下シテ、尼[二〇]ト成セ給ニケリ。其ノ後ハ道心ヲ発シテ、偏ニ弥陀ノ念仏ヲ唱ヘテ、終リ極テ貴クシテナム失サセ給ヒニケリ。

[二一]「現世ニ微妙ク可咲シクシテ過サセ給ヒニシカバ、後生ハ罪深クヤ御シマサムズラム」ト人皆思ヒケルニ、御行ヒ緩ム事無ク貴クシテ、「現ニ極楽ニ往生ジ給ヒヌラム」トテ、入道[二二]ノ中将モ最後ニ参リ会テ、見テ喜ビ被貴ケル、トナム語リ伝ヘタルトヤ。

권19 제18화

산조三條 태황태후궁太皇太后宮이 출가出家한 이야기

엔유圓融 천황天皇의 황후皇后 노부코(준시)遵子의 출가와 도심을 전하는 전승傳承을 모은 것으로 중심화제는 노부코의 계사戒師로 불려온 소가增賀의 기행담奇行譚이다. 방약무인傍若無人이라고 할 수 있는 소가의 행동은 명문名聞을 초월하여 세속의 권력을 거부한 성승聖僧의 이미지를 과장하여 박력은 있지만 이것이 사실인지 아닌지는 알 수 없다. → 권12 제33화 참조.

이제는 옛이야기이지만, 산조三條 태황태후궁太皇太后宮[1]이라 하시는 분은 산조三條 관백關白 태정대신太政大臣[2]이라고 불리시는 분[3]의 따님이셨다. 엔유圓融 천황天皇[4]의 치세에 황후에 오르셔서[5] 매우 총애를 받으셨다. 어느새 세월이 흘러 노경老境에 접어들어 출가를 결심하시고

"반드시 도노미네多武峰에 칩거하고 있는 소가增賀 성인聖人에게 머리를 잘라 달라고 할 것이다."[6]

1 → 인명. 후지와라노 요리타다藤原賴忠의 장녀, 노부코(준시)遵子를 가리킴. 다만 노부코가 산조 태황태후라고 불렸다는 사실은 다른 여러 책에서 찾을 수 없음. 요리타다가 산조도노三條殿라고 불렸던 것으로부터 유추하여 잘못 쓴 것이라고 추정됨.

2 → 인명.

3 후지와라노 요리타다藤原賴忠를 가리킴.

4 → 인명.

5 노부코가 중궁이 되신 것은 엔유 천황의 치세 때로, 천원天元 5년(982) 3월 11일(『소우기少右記』·『대경大鏡』 이서裏書). 당시 나이 스물여섯 살.

6 지금과 같이 머리를 밀지 않고 옛날의 여승은 머리를 어깨쯤에서 가지런히 잘랐음.

라고 말씀하시며 특별히 사자使者를 보내셨다. 사자가 도노미네에 가서 이를 고하니 성인은

"그것은 실로 존귀한 일입니다. 이 소가야말로 여승으로 만들어 드릴 수 있습니다. 어떤 승려가 그리 해 드릴 수 있겠습니까?"

라고 말했기 때문에 제자들은 이것을 듣고

"성인께서 화를 내시며 분명 이 사자를 때리실 것이라고 생각했는데 의외로 이처럼 온화하게 찾아뵙겠다고 하니 불가사의한 일이다."

라고 입을 모아 말했다.

이리하여 소가 성인은 삼조궁三條宮에 가서 찾아뵙게 된 취지를 황후님께 전하였다. 황후님은 기뻐하시며 "오늘은 길일吉日이니 출가하기에 좋은 날이다."라고 하여 출가하셨다. 상달부上達部 몇 명과 그 외에 유명한 고승高僧들도 많이 참가했고 내리內裏에서 보낸 사자도 와 있었다. 한편, 성인은 무서운 눈빛을 하고 있었는데 존귀하기는 하지만 어쩐지 으스스한 분위기인지라 이를 본 사람들은 '《역시》[7] 사람들이 무서워할 만하구나.'라고 생각했다. 이윽고 황후님의 앞에 불려 나와 휘장 옆으로 가까이 다가가서 출가의 관례를 행하고 나서, □□[8] 긴 머리를 끄집어내어 성인에게 깎게 하시는 동안, 발안에 있던 궁녀들이 이것을 《보》[9]고 《무척이나》[10] 슬피 울었다. 가위로 머리를 다 자르고 무릎걸음으로 나오면서 성인은 큰소리로

"특별히 이 소가를 불러 이같이 머리를 자르게 한 연유가 무엇인지요? 정말 이해가 가지 않습니다. 혹여 소승의 심히 더러운 물건[11]이 크다는 소문을

7 저본의 파손에 의한 결자. 문맥을 고려하여 보충.

8 한자 명기를 위한 의도적 결자.

9 저본의 파손에 의한 결자. 문맥을 고려하여 보충.

10 한자 명기를 위한 의도적 결자. 문맥을 고려하여 보충.

11 남근男根을 말함.

들으신 게요? 사실 다른 사람들 것보다 크긴 하지만 지금은 보드라운 명주처럼 후줄근해졌소. 옛날에는 그저 봐줄만 했었는데, 실로 분한 일이오."
라고 주변에 울려 퍼질 정도로 외쳤다. 발 안쪽에서 시중들고 있던 궁녀들은 당혹하여 눈을 크게 뜨고 입을 벌린 채 황당해 할 뿐이었다. 황후님의 기분은 그보다 더하여, 존귀하게 여겼던 마음도 완전히 사라지고 너무도 기괴한 일이라고 생각하셨다. 발 바깥에서 대기하고 있던 승려들과 귀족들도 식은땀을 흘리며 망연자실하고 있었다.

성인은 물러나기 위하여 황후궁대부皇后宮大夫 앞에 소매를 접고 앉아

"소승은 노년이 되어 감기도 심하고, 지금은 설사를 심하게 해 이곳에 올 상황이 아니었습니다만, 어떤 뜻이 있으서서 일부러 불러주셨기에 무리하여 찾아뵈었습니다만 이젠 더 이상 견디기 어려워 서둘러 물러나려고 합니다."
라고 말하고 나가서는 서쪽 바깥채[12]의 남쪽 방 툇마루에 쪼그리고 앉아 엉덩이를 까고 대야의 물을 쏟듯이 설사를 퍼질렀다. 그 소리는 더할 나위 없이 더러웠고, 황후님의 처소에까지 들렸다. 젊은 전상관殿上官들이나 시종들은 이것을 보고 배를 잡고 크게 웃었다. 성인이 물러가고 나서 나이든 승려나 귀족들은 이와 같은 광인狂人을 부른 것을 더없이 비난하였으나 이미 소 잃고 외양간 고치는 격이었다. 황후님은 출가하신 후에는 불도에 전심專心하는 생활을 하셨다.

또한 이 황후는 매년 두 차례 정례定例 행사로 계절의 독경讀經[13]을 거행하셨다. 황후의 궁에서 반드시 거행해야 하는 행사는 아니었지만 이 황후는 이와 같이 행하신 것이었다. 이 법회法會의 형식은 나흘 동안 스무 명의 승

12 '西の對の屋'.
13 → 불교.

려를 부르시고 독경이 행해지는 동안에는 저택 내는 모두 결재潔齋하고 어류를 먹는 것을 완전히 금하며 승방僧坊은 훌륭하게 《꾸며》[14]서 승려들을 모셨다. 승려들에게 훌륭한 음식을 드리고 매일 더운 물을 끓여 목욕시키고 보시布施와 공선供膳은 법칙法則대로 틀림없이 해 주셨다. 황후도 목욕을 하고 정진결재精進潔齋하여 정의淨衣를 입으시고 깊은 신앙심으로 기원을 하며 나흘을 보내셨다. 그렇기 때문일까, 매우 신통한 다양한 영험이 나타났다. 조금이라도 부정不淨한 행위를 한 사람은 반드시 분명한 악보惡報가 있었기 때문에 궁 안의 궁녀들이나 남자들, 하인에서 여관女官에 이르기까지 모두가 극력 정진결재하며 삼가 조심하고 있었다. 그러나

"정말이지 이렇게까지 하면서 독경을 거행하시는데 좀 더 존귀하고 신통한 영험이 있어야 마땅한데, 조금도 이 같은 일이 없으니 별반 효험이 없는 것이 아닌가."

하며 비난하는 사람들도 있었다. 이 궁에서는 대체로 계절의 독경만이 아니라 모든 일에 있어서도 잘 정비되어 있었고 대충대충인 것은 없었다. 그래서 궁 안의 사람들도 이에 걸맞은 행동을 하고 있는 것이다.

그런데 히에이 산比叡山 요카와橫川의 에신惠心 승도僧都[15]라고 하는 사람은 도심이 깊어, 도읍 안을 탁발托鉢하며 다니면, 도읍 안의 높고 낮은 승속僧俗과 남녀 모두가 머리를 조아리며 승도의 식사를 준비하여 바쳤다. 이 황후님은 은으로 된 식기를 특별히 만들도록 하여 그 승도에게 식사를 올렸으나 승도는 이것을 보고 "이것은 너무 심하다."라고 말하고 탁발을 그만둬 버렸다. 이 황후님은 매우 신앙심이 깊었지만 이러한 일은 도를 지나친 것으로 배려가 없는 행위였다.

14 한자 명기를 위한 의도적 결자. 문맥을 고려하여 보충.
15 겐신源信(→ 인명)을 가리킴.

이 황후님은 당시 관백의 따님이셔서 엔유 천황의 치세에 황후에 오르신 것은 훌륭한 일이셨지만 황자皇子도 황녀皇女도 낳지 못하셨으므로 아버지 관백님과 친한 사람들은 매우 유감스럽게 생각했다.

이 황후님은 노경에 접어드셔서 한층 더 신앙심을 일으켜 이와 같이 출가하여 열심히 불도수행에 힘쓰셨다고 이렇게 이야기로 전하여 내려오고 있다 한다.

◎ 제18화 ◎ 산조三條 태황태후궁太皇太后宮이 출가出家한 이야기

三条大皇大后宮出家語第十八

今昔、三条ノ大皇大后宮ト申スハ、三条ノ関白大政大臣ト申ケル人ノ御娘也。円融院ノ天皇ノ御代ニ后ニ立セ給テ、微妙ク時メキテ御マシケル間ニ、自然ラ年月ヲ積テ、老ニ臨ミ給ヒヌレバ、「出家セム」ト思シテ、「故ニ、多武ノ峰ニ籠リ居ル増賀聖人ヲ以テ、御髪ヲ令挟ム」ト被仰テ、態ト召ニ遣ハシタレバ、御使多武ノ峰ニ行テ、此ノ仰セヲ告グルニ、聖人、「糸貴キ事也。増賀コソハ尼ニハ成シ奉ラメ。他人ハ誰カ成シ奉ラム」ト云ヘバ、弟子共此レヲ聞テ、「『此ノ御使ヲバ嗔テ打テムズ』ト思ツルニ、不思ザルニ外ニ、此ク和カニ『参ラム』ト有ル、希有ノ事也」トゾ云ヒケル。

カクテ三条ノ宮ニ参テ、参レル由ヲ令申ム。宮喜バセ給ヒテ、「今日吉日也」トテ御出家有リ。上達部少々、可然キ僧ナド多参リ合タリ。内ヨリモ御使有リ。此ノ聖人ヲ見レバ、目ハ怖シ気ニテ、貴ト乍煩ハシ気ニゾ有ナル。「□コソハ人ニハ恐レラレケレ」ト見ル人々思ヒケリ。御前ニ召シ出ラレテ、御几帳ノ許近ク参テ、出家ノ作法シテ、□長キ御髪ヲ搔出デヽ、此ノ聖人ヲ以テ令挟メ給フ間、簾ノ内ノ女房□テ泣事糸□シ。挟ミ畢奉テ、聖人居去カムト為ル時ニ、聖人音ヲ高クシテ云ク、「増賀ヲシモ召テカク令挟メ給フハ何ナル事ゾ。更ニ不心得侍ズ。若シ乱リ穢キ物ノ大ナル事ヲ聞シ食タルニヤ。現ニ人ヨリモ大キニ侍レドモ、今ハ練絹ノ様ニ乱々ト罷成ニタル物ヲ。若上ハケシウハ侍ラザリシ物ヲ。糸口惜」ト云フ音、

几帳(年中行事絵巻)

極テ高シ。簾ノ内近ク候フ女房達、奇異ニ、目口ハダカリテ思ユル事無限シ。宮ノ御心ニハタラ更也。貴サモ皆失セテ、希有奇特ニ思シ食ス。簾ノ外ニ被候ル、僧俗ハ、歯ヨリ汗出テ、我レニモ非ヌ心地共シテ居タルナルベシ。

聖人罷出ナムトテ大夫ノ前ニ袖打合テ居テ云ク、「年罷リ老テ、風重クテ、今ハ只利病ヲノミ仕レバ、参ルニ不能ズ候ヒツレドモ、態ト思シ食ス様有テ召シ候ヘバ、相構テ参リ候ヒツレド、難堪ク候ヘバ忩ギ罷リ出候フ也」トテ出ヅルニ、西ノ対ノ南ノ放出ノ簀子ニ築居テ、尻ヲ掻上テ棖ノ水ヲ出スガ如ク晞リ散ス。其ノ音極テ穢シ。御前マデ聞ユ。若キ殿上人侍ナド此レヲ見咲ヒ喤ル事無限シ。聖人出ヌレバ、長ナル僧俗ハ、カヽル物狂ヲ召タル事ヲゾ極テ謗リ中ケレドモ甲斐無クテ止ニケリ。宮ハ出家ノ後、懃ニ行テゾ御ケル。

亦此ノ后ハ、毎年ニ二度定マレル事ニテ、季ノ御読経ヲナム行ヒ給ケル。后ノ宮ニハ必ズ不被行ヌ事ナレドモ、此ノ宮ニハ此ク被行ケル也。被行ケル様ハ、四日ガ間僧二十人ヲ請ジテ、御読経ノ間、宮ノ内皆浄マハリテ、魚食ノ気皆断テ、僧房微妙ク□テゾ僧共候ケル。僧ノ食物微妙ク調ヘテ、毎日ニ湯涌シテ、僧ニ浴シ、布施供養、法ノ如ク慥ニ給ヒケリ。宮モ沐浴潔斉シテ、浄衣ヲ奉テ、信ノ心ヲ至シテ念ジ入テナム四日ガ間御ケル。然レバニヤ有ラム、極ク掲焉キ事共ナム有ケル。少モ不浄ヌ事ナド有ケル人ハ、必ズ現ハニ悪キ事ナム見ケレバ、宮ノ内ノ女房男、凡下部女官ニ至マデ、極テ潔斉シテ慎テナム有ケル。然レドモ人ノ云ケルハ、「何ニモ此クニ被行バ、験ハ貴ク掲焉ニ可有キニ、露此クハ無ケレバ、験モ無ニコソ有ヌレ」ト謗申ケル。此ノ宮ニハ、凡ソ此ノ御読経ニシモ非ズ、万事皆拈マリテ、愚ナル事無クテゾ有ケル。然レバ宮ノ内ノ人モ皆宜クゾ翔ケル。

而ル間、比叡ノ山横川ノ恵心ノ僧都ト云フ人、道心盛ニシテ、京中ニ行キテ乞食シケルニ、京中ノ上中下ノ道俗男女首ベヲ傾ケテ、挙テ其ノ時ノ僧供ヲ儲テ、僧都ニ奉ケルニ、此ノ宮ニハ銀ノ器共ヲ故ニ打セテ、其ノ僧都ノ時ノ僧供ヲ奉リ給ケレバ、僧都此レヲ見、「余リニ見苦」[一]ト云テ、其ノ乞食ヲ止メテケリ。此ノ宮ニハ此様ニ信ノ御ケルニ、此レゾ少シ余リ事[二]ニテ、無心ナル事ニテ有ケル。

此ノ宮ハ時関白ノ御娘、円融院ノ天皇ノ御時ニ后ニ立テ微妙カリケルニ、皇子[三]ヲモ女宮ヲモ否産奉リ不給ザリケレバ、世ニ口惜キ事にナム、父ノ関白殿モ親キ人々モ思タリケル。

然テ年老ニケレバ、弥ヨ心ヲ発して、此出家シテ、懃ニ行ヒ給ヒケル、トナム語リ伝ヘタルトヤ。

권19 제19화

도다이지東大寺의 승려가 산에서 죽은 승려를 만난 이야기

도다이지東大寺의 승려가 길을 잃고 산 속의 타계他界에 들어가 생전에 보시를 남용한 승려들이 동銅으로 된 뜨거운 물을 강제로 먹는 참상을 보고 자신의 행동을 반성하였다는 이야기. 사령死靈이 모이는 산중타계山中他界의 신앙이나 승려가 생전에 지은 죄로 인해 뜨거운 동으로 된 물을 강제로 먹게 된다는 유사한 이야기는 이 외에도 다수 등장한다. 앞 이야기로 출가담出家譚은 끝나고 이 이야기부터 제22화까지는 불물도용佛物盜用의 죄를 설하는 이야기가 수록되어 있다.

이제는 옛이야기이지만, 도다이지東大寺[1]에 한 승려가 살고 있었다. 꽃을 따려고 동쪽의 깊은 산[2]에 들어갔는데 길을 잘못 들어 산 속을 헤매게 되었다. 어디가 어딘지 알 수 없어 꿈을 꾸듯 골짜기를 몽롱하게 쳐다보며 발 가는 대로 가면서

'나는 어찌 된 것일까. 인간에게 착란錯亂을 일으켜 길을 헤매게 하는 신[3]을 만난 사람이 곧잘 이렇게 되는 것인데. 대체 어디로 가는 것일까. 이상한 일이구나.'

1 → 사찰명. 권11 제13화 참조.
2 지리적으로 볼 때 와카쿠사 산若草山이라고 추정됨.
3 원문에는 "마도이가미迷ヒ神"라고 되어 있음. 권27 제37화 · 제42화에도 위와 같은 신이 등장함.

라고 생각하며 걷는 사이 평평한 기와지붕의 좁고 긴 모양을 한 건물에 당도했다. 방을 몇 개로 나눈 마치 승방僧坊같은 집이었다. 조심조심 안으로 들어가 보니 이전에 도다이지의 승려였던 자가 이미 죽어 있었다. 이것을 보자 이루 말할 수 없이 무서워졌다.

'그러면 그 승려가 악령惡靈[4]이 되어 살고 있는 곳이구나.'라고 생각하고 있자, 죽은 승려가 이 승려를 보고

"당신은 어찌하여 이곳에 왔소? 이곳은 사람이 쉬이 올 수 있는 곳이 아니거늘. 불가사의한 일이로구나."

라고 말했다. 찾아 온 승려는

"저는 꽃을 따려고 산에 들어왔다가 평소와 달리 길을 헤매어 제정신을 잃고 멍하게 다니다 이곳으로 오게 되었습니다."

라고 대답하였다. 그러자 죽은 승려가 "하지만 이렇게 만날 수 있었으니 참으로 기쁘오."라고 말하고 슬피 울었다. 한편 이 승려는 무서워 견딜 수 없었지만, 죽은 승려가 이렇게 우니 "정말 만날 수 있어 기쁩니다."라고 말하며 같이 울었다. 죽은 승려가

"당신은 잘 숨어서 벽에 난 구멍으로 내가 어떻게 고통을 받고 있는지 잘 들여다보시게. 나는 절에 있을 때 아무 일도 않고 승공僧供을 받아 그것을 먹기만 하며 세월을 보내왔소. 귀찮은 날에는 당堂에도 들어가지 않았고 학문에 힘쓰지도 않았소. 그 죄 때문에 매일 한 번, 더할 나위 없이 참기 힘든 고통을 받는 것이오. 아무래도 그 시간이 온 듯하오."

라고 말했다. 그리고 죽은 승려의 얼굴색이 금세 변하여 괴로운 듯이 보이

4 사람에게 화를 입히는 사악한 사령死靈. 또한 현세에 사령이 모이는 장소를 설정하는 것은, 영지靈地·영장靈場 등에 많이 보이는 산중타계山中他界의 신앙에 입각한 것. 『사석집沙石集』 권1·6에는 가스가노春日野 지하에 지옥이 있다고 하는 기술이 보임.

더니 한 층 더 공포에 떨고 있었다. 이것을 보자 이 승려도 견딜 수 없이 무서워졌다.

죽은 승려가 “빨리 몸을 숨기고 이 방에 들어와 벽으로 들여다보게.”라고 힘없는 목소리로 말하자, 그 말대로 방으로 들어가서 문을 닫고 벽 구멍으로 안을 엿보았다. 중국인 같은 차림을 하고 이마에 머리띠[5]를 한, 무척이나 무서워 보이는 자들, 사오십 명 정도가 순식간에 하늘에서 나는 듯이 내려왔다. 이들은 우선 땅을 파고 도둑을 때리기 위한 판대를 눈 깜짝할 사이에 세웠다. 그리고 불을 활활 지펴 가마솥을 올리고 그 안에 동銅을 넣어 부글부글 녹였다. 그들 중 수령首領이라고 생각되는 세 명은 나란히 의자에 앉아 있었다. 뒤에는 빨간색 깃발이 몇 개나 줄지어 서 있었는데, 그 광경은 도저히 이 세상 같지가 않았다.

이 사람들이 더할 나위 없이 무서운 목소리로 “바로 불러내라.”라고 명령하자 두세 명의 종자從者가 달려 나와 이 승방 안에 들어왔다. 종자들은 잠시 후, 열 명 정도의 승려를 진홍색 밧줄로 줄줄이 묶어 끌고 나왔다. 그 안에는 안면이 있는 사람도 있고 낯선 사람도 있었다. 이 사람들을 모두 판대 옆에 끌고 와서 각각의 판대에 매달아 묶었다. 판대의 수는 이 승려들 수와 같았기 때문에 묶이지 않은 사람은 한 사람도 없었으며, 모두 미동조차 못할 정도로 단단히 묶였다. 이후 큰 집게를 승려의 입에 쑤셔 넣어 비틀어 열고 최대한 입을 벌렸다. 그리고 주둥이가 달린 □[6]긴 철 항아리에 동銅을 녹인 뜨거운 액체를 넣고 그 승려들의 입에다 각각 부어 넣었다. 얼마 안 있어 액체가 엉덩이에서 흘러나왔다. 눈, 귀, 코에서는 화염이 《희미》[7]하게 보였

5 죽은 사람의 이마에 붙이는 삼각건三角巾과 같은 종류로, 영계靈界에 속한 자임을 상징함.

6 한자 명기를 위한 의도적 결자.

7 한자 명기를 위한 의도적 결자. 문맥을 고려하여 보충.

고 전신의 관절마다 연기가 나와《피어 오르》[8]고 있었다. 모든 승려가 눈물을 흘리며 슬픈 듯 비명을 질러댔다. 종자들은 승려들에게 차례로 그 물을 다 마시게 한 후 모두 밧줄을 풀어주고 각자의 승방으로 돌려보냈다. 그 뒤에 이 사람들은 하늘로 날아가 보이지 않게 되었다. 이 모습을 보고 있던 그 승려는 '죽었구나.' 하면서 어찌할 도리도 없이 두려워하면서 그저 옷을 머리 위에서부터 뒤집어쓰고 바닥에 웅크리고 있었다.

잠시 후 이 승방의 주인인 죽은 승려가 와서 방을 열었기에 일어나서 보니 이 주인인 승려도 괴로운 듯한 얼굴을 하고 "봤소?" 하고 물었다. "대체 무슨 연유로 언제부터 저런 고통을 받고 계신 겁니까?"라고 묻자 주인인 승려가

"나는 죽자마자 바로 이곳에 와서 이 승방에 살게 되었소. 절에 있을 때 단가檀家의 보시布施를 마음대로 받기만 하고 응분의 일을 하지 않아 이 고통을 받게 된 것이오. 하지만 특별히 죄를 지은 것도 아니기에 지옥에 떨어지지도 않았소. 자, 이제 빨리 돌아가시오."

라고 말했기에 이 승려는 그곳을 나와 길을 따라 되돌아왔는데 이번에는 무사히 도다이지에 도착했다.

나중에

'나도 이러한 고통을 받을 처지였지만 부처님께서 나를 살리려고 죄의 두려움을 알려 주신 것이다.'

라고 생각하여 도심을 일으켜 이후에는 단가의 보시를 자기 것으로 하지 않고, 또 과거에 받은 보시를 참회懺悔하고 존귀한 성인이 되어 열심히 불도수행에 힘썼다고 이렇게 이야기로 전하여 내려오고 있다 한다.

8 한자 명기를 위한 의도적 결자. 문맥을 고려하여 보충.

⊙제19화⊙ 도다이지東大寺의 승려가 산에서 죽은 승려를 만난 이야기

東大寺僧於山値死僧語第十九

今昔、東大寺ニ住ケル僧有ケリ。花ヲ摘マガム為ニ、東ノ奥山ニ行タリケルニ、道ヲ踏ミ違テ、山ニ迷ニケリ。何クトモ不思エヌ谷迫ヲ夢ノ様ニ思エテ歩ミ被行ケレバ、「我ハ何ニ成ヌルニカ。迷ヒ神ニ値タル者コソ此クハ有ナレ。何チ行ニカ有ラム。怪クモ有カナ」ト思々フ行ケル程ニ、平ナル瓦葺ノ廊ノ様ニ造タル有リ。見レバ、隔々シテ、僧房ノ様也。恐々ヅ内ニ入テ見レバ、東大寺ニ死シ僧有リ。此レヲ見ルニ、恐シキ事無限シ。

「早ウ、此ノ僧ノ悪霊ナドニ成テ住ム所也ケリ」ト思フニ、此ノ死タル僧此僧ヲ見テ云ク、「汝ハ何ニシテ此ノ所ニハ来タルゾ。此ハ人ノ輙ク可来キ所ニモ非ズ。希有ノ事カナ」ト。此ノ行タル僧答テ云ク、「我レ花ヲ摘マムガ為ニ山ニ行タリツルニ、例ニモ非ズ道ニ迷テ、我レニモ非ズ恍タル心地シテ此ク歩ミ来タル也」ト。死タル僧ノ云ク、「此ク対面シタリ、極テ喜キ事也」トテ、泣ク事無限シ。行タル僧極テ気恐思フト云ヘドモ、此ク泣ケバ、「実ニ対面シヌル、喜キ事也」トテ、共ニ泣ク。死タル僧ノ云ク、「汝ヂ深ク隠テ居テ、壁ノ穴ヨリ蜜ニ臨キテ見ヨ、我ガ受クル所ノ苦ヲ。我レ寺ニ有シ時、徒ニ僧供ヲ請ケ食テノミ過ギヽ。倦カリシ日ハ、入堂ヲモ不為ズ、亦学問ヲモ不為ズシテ有キ。其ノ罪ニ依テ、毎日ニ一度無限難堪キ苦患ヲ受クル也。漸ク其ノ期ニ至ニタリ」ト云フ程ニ、此ノ僧ノ気色只替リニ替テ、悩マシ気ニ思テ、恐シ気ニ成ヌ。此ヲ見ルニ、今ノ僧モ、難堪ク恐シク思ユ。

本ノ僧ノ云ク、「疾ク隠テ此ノ壺屋ニ入テ壁ヨリ臨ケ」ト澆テ云ヘバ、云フニ随テ這入テ戸ヲ閉テ壁ノ穴ヨリ臨ケバ、忽ニ、唐人ノ姿ノ如クナル者ノ極テ恐シ気ナル、額ニ帕額ヲシタル、四五十人許空ヨリ飛ブガ如クニシテ下リ来ヌ。先ヅ盗人ヲ打ツ機ヲ忽ニ土ニ堀リ立ツ。其ノ後、火ヲ大キニ儲テ、鑊ヲ居ヘテ、銅ヲ入レテ水ノ如クニ涌シツ。其ノ中ニ主人ト思シキ人三人有テ、胡床ニ着キ並タリ。後ニ赤キ幡共立並タリ。其ノ気色ヲ見ルニ、更ニ此ノ世ノ事ト不思エズ。

此ノ人々極テ恐気ナル音ヲ以テ、「疾ク召シ出デヨ」ト行ヘバ、使二三人許走リ分レテ、此ノ僧房ノ内ニ入テ、暫許有レバ、十人許ノ僧ヲ緋ノ縄ヲ以テ綱ミ烈ネテ将出タリ。其中ニ見知タルモ有リ、不見知モ有リ。皆此ノ機ノ許ニ将寄セテ、機毎ニ結ヒ付ツ。機ノ員ハ此ノ僧共ノ員ノ如ク有レバ、余タルモ無シ。皆可動クモ無ク寄セツ。其ノ後、大ナル金箸ヲ以テ、僧ノ口ニ入レテ剣レバ、口有ル限リ開ヌ。其ノ口ニ口使ナル鉄ノ壺ノ□長ナルニ、此ノ銅ノ湯ヲ入テ、此ノ僧共ノ口毎ニ宛テ入ツレバ、暫許有テ、尻ヨリ流レ出ヅ。目耳鼻ヨリ焔□メキ出ヅ、身ノ節毎ニ煙出テ、□リ合タリ。各涙ヲ流シテ叫ブ音悲シ。僧毎ニ皆次第ニ飲マセ畢ツレバ、皆解免シテ、本ノ房々ニ返シ送ツ。其ノ後、此ノ人共空ニ飛ビ畢テ失ヌ。此ノ僧此レヲ見ルニ、生タルニモ非ズ、為ム方無ク恐シキマヽニ、衣ヲ引キ纏テ低キ臥タリ。

而ル間、房主ノ僧来テ壺屋ヲ開レバ、起上テ見ルニ、房主ノ僧モ術無気ナル気色ニテ云ク、「見給

胡床（年中行事絵巻）

ヒツヤ」ト。此ノ僧ノ云ク、「此レハ何ニシテ何レノ程ヨリ此ル苦患ヲバ受ケ給フゾ」ト。房主ノ僧ノ云ク、「我レ死テ即チ、此ノ所ニ来[一]タテ、此ノ僧房ニ住ム也。寺ニシテ徒ニ信[二]施ヲ受テ、償フ方無カリシニ依テ、此ノ苦ヲ受ル也。犯シ罪無カリシカバ、地獄ニハ不堕ズ。速ニ返リ給ヒネ」ト云ヒケレバ、此ノ僧其ノ所ヲ出デ、、道[三]ノマヽニ返ケレバ、其ノ度ハ平ニ寺ニ返ニケリ。

其ノ後思ハク、「我レモ此ノ苦患ヲ可受キヲ、仏ノ助ケ令知メ給フ也ケリ」ト思テ、道心発シテ、寺ノ信施ヲ不受ズ、前ニ受タル所ノ信施ヲ懺悔[四]シテ、貴キ聖人[五]ト成テナム懃ニ行ヒケル、トナム語リ伝ヘタリトヤ[六]。

권19 **제20화**

다이안지大安寺의 별당別當의 딸에게 장인藏人이 드나든 이야기

다이안지大安寺의 별당別當의 딸의 처소에 드나들던 장인藏人 아무개가 낮잠을 자다, 꿈속에서 별당 일가가 불물佛物을 훔친 죄로 인해 구리를 끓인 쇳물을 마시는 것을 보고 부끄럽게 여기고, 이후 딸을 찾아가지 않게 되었다는 이야기. 앞 이야기에 이어서 불물을 훔친 죄의 무서움을 강조하고 있으며, 구리를 끓인 쇳물을 마신다는 점에서 연결된다. 또한 다이안지는 권20 제19화에 보이는 바와 같이 특히 이식利殖과 관련하여 세간에 유명했던 절이다.

이제는 옛이야기이지만, 다이안지大安寺[1] 별당別當[2]으로 □□□[3]라는 사람이 있었다. 그 의 딸은 용모와 자태가 아름다웠고 훌륭하였다. 딸의 거처에 장인藏人 □□[4]라는 사람이 매일 밤 몰래 드나들던 중, 두 사람은 서로 사랑하여 헤어지기 어려운 사이가 되었다. 그 때문에 남자가 때로는 낮이 되어도 그대로 처소에 머물며 돌아가지 않을 때도 있었다.[5]

어느 날, 남자가 딸의 거처에서 한낮까지 머무르며 낮잠을 자고 있을 때

1 → 사찰명.
2 → 불교.
3 승명僧名의 명기를 위한 의도적 결자.
4 장인藏人의 성명의 명기를 위한 의도적 결자.
5 당시의 관습으로 남자는 아침, 그것도 아직 날이 새기 전에 돌아가는 것이 보통이었는데, 여자에 대한 애정에 이끌려 결국 낮까지 계속 있었던 것.

였다. 그의 꿈속에서 그 집안의 신분의 고하를 막론하고 모든 사람들이 갑자기 시끌시끌하게 큰소리를 내면서 울기 시작했다. 남자는 '어째서 이렇게 울고 있는 것일까?'라고 생각하고, 불가사의한 기분이 들었다. 그래서 자리에서 일어나 가보니, 장인어른인 승려와 장모인 비구니를 비롯한 집안사람들 전부가 큰 잔을 손에 받쳐 들고 몹시 울고 있는 것이었다. 그가 '무슨 일로 이렇게 잔을 들고 울고 있는 걸일까?'라고 생각하고 주의 깊게 잘 살펴보자, 그 잔 하나하나에 구리를 끓인 쇳물이 들어 있었다. 오니鬼가 괴롭히며 억지로 마시게 해도 마실 수 없을 것 같은 쇳물을 사람들이 울면서 스스로 마시고 있는 것이었다. 겨우 쇳물을 다 마셔도 다시 새로 받아 마시는 사람도 있었다. 말단하인에 이르기까지 마시지 않는 사람은 한 사람도 없었다.

남자 곁에서 자고 있던 딸의 거처로 시녀가 부르러 왔기에, 두 사람은 자리에서 일어나 사람들이 있는 곳으로 들어갔다. 남자가 그 광경을 이상하게 생각하고 다시 살펴보자, 한 시녀가 커다란 은색 잔에 구리를 끓인 쇳물을 가득히 채워 딸에게도 건넸다. 딸은 그것을 받아들고 가늘고 사랑스러운 목소리로 울면서 눈물을 흘리며 마셨다. 그와 동시에 딸의 눈, 귀, 코에서 연기가 나왔다. 남자가 너무나 끔찍하다고 생각하며 그대로 보고 있자, "손님에게도 드려라."라고 말하였고, 시녀가 구리를 끓인 쇳물을 잔에 넣고 받침대 위에 얹어 남자에게 가지고 왔다. 남자는 그때 '나도 마시게 됐구나.' 하며 비참해져서 어찌할 바를 몰라 몸서리를 쳤다. 남자는 이러한 꿈을 꾸고 잠에서 깨어났다.

남자가 문득 눈을 떠 보니 시녀가 음식을 받침대 위에 얹어서 가지고 왔다. 장인이 있는 쪽에서도 모두 음식을 먹으면서 왁자지껄 떠드는 소리가 났다. 남자는 그제야 깨달았다.

'분명 이 절의 별당은 절의 공적인 물건을 함부로 쓰거나, 절의 공물을 자

기들끼리 마음대로 먹고 있는 것이리라. 그 죄의 과보果報가 꿈에 나타난 것이 틀림없다.'

남자가 이렇게 생각하자 별당과 사람들이 한심스러워졌고, 딸에 대한 애정도 갑자기 식어버렸다. 그래서 '이 음식은 절대로 먹지 않겠다.'라고 생각하고, 오늘은 몸 상태가 좋지 않다고 하고, 아무것도 먹지 않은 채 돌아갔다. 그런데 그 후에도 계속 불쾌함이 가시지 않아서 별당의 딸의 거처에 찾아가지 않게 되었다.

그 후 이 장인은 특히 자신의 소행을 부끄럽게 여겼고, 출가出家를 결심하는 데까지는 이르지 못했지만, 약간의 도심道心이 생겨 불물佛物[6]을 부정하게 사용하는 일이 없었다고 이렇게 이야기로 전하여 내려오고 있다 한다.

6 부처가 소유하는 물품. 즉 부처에 대한 공물. 기진물寄進物 등.

⊙제20화⊙ 다이안지大安寺의 별당別當의 딸에게 장인藏人이 드나든 이야기

大安寺別当娘許蔵人通語第二十

今昔、大安寺ノ別当ニテ□ト云フ者有ケリ。其ノ娘ニ、形チ美麗ニ有様微妙キ女有ケリ。其レガ許ニ蔵人□ノ□ト云フ者忍テ夜々通ケル程ニ、互ニ難去ク相思テ有ケレバ、時々ハ昼モ留リテ、不返ヌ時モ有ケリ。

而ルニ、昼留タリケル時、昼寝シタリ。男ノ夢ニ、俄ニ此ノ家ノ内ノ上中下ノ人喤テ泣キ合タリ。「何ナレバ此カクハ泣クニカ有ラム」ト思テ、怪シケレバ、立テ行テ見レバ、舅ノ僧姑ノ尼君ヨリ始メテ、有限ノ人皆大キナル器ヲ捧テ泣キ迷フ也ケリ。「何ナレバ此ノ器ヲ捧テ泣ニカ有ラム」ト思テ、慥ニ吉ク見レバ、銅ノ湯ヲ器毎ニ盛レリ。打チ責テ鬼ノ呑セムソラ可呑クモ非ヌ銅ノ湯ヲ、心ト泣々ク呑也ケリ。辛クシテ呑畢ツレバ、亦乞ヒ副ヘテ呑ム者モ有リ。下ノ下衆ニ至マデ此レヲ不呑ヌ者無シ。

我ガ傍ニ臥タル娘ヲモ女房来テ呼ベバ起テ入ヌ。不審サニ亦見レバ、此ノ娘ニモ大キナル銀ノ器ニ銅ノ湯ヲ一器入レテ、女房有テ取ヌレバ、此ノ娘此レヲ取テ、細ク労タ気ナル音ヲ挙テ泣々ク呑メバ、目耳鼻ヨリ焰煙リ出ヅ。奇異ト思テ此ク見立テル程ニ、「客人[一]ニ参ラセヨ」ト云テ、銅ノ湯ヲ器ニ入レテ台ニ居[二]ヘテ女房持来ル。其ノ時ニ、「我レモ此ル物ヲ呑ムト為ルニコソ有ケレ」ト奇異ク思エテ、迷ヒ騒グ、ト思程ニ、夢覚ヌ。

驚[三]テ見レバ、女房食物ヲ台ニ居ヘテ持来レリ。舅ノ方ニモ物食ヒ喤ル音有リ。其ノ時ニ思ハク、「寺ノ別当[四]ナルハ、寺[五]ノ物ヲ心ニ任セテ任フ。寺ノ物ヲ食ニコソ有ラメ。其レガ此クハ見ユル也ケリ」ト心[六]疎ク思エテ、娘[七]ノ志モ忽ニ失ヌ。然レバ、「構[八]ヘテ此レヲ不食ジ」ト思テ、心地悪キ由ヲ云テ、物モ不食ズシテ出ニケリ。其ノ後、猶心疎ク思エテ不行ズ成ニケリ。

其[九]ノ後、此[一〇]ク蔵人殊ニ慚愧[一一]ノ心有テ、糸出家[一二]ノ志マデハ無カリケレドモ、聊ニ道心有テ、仏物[一三]ナドハ欺用[一四]スル事無カリケリ、トナム語リ伝ヘタリトヤ[一五]。

권19 제21화

불물佛物인 떡으로 술을 만들고 뱀을 본 이야기

> 히에이 산比叡山의 승려가 귀향하여 부인을 얻고 수정회修正會의 떡으로 술을 빚었는데, 승려의 눈에는 술이 뱀으로 보인 탓에 술이 든 항아리를 들판에 버리게 되었다. 그런데 그것을 주운 남자들의 눈에는 평범한 술로 보였고 마셔도 별 탈이 없었다는 이야기. 나중에 이 사실을 전해 들은 승려가 불물佛物을 분별없이 쓴 것을 참회했다는 것으로 이야기가 끝난다. 유사한 모티브는 폭넓게 민담昔話에서도 찾아볼 수 있으며, 본디 민담이었던 것이 이 이야기와 같이 불물의 남용을 경고하는 설화로 바뀐 것으로 추정됨. 권14 제1화 참조.

이제는 옛이야기이지만, 히에이 산比叡山에 있던 승려가 산에서는 그다지 좋은 일도 없어서 산을 떠나, 자신이 태어난 셋쓰 지방攝津國의 □□[1] 군郡으로 돌아가 아내를 두고 살고 있었다. 그 마을에서 이런저런 법사法事나 불경佛經[2] 공양 등이 행해질 때는 대부분 이 승려에게 부탁했기 때문에, 승려는 강사講師를 맡고 있었다. 그는 딱히 학식이 풍부한 사람은 아니었지만, 그 정도 일은 터득하고 있어서 잘 해낼 수 있었다. 때문에 수정회修正會[3] 등을 행할 때에도 반드시 이 승려를 도사導師[4]로 삼고 있었다.

1 군명의 명기를 위한 의도적 결자.
2 불상과 경전.
3 → 불교.
4 → 불교.

승려는 그러한 법회 때 공양으로 올렸던 떡을 많이 받았는데, 떡을 다른 사람들에게는 나눠주지 않고 집에다 두었다. 승려의 부인이 '이 많은 떡들을 괜히 아이들이나 하인들에게 먹이는 것보다, 오랫동안 두어서 《딱딱해지면》[5] 얇게 부수어 술을 빚는 것이 좋겠다.'라는 생각을 하였다. 남편인 승려에게 "이렇게 하려고 생각합니다만."이라고 말하자, 그가 "그거 좋은 생각이구려."라고 찬성하여 떡으로 술을 빚기로 하였다.

그 후 얼마 지나서 술이 완성되었다고 여겨질 즈음, 부인이 가서 술을 담가둔 항아리의 뚜껑을 열어보니 항아리 속에서 무엇인가가 움직이고 있는 것 같았다. 부인이 이상하다고 생각했지만 어두워서 아무것도 보이지 않았다. 등불을 밝혀 항아리 속에 집어넣고 들여다보니, 크고 작은 갖가지 뱀들이 항아리 한가득히 머리를 치켜들고 꿈틀거리고 있었다. 부인은 "어머나 세상에, 무서워라. 이게 무슨 일이람." 하며 뚜껑을 덮고 도망쳐 나왔다. 남편에게 이 사실을 말하자, 남편은 '무슨 말도 안 되는 소리. 부인이 잘못 본 거겠지. 내가 가서 한 번 봐야겠구나.'라고 생각하였다. 그래서 등불을 밝히고 항아리 속에 넣어서 들여다보니, 정말로 많은 뱀들이 꿈틀거리고 있었다. 남편도 겁을 먹고 재빨리 항아리에서 물러섰다. 후에 그는 항아리 뚜껑을 덮고 "항아리 째로 멀리 내다버리자."라고 하고, 항아리를 꺼내서[6] 먼 곳으로 옮겨 넓은 들판에 몰래 버렸다.

그 후 하루 이틀 정도 지나, 세 남자가 그 술이 든 항아리가 버려진 주변을 지나가던 중, 항아리를 발견하고 "저건 대체 무슨 항아리지?" 하고, 그중 한 사람이 가까이 가서 항아리의 뚜껑을 열고 들여다보자, 먼저 항아리 안에서 훌륭한 술 향기가 흘러 나왔다. 그가 놀라서 나머지 두 사람에게 "이것 좀

5 한자 명기를 위한 의도적 결자. 문맥을 고려하여 보충.

6 땅속에 묻어 두었던 것으로 추정. 지금도 탁주濁酒 등을 밀조密造할 때 땅속에 술병이나 술단지를 묻어 둠.

보게, 훌륭한 술이야."라고 말하였고, 두 남자도 다가와서 항아리 속을 들여다보았다. 항아리 안에는 술로 가득 차 있었다. 세 남자가 "이건 대체 어찌 된 일일까?"라며 이야기하던 중, 한 사람이 "나는 어찌됐든 이 술을 마셔야겠네."라고 말했다. 나머지 두 사람이

"들판 한가운데에 이렇게 버려져 있던 것이니까, 아무래도 그냥 버린 것 같지는 않네. 분명히 뭔가 이유가 있을 것이야. 찜찜해서 도무지 마실 기분이 나지 않는군."

하고 말했다. 하지만 앞서 마셔야겠다고 말한 남자는 매우 술을 좋아하는 사람이었기 때문에, 술이 마시고 싶어서 견딜 수가 없었다.

"난 상관없네. 자네들은 마시지 않겠다고 했지만, 뭘 버렸다 해도 나는 꼭 마셔야겠어. 목숨 따위는 아깝지 않아."

라고 말하고, 허리에 찬 질그릇 잔을 빼내어 술을 떠서 한 잔 마셨다. 실로 훌륭한 술이었으므로 남자는 연거푸 세 잔을 다 마셨다. 다른 두 남자도 본디 술을 좋아하는 사람들이었는지라, 이 광경을 보자 술이 마시고 싶어져서

"오늘은 이렇게 세 명이 동행했네. 누군가 한 사람이 죽는다면 어찌 그것을 내버려둘 수 있겠는가. 설령 다른 사람에게 죽임을 당한다고 해도 다 같이 죽겠네. 자, 우리들도 마시자."

라고 말하고, 두 남자도 술을 마셨다. 이 세상의 것이라고 여겨지지 않을 정도로 맛있는 술이었기에, 세 사람은 술잔을 주고받으며 한마음이 되어 "한번 제대로 마셔보자."라고 말했다. 커다란 항아리였기에 술이 상당히 많이 들어 있었는데, 그것을 세 사람은 작대를 걸어서 짊어지고 집에 와서 매일 마셨지만 전혀 아무런 일도 일어나지 않았다.

한편 그 승려는 조금은 분별이 있는 사람이라 '나는 부처님의 공물을 모

으고, 사견邪見[7]이 강해 다른 사람들에게 나눠 주지 않고 떡을 술로 빚었으니, 그 죄가 커서 술이 뱀으로 보였던 것이다.'라고 뉘우치고 부끄러워하였다. 그러던 중, 얼마 지나지 않아서

"어디어디에 살고 있는 세 남자가 어딘가의 들판에서 술항아리를 발견하여 짊어지고 집에 가지고 돌아와 실컷 마셨는데, 정말 훌륭한 술이었다고 한다."

라는 소문을 풍문으로 전해 들었다. 승려는

'그러면 뱀이 아니었던 게로구나. 내가 지은 죄가 커서 우리들의 눈에만 뱀으로 보였던 것이야.'

라고 생각하고 더욱더 부끄러워하며 슬퍼했다.

이것을 생각하면 불물을 멋대로 사용하는 것은 말할 수도 없이 죄가 큰 것이다. 그렇지만 분명 뱀이 꿈틀거리는 것을 봤다는 것은 실로 일어나기 힘든 불가사의한 일이다. 그러므로 역시 그러한 불물은 무턱대고 탐낼 것이 아니라, 다른 사람들에게도 주고 승려들에게도 주어야 한다.

이 이야기는 그 술을 마신 세 남자가 이야기한 것이다. 또한 그 승려도 이야기했는데 그것을 듣고 전하여, 이렇게 이야기로 전하여 내려오고 있다 한다.

7 '정견正見'의 반대말. 번뇌가 강하고, 인과因果의 이법理法을 깨닫지 못하는 것. 불교에서 오견五見·십혹十惑에 속함.

⊙제21화⊙ 불물佛物인 떡으로 술을 만들고 뱀을 본 이야기

以仏物餅造酒見蛇語第二十一

今昔、比叡ノ山ニ有ケル僧ノ、山[16]ニテ指ル事[17]無カリケレバ、山ヲ去テ、本ノ生土[18]ニテ、摂津ノ国[19]□ノ郡ニ行テ、妻ナド儲テ有ケル程ニ、其ノ郷ニ自然ラ法事ナド行ヒ、仏経[20]ナド供養ズルニハ、多クハ此ノ僧ヲ呼懸テ、講師[21]ナドヲシケリ。才賢キ者[22]ニハ無ケレドモ、然様[23]ノ程ノ事ハ心得テシケレバ、修正[24]ナド行ニモ、必ズ此ノ僧ヲ導師[25]ニシケリ。

其ノ行ヒ[26]ノ餅[27]ヲ此ノ僧多ク得タリ。人ニモ不与デ家取置タリケルヲ、此ノ僧ノ妻、「此ノ多ノ餅ヲ無益[28]ニ子[29]共ニモ従者共ニモ食セムヨリハ、此ノ餅ノ久ク成テ□[30]タラムヲ破集メテ、酒ニ造ラバヤ」ト思ヒ得テ、夫ノ僧ニ「此ナム思フ」ト云ケレバ、僧、「糸吉カリナム」ト云合セテ、酒ニ造テケリ[31]。

其後、久ク有テ其ノ酒出来スラムト思フ程ニ、妻行テ、其ノ酒造タル壺ノ蓋ヲ開テ見ルニ、壺ノ内ニ動ク様ニ見ユ。「怪」ト思フニ、暗テ不見エネバ、火ヲ灯シテ壺ノ内ニ指入テ見ルニ、壺ノ内ニ大ナル小サキ蛇[2]一壺、頭ヲ指上テ蠢キ[3]合タリ。「穴怖シ。此ハ何ニ」ト云テ、蓋ヲ覆テ逃テ去ヌ。夫ニ此ノ由ヲ語ルニ、夫、「奇異キ事カナ。若シ妻ノ僻目[4]カ」ト「我レ行テ見ム」ト思テ、火ヲ燃シテ壺ノ内ニ指入テ臨クニ、実ニ多ノ蛇有テ蠢ク。然レバ、夫モ愕テ[5]去ヌ。然テ、壺ニ蓋ヲ覆テ、「壺乍ラ遠ク棄ム」ト云テ、掻出テ[6]遠キ所ニ持行テ、広キ野ノ有ケルニ窃ニ棄ツ。

其ノ後、一両日ヲ経テ、男三人其ノ酒ノ壺棄タル側[7]ヲ過ケルニ、此ノ壺ヲ見付テ、「彼レハ何ゾノ壺ゾ」ト云テ、一人ノ男[8]ヲ寄テ壺ノ蓋ヲ開テ臨クニ、先ヅ壺ノ内ヨリ微妙キ酒ノ香匂出タリ。奇異クテ、今二人ノ男ニ、「此」ト云ヘバ、二人ノ男モ寄テ共ニ臨クニ、壺ニ酒一壺入タリ。三人ノ男、「此ハ何ナル事ゾ」ナムド云フ程ニ、一人ガ云ク、「我レ只此[9]ノ酒ヲ呑テ[10]バヤ」ト。今二人ノ男、「野ノ中ニ此ク棄テ置タル物ナレバ、ヨモ只ニテハ不棄ジ。定テ様有ル物ナラム。怖シ気ニ。否不呑ジ」云ヒケルヲ、前ニ呑ト云ツル男極タル上戸ニテ有ケレバ、酒ノ欲サニ不堪シテ、「然ハレ、其達ハ否不呑ゾ。我ハ譬ヒ何ナル物ヲ棄置タル也トモ、只呑テム。命モ不惜ラズ」ト云テ、腰ニ付タリケル具ヲ取出テ、指救テ一坏呑タリケルニ、実ニ微妙キ酒ニテ有ケレバ、三坏呑テケリ。今二人ノ男此ヲ見テ、其レモ皆上戸也ケレバ、「欲」ト思テ、「今日此ク三人烈ヌ。一人ガ死ナムニ、我等モ見棄テムヤハ。譬ヒ人ニ被殺ルトモ、同ジクコソハ死ナメ。去来我等モ呑テム」ト云テ、二人ノ男モ亦呑テケリ。世ニ不似ズ美キ酒ニテ有ケレバ、三人指合テ、「吉ク呑テム」ト云テ、大ナル壺也ケレバ、其ノ酒多カリケルヲ、指荷テ家ニ持行テ、日来置テ呑ケルニ、更ニ事無カリケリ。

彼ノ僧ハ少ノ智リ有ケレバ、「我ガ仏物ヲ取集メテ、邪見深キガ故ニ、人ニモ不与ズシテ酒ニ造タレバ、罪深クシテ蛇ニ成ニケリ」悔恥テ有ケル程ニ、其ノ後、程ヲ経テ、「其々ニ有ケル男三人コソ其ノ野中ニテ、酒ノ壺ヲ見付テ、家ニ荷ヒ持行テ吉ク呑ケレ。実ニ微妙キ酒ニテコソ有ケレ」ナド語ケルヲ、僧自然ラ伝ヘ聞テ、「然ラバ蛇ニハ、非ノ深キガ故ニ、只我等ガ目許ニ蛇ト見エケル也ケリ」ト思テ、弥ヨ恥悲ビケリ。

此レヲ思フニ、仏物ハ量無ク罪重キ物也ケリ。現ニ蛇ト見エテ蠢キケム、極テ難有ク希有ノ事也。然レバ尚然様ナラム仏物ヲバ、強ニ不貪ズシテ、人ニモ与ヘ、僧ニモ可令食キ也。

此ノ事ハ彼ノ酒呑タリケル三人ノ男ノ語ケル也。亦僧モ語ケルヲ聞継テ、此ク語リ伝ヘタルトヤ。

권19 제22화

절의 별당別當의 거처에서 보리국수가 뱀이 된 이야기

파계무참破戒無慚한 짓만 하는 별당승別當僧이 먹다 남긴 보리국수를 선반에 올려놓고 한 해 정도 지나서 보자, 국수가 작은 뱀으로 변해 있었다는 이야기. 앞 이야기와 완전히 같은 유형의 이야기다.

이제는 옛이야기이지만, □□데라寺[1]의 별당別當[2]으로 □□[3]라는 승려가 있었는데, 겉모습은 승려였지만 마음에는 사견邪見[4]이 있었다. 그래서 밤낮으로 도읍 사람들을 많이 모아서 놀며 장난치거나 술을 마시고 어류를 먹으며 조금도 불사佛事를 행하지 않았다. 또한 항상 유녀遊女[5]와 구구쓰傀儡[6]를 불러 모아서 노래하며 떠드는 것이 일상이었다. 이러한 형편인지라, 승려는 절에 들어온 공물을 마음대로 쓰면서 아주 조금도 죄를 두려워하는 마음이 없었다.[7]

1 사찰명의 명기를 위한 의도적 결자.
2 → 불교.
3 승명僧名의 명기를 위한 의도적 결자.
4 '정견正見'의 반대말. 번뇌가 강하고, 인과因果의 이법理法을 깨닫지 못하는 것. 불교에서 오견五見·십혹十惑에 속함.
5 원문에는 "아소비遊女". 시라뵤시白拍子(* 헤이안平安 시대 말부터 유행하기 시작한 가무歌舞. 또는 그 가무를 추는 유녀遊女로 남장男裝을 하고 노래하며 춤추었음)·야호치夜發(* 밤에 노상에서 호객을 하는 최하급의 매춘부)의 류로, 연회석에서 시중을 들거나 가무·음곡音曲을 업으로 삼고 매춘 등을 했던 여자.
6 일정하게 거주하지 않고 유랑하며 돌아다니는 사람들로, 인형을 조종하는 직업을 가진 사람. 부인은 가무나 음곡에 능하여 객석에서 시중을 들며 매춘도 행했음. 여기서는 후자, 즉 구구쓰 출신인 유녀를 가리킴.
7 파계승破戒僧을 표현할 때의 전형적 묘사로, 비슷한 묘사는 권13 제44화 제1단락에서도 볼 수 있음.

그런데 어느 여름날 무렵 많은 보리국수[8]를 공물로 받았는데, 손님을 많이 불러 대접했는데도 음식이 남았다. "이건 당분간 그대로 놔두자. 오래된 보리는 약이라고도 하니까."라고 말하고는, 그것을 커다란 노송나무 상자[9]에 넣고, 객실 앞에 있는 선반[10] 위에 올려두었다. 그 후 이것을 쓸 일이 없었기에, 그 노송나무 상자를 꺼내 보는 일도 없었다.

다음해 여름 무렵이 되어 별당은 무심코 그 보리국수가 든 노송나무 상자에 문득 눈길이 머물렀다. "저건 작년에 올려두었던 보리국수였지. 분명 이제는 먹을 수 없게 되었겠구나." 하고, 상자를 꺼내 오게 해서 뚜껑을 열어보자 상자 안에는 보리국수 대신 작은 뱀이 똬리를 틀고 있었다. 뚜껑을 연 사람은 생각지도 못한 상황에 깜짝 놀라서 상자를 내던지고 말았다. 별당도 보고 있는 앞에서 상자를 열어보았기 때문에, 별당이나 다른 사람들도 이것을 슬쩍 보았다. 별당이 "부처님의 공양물을 함부로 자기 물건처럼 써서 이리 된 것이구나."라고 말하고는, 상자에 뚜껑을 덮어서 강에 흘려보냈다. 이 뱀도 진짜 뱀이었던 것일까. 단지 그렇게 보였던 것은 아니었을까.

이것을 생각하면 송경誦經에 대한 보시布施, 금고金鼓를 쳐서 보시로 얻은 쌀 등을 마음대로 쓰는 죄가 어떠한 것인지는 짐작하고도 남음이 있다. 그러므로 부처님의 공양물을 마음대로 사용하는 것은 말할 수 없이 무거운 죄인 것이다.

이 이야기는 분명히 그 절의 승려가 이야기한 것을 듣고 전하여, 이렇게 이야기로 전하여 내려오고 있다 한다.

8 원문에는 "무기나와麥縄". 밀가루와 쌀가루를 반죽하여 밧줄처럼 길고 가늘게 만든 식품. 후세의 히야무기冷麦(* 냉국수)·우동과 비슷한 것.

9 원문에는 "오리비쓰折櫃". 노송나무을 얇게 벗겨서 만든 판자를 접어서 만든, 덮개가 달린 상자모양의 용기. 사각·육각형 등이 있으며, 과자나 술안주를 담는 데 사용.

10 원문에는 "마기間木". 들보 위에 설치한 선반의 일종.

⊙제22화⊙ 절의 별당別當의 거처에서 보리국수가 뱀이 된 이야기

寺別当許麦縄成蛇語第二十二

今昔、□寺ノ別当ニ□ト云フ僧有ケリ。形チ僧也ト云ヘドモ、心邪見シテ、明暮ハ諸ノ京中ノ人ヲ集メテ遊ビ戯レテ、酒ヲ呑ミ、魚類ヲ食シテ、聊モ仏事ヲバ不営ザリケリ。常ニ遊女傀儡ヲ集メテ、歌ヒ嘲ケルヲ以テ役トス。然レバ恣ニ寺ノ物ヲ欺用シテ、夢許モ此レヲ怖ル心無カリケル。

而ル間、夏比麦縄多ク出来ケルヲ、客人共多ク集テ食ケルニ、食残シタリケルヲ、「少シ此レ置タラム。『旧麦ハ薬』ナド云メレバ」ト云テ、大ナル折櫃一合ニ入テ、前ナル間木ニ指上テ置テケリ。其ノ後、要無カリケレバ、其ノ麦入レタル折櫃ヲ取リ下シテ見ル事モ無カリケリ。

而ル間、亦ノ年ノ夏比ニ成テ、別当彼ノ麦ノ折櫃ヲ不意ニ急キト見テ、「彼レハ去年置シ麦縄ゾカシ。定メテ損ジヌラム」ト云テ取下サセテ、折櫃ノ蓋ヲ開テ見レバ、折櫃ノ内ニ麦ハ無クテ、小キ蛇蟠テ有リ。開クル者思ヒ不懸ヌ事ニテ、棄テツ。ヤガテ別当ノ前ニテ開ケレバ、別当モ亦他ノ人々モ少々見ケリ。「仏物ナレバ此ク有ル也ケリ」ト云テ、折櫃ノ蓋ヲ覆テ河ニ流シテケル。其レモ現ノ蛇ニテヤハ有ケム、只然見エケルニコソハ。思フニ、増シテ誦経ノ物、金鼓ノ米ナドコソ思ヒ被遣レ。然レバ仏物ハ量無ク罪重キ物也ケリ。正シク其ノ寺ノ僧ノ語ケルヲ聞継テ、此ク語リ伝ヘタルトヤ。

折櫃（年中行事絵巻）

권19 제23화

한냐지般若寺 가쿠엔覺緣 율사律師의 제자인 승려가 스승의 유언을 지킨 이야기

한냐지般若寺의 가쿠엔覺緣 율사律師는 고승高僧으로 명성이 자자했고 절을 크게 번영시켰는데, 임종에 이르러서는 수많은 뛰어난 제자를 제쳐두고, 절의 장래를 예견하여 파문당한 것과 마찬가지였던 성격이 비뚤어진 고엔公圓에게 절을 맡긴다. 뜻밖의 처치에 여러 사람들은 고개를 갸웃거렸지만, 고엔은 사승師僧의 유언을 잘 지켜, 황폐해져 가는 절에 혼자 머물며 마지막까지 계속 절을 지켰다는 이야기. 이 이야기부터 제34화까지는 불교에서 강조하는 사은四恩에 대한 보은을 주제로 하는 설화가 배치되었다. 이 이야기는 그 첫 번째로 사은師恩에 보답한 고엔의 지극한 정성을 기록한 것이다. 가쿠엔이 사망한 장보長保 4년(1002) 이후 사십여 해에 걸친 고엔의 행적을 기록하고 고엔 죽음 이후의 폐사廢寺가 되는 과정을 덧붙여 적고 있는 점으로 보아, 이 이야기가 상당히 후대의 기록임을 추정할 수 있다.

이제는 옛이야기이지만, 한냐지般若寺[1]라는 절에 가쿠엔覺緣[2] 율사律師[3]라는 사람이 살고 있었다. 원래는 도다이지東大寺[4]의 승려인데, 센반千攀[5] 승도僧都라는 사람의 제자가 되었고, 학승學僧[6]으로서 매우 훌륭했다. 후에

1 → 사찰명.
2 → 인명.
3 → 불교.
4 → 사찰명.
5 → 인명.
6 진언가眞言家로서의 면과 대조시키고 있음에 주의.

가쿠엔은 도지東寺[7]의 승려가 되어 히로사와廣澤[8]의 간초寬朝[9] 승정僧正이라는 사람의 제자로서 진언眞言[10]을 배워 영험靈驗이 신통하였다. 이에 학문과 영험 양쪽[11]에서 중용되어 황실과 귀현貴顯의 두터운 신임을 얻었고, 아직 젊은 나이임에도 율사[12]가 되었던 것이다.

한냐지는 사승師僧으로부터 이어받는 절이었는데, 율사는 본당本堂의 서남쪽에, 동서방향으로 커다란 승방을 세웠다. 승방은 옹이가 하나도 없는 재목材木으로 실로 멋지게 만들어졌고, 서북쪽에는 건물을 잇는 통로도 만들었다. 본디 정취가 깊은 장소에 한층 더 멋진 건물을 많이 세웠더니, 관백關白[13] 님도 이곳을 찾으셔서 쟁쟁한 상달부上達部나 전상인殿上人을 불러 한시漢詩[14]를 짓게 하셨는데, 마치 '이 세상에 살아 있는 한은 이렇게 지내고 싶다.'고 생각하시는 것처럼 보였다. 매일 이 승방을 방문하는 손님들이 많아, 손님이 오지 않는 날은 없었다. 또한 율사는 존귀한 분들[15]이 행하는 여러 곳의 수법修法[16]에 항상 불려가거나 성대한 팔강八講[17]에는 반드시 불려갔다. 사람들은 당시의 존귀한 명승名僧으로 묘고明豪,[18] 곤쿠嚴久,[19] 쇼반淸範, 인겐

7 → 사찰명.
8 → 지명.
9 → 인명.
10 진언眞言의 밀密(蜜)교(→ 불교).
11 학생으로서의 면과 진언가로서의 면. 학자·불교철학자로서의 면과 불교행사·실천가로서의 면. 불상佛相·사상事相 양자를 겸비했음.
12 가쿠엔覺緣은 장보長保 2년 내공內供의 역할을 수행한 점이 평가를 받아 권률사權律師에 임명되었음. '율사律師' → 불교.
13 가쿠엔의 생존시기에 비추어 후지와라노 미치나가藤原道長로 추정.
14 한시문漢詩文. 『본조려조本朝麗藻』 하下, 『강리부집江吏部集』 상上에 한냐지般若寺를 노래한 한시를 실었음.
15 궁중宮中, 궁가宮家, 섭관가攝關家 등을 가리킴.
16 가지기도加持祈禱를 가리킴.
17 '법화팔강法華八講'의 줄임말. 『법화경法華經』 전 8권을 8좌座로 나누어, 여덟 명의 강사가 한 사람씩 한 좌를 담당. 하루를 아침, 저녁 두 좌로 나누어, 한 좌에 한권씩 강설하여 4일간 결원結願하는 법회.
18 → 인명.
19 → 인명.

院源,[20] 가쿠엔覺緣 등을 꼽았다.

율사가 이처럼 훌륭하게 이 절에 계시던 중, 대수롭지 않은 병에 걸렸다. 한동안은 감기라고 여기고 탕치湯治[21] 등을 하고 있었지만, 병이 점차 깊어져서 중태에 빠져 자리에 눕게 되었다. 제자들이 모두 모여 힘을 다해 기도했고,[22] 귀현과 황족皇族들은 매일 문병 사자使者를 보내왔다. 무엇보다 율사는 젊고 용모와 자태가 단정하며 아름다웠고, 학식도 있는데다 가지기도加持祈禱의 영험력靈驗力도 신통한 승려였다. 그러므로 세간에는 그를 의지하던 자들도 많아 병환을 걱정하는 것도 당연한 일이었다. 율사는 그 와중에도 『법화경法華經』을 암송하며 실로 존귀한 목소리로 읊조렸기에 이것을 듣고 눈물을 흘리지 않는 이가 없었다.

율사는 이렇게 병이 걸린 동안에도 힘없는 목소리로 밤낮으로 경을 읽고 있었는데, 병환이 매우 깊어지자 제자 한 명, 한 명에게 사후의 일에 대해 여러 가지 유언을 하셨다. 하지만 누구에게도 그 훌륭한 승방을 물려준다는 말을 하지 않아서 '필시 제자들 중 상랍上臘[23]인 자가 율사의 뒤를 이어 절을 관리하겠지.'라고 모두가 생각하고 있었다. 그런데 율사의 제자 중에 고엔公圓[24]이라는 자가 있었다. 이 사람은 매우 괴팍한 사람이어서 스승 앞에 나타나지도 못하고, 스승에게 야단맞은 뒤 줄곧 배알을 거절당해 온 탓에 지금은 여기저기를 다니며 수행하고 있었다. 때마침 이 무렵 고엔이 가치오勝尾[25]라는 곳에 칩거하고 있었는데, "스승인 율사가 병에 걸리셨습니다."라고 어떤 사람이 알려주어 고엔은 깜짝 놀라서 그 승방을 찾아 갔다. 율사가 죽

20 → 인명.
21 약탕藥湯에 입욕하는 치료법.
22 여러 가지加持(→ 불교) 기도를 끊임없이 했음.
23 '하랍下臘'의 반대. 법랍法臘을 많이 쌓은 상석上席의 승려.
24 미상.
25 → 지명(가쓰오데라勝尾寺).

기 하루 전날, 율사는 줄지어 앉아 있는 수많은 쟁쟁한 제자들을 제쳐두고, 제자대접도 못 받고 미움을 받던 고엔의 이름을 불렀다. "고엔은 와 있는가."라고 율사가 가는 숨을 내쉬며 물으시자, 제자가

"고엔은 이곳에 와서 네댓새 동안 가까운 곳에 있기는 있습니다만, 삼가 아뢰지도 못하는지라 뒤편의 헛방[26]에서 대기하고 있을 것이옵니다."

라고 말했다. 그러자 율사가 "그를 이리로 불러오게나."라고 말하였고, 그리하여 고엔을 불러내게 되었다.

율사가 쟁쟁한 제자들을 제쳐두고 특별히 고엔을 가까이 불러들이자, 이것을 본 사람들은 "오랜 세월 미워하셨던 사람을 이렇게 가까이 부르시다니 도대체 무슨 일일까?"라고 모두 의아한 얼굴을 했다. 고엔도 뭐가 뭔지 알 수 없었지만, 이렇게 불러들이셨기 때문에 가까이 가서 앉자, 율사가 고엔에게 말했다.

"나는 자네가 너무 비뚤어진 자라서 오랫동안 미워하고 있었네. 하지만 그 때문에 이곳저곳을 수행하며 돌아다닌다는 사실을 듣고 가엾게 생각할 때도 있었지. 내가 동쪽이라고 하면 자네는 서쪽이라고 했고, 내가 일어서라고 하면 자네는 앉았지. 그래서 나는 자네가 미웠지만, 이제 곧 나는 죽을 것이야. 이 절은 내가 죽으면 그 후 하루하루 황폐해져서 결국에는 아무도 살지 않게 될 것이야. 당도 언젠가 무너져 없어지고 불상도 사람들이 훔쳐가겠지. 그러니 자네는 아무리 괴롭더라도 다른 곳으로 가지 말고, 한 장의 판자조각이라도 소중히 여기며 이 절에 살아 주었으면 하네. 여기 있는 제자들은 뛰어난 자들이지만, 계속 이곳에서 지낼 자는 한 명도 없네. 오직 자네만이 추위와 더위를 참고 굶주림을 견디며 살아갈 수 있는 남자라고 판단했

26 원문에는 "쓰보야壺屋". 삼면을 벽으로 에워싼 방. 칸막이를 한 방.

기 때문에 이렇게 말하는 것이네. 부디 나의 부탁을 저버리지 말도록 하게."

곁에서 듣고 있던 이름난 제자들은

'우리들이야말로 이 절에 살며 여러 불사佛事를 계속 해나갈 생각이었는데, 이런 시시한 중에게 말씀하시다니 이해가 가지 않는구나. 틀림없이 병 때문에 조금 이상해지신 것도 있겠지만 이같이 말씀하시는 것에도 무언가 이유가 있을 것이다. 그래도 절대로 우리들은 다른 곳에 가지 않을 것이다. 그 어떤 낡은 절이라도 제자는 스승의 뒤를 잇는 법이다. 더구나 옛날의 승정[27] 때부터 대대로 전해져 내려온 존귀한 이 절을 스승께서 그 뒤 한층 더 훌륭하게 다듬어 오셨으니, 다른 사람들조차도 이곳에 살고 싶다고 생각할 것이다. 그러니 제자인 우리들이 이 절을 떠나 어디에 살 곳이 있겠는가.'

라고 서로 생각했다.

이윽고 승정이 돌아가셨기 때문에 모든 장례식 준비를 고엔이나 다른 제자들이 함께 집행했다. 사십구일간은 스승이 세상에 계실 때와 다름없이 사람들의 출입도 많아 붐볐으므로, 누구나가 '이 절은 쇠퇴하지 않을 것이다.' 라고 서로 기뻐하고 있었다. 그런데 사십구일이 지나자, 이 절과 그다지 연이 깊지 않은 제자들은 모두 자신이 있었던 원래의 절로 돌아갔다. 친밀한 제자들 이삼십 명 정도는 이 절에 살았고 얼핏 스승의 생전 때와 다르지 않게 보였다. 이전에는 절 가까이에 사는 마을 사람도 율사에게 함부로 말참견을 하지 않았는데, 점차 세월이 지나자 이제는 모든 사람들이 절을 업신여기게 된 탓인지, 결국 제자들 모두가 절을 떠나고 말았다. 개중에는 죽은 자도 있었지만, 새로 오는 승려는 없었다. 그래서 절 근처 □□□[28]하게 되

27 한냐지般若寺를 창건한 간겐觀賢 승정僧正.

28 한자표기의 명기를 위한 의도적 결자.

었다. 열심히 수행하고 있던 제자들도 도다이지에 가거나 혹은 □□□[29]에 가거나 하여 뿔뿔이 흩어졌다. 그리하여 십여 년 남짓 지나자 인적도 없는 절이 되고야 말았고, 말이나 소가 들어와 제멋대로 절 뜰의 풀을 마구 뜯어 먹었다. 옥외 덧문[30] □[31]도 무너져 엉망진창이 되자, 이것을 보는 사람 모두가 안타까워하고 슬퍼했다.

고엔만이 홀로 남아서 절에 살고 있었는데, 달리 같이 사는 사람도 없이, 단지 제자인 어린 중 한 명만이 곁에 있었다. 종국에는 승방 안에서 불을 지피는 모습도 볼 수 없었기에, '이렇게 됐으니 고엔도 도망쳐 버리겠구나.'라고 사람들은 생각했다. 하지만 고엔은 자신의 빈곤함은 조금도 개의치 않았고, 찾아오는 사람 하나 없더라도 오로지 스승의 유언을 지키며 살았다. 그것을 불쌍히 여겨 때로는 방문하는 사람도 있었지만, 고엔이 친구로서 의지할 만한 사람은 없었다. 이렇게 고엔이 견디기 힘든 일들을 참고 있는 것도 오로지 스승의 마지막 유언을 저버리지 않기 위해서였다. 이렇게 사십 해 남짓 동안 고엔은 그곳에 계속 살고 있었는데, 집도 전부 무너져 버려, 두세 칸間 정도 남은 통로의 한쪽 구석에 살았으며, 그 임종에 이르러서는 미타彌陀의 염불을 염하며 결국 존귀하게 생을 마쳤다.

그러므로 율사도 제자의 심성을 잘 꿰뚫어보고 그와 같이 말한 것이었고, 고엔도 스승에 대한 효양심孝養心이 깊었기 때문에 그와 같이 존귀하게 생을 마칠 수 있었던 것이다. 지금 그 절에는 주춧돌만이 남아 있다고 이렇게 이야기로 전하여 내려오고 있다 한다.

29 사명寺名의 명기를 위한 의도적 결자.

30 원문에는 "다테지토미立蔀". 옥외에 두고 가리개로 삼았던 창살문 뒤에 널을 댄 덧문. 옥내에 두고 쓰이타테衝立(* 방안과 현관 등에 세워두는 이동식 칸막이)를 대신하는 일도 있었음.

31 저본의 파손에 의한 결자.

◉ 제23화 ◉
한나지般若寺 가쿠엔覺緣 율사律師의 제자인 승려가 스승의 유언을 지킨 이야기

般若寺覚縁律師弟子僧信師遺言語第二十三

今昔、般若寺ト云フ寺ニ覚縁律師ト云フ人住ケリ。本、東大寺ノ僧也。千攀僧都ト云フ人ノ弟子トシテ、学生ノ方ニ糸賢カリケル。後ハ東寺ノ僧トシテ、広沢ノ寛朝僧正ト申ケル人ノ弟子トシテ、真言ヲ受ケ習テ、霊験止事無カリケル。然レバ二方ニ被用テ、公ケ私ノ思エ花ヤカニシテ、此ク年若キ程ニ、律師ニ成タル也ケリ。

般若寺ハ伝ハリテ知ル所ナレバ、堂ノ未申ノ方ニ卯酉ニ大キナル房ヲ立タリ。節モ無キ材木ヲ以テ、微妙ク造タリ。西北ニ廊共ヲ造リ出シテ、本ヨリ面白キ所ヲ弥ヨ此ク微妙キ屋共ヲ造タレバ、関白殿モ渡ラセ給テ、可然キ上達部殿上人御前共ヲ召テ、文ヲ作ラセムナドシテ、「世ニ有ラバ此様ニテコソハ有ラム」ト見ユ。若干ノ客人ノ毎日ニ不来ヌ日ハ無シ。亦常ニ止事無キ所々ノ御修法ニ被召レ、亦可然キ御八講ナドニハ不被召ヌ事無シ。其ノ比ノ止事キ名僧ニハ、明豪、厳久、清範、院源、覚縁トナム云ケル。

此ク微妙ニ此ノ寺ニ住ム程ニ、身ニ何トモ無キ病ヲ受ツ。暫ハ、風ナド云テ、湯治ナド為レドモ弥ヨ増テ態ト煩テ臥ヌレバ、弟子共皆集テ、旁ニ祈禱スル事無限シ。殿原宮原ヨリモ訪ヒニ御使不給ヌ日無シ。年ハ若シ、形ハ美麗也、才モ賢コク、験モ有レバ、世ノ人皆憑ヲ懸タル人多クシテ、惜ミ合ヘルモ理也。其ノ中ニモ、法花経ヲ空ニ思テ極メテ貴ク読ケレバ、聞ク人涙ヲ不落ヌハ無リケリ。

此ノ病ノ間ニモ、力無キ音ヲ以テ経ヲゾ夜ル昼ル読ミ奉ケル間、病無下ニ重ク成ヌレバ、弟子共ニ各没後ノ事共令云知メケルニ、此ノ房ノ微妙キ事共ヲ誰ニモ不云付ザリケレバ、「中ニ上臈ナル人ノ知ラムズルナメリ」ト思テ皆人有ケルニ、公円ト云フ弟子有リ。極テ僻者ニテ有ケレバ、前ニモ不出サズシテ、常ニ勘当ニテ有ケレバ、所々ニ修行ジテ有ケルニ、其ノ比勝尾ト云フ所ニ籠タリケル程、「師ノ律師煩ヒ給フ」ト人ノ告ケレバ、驚テ来テ居リケルニ、明日ニ死ナムトテノ日、可然キ弟子共ノ其ノ員居並タルヲバ置テ、人員ニモ非デ被憾レツル、「公円ハ有ヤスル」ト、律師気ノ下ニ被問ケレバ、「参テ此四五日候ヘドモ、憚テ御前ニモ不罷出ネバ、後ノ壺屋ナドニ候ニヤ」ト弟子ノ云ケレバ、「其レ、此方ニ呼べ」ト云ヘバ、呼ビ出シタリ。

止事無キ弟子共ノ居並タル中ヲ分ケテ呼ビ寄スレバ、此レヲ見ル人共、「世経テ被憾レツル者ヲ此ク召シ寄スル、何事ニカ有ラム」ト怪ク皆思ヒタリ。公円モ不得ズ思フト云ヘドモ、此ク召シ寄スレバ、近ク寄テ候フニ、律師公円ニ云ク、「汝ヂ極テ僻タルニ依テ我レ年来憾ツレバ、所々ニ行ヒ行キツルヲ哀レト思フ時モ有リツ。我レ『東』ト云ヘバ西ニ翔ヒ、我レ『立テ』ト云ヘバ居ナドシツレバ、憾ツルヲ、今ハ我レ既ニ死ナムトス。其レニ、此ノ寺ハ我レ死ナム後ニハ亦ノ日荒テ、人□ロサモ無ク成ナムトス。堂モ壊テ時ノ間ニ失セ、仏モ人ニ被盗レナムトス。而ルヲ、汝ヂ難堪ク思ト云トモ、他所ニ不行ズシテ、一枚ノ板ノ散ヲモ捧ツヽ、此ニ可住キ也。此ノ弟子達ハ止事無クハ有ドモ、更ニ此ニ留テ住ム人不有ジ。然レバ汝ノミゾ寒温ヲ忍ビ、飢ヲ不苦ズシテ住ムト見得タレバ云フ也。努々不可違ズ」ト云フヲ、止事無キ弟子共聞テ、「我等コソ、『此ニ住テ様々ノ仏事共ヲモ不断ズ行ハム』ト思ツルニ、此ク賤キ法師ニ云ヒ付ケ給ヒツルハ、怪キ事也。『病ノ間ニ、僻ミ給ヘルニコソ』ト思ヘドモ、亦、此ク宣フ様コソハ有ラメ。然リトテ我等モ何チカハ行カム。弊カラム所ニテ、師ノ跡ニコソハ弟子ハ住メ。況ヤ昔ノ僧正ノ御時ヨリ伝ハリノ止事無キ所ヲ、弥ヨ微妙ク造リ瑩キ給ヘレバ、外ノ人ダニモ住マ欲クコソ可思ケレ。増シテ我等ハ此ヲ去テハ、何クニカハ住マムト為ル」ト思ヒ合ヘリ。

而ル間、律師既ニ失ヌレバ、後ノ事共、我レモ弟子共皆為ルニ、七々日ノ間、師ノ有シ時ニモ不替ズ賑ヘバ、人皆、「此ノ寺ハ不衰マジキ也ケリ」ト喜ビ合ヘルニ、忌畢タレバ、疎キ弟子共ハ皆本寺ニ返リ行ヌ。親キ弟子達二三十人許ハ皆此ノ寺ニ住ムデ、有付テ同ジ様ニ見ユルニ、年月漸ク過ギ持行テ、寺ノ辺ノ里人共モ、律師ニ憚テ、人物云ヒ触ルヽ事モ無カリシニ、今ハ万ノ人蔑ヅルニヤ有ラム、皆去ヌ。或ハ死ヌル者モ有レドモ、来リ加ハル人ハ無シ。然レバ寺ノ辺□□ク成リ持行ク。励ムデ住ツル弟子ノ君達モ、或ハ東大寺ニ行キ、或ハ□ニ行ナドシテ、散々ニ去ヌレバ、十余年ノ程ニ、人ホロサモ無キ寺ニ成ヌ。然レバ、馬牛入リ立テ、心ニ任セテ前裁モ食畢ツ。立蔀□モ壊レテ荒ヌレバ、見ル人モ皆哀ニ悲ク思フ。

而ルニ、此ノ公円只独リ住テ、亦相住ム人無シ。只弟子ノ小法師一人ゾ身ニ副タリケル。畢ニハ房ノ内ニ火焼タル所サヘ不見ネバ、「今ゾ公円ハ逃ヌル」ト見ルニ、身ノ貧サヲモ露不顧ズ、訪フ人無シト云ヘドモ、只偏ニ師ノ遺言ヲ憑テ居タルニ、「哀レ」ト聞テ時々訪ノ人有ケレドモ、墓々シク身ノ友ト可成クモ無シ。此ク難堪キ事ヲ忍テ有ル事ハ、只師ノ最後ノ言ヲ不違ヘジト也。然レバ四十余年ノ間、其ニ住テ有ニ、屋共皆倒レ畢タレバ、二三間許残タル廊ノ片端ニ居テ、命終ル時ニ臨デ、弥陀ノ念仏ヲ唱ヘテ、貴クシテ遂ニ其ノ所ニシテ失ニケリ。

然レバ律師モ弟子ノ心ヲ吉ク見テ、此クモ云ヒ置ケル也ケリ。孝養ノ心ノ深カヽリケレバ、此ク終リモ貴ク死ヌル也ケリ。今ハ其ノ寺礎許ゾ残タル、トナム語リ伝ヘタルトヤ。

立蔀(春日権現験記)

권19 제24화

스승을 대신하여 태산부군泰山府君의 제자 도상都狀에 이름을 올린 승려 이야기

빈사瀕死 상태에 빠진 사승師僧을 구하기 위해 한 제자가 목숨을 대신하겠다고 자청했는데, 그 이름을 도상都狀에 기록하여 태산부군泰山府君에게 기도하자 지성至誠이 신에게 통하여 스승과 제자 모두 목숨을 건졌다는 이야기. 앞 이야기에 이어 사은師恩에 보답하는 제자의 이야기로, 평소 스승이 아끼지 않았던 제자가 보은을 한다는 점에서 앞 이야기와 통하는 것이 있다.

이제는 옛이야기이지만, □□[1]라는 사람이 있었는데 □□[2]의 승려였다. 상당한 명승이어서 황실과 귀현貴顯에게 존경받고 있었는데, 어느 날 위중한 병에 걸려 병상에서 앓다가 시간이 흘러 중태에 빠지게 되었다. 뛰어난 제자들이 한탄하고 슬퍼하며 갖은 가지기도加持祈禱를 해보았지만, 조금도 효험이 없었다.

당시 아베노 세이메이安倍淸明[3]라는 음양사陰陽師가 있었다. 음양도陰陽道에 관해서는 일인자였기 때문에 황실과 귀현 사이에서 중용되고 있었다. 그

1 승명僧名의 명기를 위한 의도적 결자. 『발심집發心集』 이하에는 미이데라三井寺의 지코智興 내공內供이라고 함.

2 주사住寺·주원住院의 명기를 위한 의도적 결자.

3 → 인명(아베노 세이메이安倍晴明).

래서 이 세이메이를 불러들여 태산부군泰山府君[4]의 제사를 치러서 그 사람의 병을 고치고 목숨을 살리고자 했다. 한편 세이메이가 찾아와서

"이 병을 점친 결과, 몹시 위중한 상태이기 때문에 태산부군에게 기도를 해본다 한들 낫기는 어려울 것입니다. 그러나 아픈 사람을 대신할 승려 한 명을 불러 주십시오. 그리한다면 그 승려의 이름을 제사의 도상都狀[5]에 기록하여 아픈 사람을 대신하도록 빌어 보겠습니다. 이렇게라도 하지 않으면 어쩔 도리가 없습니다."

라고 말했다.

제자들도 이 말을 들었지만 '스승을 대신하여 목숨을 버려야지.'라고 생각하는 자는 한 사람도 없었다. 다만 자기 목숨에 지장 없는 선에서 스승의 목숨을 구하려는 자는 있었다. 그리고 스승이 죽으면 승방을 자신이 이어서 스승의 재산을 갖고 스승의 불법佛法 후계자가 되려고 생각하는 자는 있어도, 스승의 목숨을 대신하여 죽으려는 자는 아무도 없었다. 상황이 이런 것도 어쩌면 당연한 것으로, 제자들은 서로 상대의 얼굴을 살피기만 하고 입을 다문 채 줄지어 앉아 있었다. 그런데 이곳에 오랫동안 특별할 것 없이 평범하게 스승을 모시고 있던 제자[6]가 있었다. 스승도 이 제자에게 딱히 관심을 가지지 않았기 때문에, 제자는 몹시도 가난하게 헛방살이[7]를 하고 있었다. 이 제자가 이야기를 듣고

4 천제天帝의 손자라고 하며, 중국의 태산泰山에 있던 생사를 주재하는 신. 고래로 음양가陰陽家나 도가道家에 의하여 사명신司命神으로서 기려졌는데, 일본에서도 음양도陰陽道에서 생사를 관장하는 신으로서 기리며, 스사노오노미코토素戔嗚命에 배속되었음. 더욱이 중국의 고대신앙으로 태산은 오악五嶽의 하나로 만물이 생기는 동쪽으로 배치되었는데, 한쪽에서는 생의 귀결歸結로서 사령이 모이는 영산靈山이라고도 함.

5 한문으로 기록한 태산부군泰山府君을 제사지내는 글.

6 『발심집』 이하에는 제자를 쇼구證空 아사리阿闍梨라고 함.

7 원문에는 "쓰보야즈미壺屋住". 어엿한 정식 승려가 아니었기 때문에 승방에 딸린 작은 방을 얻어서 살고 있던 것. 즉 곁방살이, 더부살이를 하던 신분. '壺屋' 관련 → 권17 제44화 참조. 삼면을 벽으로 에워싼 방. 칸막이를 한 방.

"나는 이미 인생의 절반을 살았습니다. 남은 목숨도 얼마 안 되고 가난하기도 하니, 이제 앞으로 선근善根을 쌓는 것도 불가능할 것입니다. 그러니 어차피 죽는 목숨이라면 지금 스승의 목숨을 대신하여 죽고자 합니다. 제 이름을 그 의식의 도상에 적어 주십시오."
라고 자청하였다. 다른 제자들이 이것을 듣고 참으로 고마운 일이라며 감격하였고, 자신은 비록 스승을 대신하겠다고 말하지 못했지만 그가 대신한다는 말을 듣고 깊이 감동하여 눈물을 흘리는 자도 많았다.

세이메이는 그 부탁을 듣고 제사의 도상에 그 승려의 이름을 기록하여 정중히 제사를 행하였다. 스승도 이 사실을 듣고 "그 승려에게 이렇게 기특한 마음이 있으리라고는 오랜 세월 생각지도 못했다."라고 말하며 울었다. 이리하여 의식이 완전히 끝난 뒤 스승의 병은 빠른 속도로 호전되어서 제사의 효험이 나타나는 듯 했다. 한편 스승을 대신할 승려는 반드시 죽는다고 하였기에 그에게 사예死穢[8]를 피할 수 있는 방을 마련해 주었다. 승려는 약간의 소지품을 정리하고 유언을 남기고, 죽을 방으로 들어가 홀로 앉아 염불을 읊고 있었다. 곁에 있던 사람은 밤새 그 소리를 듣고 있었는데, 그 승려가 곧 죽을 것 같지 않았다. 그러던 사이 날도 완전히 밝았다.

모두 승려가 이미 죽었을 것이라 생각하고 있었지만, 그는 아직 죽지 않았다.[9] 스승의 병은 완전히 나았기 때문에, 모두 그가 오늘 중으로 죽을 것이라고 생각하고 있었다. 그러자 아침 일찍 세이메이가 찾아와서

"화상和尙님, 이제 걱정하실 필요 없습니다. 또한 대신 죽겠다고 말한 승

8 * 죽음의 부정不淨. 동물의 사체死體나 사자死者를 부정한 것으로서 기피忌避하는 것. 넓은 의미로는 신도神道의 관념觀念에 의한 사고방식.

9 『발심집』 이하에서 전하는 바에 의하면, 세이메이淸明의 기도에 의해 제자인 쇼구에게 죽음의 징후가 나타나서, 쇼구도 죽음을 각오하고 본존本尊의 부동존不動尊의 회상繪像에게 후세後世의 왕생을 빌자 부동존이 피눈물을 흘리고 쇼구를 대신하게 되었다고 함. 그 부동존의 회상은 고시라카와인後白河院에게 전해졌으며, 상주원常住院의 우는 부동泣不動으로서 널리 유명해짐.

려도 괜찮습니다. 두 사람 모두 목숨을 보전하였습니다."

라고 하고 돌아갔다. 승려도 제자도 이것을 듣고 오로지 기뻐서 울 뿐이었다.

이것을 생각하면 그 승려가 스승을 대신해서 죽으려는 것을 태산부군이 가엾이 여기셨기 때문에, 함께 목숨을 보전할 수 있었던 것이다. 사람들 모두가 이것을 듣고 승려를 칭찬하며 존경하였다. 그 후 스승은 이 승려를 아끼며 무슨 일이 있을 때마다 선배인 제자들보다 중용하게 되었는데, 그것도 당연한 일이다.[10] 실로 기특한 마음을 가진 제자였다.

스승도 제자도 함께 장수를 누리고 세상을 떠났다고 이렇게 이야기로 전하여 내려오고 있다 한다.

10 스승의 목숨의 은인이기 때문에, 스승이 그 제자를 특별히 아꼈던 것도 지극히 당연한 일이라고 평가한 것.

◉제24화◉ 스승을 대신하여 태산부군泰山府君의 제사 도상都状에 이름을 올린 승려 이야기

代師入太山府君祭都状僧語第二十四

今昔、□ト云フ人有ケリ。□ノ僧也。止事無キ人ニテ有ケレバ、公ケ私ニ被貴テ有ケル間、身ニ重キ病ヲ受テ、悩ミ煩ケルニ、日員積テ病重ク成ヌレバ、止事無キ弟子共有テ、歎キ悲デ、旁ニ祈禱スト云ヘドモ、更ニ其験無シ。

而ル間、阿倍ノ清明ト云フ陰陽師有ケリ。道ニ付テ止事無カリケル者也。然レバ、公ケ私此ヲ用タリケル。而ルニ、其ノ清明ヲ呼テ、太山府君ノ祭ト云フ事ヲ令テ、此ノ病ヲ助ケ命ヲ存ムト為ルニ、清明来テ云ク、「此ノ病ヲ占フニ、極テ重クシテ、譬ヒ太山府君ニ祈請ズト云トモ、難叶カリナム。但シ、此ノ病者ノ御代ニ一人ノ僧ヲ出シ給ヘ。然バ、其ノ人ノ名ヲ祭ノ都状ニ注シテ、中代ヘ試ミム。不然ハ更ニ力不及ヌ事也」ト。

弟子共モ此レヲ聞テ、「我レ師ニ代テ忽ニ命ヲ棄ム」ト思フ者一人モ無シ。只、「命ヲ全クシテ師ノ命ヲ助ケム」トコソ思ヘ、亦、「師失ナバ房ヲモ取リ、財ヲモ得、法文ヲモ伝ヘム」トコソ思、「代ラム」ト思フ心ノ露無カラムモ理ハリナレバ、互ニ皃ヲ守テ、云フ事モ無クシテ、居並タルニ、年来其ノ事トモ無クシテ相ヒ副ル弟子有リ。師モ此レヲ懃ニモ不思ネバ、身貧クシテ壺屋住ニテ有ル者有ケリ。此ノ事ヲ聞テ云ク、「己レ年既ニ半バニ過ヌ。生タラム事今幾ニ非ズ。亦身貧クシテ、此ヨリ後善根ヲ修セムニ不堪ズ。然レバ、『同ク死タラム事ヲ、今師ニ替テ死ナム』ト思フ也。速ニ己ヲ彼ノ祭ノ都状ニ注セ」ト。他ノ弟子共此ヲ聞テ、「難有キ者ノ心也」ト

安倍晴明(不動利益縁起)

思テ、我身コソ「代ラム」ト不云ネドモ、彼ガ「代ラム」ト云コソ聞バ哀ナリケレ。泣ク者モ多カリ。

清明[一]此レヲ聞テ、祭ノ都状ニ其ノ僧ノ名ヲ注シテ丁寧[二]ニ此レヲ祭ル。師モ此ヲ聞テ、「此ノ僧ノ心此許可有シトハ年来不思ザリツ」ト云テ、泣ク。既ニ祭畢テ後、師ノ病頗[三]ル減気[四]有テ、祭ノ験有ニ似タリ。然レバ代ノ僧ハ必ズ死トスレバ、可穢[五]キ所ナド沙汰シ取セタリケレバ、僧聊ナル物具[六]ナムド拈[七]タメ、可云[八]キ事ナド云ヒ置テ、死ナムズル所ニ行テ、独リ居テ念仏唱ヘテ居タリ。終夜傍ノ人聞ケドモ、忽ニ死ヌトモ不聞ヌニ、既ニ夜曉[九]ヌ。

僧[一〇]ハ死ヌラムト思フニ、僧未ダ不死ズ。師ハ既ニ病喩[一一]ヌレバ、「僧今日ナド死ナムズルニヤ」ト思ヒ合タル程ニ、朝ニ清明来テ云ク、「師、今ハ恐レ不可給ズ。亦、『代ラム』ト云シ僧モ不可恐ズ。共ニ命ヲ存スル事ヲ得タリ」ト云テ返ヌ。師モ弟子モ此ヲ聞テ、喜テ泣ク事無限シ。

此ヲ思フニ、僧ノ師ニ代ラムト為ルヲ、冥道[一二]モ哀ビ給テ、共ニ命ヲ存シヌル也ケリ。皆人此ノ事ヲ聞テ、僧ヲナム讃メ貴ビケリ[一三]。其後、師此僧ヲ哀デ、事ニ触テ、止事無キ弟子共ヨリモ重クシテ有ケル[一四]、現[一五]ニ理也。実ニ難有キ弟子ノ心也。師モ弟子モ共ニ久ク有テゾ失ニケル、トナム語リ伝ヘタルトヤ。

권19 제25화

농구瀧口 후지와라노 다다카네藤原忠兼가 친아버지 나리토得任를 공경한 이야기

세간에서는 우토다烏藤太의 자식이라고 알려져 있으며, 친아버지와의 관계는 비밀이었던 농구瀧口의 다다카네忠兼가, 쏟아지는 소나기를 맞으며 달려가는 친아버지 나리토得任의 모습을 보고 다른 사람의 눈을 의식하지 않고 우산을 씌워 전송했다는 이야기. 이 효심에 대한 평판이 자자하여 천황天皇이나 관백關白의 귀에까지 들어갔고, 다다카네에 대한 신임이 두터워졌다고 한다. 이것은 필시 사실에 근거한 것으로, 한때 세상의 화제가 되었던 미담美談이었을 것이다. 언뜻 보면 불교와는 연이 먼 보통 효행담孝行譚이지만, 제4단에서 승려의 평어評語에서도 나타나듯이 효양孝養은 불교에서 말하는 최고 윤리의 하나이며, 그런 의미에서 이 이야기는 불법담佛法譚으로서의 자격을 갖고 있다고 할 수 있다. 사은師恩에 대한 보사報謝를 이야기한 앞 이야기에 이어, 이 이야기부터 제28화까지는 부모에 대한 보은, 결국 효양을 주제로 하는 설화가 배치되어 있다.

이제는 옛이야기이지만, □□[1]인院 천황天皇의 치세 때 일로, 어느 여름날 많은 전상인殿上人들이 더위를 식히려고 대극전大極殿[2]으로 바람을 쐬러 나갔다. 그들과 함께 농구소瀧口所[3]의 시侍들도 많이 따라갔다. 일행이 더위를 식히고 돌아오던 중, 팔성원八省院의 북쪽 복도를 지나가고 있는데 하늘이

1 천황天皇의 시호諡號의 명기를 위한 의도적 결자.

2 대내리大內裏의 팔성원八省院(조당원朝堂院) 북부 중앙에 있었던 정전正殿.

3 청량전淸涼殿의 동북, 미카와미즈御溝水(* 궁중의 정원에 흐르던 갯물)가 떨어지는 곳에 있던 궁중경비를 하는 무사의 대기소. '농구瀧口의 진陣'이라고도 함.

별안간 흐려지더니 소나기가 쏟아졌다.

그래서 하는 수 없이 사람들이, '언제 개려나.' 하고 서서 기다리고 있었는데, 개중에는 처음부터 우산을 가지고 온 사람도 있었고 가지고 오지 않은 사람도 있었다. 전상인의 수는 많고 우산은 적었기 때문에, 우산이 없는 사람은 "우산을 가지고 올 때까지 기다리자."고 그대로 서 있었다. 한편 관장官掌[4]인 □□[5]나리토得任라는 자가 있었다. 집은 서경西京에 있었는데, 이 날 농구瀧口의 진陣[6]에 출근했다가 귀가하던 길에 갑자기 소나기를 만났다. 그 바람에 나리토는 속대束帶[7] 차림인 채로 소맷자락을 머리에 뒤집어쓰고 서경 방향을 향해 달려갔다. 마침 전상인들이 많이 서 있는 앞을 달려서 지나갔는데, 그곳에는 농구소의 시侍들도 많이 있었다. 그중에 있던 후지와라노 다다카네藤原忠兼[8]는 실은 이 나리토의 친자식이었다. 우토다烏藤太[9]□□[10]라는 사람이 다다카네를 어릴 적부터 양자로 들였는데, 우토다는 그를 자신의 친아들이라고 말하였고 다다카네도 그렇게 스스로를 칭하였다. 세상 사람들은 다다카네가 나리토의 자식이라는 사실에 대해 대놓고 말하지는 못했지만 뒤에서 수근 거렸다. 다다카네가 농구의 무리와 이렇게 함께 있으며 팔성원 복도의 북측에 나란히 앉아 있을 때였다. 소나기를 만난 나리토가, 신발과 버선[11]을 손에 들고 소맷자락으로 머리를 덮은 채 비를 흠뻑 맞으며 달려갔다. 이것을 본 다다카네가 황급히 하카마袴의 옷자락을 걷어 올리고

4 태정관太政官의 하료下僚로, 좌우변관국左右辨官局에 각 두 명이 속하며 서무, 특히 여러 지방에 관한 문서 사무를 담당함.

5 성명의 명기를 위한 의도적 결자.

6 궁중경비를 하는 무사의 대기소. 농구의 진과 대도帶刀의 진陣 등이 있었음.

7 정규 조복朝服으로, 중고中古 시대 이후 천황 이하의 백관百官이 공사公事 의식 때 착용한 것.

8 → 인명.

9 통칭으로 추정. 가라스마烏丸 거리에 살던 후지와라藤原 가문의 타로太郎라는 의미로 추정. '까마귀烏'라는 것은 색이 검기 때문에 붙여진 것으로 추정.

10 성명의 명기를 위한 의도적 결자.

11 원문에는 "시타우즈襪". 속대束帶 차림일 때 신는 일본식 버선으로, 발가락이 나뉘어 있지 않은 것.

우산을 손에 들고 달려갔다. 다다카네는 나리토의 머리 위로 우산을 씌우고, 나리토를 에워싸듯이 갔다. 전상인을 비롯한 농구소의 시侍들 중 이 모습을 보고 비웃는 자는 한 사람도 없었으며, 감동하여 눈물을 흘리는 자조차 있었다.

"아무리 높으신 누구시라고 해도 저렇게 앞뒤 가리지 않고 뛰어가다니. 부모가 아니라고 늘상 말했으면서도 말이지. 훌륭한 부모가 있는 사람이라도 많은 사람들이 보는 앞에서 우산을 씌우며 전송하는 사람은 절대로 없을게야. 배려한다고 해서 부모의 곤란한 상황을 못본 체하고 슬쩍 자기 몸을 감추는 것이 고작일 텐데 말이지. 그런데 저렇게 우산을 씌우며 전송하다니, 이 얼마나 기특한 남자란 말인가."

라고 말하며 부모가 있든 없든 모두가 눈물을 흘렸다. 나리토는 자신이 친부라는 사실을 다다카네가 숨기고 있음을 알고 있었다. 그래서 다다카네가 농구의 시侍들 속에 있는 것을 본 나리토는, 다다카네가 보는 앞에서 이런 차림으로 지나가는 것이 '창피하다.'고 생각하여 모르는 척 지나가려고 했다. 나리토는 자기가 생각해도 이러한 상황이 '한심스럽다.'고 생각하고 있었는데, 다다카네가 우산을 가지고 달려와 자신을 보듬어 안듯이 씌워 주었기 때문에 "이게 무슨 짓입니까?"라고 하고 상대의 얼굴을 보자 다다카네였고, 그가 자신에게 우산을 씌워 준 것이었다. 다다카네를 본 나리토가 눈에서 눈물을 흘리며 "아아, 미안해서 몸 둘 바를 모르겠구나."라고 말했다. 다다카네는 "전혀 미안해 하실 일이 아닙니다."라고 말하고 확실하게 서경의 집까지 전송하고 내리內裏로 돌아왔다.

전상인들은 모두 내리로 돌아와 관백關白님[12]의 방으로 찾아뵙고 이 사실

12 다다카네의 생존활약시대에 비추어 보면 미치나가道長 혹은 요리미치賴道가 해당됨.

을 아뢰었다. 그것을 들으신 관백님은 크게 감격하시고 천황께도 말씀드렸다. 그 후 다다카네의 인망이 높아져서 천황을 비롯한 모든 사람들에게 칭송을 받게 되었다.

또한[13] 다다카네를 알고 있는 훌륭한 고승이 이 사실을 듣고 다다카네에게

"당신의 효양심孝養心은 실로 존귀합니다. 이것은 탑이나 절을 세워 경문을 서사書寫한 것과 견줄 만한 공덕입니다. 이것이야말로 모든 불보살佛菩薩도 칭찬하시고 모든 천상계의 신들도 지켜주시는 것입니다. 설령 사람이 헤아릴 수 없는 선근善根을 쌓았다고 해도, 불효를 하나라도 저지른다면 그 은혜를 얻지 못할 것입니다."

라고 알려주었다. 그리하여 다다카네는 이 말을 믿고 더욱 효양에 힘썼다고 이렇게 이야기로 전하여 내려오고 있다 한다.

13 이하의 기사가 이 이야기에 불법담佛法譚적인 성격을 부여하고 있음.

⊙제25화⊙ 농구瀧口 후지와라노 다다카네藤原忠兼가 친아버지 나리토得任를 공경한 이야기

滝口藤原忠兼敬実父得任語第二十五

今昔、[16]□院ノ天皇ノ御代ニ、夏比、殿上人数[17]冷ミセムガ為ニ[18]大極殿ニ行ケリ。其ノ共ニ[19]滝口所ノ衆数有ケリ。冷ミ畢テ返ルニ、[20]八省ノ北ノ廊ヲ行ク程ニ、俄ニ空陰テ夕立ス。

然レバ、「今ヤ晴ル晴ル」ト立テ待ツ間ニ、或ハ笠持来ル人モ有リ、不持来ヌ人モ有リ。然レバ、君達ハ多クテ笠ハ少ケレバ、[21]「笠持来ルヲ待ツ」トテ立タル程ニ、[22]官掌[23]□ノ[24]得任ト云フ者有リ。家ハ西ノ京ニ有ケレバ、[1]陣ニ参テ罷出ケルガ、俄ニ夕立ニ値テ、[2]束帯シタル者ノ袖ヲ被テ西ノ京様ニ走テ行クガ、[3]此ク殿上人ノ数立タル前ヲ渡ルニ、滝口所ノ衆モ数居タリ。其ノ中ニ滝口忠兼[4]ハ、実ニハ此ノ得任ガ子也。其レヲ[5]烏藤太[6]□ト云フ者ノ、[7]児也ケル時ヨリ取テ養テ、烏藤太モ「我ガ実ノ子也」ト云ヒ、忠兼モ然カ名乗テ、得任ガ子ト云フ事ヲバ、[8]人顕ハレテモ不云シテ、[9]私語キテノミ有ケルニ、忠兼滝口共ノ有ル内ニテ、此ノ八省ノ廊ノ北面ニ居並タルニ、此ク得任ガ夕立ニ値テ、[10][11]沓襪ヲバ手ニ取テ、袖ヲ被テ[12]湿テ走リ行クヲ、忠兼見テ[13]迷テ、[14]袴ノ扶ヲ上テ、笠ヲ取テ走リ寄テ、得任ニ差シ隠シテ行クヲ見テ、殿上人ヨリ始テ滝口所ノ衆皆此レヲ見テ、不咲ズシテ、或ハ泣ニケリ。[15]「極ジキ誰也ト云フトモ、[16]然許諍ヒ立テ。[17]祖ニモ非ズト名乗テ。[18]吉キ祖ヲ持タラムニ、更ニ、笠差テ多ノ人ノ見ルニ送ラム事ハ不有ジ。責テノ[19]有心ニハ[20]立ケリ隠レム。[21]其レニ、此ク笠ヲ差テ送ルハ、[22]憐レニ難有キ者ノ心也」ト云テ、[23]祖ヤ有ル人モ祖ヤ無キ人モ泣ナルベシ。得任ハ、「[二四]隠ス事ゾ」ト知タレバ、忠兼ガ滝口ノ中ニ居タルヲ見テ、此レガ見ル前ニ此クテ渡ルヲ、「恥カシ」ト思テ、[二五]不知ズ白ニテ行クヲ、[二六]身乍モ、「心[二七]疎シ」ト思フニ、忠兼ガ笠ヲ差テ走リ来テ、差シ隠セバ、「此ハ何ニ[二八]令メ給フゾ」ト云テ白ヲ見レバ、忠兼ガ差タル也ケリ。得任此レヲ見テ、目ヨリ涙ヲ落シテ、「穴忝ナ忝ナ」ト。忠兼、「何ニカ[二九]忝ク候ハム。何デカ[三〇]」ト云テ、慥ニ西ノ京ノ家ニ送リ付テゾ内ニ返リ参タリケル。

殿上人共皆内ニ返リ参テ、[三一]関白殿ノ御宿所ニ参テ、此ノ事ヲ語リ申シケレバ、殿ノ聞シ食テ、極ジク哀ガラセ給ヒテ、[三二]内ニモ申サセ給ヒテケリ。其ヨリ後、忠[三三]兼思エ増リテ、[三四]上ヨリ始メテ万ノ人ニ被讃ナムシケル。

傘（源氏物語絵巻）

[三五]亦忠兼ヲ知タリケル、智リ有ル止事無キ僧、此ノ事ヲ聞テ、忠兼ニ云ケル様、「汝ガ[一]孝養ノ心極テ貴シ。塔寺ヲ建テ仏経ヲ写サムニモ勝タリ。此レ諸ノ仏菩薩モ讃メ給ヒ、[二]諸天モ守リ給フ事也。譬ヒ人有テ無量ノ善根ヲ造ト[三]云ヘドモ、[四]不孝ノ者ハ其ノ益ヲ不得ズ」ト教ヘケレバ、忠兼此ヲ信ジテ弥ヨ孝養ジケリ、トナム語リ伝ヘタルトヤ。

권19 **제26화**

시모쓰케노 긴스케下野公助가 아버지 아쓰유키敦行를 위해 도망가지 않고 맞은 이야기

시모쓰케노 긴스케下野公助가 우근右近 마장馬場 활쏘기시합에서 평소에 없던 큰 실수를 하였고, 이에 아버지 아쓰유키敦行가 격노하여 긴스케에게 달려들어 그를 때렸다. 보통은 도망가는데 긴스케가 노부老父의 몸을 염려하여 얌전히 매를 맞았기 때문에, 그곳에 나란히 앉아 있던 사람들이 감동하였고 긴스케에 대한 좋은 평판이 널리 퍼졌다는 이야기. 가문의 수치를 생각한 노부 아쓰유키의 완고한 심정을 포용한 긴스케의 효심을 전하는 이야기로, 앞 이야기와 같은 의미에서 불법담佛法譚의 하나로 배치되었다.

이제는 옛이야기이지만, 우근右近 마장馬場[1]에서 수번手番[2]이 행해졌을 때, 우근위부右近衛附의 중장中將, 소장少將들이 마장에 착석하고 있었다. 그날 전前 □□[3] 시모쓰케노 긴스케下野公助[4]라는 사인舍人[5]이 기사騎射[6]를 했다. 긴스케는 이름난 기사의 명수라서 평소에는 화살을 훌륭히 쏘았는데, 어찌

1 우근위부右近衛府의 마장馬場. 일조대궁一條大宮에 있었음. 현재의 기타노텐만 궁北野天滿宮의 동남 지구에 해당.
2 사수를 좌우로 나누어 각각 한 사람씩 한 조로 묶고, 소정의 순서를 정하여 승부를 겨루는 활쏘기. 5월의 절구節句에 행하는 것이 항례恒例로, 5일에는 좌근左近의 마장馬場, 6일에는 우근右近의 마장에서 행했음.
3 긴스케公助의 당시 관직의 명기를 위한 의도적 결자.
4 → 인명.
5 여기서는 근위사인近衛舍人이라는 뜻. 근위사인은 근위부近衛府 관인官人의 총칭.
6 원문에는 "우마유미馬弓"로 되어 있는데 '가치유미步射(弓)'와 반대되는 말. 달리고 있는 말위에서 활을 쏘아 과녁에 맞히는 것.

된 일인지 이날은 과녁 세 개를 모두 《맞추》[7]지 못했다.

긴스케의 아버지 아쓰유키敦行[8]는 이 날 수번의 장감將監[9]으로서 마장의 대신옥大臣屋[10]에 있었는데, 자신이 아끼는 자식이 과녁을 《맞추》지 못하는 것을 보고 새파랗게 되어 신발도 신는 둥 마는 둥 하고, 말을 정지시키는 마장 끝 쪽으로 달려갔다.

중장과 소장들은 이것을 보고 "저 사람은 뭘 할 생각이지?"라며 그쪽을 보고 있었다. 그때 긴스케가 말에서 내려 화살 통을 풀고 기사 복장을 벗고 있는데, 아쓰유키가 달려들어 마장을 둘러싼 울타리의 □□[11] 하나가 삐죽 나온 것을 집어 들어 긴스케를 때리려고 하였다. 긴스케는 젊고 혈기왕성하였고 아버지 아쓰유키는 여든 정도의 노인이어서, 긴스케가 도망가려고 한다면 아쓰유키는 쉽사리 따라잡을 수 없었다. 그래서 도망가려면 도망갈 수 있는데도 긴스케는 무릎을 꿇고 웅크리고 있었고, 아쓰유키가 그 등을 열 대, 스무 대 때렸다.

이를 보던 사람이 "긴스케는 바보 같은 녀석이군. 저렇게 맞고 있다니."라며 웃었다. 긴스케를 다 때린 아쓰유키는 지팡이를 버리고 마장의 중장과 소장들이 있는 자리로 돌아와서, 자리 앞의 광장에 푹 엎드려 몸을 들썩이며 크게 소리 내어 울었다. 중장과 소장들 중에도 우는 사람이 있었고, 아쓰유키를 가엾이 여겨서 긴스케를 사수射手에서 빼지 않고 같은 역할을 맡게 했다.

후에 중장과 소장들이 긴스케를 불러 "너는 왜 과녁을 《맞추지 못》했느

7 한자표기의 명기를 위한 의도적 결자. 문맥을 고려하여 보충.

8 → 인명.

9 장감將監은 근위부의 삼등관三等官.

10 경마나 기사 때, 좌근·우근 마장에 설치된 임시 좌석으로, 근위인 중장中將, 소장少將이나 경기를 관람하는 전상인殿上人 등이 착석하는 곳. 권24 제36화, 권28 제35화 참조.

11 한자표기의 명기를 위한 의도적 결자.

냐?", "어째서 맞아도 도망가지 않고 그처럼 웅크린 채로 맞고만 있었느냐?" 라고 물으셨다. 긴스케가

"아버지는 이미 여든 살을 넘기셨습니다. 격노하셔서 제가 도망가는 것을 쫓다 쓰러지시기라도 하면 큰일이라고 생각하여 웅크리고 맞았던 것이옵니다."

라고 대답했다. 그것을 들은 중장과 소장들은 모두 눈물을 흘렸다.

그 후 긴스케와 한 조인 부사수副射手가

"□□□[12]가 과녁을 《맞추지 못》한 긴스케를 정사수正射手에서 빼지 않으시고, 전과 같이 저에게 부사수를 맡기신 것은 유감스러운 일입니다."

라고 대장大將이신 □□[13]에게 하소연하였다. 그러자 대장이 중장과 소장들에게 "이러이러한 하소연이 있었는데, 그 말에 일리가 있다. 기사는 어떻게 행해졌는가?"라고 문책한 결과, 그들이 자초지종을 상세하게 아뢰었다. 그러자 대장도 눈물을 훔치며 "훌륭한 일을 했구나. 긴스케를 정사수에서 빼지 않는 것도 지당한 일이다."라고 말하였고, 사건은 그렇게 마무리되었다.

후에 긴스케가

"아버지가 나를 때린 것은 정말 당연하다. 아버지는 그때 나를 미워해서 때린 것이 아니다. 이 일을 가슴에 담아두고 아버지를 미워한다면, 나는 분명 천벌을 받을 것이다."

라고 말했다. 이것을 들은 어느 뛰어난 고승이 관백關白님[14]의 거처를 방문했을 때

"긴스케는 보통 인물이 아니옵니다. 보살행菩薩行이라는 것은 자신을 버

12 당시 수번手番 집행자의 성명 또는 관직의 명기를 위한 의도적 결자.

13 긴스케가 속해있던 근위대장近衛大將의 성명의 명기를 위한 의도적 결자.

14 긴스케의 생존과 활약시대에 비추어, 미치나가道長 또는 요리미치賴通로 추정.

리고 사은四恩[15]에 보답하는 것이옵니다만, 긴스케와 같은 사인舍人은 그런 행동을 하지 못하는 것이 보통이옵니다."

라고 아뢰었다. 관백님도 "기특한 마음가짐을 가진 자로다."라며 감탄하셨다. 그 이후 관백님께서 긴스케를 총애하게 되었고, 널리 세간에도 좋은 평판이 나서 사람들 모두가 칭찬하고 존귀하게 여겼다.

그리하여 긴스케 본인도 명성이 높은 훌륭한 사인으로서 인정받았고, 자손도 지금에 이르기까지 번창하고 있다[16]고 이렇게 이야기로 전하여 내려오고 있다 한다.

15 경설經說에 따라 다르지만, 보통 『심지관경心地觀經』 보은품報恩品에서 말하는 부모, 중생, 국왕, 삼보三寶의 사은四恩을 가리킴.

16 시모쓰케下野 가문은 긴스케 이후에도 유력한 근위관인으로서 역대 조정에서 종사하였음.

◉ 제26화 ◉

시모쓰케노 긴스케下野公助가 아버지 아쓰유키敦行를 위해 도망가지 않고 맞은 이야기

下野公助為父敦行被打不逃語第二十六

今昔、右近[5]ノ馬場ニシテ手番[6]行ヒケルニ、中少将数[7]馬場ニ着タリ。其ノ日、下野[8]ノ公助ト云フ舎人[9]、前ノ[10]□ニテ馬[11]弓射ケルニ、極タル上ウ手ニテ、例ハ吉ク射ル者、何ニシケル事ニカ有ケム、今日三ノ的ヲ皆射[12]□シツ。

公助ガ父敦行[13]ハ、政[14]ノ将監トシテ馬場ノ大臣[15]ニ居[16]ケルガ、我ガ極ク愛スル子、的ヲ[17]□ツルヲ見テ、色形[18]モ無ク成テ、沓ヲモ履キ不敢ズシテ、馬留[19]ノ方様ニ走[20]セ行ク。

将達[21]此レヲ見テ、「彼ハ何ニ為ルゾ」ト云テ見遣テ見[22]レバ、公助ハ馬ヨリ下テ調度[23]解[24]ナド為ル所ニ、敦行走リ懸リテ、埒[25]ノ[26]□ノ一節抜タリケルヲ取テ、公助ニ走リ懸リテ打ムト為ルニ、公助[27]ハ若ク盛也、父敦行ハ八十余ノ者也、公助逃ムニ追ヒ可付クモ非ズ。然レバ逃テ行ヌベキニ、公助突居テ低タリ。其ノ背ヲ十二十度許リ打ツ。

此ヲ見ル人、「公助ハ白者[28]カナ。然被打テ居ヨ」ト咲ケリ。敦行[29]畢テ杖ヲ棄テ、馬場ノ大臣ニ返リ行テ、将ノ前ノ庭[30]ニシテ臥[31]シ丸ビテ、泣ク事無限シ。将達モ或ハ泣ヌ。糸惜シガリテ手ヲモ不下ズシテ同ジ所ニ立タリケリ。

後ニ公助ヲ召シテ、「何[32]デ、的ハ[33]□タルゾ」

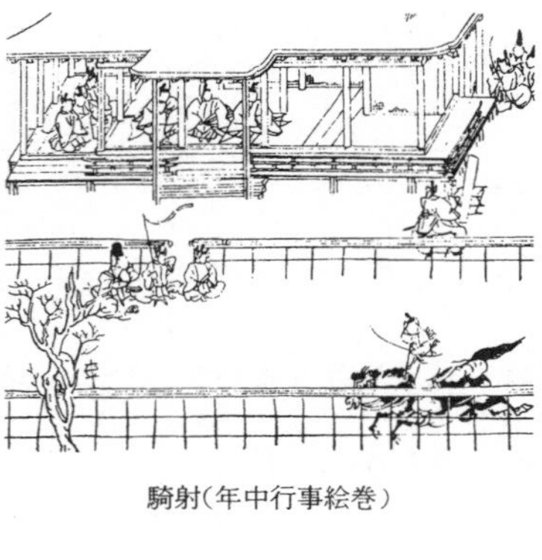
騎射（年中行事絵巻）

ト、「打ツニハ不逃ズシテ、然カハ被打レ臥タリツルゾ」ト被問ケレバ、公助、「父ノ年八十ニ罷リ余タルハ。『痛ウ腹ヲ立テ、逃ムヲ追タル候ハム程、倒レモコソ仕レ』ト思ヒ給テ、被打レ臥テ候ヒツル也」ト答ヘツレバ、将共泣ニケリ。後ニ脇ナル者有テ「□ノ的□タルヲ下シ不給ズシテ、己ヲ同ジ脇ニ被立タルハ不安ヌ事也」ト、□ノ方ノ大将ニテ御ケルニ愁ヘ申シケレバ、大将共ノ許ニ、「然々ノ許ヘ有ハ、尤道理也。何ニ被行タリケル事ゾ」ト問ヒニ被遣ケレバ、将共有シ様ヲ委ク申ケレバ、大将モ目ヲ巾ヒテ、「哀ナリケル事カナ」トテ、「不被下ヌ、尤モ理也」トテ止ニケリ。

後ニ公助ガ云ケルハ、「父ノ我レヲ打ツ、尤モ理也。此レ、我ヲ憾テ打ニハ非ズ。其レヲ咎メテ、我レ、『悪シ』ト思ハヾ、定メテ天ノ責ヲ蒙テ」ト云ヒケレバ、智リ有ル止事無キ僧、此ヲ聞テ関白殿ニ参タリケルニ、「公助ハ只者ニハ不候ザリケリ。菩薩ノ行コソ我ガ身ヲ棄テ、四恩ニハ孝養ズレ。此様ノ者ハ、然ハ不候ヌ事也」ト被申ケレバ、殿モ「難有キ者ノ心也ケリ」トテ感ゼサセ給ヒケリ。其ヨリ思エ増テゾ有ケル。世ニ広ク此ノ事聞テ、讃メ貴ビケリ。公助、然レバ、我モ思エ有リ止事無キ舎人トシテ、子孫モ繁昌シテ有リ、トナム語リ伝ヘタルトヤ。

권19 **제27화**

강가에 사는 승려가 홍수 때 자식을 버리고 어머니를 구한 이야기

어떤 법사의 어머니와 자식이 해일에 휩쓸려 버렸고, 법사法師는 '목숨만 붙어있다면 아이는 또 생길 것이다.'라고 결단하고 사랑하는 자식을 버리고 어머니를 구했는데, 효심이 불천佛天에 통하여 자식도 하류에서 구조되었다는 이야기. 부모와 자식 중 양자택일을 해야 한다는 상황에 몰리지만, 자식보다 부모를 선택한 지극한 효심이 하늘에도 통하여 부모와 자식 모두 목숨을 건졌다는 구조는 유명한 곽거장갱郭巨將坑의 효자담孝子譚과 같은 유형.

이제는 옛이야기이지만, □□[1] 무렵 해일이 밀려와서 요도 강淀川이 범람하여 강가의 많은 인가가 떠내려간 적이 있었다. 그때 살갗이 희고 용모와 자태가 아름답고 마음씨 고운 대여섯 살 정도의 아들을, 늘 곁에 두고 귀여워하던 한 법사法師가 있었다.

한편 그 홍수로 법사의 집이 떠내려가 버렸다. 집에는 늙은 어머니가 있었지만, 법사는 어머니나 사랑하는 아들에게 신경 쓸 틈도 없이 부산을 떨며 허둥대는 사이, 아이는 저 멀리 강 한복판으로 떠내려갔고, 그 뒤에 한 정町 정도 떨어져서 어머니가 수면에 떠올랐다 잠겼다 하면서 떠내려갔다.

1 연호 또는 연시年時의 명기를 위한 의도적 결자.

법사는 살갗이 뽀얀 아이가 떠내려가는 것을 보고, '저건 내 아이구나.'라고 생각하자, 앞뒤 가리지 않고 물살을 헤치며 아이에게 헤엄쳐 다가가 보았는데, 예상대로 자신의 자식이었다. 법사는 기뻐하면서 한 손으로 아이를 잡고, 다른 한 손으로 물살을 헤치면서 물가를 향해 헤엄쳤다. 법사가 막 물가에 당도하려고 했을 때, 건너편에서 어머니가 물에 빠져서 하류로 떠내려가는 것이 시야에 들어왔다. 하지만 두 사람을 동시에 구할 수는 없었다. 법사는 생각했다.

'목숨만 붙어있다면 아이는 또 생길 것이다. 하지만 지금 어머니와 헤어지면 두 번 다시 만날 수는 없게 된다.'

그렇게 생각하자 법사는 아이를 버리고 어머니가 떠내려가는 쪽으로 헤엄쳤고, 어머니를 구해서 물가로 끌어올렸다.

어머니는 물을 마신 탓에 배가 부풀어 올라 있었다. 법사가 응급처치를 하고 있자, 아내가 헤엄쳐 와서

"당신이란 사람은 너무도 어이없는 사람이군요. 소중한 눈도 두 개 있는 법인데, 단 한 명뿐인 진주같이 소중한 내 아이를 죽이고, 도대체 무슨 생각으로 오늘내일하는 썩은 나무 같은 할머니를 구한 것입니까?"

라고 말하고 슬피 울었다. 아버지인 법사는

"정말 당신이 한 말이 맞소. 하지만 내일 죽을 어머니라고 해도, 어떻게 어머니를 자식으로 대신할 수 있겠소. 목숨만 붙어있다면 아이는 또 생길 것이오. 그렇게 한탄하며 슬퍼하지 마시오."

라고 말하며 달랬다. 그러나 아내의 마음은 조금도 풀리지 않았고, 마침내 아내는 소리 높여 울며 절규했다. 그런데 이 법사가 어머니를 구한 것을 부처도 가엾게 여기셨던 것인지, 아이는 다른 사람이 강 하류에서 구조하였다. 그것을 듣고 부모가 아이를 되찾고 함께 더할 나위 없이 기뻐했다.

그날 밤 법사의 꿈에, 낯선 존귀한 승려가 나타나서 법사에게 "그대의 심근心根은 참으로 존귀하도다."라고 말하고 칭찬하셨다. 법사는 이러한 꿈을 꾸고 잠에서 깨어났다.

이것을 보고 들은 사람들 모두가 "실로 갸륵한 마음을 지닌 법사다."라고 칭송하며 존귀하게 여겼다고 이렇게 이야기로 전하여 내려오고 있다 한다.

⊙ 제27화 ⊙
강가에 사는 승려가 홍수 때 자식을 버리고 어머니를 구한 이야기

住河辺僧値洪水棄子助母語第二十七

今昔、□ノ比、高塩上リテ淀河ニ水増リテ、河辺ノ多ノ人ノ家流ケル時ニ、年五六歳許ニテ色白ク、形チ端正ニシテ心バヘ厳カリケル男子ヲ持テ、片時モ身ヲ不離レズ愛スル法師有リ。

而ル間、其ノ水ニ此ノ法師ノ家押シ被流レニケリ。然レバ、其ノ家ニ年老タリケル母ノ有ケルヲモ不知ズ、此ノ愛スル子ヲモ不知ズシテ、騒ギ迷ケルニ、子ハ前ニ流シテ、母ハ一町許下テ浮ビ沈ミシテ流下ケルニ、此法師色白キ児ノ流レケルヲ見テ、「彼レハ我ガ子ナメリ」ト思テ、騒ギ迷テ、游ヲ搔テ流レ合テ見ルニ、我ガ子ニテ有レバ、喜ビ乍ラ片手ヲ以テ子ヲ提テ、片手ヲ以テハ游ヲ搔テ、岸様ニ来テ着ムト為ル程ニ、亦、母水ニ溺ヒテ流レ下ルヲ見テ、二人ヲ可助キ様ハ無カリケレバ、法師ノ思ハク、「命有ラバ子ヲバ亦モ儲テム。母ニハ只今別レテハ亦可値キ様無シ」ト思テ、子ヲ打棄テ、母ノ流ルヽ方ニ搔キ着テ、母ヲ助ケテ岸ニ上セツ。

母水呑テ腹脹タリケレバ、蹠ヒ助クルニ、妻寄リ来テ云ク、「汝ハ奇異キ態シツル者カナ。目ハ二ツ有リ、只独リ有テ白玉ト思ツル我ガ子ヲ殺シテ、朽木ノ様ナル嫗ノ今日明日可死ヲバ何ニ思ヒテ取リ上ゲツルゾ」と、泣キ悲ムデ云ケレバ、父ノ法師、「現ニ云フ事理ナレドモ、明日死ナムズト云トモ、何デカ母ヲバ子ニハ替ヘム。命有ラバ子ハ亦モ儲テム。汝ヂ歎キ悲ム事無カレ」ト誘フト云ヘドモ、母ノ心可止キニ非ズシテ、音ヲ挙テ泣キ叫ブ程ニ、母ヲ助タル事ヲ仏哀トヤ思食ケム、其子ヲモ末[一七]ニ人取リ上ゲタリケレバ、聞キ付テ、子ヲモ呼ビ寄セテ、父母相ヒ共ニ無限ク喜ビケリ。

其ノ夜、法師ノ夢ニ、不見知ヌ止事無キ僧来テ、法師ニ告テ宣ハク、「汝ガ心甚ダ貴シ」トナム讃メ給フ、ト見テ、夢覚ニケリ。

「実ニ難有キ法師ノ心也」トゾ此レヲ見聞ク人皆讃メ貴ビケル、トナム語リ伝ヘタルトヤ。

권19 **제28화**

승려 렌엔蓮圓이 불경不輕의 수행을 행하여 죽은 어머니를 고통에서 구한 이야기

안니치지安日寺의 승려 렌엔蓮圓이 악도惡道에 떨어진 죽은 어머니의 후세後世를 공양하기 위해, 전국을 돌며 불경不輕의 수행을 행하고, 로쿠하라미쓰지六波羅蜜寺에서 법화팔강法華八講을 행한 보람이 있어서, 꿈에서 지옥에 있는 어머니를 만나 도리천忉利天에 전생轉生하였다는 기쁜 소식을 들은 이야기. 『법화경法華經』에 의한 멸죄滅罪의 공덕功德을 설한 유형적인 이야기인데, 여기서는 동시에 앞 이야기의 뒤를 이어 어머니에 대한 보은담報恩譚적인 성격이 부여되고 있다.

이제는 옛이야기이지만, 야마토 지방大和國 우지 군宇智郡[1]에 안니치지安日寺라고 하는 절이 있었다. 그 절에 한 승려가 살고 있었는데, 이름은 렌엔蓮圓이라고 하였다. 렌엔의 어머니는 사견邪見이 깊고 인과因果[2]의 도리를 분별하지 못하는 여자였다. 이윽고 여자가 점차 나이를 먹고 노경老境에 접어들어 병을 얻었다. 여자는 결국 죽음을 맞이하게 되었는데, 그때 악상惡相[3]이 나타나, 필시 악도惡道[4]에 떨어질 것이라고 판단되는 모습으로 생을 마쳤다.

1 현재는 나라 현奈良縣 고조 시五條市로 합병.
2 불교에서 말하는 근본의根本義로, 인과응보因果應報의 도리.
3 나쁜 징조. 악도惡道에 떨어질 것이라는 징조.
4 → 불교.

아들인 렌엔은 이것을 보고 비탄하며 '어떻게든 어머니의 후세後世[5]를 위해 공양하자.'라고 생각했는데, '직접 전국을 돌며, 불경不輕[6]을 수행하여 오로지 어머니의 후세를 공양하자.'라고 결심하였다. 렌엔은 여러 지방을 샅샅이 다니며 철저히 불경의 수행을 행했다. 진제이鎭西[7]의 끝에서 무쓰陸奧[8]의 끝까지, 걷지 않은 곳 없이, 온 지방을 걸어 다니다 몇 해가 지나서 돌아왔다. 그리고 로쿠하라미쓰지六波羅蜜寺[9]에 가서 법화팔강法華八講[10]을 행했다. 이것도 오로지 어머니의 후세를 공양하기 위한 것이었다. 이후 렌엔은 원래의 안니치지로 돌아갔다.

그 후 렌엔은 꿈속에서 아득히 먼 산속으로 가서 철로 된 성곽[11]을 보았다. '여기는 어딜까.'라고 생각하고 있자, 한 오니鬼가 나타났다. 오니는 형용할 수 없이 무서운 모습을 하고 있었다. 렌엔이 그 오니에게 "여기는 어떤 곳입니까? 당신은 도대체 누구입니까?"라고 묻자, 오니는 "여기는 지옥地獄[12]이고, 나는 옥졸獄卒[13]이다."라고 말했다. 렌엔은 다시 "그렇다면 이 지옥에 제 어머니가 있습니까?"라고 물었다. 옥졸이 "있다."라고 대답했다. 때문에 렌엔은 "저에게 보여 주시면 안 되겠습니까?"라고 말하자, 옥졸이 "보여 주겠다. 잠시 기다려라."라고 말하고 성문을 열었다. 문이 열리자 맹렬한 화염이 높이 솟구쳐 나왔다. 렌엔은 이루 말할 수 없이 무서웠다. 옥졸은 창을 들어 올려 가마솥 안으로 찔러 넣더니 사람 머리 하나를 찔러서 가지

5 → 불교.
6 불경不輕의 수행(→ 불교). 렌엔蓮圓은 상불경보살常不輕菩薩의 행장行狀을 배워, 여러 지방을 돌며 예배찬탄禮拜讚嘆을 행하여 사람들을 교화시켰다. 그 선근善根을 죽은 어머니에게 돌렸던 것.
7 → 지명.
8 → 지명, 옛 지방명.
9 → 사찰명.
10 팔강八講(→ 불교).
11 '철로 된 성곽'은 견고한 지옥의 성곽을 형용하는 상투적인 표현.
12 → 불교.
13 → 불교.

고 왔다. 그것은 렌엔의 어머니의 머리였는데 몸통은 없었다. 렌엔이 어머니의 머리를 소매로 받고 눈물을 흘리며 보고 있자 어머니도 눈물을 흘리며

"나의 죄보罪報가 무거워서, 이 지옥에 떨어져 이루 말할 수 없는 고통을 받고 있단다. 하지만 네가 나를 위해 오랜 세월 동안 불경의 수행을 행하고, 『법화경法華經』을 강講해 주었기 때문에, 이제 나는 지옥의 고통에서 벗어나 도리천忉利天[14]에 태어나게 되었단다."

라고 말했다. 렌엔은 이러한 꿈을 꾸고 잠에서 깨어났다. 온 몸이 흠뻑 땀에 젖어 있었는데, 꿈에 대해 생각하니 이루 말할 수 없이 존귀한 기분이 들었다.

렌엔은 그 후 마음이 안정되고 기뻐서 한층 더 수행을 게을리하지 않았고, 후에는 고야 산高野山[15]에서 불도 수행에 전념했다고 이렇게 이야기로 전하여 내려오고 있다 한다.

14 → 불교.
15 → 지명.

⊙ 제28화 ⊙
승려 렌엔蓮圓이 불경不輕의 수행을 행하여 죽은 어머니를 고통에서 구한 이야기

僧蓮円修不軽行救死母苦語第二十八

今昔、大和国ノ宇治ノ郡ニ安日寺ト云フ寺有リ。其ノ寺ニ一人ノ僧住ケリ。名ヲバ蓮円ト云フ。其ノ母ハ邪見深クシテ、因果ヲ不知ズ。而ル間、年漸ク積テ老ニ臨デ身ニ病ヲ受テ死ヌル刻ニ、悪相ヲ現ジテ、顕ニ悪道ニ堕ヌ、ト見テ、失セヌ。

子ノ蓮円此レヲ見、歎キ悲ムデ、「何ニシテカ此ノ母ノ後世ヲ訪ハム」ト思フニ、「我レ日本国ノ内ニ行キ不至ヌ所無ク行テ、不軽ノ行ヲ修テ、偏ニ母ノ後世ヲ訪ハム」ト思ヒ得テ、国々ニ行キ不至ヌ所無ク行テ、心ノ如ク不軽ノ行ヲ修ス。鎮西ノ畢、陸奥ノ際、惣テ不行ザル所無ク行テ、年来ヲ経テ返リ来ヌ。其ノ後、六波羅蜜ノ寺ニ行テ、法華ノ八講ヲ行ヒケリ。此レ偏ニ母ノ後世ヲ訪ハムガ為也。其ノ後、本ノ安日寺ニ返ヌ。

而ル間、蓮円夢ニ、遥ル山ノ中ニ至テ、鉄ノ城ヲ見ル。「此レハ何ナル所ニヤ有ラム」ト思フ程ニ、一ノ鬼出来レリ。其ノ形チ恐キコト無限シ。蓮円鬼ニ問テ云ク、「此ハ何ナル所ゾ。汝ハ誰ソ」ト。鬼ノ云ク、「此ハ此レ、地獄也。我レハ獄率也」ト。蓮円亦云ク、「然ラバ此ノ地獄ノ中ニ我ガ母有ヤ否ヤ」ト。獄率ノ云ク、「有リ」ト。蓮円云ク、「我レニ見セテムヤ」ト。獄率ノ云ク、「見セム。暫ク待」トテ、城ノ戸ヲ開ク。開クニ随テ、猛キ焔遥ニ出タリ。恐シキ事云ハム方無シ。[15]獄率桙ヲ取、釜ノ中ニ指入レテ、一ノ人ノ頭ヲ貫テ持来レリ。此レ、我ガ母ノ頭也。[16]体ハ無シ。蓮円此ノ頭ヲ袖ニ受テ、泣々ク見ルニ、母亦泣々ク云ク、「我罪報重クシテ、此ノ地獄ニ堕テ苦ヲ受ル事量リ無カリツ。而ルニ、[17]汝ヂ我ガ為ニ年来不軽ノ行修シ、法花経ヲ講ゼルニ依テ、今我レ地獄ノ苦ヲ免レテ[18]忉利天上ニ生レヌ」ト云フ、ト見テ、夢覚ヌ。[19]汗水ニ成テ、此レヲ思フニ、哀ニ貴シ。

蓮円其ノ後ハ心安ク喜シク思テ、弥ヨ[20]行法不怠ズシテ、後ニハ[21]高野ノ山ニ行ヒテ、貴クテゾ有ケル、トナム語リ伝ヘタルトヤ。

권19 제29화

거북이가 야마카게山陰 중납언中納言에게 은혜를 갚은 이야기

중납언中納言 후지와라노 야마카게藤原山陰가 대재부大宰府의 수帥로서 뱃길로 임지로 향하던 중 사랑하는 자식이 계모 때문에 바다에 떨어졌는데, 예전에 야마카게가 스미요시住吉에 참예參詣 도중 가마우지로 고기를 잡는 어부에게 사서 방생한 거북이에게 구원을 받아 자식이 무사했다는 이야기. 예로부터 유명한 설화로 『십훈초十訓抄』에 수록된 이야기 마지막에서도 '이 일은 뇨무如夢 승도僧都의 이야기로 사람들이 잘 알고 있어 상세히 기록하지 않았다.'라고 되어 있다.

이제는 옛이야기이지만, 엔기延喜[1] 천황天皇의 치세에 중납언中納言 후지와라노 야마카게藤原山陰[2]라는 사람이 있었다. 많은 자식을 두었는데 그중에 한 사내아이[3]가 있었다. 아름다운 용모의 아이였고, 아버지는 이 아이를 특히 아끼고 있었다. 그런데 계모인 어머니가 아버지인 중납언보다도 이 아이를 각별히 귀여워하여 양육했기 때문에, 중납언은 이를 대단히 기뻐하며 계모에게 전적으로 아이를 맡겨 키우게 했다.

1 → 인명.

2 → 인명. 이 이야기에서 다이고醍醐 천황天皇 치세 때의 사람이라고 한 것은 잘못된 것. 후에 아들 뇨무如無가 우다宇多 천황을 섬겼다고 하고, 야마카게山陰가 우다 천황의 황자皇子 다이고 천황 치세의 사람이라고 하는 것은 모순됨.

3 『하세데라 험기長谷寺驗記』에서는 이 '사내아이'를 야마카게라고 하고, 이 이야기를 아버지 다카후사高房가 규슈九州로 가던 중 일어난 사건으로 설정하고 있음.

한편 중납언은 대재大宰의 수帥[4]가 되어 진제이鎭西[5]로 내려가게 되었다. 중납언은 계모를 믿을 수 있는 사람이라고 생각했지만, 계모는 '어떻게 해서든 아이를 죽여 버리겠다.'라고 굳게 마음먹고 있었다. 배가 가네노미사키鐘御崎[6]라는 곳을 지나갈 즈음, 계모는 아이를 안고 소변을 보게 하는 척하다가, 실수로 놓쳐서 《떨어뜨》[7]린 것처럼 하여 바다에 아이를 빠뜨렸다. 계모는 이 사실을 곧바로 알리지 않았다. 배는 돛을 올리고 항해를 계속하였는데, 상당한 시간이 흐른 후 계모는 "도련님이 바다에 빠지셨다."라고 말하며 큰소리로 울부짖었다. 대재 수는 이것을 듣고 바다에 몸을 던질 듯이 큰 소리로 울면서 "그 아이가 죽어 버렸다면 하다못해 유해라도 건져 오거라."라고 명하여 많은 종자들을 서둘러 거룻배에 태워 유해를 찾으러 보냈다. 그리고 자신이 타고 있던 배도 멈춰 세우고

"무슨 수를 써서라도 아이의 생사를 확인한 뒤에 출발하도록 하자. 확인할 때까지는 떠날 수 없다."

고 하고 배를 정박시켰다.

종자들이 밤새 배를 타고 바다 위를 젓고 다녔지만 어찌 찾을 수 있겠는가. 어느 샌가 날이 밝아왔다. 해수면을 □□[8]로 하여 건넜는데, 문득 해수면 멀리 저편을 바라보자 파도 위에 희끔히 작은 물체가 보였다. '갈매기겠지.'라고 생각하고, 종자들이 가까이까지 저어 가 보았는데 날아오르지 않았다. 그래서 '이상하구나.'라고 생각하며 종자들이 더욱 가까이까지 노를 저어 다가가보니, 아이가 해수면에 《웅크리고》[9] 손으로 파도를 때리고 있

4 대재부大宰府의 장관. 야마카게의 대재大宰 수帥 임관에 대해서는 정사正史에서 확인하기 어려움.
5 → 지명.
6 후쿠오카 현福岡縣 무나카타 군宗像郡 겐카이 정玄海町의 히비키다나響灘에 튀어나온 갑岬.
7 한자 명기를 위한 의도적 결자. 문맥을 고려하여 보충.
8 한자 명기를 위한 의도적 결자. 해당하는 말을 추정할 수 없음.
9 한자 명기를 위한 의도적 결자. 문맥을 고려하여 보충.

었다. 종자들이 기뻐하면서 노를 저어 다가가 보니 커다란 삿갓 정도 크기의 거북이 등껍질 위에 아이가 올라타 있었다. 종자들이 반가워하며 허둥지둥 아이를 받아 안았고, 동시에 거북이는 바다 속으로 잠수하여 사라졌다. 그래서 종자들이 급히 서둘러 대재의 수가 있는 배로 노를 저어 가서, "여기 도련님이 계십니다."라고 하며 도련님을 내보이자 아버지는 허둥지둥 아이를 받아 안고 너무나 기쁜 나머지 큰소리로 울었다. 계모도 '이상하구나.'라고 생각하면서도 큰소리로 기뻐서 우는 체했다. 계모가 본심을 깊숙이 감추고 아이를 정말로 애지중지하였기 때문에, 대재의 수도 조금도 의심하지 않았다.

이리하여 배는 다시 항해를 계속하게 되었다. 대재의 수는 이번 일이 마음에 걸려서 밤새 잠을 이루지 못하다가 낮에 물건에 기대어 자다가 꿈을 꾸었다. 꿈속에서 배 근처 바다 속에서 커다란 거북이가 자신에게 무엇인가 말을 걸려는 듯 목을 내밀고 있었다. 대재의 수가 뱃전에 몸을 쑥 내밀자, 거북이가 사람처럼

"잊으셨는지요, 몇 해 전 가와지리川尻[10]에서 가마우지로 물고기를 잡던 어부에게 낚인 거북이를 당신께서 사서 놓아주지 않으셨습니까? 그 거북이가 바로 저입니다. 그 후 '반드시 이 은혜를 갚아야지.' 하며 세월을 보내고 있었습니다. 그러던 중, 당신께서 대재의 수가 되어 내려오시게 되어서 '적어도 배웅만이라도 해드리자.'라고 생각하여 배를 따라 갔습니다. 그런데 어젯밤 가네노미사키에서 계모가 도련님을 안고 배 난간 밖으로 실수로 놓쳐서 《떨어뜨》[11]리는 척하며 바다에 빠뜨려 버렸습니다. 이에 저는 도련님을 등껍질 위로 받았고, 배를 놓치지 않도록 헤엄쳐서 온 것이옵니다. 지금

10 요도 강淀川의 강어귀.

11 한자 명기를 위한 의식적 결자. 문맥을 고려하여 보충.

뿐만 아니라 앞으로도 이 계모에게 방심하시면 안 됩니다."
라고 말하고, 거북이는 바닷물에 고개를 집어넣었다. 대재의 수는 이러한 꿈을 꾸고 잠에서 깨어났다.

그 후 대재의 수가 생각해보니, 그가 몇 해 전 스미요시住吉 신사神社[12]에 참배했을 때, 오와타리大渡라는 곳에 가마우지로 고기를 잡던 한 어부[13]가 배를 타고 왔었다. 대재의 수가 살펴보니, 커다란 거북이 한 마리가 배에서 얼굴을 내밀고 있었다. 대재의 수는 거북이와 눈이 마주쳤고 거북이가 너무도 가엾게 여겨졌다. 그는 입고 있던 옷을 벗어서 어부에게 주고 그 거북이를 사들여 바다에 놓아주었다. 대재의 수는 그 일이 그제야 생각나서, '그렇다면 그때의 거북이었구나.'라고 생각하니 실로 애틋하였다. 그리고 계모가 이상하리만큼 과장되게 소란스레 운 것을 떠올려 생각하니, 이루 말할 수 없이 계모가 증오스러웠다. 그래서 이 후 대재의 수는 아이들에게 유모를 붙이고 아이들을 자신의 배로 옮겨 태웠다. 진제이에 도착하고 나서도 마음에 걸려 걱정되었기 때문에 다른 집에 아이를 맡기고, 수시로 몇 번이나 찾아가서 직접 만났다. 그 모습을 본 계모는 '눈치 챘구나.'라고 생각하고 한마디도 말하지 않게 되었다.

대재의 수가 임기를 마치고 귀경한 후, 이 아이를 승려가 되게 하여 이름을 뇨무如無[14]라고 지었다. 일단 죽은 것과 다름없는 자식이기에 '없는 것과 같다.'라고 이름을 붙인 것이다. 뇨무는 야마시나데라山階寺[15]의 승려가 되었고, 후에는 우다宇多 천황[16]을 섬기며 승도僧都의 자리에까지 올라 출세했다.

12 오사카 시大阪市 스미요시 구住吉區 스미요시 정住吉町에 소재한 스미요시住吉 대사大社.
13 원문에는 "우카이鵜飼". 키워서 길들인 가마우지를 사용하여 물고기를 잡는 어부.
14 → 인명.
15 → 사찰명.
16 → 인명. 뇨무의 약력에 비추어보면, 뇨무의 생존 활약 시기는 대략 우다, 다이고, 스자쿠朱雀 치세에 해당함.

중납언이 세상을 떠난 후, 계모는 자식이 없어서 이 의붓자식인 승도에게 죽을 때까지 보살핌을 받았다. 어쩌다 지난 일이 생각날 때면, 계모는 몹시도 부끄러웠을 것이다.

'단지 은혜를 갚은 것뿐만이 아니라 사람을 구하고 또 그것을 꿈속에서 보여주다니, 그 거북이는 참으로 보통 거북이가 아니다. 불보살佛菩薩의 권화權化[17]가 아니었을까.'

라고 생각된다.

이 야마카게 중납언은 셋쓰 지방攝津國에 소지지總持社[18]라는 절을 세운 사람이었다고 이렇게 이야기로 전하여 내려오고 있다 한다.

17 『하세데라 험기』, 『삼국전기三國傳記』에서는, 야마카게가 관음觀音에게 기도하여 천수관음조상千手觀音造像을 발원發願하였는데, 사랑하는 자식을 태운 거북이가 바다에 출현했다고 하고, 그때의 발원에 의한 천수관음상을 안치한 곳이 소지지總持寺라고 함.

18 → 사찰명.

⊙ 제29화 ⊙ 거북이가 야마카게山陰 중납언中納言에게 은혜를 갚은 이야기

亀報山陰中納言恩語第二十九

今ハ昔シ、延喜[一二]ノ天皇ノ御代ニ、中納言藤原[一三]ノ山陰ト云フ人有ケリ。数ノ子有ケルガ中ニ、一人ノ男子有ケリ[一四]。形チ端[一五]正ニシテ、父此ヲ愛シ養ヒケルニ、継母有テ、父ノ中納言ヨリモ、此ノ児ヲ取リ分キ悲クシテ養ヒケレバ、中納言此レヲ極テ喜キ事ニ思テ、偏ヘ[一]ニ継母ニ打チ預テナム養セケル。

而ル間、中納言大宰[二]ノ帥[三]ニ成テ鎮西[四]ニ下ケルニ、継母ヲ後安キ者ニ思テ有ル程ニ、継母、「此ノ児ヲ何デ失テム」ト思フ心深クシテ、鍾[五]ノ御崎ト云フ所ヲ過ル程ニ、継母此ノ児ヲ抱テ、尿[六]ヲ遺ル様ニテ取リ□[七]タル様ニテ海ニ落シ入レツ。其レヲ即ハ不云ズシテ、帆ヲ上テ走ル船ノ程[八]ニ暫許リ有テ、「若君落入リ給ヒヌ」ト云テ、継母叫テ泣キ喤シル。帥此ヲ聞テ海ニ身モ投許泣キ迷フ事無限シ。帥ノ云ク、「此レガ死タラム骸也[九]トモ求メテ取上テ来レ」ト云テ、若干[一〇]ノ眷属ヲ浮[一一]船ニ乗セテ追[一二]ヒ遣ル。我ガ乗タル船ヲモ留メテ、「何デカ、此レガ有リ無シ聞テコソ行メ。不聞ザラム限ハ此ニ有ラム」ト云テ、留ル也ケリ。

眷属ヲ終夜[一三]浮船[一四]ニ乗テ、海ノ面ヲ漕ギ行クト云ヘドモ[一五]、何ニシニカハ[一六]有ラム。漸ク夜曉ケ[一七]離ル、時ニ、海ノ面[一八]□トシテ渡ルニ、海ノ面ヲ見遣バ、浪ノ上ニ白ラバミタル[一九]小サキ物見ユ。「鷗[二〇]ト云フ鳥ナメリ」ト思テ、近ク漕ギ行クニ、不立ネバ、「怪シ」ト思テ近ク漕ギ寄セテ見レバ、此ノ児ノ、海ノ上ヘ[二一]ニ打チ□[二二]テ居テ、手ヲ以テ浪ヲ叩テ有リ。喜ビ乍ラ漕ギ寄テ見レバ、大笠許[二三]ナル亀ノ甲ノ上ニ此ノ児居タリ。喜ビ迷テ抱キ取ツ。亀ハ即チ海ノ底ヘ入ヌ。帥ノ御船ノ許ニ迷ヒ[二四]漕寄セテ、「若君御シマス」ト云テ指出タレバ、手迷ヒ[二五]シテ抱クマヽニ喜ビ泣キスル事[二六]極ジ。継母モ、「奇異」トハ思ヒ乍ラ、泣キ喜ブ事無限シ。此ノ継母ハ、内心ヲ深ク隠シテ、思タル様ニ持成シテ有ケレバ、帥モ偏ニ其レヲ憑テ有ケル也。

此クテ船ヲ出テ行ク間ニ、帥終夜肝心砕テ不寐ザリケレバ、昼ル寄臥テ寝入ニケル夢ニ、船ノ喬ニ、大ナル亀海ヨリ頸ヲ指出テ、我ニ、「物云ハム」ト思タル気色有リ。然レバ、我レ船ノ端シニ指出タレバ、亀也ト云ヘドモ人ノ言バノ如クシテ云ク、「忘サセ給ヒニケルヤ。一ト年、我レ河尻ニシテ鵜飼ノ為ニ鉤リ被上タリシヲ、買ヒ取テ令放メ給ヒシ所ノ亀也。其ノ後、『何ニシテカ此ノ恩ヲ報ジ申サム』ト思ヒ、年月ヲ過グルニ、帥ニ成テ下リ給ヘバ、『御送ヲダニセム』ト思テ、御船ニ副テ行ク間ニ、夜前鍾ガ御崎ニシテ、継母ノ、若君ヲ抱テ船ノ高欄ヲ打越シテ、取□ス様ニシテ海ニ落シ入レシカバ、其ヲ甲ノ上ニ受取テ、御船ニ不送ジト掻参ツル也。今行ク末モ此継母ニ打解給フ事無カレ」ト云テ、海ニ頸ヲ引キ入ツ、ト見テ、夢覚ヌ。

其後、思出スニ、一ト年住吉ニ参タリシニ、大渡ト云フ所ニシテ、鵜飼有テ、船ニ乗テ来ルヲ見レバ、大ナル亀一ツ船ヨリ面ヲ指出テ、我レニ面ヲ見合セタリシカバ、極テ糸惜ク思エテ、衣ヲ脱テ鵜飼ニ与ヘテ、其ノ亀ヲ買取テ、海ニ放ツ事有リキ。今ゾ思ヒ出タル。「然ハ、其亀也ケリ」ト思フニ、極テ憐レ也。継母ノ怪ク様悪ク泣キ迷ツル、思ヒ被合レテ、極テ悪シ。然レバ、其ノ後児ヲバ乳母ヲ具シテ我ガ船ニ乗セ移シツ。鎮西ニ下リ着テモ、心ニ懸リテ後メタク思エケレバ、別ノ所ニ児ヲバ令住テ、常ニ行ツヽゾ見ケル。継母其ノ気色ヲ見テ、「心得タル也ケリ」ト思テ、何ニモ云事無カリケリ。

帥任畢テ京ニ返リ上テ、此ノ児ヲバ法師ニ成シツ。名ヲバ如無ト付タリ。既ニ失タリシ子ナレバ、「無キガ如シ」ト付タル也ケリ。山階寺ノ僧トシテ、後ニハ宇多ノ院ニ仕テ、僧都マデ成リ上テゾ有ケル。祖ノ中納言失ニケレバ、継母子無クシテ、此ノ継子ノ僧都ニゾ被養テ失ニケル。事ニ触レテ何ニ恥カシク思ヒ出シケム。

「彼ノ亀、[二二]恩ヲ報ズルニシモ非ズ。人ノ命ヲ助ケ、夢見セナドシケムハ[二三]糸只者ニハ非ズ。仏菩薩ノ[二四]化身ナドニテ有ケルニヤ」トゾ[二五]思ユル。

此ノ山陰ノ中納言ハ摂津ノ国ニ[二六]捴持寺ト云フ寺造タル人也、トナム語リ伝ヘタルトヤ。

권19 제30화

거북이가 백제百濟[1] 사람 홍제弘濟에게 은혜를 갚은 이야기

백제百濟의 귀화승歸化僧 홍제弘濟가 상경上京하여 불상을 만들 금을 사서 돌아가던 중, 해적에게 습격당하여 바다에 빠지고 마는데, 나니와 진難波津에서 구해주었던 거북이의 도움으로 무사히 귀국하고, 빼앗겼던 금도 되찾아서 숙원宿願의 미타니지三谷寺 건립을 이루었다는 이야기. 앞 이야기에 이은 거북이의 보은담으로, 바다에서 뜻밖의 재난을 당했지만 구해주었던 거북이의 등에 탄 덕분에 익사를 모면하는 등 모티브 측면에서도 비슷한 점이 많다. 이야기 마지막에 '거북이가 사람의 은혜에 보답한 것은 새삼스러운 일이 아니다. 인도, 중국을 비롯하여 우리나라에서도 이와 같이 존재한다.'라고 되어 있듯이, 우라시마코浦島子 전승을 비롯해 수많은 거북이 보은담이 확인된다.

이제는 옛이야기이지만, 빈고 지방備後國 미타니 군三谷郡[2]에 살던 사람이 있었는데, 그 군郡에 있는 대령大領[3]의 선조였다. 이 사람은 백제국百濟國[4]이 패배했을 때 어떤 연緣으로 그 나라를 도와주기 위해 수많은 부하들을 이끌고 갔다.

그런데 백제국을 구하지 못하고 부하들도 모두 전사하여 자신만이 혼자

1 고구려高句麗·신라新羅와 함께 한반도의 고대의 세 나라 중 하나.
2 현재는 미요시 군三次郡과 합쳐져서 후타미 군雙三郡.
3 군郡의 장관長官. 대개 재지在地의 호족을 임명했음.
4 → 지명.

살아남았고, 고국으로 돌아가려고 했으나 몇 해가 지나도 돌아갈 수 없었다. 고향을 그리워하고 눈물을 흘리며

"만약 내가 바라는 대로 고향에 돌아갈 수 있다면, 그곳에 대가람大伽藍[5]을 건립하여 불보살佛菩薩의 상像을 세우겠습니다."

라고 발원發願 하였다.[6] 마침 이 백제국에 승려 한 사람이 있었는데, 이름은 홍제弘濟라고 했다. 남자는 이 나라에 있는 동안 홍제와 친분을 맺고 서로 후세의 일까지 약속했기 때문에, 몇 해인가 지나서 마침내 일본으로 돌아가게 되었을 때 홍제와 함께 귀국했다.

이리하여 이전처럼 빈고 지방에 살게 되었는데, 자신의 발원이 이루어진 것에 감사하여 즉시 그곳에 큰 절을 세웠다. 홍제도 그 조영造營에 협력하였는데, 남자는 불상을 만드는 데 필요한 황금을 사들이려고, 홍제에게 많은 재물을 맡겨 상경시켰다. 홍제는 상경하여 예정대로 황금을 살 수가 있었는데, 돌아가던 중 나니와 진難波津[7]에서 어부가 커다란 거북이 네 마리를 잡아서 죽이려고 하는 것을 보았다. 홍제는 측은한 마음에 그 거북이를 사서 바다에 놓아주었다.

그 후 배를 타고 갔는데, 해질 무렵 비젠 지방肥前國 가바네 도骨島 근처에서 해적을 만났다. 해적은 홍제의 배에 옮겨 탔고, 홍제가 데리고 있던 나이 어린 승려 두 명을 붙잡아 바다에 던져 넣은 뒤, 홍제를 향해 "너도 빨리 바다에 들어가라. 들어가지 않으면 잡아서 던져 넣겠다."라고 말했다. 홍제는 두 손 모아 빌면서 애원했지만 해적은 상대해주지 않았다. 그래서 홍제는 마음속으로 부처에게 기원을 올리고 스스로 바다에 뛰어들었다. 해적이 배

5 대사大寺. '가람伽藍' → 불교.

6 『영이기靈異記』에서는 조상造像의 발원發願을 원정을 떠날 때로 설정하고 있음.

7 → 지명.

안의 짐을 전부 빼앗았기 때문에, 사왔던 황금도 모조리 빼앗기고 말았다.

홍제가 바다에 뛰어들었지만 물은 허리 부근까지 찼고, 발이 바위 같은 것을 밟고 있었다. 이리하여 밤새도록 바다 속에 서 있는 동안 날이 밝았기에, 홍제가 발로 밟고 있던 것을 보았다. 그런데 그것은 커다란 거북이의 등껍질이었다. 주위를 둘러보자 빈고의 해안이었고, 홍제는 이 광경을 보고 깜짝 놀랄 뿐이었다. 어젯밤 해적을 만난 곳은 비젠의 가바네 도 근처였지만, 지금 있는 곳을 보니 빈고의 해안인 것이다. 홍제는 하룻밤 사이에 어느새 두 지방[8]을 지나온 것이었다. 홍제가 '어느새 이런 곳까지 왔을까.'라고 생각하자, 너무나 불가사의한 기분이 들었다. 이후 육지에 올라가 '전날 어부에게 사서 바다에 놓아준 거북이가 은혜를 갚으려고 날 구해준 것이구나.'라고 생각하니, 실로 감개무량하고 존귀하게 여겨졌다.

그 후 홍제는 미타니 군三谷郡의 집으로 돌아가 일의 자초지종을 이야기하자, 주인은 이것을 듣고

"해적을 만나 물건을 빼앗기는 일은 흔히 있는 일일세. 하지만 목숨을 보전한 것은 실로 거북이의 은혜 덕분이라네."

라고 기뻐하며 존귀하게 여겼다. 그러자 그때 이 집에 황금을 팔러온 자가 있었다. 홍제가 나가보니 가바네 도에서 만났던 여섯 명의 도적들이었다. 도적은 홍제의 얼굴을 기억하고 있어서 깜짝 놀랐고, 두렵고 당황한 표정을 감추지 못하고 아무 말도 하지 못했다. 하지만 홍제는 해적이라는 사실을 아무에게도 말하지 않고 대가를 주어 빼앗긴 황금을 사들였다. 해적이 '우리는 이제 끝이다.'라고 생각했을 때, 홍제는 아무 말도 하지 않고 황금을 사들였을 뿐, 더 이상 아무것도 하지 않으려 했기 때문에 도적들은 안도하

8 비젠備前에서 빗추備中를 거쳐 빈고備後에 도착한 것을 말함.

며 돌아갔다.

그 후 이곳에 당堂을 세워 불상을 만들고 공양하였다. 이것을 미타니지三谷寺라고 했다. 홍제는 후에 해안에 살았고, 오고 가는 사람을 측은히 여겨 돌봐주다가 결국 여든 살로 생을 마감하였다.

거북이가 사람의 은혜에 보답한 것은 새삼스러운 일이 아니다. 인도, 중국을 비롯하여 우리나라에서도 이와 같이 존재한다고 이렇게 이야기로 전하여 내려오고 있다 한다.[9]

9 거북이의 보은담으로는 본집에서는 천축부天竺部 권5 제19화, 진단부震旦部 권9 제13화, 본조부本朝部 권17 제26화, 권19 제29화가 있음. 이들 앞선 이야기들을 염두에 두고 기술한 것으로 추정.

◉ 제30화 ◉ 거북이가 백제百濟 사람 홍제弘濟에게 은혜를 갚은 이야기

亀報佰済弘済恩語第三十

今昔、備後ノ国、三谷ノ郡ニ住ム人有ケリ。其ノ郡ノ大領ガ先祖也ケリ。其ノ人、百済国ノ壊レケル時ニ、事ノ縁有ルニ依テ、彼ノ国ヲ助ケムガ為ニ、数ノ眷属ヲ引キ具シテ、彼ノ国ニ行ニケリ。

而ル間、助ケ得ル事不能ズシテ、眷属モ皆失ニケレバ、独リ有ケルニ、此ノ国ニ返リ来ラムト為ルニ、年来ヲ経テ返ル事ヲ不得ザリケレバ、本国ヲ恋ヒ悲ビテ、泣々ク願ヲ発シケル様、「我レ思ヒノ如ク本国ニ返リ得タラム、其ノ所ニ大伽藍ヲ造テ、仏菩薩ノ像ヲ顕シ奉ラム」ト願シテ有ケルニ、其国ニ僧有ケリ。名ヲバ弘済ト云フ。彼ノ人、其ノ国ニシテ此ノ弘済ト得意トシテ、互ニ後ノ世ノ事マデ契リヲ成シテ過ル間ニ、年来ヲ経テ遂ニ此ノ国ニ返ル時ニ、彼ノ弘済相ヒ具シテ、此ノ国ニ来ヌ。

此テ本ノ如ク備後ノ国ニ有ケルニ、願ノ叶ヘル事ヲ喜テ、忽ニ大ナル寺ヲ其ノ所ニ造ル。弘済相ヒ共ニ此ヲ営テ、仏ノ像ヲ造ラムト為ルニ、金ヲ買ムガ為ニ、弘済ニ多ノ財ヲ持セテ、京ニ上グ。弘済京ニ上テ、思ヒノ如ク金ヲ買ヒ得テ、返リ下ル間、難波ノ津ニシテ、海人有テ、大キナル亀四ヲ捕ヘテ殺サムト為ルヲ、弘済此レヲ見テ、哀ビノ心ヲ発シテ、亀ヲ買テ海ニ放チ入レツ。

其ノ後、船ヲ出シテ行クニ、備前ノ国、骨島ノ辺ニシテ、日暮方ニ海賊ニ値ヌ。海賊弘済ガ船ニ乗リ移テ、弘済ガ具シタル童子二人ヲ取テ海ニ投入レツ。其ノ後、弘済ニ云ク、「汝モ早ク海ニ入レ。不入ズハ取テ投入レム」ト云ヘバ、弘済手ヲ摺テ誘フト云ヘドモ、海賊不用ズ。然レバ、弘済心ノ内ニ願ヲ発シテ心ト海ニ入ヌ。海賊船ノ物ヲ皆取レバ、買フ所ノ金モ皆取ツ。

弘済海ニ入タルニ、水腰ノ程ニシテ、足ニ石ノ様ナル物ヲ踏ヘラレタリ。此テ終夜海ニ立テルニ、夜モ嗟タレバ、此ノ踏ヘタル物ヲ見レバ、大キナル亀ノ甲ヲ踏ヘタリ。有ル所ヲ見レバ、備後ノ浦ノ海辺也。此レヲ見ルニ、奇異キ事無限シ。夜前海賊ニ値タリシ所ハ備前ノ骨島ノ辺也。只今有ル所ヲ見レバ備後ノ浦也。一夜ノ程ニ既ニ二国ヲ過テ来ニケリ。「幾ノ程ニ此ク此ニ来ヌラム」ト思フニ、奇異キ事無限シ。其ヨリ陸ニ上テ思フ様、「一日我ガ買テ海ニ放チ入レシ亀ノ、我レニ恩ヲ報ズトテ助クル也ケリ」ト思フニ、実ニ哀レニ貴シ。

其ヨリ三谷ノ家ニ返リ行テ、此ノ事ヲ語レバ、家主此レヲ聞テ云ク、「海賊ニ値テ財ヲ被奪ルハ常ノ事也。但シ命ヲ存スル力ハ偏ニ亀ノ恩ニ依テ也」ト喜ビ貴デ有ルニ、其ノ家ニ人来テ、金ヲ売ル。弘済出テ見レバ、彼ノ骨島ニテ値タリシ海賊六人有リ。海賊弘済ヲ見知テ、奇異ク思エテ恐レ迷タル気色現ハニシテ、更ニ物不云ズ。而ルニ、弘済海賊ノ事ヲ人ニ不云ズシテ、金ヲバ直ヲ与ヘテ買ヒ取ツ。海賊ハ、「我等ハ今ハ限ゾ」ト思ケルニ、弘済物不云ズシテ、金ヲ買取テ止ヌレバ、「喜シ」ト思テ返ニケリ。

其ノ後、堂ヲ建テ仏ヲ造リ奉テ供養ジツ。此レヲ三谷寺ト云フ。弘済、後ニハ海辺ニ有テ往還ノ人ヲ哀ビ利益シテゾ有ケル。遂ニ年八十余ニシテ失ニケリ。

亀ノ人ノ恩ヲ報ズル事今ニ不始ズ、天竺震旦ヨリ始メテ此ノ朝マデ此ナム有ケル、トナム語リ伝ヘタルトヤ。

권19 **제31화**

해골이 고려高麗의 승려 도등道登에게 은혜를 갚은 이야기

간고지元興寺의 승려 도등道登이 나라자카奈良坂에서 사람과 말에게 밟히던 해골을 발견하고 종자를 시켜 장례를 치러 주었는데, 이를 감사히 여긴 사령死靈이 종자를 자신의 생가로 안내해 음식을 공양하여 은혜에 보답했다는 이야기. 여기서는 보은담의 성격만이 강조되어 있는데, 본래는 망령亡靈의 복수담적인 성격도 갖추고 있는 점에 주의할 필요가 있다. 국제적인 민담昔話 '노래하는 해골歌い骸骨'의 한 유형으로 간주해야 하며, 같은 유형의 이야기는 세계적으로 분포되어 있다.

이제는 옛이야기이지만, 고려高麗[1]에서 우리나라에 건너온 승려가 있었다. 이름은 도등道登[2]이라고 하여 간고지元興寺[3]에 살고 있었다. 도등이 공덕功德[4]을 위해 처음 우지 교宇治橋[5]를 놓으려고 마음먹고 그 일에 착수하였을 때였다. 기타야마시나北山科[6]라는 곳에 에만惠滿이라는 사람이 있었는데, 도

1 918년에 건국한 고려가 아닌 삼국시대의 고구려.

2 → 인명.

3 → 사찰명.

4 '선근善根을 위하여'라는 의미. 가교架橋는 중생을 차안此岸(현세 · 번뇌)에서 피안彼岸(정토 · 보리菩提)으로 건너게 하는 의미를 담고 있으며, 비할 데 없는 사회적 자선으로서 현세와 내세의 선근이 됨.

5 당시 우지 강宇治川의 급류가 교통의 난관이 되었던 사실은 우지교단비명宇治橋斷碑銘에 의해서도 알 수 있음. 또한 당시의 우지교宇治橋는 현재와는 위치가 다르며, 단비명이 있는 하시데라橋寺 부근의 우지 강에 놓여 있었음.

6 현재 교토 시京都市 야마시나 구山科區의 북부지구.

등이 에만의 집을 방문하고 나와서 간고지로 돌아가던 중에 나라자카 산奈良坂山[7]을 지나자, 길 근처에 오고가는 사람들에게 짓밟히는 해골이 있었다. 도등이 이것을 보자 측은한 마음이 생겨, 부리던 동자를 불러다 해골을 주워 나무 위에 올려 두게 하였다.[8]

그 후 얼마 지나[9] 12월 섣달 그믐날의 해질 녘, 간고지 문전에 한 사람이 와서 "도등 대덕大德[10]의 동자와 만나고 싶다."라고 하며 면회를 요청했다. 동자가 이것을 듣고 승방을 나와 문이 있는 곳으로 가서 이 사람을 만났다. 하지만 누구인지 안면이 없었다. 이 사람은 동자에게

"나는 당신의 스승인 도등 대덕의 은혜를 입어서 오랜 세월의 고통에서 벗어나 안락한 나날을 보낼 수 있었습니다. 그런데 오늘밤이[11] 아니면 그 은혜에 보답할 수 없습니다."

라고 말하며 동자를 어딘가로 데리고 가려 했다. 동자는 어디로 가는지도 모르고 따라갔는데, 그 사람이 시골의 어느 집 한 채로 데리고 들어갔다. 영문도 모른 채 집에 들어가자 그 사람이 동자에게 많은 진수성찬을 차려 주고 자신도 식사를 하는 사이, 밤도 깊어졌기에 동자가 그 집에 묵게 되었다. 그런데 새벽녘 가까이[12] 되자 사람소리가 나며 누군가가 다가왔다.

그때 그 사람이 동자에게 "절 죽인 형이 이곳에 찾아왔습니다. 전 바로 나가겠습니다."라고 말했다. 동자가 이상히 여기며 "도대체 어찌된 일입니까?"라고 묻자

7 → 지명.

8 해골을 나무 위에 안치하는 행위는, 사람과 말에 밟히는 고통을 벗어나게 해주는 것을 통해 영靈을 구제하는 의미를 담고 있음.

9 예로부터 민속신앙에서는 섣달 그믐날 전후를 조령내방祖靈來訪의 날로 함.

10 고승高僧에 대한 존칭. 후에는 널리 승려를 칭하기도 함.

11 '오늘밤'으로 특히 한정하고 있는 것은, 섣달 그믐날 밤에 집집마다 조상의 영혼을 맞이하는 다마마쓰리魂祭り를 치루는 민속신앙에 입각한 것.

12 원문에는 "後夜". 하룻밤을 초初·중中·후後로 삼분한 것 중 마지막 부분으로, 한밤중에서 새벽까지의 시간.

"저는 옛날 형과 함께 장사를 하려고 여러 곳을 다니며 은 사십 근[13]을 손에 넣었습니다. 그것을 가지고 형과 함께 나라자카를 지나고 있을 때, 형이 그 은을 독차지하려고 절 죽였습니다. 그렇게 한 뒤 형은 집으로 돌아가 제가 도적에게 살해당했다고 어머니에게 이야기했습니다. 그 후 오랜 세월 동안 제 해골은 그곳에 버려진 채 오고가는 사람에게 짓밟히고 있었습니다. 하지만 당신의 스승이신 대덕이 그것을 보시고 측은한 마음이 일어나, 당신에게 명하여 해골을 주워 나무 위에 올려두게 하였고, 저를 고통에서 벗어나게 해주셨습니다. 그러니 당신의 은혜 또한 잊을 수 없습니다. 오늘밤은 저를 위해 이곳에 진수성찬이 차려졌습니다만,[14] 그것을 대접하려고 이곳까지 모셔온 것입니다."

라고 말했다. 말이 끝나자 그 사람은 사라져 보이지 않게 되었다.[15]

동자가 이것을 듣고 '불가사의한 일이다.'라고 생각하고 있자, 그 영靈의 어머니가 동생을 죽인 형과 함께 살해당한 동생의 영을 제사지내기 위해 집에 들어왔다. 그런데 동자를 발견하고 놀라며 "거기 있는 건 누구시오?"라고 하며 찾아온 이유를 물었다. 동자는 영이 말한 사실을 상세하게 한 마디도 빠지지 않고 이야기하였다.[16] 어머니는 이것을 듣고 동생을 죽인 형을 몹시 원망하고 눈물을 흘리며

"그렇다면 내 귀여운 아이를 네가 죽인 것이구나. 난 여태껏 그런 줄도 몰랐다. 네가 도적 때문에 죽었다고 한 건 전부 거짓말이었구나. 이 얼마나 슬

13 근斤. 무게의 단위로 보통 160돈(약 600그램)을 한 근으로 침.

14 해골의 영의 생가에서, 세모歲暮 다마마쓰리의 공양을 치룬 것.

15 망령亡靈이 사라지는 장면에 주의. 이야기 중간에 망령이 사라지는 것은 이 유형의 설화에 공통된 모티브.

16 이것에 의해 동생의 죽음이 확인되어 형의 이전의 죄가 드러나는 것에 주의. 망령이 은인의 입을 빌어 죽음의 진상을 전하고 복수와 진혼鎭魂의 목적을 이룬다는 모티브는 이 유형의 설화에 공통됨. 더욱이 '노래하는 해골歌い骸骨' 유형의 민담昔話에서는, 제3자를 대신하여 망령의 유골 또는 유품이 그 역할을 담당하는 것이 일반적임. 그러나 여기서는 복수에 대한 부분은 없음.

픈 일이란 말이냐."
라고 하고 슬피 울며, 동자에게 절하고 음식을 대접했다. 동자는 승방에 돌아가 스승인 대덕에게 이 이야기를 아뢰었고, 스승은 이것을 듣고 안타깝게 생각하였다.

이렇게 죽은 사람의 사해死骸조차 이와 같이 은혜에 보답하는 법이니, 하물며 살아 있는 사람이 은혜를 잊는 일이 있어서야 되겠는가. 은혜에 보답하는 것은 불보살佛菩薩도 기뻐하실 일이다.

우지 교[17]는 이 도등이 처음 놓은 것인데, 천인天人이 내려와 놓았다고도 한다.[18] 이 사실에서 대화大化라는 연호年號가 정해졌다고 한다. 이것을 생각하면 도등이 다리를 만드는 것을 돕고자 천인이 내려왔을 것이라고 생각되지만, 자세한 사실은 알 수 없다고 이렇게 이야기로 전하여 내려오고 있다 한다.

17 『영이기靈異記』, 우지교단비명 등에 의하면 최초의 우지교 설치는 도등의 권진사업勸進事業이지만, 도쇼道昭(照)(권11 제4화)가 설치했다는 설(『속기續紀』)도 있음.

18 천인天人에 대한 전승은 다른 문헌에서는 찾을 수 없음. 당시의 속전俗傳에 기초한 것으로 추정.

⊙ 제31화 ⊙ 해골이 고려高麗의 승려 도등道登에게 은혜를 갚은 이야기

髑髏報高麗僧道登恩語第三十一

今昔、高麗[一四]ヨリ此ノ朝ニ渡ケル僧有ケリ。名ヲバ道登[一五]ト云フ。元興寺[一六]ニゾ住ケル。功徳[一七]ノ為ニ、始メテ宇治[一八]ノ橋ヲ造リ渡サムト思フ心有テ、営ケル間ニ、北山階[一九]ト云フ所ニ恵満ト云フ人有ケリ。道登其ノ恵満ガ家ニ通フ程ニ、其ノ家ヲ出デヽ、元興寺ニ返トテ、奈良坂山[二〇]ヲ通ルニ、道辺ニ髑髏[二一]有テ、人ニ被踏ル。道登此レヲ見テ、哀ビノ心ヲ発シテ、従者[一]ノ童ヲ呼テ、此ノ髑髏ヲ取テ木ノ上ヘ[二]ニ置セツ。

其後、程ヲ経テ、十二月ノ晦[三]ノ日ノ夕暮方ニ、元興寺ノ門ニ人来テ云ク、「道登大徳[四]ノ童子ニ会ハム」ト尋ケレバ、童子此レヲ聞テ、房ヲ出テ門[五]ニ至テ此ニ会ヌ。然レドモ誰人ト云フ事ヲ不知ズ。其ノ人童子ニ語テ云ク、「我レ、汝ガ師ノ道登大徳ノ恩ヲ蒙テ、年来ノ苦ヲ棄テ、安スラカナル事ヲ得タリ。而ルニ、今夜[六]ニ非ズハ、其ノ恩ヲ難報シ」ト云テ、童子ヲ将行ケバ、何クトモ不知ズシテ行クニ、里ニ有ル一[七]ノ家ニ将行ヌ。何事[八]トモ不知デ家ニ入タレバ、多ノ食ヲ儲テ童子ニ与ヘ、自モ食フ間ニ、夜モ深更ヌレバ、其ノ家ニ宿タルニ、後[九]ノ夜成テ人ノ音[一〇]シテ来ル。

其ノ時ニ、此ノ人童子ニ告テ云ク、「我レヲ殺セリシ我ガ兄、此ニ来ニタリ。我レ速ニ去ナムトス」ト云フヲ、童子怪ムデ、「此ハ何ナル事ゾ」ト問ヘバ、答テ云ク、「我レ昔シ兄ト共ニ商ナヒセムガ為ニ、所々ニ行テ、銀四十斤[一一]ヲ商ヒ得タリキ。

其レヲ持テ兄ト共ニ奈良坂ヲ通シ時ニ、[一二]兄銀ヲ欲ガリテ其レヲ取ラムガ為ニ、我レヲ殺テキ。[一三]然テ、兄ノ、家ニ返テ、弟ハ盗人ノ為ニ被殺タル由ヲ母ニ語ル。其ノ後、年月ヲ経テ我髑髏其ノ所ニ有テ、[一四]往還ノ人ニ被踏ツルニ、汝ガ師ノ大徳其レヲ見給テ、哀ノ心ヲ至シテ、汝ヲ以テ木ノ上ニ取リ置セテ、苦ヲ令離メ給ヘリ。其ノ故ニ亦汝ガ恩ヲモ不忘ズ。[一五]而ルニ、[一六]今夜我ガ為ニ此レニ食ヲ儲タリ。其レヲ令食ムガ為ニ将来レル也」ト云テ後、[一七]其ノ人不見エズ成ヌ。

童子此レヲ聞テ、「奇異也」ト思フ間ニ、其ノ霊ノ母、殺タル兄ト共ニ其ノ殺セル霊ヲ拝セムガ為ニ、其ノ家ニ入リ来ル。童子ヲ見テ驚テ、「此ハ誰人ノ来レルゾ」ト云テ、来レル故ヲ問フ。童子霊ノ言ヲ委ク不落サズ語ル。母此レヲ聞テ、彼ノ殺タル兄ヲ大キニ恨テ、[一八]泣々ク云ク、「然ハ我ガ愛子ヲバ汝ガ殺シテケルニコソ有ケレ。[一九]我レ于今此レヲ不知ザリツ。『盗人ノ為ニ被殺タル』ト云ヒシハ、[二〇]早ウ虚言ニコソ有ケレ。悲クモ有カナ」ト云テ、泣キ悲ムデ、童子ヲ礼テ食物ヲ与フ。

童子房ニ返テ、師ノ大徳ニ此ノ事ヲ申ス。師此レヲ聞テ哀ビケリ。

然レバ、死タル人ノ骸ソラ恩ヲ報ズル事如此シ。況ヤ生タラム人ノ、恩ヲ忘レムヤ。恩ヲ報ユルヲバ仏菩薩モ喜ビ給フ事也。

[二]然テ宇治ノ橋ヲバ[三]此道登ガ造リ始タル也。[四]其レヲ亦、「天人ノ降テ造タル」トモ云フ。其レニ依テ大化ト云フ年号ハ有ケルトゾ云フ。[五]此レヲ思フニ、道登ガ造ケルヲ助テ、天人ノ降ダリケルニヤ、委ク不知ズ。此ナム語リ伝ヘタルトヤ。

권19 제32화

무쓰 지방陸奧國의 신이 수령 다이라노 고레노부平維敍에게 은혜를 갚은 이야기

부임지의 신사를 돌며 참배하던 다이라노 고레노부平維敍가 폐허가 된 신사를 부흥시켜준 것을 신이 감사하여, 고레노부와 함께 상경하여 그가 히타치常陸 수령으로 임관任官 되도록 하였다. 그리고 그 이유를 국청國廳의 하관下官의 꿈에 나타나 알려주었다는 이야기. 앞 이야기에서 평온함을 찾은 망령亡靈이 보은을 한 것에 이어, 이 이야기에서는 예전의 권위를 되찾은 신령의 기쁨과 보은을 이야기하고 있다.

이제는 옛이야기이지만, 무쓰陸奧 수령 다이라노 고레노부平維敍[1]라는 자가 있었다. 그는 사다모리貞盛[2]의 아들이었다. 그가 임지로 처음 내려와 신배神拜[3]를 하려고 임지 내 곳곳의 신사神社에 참배하고 다녔는데, □□[4] 군郡의 길 근처에 서너 그루의 나무가 있는 곳에 작은 사당이 있었다. 사람이 참배하러 온 기척도 없었는데, 수령이 이것을 보고 같이 있던 무쓰 지방 사람들에게 "이곳에 신이 계시는가?"라고 물었다. 그러자 그들 가운데 나이를 먹고 옛일을 잘 아는 듯한 청관聽官[5]이

1 → 인명.

2 → 인명.

3 국사國司가 임지에 도착한 후 행하는 정례定例의 행사로, 신임의 인사를 겸해 지방 내의 정해진 신사를 돌아 임기 동안의 국토평안, 오곡풍양, 민생안정 등을 기원함.

4 군명郡名의 명기를 위한 의도적 결자.

5 국아청國衙廳의 관인官人. 국청國廳의 관리.

“여든 정도 되는 제 조부님이 ‘이곳에는 존귀한 신이 계셨지만, 옛날 다무라田村 장군將軍[6]이 이 지방의 수령으로 계셨을 때, 신사의 네의禰宜,[7] 축祝[8] 중에서 뜻밖에 불상사를 일으킨 자가 있었고, 그것이 큰 사건으로 불거져 조정에까지 알려지게 되어, 그래서 신배의 대상에서 제외되었고 삭폐朔幣[9] 따위도 정지되었고, 그 후 신전도 무너져 없어지고 긴 세월 동안 사람들의 참배도 끊어져 버렸다고 이렇게 나는 들었다.’고 말씀하셨습니다. 이것으로 짐작해보면, 그 후로 이백 년 정도가 지났습니다.”

라고 이야기하였다. 수령이 듣고

“그거 참 딱한 일이구나. 신의 잘못도 아닌데 말이다. 신을 원래대로 숭상하여 섬기도록 하자.”

라고 하였다. 그리고 수령은 그곳에 잠시 머물며 덤불을 잘라 없앤 다음 그 군에 명하여 즉시 큰 신전을 만들게 하였고, 삭폐를 하기 위해 참배하고 신명장神名帳[10]에 기재하거나 하였다. 수령은 ‘이렇게 사람들이 숭상하니 신도 필시 기뻐하시리라.’라고 생각하고 나날을 보내고 있었지만, 임기 중에는 이렇다 할 영험靈驗도 나타나지 않았고 꿈을 꾸는 일도 없었다.

그러던 중 어느샌가 수령이 임기가 끝나 상경하게 되었다. 수령이 국부國府의 작은 관청을 떠난 지 이삼일 정도가 지났을 무렵, 이전에 신에 대해 수령에게 이야기한 청관의 꿈에, 누군지 모르는 사람이 갑자기 집 안에 들어

6 진수부장군鎭守府將軍으로 정이대장군征夷大將軍에 임명된 사카노우에노 다무라마로坂上田村麻呂(→ 인명)를 가리킴. 다무라마로가 정이대장군에 임명된 것은 연력延曆 16년(797)과 연력 23년(804) 두 번이며, 고레노부가 있던 시대보다 약 200년 전 일.

7 신직神職의 하나. 보통 신주神主 다음가는 지위.

8 신직의 하나. 신주神主 · 네의禰宜 다음인 지위로, 축사祝詞의 주상奏上 등의 역할을 함.

9 삭일朔日의 재물이란 뜻으로 중고中古시대에 국사가 매월 1일에 임국任國 내 주요 신사에 폐백幣帛을 올리는 일.

10 『연희식延喜式』 신명장神名帳과 같이 중앙의 신사명부神社名簿가 아닌, 국아청에서 설치한 지방관할의 신명장일 것으로 추정.

와서 "이 집 문밖에서 부르시고 계신다. 바로 나오도록 하라."라고 말했다. 청관은

'도대체 누가 부르시는 것일까? 무쓰 수령님은 이미 상경하셨는데, 이 지방에서 부르신다고 할 수 있는 사람이 있을 리가 없는데.'

라고 생각하고 잠시 주저하고 있자, 계속하여 "서둘러 나오너라."라고 말했다. 때문에 청관이 '무슨 일이지?'라고 생각하며 나가보니, 크기가 이삼 척 정도 되는 형언할 수 없이 아름답게 꾸며진 당차唐車[11]에 타고 계신 분이 있었다. 대단히 기품 있고 존귀하였으며 따르는 이들이 땅 위에 많이 줄지어 앉아 있었다. '무슨 사정이 있나 보다.'라고 생각하고, 청관이 황송해하며 기다리자, 귀인이 들어가 앉아 있는 커다란 야카타屋形[12] 앞에 대기하던 사람이 "그 쪽에 있는 남자는 이쪽으로 오시오."라고 불렀다. 청관이 두려운 나머지 바로 다가가지 않고 있었는데, 계속해서 부르기에 조심조심 가까이 다가가니 수레의 발을 조금 움직이며 "나를 알고 있는가?"라고 말씀하셨다. "어찌 알겠습니까."라고 청관이 대답하자,

"나는 오랜 세월 버려진 채 있었던 바로 그 신이다. 뜻밖에도 이곳의 수령이 냉대를 받고 있던 나를 이처럼 숭상해 주었기에, 그 보답으로 수령을 도읍까지 전송해 주려고 한다. 전송하고 바로 돌아와야 하지만, 그를 어떻게든지 다시 한 번 국사國司가 되게끔 만든 후 돌아오려고 한다.[13] 그렇기에 그 동안은 내가 이 지방에 없을 것이다. 그대가 나에 대해 자세히 수령에게 이

11 중국풍의 수레란 의미로 우차의 한 종류. 지붕이 당파풍唐破風(* 중앙 부분이 아치형이며 양끝이 약간 치켜 올라간 곡선 모양으로 되어 있음)으로, 빈랑檳榔 나뭇잎을 이고 있음. 귀인의 공식적인 탈것. 권11 제28화 도판 참조.

12 * 우차牛車, 즉 수레를 덮는 집의 형태를 한 뚜껑.

13 이 신이 교토京都에서 다이라노 고레노부平維敍의 임관운동을 하겠다는 것인데, 이것과는 별개로 『사라시나 일기更級日記』 후지 강富士河 조條에서는 신들이 후지 산富士山에 집회하여 다음 해의 제목除目(* 아래 주 참조)을 결정한다는 토착민의 전승을 전하고 있음.

야기해 주어서 수령도 이처럼 나를 숭상해 준 것이라고 생각하기 때문에, 이렇게 그대에게 알려주는 것이니라. 그대에게도 감사하고 있기 때문에 언젠가는 자연히 그것을 알게 될 날이 올 것이다."[14]

라고 말씀하셨다. 신이 상경하시는 꿈을 꾸고 청관은 땀범벅이 되어 잠에서 깨어났다. 청관이 '이건 꿈이었구나.'라고 생각하니 신의 마음이 실로 황송하고 존귀하게 생각되었고, 그 후 이 꿈을 사람들에게 이야기하자 듣는 이들 모두가 감격하고 존귀하게 여겼다.

그 후 사네가타實方 중장中將이라는 사람이 이 지방의 수령이 되어서 내려왔기 때문에 청관은 너무 바빠서 꿈에 대해 잊어버리고 있었다. 몇 해인가 지나서 뜻밖에도 이 청관이 이전과 같은 꿈을 꾸었다. 일전의 사람이 집에 들어와 문이 있는 곳에 와서는 "널 부르시고 계신다."라고 말했다. 청관은 비몽사몽간 '예전에 오셨던 신께서 다시 오신 것일까?'라고 생각하였고, 급히 찾아뵈니 정말로 전과 같이 당차가 있었다. 하지만 전보다 수레도 낡은 데다 신도 여행의 피로로 여위어 계셨다. '정말로 예전에 오셨던 신이시다.'라고 생각하고, 청관이 황송해하며 기다리니 전과 같이 불러들이셔서 "나를 기억하고 있는가?"라고 말씀하셨다. 그래서 청관이 "이전의 말씀은 잘 명심하고 있었습니다."라고 아뢰자,

"잘 기억하고 있구나. 나는 전 무쓰 국사를 따라 서너 해 동안 도읍에서 지내고 있었고, 여러모로 손을 써서 그를 히타치常陸 수령으로 임명시키고 돌아왔다. 이 사실을 꼭 그대에게 알려야겠다는 마음에 전하는 것이니라."

라고 말씀하셨다. 청관은 이러한 꿈을 꾸고 잠에서 깨어났다.

그 후 청관은 기이하게 생각하여 이전에 꿈 이야기를 해주었던 사람들을

14 신이 언젠가 청관聽官에게도 은혜를 갚겠다는 것을 암시하는 문구.

만나서 이번에 또 이러이러한 꿈을 꾸었다고 하고

“정말로 이전 수령님이 히타치 수령이 되신 것이라면, 이 얼마나 신통한 신의 영험이란 말인가.”

라고 서로 이야기를 나누었는데, 그 사이 도읍에서 제목除目[15]의 서신을 가지고 사자가 내려왔다. 보아하니 정말로 이전 무쓰 수령이 히타치 수령이 된 것을 확인할 수 있었다.

이것을 생각하면 실로 존귀한 일이다. 그래서 그 지방 사람들도 모두 한층 더 진심을 담아 그 신을 섬기게 되었다. 신에게도 진심이 있으셨기 때문에 은혜를 알고 이같이 분명히 보답하셨던 것이다. 그 이후에는 신통한 영험이 많이 일어났고, 꿈을 꿨던 청관도 이전과는 확연히 다르게 행복한 생활을 보내게 되었다.

은혜에 보답하는 것은 부처도 기뻐하시는 일이기에, 신도 이로 인해 고통에서 벗어나셨을 것이라고 세상의 이치를 아는 사람은 칭송하고 존귀하게 여겼다고 이렇게 이야기로 전하여 내려오고 있다 한다.

15 임관의 문서. 제목은 여러 대신大臣 이외의 여러 신하를 관직에 임명하는 의식. 경관京官은 가을 사소司召의 제목, 지방관은 봄의 현소縣召의 제목에 임명했음. 여기서는 국사의 임관이기 때문에 후자에 해당.

⊙ 제32화 ⊙
무쓰 지방陸奧國의 신이 수령 다이라노 고레노부平維敍에게 은혜를 갚은 이야기

陸奥国神報守平維叙恩語第三十二

今昔、陸奥ノ守トシテ平ノ維叙ト云フ者有ケリ。貞盛ノ朝臣ノ子也。任国ニ始テ下テ神拝ト云フ事ストテ、国ノ内ノ所々ノ祠ニ参リ行キケルニ、□ノ郡ニ、道辺ニ木三四本許有ル所ニ、小サキ仁祠有リ。人ノ寄着タル気無シ。守此レヲ見テ、共ニ有ル国ノ人々ニ、「此ニハ神ノ御スルカ」ト問ケルニ、国ノ人ノ中ニ、「年老テ旧キ事ナド思ユラムカシ」ト見ユル庁官ノ云フ、「『此ニハ止事無キ神ノ御マシケルヲ、昔シ田村ノ将軍ノ此ノ国ノ守ニテ在シケル時ニ、社ノ禰宜祝ノ中ヨリ思ヒ不懸ヌ事出来テ、事大ニ罷成テ、公ケニ被奏ナドシテ、神拝モ浮カレ、朔幣ナドモ被止テ後、社モ倒レ失テ、人参ル事モ絶テ久ク罷成ニタル也』ト、祖父ニ侍シ者ノ、八十許ニテ侍シガ、『然ナム聞シ』ト申シ侍シ也。此ヲ思フニ、二百年許ニ罷成タル事ニコソ侍メレ」ト語レバ、守此レヲ聞テ、「極テ不便也ケル事カナ。神ノ御錯ニハ非ジ物ヲ。此ノ神、本ノ如ク崇メ奉ラム」ト云テ、其ニ暫ク留テ、藪切リ揮ハセナドシテ、其ノ郡ニ仰セテ、忽ニ社ヲ大キニ造ラセテ、朔幣ニ参リ、神名帳ニ入レ奉リナドシケリ。「此様ニ被崇レバ神定メテ喜ビ給ラム」ト思テ過レドモ、任ノ程、其ノ事ト云フ験モ不見エズ、夢ナドニモ見ユル事モ無カリケリ。

而ル間、守既ニ任畢テ京上シヌ。国ノ館ヲ出デ、二三日許ニ成ル程ニ、其ノ神ノ御有様守ニ申シ上シ庁官ノ夢ニ、誰トモ不知ヌ者忽ニ家ノ中ニ入リ来テ云ク、「此ノ門ノ外ニ御マシテ、召有リ。疾ク参レ」ト。庁官、「誰ガ召ニカ有ラム。守ノ殿ハ上ラセ給ヒニシ物ヲ。此ノ国ニ『召』ナド可云キ人コソ不思ネ」ト思テ、暫ク不出ネバ、頻ニ「疾ク参レ、参レ」ト云ヘバ、「何ナル事ニカ有ラム」ト思テ、立出テ見レバ、二三尺許リ有ル唐車ノ艶ズ微妙ク荘タルニ、乗リ給ヒタル人有リ。気高クシテ止事無気也。御共ノ人多ク土ニ居並タリ。「様有ル事ニコソ有ケレ」ト思テ、畏マリテ候ヘバ、大屋形ロニ候フ人、「彼ノ男、此参レ」ト召ス。恐シケレバ急トモ不参ヌヲ、強ニ召セバ、恐レツヽ、参リ寄タルニ、車ノ簾ヲ少シ動シテ、仰セ給フ様、「我ヲバ知タリヤ、不ヤ」ト。「何デカ知リ奉ラム」ト申セバ、「我ハ此ノ年来被棄テ有ツル其ノ神也。而ルニ、此ノ守ノ思ヒ不懸ズ、冷クテ有ツルヲ此ク崇メ立タレバ、其ノ喜ニ京上スル送リニ上ル也。須クハ京ニ送リ着ケテバ、立チ可返シト云ヘドモ、亦受領ニ構ヘ成シテ後ニ返リ来ラムト為レバ、其ノ間ハ此ノ国ニモ有マジ。『汝ガ、我ガ有様ヲ細ニ語シニ依テ、守モ此ク崇ムル』ト思ヘバ、汝ニ此ク告グル也。汝ヲモ喜ト思ヘバ、自然ラ思ヒ知ル事モ有ナム」ト仰セ給テ、京ニ上リ給ヒヌ、ト見テ、汗水ニ成テ、夢覚ヌ。「早ウ夢也ケリ」ト思フニ、此ノ神ノ御心極テ忝ク貴クテ、其後、人ニ此ノ夢ヲ語レバ、聞ク人皆哀レニ貴ビ奉ル。

而ル間、実方ノ中将ト云フ人、此ノ国ノ守ニ成テ下ケル程ニ、其ノ騒ギニ此ノ夢ノ事モ忘ニケリ。年月ヲ経テ思ヒ不懸ヌ程ニ、此ノ庁官前ノ如ク夢ニ、人入リ来テ、此ノ門ニ御マシテ「召有リ」ト云フ。夢心地ニ、「初メ御マシタリシ神ノ御マシタルニヤ」ト思ヒ被出テ、忩テ参タレバ、実ニ初ノ唐車也。初ヨリ少シ車馴ニケリ。神モ馴タル気色ニテ御シケリ。「然レバヨ」ト思テ畏マリテ候ヘバ、初ノ如クニ召シ寄セテ、「我レヲバ思ユヤ」ト仰セ給ヘバ、「前ノ度子細ハ承リ候ヒニキ」ト申セバ、「吉ク思エケリ。我ハ此ノ国ノ前司ニ付テ、此ノ三四年京ニ有ツルニ、構テ常陸ノ守ニ成シテ来ヌル也。『此レヲ何デカ汝ニ不告デハ有ラム』ト思テ告ル也」ト仰セ給フ、ト見テ、夢覚ヌ。

其ノ後、奇異ク思テ、本語リシ人々ニ会テ、「此ノ度モ然々ノ夢ヲコソ見ツレ」ト云ヘバ、「実ニ前司殿ノ常陸ニ成リ給ヘテバ、神ノ御験哀レニ微妙カルベキ事カナ」ヽド云フ程ニ、京ヨリ除目ノ書ヲ持下タリ。見レバ、此ノ国ノ前司既ニ常陸ノ守ニ成ニケリ。

此ヲ思フニ、極テ哀レニ貴シ。然レバ、国人モ皆弥ヨ懃ニ此ノ神ニ仕テケリ。神モ実ノ心在セバ、恩ヲ知テ此ク新タニ酬給フ也ケリ。其ノ後ハ霊験掲焉ナル事共ナム多カリケリ。此ノ夢見タル庁官モ引替タル様ニ吉ク成テゾ有ケル。

恩ヲ報ズルヲバ仏天モ喜ビ給フ事ナレバ、神モ此レニ依テ苦患離レ給ヒニケム、トゾ、智リ有ル人ハ讃メ貴ビケル、トナム語リ伝ヘタルト也。

권19 제33화

동삼조東三條에 진좌鎭坐하는 신이 승려에게 은혜를 갚은 이야기

후반의 누락은 파손에 의한 것으로 보인다. 서동원西洞院에 면한 곳에 사는 승려가 평소에 동삼조東三條의 술해戌亥 방향의 구석에 있는 신에게 독경을 올리고 있었는데, 어느 날 해질 녘에 신이 남자로 변신하여 승려를 신목神木 위의 궁전으로 안내하였다는 이야기. 승려가 신의 금제禁制를 어기고 실내를 들여다보자, 동남서북東南西北 순으로 세시歲時 연중행사의 아름다운 풍경이 전개되었는데, 이하 부분이 누락되었다. 이 이야기를 민담昔話 '들여다보면 안 되는 방見るなの座敷'과 같은 유형의 설화로 볼 수 있는 점에서 추측해보면, 누락된 부분에는 아마도 '보면 안 된다.'는 터부를 깨뜨린 승려가 술해戌亥 방향의 풍경을 거쳐, 북쪽 12월의 불명회佛名會 내지는 오하라에大祓·쓰이나追儺의 풍경을 다 보고나서 이변이 생기고, 신이 보답하려던 계획이 허사가 되어 승려도 행운을 놓치고 말았다는 이야기가 기록되어 있었을 것으로 추정.

이제는 옛이야기이지만, 언제 적 이야기인지 알 수는 없는데, 이조二條에서 북쪽, 서동원西洞院에서 서쪽의, 서동원 대로大路에 면한 곳에 한 승려가 살고 있었다. 그다지 존귀한 승려는 아니었지만, 항상 『법화경法華經』과 『인왕경仁王經』[1] 등을 독송하고 있었다. 그런데 동삼조원東三條院의 서북쪽 구석에 진좌鎭坐하고 계신 신[2]이 숲을 비스듬히 두고 승려와 마주한 곳에 있어서

1 『인왕호국반야바라밀(다)경仁王護國般若波羅蜜(多)經』 2권.

2 동삼조전東三條殿의 서북쪽 구석에 제사祭祀 지냈던 신. 하야부사 명신隼明神이라고 함. 이른바 구석의 신隅

잘 보였다. 승려는 항상 경을 독송하고 신에게 법락法樂[3]을 행하였다. 어느 날 해질 녘 무렵, 승려가 상단부를 올린 덧문[4]에 서서 석양빛을 받으며 경을 읽고 있었다. 그러자 어디선가 대단히 아름다운 스무 살 남짓한 남자가 찾아왔다.

누구인지 몰랐기 때문에 승려가 "당신은 어디에서 오셨습니까?"라고 물었고, 남자는

"오랜 세월 덕분에 매우 즐거웠습니다만, 아직 그 은혜를 갚지 않았기에 그것을 아뢰고자 합니다."

라고 말했다. 승려가 '하지만 난 다른 사람에게 은혜를 베푼 적이 없는데, 도대체 무슨 소리일까.'라고 의아하게 생각하고 있자, 남자가 "자, 제가 살고 있는 곳으로 가시지요. 결코 해가 될 만한 짓은 하지 않겠습니다."라고 말했다. 승려가 "당신은 어디에 사십니까?"라고 말하자, 남자가 "저 건너편 바로 근처에서 살고 있습니다."라고 말하며 열심히 권하였기에 승려는 마지못해 남자를 따라나섰고, 남자는 동삼조원의 서북쪽 구석에 진좌하고 있는 신神 옆에 위치한 거목 밑으로 데리고 갔다.

그리고 남자가 나무에 올라가려고 하며 승려에게 "당신도 오르십시오."라고 말했다. 승려는

"아무래도 제정신으로 할 행동은 아닌 듯합니다. 어찌 법사法師가 나무에 오르겠습니까. 혹시라도 발을 헛디뎌서 떨어질지도 모릅니다."

라고 말했다. 하지만 남자는

"아무쪼록 올라와 주십시오. 보여 드리고 싶은 것이 있습니다. 결코 나쁜

の神(쓰노후리 신角振神)으로 동삼조전을 지키는 술해신戌亥神.

3 신불에게 독경이나 가구라神樂·무악舞樂을 올려 그 마음을 즐겁게 하는 일.

4 원문에는 "하시토미半蔀"로 되어 있음. 시토미의 상단부를 올려 걸어 놓은 것.

짓은 하지 않겠습니다."

라고 말했다. 때문에 승려는 남자를 따라 나무에 올라갔는데 어렵지 않게 높은 곳까지 오를 수 있었다. 다 올라가서 보니, '나무에 올라갔다.'고 생각한 것과 달리 그곳에는 훌륭한 궁전이 있었다. 남자는 승려를 그곳에 데리고 들어가 앉혔다. □□[5]를 가지고 와서 먹였기에 승려가 그것을 먹고 있자, 남자가 "잠시 이대로 계십시오. 제가 없는 동안은 절대로 안을 들여다보지 마십시오."라는 말을 남기고 안으로 들어갔다. 남자를 기다리는 동안 승려가 방금 자신이 먹은 것을 보니 연꽃 열매였다.

그 사이 승려는 남자에게 '결코 안을 들여다보지 않겠다.'고는 했지만, 살며시 안쪽을 들여다보았다. 그러자 동쪽은 정월 초하루 무렵의 풍경으로, 매화꽃이 매우 아름답게 피어 있었고 꾀꼬리가 참으로 화사하게 울었다. 온 세상이 화려하고 신선미가 있었으며 여기저기에 명절 요리[6]가 차려져 있어서 무엇이든지 훌륭한 것투성이었다. 동남쪽을 보자[7] 여러 가지 가리기누狩衣 차림을 한 자가 많이 있었는데, 후나오카 산船岳山[8]에서 자일子日 놀이[9]를 하고 있었다. 남녀가 그와 관련된 노래를 불렀으며, 노시直衣[10] 차림을 한 사람들이 자색의 사시누키바카마指貫袴[11]를 입고, 상의를 벗은 채 짙고 옅은 홍

5 음식의 이름 등의 명기를 의식한 의도적 결자.

6 정월 절구節句(음력 1월 7일로 인일人日이라고 함)에는 일곱 종류의 곡물을 넣은 죽을 먹는 것이 관례.

7 동쪽에서부터 순서대로 시계방향으로, 춘하추동의 행사, 풍속을 전개하고 있는 점에 주의. 동서남북을 춘하추동에 배치하는 음양오행설에 따른 것.

8 → 지명.

9 정월(때로는 2월) 첫 자일子日에 행해졌던 야외 놀이. 불로장생의 소나무에 영향을 받은 주술적 행사로, 소나무에 기대거나 작은 소나무 뿌리를 뽑거나 하여 장수식재長壽息災를 빔.

10 귀인의 평상복 차림.

11 의관衣冠·노시直衣·가리기누狩衣를 착용했을 때에 입는 하카마袴(* 소매에 끈이 통해져 있어 그것을 오므려서 발목에 묶도록 되어 있음).

매색紅梅色[12]의 우치기袿[13] 차림을 하고 꽃놀이를 하거나 축국蹴鞠이나 소궁小弓[14] 등을 즐기고 있었다. 남쪽을 보니 가모 마쓰리賀茂祭[15] 구경을 나왔던 수레가 무라사키노紫野[16] 근처를 지나 돌아가는 우아한 풍정風情이라든가, 신관神館[17]에서 귤나무 꽃에 마음을 빼앗긴 두견새가 졸린 듯 울고 있는 모습도 보였다.[18] 또한 5월 5일, 집집마다 처마에 이어 늘어놓은 창포와 구스타마藥玉[19]도 그 아름다움이 예사롭지 않았다. 서남쪽을 보자, 6월 하라에祓[20]를 하는 수레를 열심히 물가로 끌어넣고 있었고, 서쪽을 보자 7월 7일(이하 결缺).

12 짙은 복숭아 빛. 적자색赤紫色이라고도 함. 옷을 겹쳐 입을 때의 색상은 겉이 홍매색, 속이 암홍색으로, 모두 봄에 착용하는 색.

13 여기서는 남자의 의복으로, 노시나 가리기누狩衣 속에 입는 것.

14 유희용의 작은 활 또는 그것을 이용하여 노는 사격 기술. 여기서는 후자에 속함.

15 가모賀茂 신사神社의 제례祭禮. 4월 중 유일酉日에 행해지며 칙사가 파견되는 큰 마쓰리. 아오이 마쓰리葵祭라고도 함.

16 교토 시京都市 기타 구北區 무라사키노紫野. 무라사키노의 아리스 강有栖川에는 가모재원賀茂齋院의 어소가 있었음.

17 본사本社 가까이에 있으며, 신관神官이 신사神事 · 제례 전에 심신을 결재潔齋하기 위해 일정기간 동안 칩거하는 건물. 여기서는 가모 신사의 신관神館.

18 두견새와 꽃이 핀 귤나무의 조합은 초여름의 풍물로서 예로부터 와카和歌에서도 일반적으로 노래함.

19 여러 종류의 약향藥香을 구슬로 만들어 주머니에 넣고, 창포나 조화造花를 장식하여 오색빛깔 실을 길게 늘어뜨린 것. 나쁜 기운을 쫓고, 무병식재無病息災에 효과가 있다 하여, 5월 5일에 만들어 기둥이나 발에 걸어서 9월까지 두었음.

20 나고시노하라에夏越祓라고도 함. 6월 30일에 물가에 이구시齋串(* 비쭈기나무나 작은 대나무 가지에 종이오리 따위를 달아 신에게 바치는 물건)를 세우고 축사祝詞를 읽어서 자신의 죄를 떠안은 인형을 강에 떠내려 보내며 재액을 쫓는 신사神事.

동삼조東三條에 진좌鎭坐하는 신이 승려에게 은혜를 갚은 이야기

東三条内神報僧恩語第三十三

今昔、何[16]レノ程ノ事トハ不知ズ、二条ヨリハ北、西ノ洞院ヨリハ西ニ、西ノ洞院面ニ[17]住ム僧有ケリ。糸貴キ者ニハ非ザリケレドモ、常ニ法花経仁王経ナド[18]ヲ読奉ケルニ、東三条ノ戌亥ノ角ニ御スル神[19]ノ、木村ノ筋[20]向ニ見エ渡リケレバ、経ヲ読奉テハ、常ニ此ノ神ニ法楽[21]シ奉テ過ケル程ニ、夕暮方ニ、此ノ僧半蔀[22]ニ立テ、見出シテ経ヲ読テ有ケルニ、何方ヨリ来ルトモ不見エデ、糸清気ナル男ノ年二十余許[23]有ル来タリ。

僧誰トモ不知ネバ、「何クヨリ御タル人ゾ」ト問ヘバ、男、「『年来極ク喜ク思ヒ奉ル事ノ侍レドモ、未ダ其ノ恩ヲモ報ジ不申ネバ、其ノ事申サム』ト思テ参ツル也」ト云ヘバ、僧、「我レハ人ニ恩シタル事ヤハ有ル。此ハ何事ヲ云フニヤ」ト怪ク思フ程ニ、男、「去来[1]給ヘ、自ガ侍ル所ヘ。ヨモ悪キ事ハ不有ジ」ト云ヘバ、僧、「何コ[2]ニ御スゾ」ト云ヘバ男、「彼ノ向ニ糸近キ所ニ侍ト也」ト云テ、懃ニ倡[3]ヘバ、僧恐[4]ニ男ノ共[5]ニ行ク。東三条ノ戌亥ノ角ニ御スル神ノ高キ木ノ許ニ将行ヌ。

然テ、男其ノ木ニ昇ルトテ、僧ヲ「其モ[6]昇リ給ヘ」ト云ヘバ、僧、「糸物狂ハシキ事カナ。法師ハ何ニセムニ木ニハ可昇キゾ。若シ取迦[7]テ落モコソ為レ」ト云ヘバ、男、「只昇[9]リ給ヘ。見セ可奉キ事ノ有ル也。ヨモ悪キ事不申ジ」ト云ヘバ、僧男ノ昇ル後ニ昇ルニ、スヾロ[10]ニ高々ト被昇ル。昇テ見レバ、「此ノ木ニ昇ルゾ」ト思ヒツルニ、微妙キ宮殿有リ。其ノ屋ニ将入レテ居[11]ヘツ。□[12]ヲ持来テ食スレバ、僧此ヲ食ヒテ居タル程ニ、男、僧ニ、「暫ク此テ御セ。己ガ無ラム程ニ努々[13]此レ不臨[14]給フナ[15]」ト云置テ、内ノ方ヘ入ヌ。僧此レヲ待ツ程ニ、此ノ食ヒツル物ヲ見レバ、蓮ノ実[16]也ケリ。

而ル間ダ、「不臨マジ」トハ云ツレドモ、窃ニ臨テ見レバ、東ニハ正月ノ朔比ニテ、梅ノ花糸讌ク栄キ、鶯糸花ヤカニ、世ノ中ニ今メカシク、所々ニ節句参リ、世挙テ微妙キ事員不知ズ。辰巳ヲ見レバ、様々ノ狩装束ノ姿共多クテ、船岳ニ子日シ、男女其レニ付タル歌ヲ読通ハシ、直姿共ニ紫ノ指貫、紅梅ノ濃薄キ袿ナド脱垂レテ、花ヲ尋ネ、鞠小弓ナド遊ブ。南ヲ見レバ、賀茂ノ祭ノ物見車、返サノ紫野ノ生メカシク、神館ニ郭公ノ眠タ気ニ鳴キ、花橘ニ付ル心バヘナドモ有メリ。五月五日ニ昌蒲共葺渡シ、薬玉ノ世ノ不常ズシテ、未申ヲ見レバ、六月ノ解除スル車共繚ハシ気ニ水ニ引渡シ、西ヲ見レバ、七月七日（以下欠）

小弓（年中行事絵巻）

권19 **제34화**

히에이 산比叡山의 덴구天狗를 구해준 승려가 보답을 받은 이야기

저본에 표제가 누락되었지만 목록을 참고하여 보충. 이 이야기는 표제만 있고 본문이 누락된 이야기. 앞 이야기 후반에 이어서 파손에 의해 누락되었다고 판단되는데, 애초부터 누락된 것으로 생각할 수도 있다. 『십훈초十訓抄』 1의 7에, 덴구天狗를 구해준 히에이 산比叡山의 승려가 덴구의 힘으로 석가가 설법하는 광경을 보았는데, 덴구와의 약속을 어겨서 그 광경이 사라지고 말았다는 이야기가 있다. 아마도 이 이야기도 그와 비슷한 내용일 것으로 추정.

(본문 결缺)

⊙ 제34화 ⊙ 히에이 산比叡山의 텐구天狗를 구해준 승려가 보답을 받은 이야기

比叡山天狗報助僧恩語第三十四

（本文欠）

권19 제35화

야쿠시지藥師寺의 최승회最勝會 칙사가 도둑을 잡은 이야기

야쿠시지藥師寺 최승회最勝會의 칙사인 변관辨官 미나모토源 아무개가 도읍으로 돌아가던 도중 나라자카奈良坂에서 도적에게 습격당하여 옷상자를 빼앗기는데, 노련한 지략과 불력佛力의 가호로 도적과 싸우지 않고도 도적을 제압하고 옷상자를 되찾아 도적 한 명을 체포하였다는 이야기. 나라자카의 도적은 여러 문서에 보이며 예로부터 유명하다. 가스가春日의 축제에서는, 신사神事가 끝난 뒤 나라자카에서 도적이 습격하는 것을 흉내 내고, 이때 칙사 이하의 사람들이 몹시 당황하며 뿔뿔이 도망치고 도중에 가짜 범인을 등장시켜 훔친 물건을 분배하게 하는데, 이것은 사전에 준비해둔 답례품을 나누는 것으로, 이러한 행위가 관습으로 있었을 정도였다(『강가차제江家次第』·5). 이 이야기 이하 권말까지는 삼보三寶의 가호, 특히 위기에서 구해준 불보살佛菩薩의 가호를 이야기하는 설화를 주로 수록하였다.

이제는 옛이야기이지만, 야쿠시지藥師寺[1]의 최승회最勝會[2]를 거행하기 위해 □□[3] 변辨 미나모토源[4] □□[5]라고 하는 사람이 나라奈良에 내려왔다. 이

1 → 사원명.

2 → 불교.

3 변관辨官의 관직의 명기를 위한 의도적 결자.

4 야쿠시지藥師寺의 최승회最勝會의 칙사로서, 미나모토 씨源氏의 변관이 파견되도록 정해진 것은 권12 제5화에서 볼 수 있음.

5 미나모토 성을 가진 변관 이름의 명기를 위한 의도적 결자.

례[6]의 기간이 끝났기 때문에 도읍으로 돌아가던 도중 나라자카奈良坂[7] 근처에서 옷상자를 가진 인부가 두 정町 정도 앞서서 걸어가고 있었는데, 보니까 서쪽 골짜기에서 도적이 출몰하여 인부에게 옷상자를 지게 한 채로 골짜기 쪽으로 몰아넣고 있었다. 변관의 일행이 "저기 옷상자를 도적이 훔쳐간다. 활과 화살을 가진 사람은 모두 쫓아가서 붙잡아 와라."라고 외쳤다. 하지만 변관은

"그것은 좋지 않은 생각이네. 내가 옷상자 하나 빼앗겼다고 해서 무슨 일이 있겠는가. 여기서 도적과 싸우는 것은 좋지 않다. 그러한 짓을 하는 것은 사람 나름이다. 내가 설령 나라자카에서 옷상자를 하나 빼앗겼다 해도 세상 사람들이 험담을 하지는 않을 것이다. 하지만 나라자카에서 도적과 싸우다 화살에 맞았다는 이야기가 돈다면 그것은 먼 훗날에까지 수치가 될 것이다. 나는 미나모토노 미쓰나카源滿仲[8]나 다이라노 사다모리平貞盛의 자손도 아니지 않느냐."

라고 말했다. 그리고 변관국辨官局의 시侍 가운데 히사久□[9]라는 자가 있었는데, 그에게

"너는 도적을 쫓아가서 화살이 닿지 않는 곳에서 도적에게 이렇게 말하고 바로 돌아오너라. 무슨 말인고 하면 '도적도 남의 물건을 몹시 가지고 싶어 하는 걸 보면 물건에 대한 가치를 잘 알고 있을 것이다. 너희들은 칙명을 받들어 기도의 사신으로서 며칠 동안 야쿠시지의 대법회를 집행하고 오늘 내리內裏로 돌아가시는 칙사의 옷상자를 빼앗았으니, 반드시 벌을 받을 것이

6 최승회는 3월 7일부터 일주일 동안 거행됨. 『야쿠시지 연기藥師寺緣起』에 의하면 당초에는 3월 21일부터 일주일 동안이었는데, 승화承和 11년(844)부터 개정되었다고 함.

7 → 지명.

8 미나모토노 미쓰나카源滿仲(→ 인명).

9 시侍의 이름이 '히사 아무개久某'라는 것밖에 알 수 없는데, 이름의 하반부의 한자표기가 알 수 없음.

다. 이것을 잘 숙고한 후에 옷상자를 가지려거든 갖도록 하라.'이니라. 너는 봉우리에 올라가 이렇게 큰소리로 외치거라."
라고 말했다.

히사□는 변관의 분부를 받들어 말을 달려서 봉우리에 올라 멀리 저편에 있는 도적에게 큰소리를 질러 전할 말을 이야기했다. 이것을 들은 도적은

"이번 일은 사정을 모르는 나그네가 우발적인 마음에서 행한 것입니다. 그 옷상자는 즉시 돌려드리겠습니다."
라고 말하고, 행렬을 방해했던 도적들은 떠나버렸다. 그런데 건너편 봉우리에서 활과 화살을 들고 말에 탄 채 서 있던 도적은, '무슨 수를 써서라도 옷상자를 빼앗아야지.'라고 마음먹었기 때문에,

"어째서 놓아주려고 하느냐, 빨리 옷상자를 든 녀석들을 몰아서 깊숙한 곳으로 데리고 가라."
라고 질타하며 달려가려고 했다. 그러나 다른 도적들은 '고귀한 분의 물건을 빼앗아 버렸다. 이거 괜한 일을 벌였구나.'라고 생각하고 옷상자를 내버리고 뒤도 돌아보지도 않고 줄행랑쳤다. 넘겨주지 말라고 명령한 말을 탄 도적이 보기에도, 도적질을 업으로 하는 만만치 않은 도적들이 모두 도망치니 무언가 사정이 있을 것이라 생각되었다. 그래서 자신도 말머리를 돌려 도망치던 도중 높은 벼랑에서 헛디뎌 거꾸로 추락하여 허리뼈가 부러지고 일어나지 못한 채 그 자리에 쓰러져 버렸다.

히사□는 그 도적이 있는 곳으로 달려갔고, 마르고 허약해 보이는 종자에게 도적의 활, 화살통 등을 거둬들이게 하고 도적을 말 위로 끌어올렸다. 그리고 도적의 활, 화살통을 히사□가 들고 도적과 옷상자를 앞장세워서 나라자카의 북쪽 입구로 나왔다. 변관이 보니 히사□가 도적을 묶어서 말에 태우고, 종자에게 말을 인도하게 하고 옷상자는 원래 들고 있었던 인부가

젊어지고 오고 있었다. 히사□는 화살통을 옆구리에 끼고 있었다.

이 모습을 본 변관은 뜻밖이라 여겨 "도대체 어찌된 일이냐?"라고 물었다. 그러자 히사□는

"분부대로 도적에게 소리를 치자, 모두 이치에 맞다고 생각하였는지, 옷 상자를 두고 도망쳐 버렸습니다. 그런데 이 포박한 도적 녀석만이 '놓아주지 마라, 더욱 몰아세워라.'라고 지시하고 있었습니다. 하지만 도적질을 업으로 삼는 만만치 않은 자들이 모두 도망쳤기 때문에, 이 남자도 혼자서는 어쩔 수 없다고 생각하였는지 말머리를 돌려 도망가던 중에 아득히 높은 벼랑에서 말과 함께 추락하고 허리뼈가 부러져 쓰러졌습니다. 그래서 그곳으로 달려가 활과 화살통을 빼앗고 '중죄를 범한 녀석은 이렇게 되는 법이다.'라고 말하고, 붙잡아서 말에 태우고 데려온 것이옵니다."

라고 말했다. 변관은 이 말을 듣고

'이거 참 놀라운 일이구나. 이 도적의 모습을 보니 나이는 젊어 서른 살 정도인데다 험상궂기까지 하다. 히사□의 나이는 일흔이나 되서 감기에 걸린 비구니조차 포박하지 못하리라 생각했는데, 이렇게 도적을 잡아오다니 이 얼마나 불가사의한 일이란 말인가. 이것은 틀림없이 야쿠시지의 삼보三寶가 도와주신 것이다.'

라고 생각하자, 더할 나위 없이 존귀하게 느껴졌다. 하지만 변관은

'이 도적을 도읍으로 연행하여 검비위사檢非違使에게 넘겨야 하겠지만, 이 남자도 내 전세前世의 적이라고 할 수는 없으니 무익한 일이리라.'

라고 생각하고, 도적을 앞으로 불러서 길을 지나는 많은 사람들에게 얼굴을 보여주었다. 변관이 활과 화살통을 보고는

"이런 것을 갖고 있으면 나쁜 짓을 저지르고 다니게 될 테니, 이는 곧 죄의 근본이 될 것이다."

라고 말하고, 마구 부러뜨려서 버려 버렸다. 그 후 이 도적을 말과 함께 방면해 주었는데, 도적이 허리가 부러져 말을 타고 갈 수 없어서 쓰러진 채 있으니 오고가는 사람이 모두 다가와서 욕을 퍼부었다. 변관은 도적에게

"너는 다시는 이런 죄를 저질러서는 안 된다. 원래는 도읍으로 연행하여 검비위사에게 넘겨야 하겠지만, 그것도 오히려 죄가 될 수 있다 생각하여 용서해준 것이다."

라고 말하고 상경하였다. 도적은 종일 나라자카의 입구에 쓰러져 있었는데, 밤이 되자 어떻게 했는지 그날 밤 도망쳐 사라져 버렸다.

그러므로 이러한 도적을 만났지만 삼보의 가호가 있었기 때문에 자연히 이같이 재난에서 벗어날 수 있었다고 이렇게 이야기로 전하여 내려오고 있다 한다.

⊙제35화⊙ 야쿠시지薬師寺의 최승회最勝會 칙사가 도둑을 잡은 이야기

薬師寺最勝会勅使捕盗人語第三十五

今昔、薬師寺ノ最勝会ヲ行ハムガ為ニ、□弁源ノ□ト云フ人下テ、七日畢ヌレバ、京ニ返リ上ル間ニ、奈良坂ニシテ、衣櫃持二町許前立テ行クヲ見レバ、西ノ谷ヨリ盗人出来テ、衣櫃ヲ持セ乍ラ谷様ニ追ヒ入ル。弁ノ共者共、「彼ノ御衣櫃ヲバ盗人取ツメルハ。調度負タラム尊達、行テ彼レ搦メヨ」ト行ヘバ、弁ノ云ク、「糸便無キ事也。我レ其ノ衣櫃一ツ被取ムト、何事カ有ラム。此ニテ盗人ト戦ヒセム事、可有キ事ニ非ズ。然ル事ハ人ニ依テ有ル事也。我レハ『奈良坂ニシテ衣櫃一ツ被取ヌ』ト云フ詈立ハ世モ不被為ジ。『奈良坂ニシテ盗人ト戦ヒシテ、被射ニケリ』ト被云ハ永クノ名也。満仲貞盛ガ孫ニモ非ズ」。然レバ弁侍久□ト云フ者有リ。其レニ仰セテ云ク、「汝ヂ馳セ行テ、箭ゴロヲ去テ、盗人ニ云ヒ懸テ返リ可来シ。其ノ云ハム様ハ、『盗人モ人ノ物ヲ責テ欲クスレバ、者ノ心ハ知タラム。公ケノ御言ヲ奉テ、御祈ノ使トシテ、日来薬師寺ノ大会行ヒテ、今日内ヘ返リ参リ給フ公ノ御使ノ衣櫃取テハ、汝等ハ吉キ事有テムヤ。其ノ心ヲ得テ汝等可取キ也』ト峰ニ登テ叫ビ懸ヨ」ト。

久□弁ノ仰セヲ承テ馳セ行テ、峰ニ打チ登テ音ヲ挙テ、遥ニ盗人ニ此ク仰セ懸ク。盗人此レヲ聞テ、「此レ案内不知ヌ旅人ノ仕タル事也。其ノ御衣櫃速ニ返参」ト云テ、制タリツル盗人共ハ去ヌルニ、向ノ峰ニ調度負テ馬ニ乗テ立テル盗人ノ、「猶取ラム」ト思ケレバ、「何シニ免スゾ。只疾ク追ヒ立テ、、奥様ニ行ケ」ト音ヲ高クシテ行フニ、他ノ盗人共ハ、「止事無キ人ノ御物取テケリ。由無シ」ト思ヒテ、免シ申スマ、ニ、飛ブガ如ク逃テ行ヌルニ、此ノ「免スナ」ト行ヒツル馬兵モ強ノ盗人ノ逃レバ、「様ノ有ルニヤ」ト思テ、馬ヲ取テ返シテ逃ル程ニ、遥ナル岸シヨリ馬ヲ落シテ逆様ニ落ヌレバ、盗人腰ヲ突折テ立不上ズシテ臥セリ。

久□其ノ所ニ寄テ、枯ナル徂者ノ有ケルヲ以テ、盗人ノ弓胡録ヲ奪ヒ取テ、盗人ヲバ馬ニ引乗セテ、久□ハ盗人ノ弓胡録ヲ、盗人ト衣櫃トヲ前ニ立テ、奈良坂ノ北ノ口ニ出来タルヲ、弁見レバ、久□者ヲ搦メテ馬ニ乗セテ、従者ヲ以テ口ヲ引セテ、衣櫃ハ本夫荷テ出来タリ。久□胡録ヲ脇ニ挟テ有リ。

此レヲ見テ奇異ク思テ、「此ハ何ナル事ゾ」ト問ヘバ、久□云ク、「仰セ如クニ盗人ニ申シ懸レバ、道理トヤ思ヒ渡ツラム、御衣櫃ヲ免シテ盗人皆逃テ罷ヌル。此ノ搦メタル盗人奴ノ『免スマジ。猶追ヒ持行ケ』ト行ヒ候ツルニ強ノ盗人ノ皆逃テ罷ツレバ、此ノ男モ、『一人ハ由無シ』トヤ思ヒ候ツラム、馬ヲ押シ返シテ逃ゲ候ツル程ニ、遥ナル片岸ヨリ馬ヲ丸バシテ落チ、腰ヲ突折テ臥シテ候ツレバ、罷寄テ弓胡録ヲ奪ヒ取テ、『重キ犯シヲ成ス奴ハ、此ル目ヲ見ルニハ非ズヤ』ト仰セ懸テ、捕ヘテ馬ニ引キ乗セテ将参タル也」ト。

弁此レヲ聞クニ、「糸奇異シ。盗人ノ体ヲ見レバ、若クシテ年三十許ナルガ、糸恐シ気也。久□ハ年七十ニ成テ風ニ値タラム尼ヲダニ可搦キニ非ヌニ、此ク搦メテ来タレバ、実ニ希有ノ事也。此レ他ニ非ズ、薬師寺ノ三宝ノ助ケ給フ也」ト思フニ、貴キ事無限シ。但シ、「此ノ盗人ヲ京ニ将上テ、検非違使ニ可給シト云ヘドモ、宿世ノ敵ニ非ネバ、無益也」ト思テ、盗人ヲ前ニ召シ出テハ、往還ノ多ノ人ニ皃ヲ見セテ、弓胡録ヲバ「此レヲ以テ悪事ヲセムニ罪也」ト云テ、散々ニ折砕テ棄テツ。盗人ヲバ馬ヲモ具シテ免レドモ、腰ヲ不動ズ

盗賊(徒然草絵巻)

シテ、馬ニ乗テモ不行ズシテ臥セレバ、往還ノ人皆寄テ見喤ケリ。

弁ハ盗人ニ仰セ懸テ云ク、「汝ヂ今ヨリ此ル犯シヲ成ス事無カレ。[一]須ク将上テ検非違使ニ可給シト云ヘドモ、罪[二]ノ得ヌベケレバ免ツル也」ト仰セ懸テ、京ニ上ヌ。盗人ハ[三]終日奈良坂ノ口ニ臥シテ、夜ニ成テ何ガシケム、其ノ夜逃テ失ニケリ。

然レバ、如此キ盗人ニ値フト云ヘドモ、三宝ノ加護有レバ、[四]自然ラ此クゾ有ケル、トナム語リ伝ヘタルトヤ。

권19 **제36화**

야쿠시지藥師寺의 무인舞人 다마테노 기미치카玉手公近가 도적을 만나 목숨을 보전한 이야기

젊은 시절부터 아미타불阿彌陀佛에게 귀의한 야쿠시지藥師寺의 무인舞人 다마테노 기미치카玉手公近가 상경을 하던 중 나라자카奈良坂에서 도적에게 습격당하여 나무에 묶이고 화살에 맞아 죽을 처지에 몰렸는데, 때마침 지나가던 병사들이 기미치카의 위기를 전하는 목소리를 듣고 현장으로 급히 가서 기미치카 부자를 구출하였다는 이야기. 앞 이야기에 이어 나라자카 도적에 의한 위기를 불력佛力으로 벗어난 이야기로, "서쪽 골짜기에서 도적이 사람을 죽이려고 한다."라고 전한 것은 부처님의 행위라고 해석할 수 있다.

이제는 옛이야기이지만, 야쿠시지藥師寺[1]에 있었던 무인舞人[2] 우병위위右兵衛尉 다마테노 기미치카玉手公近[3]는 무인으로서 오랜 세월 조정에 출사하고 있었는데, 젊은 시절부터 미타彌陀의 염불[4]을 외웠고 생선이나 새를 먹지 않았다.

어느 날 용무가 있어 야쿠시지에서 상경하게 되어 아들을 데리고 나라자카奈良坂[5]를 지나가고 있었는데, 갑자기 도적이 나와서 기미치카 부자를 서

1 → 사원명.
2 무악舞樂(아악雅樂)에는 음악을 연주하는 악인樂人과 춤을 추는 무인舞人이 있음.
3 미상. 다마테玉手 성을 가진 사람이 근위관인近衛官人으로서 무악에 능했다는 것은 여러 책에 나와 있지만, 기미치카公近에 대해서는 명확하지 않음.
4 → 불교.
5 → 지명.

쪽 골짜기 방향으로 몰아넣고, 부자를 다 같이 말에서 잡아 떨어뜨리고는 옷을 벗겨서 소나무에 묶어 놓았다. 그리고 활시위를 당겨 쏘아 죽이려고 했는데, 기미치카가 눈을 감고 염불을 외웠다.

마침 그때 많은 병사들이 나라자카를 지나고 있었는데 "서쪽 골짜기에서 도적이 사람을 죽이려고 한다."라고 외치는 소리를 듣고, 말을 탄 병사 열 명 정도가 활시위를 당기며 봉우리로 달려서 올라갔다. 병사들이 보니, 정말로 도적들이 사람을 나무에 동여매고 쏘아 죽이려 하고 있었다. 병사들이 동쪽과 서쪽에서 현장을 급습하자, 도적들이 가진 것을 모조리 내버리고 북쪽 골짜기를 향해 도망쳤다. 병사들은 나무로 다가가 기미치카 부자의 줄을 풀어줬다. 기미치카는

"도적들이 막 화살을 쏘려고 할 때 당신들이 와 주었습니다. 그 덕분에 도적들은 화살을 쏘지 않은 채 저를 버리고 도망쳤습니다."

라고 말했다. 병사들도 기뻐하며 그 자리를 떠났다.

"이것은 틀림없이 오랜 세월 염불을 외고 있었기 때문에 뜻밖의 위기에서 벗어날 수 있었던 것이다. 하물며 기미치카가 내세에 극락왕생할 것임은 두말 할 필요가 없다."

라고 사람들이 말했다. 그 후 기미치카는 나이 아흔이 될 때까지 염불을 계속 외웠고, 임종 시의 모습은 틀림없이 극락왕생을 한 모습이었다고 사람들은 생각했다. 또한 기미치카는 생애 화를 낸 적이 없었으니, 실로 존귀한 인물이었다.

그러므로 설령 도적을 만나더라도 부처의 도움이 있다면 자연히 이처럼 된다고 이렇게 이야기로 전하여 내려오고 있다 한다.

⊙ 제36화 ⊙

야쿠시지薬師寺의 무인舞人 다마테노 기미치카玉手公近가 도적을 만나 목숨을 보전한 이야기

薬師寺舞人玉手公近値盗人存命語第三十六

今昔、薬師寺ニ有シ舞人右兵衛ノ尉ノ玉手ノ公近ハ、舞人トシテ年来公ケニ仕テ、若ヨリ弥陀ノ念仏ヲ唱ヘテ、魚鳥ヲ食フ事無シ。

而ル間、要事有テ、薬師寺ヨリ京ニ上ルニ、子ナル男ヲ相具シテ、奈良坂ヲ通間ニ、俄ニ盗人出来テ、公近祖子ヲ西ノ谷様ニ追ヒ入レテ、祖ヲモ子ヲモ馬ヨリ引キ落シテ、衣ヲ剝テ、二人乍ラ松ノ木ニ結付ケツ。盗人箭ヲ番テ此ヲ射ムト為ル間ニ、父ハ目ヲ閉テ念仏ヲ申入タリ。

其ノ間ニ、数ノ兵奈良坂ヲ越ル時ニ、「西ノ谷ニ盗人、人殺ス」ト云ケルヲ聞テ、箭ヲ番テ十余騎許峰ニ走リ登テ見レバ、人ヲ木ニ結付テ射ト為ルヲ見付テ、東西ヨリ懸レバ、盗人万ヲ棄テ、北ノ谷ヲ指シテ逃ヌ。此兵共寄テ公近祖子ヲ解キ免シテケリ。「今射ムト為ル程ニ、此ク兵ノ来レバ、不射ズシテ棄テ逃ヌル也」ト云ケレバ、兵共喜テ過ニケリ。「此レ他ニ非ズ。年来念仏ヲ唱フルニ依テ、忽ノ難ヲ免レヌ。況ヤ後世ニ極楽ニ生レム事ハ疑ヒ無シ」トゾ人云ヒケル。年九十ニ成マデ念仏ヲナム申シテ、「死ニケル時ノ作法現ニ極楽ニ参ヌ」ト見エケリ。一生ノ間腹立ツト云フ事無シ。極テ貴カリシ者也。

然レバ盗人ニ値フト云ヘドモ、仏ノ助ケ有レバ、此ゾ自然ラ有ケル、トナム語伝ヘタルトヤ。

히에이 산比叡山 대지방大智房의 노송나무껍질지붕 이야기

히에이 산比叡山 대지방大智房의 주직住職이 꿈에서 금빛 부처가 지붕을 이는 모습을 보고 기이하게 생각하고 알아보자, 대지방 지붕을 이던 노인이 독실한 염불행자念佛行者이며, 그가 주직의 꿈속에서 부처로서 나타난 것을 알게 된 이야기. 염불전수念佛專修의 공덕功德과 영이靈異를 설한 것으로, 염불을 매개로 앞 이야기와 연결되어 있다.

이제는 옛이야기이지만, 히에이 산比叡山 동탑東塔[1]의 동쪽 골짜기에 대지방大智房이라는 승방이 있었다. 그 방의 지붕의 노송나무껍질이 파손되었기 때문에, 방주坊主[2]인 □□[3] 내공內供이라는 사람이 노송나무껍질 지붕을 만드는 장인들을 불러 지붕으로 올라가 그 노송나무껍질을 수리시켰다. 장인 네다섯 명 정도가 지붕에 올라 노송나무껍질을 이고 있는 사이, 방주인 내공이 염불을 외며 툇마루를 계속 돌면서 이 광경을 보고 있었다. 그런데 졸음이 몰려왔기에 내공은 문지방을 베개 삼아 잠시 선잠이 들었고, 어느샌가 잠들어 버렸다. 그러자 꿈속에서 에보시烏帽子[4]를 쓴 금빛의 부처가 승방 지붕 위로 오셨는데, 바람이 불고 있어서 에보시를 종이끈으로 턱에 묶고 노송나무껍질을 이고 계셨다. 내공은 이러한 모습을 본 순간 잠에서 깨어났다.

1 → 사원명.
2 승방의 주승主僧.
3 승명僧名의 명기를 위한 의도적 결자. '내공內供'(→ 불교)은 '내공봉內供奉'의 약자.
4 * 옛날, 성인례成人禮를 치른 공가公家나 무사武士가 머리에 쓰던 건巾의 일종.

내공은 '불가사의한 꿈을 꾸었다.'라고 생각하고 뜰로 내려가 승방 위를 올려다보자, 지붕에 있던 네다섯 명의 장인들 가운데, 일흔 정도 되는 노인이 반으로 접은 에보시를 종이끈으로 턱에 묶고 노송나무 껍질을 이고 있었다. 내공은 기이하여 노인을 지켜보고 있자, 노인이 아미타불阿彌陀佛의 명호名號를 읊고 있는지 노송나무껍질을 이면서 입을 움찍거리고 있었다. 내공이 '이유를 물어보자.'라고 생각하여 이 노인을 지붕에서 내려오라고 하자 노인이 밑으로 내려왔다. 내공은 노인이 입을 움직이고 있는 것에 대해 "자네는 염불을 읊고 있었던 겐가?"라고 물었다. 그러자 노인이 "그렇사옵니다. 염불을 읊고 있었습니다."라고 대답하였다. 내공이

"어째서 그처럼 염불을 읊고 있는 것이고, 하루에 얼마나 읊는가?[5] 또 그 외에 다른 공덕功德을 쌓고 있는 것인가?"

라고 물었다. 그러자 노인이

"저는 가난하기 때문에 이렇다 할 공덕도 쌓지 못하고 있었사옵니다. 다만 열다섯 살 때부터 노송나무를 이는 작업을 직업으로 삼고 세상을 살아가고 있었사옵니다만, 오랜 세월 함께해 온 집사람이 먼저 세상을 떠나서, 최근 일곱 해 동안 점점 세상이 적적하고 따분하게 느껴져서 생선을 먹은 후에도 입을 헹구고 염불을 읊었습니다. 생선을 먹지 않을 때는 말할 필요도 없습니다. 염불을 읊는 것은 하루에 어느 정도라고 딱히 정해두지 않았습니다. 대소변을 볼 때, 무언가를 먹고 있을 때, 잠자고 있을 때를 제외하고는 항상 입에 달고 있기 때문에 게을리하는 일은 없사옵니다."

라고 대답하였다. 이에 내공은 '그렇다면 내가 꿈에서 본 것이 이 사람이구나.'라고 깨달았고, 노인에게

5 당시에는 질보다는 양을 중시하여, 아미타불阿彌陀佛의 명호名號를 읊는 횟수가 많으면 많을수록 공덕功德도 커진다는 견해가 강했음.

"실은 이러한 꿈을 꾸었느니라. 결코 염불을 게을리하지 않도록 하라. 그처럼 염불을 읊고 있으면 틀림없이 극락왕생할 것이다."

라고 일러주었다. 그러자 노인은 두 손을 모아서 내공에게 절하고, 다시 승방 지붕 위로 올라가서 노송나무껍질을 이는 작업을 계속하였다.

그 후 내공은 사람들에게

"노송나무껍질을 이는 노인이 나오는 이러한 꿈을 꾸었다. 실제 노송나무껍질을 이는 자에게는 특별한 죄도 없고,[6] 게다가 그처럼 염불을 입에 달고 끊임없이 읊고 있으면 틀림없이 극락왕생할 것이다."

라고 말했다.

이것을 생각하면 그 노인이 꿈속에서 금빛 부처가 되어 나타난 것이 틀림없으며, 이는 감격스럽고 존귀한 일이다. 사람이 설령 많은 공덕을 쌓는다 해도 진심을 담기란 어려운 법이다. 그저 오로지 염불을 읊으며 왕생을 기원하는 것보다 더한 공덕은 없다. 그 노송나무껍질을 이는 노인의 임종 모습이 어떠했는지는 듣지 못했지만, 내공의 꿈이 맞다고 한다면 반드시 왕생을 이루었을 것이라고 생각한다.

이 이야기는 그 내공이 이야기한 것을 듣고 전하여, 이렇게 이야기로 전하여 내려오고 있다 한다.

6 노송나무껍질로 지붕을 이는 것은 불교에서 말하는 여러 죄업을 짓는 직업이 아니라는 것.

히에이 산比叡山 대지방大智房의 노송나무껍질지붕 이야기

比叡山大智房檜皮葺語第三十七

今昔、比叡ノ山ノ東塔ノ東谷ニ、大智房ト云フ所有リ。其ノ房ノ上ノ檜皮損ジタリケレバ、房主ノ□内供ト云ケル人、檜皮葺共ヲ呼上テ、其ノ檜皮ヲ疏ハセケルニ、檜皮葺四五人許屋ノ上ニ登テ檜皮ヲ葺ケルニ、房主ノ内供ハ念誦シテ延ニ廻リ行テ、此レヲ見ケル程ニ、眠タリケレバ、長押ニ枕ヲシテ仮染ニ寄臥タリケル程ニ、寝入ニケリ。然テ、内供夢ニ、房ノ上ニ金色ノ仏、烏帽子ヲ為給テ、風ノ吹ケバ紙捻ヲ以テ烏帽子ヲ頤ニ結付テ、檜皮ヲ葺給フ、ト見ル程ニ、急ト驚ヌ。

「怪キ夢ヲモ見ツルカナ」ト思テ、庭ニ下テ、房ノ上ヲ見上タレバ、房ノ上ニ檜皮葺四五人有ル中ニ、年七十余許ノ翁ノ、烏帽子ヲ折テ、紙捻ヲ以テ頤ニ結付テ、檜皮ヲ葺ク。内供、「奇異」ト思テ翁ヲ守レバ、翁阿弥陀仏ヲ申スニヤ有ラム、檜皮ヲ葺乍ラ、口ヲ動カシ居タリ。内供、「此ノ事ヲ問ハム」ト思テ、翁ヲ呼下セバ、翁下ニ下タルニ、内供翁ノ口ヲ動カスヲ、「念仏スルカ」ト問ヘバ、翁、「然也。念仏ヲ申シ候フ也」ト答フ。内供、「何ヨリ此ク念仏ハ申スゾ。日ニ何ラ許カ申ス。亦異功徳ヤ造ル」ト問ヘバ、翁、「身貧ク候ヘバ、指ル功徳モ否造リ不候ズ。只年十五歳ヨリ檜皮ヲ葺ク事ヲ業トシテ、世ノ中ヲ過候ツル程ニ、年来ノ嫗ニ罷送レテ、此ノ七年世ノ中ノ無端ク思エ候マヽニ、魚食テモ口ヲ漱テ念仏ヲ申シ候フ。魚ヲ不食ヌ時タラ也。日ニ何ラトモ定メ不候ズ。大便小便仕リ候フ程、物食ブル間、寝入ナドシテ候フ程ヲ除テハ、申シ付テ候フ事ナレバ、怠ル事不候ズ」ト答フレバ、内供、「夢ニハ見エツル也ケリ」ト思テ、翁ニ、「然々ナム夢ニ見エツル。努々念仏怠タル事無カレ。此ノ定ニ念仏ヲ申サバ、疑ヒ無ク極楽ニ生レナム」ト教ケレバ、翁手ヲ摺テ内供ヲ礼テ、亦房ノ上ニ登テ、檜皮ヲ葺ケリ。
其ノ後、内供ノ人ニ語ケルハ、「彼ノ檜皮葺ノ翁ナム夢ニ然々見シ。実ニ檜皮葺ハ[一]指ル罪無キ者ニテ有ルニ、念仏ヲ口ニ付テ隙無ク申サムニハ、疑ヒ無ク極楽ニ往生ゼムズル者ノ也」トゾ云ケリ。
此レヲ思フニ、実ニ彼ノ翁正シク金色ノ仏ノ身ト[二]見ヘケリ。哀レニ貴キ事也。然レバ、諸ノ功徳ヲ造ラムモ、誠ノ心ヲ至サム事難シ。只[三]不如ジ、偏ニ念仏ヲ唱ヘテ、往生ヲ可願キ也。彼ノ檜皮葺ノ翁、最後ノ有様ヲ尋ネ不聞ズト云ヘドモ、[四]内供ノ夢ノ如クニハ、必ズ往生ジニケム、トゾ思ユル。
[五]此ノ事ハ彼ノ内供ノ語ケルヲ聞継テ、此ク語リ伝タルトヤ。

권19 제38화

히에이 산比叡山의 큰 종이 바람 때문에 떨어져 구른 이야기

히에이 산比叡山 동탑東塔의 큰 종이 한밤중에 바람에 날아가서 남쪽 계곡으로 떨어졌고 일곱 동의 승방을 파괴했는데, 기적적으로 단 한 사람의 사상자도 나오지 않았다는 이야기. 영조永祚 원년(989) 8월 13일 밤의 폭풍은 일본의 풍수해사상 유명한 것으로, 『일본기략日本紀略』, 『부상약기扶桑略記』는 교토京都 주변의 막대한 피해를 "천하대재天下大災, 이러한 일은 예나 지금이나 없었다."라고 전하고 있다. 이 이야기는 이 폭풍 당시 발생했던 한 사건을 전하고 있다. 우발적인 기적을 히에이 산의 삼보三寶의 가호로 합리화한 내용으로, 히에이 산의 동탑이라는 장소의 일치가 앞 이야기와 이 이야기를 연결시키고 있다.

이제는 옛이야기이지만, 히에이 산比叡山의 동탑東塔[1]에 큰 종이 있었다. 그 높이는 팔 척으로 둘레는 □□[2]였다.

한편 영조永祚 원년[3] 기축己丑 8월 13일, 폭풍[4]이 불어 온갖 사당, 보탑寶塔, 문이라는 문, 건물이라는 건물을 모조리 쓰러뜨렸는데, 이 커다란 종도 바람에 날려 남쪽 골짜기로 굴러 떨어져 버렸다. 종은 맨 처음 승방에 부딪히며 마룻대나 마루를 깎아내고 골짜기 쪽으로 굴러갔고, 차례차례 다른 승방

1 → 사원명.
2 공란은 큰 종의 둘레 길이의 명기를 위한 의도적인 결자였을 것으로 추정.
3 이치조一條 천황天皇의 치세로 989년.
4 세상에는 영조永祚의 폭풍으로 알려진 폭풍수해.

도 똑같이 뚫고 지나가 일곱 개의 승방을 쓰러뜨리고 남쪽 골짜기 밑으로 추락했다. 마침 한밤중이라 사람들이 이 승방에서 모두 자고 있을 때 일어난 일이었다. 그러나 죽은 사람은 단 한 명도 없었다. 당시 사람들은 이것을 기이한 일이라고 떠들썩하게 이야기하였다.

"히에이 산 삼보三寶의 가호가 없었더라면, 그 승방 사람들은 절대로 살아남을 수 없었을 것이다."

라고 하며, 사람들이 존귀하게 여기며 배례拜禮했다고 이렇게 이야기로 전하여 내려오고 있다 한다.

⊙ 제38화 ⊙
히에이 산比叡山의 큰 종이 바람 때문에 떨어져 구른 이야기

比叡山大鍾為風被吹辷語第三十八

今昔、比叡ノ山ノ東塔ニ大鍾有ケリ。高サ八尺、廻リ□也。

而ル間、永祚元年己丑八月ノ十三日、大風吹テ、所々ノ堂舎、宝塔、門々戸々ヲ吹倒シケルニ、此ノ大鍾ヲ吹辷バシテ、南ノ谷ニ吹落シテケリ。最初ノ房ノ棟板敷ヲ打切テ、谷様ニ辷テ、次々ノ房共同ジク打抜ツヽ、七ツノ房ヲ打倒シテ南ノ谷底ニ落入ニケリ。夜半許ノ事ナレバ、此ノ房共ニ人皆寝タル程ド也。其レニ、人一人不損ザリケリ。其ノ比ノ希有ノ事ニナム云喤ケル。

「山ノ三宝ノ加護ニ非ズハ、其ノ房々ノ人可生キニ非ズ」ト云テゾ、貴ビ礼ミケル、トナム語リ伝ヘタルトヤ。

권19 **제39화**

미노美濃 수령을 모시는 오위五位가 갑작스런 위기에서 벗어나 목숨을 보전한 이야기

평소 관음觀音에게 귀의하고 십계十戒를 잘 지킨 오위五位 아무개가 주인인 미노美濃 수령의 부름을 받고 공사 중이던 집의 툇마루에 있을 때, 머리 위로 커다란 나무가 떨어져 오위의 에보시烏帽子에 맞았는데, 오위는 가벼운 상처 하나 입지 않았다는 기적담. 앞 이야기에서 큰 종이 굴러 떨어진 사건에서와 같이 이 이야기도 역시 평소의 신심信心 덕분이라고 해석하고 있다.

이제는 옛이야기이지만, 미노美濃 수守 □□□[1]라는 사람이 있었다. 그 사람을 섬기는 오위五位의 남자가 있었는데, 이름을 □□□[2]라고 했다. 이 남자는 정직하여 인과因果의 도리를 잘 분별하였고, 십재일十齋日[3]에는 정진결재精進決齋하여 그 십재일의 하루마다 일계一戒를 지켜서, 총 십계十戒를 지키고 있었다.[4] 또한 관음觀音의 연일緣日인 매월 18일에는 결재潔齋하여 오랜 세월 동안 관음을 기념祈念하고 있었다.

어느 날 주인인 미노 수령이 신축중인 집으로 오위를 불렀다. 그날은 18일이라 오위가 결재를 하고 있었지만, 주인의 부르심이라 급히 나섰다. 그리고

1 미노美濃 수령의 성명姓名의 명기를 위한 의도적 결자.
2 오위五位 이름의 명기를 위한 의도적 결자.
3 → 불교.
4 한 재일齋日에 한 계戒를 배치하여, 십재일에 십계十戒(→ 불교)를 지키도록 했다는 의미.

오위는 아직 완성되지 않은 집의 툇마루에 걸터앉아 서류 등을 펼쳐 보고 여러 가지 일을 처리하고 있었다. 그런데 그가 고개를 숙이고 서류를 보고 있을 때였다. 공사 중이던 집이었기 때문에 세워둔 발판 위에 옆으로 묶어두었던 커다란 재목材木 몇 그루가, 어찌된 일인지 별안간 끈이 끊어지면서 고개를 숙인 오위의 위로 떨어졌다. 커다란 재목이 머리 위에 떨어졌기 때문에 머리가 부서지고 목뼈가 부러지는 것이 당연함에도 불구하고, 오위의 에보시烏帽子에 맞아서 에보시는 엉망진창으로 《뭉개져 버렸》[5]지만, 오위의 몸은 조금도 상처가 나지 않은데다 아픈 곳도 없었다. 에보시에 닿을 정도라면 머리에 맞지 않았을 리가 있겠는가. 이것은 틀림없이 오랜 세월 계를 지켜 입은 은혜와 오늘 연일을 맞은 관음의 도움에 의한 것이다. 오위는 정말로 불가사의하게 목숨을 보전한 것이다. 건너편에서 오위를 본 사람이 오히려 당사자보다 간이 떨어질 정도로 놀랬을 정도였다. 그 후 오위는 한층 더 독실한 신심信心으로 계를 지키며 관음을 섬기게 되었다.

그러므로 삼보三寶는 눈에 보이지 않으시지만, 그 영험靈驗이 신통한 것은 이와 같다. 이 이야기를 들은 사람은 오로지 계를 지키며 정성스럽게 관음을 섬겨야 한다고 이렇게 이야기로 전하여 내려오고 있다 한다.

5 한자의 명기를 위한 의도적 결자. 문맥을 고려하여 보충.

◉ 제39화 ◉

미노美濃 수령을 모시는 오위五位가
갑작스런 위기에서 벗어나 목숨을 보전한 이야기

美濃守侍五位遁急難存命語第三十九

今昔、美濃ノ守□ト云フ人有ケリ。其ノ人ノ許ニ仕ケル五位有ケリ。名ヲバ□トゾ云ケル。心直クシテ因果ヲ知テ、十斉日ニハ身心精進ニシテ、其ノ日々ニ宛テ十戒ヲ持ケリ。亦十八日ニハ持斉ニテ、年来観音ヲ念ジ奉ケリ。而ル間、主ノ美濃ノ守新ク家ヲ造ケル所ニテ、此ノ五位ヲ呼ケレバ、其ノ日十八日ニシテ、持斉ニテ有ケレドモ、主ノ呼ベバ急テ行ニケリ。五位其ノ半作ナル家ノ延ニ居テ、文共ナド披見テ事ノ沙汰共為ル程ニ、低シ臥テ文ヲ見ルニ、半作ノ家ナレバ、足代ト云フ物ニ、上ニ大キナル木共ヲ横様ニ結付テ置タリケルガ、何ニカシケム、俄ニ縄ノ切レテ、低タル五位ノ上ヘニ落懸ル。大キナル木頭ノ上ニ落懸ヌレバ、頭モ破レ、頸モ骨モ可折キニ、烏帽子ニハ当タリケレバ破レテ打チ被□ニケリ、我ガ身ニハ聊ニ疵モ無ク、痛キ所モ無クテコソ有ケレ。烏帽子ニ当ル許ナラムニ、頭ニ不当ヌ様有ナムヤ。此レ他ニ非ズ、年来戒ヲ持テル力、今日ノ観音ノ御助也。此ル奇異ノ命ヲナム生タリケル。向居テ見ケル人コソ、中々物不思ザリケレ。其ノ後ハ弥ヨ信ヲ発シテ、戒ヲ持、観音ニ仕ケリ。

然レバ、三宝ハ目ニ不見給ハネドモ、霊験掲焉キ事此ナム有ル。此レヲ聞カム人専ニ戒ヲ持テ、懃ニ観音ニ可仕シ、トナム語リ伝ヘタルトヤ。

권19 제40화

검비위사檢非違使 다다아키忠明가 기요미즈淸水에서 적을 만나 목숨을 보전한 이야기

검비위사檢非違使 다다아키忠明가 젊었을 때, 기요미즈데라淸水寺의 무대舞臺에서 교토의 젊은이들과 싸우다 궁지에 몰리자 덧문을 옆구리에 끼고 골짜기에 몸을 던졌는데, 덧문이 날개 역할을 하여 그 부력으로 안전하게 착지했다는 이야기.

이제는 옛이야기이지만, 다다아키忠明[1]라는 검비위사檢非違使[2]가 있었다. 이 사람이 젊었을 때 기요미즈淸水[3] 무대舞臺[4] 위에서 교토京都 젊은이들[5]과 싸움을 했다. 교토 젊은이들은 칼을 뽑고 둘러싸서 다다아키를 베어 죽이려고 했기 때문에, 다다아키도 검을 뽑아 당堂 쪽으로 도망치려고 했다. 그러나 당의 동쪽 가장자리에서 많은 젊은이들이 포위하며 다가왔기에 그쪽으

1 미상. 다다아키忠明란 인물은 여럿 있는데, 『권기權記』 장덕長德 3년(997) 5월 24일 기사에 보이는 '忠明'가 이에 해당할 것으로 추정. 그 기사에 따르면 다다아키는 좌지左志(좌위문지左衛門志) 니시키 다메노부錦爲信, 우위右尉(우위문소위右衛門少尉) 나가스케永資와 함께 강도 체포를 위해 오미 지방近江國에 파견되었다고 하며, 검비위사檢非違使였던 것으로 추정.

2 * 검비위사는 헤이안平安 시대에 교토京都 내의 치안·풍속·범죄 등을 단속하고 재판을 관장하던 관직으로 현재의 경찰관과 재판관을 겸한 것.

3 기요미즈데라淸水寺(→ 사원명).

4 원문은 "橋殿". 기요미즈데라의 본당本堂의 앞쪽 낭떠러지에 구축되었던 무대로 추측되지만, 당시 본당 서쪽에 지붕이 달린 두 건물을 잇는 복도가 있었다는 설도 있음. 여기서는 무대로 번역했음.

5 원문은 "교와라와베京童部". 당시 도읍이었던 교토京都 시내의 젊은이들. 예로부터 혈기왕성하게 행동하는 것을 즐기는 무리를 가리킴.

로는 도망갈 수가 없었다. 다다아키는 그곳에 있던 덧문의 하단부[6]를 쥐자마자 옆구리에 끼고 껑충 뛰어 앞쪽 골짜기로 뛰어들었다. 덧문의 하단부가 바람에 펄럭이며 새가 내려앉듯이 살며시 골짜기 밑으로 떨어져 갔기 때문에, 다다아키는 젊은이들로부터 도망칠 수 있었다. 젊은이들은 계곡을 내려다보며 기가 막힌 얼굴을 한 채 나란히 서서 보고 있었다.

다다아키는 젊은이들이 칼을 뽑고 맞서왔을 때 당을 향해 '관음觀音[7]이시여, 저를 도와주소서.'라고 아뢰었다. 그래서 다다아키는 '이것도 오로지 그 덕분이구나.'라고 생각하였다.

이것은 다다아키가 이야기한 것을 듣고 전하여, 이렇게 이야기로 전하여 내려오고 있다 한다.

6 원문에는 "蔀ノ本"라고 되어 있음. 상하 두쌍의 시토미(덧문) 중 하단부를 가리킴.

7 → 불교. 기요미즈데라의 본존本尊으로, 금동 8척인 십일면十一面 사십수四十手 관음觀音. 권11 제32화 참조.

◎제40화◎
검비위사検非違使 다다아키忠明가
기요미즈清水에서 적을 만나 목숨을 보전한 이야기

検非違使忠明於清水値敵存命語第四十

今昔、忠明[二一]ト云フ検非違使[二二]有ケリ。若男[二三]ニテ有ケル時、[二四]清水ノ[二五]橋殿ニシテ[二六]京童部ト[二七]諍[二八]ヲシケリ。京童部刀ヲ抜テ忠明[二九]ヲ立籠メテ殺サムトシケレバ、忠明モ刀ヲ抜テ御堂ノ方様ニ逃ルニ、御堂ノ東ノ[三〇]妻ニ、京童部数立テ向ケレバ、其ノ[三一]方ヘニ否不逃ズシテ、[三二]蔀ノ本ノ有ケルヲ取テ、脇ニ挟テ、前ノ谷ニ踊落ルニ、蔀ノ本ニ風ゼ被渋テ、谷底ニ鳥ノ居ル様ニ[三三]漸落入ニケレバ、其ヨリ逃テ去ニケリ。京童部ハ谷ヲ見下シテ奇異ガリテナム立並テ見ケル。

[三四]忠明京童部ノ刀ヲ抜テ立向ケル時、御堂ノ方ニ向テ、「[三五]観音助ケ給ヘ」ト申ケレバ、「偏ニ此レ其ノ故也」トナム思ヒケル。

[一]忠明ガ語ケルヲ聞キ継テ、此ク語リ伝タルトヤ。

권19 제41화

기요미즈清水에 참배한 여자가 골짜기에 떨어졌지만 죽지 않은 이야기[1]

기요미즈清水에 참배한 여자가 실수로 안고 있던 아이를 골짜기 아래로 떨어뜨렸는데, 관음觀音의 가호로 나뭇잎이 쌓인 곳에 아이가 떨어져서 무사했다는 이야기. 앞 이야기와 비슷한 기요미즈 관음의 영험담으로, 『고본설화古本說話』에서는 앞 이야기와 이 이야기를 합쳐 제49화에 수록하고 있다. 원래 『고본설화』와 같이 합쳐져 있었던 것을, 본집本集이 두 화로 나누어 수록한 것이라고도 생각할 수 있다.

이제는 옛이야기이지만, 언제 적 이야기였을까, 기요미즈데라清水寺에 참예參詣한 여자가 어린 자식을 안고 당 앞의 골짜기를 들여다보고 서 있었는데, 어쩌다가 자식을 놓쳐서 골짜기에 떨어뜨리고 말았다. 여자는 아득히 밑으로 아이가 굴러 떨어지는 것을 보고 어쩔 줄 몰라 하며, 당 쪽을 향해 반미치광이가 되어 "관음觀音이시여, 부디 도와주십시오."라고 두 손을 모아 기원했다. '이미 죽었겠구나.'라고 여자는 생각했지만, '적어도 어떻게 되었는지 그 모습만이라도 확인해 보자.'라는 마음에 정신없이 아래로 내려가 보았더니, 관음님이 '가엾도다.'라고 여기셨는지, 아이는 긁힌 상처 하나 없이 골짜기 밑의 나뭇잎이 많이 쌓여 있는 곳 위에 떨어져서 쓰러져 있었다.

1 * 제목과 본문의 내용이 부합하지 않는 듯함. 본문의 내용에 의한다면, '기요미즈데라清水寺에 참배한 여자의 자식이 골짜기에 떨어졌지만 죽지 않은 이야기'가 적당함.

여자는 기뻐하면서 아이를 안아 들고 눈물을 흘리며 진심으로 관음에게 절을 올렸다.

이것을 본 사람은 모두 불가사의한 일이라며 떠들썩하게 서로 이야기했다고 이렇게 이야기로 전하여 내려오고 있다 한다.

⊙ 제41화 ⊙ 기요미즈清水에 참배한 여자가 골짜기에 떨어졌지만 죽지 않은 이야기

参清水女子落入前谷不死語第四十一

今昔、何比ノ事ニカ有ケム。清水ニ参タリケル女ノ、幼キ子ヲ抱テ御堂ノ前ノ谷ヲ臨立ケルガ、何シケルヤ有ケム、児ヲ取落シテ谷ニ落入レテケリ。遥ニ被振落ルヲ見テ、可為キ様モ無クテ、御堂ノ方ニ向テ、手ヲ摺テ、「観音助ケ給ヘ」トナム迷ケル。「今ハ無キ者」ト思ヒケレドモ、「有様ヲモ見ム」ト思テ、迷ヒ下テ見ケレバ、観音ノ「糸惜シ」ト思食ケルニコソハ、露疵モ無クテ、谷ノ底ノ木ノ葉ノ多ク落チ積レル上ヘニ落懸リテナム臥タリケル。母喜ビ乍ラ抱キ取テ、弥ヨ観音ヲ泣々ク礼拝シ奉ケリ。

此ヲ見ル人、皆奇異ガリテ喤ケリ、トナム語リ伝ヘタリトヤ。

권19 제42화

다키노쿠라瀧藏의 예당禮堂이 무너져서 많은 사람들이 죽은 이야기

기요미즈清水와 하세長谷라는 장소의 차이는 있지만, 불신佛神의 가호로 골짜기 아래로 떨어진 사람이 목숨을 건졌다는 이야기로 앞 이야기와 유사한 영험담. 참배한 칠팔십 명이 모두 신자임에도 여섯 명만이 살아남았다는 것은 대자대비大慈大悲의 관음觀音답지 않은 불공평함이라고 생각할 수 있는데, 그 점에 대해서 편자는 "목숨을 건진 사람들은 전세前世로부터의 숙업宿業이 강했기 때문에 신의 도움과 관음觀音의 가호가 있었던 것이다."라고 교묘하게 숙명론을 강조하여 모순을 해결했다.

이제는 옛이야기이지만, 하세데라長谷寺[1] 안쪽에 다키노쿠라瀧藏[2]라는 신이 진좌鎭坐하고 계셨다. 그 신사神社 앞에 바로 가까이 길이가 세 칸間인 노송나무껍질로 지붕을 인 집이 있었다. 신사는 산을 따라 높은 곳에 세워졌고, 앞에 있는 집은 골짜기에 기둥을 길게 이어서 지어졌다. 그 골짜기는 아득히 깊어서 내려다보면 눈이 멀 정도였다.

그런데 어느 정월 날, 많은 사람들이 참배했는데 칠팔십 명 정도가 그 신사 앞에 있는 집에서 경을 읽거나 예배드리거나 하여 근행勤行하던 동안, 어느새 한밤중이 되었다. 그런데 아무래도 많은 사람들이 모이는 바람에 마

1 → 사원명.
2 → 사원명.

루가 무거워졌고, 골짜기 옆에 있던 기둥이 골짜기 쪽으로 기울어져, 결국 《부서져》[3] 주춧돌에서 떨어져 나갔다. 그 바람에 다른 기둥도 모두 주춧돌에서 떨어져 나갔다. 그와 동시에 건물 전체가 골짜기 쪽으로 내던져졌고, 건물이 무너져 내렸다.

그때 그곳에 있던 사람들은 처음에는 지진이라고 생각했지만, 별안간 골짜기 쪽으로 건물이 무너져 내렸기 때문에 그곳에 있었던 모든 사람들은 집 밖으로 내던져져서 골짜기 아래로 떨어지는 사람도 있었고, 기둥, 도리, 대들보에 맞아서 엉망진창이 된 사람도 있었다. 혹은 자식을 감싸 안은 어머니와 자식이 마루에 머리가 끼어서 머리가 《비틀》[4]려 잘려나가 몸만이 골짜기로 추락하기도 하였고, 혹은 오체五體가 산산조각 나서 전부 뿔뿔이 흩어진 사람도 있었다. 하지만 그중에서 여자 한 명, 남자 세 명, 아이 두 명만은 골짜기 밑으로 떨어졌지만, 긁힌 상처 하나 없이 목숨을 건졌다.

이것을 생각하면 목숨을 건진 사람들은 전세前世로부터의 숙업宿業이 강했고,[5] 게다가 신의 도움과 관음觀音의 가호가 있었던 것이다. 이것은 실로 불가사의한 일이라고 이렇게 이야기로 전하여 내려오고 있다 한다.

3 한자의 명기를 기한 의도적 결자. 문맥을 고려하여 보충.
4 한자의 명기를 기한 의도적 결자. 문맥을 고려하여 보충.
5 전세前世의 인연으로 운이 좋았기 때문에. 전세에서 선근善根을 쌓은 인연으로 현세現世에서의 운이 좋았던 것.

◉제42화◉
다키노쿠라瀧藏의 예당禮堂이 무너져서 많은 사람들이 죽은 이야기

滝蔵礼堂倒数人死語第四十二

今昔、長谷[一四]ノ奥ニ滝蔵[一五]ト申ス神在マス。其ノ社ノ前ニ、檜合[一六]セニ、三間[一七]ノ檜皮葺[一八]ノ屋有リ。社[一九]ノ方ハ山ナレバ、高キ所ニ立テ、前ノ方ハ谷ニ柱[二〇]ヲ長ク継ツ立[二一]タリ。其ノ谷遥ニ深クシテ、見下セバ目転メク[二二]。

而ルニ、正月ニ人多ク参リ集テ、七八十人許其ノ前ノ屋ニ有テ、或ハ経ヲ読ミ、礼拝シ、各行ヒ合[二三]タル、程ハ、漸ク夜半許ニ成ヌ。其ノ時ニ人多ク居テ屋重リニケレバ、谷ノ方ノ柱、谷様ニ傾ケルニ、柱□[二四]テ礎[二五]ヨリ落ニケリ。其ニ被引テ、他ノ柱共モ礎ヨリ皆離レヌ。然レバ、此ノ屋、谷ノ方様ニ被投テ頽[二六]レ入ル。

其ノ時ニ、此ノ居タル者共、暫クハ「地震カ[一]」ナド思ヒケルニ、俄ニ谷方様ニ頽レ入ケレバ、有ル限ノ人皆、或ハ屋ヲ離レテ谷ニ落入ルモ有リ、或ハ柱、桁[二]、梁[三]ニ被打テ摧クルモ有リ、或ハ子ヲ抱タル女ノ、母ノ頭ト子ノ頭ト板敷ノ迫[四]ニ□[五]被切テ、身柄[六]ハ谷ニ落入ルモ有リ。或ハ身体[七]別々ニ成テ皆摧ケタルモ有リ。其中ニ女一人、男三人、小童二人ゾ谷ノ底ニ落入タリケレドモ、露ノ疵モ無クテ生タリケル。

此レヲ思フニ、此ノ生タル者共、前生[八]ノ宿業強カリケルニ合テ、神ノ助ケ観音ノ護コソハ有ケメ。実ニ此レ希有ノ事也、トナム語リ伝ヘタルトヤ。

권19 제43화

가난한 여자가 버린 자식을 맡아 기른 여자 이야기

나이 든 유모가 법회法會에서 돌아오던 길에 만난 가난한 여인의 사정을 딱하게 여겨, 여인이 버리려던 아이를 맡아 돌보았지만, 젖이 나오지 않아 『법화경法華經』에게 기원하자 불가사의하게도 젖이 불어, 덕분에 유모가 처음 마음먹은 대로 아이를 기를 수 있게 되었다는 이야기. 『법화경』의 영험靈驗에 의한 육아담育兒譚으로, 앞 이야기와는 내용적으로 유사성은 없지만, 이 이야기의 육아 모티브 내지는 아이를 가진 가난한 여인에 대한 기사가 앞 이야기의 자식을 안은 채 골짜기로 떨어진 여자에 대한 기사와 연결된다.

이제는 옛이야기이지만, 어느 천황天皇 때였을까, 여어女御[1]이셨던 분 곁에 궁의 동녀童女로서 그분을 모시며 따르고 있던 여자가 있었다. 젊었을 적에는 용모와 자태가 각별히 아름다웠고 정이 깊어 사람들에게 사랑받기도 했는데, 성인이 되고 나서는 어느 사람 집에서 유모일을 하며 지내고 있었다. 이 여자가 유모로서 기른 자식은 승려가 되어 존귀한 인물이 되었다. 유모는 늙은 후 도심道心이 생겨 『법화경法華經』을 독송하며 여러 법회法會에 청문聽聞하러 가는 등 근행勤行에 힘썼다.

어느 날 법회에 갔다가 돌아오는 길에 심한 비가 내렸기에, 어느 집의 문 아래에서 비가 그치는 것을 기다리고 있었다. 그런데 그 문 안의 아주 황폐

1 후비后妃의 하나. 황후皇后, 중궁中宮 다음가는 지위.

한 곳간 같은 곳에서 한 여자가 하염없이 울고 있었다. 그것을 보고 유모가 "어째서 그렇게 울고 계십니까?"라고 물었다. 그러자 울고 있던 여자가

"실은 제게는 작년에 태어나고 올해 태어난 아이 둘이 있는데, 가난하여 유모를 둘 수 없었습니다. 저를 고향에 데려가 주겠다고 한 남자가 있습니다만, 젖먹이가 둘이나 있어 곤란하여 고민 끝에 '한 명을 버리자'고 생각하니, 그것이 □[2] 슬픈 것이옵니다."

라고 말했다. 유모가 이것을 듣고 가엾게 여겨 "그러면 한 명을 제게 주실 수 없습니까?"라고 말했다. 그러자 여자가 "그렇게 해 주신다면 정말 기쁘기 그지없습니다."라고 말하고 아이를 유모에게 주었다. 유모는 아이를 받고 돌아가서 키우기로 하였지만, '그렇게는 말했지만 내게도 유모가 없으니, 어떻게 하면 좋을까.' 하고 자신의 쪼그라든 젖을 아이에게 밤새도록 물리며, 몹시 고민하던 끝에

'오랜 세월 독송한 『법화경』님이시여, 부디 저를 도와주소서. 이 아이는 오로지 제 마음에 자비심이 생겨 맡아 기르게 된 아이입니다. 부디 젖이 불게 도와주시옵소서.'

라고 진심을 담아 마음속으로 빌었다. 그러자 이 여자가 아이를 낳을 수 없게 된 지 스무 해도 더 지났음에도, 한창 젊었을 때처럼 별안간 젖이 불어서 모유가 흘러나왔다. 이에 유모는 마음먹은 대로 그 아이를 키울 수 있게 되었다.

"이처럼 불가사의하고도 거룩한 일이 있었습니다."라고 이 여자가 이야기한 것을 듣고 전하여, 모두가 존귀해하고 감격했다고 이렇게 이야기로 전하여 내려오고 있다 한다.

2 한자의 명기를 위한 의도적 결자. 어떤 내용이 들어갈지 추측할 수 없음.

⊙ 제43화 ⊙ 가난한 여자가 버린 자식을 맡아 기른 여자 이야기

貧女棄子取養女語第四十三

今昔、何[9]レノ時ニカ有ケム、女御[10]ニテ御ケル人[11]ノ御許ニ、童[12]ニテ候ケル人ノ、若クシテ形チ美麗[13]ニ、有様微妙クシテ、極タル色好[14]ニテ、人ニ被愛ナドシテ有ケルガ、長ビテ[15]ハ人ノ許ニ乳母シテナム有ケル。其養ヒ子ハ僧ニテ貴クテゾ有ケル。其ノ乳母年老テ後ハ、道心有テ、法花経ヲ読奉ケリ。亦、万[16]ノ講ヲ聞テ行ナムシケル。

而ル間、講ニ参テ返ケル道ニ、雨ノ痛ウ[17]降ケレバ、人ノ門ニ立入テ雨ノ止ヲ待ツ程ニ、其ノ門ノ内ニ荒[18]タル壺屋[19]立タル所ニ、女房ノ有ガ極ク泣ケレバ、此ノ[20]人、「何ナル事ノ有テ泣キ給フゾ」ト問ケレバ、泣ク女、「去年[21]ノ子ト、今年ノ子ト二人持テ侍ルガ、身ハ貧クシテ、乳母ハ否不取ズ。田舎ヘ人[22]ノ将行カムト仕[23]ルニ、子ハ二人有リ、可為キ様[24]モ無ク侘シケレバ、『二人ヲバ棄テム[25]』ト思フニ、[26]□悲キ也」ト云フヲ聞テ、哀レニ思テ、「然ラバ一人ヲバ我レニ得サセ給ヘ」ト云ヘバ、「糸喜シキ事也」ト云テ、取セテケレバ、取テ返テ此ヲ養フニ、此ノ人、「此ハ云ツレドモ、乳母ノ無キ事ヲ何ニセム」ト侘シク思テ、我ガ不張ヌ乳ヲ終夜[27]吸[28]スレバ、侘シカリケルマヽニ、「我ガ年来読奉ル所ノ法花経助ケ給ヘ。我レ偏ニ慈悲ヲ発シテ取リ養フ子也。乳張メ[一]給ヘ」ト、心ヲ至シテ念ジケレバ、此ノ人、子産絶テ二十五年ニ成タリケルニ、盛ノ時ノ如ク、其ノ乳俄ニ張テ泛[二]ケレバ、思ノ如ク其ノ児ヲ養ケリ。

「此ル希有[三]ニ哀ナル事ナム有ル」ト其ノ[四]人ノ語ケルヲ、聞継テ皆人貴ビ哀ムデ、此ク語リ伝ヘタルトヤ。

권19 제44화

달지문達智門에 버려진 아이에게 개가 남몰래 와서 젖을 먹인 이야기

사가嵯峨 근처로 가려던 사람이 달지문達智門에 버려진 아기가 며칠이 지나도 무사히 건강히 있는 것을 이상히 여기고, 어느 날 밤 몰래 상황을 지켜보다 개들의 무리를 압도하는 커다란 흰 개白犬가 나타나 아기에게 젖을 물려서 키우고 있던 사실을 알게 된 이야기. 사람의 아이를 개나 늑대가 길러준다는 유화類話는 많이 있다(→ 부록「출전·관련자료 일람」). 이 이야기의 내용도 있을 법한 일이기도 하다. 아기를 길러준 흰 개를 불보살佛菩薩의 권화權化라고 판단하고 있는 점으로 보아, 이 이야기를 불교설화로 보는 해석이 있다. 또한 앞 이야기와는 수유授乳와 육아라는 점에서 연결된다.

이제는 옛이야기이지만, 사가嵯峨 근처[1]로 가려던 사람이었는지, 아침 일찍 달지문達智門[2]의 옆을 어떤 사람이 지나가고 있는데, 이 문 아래에 태어난 지 열흘 남짓 정도 된 굉장히 귀여운 사내 아기가 버려져 있었다. 그 남자가 아기를 보니 '몹시 비천한 자는 아닌 것 같군.'이라고 생각했다. 아기는 거적 위에 누워 있었지만 아직 살아서 울고 있었고, 이를 보니 '불쌍하구나.'라고 생각했지만, 남자는 급한 용무가 있어서 그대로 내버려두고 가버렸다.

다음날 아침 달지문에 돌아오자 그 아기는 아직 살아서 어제 그대로였다.

1 사가노嵯峨野(→ 지명) 부근.

2 대내리大內裏 외곽 십이문十二門 중 하나. 북면北面 동쪽에 있는 문으로 중앙의 위감문偉鑒門의 동쪽에 있음.

남자는 그것을 보고 불가사의한 기분이 들었다. '혹시 어제는 개가 보살펴 준 것일까.'라고 생각하였고, '어젯밤에 개들이 많이 있었는데, 용케 잡아먹히지 않았구나.'라고 생각하면서 서서 지그시 아기를 보고 있었는데, 어제보다 《얼굴색이 좋았》[3]고 울지도 않고 거적 위에서 자고 있었다. 그래서 남자는 그대로 집으로 돌아갔다.

집에 돌아와서도 역시나 이 버려진 아기에 대한 생각이 들어서 '정말 신기한 일이다. 아직 살아 있을까.'라고 걱정이 되었다. 그래서 다음날 아침 그곳에 가서 보니 아기는 어제와 다름없는 모습으로 아직 살아 있었다. 남자는 이것을 보고 '이 얼마나 불가사의한 일인가. 이것에는 무언가 이유가 있을 것이다.'라고 생각하고 집으로 돌아갔다.

남자는 아무래도 이 일이 너무도 불가사의하여 밤이 되자 조용히 달지문으로 가서 무너진 토담의 그늘에서 숨어서 지켜보고 있었다. 그때 □[4] 근처에 개가 많이 서성이고 있었지만 자고 있는 아기 가까이로는 다가가지 않았다. '짐작했던 대로 여기에는 분명 무언가 이유가 있다.'라고 남자가 호기심에 이끌려 보고 있는 동안, 밤도 깊어지자 어디선가 위엄 있는 커다란 흰 개白犬가 나타났다. 다른 개들은 모두 이것을 보고 줄행랑쳤다. 이 개는 자고 있는 아기의 옆으로 점점 다가왔다. 남자가 '결국 이 개가 오늘밤 이 아기를 먹어 버리겠구나.'라고 생각하며 보고 있었는데, 개가 다가가더니 아기 옆에 나란히 누웠다. 자세히 보니 개가 아기에게 젖을 물리고 있는 것이 아닌가. 아기는 사람의 젖을 빨듯이 열심히 젖을 먹었다. 남자는 이것을 보고 '그렇다면 이 아기는 이처럼 매일 밤 개의 젖을 먹었기 때문에 살아 있었던 것이로구나.'라고 알게 되었고, 슬며시 그 장소를 떠나 집으로 돌아갔다.

3 한자의 명기를 위한 의도적 결자. 문맥을 고려하여 보충.
4 장소의 명기를 위한 의도적 결자.

다음날 밤 '오늘밤도 어젯밤과 같은 일이 벌어질까.' 하여 남자가 다시 가 보니, 어젯밤처럼 개가 와서 젖을 먹였다. 그 다음날 밤에도 역시 무척이나 불가사의한 기분이 들어서 가 보았는데, 그날 밤에는 아기도 보이지 않았고 개도 오지 않았다. '이것은 어젯밤 사람의 기척을 알아차리고 개가 다른 곳으로 데리고 간 것일까.'라고 궁금해 하면서 돌아갔다. 그 후 이 일이 어떻게 되었는지는 끝내 알 수 없게 되었다. 이것은 실로 불가사의한 이야기이다.

이것을 생각하면[5] 그 개는 상당히 비범한 개였을 것이다. 다른 다수의 개가 그 개를 보고 도망친 것은, 역시 귀신鬼神[6] 같은 것이기 때문은 아니었을까. 그렇다고 한다면 그 개는 분명 무사히 아기를 키웠을 것이다. 혹은 불보살佛菩薩이 아기에게 은혜를 베풀기 위해 개로 권화權化하여 나타나셨던 것일까.

개는 본디 이같이 자비로운 동물이 아니다. 하지만 전세前世에서의 인연因緣 등이 있었을지도 모른다. 이렇게 여러모로 이 일에 대해 생각해 보아도 역시 이해가 되지 않는다.

이 이야기는 그 일을 실제로 본 남자가 이야기한 것을 듣고 전하여, 이렇게 이야기로 전하여 내려오고 있다 한다.

5 이하의 발상은 권19 제29화에도 나타남. 이러한 발상이 이 이야기에 불법담佛法譚의 성격을 부여했으며, 이로써 불법부佛法部 속의 한 이야기로 자리매김하고 있음.

6 여기에서는 악귀惡鬼·악령惡靈이 아니라 눈에 보이지 않는 신령神靈을 가리킴.

⊙ 제44화 ⊙
달지문達智門에 버려진 아이에게 개가 남몰래 와서 젖을 먹인 이야기

達智門棄子狗蜜来令飲乳語第四十四

今昔、嵯峨ノ辺ナドニ行ケル人ニヤ有ケム、朝ニ達智門ヲ過ケルニ、此ノ門ノ下ニ、生レテ十余日許ニ成タル男子ノ糸清気ナルヲ棄テ置タリ。見ルニ「無下ノ下衆ナドニハ非ヌナメリ」ト見ユ。莚ノ上ニ臥タルヲ見レバ、未ダ生テ泣ケレバ、「糸惜シ」ト思ケレドモ、忩グ事有テ、此ク見置テ過ニケリ。明ル朝ニ返ケルニ、其ノ子未ダ生キテ、同ジ様ニテ有リ。此レヲ見ルニ、奇異ク思フ。「昨日狗ニ被養ニケム」ト思フニ、「今夜ヒモ若干ノ狗ニ不被食ザリケル」ト思テ、守リ立レバ、昨日ヨリハ□テ不泣デ、莚ノ上ニ臥タリ。此ク見テ家ニ返ニケル。

猶此事ヲ思フニ、「糸難有キ事也。未ダ生タラムヤ」ト思テ、次朝ニ行テ見レバ、猶生キテ同様ニテ有リ。其ノ時ニ男、「極テ不心得ズ。此ハ様有ル事ナラム」ト思テ返ヌ。

猶此ノ事ノ不審ク思ヘケレバ、夜ニ入テ、窃ニ達智門ニ行テ、築垣ノ崩ニ隠レテ見ルニ、□ノ程多ク狗有レドモ、児ノ臥タル当ニモ不寄ズ。「然レバコソ。此ハ様有ル事也ケリ」ト奇異ク見ル程ニ、夜打深テ、何方ヨリ来ルトモ無クテ、器量ク大キナル白キ狗出来ヌ。他ノ狗共皆此レヲ見テ逃去ヌ。此ノ狗、此ノ児ノ臥タル所ヘ只寄ニ寄レバ、「早ウ、此ノ狗ノ、今夜此児ヲバ食テムト為也ケリ」ト見ルニ、狗寄テ児ノ傍ニ副ヒ臥ヌ。吉ク見レバ、狗児ニ乳ヲ吸スル也ケリ。児人ノ乳ヲ飲ム様ニ、糸吉ク飲ム。男此レヲ見テ、「早ウ此児ハ此ク夜来[一]狗ノ乳ヲ飲ケレバ、生テ有ケル也」ト心得テ、蜜[二]ニ其ノ辺ヲ去テ家ニ返ヌ。

次ノ夜、亦、「今夜[三]モヤ夜前[四]ノ様ニ為ル」ト思テ、亦行テ見ルニ、夜前ノ如ク狗来テ乳ヲ飲セケリ。亦次ノ夜モ、猶不審カリケレバ、行テ見ルニ、其ノ夜ハ児モ不見ズ、亦狗モ不来ザリケリ。「夜前、人気色[五]ナドヲ見テ、外ヘ将行ニケルニヤ」ト思ヒ疑テ返ニケリ。其ノ後、其ノ有サマヲ不知デ止ニケリ。此レ実ニ奇異ノ事也カシ。

此レ[六]ヲ思フニ、其ノ狗糸只者ニハ非ジ。諸ノ狗此レヲ見テ逃去ケムハ、可然キ鬼神[七]ナドニヤ有ケム。然レバ、定メテ其ノ児ヲバ平カニ養ヒ立テケム。亦仏菩薩ノ変化シテ、児ヲ利益セムガ為ニ来給タリケルニヤ。

狗ハ然カ慈悲可有キ者ニモ非ズ。然レドモ亦前生[八]ノ契ナドノ有ケルニヤ。様々ニ此ノ事ヲ思フ[九]、難心得シ。

此ノ事[一〇]ハ彼ノ見ケル男ノ語ケルヲ聞キ継テ、此ク語リ伝ヘタルトヤ。

금석이야기집今昔物語集

부록

출전·관련자료 일람

인명 해설

불교용어 해설

지명·사찰명 해설

교토 주변도

헤이안경도

헤이안경 대내리도

헤이안경 내리도

옛 지방명

출전·관련자료 일람

1. 『금석 이야기집』의 각 이야기의 출전出典 및 동화同話·유화類話, 기타 관련문헌을 명시하였다.
2. 「출전」란에는 직접적인 전거典據(2차적인 전거도 기타로서 표기)를 게재하였고, 「동화·관련자료」란에는 동문성同文性 또는 동문적 경향이 강한 문헌, 또 시대의 전후관계를 불문하고, 간접적으로라도 어떠한 관련이 있다고 판단되는 문헌, 자료를 게재했고, 「유화·기타」란에는 이야기의 일부 또는 소재의 유사성이 있다고 판단되는 문헌을 게재했다.
3. 각 문헌에는 관련 및 전거가 되는 권수(한자 숫자), 이야기·단수(아라비아숫자)를 표기하였으며, 또한 편년체 문헌의 경우 연호年號·해당 연도를 첨가하였다.
4. 해당 일람표의 작성에는 여러 선행 연구에 의거하는 부분이 많은데, 특히 일본고전문학전집 『금석 이야기집』 각 이야기 해설(곤노 도루今野達 담당)에 많은 부분의 도움을 받았다.

권17

권/화	제목	출전	동화·관련자료	유화·기타
권17 1	願値遇地藏菩薩變化僧語第一	散佚地藏菩薩靈驗記	十四卷本地藏菩薩靈驗記一3	宇治拾遺物語16 地藏菩薩靈驗繪詞上6·中2·4 十四卷本地藏菩薩靈驗記一5 今昔一七2
2	紀用方仕地藏菩薩蒙利益語第二	散佚地藏菩薩靈驗記	十四卷本地藏菩薩靈驗記一5	今昔一七1 一九11
3	地藏菩薩變小僧形受箭語第三	散佚地藏菩薩靈驗記	十四卷本地藏菩薩靈驗記六11 地藏菩薩秘記 地藏菩薩感應傳下16 江州安孫子庄內金台寺矢取地藏緣記	元亨釋書九淸水寺延鎭 十四卷本地藏菩薩靈驗記一三8 淸水寺緣記(仮名本) 淸水寺緣記繪卷
4	依念地藏菩薩遁主殺難語第四	散佚地藏菩薩靈驗記	十四卷本地藏菩薩靈驗記六12 地藏菩薩感應傳下20	
5	依夢告從泥中堀出地藏語第五	散佚地藏菩薩靈驗記	十四卷本地藏菩薩靈驗記一2 地藏菩薩感應傳下15	

권/화	제목	출전	동화 · 관련자료	유화 · 기타
6	地藏菩薩値火難自出堂語第六	散佚地藏菩薩靈驗記	十四卷本地藏菩薩靈驗記六17	今昔一六12 長谷寺驗記上10
7	依地藏菩薩敎始播磨國清水寺語第七	散佚地藏菩薩靈驗記	十四卷本地藏菩薩靈驗記六21 地藏菩薩感應傳上20	
8	沙彌藏念世稱地藏變化語第八	散佚地藏菩薩靈驗記	十四卷本地藏菩薩靈驗記二7	
9	僧淨源祈地藏絹與老母語第九	散佚地藏菩薩靈驗記	十四卷本地藏菩薩靈驗記六10	
10	僧仁康祈念地藏遁疫癘難語第十	散佚地藏菩薩靈驗記	十四卷本地藏菩薩靈驗記一7 地藏菩薩感應傳上7	
11	駿河國富士神主婦依地藏語第十一	散佚地藏菩薩靈驗記	十四卷本地藏菩薩靈驗記六9	今昔二〇40
12	改綵色地藏人得夢告語第十二	散佚地藏菩薩靈驗記	十四卷本地藏菩薩靈驗記一1	
13	伊勢國人依地藏助存命語第十三	散佚地藏菩薩靈驗記	十四卷本地藏菩薩靈驗記六13 地藏菩薩感應傳下34	今昔一四9
14	依地藏示從鎭西移愛宕護僧語第十四	散佚地藏菩薩靈驗記	十四卷本地藏菩薩靈驗記二10 地藏菩薩感應傳上10	
15	依地藏示從愛宕護移伯耆大山僧語第十五	散佚地藏菩薩靈驗記	十四卷本地藏菩薩靈驗記二11 地藏菩薩感應傳下6	
16	伊豆國大島郡建地藏寺語第十六	散佚地藏菩薩靈驗記	十四卷本地藏菩薩靈驗記二8	
17	東大寺藏滿依地藏助得活語第十七	散佚地藏菩薩靈驗記	十四卷本地藏菩薩靈驗記二13 元亨釋書一九藏滿 地藏菩薩感應傳上19	
18	備中國僧阿淸依地藏助得活語第十八	散佚地藏菩薩靈驗記	十四卷本地藏菩薩靈驗記一8 元亨釋書一九阿淸 地藏菩薩感應傳上18	
19	三井寺淨照依地藏助得活語第十九	散佚地藏菩薩靈驗記	十四卷本地藏菩薩靈驗記六5 元亨釋書一九常照 地藏菩薩感應傳上17	十四卷本地藏菩薩靈驗記七4·九13 地藏菩薩感應傳上9
20	播磨國公眞依地藏助得活語第二十	未詳		
21	但馬前司□□國擧依地藏助得活語第二十一	散佚地藏菩薩靈驗記	十四卷本地藏菩薩靈驗記二1 小石記長和四年四月九日條	
22	賀茂盛孝依地藏助得活語第二十二	散佚地藏菩薩靈驗記	十四卷本地藏菩薩靈驗記二9	
23	依地藏助活人造六地藏語第二十三	散佚地藏菩薩靈驗記	十四卷本地藏菩薩靈驗記二12 元亨釋書一七惟高 覺禪鈔地藏下	拾遺往生傳下9

권/화	제목	출전	동화 · 관련자료	유화 · 기타
24	聊敬地藏菩薩得活人語第二十四	未詳	宇治拾遺物語44 十四卷本地藏菩薩靈驗記九1 地藏菩薩感應抄所引「滿中家勇士事」	
25	養造地藏佛師得活人語第二十五	未詳	宇治拾遺物語45 十四卷本地藏菩薩靈驗記一4	
26	買龜放男依地藏助得活語第二十六	散佚地藏菩薩靈驗記	地藏菩薩靈驗繪詞下1 十四卷本地藏菩薩靈驗記四4 雜談集九萬物精靈事	今昔九13 一九29・30
27	墮越中立山地獄女蒙地藏助語第二十七	散佚地藏菩薩靈驗記	十四卷本地藏菩薩靈驗記六4 地藏菩薩感應傳上22 地藏緣起(法然寺舊藏)	今昔一四7・8
28	京住女人依地藏助得活語第二十八	散佚地藏菩薩靈驗記	十四卷本地藏菩薩靈驗記六16 地藏菩薩感應傳下38	
29	陸奧國女人依地藏助得活語第二十九	散佚地藏菩薩靈驗記	元亨釋書一八如藏尼 十四卷本地藏菩薩靈驗記一四8 地藏菩薩感應傳下9 本朝諸佛靈應記中1	
30	下野國僧依地藏助知死期語第三十	未詳		元亨釋書九藏緣 十四卷本地藏菩薩靈驗記一四7 地藏菩薩感應傳上16
31	說經僧祥蓮依地藏助免苦語第三十一	散佚地藏菩薩靈驗記	十四卷本地藏菩薩靈驗記一9	
32	上總守時重書寫法花蒙地藏助語第三十二	散佚地藏菩薩靈驗記	十四卷本地藏菩薩靈驗記二6 地藏菩薩感應傳下19	古今著聞集一7 華頂要略所引「叡峰日吉雜記」
33	比叡山僧依虛空藏助得智語第三十三	未詳		今昔一一2 室町時代物語「地藏堂草子」
34	彌勒菩薩化柴上給語第三十四	日本靈異記下8		
35	彌勒爲盜人被壞叫給語第三十五	日本靈異記中23	元亨釋書二八葛木像	今昔一二13 一六39
36	文殊生行基見女人惡給語第三十六	日本靈異記中29	三寶繪中3 行基年譜	
37	行基菩薩教女人惡子給語第三十七	日本靈異記中30		善惡報ばなし一1 민담「こんな晩」
38	律師淸範知文殊化身語第三十八	未詳		浜松中納言物語
39	西石藏仙久知普賢化身語第三十九	法華驗記上38	三外往生記13	

권/화	제목	출전	동화 · 관련자료	유화 · 기타
40	僧光空依普賢助存命語第四十	法華驗記中72	元亨釋書九金勝寺光空	今昔三25 一六26
41	僧貞遠依普賢助遁難語第四十一	法華驗記中71	元亨釋書九睿山眞遠	
42	於但馬國古寺毘沙門伏牛頭鬼助僧語第四十二	法華驗記中57		
43	籠鞍馬寺遁羅刹鬼難僧語第四十三	鞍馬寺緣起(散佚)	扶桑略記抄延曆一五年條 鞍馬蓋寺緣起 拾遺往生傳下2 眞言傳四18 元亨釋書九鞍馬寺峰延	北越雪譜二4
44	僧依毘沙門助令産金得便語第四十四	未詳		今昔一六29 一七33 好色五人女五5
45	吉祥天女攝像奉犯人語第四十五	日本靈異記中13		源氏物語帚木 古本說話集下62
46	王衆女仕吉祥天得富貴語第四十六	日本靈異記中14		今昔一六7 · 8
47	生江世經仕吉祥天女得富貴語第四十七	未詳	古本說話集下61 宇治拾遺物語192	元亨釋書二九江諸世
48	依妙見菩薩助得被盜絹語第四十八	日本靈異記上34		今昔一○23
49	金就優婆塞修行執金剛神語第四十九	日本靈異記中21	東大寺要錄二 扶桑略記抄天平二一年條 三國佛法傳通緣起中法相宗項 元亨釋書二八東大寺	東大寺要錄 一 · 二 · 四 七大寺巡禮私記東大寺 菅家本諸寺緣起集東大寺
50	元興寺中門夜叉施靈驗語第五十	未詳		護國寺本諸寺緣起集元興寺條 菅家本諸寺緣起集元興寺條

권19

권/화	제목	출전	동화 · 관련자료	유화 · 기타
권19 1	頭少将良峰宗貞出家語第一	未詳	扶桑蒙求私注(彰考館藏)所引「宇治記」 大和物語168 遍照集 十訓抄六8 七卷本寶物集 古今和歌集一六哀傷487 沙石集五末9 直談因緣集六29	續本朝往生傳6
2	參河守大江定基出家語第二	未詳	第二~五段 → 宇治拾遺物語59 第二・三・(五)段→ 續本朝往生傳33 發心集二4 今鏡昔話九「眞の直」 當麻曼陀羅疏一三 扶說鈔13 第七段→ 宇治拾造物語172 續本朝往生傳33 東齋隨筆佛法類	→ 欄外補1
3	內記慶滋ノ保胤出家語第三	未詳	第二・三・四段→ 宇治拾遺物語140 第五・六段→ 發心集二3 第七・八段→ 撰集抄五3	續本朝往生傳31
4	攝津守源滿仲出家語第四	未詳	七卷本寶物集七 古事談四2	
5	六宮姬君夫出家語第五	未詳	古本說話集上28	發心集五1 七卷本寶物集二 三井往生傳上16 元亨釋書一一行圓 六の宮の姬君(芥川龍之介)
6	鴨雌見雄死所來出家人語第六	未詳		→ 欄外補2
7	丹後守保昌朝臣郞等射テ母ノ成タルヲ鹿ト出家語第七	未詳		

권/화	제목	출전	동화 · 관련자료	유화 · 기타
8	西京仕鷹者見夢出家語第八	未詳	中外抄下 · 久安六年八月二十條「大納言物語」	
9	依小兒破硯侍出家語第九	未詳		撰集抄六10 室町時代物語「硯わり」
10	春宮藏人宗正出家語第十	未詳		金鏡昔話九「眞の道」 發心集五7 當麻曼陀羅疏二七 扶說鈔10 西行物語 今昔一九2
11	信濃國王藤觀音出家語第十一	未詳	古本說話集下69 宇治拾遺物語89	
12	於鎭西武藏寺翁出家語第十二	未詳	宇治拾遺物語136	민담「産神問答」(老媼夜 譚一, 雉子ノ一聲の里)
13	越前守藤原孝忠侍出家語第十三	未詳	古本說話集上40 宇治拾遺物語148	
14	讚岐國多度郡五位聞法即出語第十四	未詳	七卷本寶物集七 淨土宗法語(金澤文庫藏) 續敎訓鈔一四冊 發心集三4 私聚百因緣集九20	
15	公任大納言出家籠居長谷語第十五		榮花物語二七 小右記萬壽二年條	後拾遺集雜三 千載集雜三 公任集 世繼物語
16	顯基中納言出家受學眞言語第十六		續本朝往生傳4 榮花物語三三 古事談一47 發心集五8 十訓抄六11 今鏡一「望月」· 九「賢き道々」 古今著聞集四136 · 八314 撰集抄四5 中納言顯基事(梅澤氏藏) 元亨釋書一七源顯基	後拾遺集一七
17	村上天皇御子大齊院出語第十七	未詳	古本說話集上1(後半部) 無名草子	小右記長元四年條 左經記長元四年條 · 同八年條

권/화	제목	출전	동화 · 관련자료	유화 · 기타
18	三條大皇大后宮出家語第十八	未詳	第一·二·三段→ 宇治拾遺物語143 發心集一5 私聚百因緣集八3 第四·五段→ 大鏡賴忠傳	今昔一二33
19	東大寺僧於山値死僧語第十九	未詳		法華傳記八1 今昔七32 三國傳記二26 狗張子六2
20	大安寺別當娘許藏人通語第二十	未詳	宇治拾遺物語112	
21	以佛物餅造酒見蛇語第二十一	未詳		민담「天福地福」,「金は蛇」,「牡丹餅は蛙」 今昔一四1 一九22
22	寺別當許麥繩成蛇語第二十二	未詳		今昔一九21
23	般若寺覺緣律師弟子僧信師遺言語第二十三	未詳		
24	代師入太山府君祭都狀僧語第二十四	未詳	發心第六1 七卷本寶物集四 覺鑁聖人傳法繪談義打聞集 三國傳記九6 元亨釋書一二證空 眞言傳五 三井往生傳上7 園城寺傳記六 寺門傳記補錄八·一五 とはずがたり五 曾我物語七 直談因緣集五24 雜談鈔11 泣不動緣起繪卷 謠曲「泣不動」 八幡愚童訓上 壒囊鈔一O40 三井寺物語 安倍晴明物語 東國高僧傳一O	私聚百因緣集九25
25	瀧口藤原忠兼敬實父得任語第二十五	未詳		

권/화	제목	출전	동화 · 관련자료	유화 · 기타
26	下野公助爲父敦行被打不逃語第二十六	未詳	富家語應保元年條 古事談六67 十訓抄六20 古今著聞集八313	伯瑜の話(今昔九11 孝子傳上蒙求下) 曾參の話(孝子傳下 孔子家語)
27	住河邊僧值洪水棄子助母語第二十七	未詳		郭巨の話(今昔九1 孝子傳上蒙求上)
28	僧蓮圓修不輕行救死母苦語第二十八	未詳		
29	龜報山陰中納言恩語第二十九	未詳	七卷本寶物集六 十訓抄一5 長谷寺驗記下13 沙石集(拾遺)61 源平盛衰記二六17 三國傳記七25(國會本七27) 直談因緣集八16	
30	龜報佰濟弘濟恩語第三十	日本靈異記上7		今昔五19 九13 一七26 一九29
31	髑髏報高麗僧道登恩語第三十一	日本靈異記上12		→ 欄外補3
32	隆奥國神報守平維敍恩語第三十二	未詳		垣根草塩飽正連荒田の祠を壞つ事
33	東三條內神報僧恩語第三十三	未詳		민담「見るなの座敷」 今昔一九34
34	比叡山天狗報助僧恩語第三十四	未詳	十訓抄一7	今昔一九33
35	藥師寺最勝會勅使捕盜人語第三十五	未詳		
36	藥師寺舞人玉手公近值盜人存命語第三十六	未詳		
37	比叡山大智房檜皮葺語第三十七	未詳		
38	比叡山大鍾爲風被吹辷語第三十八	未詳		撰集抄七11
39	美濃守侍五位遁急難存命語第三十九	未詳		
40	檢非違使忠明於清水値敵存命語第四十	未詳	古本說話集下49(前半) 宇治拾遺物語95	

권/화	제목	출전	동화 · 관련자료	유화 · 기타
41	參清水女子落入前谷下死語第四十一	未詳	古本說話集下49(後半)	今昔一九42
42	瀧藏禮堂倒數人死語第四十二	未詳		今昔一九41
43	貧女棄子取養女語第四十三	未詳		
44	達智門棄子狗蜜來令飮乳語第四十四	未詳		→ 欄外補4

欄外補1　建久御巡禮記法華寺條 法華滅罪緣起(法華寺藏) 七卷本寶物集六 三國傳記二21·五8·一一24 元亨釋書一八皇后光明子 往因類聚抄 大佛緣起繪卷下(東大寺藏) 說經才 學抄五上(眞福寺藏) 源平盛衰記七 今昔二四48

欄外補2　搜神記一四353 古今著聞集二0713 沙右集七14 本朝故事因緣集 近江輿地志略92 新編武藏國風土記稿七 太宰管內府傳說「鴛鴦沼」,「眞菰池」

欄外補3　민담「노래하는 해골歌い骸骨」(枯骨報恩) 句道興撰搜神記11 曾呂利物語二5 伽婢子八4 伊豆熱海溫泉緣起 敵討義女英 → 今昔一二31「유화·기타」

欄外補4　그리스神話트로이왕자 파리스 로마건국사一 그림, 독일傳說集540 史記大宛列傳63 三國史記高句麗本紀 搜神記一四344 うつほ物語俊蔭 神道集二6熊野權現事 정글북

인명 해설

1. 원칙적으로 본문 중에 나오는 호칭을 표제어로 삼았으나, 혼동하기 쉬운 경우에는 본문의 각주에 실명實名을 표시하였고, 여기에서도 실명을 표제어로 삼았다.
2. 배열은 한글 표기 원칙에 의한 가나다 순으로 하였다.
3. 해설은 최대한 간략하게 표기하며, 의거한 자료·출전出典을 명기하였다. 이는 일본고전문학전집 『금석 이야기집今昔物語集』의 두주를 따른 경우가 많다.
4. 각 항의 말미에 해당 인물이 등장하는 이야기를 숫자로 표시하였다. 예를 들면 '⑰ 1'은 '권17 제1화'를 가리킨다.

[가]

가모노 다다유키賀茂忠行

출생·사망 시기는 자세히 전해지지 않음. 헤이안平安 중기의 음양사陰陽師. 에히토江人의 아들. 천력天曆 3년(949) 『오미 국사해近江國司解』에는 "正六位上權少掾"이라고 되어 있으며, 『존비분맥尊卑分脈』에는 "從五位下丹波權介"라고 되어 있음. 다다유키의 제자로는 아베노 세이메이安倍晴明가 있으며 자식으로는 야스노리保憲, 요시시게노 야스타네慶滋保胤(자쿠신寂心) 등이 있음. ⑲ 3

가쿠엔覺緣

?~장보長保 4년(1002). 도다이지東大寺에 입사入寺하여, 화엄삼론華嚴三論을 배움. 이후, 도지東寺 입사入寺. 겐고元杲·센반千攀·간초寬朝의 제자. 가쿠엔은 '能說之師則淸範、靜照、院源、覺緣'(『속본조왕생전續本朝往生傳』 이치조一條 천황天皇 조條)이라 해서 이치조 천황 치세에 '天下之一物' 중, '능설能說'의 한 명으로 거론되었음. 장보長保 2년에 권율사權律師. 교토 서쪽의 한냐지般若寺에 살았음. ⑲ 23

가쿠운覺雲

천력天曆 7년(953)~관홍寬弘4년(1007). 가쿠운覺運. 출생에 관해서는 전해지지 않음. 좌주座主 료겐良源에 입실入室하여 고료興良 승도僧都에게 사사師事. 산문山門·사문寺門의 석학碩學이며, 『관무량수경소현요기파문觀無量壽經疏顯要記破文』을 지음. 장보長保 3년(1001)에는 겐신源信과 함께 법교法橋가 되고, 장보 5년에는 권소승도權少僧都. 겐신과 사이가 좋았으며, 염불행자念佛行者였음. 『속본조왕생전續本朝往生傳』 이치조一條 천황天皇의 조에는 "學德則源信、覺雲、實因…"이라 되어 있음. 또한 『이중력二中歷』 명인력·현밀 항목에 '覺雲檀那院僧都'라고 보임. 천태종天台宗 단나류檀那流의 시조. ⑲ 4

가쿠초覺朝

?~장원長元 7년(1034). 이즈미 지방和泉國 사람. 속성俗姓은 고세 씨巨勢氏. 도소쓰都率 승도僧都·

젠조禪定 승도僧都라고도 불림. 천태종의 승려. 권소승도權少僧都. 료겐良源의 제자로 겐신源信에게도 사사師事하고 현밀顯密을 겸학兼學함. 에이잔도솔원叡山兜率院·수릉엄원首楞嚴院에 거주居住(『승강보임僧綱補任』,『일본기략日本紀略』,『명장약전明匠略傳』,『속본조왕생전續本朝往生傳』). 향년 75세. ⑲ 11

간초寬朝 승정僧正

연희延喜 15년(915)~장덕長德 4년(998). 우다宇多 천황의 손자, 아쓰미(혹은 아쓰자네) 친왕敦實親王의 아들. 어머니는 후지와라노 도키히라藤原時平의 딸. 진언종 승려. 간쿠寬空의 제자. 정원貞元 2년(977)에 도지東寺 장자長者·사이지西寺 별당別當이 됨. 영관永觀 2년(984)에는, 도다이지東大寺 별당, 관화寬和 2년(986)에 대승정에 임명됨. 가잔花山 천황의 칙원勅願에 의해, 사가嵯峨 히로사와 연못廣澤池의 북서쪽에 헨조지遍照寺를 건립하여 살았으며, 히로사와廣澤 대승정이라 불림. 간초의 제자로는 가쿄雅慶·사이진濟信·진가쿠深覺·가쿠엔覺緣 등이 있음. ⑲ 23

겐신源信

천경天慶 5년(942)~관인寬仁 원년(1017). 야마토 지방大和國 사람. 속성俗姓은 우라베 씨占部氏. 에신惠心 승도僧都·요카와橫川 승도僧都라고도 함. 천태종의 승려. 내공봉십선사內供奉十禪師. 법교상인위法橋上人位를 거쳐 권소승도權少僧都. 수릉엄원首楞嚴院 검교檢校(『요카와장리橫川長吏』). 료겐良源(지에慈惠 승정僧正)의 제자. 일본 정토교淨土敎의 대성자大成者로 일본에서 정토교에 관하여 처음으로 『왕생요집往生要集』을 저술. 그 밖에 『일승요결一乘要決』,『대승대구사초大乘對具舍抄』 등을 저술. ⑲ 4·18

겐켄源賢

?~관인寬仁 4년(1020). 미나모토노 미쓰나카源滿仲의 3남. 어머니는 미나모토노 스구루源俊의 딸. 아명은 '비조마로美女丸'. 천태종天台宗의 승려. 가인歌人. 료겐良源. 겐신源信을 스승으로 모심. 장화長和 원년(1012) 간케이지元慶寺 별당別當, 다음 해에는 법교法橋가 됨. 관인寬仁 원년 법안法眼. 야오八尾 법안, 다다多田 법안, 셋쓰攝津 법안으로 불림.(『승강보임僧綱補任』,『존비분맥尊卑分脈』). 가집家集으로는 『겐켄 법안집源賢法眼集』이 있음. 요쿄쿠謠曲 『미쓰나카滿仲』,『나카미쓰仲光』, 고와카마이쿄쿠幸若舞曲 『미쓰나카滿仲』, 고조루리古淨瑠璃 『다다 미쓰나카多田滿中』,『비조고젠美女御前』 등이 알려져 있음. ⑲ 4

고야空也

연희延喜 3년(903)~천록天祿 3년(972). 『속본조왕생전續本朝往生傳』에는 "弘也", 『타문집打聞集』 27에는 "公野"로 되어 있고, '고야'라고 읽음. '구야'라고도 함. 출생에 관해서는 자세하게 알려지지 않음. 다이고醍醐 천황天皇의 제5황자라고 하는 설이 있음. 20여 세에 오와리 지방尾張國 국분사國分寺에서 출가했으며, 사미명沙彌名을 고야空也라고 했음. 염불念佛을 외우면서 여러 지방을 순례하고 전도傳道, 교화敎化에 힘썼기 때문에 '저자의 성인市聖', '아미타阿彌陀 성인'이라고도 불림. 천력天曆 2년(948)에 히에이 산比叡山에서 천태좌주天台座主 엔쇼延昌에게 수계受戒. 법명法名은 고쇼光勝. 가모 강鴨川에 사이고지西光寺(후에 로쿠하라미쓰지六波羅蜜寺)를 창건. ⑲ 3

고이치조小一條 좌대신左大臣

연희延喜 20년(920)~안화安和 2년(969). 후지와라노 모로마사藤原師尹. 다다히라忠平의 5남. 어머니는 미나모토노 요시아리源能有의 딸, 아키코

昭子. 우대장右大將, 대납언大納言, 우대신右大臣을 역임하고 안화安和 2년 좌대신左大臣 겸 좌대장左大將. 정이위正二位. 아버지인 다다히라에게 물려받은 소일조원제小一條院第에서 살았던 연유로 고이치조 좌대신이라고 불림. 안화安和의 변變에서 미나모토노 다카아키라源高明를 대재권수大宰權帥에 좌천시킨 장본인으로 알려짐(『공경보임公卿補任』, 『대경大鏡』). ⑲ 9

고조康成

정확하게는 '康尙'라고 추정. '康淨', '康常', '好聖'라고도 함. 권12 제24화에서는 '好常'로 되어 있음. 출생·사망 시기는 자세히 전해지지 않음. 헤이안平安 중기의 대불사大佛師. 조초定朝의 아버지(또는 스승). 도사土佐 강사講師, 오미近江 강사講師를 역임. 세키데라關寺의 미륵대불彌勒大佛, 인수전仁壽殿의 정관음상正觀音像 등을 조상造像함. ⑰ 10

곤주金就

출생·사망 시기는 자세히 전해지지 않음. 『일본영이기日本靈異記』에는 "金鷲(이본異本에는 金熟)", 『칠대산순례사기七大寺巡禮私記』는 "金鷲, 金熟, 金鐘"로, 『삼국불법전통연기三國佛法傳通緣起』는 "金鷲", 『도다이지요록東大寺要錄』은 "金鷲, 金熟, 金鍾"으로 되어 있음. 보통, 곤주金就와 로벤良辨을 동일인물로 여기지만(『칠대사순례사기』, 『삼국불법전통연기三國佛法傳通緣起』, 『도다이지요록』) 확실치는 않음. ⑰ 49

곤쿠嚴久

?~관홍寬弘 5년(1008). 좌경左京 사람. 가잔花山승도僧都·가잔묘코보花山妙香房라고도 함. 천태종의 승려. 대승도大僧都. 지에慈惠·지인慈忍의 제자. 수릉엄원首楞嚴院 검교檢校(요카와 장리橫川長吏)로써 5년간 원院을 다스림. 지토쿠지慈德寺 창건. 현교顯敎를 통달하였고, 독경도 능숙하여 가잔인花山院 출가 때 공양供奉(『승강보임僧綱補任』, 『승관보임僧官補任』, 『부상약기扶桑略記』, 『미도관백기御堂關白記』, 『영화 이야기榮花物語』, 『이중력二中歷』). ⑲ 23

교소慶祚 **아사리**阿闍梨

천력天曆 7년(953) ?~관인寬仁 3년(1019). 속성俗性은 나카하라 씨中原氏. 천태종天台宗의 승려. 천태좌주天台座主 요쿄余慶의 고제高弟. 후에 간수觀修, 쇼산勝算, 보쿠산穆算과 함께 요쿄余慶의 사신족四神足 중 한 사람이 됨. 정력正曆 4년(993)의 산문山門과 사문寺門의 항쟁 때, 기타이시구라北石藏의 다이운지大雲寺에 이동. 그 후에 미이데라三井寺로 옮겨, 사문파寺門派 융성隆盛의 기반을 다짐. 그 주방住坊은 용운방龍雲坊임. 『속본조왕생전續本朝往生傳』에 「天下之一物」로 언급됨. 또한 교소는 대재원大齋院이 출가하기 이전에 사망함. ⑲ 17

교유慶祐

천경天慶 9년(946)~? '慶有'라고도 함. 히에이 산比叡山 요가와橫川의 승려僧. 『소우기小右記』 장보長保 원년(999) 10월 8일 조에 "阿闍梨慶祐"가 나옴. 『권기權記』 장보長保 3년 2월 16일 조에는 "有注慶祐者, 若阿闍梨慶祐歟, 若書誤者, 削改可下"라 되어 있음. 『승강보임僧綱補任』 가쿠초覺超 항에는 "橫川井上慶祐阿闍梨"라고 되어 있음. 관홍寬弘 4년(1007) 11월 8일에는 영산원靈山院 석가당釋迦堂의 공양供養을 행함. 교유는 권12 제33화에도 보임. ⑰ 9

교키行基 **보살**菩薩

덴치天智 7년(668)~천평승보天平勝寶 원년(749).

이즈미 지방和泉國 사람. 속성俗姓은 고시 씨高志氏. 휘諱는 호교法行. '보살菩薩'은 교키의 덕행에 대한 존칭尊稱(『사리병기舍利甁記』). 아버지는 고시노 사이치高志才智, 어머니는 하치다노 고니히메蜂田古爾比賣. 천무天武 11년(682) 도쇼道昭를 스승으로 하고 출가. 토목土木·치수治水 등 사회사업에 공헌함. 또한 사도승私度僧을 조직하여 민중을 교화하였으나 국가권력에 탄압당함. 그 후, 도다이지東大寺 대불大佛 권진勸進에 진력하다 천평 17년(745)에 쇼무聖武 천황에게 대승정위大僧正位를 하사받음. ⑰ 36·37

구니타카國學

?~치안治安 3년(1023). 고코光孝 미나모토 씨源氏. 미나모토노 미치사토源通理의 아들. 빗추備中, 와카사若狹, 미노美濃 수령을 역임歷任한 후, 다지마但馬 수령이 됨. 정사위하正四位下. 구니타카國學의 출가出家에 대해서는 『소우기小右記』 장화長和 4년(1015) 4월 8일 조條에 "前但馬守國學臥病出家"라고 되어 있음. 법명法名은 노닌能忍. 구니타카國學의 아들로는 법교法橋 교엔行圓, 손자로는 권율사權律師 에이칸永觀이 있음. ⑰ 21

긴토公任

강보康保 3년(966)~장구長久 2년(1041). 후지와라 씨藤原氏. 아버지는 요리타다賴忠, 어머니는 요시아키라 친왕代明親王의 딸. 권중납언權中納言·권대납언權大納言을 거쳐, 장화長和 원년(1012)에 정이위正二位. 이치조一條 천황 치세 때, 사납언四納言의 한 사람. 만수萬壽 3년(1026) 게다쓰지解脫寺에서 출가하여, 북산北山의 하세長谷에서 은거함. 출가 경위는 『영화 이야기榮花物語』 '옷 구슬衣の珠'에 자세히 나타남. 와카나 한시·관현管弦에 뛰어나며, 학식이 풍부한 것으로 알려짐. 『화한낭영집和漢朗詠集』, 『북산초北山抄』의 편자. 『습유초拾遺抄』, 『금옥집金玉集』, 『삼십육인찬三十六人撰』 등의 찬자. 가집으로는 『긴토 집公任集』이 있음. 사조대납언四條大納言, 안찰사대납언按察使大納言이라 칭함. ⑲ 15

[나]

나리미쓰濟光

승평承平 4년(934)~영연永延 원년(987) 오에노 나리미쓰大江濟光를 말함. 고레토키維時의 아들. 어머니는 후지와라노 도타다藤原遠忠의 딸. 자식에는 사다모토定基(법명은 자쿠쇼寂照)가 있음. 이세伊勢·오미近江·셋쓰攝津 등의 수령을 역임. 민부권대보民部權大輔·동소보同少輔·식부대보式部大輔·동궁학사東宮學士·참의參議를 거쳐서 좌대변左大辨. 정삼위正三位. 유학자로 시문詩文에도 뛰어났음. 영연永延 원년 11월 7일 54세로 사망(『존비분맥尊卑分脈』). ⑲ 2

내기內記 요시시게노 야스타네慶滋保胤

?~장보長保 4년(1002). 가모노 다다유키賀茂忠行의 아들. 양자養子가 되어 요시시게慶滋의 성이 됨. 시문詩文은 스가와라노 후미토키菅原文時에게 사사師事. 대내기大內記, 종오위하從五位下. 관화寬和 2년(986)에 출가. 법명은 자쿠신寂心. '내기內記 상인上人', '내기內記 입도入道'라고도 함. 요카와橫川에 있는 겐신源信의 염불결사念佛結社인 이십오삼매회二十五三昧會에 가담. 또한, 권학회勸學會의 중심인물이기도 함. 출가 후에는 교토京都의 동쪽에 위치한 뇨이린지如意輪寺에 살았음. 자쿠신寂心과 쇼샤 산書寫山의 쇼쿠性空와의 교류는 잘 알려진 이야기임. 일본의 정토교淨土敎의 성립에 큰 역할을 담당한 인물. 저서인 『일본왕생극락기日本往生極樂記』와 『지정기池亭記』는 특히 유명함. ⑲ 3

뇨무如無

정관貞觀 9년(867)~천경天慶 원년(938). 후지와라노 야마카게藤原山陰의 3남. 법상종法相宗의 승려. 고후쿠지興福寺에 살았음. 권율사權律師·소승도少僧都를 거쳐, 승평承平 원년(931) 대승도大僧都가 됨(『승강보임僧綱補任』). 우다宇多 천황天皇을 옆에서 모시는 승려였음. ⑲ 29

니치조日藏

연희延喜 5년(905)~관화寬和 원년(985). 속성俗姓은 미요시 씨三善氏. 처음에는 도겐道賢이라 불렸으나 소세蘇生 이후, 니치조日藏로 개명. 긴푸 산金峰山 진잔지椿山寺로 출가, 산악수행자. 도지東寺·무로 산室生山 류몬지龍門寺에 거주. 천경天慶 4년(941) 8월 2일에 죽었지만 13일에 소생하여 명계편력冥界遍歷의 모습을 『명도기冥途記』에 저술. 사후에는 신선이 되었다고 함(『부상약기扶桑略記』, 『도겐 상인명도기道賢上人冥途記』, 『본조신선전本朝神仙傳』, 『이중력二中歷』). ⑰ 31

닌코仁康

출생·사망 시기는 자세히 전해지지 않음. 미나모토노 도루源融의 아들. 천태종天台宗의 승려. 료겐良源을 스승으로 모심. 로쿠조가와라六條河原의 하원원河原院에 살았음. 정력正曆 2년(991) 3월 28일, 고쇼康尙에게 명하여 석가상釋迦像을 만들고, 오시강五時講을 행함. 장보長保 2년(1000), 이 석가상釋迦像을 기다린지祇陀林寺에 옮긴 이후, 닌코는 기다린지에서 살았음. 향년 80세. ⑰ 10

[다]

다다카네忠兼

출생·사망 시기는 자세히 전해지지 않음. 후지와라 씨藤原氏. 나리토得任의 아들. 『제목대성초除目大成抄』 권10에 "所衆. 瀧口, 右馬權小允. 正六位上"이라고 되어 있음. 『소우기小右紀』 관인寬仁 2년(1018) 5월 14일 조에는 다다카네忠兼가 한번 하사받은 말을 반납하는 사건이 보임. 그곳에는 "馬允忠兼"라고 되어 있으나, 『이중력二中歷』 일능력一能歷 응사鷹飼의 항목에는 "馬大夫忠兼"라고 되어 있음. ⑲ 25

다이라노 고레노부平維敍

출생·사망 시기는 자세히 전해지지 않음. 사다모리貞盛의 아들. 후지와라노 나리도키藤原濟時의 아들로도 알려짐. 우위문소위右衛門少尉를 거쳐, 영관永觀 원년(983) 히젠肥前 수령. 그 이후, 무쓰陸奥·히타치常陸·고즈케上野 수령을 역임. 종사위하從四位下(『존비분맥尊卑分脈』). 후지와라노 사네스케藤原實資의 가인家人이라고 여겨짐. 『이중력二中歷』 일능력一能歷 무자武者의 항에도 보임. 『미도관백기御堂關白記』 장화長和 4년(1015) 8월 27일 조에 "上野守(介)維敍辭退"라고 되어 있는데, 병이 재발하여 고즈케上野 수령(介)를 사퇴하고 출가. 『미도관백기御堂關白記』 관인寬仁 원년(1017) 9월 17일 조에 '維敍法師'라고 나옴. ⑲ 32

다이라노 다카요시平孝義

출생·사망 시기는 자세히 전해지지 않음. 다이라노 지카노부平親信(946~1017)의 5남. 『존비분맥尊卑分脈』에는 보이지 않음. 우마조右馬助·사가미相模 수령을 거쳐, 안치治安 3년(1023) 12월에는 무쓰陸奥 수령이 됨(『소우기小右記』). 장원長元 원년(1028) 9월까지는 재임하였음(『좌경기左經記』). ⑰ 5

다이라노 마사카도平將門

?~천경天慶 3년(940). 요시마사良將의 아들. 시모우사下總를 본거지로 세력을 떨침. 영지領地 다

툼으로 인해 일족一族과 분쟁을 일으키고 승평承平 5년(935)에 숙부인 구니카國香를 살해함. 일족의 분쟁이 점차 발전해 가고, 마사카도는 히타치 국부常陸國府를 불태워 버리고, 시모쓰케下野·고즈케上野 국부도 습격하여 국사國司를 추방. 스스로 신황新皇이라 칭하고, 일족을 관동關東의 국사로 삼음. 천경 3년 2월, 다이라노 사다모리平貞盛와 시모쓰케 압령사押領使 후지와라노 히데사토藤原秀鄉에게 공격을 받고 패사敗死함(『마사카도 기將門記』). 이러한 난亂은 승평承平·천경天慶의 난으로 알려짐. ⑰ 8·40

대재원大齋院

강보康保 원년(964)~장원長元 8년(1035). 센시選子 내친왕內親王. 무라카미村上 천황天皇의 제10황녀. 어머니는 후지와라노 모로스케藤原師輔의 딸 안시安子. 천연天延 3년(975) 6월에 가모 재원賀茂齋院이 되었고, 장원 4년에는 노병老病으로 인해 은퇴하여 출가함. 엔유圓融 천황의 치세부터 고이치조後一條 천황 치세에 이르기까지, 5대에 걸쳐 재원을 담당했기 때문에, 대재원이라 불리게 됨. 가인歌人으로서도 유명하여 가집家集에 『발심 와카집發心和歌集』이 있음. ⑲ 17

데이신 공貞信公

원경元慶 4년(880)~천력天曆 3년(949). 후지와라노 다다히라藤原忠平. 데이신 공貞信公은 시호. 모토쓰네基經의 4남. 어머니는 사품四品 탄정윤彈正尹 사네야스人康 친왕親王의 딸. 대납언大納言·우대신右大臣·좌대신左大臣을 거쳐, 승평承平 6년(936) 태정대신太政大臣. 스자쿠朱雀 천황天皇의 즉위와 함께 섭정攝政이 되었으며, 천경天慶 9년(946)에는 관백이 됨. 우다宇多 천황에게 중용되었으며, 스가와라노 미치자네菅原道眞와도 사이가 좋음. 부인은 우다 천황의 딸 준시(노부코)順子. 다다히라 가문은 후에 섭관가攝關家의 주류가 됨. 그의 일기 『데이신 공기貞信公記』는 현존하는 헤이안 귀족의 최고最古의 일기로 유명함. 향년 70세. 정일위正一位가 추증됨. ⑲ 9

도등道登

출생·사망 시기는 자세히 전해지지 않음. 권19 제31화에는 도등을 고구려에서 도래한 귀화승으로 기록하고 있음. 다만, 『일본영이기日本靈異記』 상권 제12화에는 "高麗學生道登者, 元興寺沙門也. 出自山背惠滿之家"라고 되어 있고, 『우지교단비명宇治橋斷碑銘』에 의하면 "世有釋子, 名曰道登. 出自山尻慧滿之家"라고 되어 있음. 이 자료로 추정해 볼 때 도등은 일본에서 태어난 고구려 귀화승이었을 가능성이 있음. 또는 고구려 유학승이었을 것으로 추정되기도 함. 간고지元興寺에서 살았으며, 대화大化 원년(645)에 십사十師로 발탁됨. 다음 해에는 야마시로山背의 우지교宇治橋를 가설架設함. 백치白雉 원년(650)에 오와리尾張에서 백치白雉 헌상獻上이 있을 때, 고구려의 고사故事를 이야기하여, 백치 개원改元의 계기를 만듦(『효덕기孝德紀』, 『우지교단비명』). ⑲ 31

도조登昭

출생·사망 시기는 자세히 전해지지 않음. 가잔花山 천황부터 이치조一條 천황의 치세 무렵의 유명한 관상인. '洞照'라고 하기도 함. 권24 제21화에서 보이듯이, 귀족이나 승려의 골상骨相을 점치는 것으로 유명. 『지장보살영험기地藏菩薩靈驗記』에는 "登照", 『원형석서元亨釋書』에는 "通照". 『헤이케 이야기平家物語』 권4에는 "通乘", 『겐페이 성쇠기源平盛衰記』 권15에서는 "登乘"라고 되어 있음. 『이중력二中歷』 일능력一能歷 관상인 항목에는 '洞昭 一云統、一云調昭'라고 나와 있음. 『속고사담續古事談』 권5의 숙요사宿曜師 도조登昭

와는 다른 사람으로 추정. ⑰ 17

도쿠이치得一 보살菩薩

출생·사망 시기는 자세히 전해지지 않음. '德一'라고도 함. 헤이안平安 초기의 법상종法相宗의 승려. 후지와라노 나카마로藤原仲麻呂의 아들이라고도 하나 미상. 고후쿠지興福寺에 살았으며, 슈엔修圓을 스승으로 모신 뒤, 동국東國으로 향함. 쓰쿠바 산筑波山에 주젠지中禪寺를 세우고, 오슈奧州 아이즈會津에 가서 반다이 산磐梯山 엔니치지惠日寺에 살았음. 북관동北關東·동북東北 지방에서는 도쿠이치得(德)一의 개기開基라고 전해지는 절이 많음. 사이초最澄의 천태일승주의天台一乘主義에 반대하며 격렬하게 논쟁하고, 법상삼승주의法相三乘主義야말로 진실한 가르침이라고 한, 삼일권실논쟁三一權實論爭은 유명함. 또한 구카이空海에게도 질문장質問狀을 통해 논쟁함. 천태종天台宗의 지카쿠慈覺 대사大師와 함께 동국東國 불교의 시조적인 존재임. '보살菩薩'은 존칭. 입당入唐에 대해서는 자세히 전해지지 않음. ⑰ 29

[마]

몬토쿠文德 천황天皇

천장天長 4년(827)~천안天安 2년(858). 다무라田邑 천황이라고도 함. 제55대 천황. 재위 가상嘉祥 3년(858)~천안天安 2년. 닌묘仁明 천황의 제1황자. 어머니는 후지와라노 노부코藤原順子. ⑲ 1

묘고明豪

?~장보長保 4년(1002). 속성俗姓은 후지와라 씨藤原氏. 후지와라노 모리마사藤原守正의 아들. 료겐良源을 스승으로 모심. 요카와橫川의 관심원觀心院에 살았으며, 수릉엄원首楞嚴院 제7대 검교檢校가 됨. 대승도大僧都·승정僧正을 거쳐, 장보長保 4년 7월에 대승정大僧正. 같은 해 8월 23일에 입적. 호코인法興院 대승정大僧正이라고 불림. ⑲ 23

무라카미村上 천황天皇

연장延長 4년(926)~강보康保 4년(967). 제62대 천황. 재위, 천경天慶 9년(946)~강보 4년. 다이고醍醐 천황 제14황자(『일본기략日本紀略』). 어머니는 후지와라노 모토쓰네基經의 딸인 온시隱子. 천력天曆 3년(949)의 후지와라노 다다히라藤原忠平의 사후에는 섭정攝政·관백關白을 두지 않고, 친정親政을 행했음. 무라카미 천황의 치세는 다이고 천황의 치세와 함께, 연희延喜·천력天曆의 치治라고 하여 후세에 성대聖代로 여겨짐. 일기로는 『무라카미 천황어기村上天皇御記』가 있음. ⑲ 9·17

미나모토노 미쓰나카源滿中 아손朝臣

연희延喜 12년(912)~장덕長德 3년(997). '滿仲'가 정확함. 세이와淸和 미나모토 씨源氏. 쓰네모토經基의 적남嫡男. 에치젠越前 수령·무사시武藏 수령·좌마조左馬助·히타치常陸 개介·셋쓰攝津 수령 등을 역임하고 진수부장군鎭守府將軍이 됨. 안화安和의 변變(969)에서 후지와라 씨藤原氏에 협력하여 음모를 밀고함. 무용武勇으로 고명하며, 셋쓰攝津 지방에 다국원多國院을 건립함. 다다多田 미나모토 씨源氏라고 칭하고, 다다노 만주多田滿仲라고도 불림. 미쓰나카의 출가에 대해서는 『소우기小右記』 일문逸文의 영연永延 원년(987) 8월 16일 조에는 "前攝津守滿仲朝臣於多田宅出家云々, 同出家之者十三人, 尼卅餘人云々, 滿仲殺生放逸之者也. 而忽發菩提心所出家也"라고 되어 있음. 관화寬和 2년(986)에 출가出家. 법명法名은 만케이滿慶. 다다 신보치多田新發意라고 칭함. ⑰ 24 ⑲ 4·35

미카와參河 입도入道 자쿠쇼寂照

→ 오에노 사다모토大江定基 ⑰ 23

[바]

뵤구平救 아사리阿闍梨

출생·사망 시기는 자세히 전해지지 않음. 겐고元杲 승도僧都, 또는 간추寬忠 승도僧都의 제자. 닌나지仁和寺에 살았음. 관홍寬弘 2년(1005)에 도노미네多武峰 검행檢行. 장원長元 9년(1036) 12월 29일, 도지東寺의 아사리가 됨(『북원어실습요집北院御室拾要集』, 『삼법원전법혈파三法院傳法血脈』, 『동보기東寶記』). ⑰ 15

[사]

사네카타實方 중장中將

?~장덕長德 4년(998). 모로타다師尹의 손자. 사다토키定時의 아들. 어머니는 미나모토노 마사노부源雅信의 딸. 중고中古 삼십육가선三十六歌仙 중의 한 명. 우근위권좌右兵衛權佐·좌근소장左近少將·우마두右馬頭·좌근중장左近中將을 역임하고, 장덕 원년에 무쓰陸奧 수령. 장덕 4년, 무쓰에서 사망. 정사위하正四位下. 가집으로는 『사네카타아손집實方朝臣集』이 있음. 미야기 현宮城縣 나토리 시名取市 메데시마愛島의 가사지마도소 신사笠島道祖神社에 사네카타의 묘가 전해지고 있음. 사네카타實方는 신사 앞에서 말에서 내리지 못하고 급사했다고 전해짐. ⑲ 32

사다모리貞盛

?~영조永祚 원년(989)?. 다이라 씨平氏. 다이라노 구니카平國香의 아들. 승평承平 5년(935), 좌마윤左馬允 재임 중에 아버지가 다이라노 마사카도平將門에게 패하여 마사카도將門 추토追討를 위해서 히타치常陸로 감. 천경天慶 3년(940) 후지와라노 히데사토藤原秀鄕와 함께 마사카도將門를 주살誅殺. 그 공으로 종오위상從五位上 우마조右馬助가 됨. 그 후에, 진수부鎭守府 장군將軍, 단바丹波 수령, 무쓰陸奧 수령을 역임하고 종사위하從四位下가 됨. ⑲ 32·35

사카노우에노 다무라마로坂上田村麻呂

천평보자天平寶字 2년(758)~홍인弘仁 2년(811). 가리타마로苅田麻呂의 아들. 도래인渡來人 아치노오미阿知使主의 후예. 정이대장군征夷大將軍. 대납언大納言. 정삼위正三位. 연력延曆 13년(791), 16년 두 번에 걸쳐 에조蝦夷 정벌에 나서 공적을 쌓음. 기요미즈데라淸水寺를 창건. ⑲ 32

산조三條 관백關白 태정대신太政大臣

후지와라노 요리타다藤原賴忠. 연장延長 2년(924)~영연永延 3년(989). 사네요리實賴의 2남. 어머니는 후지와라노 도키히라藤原時平의 딸. 권대납언權大納言·우대신右大臣·좌대신左大臣을 거쳐, 정원貞元 2년(977) 관백關白. 천원天元 원년(978) 태정대신. 같은 해 4월에 딸 준시(노부코)遵子가 입궁하여 동 5년에는 입후立后함. 또한 영관永觀 2년(984)에는 딸인 시시(다다코)諟子도 입궁함. 그러나 준시, 시시 모두에게서 황자가 태어나지 않음. 요리타다는 가네미치兼通와 가네이에兼家의 불화로 인해, 가네미치의 뒤를 이어 관백의 지위에 올랐으나, 이치조一條 천황의 치세가 되자 가네이에가 섭정攝政·가문 장자氏長者가 되어 밀려나게 됨. 요리타다는 삼조원三條院에 살았기 때문에 산조도노三條殿라 불림. ⑲ 18

산조三條 태황태후궁太皇太后宮

천덕天德 원년(957)~관인寬仁 원년(1017). 정확하게는 사조四條 태황태후궁太皇太后宮. 후지와라노 준시藤原遵子. 어버지는 후지와라노 요리타다藤原賴忠. 어머니는 요시아키라代明 친왕親王의 딸인 겐시嚴子 여왕女王. 천원天元 원년(978)에 궁에 들어가, 엔유圓融 천황天皇의 여어女御가 됨. 천원 5년에 중궁, 영조永祚 2년(990) 10월에 황후가 됨. 장덕長德 3년(997) 3월 20일, 출가出家(『소우기小右記』). 장보長保 2년(1000) 황태우궁皇太后宮, 장화長和 원년(1012) 태황태후궁太皇太后宮. 관인寬仁 원년 사조궁四條宮에서 죽음. 일생동안 자식을 낳지 못하여 '아이를 낳지 못한(素腹) 황후'라고 불림. 또한 산조三條 태황태후太皇太后는 레이제이冷泉 천황의 황후인 마사코昌子 내친왕內親王(스자쿠朱雀 천황天皇의 제1황녀)의 호칭임. ⑲ 18

세이와清和 천황

가상嘉祥 3년(850)~원경元慶 4년(880). 제56대 천황天皇. 재위在位 천안天安 2년(858)~정관貞觀 18년(876). 몬토쿠文德 천황의 제4황자. 어머니는 후지와라노 요시후사藤原良房의 딸, 메이시(아키라케이코)明子. 외조부인 요시후사의 후원으로 즉위. 원경元慶 3년에 낙식落飾하고 이듬해 사망. 미노오水尾 천황이라고도 칭함. ⑲ 1

센반千攀 승도僧都

연희延喜 10년(910)~천원天元 3년(980). 속성俗姓은 자세히 알려지지 않음. 진언종眞言宗의 승려. 헨쇼遍勝의 제자. 천덕天德 2년(958)에 도지東寺에 입사入寺. 레이제이冷泉 천황天皇 호지승護持僧의 공을 인정받아, 안화安和 2년(969) 권율사權律師가 됨. 천연天延 원년(973) 도지東寺 장자長者(『승강보임僧綱補任』, 『도지 장자보임東寺長者補任』, 『호지승차제護持僧次第』). 그 후에 권소승도權少僧都를 거쳐 천원天元 2년, 소승도少僧都. 제자로는 한냐지般若寺의 가쿠엔覺緣 율사律師가 있음. ⑲ 23

소가增賀

연희延喜 17년(917)~장보長保 5년(1003). 『속본조왕생전續本朝往生傳』에 의하면 다치바나노 쓰네히라橘恒平의 아들. 그러나 『공경보임公卿補任』(『존비분맥尊卑分脈』)에서 쓰네히라는 영관永觀 원년(983) 62세(혹은 65세)에 사망하였으므로 소가보다 5년(혹은 2년) 젊다는 점이 의문. 쓰네히라의 동생이라는 설, 혹은 후지와라노 고레히라藤原伊衡의 아들이라는 설도 있음. 『사취백인연집私聚百因緣集』에서는 후지와라노 쓰네히라藤原恒平(미상)의 아들로 하고 있음. 천태종의 승려. 료겐良源의 제자. 응화應和 3년(963) 도노미네多武峰에서 은거 생활. 기행奇行에 의한 일화가 많음. 그것과 관련하여 권12 제33화에 상세. 부와 명예를 버리고, 덕이 높은 은둔 성인으로 겐핀玄賓과 함께 중세中世 이후 추앙받음. ⑲ 10·18

쇼쿠性空

?~관홍寬弘 4년(1007). 헤이안平安 좌경左京 사람. 속성俗姓은 다치바나 씨橘氏. 다치바나노 요시네橘善根의 아들. 쇼샤성인書寫聖人·쇼샤 히지리書寫聖라고도 함. 천태종의 승려. 강보康保 3년(966) 쇼샤산書寫山에 들어가 법화당法華堂을 건립하여 엔교지圓敎寺를 열었음. 『법화경法華經』을 수지한 덕망 높은 성인으로 유명. 가잔花山 법황法皇·도모히라具平 친왕親王·겐신源信·요시시게노 야스타네慶滋保胤·이즈미 식부和泉式部 등의 참예參詣를 받아 시가詩歌의 증답贈答이 있었음. 또한 엔유인圓融院·후지와라노 미치나카藤原道長에게도 귀의歸依받음. 향년 80세(혹은 90세). 세후리 산背振山의 수행修行 등, 쇼쿠에 대해서는 권12 제34화에 상세. ⑰ 14

쇼무聖武 천황天皇

대보大寶 원년(701)~천평승보天平勝寶 8년(756). 제45대 천황. 재위 신귀神龜 원년(724)~천평승보 원년. 몬무文武 천황의 제1황자. 어머니는 후지와라노 미야코藤原宮子. 법명은 쇼만勝滿. 황후는 후지와라노 고묘시藤原光明子. 불교 신앙이 깊어 전국에 국분사國分寺·국분니사國分尼寺를 설치. 도다이지東大寺를 창건하여 대불大佛 주조를 발원發願. ⑰ 35·49

쇼반清範

?~장덕長德 5년(999). 하리마 지방播磨國 사람. 속성俗姓은 야마토 씨大和氏. 슈초守朝 이강已講의 제자. '清水律師'라 불림. 법상종의 승려. 고후쿠지興福寺에 거주. 율사律師. 설교의 명인으로 유명. 향년 38세(『승강보임僧綱補任』, 『이중력二中歷』, 『명인력名人歷』, 『일본기략日本紀略』, 『마쿠라노소시枕草子』). ⑰ 38 ⑲ 23

시모쓰케노 긴스케下野公助

출생·사망 시기는 자세히 전해지지 않음. 시모쓰케노 아쓰유키下野敦行의 아들(본집 권19 제26화)이라고도, 다케노리武則의 아들(『고사담古事談』 6, 『십훈초十訓抄』 6, 『고금저문집古今著聞集』 8)이라고도 전해짐. 형제로는 기미토모公奉, 기미요리公頼가 있음. 엔유圓融 천황 때부터 고이치조後一條 천황 때에 걸쳐 활약한 근위관인近衛官人. 『소우기小右記』 장화長和 원년(1012) 8월 27일 조條에 '將監公助'라고 기록되어 있음. 장화 5년 4월 18일 '高扶明'가 출사出仕하지 않아서 소환하여 심문했던 때도, '장감將監'이었음(『소우기小右記』). 『미도관백기御堂關白記』 관홍寬弘 5년(1008) 2월 1일 조條, 『소우기小右記』 천원天元 5년(982) 4월 24일 조, 장화長和 원년(1012) 8월 27일 조 등에, 긴스케公助에 관련된 기사가 있음. 또한 『소우기小右記』 영조永祚 원년(989) 4월 28일 조에는 가네이에兼家의 저택에서 행해진 경마에서 오와리노 가네도키尾張兼時에 졌다는 기록이 있음. 『이중력二中歷』 일능력一能歷의 근위사인近衛舍人의 항목에도 보임. ⑲ 26

쓰네모토經基

?~응화應和 원년(961). 미나모토 씨源氏. 세이와淸和 천황天皇의 제6황자 사다즈미貞純 친왕親王의 아들. 로쿠손 왕六孫王이라고도 칭함. 진수부鎭守府 장군將軍·내장두內藏頭·대재대이大宰大貳·지쿠젠筑前 수령·시나노信濃 수령·미노美濃 수령·다지마但馬 수령·이요伊予 수령·무사시武藏 수령 등을 역임. 정사위상正四位上. 다이라노 마사카도平將門 난 때에는 정동군征東軍의 한 명으로 파견됨. 그 후, 후지와라노 스미토모藤原純友의 난에서는 추포차관追捕次官이 되어, 그 진압에 종사함. 『존비문맥尊卑分脈』에는 "天德五年(961)十一月十(四)日卒四十一(五)歲"라고 기록되어 있으나, 아들인 미쓰나카滿仲(912~997)와 연대가 맞지 않아 모순됨. 교토京都의 로쿠손노六孫王 신사神社에 모셔지고 있음. ⑲ 4

[아]

아베노 세이메이安倍晴明

연희延喜 21년(921)~관홍寬弘 2년(1005). 헤이안平安 중기의 음양사陰陽師. 대선대부大膳大夫 마스키益材의 아들. 천문박사天文博士·좌경권대부左京權大夫·곡창원별당穀倉院別當·하리마播磨 수령 등을 역임. 가모노 다다유키賀茂忠行, 야스노리保憲 부자父子에게 음양·추산推算 기술을 배움. 음양도에 있어 매우 뛰어났기 때문에 귀족에게 중용重用되었음. 특히, 식신式神을 부리고, 천문을 풀기도 하며 사건, 사고를 예지豫知하고 태산부군제泰山府君祭를 행하기도 하였음. 세이메이의 복점卜占에 관한 일화는 무수히 많아, 『속본조왕생전續本朝往生傳』이나 『대경大鏡』에도 보임. 저서로는 『점사약결占事略決』, 『금조옥토집金烏玉兎集』이 있음. 그 가문은 토어문가土御門家라고 칭하며, 하무가賀茂家와 함께 음양도를 이분二分하였음. 교토 시京都市 가미교 구上京區의 저택

옛터에는 세이메이를 제신祭神으로 하는 세이메이 신사神社가 있음. ⑲ 24

아베阿部(阿陪·安倍·安陪) **천황**天皇

양노養老 2년(718)~보귀寶龜 원년(770). 다카노노 히메高野姬 천황이라고도 함. 제46대 고켄孝謙 천황. 재위, 천평승보天平勝寶 원년(749)~천평보자天平寶字 2년(758). 제48대 쇼토쿠稱德 천황(중조重祚). 재위, 천평보자 8년~신호경운神護景雲 4년(770). 쇼무聖武 천황의 제2황녀. 어머니는 고묘光明 황후. 천평보자 6년, 출가하여 사이다이지西大寺 조영造營에 착수. 만년, 유게노 도쿄弓削道鏡를 총애하여 법왕法王으로 삼음. 본집에서는『영이기靈異記』의 설화배열을 기준으로 판단하여 모두 쇼토쿠 천황을 가리킴. ⑰ 34

아쓰유키敦行

출생·사망 시기는 자세히 전해지지 않음. 시모쓰케 씨下野氏. '厚行'라고도 표기. 무라카미村上 조정의 우근장감右近將監이 됨(『강가차제江家次第』·권19). 본집 권20 제44화, 권23 제26화에 그 이름이 보이며, 승마의 명수로, 스자쿠朱雀, 무라카미 조정에서 가장 활약한 근위사인近衛舍人. 아들로는 긴스케公助가 있음. ⑲ 26

아키모토顯基

장보長保 2년(1000)~영승永承 2년(1047). 미나모토 씨源氏. 아버지는 권대납언權大納言 미나모토노 도시카타源俊賢. 어머니는 우근위독右近衛督 후지와라노 다다기미藤原忠君의 딸. 후지와라노 요리미치藤原賴通의 양자養子가 되었으며, 장인두藏人頭·참의參議를 역임하고, 정삼위正三位 권중납언權中納言에 오름. 두중장頭中將은 치안治安 3년(1023)부터 장원長元 2년(1029)까지 역임(『직사보임職事補任』). 고이치조後一條 천황天皇의 총신寵臣. 장원 9년에 천황이 붕어崩御함에 따라 출가하여, 요카와横川나 오하라大原에 은거. 법명法名은 엔쇼圓照. 충신忠臣은 두 주군을 섬기지 않기에 출가했던 이야기나, 백낙천白樂天의 시를 좋아하여 애송愛誦했던 이야기는 유명함. 관련 일화가 많으며,『속본조왕생전續本朝往生傳』4,『고사담古事談』권1,『십훈초十訓抄』권6 등에 보임. ⑲ 16

에役 **우바새**優婆塞

출생·사망 시기는 자세히 전해지지 않음. 7세기경의 야마토 지방大和國 사람. 산악수행자山岳修行者의 시조라고 알려짐. 이름은 오즈누小角. 에 행자役行者·엔노키미 오즈누役君小角라고도 함. '엔노エン 행자行者'의 '엔エン'은 '에노エノ'의 연성連聲.『속일본기續日本紀』몬무文武 3년(699년) 5월 조에 "役君小角". 전전본前田本『삼보회三寶繪』와 본집 권17 제16화,『수중초袖中抄』에 "江優婆塞"로 되어 있음. '우바새優婆塞'는 범어梵語 upasakah의 음사音寫로 속세에 있는 채로 부처에게 귀의한 남성을 이름. 우바이優婆夷 upasika(여성)의 대립어. ⑰ 16

엔기延喜 **천황**天皇

인화仁和 원년元年(885)~연장延長 8年(930). 제60대, 다이고醍醐 천황天皇. 재위, 관평寬平 9년(897)~연장延長 8년. 우다宇多 천황의 제1황자. 후지와라 도키히라藤原時平를 좌대신左大臣, 스가와라노 미치자네菅原道眞를 우대신으로 두고, 천황이 친정을 하여 후세에 연희延喜의 치治라고 칭해짐. 이 치세에는『일본삼대실록日本三代實錄』,『유취국사類聚國史』,『고금 와카집古今和歌集』,『연희격식延喜格式』등의 편찬編纂이 행해지는 등, 문화 사업으로 주목되는 것이 다수 존재. ⑲ 29

엔유인圓融院 천황天皇

천덕天德 3년(959)~정력正曆 2년(991) 제64대 천황. 재위, 안화安和 2년(969)~영관永觀 2년(984). 무라카미村上 천황의 제5황자. 어머니는 후지와라노 모로스케藤原師輔의 딸 安子안시. 법명은 곤고호金剛法. 후지와라노 센시藤原詮子와의 사이에 태어난 제1황자는 제66대 이치조一條 천황天皇으로 즉위. ⑲ 2·4·17·18

오에노 사다모토大江定基

?~장원長元 7년(1034). 다다미쓰齊光의 3남. 장인藏人·도서두圖書頭를 거쳐, 미카와三河의 수령이 됨. 영연永延 2년(988) 자쿠신寂心(요시시게노 야스타네慶滋保胤)에게 사사師事하여 출가. 애처愛妻의 죽음으로 인해 발심發心하였다는 일화(본집 권19 제2화)는 저명함. 법명은 자쿠쇼寂照. 자쿠쇼는 겐신源信에게 천태교를, 인가이仁海에게 진언밀교를 배움. 장보長保 5년(1003), 또는 6년에 오대산五台山 순례를 마음먹고 송나라로 건너감. 무량수불상無量壽佛像 등 일본의 명보名寶를 진종眞宗 황제에게 헌상하고, 원통圓通 대사라는 호를 수여받음. 중국에서 입적. 가인歌人으로서도 뛰어났음(『후습유後拾遺』·498,『신고금新古今』·864 등). ⑲ 2

요시미네노 무네사다良峰宗貞

요시미네노 무네사다良岑宗貞. 홍인弘仁 7년(816)~관평寬平 2년(890). 간무桓武 천황天皇의 손자, 요시미네노 야스요良岑安世의 아들. 소세이素性의 아버지. 좌병위좌左兵衛佐·비젠備前 개介·좌근위소장左近衛少將 등을 거쳐, 가상嘉祥 2년(849)에 장인두藏人頭. 닌묘仁明 천황의 총신이며, 가상 3년에 닌묘 천황 붕어 후에 출가. 법명은 헨조遍照(昭). 히에이 산比叡山에 올라 삼부대교三部大敎를 배우고, 전법관정傳法灌頂을 받음. 권승정權僧正을 거쳐, 인화仁和 원년(885) 10월 승정僧正. 간케이지元慶寺에 살았기 때문에, 가잔花山 승정僧正이라고 불림. 육가선六歌仙 중 한 명. 가집家集에『헨조 집遍照集』이 있음. ⑲ 1

요제이陽成 천황天皇

요제이陽成 천황天皇. 정관貞觀 10년(868)~천력天曆 3년(949). 제57대 천황. 재위, 정관貞觀 18년~원경元慶 8년(884). 세이와淸和 천황天皇 제1황자. 어머니는 후지와라노 나가라藤原長良의 딸 다카이코高子. 17세의 젊은 나이로 도키야스時康 친왕親王(고코光孝 천황天皇)에게 양위. 양위의 이유는, 병약했기 때문이라는 설과 요제이 천황이 아리와라노 나리히라在原業平의 사생아라는 설이 있음. 기행奇行·난행亂行으로 알려졌으며,『황년대약기皇年代略記』에는 "物狂帝"라고 기록되어 있음. 양위 후에는 요제이인陽成院이라고 불림. 천력 3년 9월 29일 82세의 나이로 붕어崩御. ⑲ 1

우다宇多 천황

정관貞觀 9년(867)~승평承平 원년(931). 제59대 천황. 재위在位 인화仁和 3년(887)~관평寬平 9년(897). 고코光孝 천황의 제7황자. 다이고醍醐 천황의 아버지. 우다 천황 즉위 때, 아형阿衡 사건이 일어난 사실은 유명함. 우다 천황의 체세는 후세에 '관평의 치治'라고 불림. 양위讓位 후인 창태昌泰 2년(899)에 출가, 다이조太上 천황이라는 존호尊號를 사퇴하고, 스스로 법황法皇이 됨. 이것이 법황의 최초의 예. 어소御所는 주작원朱雀院·닌나지 어실仁和寺御室·정자원亭子院·우다원·육조원六條院 등. 법황은 불교 교의에 깊이 통달하고, 신자쿠眞寂 친왕親王을 비롯한 제자를 두었으며, 그 법계法系는 히로사와 류廣澤流·오노류小野流로서 후세까지 이어짐. 닌나지 어실에서 붕어. ⑲ 29

웅준雄俊

출생·사망 시기는 자세히 전해지지 않음. 중국中國 양대梁代의 승려(『송고승전宋高僧傳』에서는 당唐의 대력大歷경의 인물로 속성俗姓은 주씨周氏, 성도成都의 사람). 칠도환속七度還俗의 극악한 사람이었지만, 염불의 공덕에 의해 소생하여, 왕생한 것으로 유명(『왕생정토전往生淨土傳』). ⑰ 17

이쿠에노 요쓰네生江世經

출생·사망 시기는 자세히 전해지지 않음. 『승묘달소생주기僧妙達蘇生注記』, 동박본東博本 『삼보회三寶繪』 중권에 그 이름이 보임. 또한 『도다이지고문서東大寺古文書』에 "足羽郡大領正六位上生江臣東人" 등이 있고, 이쿠에 씨가 에치젠 지방越前國 아스와 군足羽郡의 호족임을 알 수 있음. 요쓰네에 대해서는 『우지습유 이야기宇治拾遺物語』에는 "伊良緣の世恒", 『고본설화집古本說話集』에는 "伊曾へ野よつね", 『원형석서元亨釋書』에는 "江諸世"라고 각각 표기되어 있음. ⑰ 47

인겐院源

천록天祿 2년(971)~만수萬壽 5년(1028). 속성俗姓은 다이라 씨平氏. 헤이안平安 중기의 천태종天台宗의 승려. 료겐良源을 스승으로 모심. 가쿠케이覺慶의 제자. 관인寬仁 4년(1020)에 제26대 천태좌주天台座主가 되었고, 사이호西方 좌주座主라고 불림. 인겐은 설법說法의 명수로서 유명한 인물로 『속본조왕생전續本朝往生傳』의 이치조一條천황 조에 "能說之師 則淸範, 靜昭, 院源, 覺緣"이라고 되어 있음. 또 후지와라노 미치나가藤原道長의 신임을 받아, 법화삼십강法華三十講의 강사講師를 맡았을 때에는 '其弁才勝於人, 聞者流涕'(『미도관백기御堂關白記』 장화長和 4년〈1015〉 윤閏 6월 22일 조)라고 되어 있음. 만수萬壽 4년 미치나가의 장례식의 도사導師를 맡음. 『이중력二中歷』 권13·명인력名人歷·설경說經의 항목에도 그 이름이 보임. ⑲ 4·23

입도入道 **자쿠쇼**寂照

→ 오에노 사다모토大江定基 ⑰ 38

입도入道 **중장**中將

천원天元 2년(979)~?. 미나모토노 나리노부源成信를 말함. 무네히라致平 친왕親王의 아들. 후지와라노 미치나가藤原道長의 양자. 종사위상從四位上 우근위권중장右近衛權中將 겸 빗추備中 수령이었던 장보長保 3년(1001) 2월 3일, 미이데라三井寺에서 후지와라노 시게이에藤原重家와 함께 출가. 나리노부成信가 출가하게 된 이유에 대해서는 여러 설이 존재(『권기權記』 장보長保 3년 2월 4일, 『고사담古事談』 권1). 대재원大齋院의 왕생을 지켜보았다는 사실은 『좌경기左經記』 장원長元 8년(1035) 6월 15일, 22일, 24일, 25일 조에 상세하게 나옴. ⑲ 17

[자]

조초定朝

?~천희天喜 5년(1057). 헤이안 후기의 대불사大佛師. 대불사大佛師 고쇼康尙의 제자라고도 하고 아들이라고도 함. 호조지法成寺·고후쿠지興福寺의 조불造佛에 공헌하여 법교위法橋位·법안위法眼位를 받음. 불상조각 역사에서 조초定朝 양식을 확립. 평등원平等院의 아미타불상阿彌陀佛像은 그의 유작. 『이중력二中歷』 일능력一能歷의 불사佛師, 목木 항목에도 보임. ⑰ 21

지에慈惠

연희延喜 12년(912)~관화寬和 원년(985). 오미 지방近江國 사람. 지에慈惠는 시호諡號. 법명은 료겐良源. 정월正月 3일에 입적入寂하였기에 간산元

三 대사大師라고도 불림. 천태종의 승려. 강보康保 3년(966) 제18대 천태좌주. 이후 19년간 후지와라노 모로스케藤原師輔의 후원을 받아 엔랴쿠지延曆寺를 정비, 겐신源心·가쿠운覺雲·진젠尋禪·가쿠초覺超 등을 육성. 히에이 산比叡山 중흥中興의 시조로 알려짐. 천원天元 4년(981) 대승정大僧正. 저서 『백오십존구결百五十尊口決』, 『태금염송행기胎金念誦行記』, 『구품왕생의九品往生義』 등. ⑰ 10

지카쿠慈覺 대사大師

연력延曆 13년(794)~정관貞觀 6년(864). 시모쓰케 지방下野國 사람. 속성俗姓은 미부 씨壬生氏. 지카쿠 대사는 시호. 법명은 엔닌圓仁. 천태종天台宗 산문파山門派의 시조. 사이초最澄의 제자. 승화承和 5년(838) 견당사로써 입당. 천태산天台山에 가려던 뜻을 이루지 못하고 오대산五台山에서 장안으로 가서 회창會昌의 폐불廢佛과 조우하여 승화 14년에 귀국. 인수仁壽 4년(854) 제3대 천태좌주天台座主. 히에이 산 당사堂舍의 정비, 천태밀교天台密敎(태밀台密)의 대성, 부단염불不斷念佛의 창시 등, 천태교학에 새로운 바람을 일으킴. 정관 8년, 일본에서 최초로 대사大師 칭호를 하사받음. 저서 『입당구법순례행기入唐求法巡禮行記』, 『금강정경소金剛頂經疏』, 『재당기在唐記』 등. ⑲ 1

진젠深禪 승정僧正

정확하게는 진젠尋禪. 천경天慶 6년(943)~영조永祚 2년(990). 천태종天台宗의 승려. 후지와라노 모로스케藤原師輔의 아들. 어머니는 모리코 내친왕盛子內親王. 료겐良源에게 사사師事. 호쇼지法性寺 좌주座主를 했고, 권소승도權少僧都·소승도少僧都를 거쳐 권승정權僧正이 됨. 관화寬和 원년(985) 제19대 천태좌주天台座主. 이무로 좌주飯室座主, 묘코인妙香院이라 불림. 영험자靈驗者로서 유명하였으며, 『이중력二中歷』 명인력名人歷의 밀교密敎, 험자의 항목에도 보임. 시호諡號는 지닌慈忍. ⑲ 4

[하]

후지와라노 도키시게藤源時重

출생·사망 시기는 자세히 전해지지 않음. 『권기權記』 장보長保 3년(1001) 4월 17일에 이름이 보임. 만수萬壽 2년(1025) 종오위상從五位上으로 올라감(『소우기小右記』). 장원長元 4년(1031) 6월 27일에 시모우사下總 수령으로 임명(『좌경기左經記』). 『고금저문집古今著聞集』 권7에는 "一條院御時, 上總守時重"라 되어 있고, 『옥엽집玉葉集』 권19 및 『신속고금 와카집新續古今和歌集』 권8에 있는 와카의 주석에는 "上總介"라고 되어 있음. ⑰ 32

후지와라노 야마카게藤原山陰

천장天長 원년(824)~인화仁和 4년(888). 다카후사高房의 아들. 장인두藏人頭·우대변右大辨·참의參議·좌대변左大辨 등을 거쳐, 인화 2년 6월 13일에 종삼위從三位 중납언中納言에 임명됨. 인화 3년에는 민부경民部卿을 겸임. 비젠備前·하리마播磨 수령으로도 있었음. 다이고醍醐 천황天皇 시대의 인물은 아님. 요시다吉田 신사神社(교토시京都市 사쿄 구左京區에 소재)를 야마카게가 창건하였다고 전해짐. 향년 65세. ⑲ 29

후지와라노 야스마사藤原保昌

천덕天德 2년(958)~장원長元 9년(1036). 무네타다致忠의 아들. 어머니는 다이고醍醐 천황天皇의 황자皇子 미나모토노 스케아키라源允明의 딸. 휴가日向·비젠肥前·야마토大和·단바丹後·야마시로山城·셋쓰攝津 등의 수령이나, 엔유인圓融院 판관대判官代·좌마두左馬頭 등을 역임. 정사위하正四位下. 후지와라노 미치나가藤原道長의 가사家司로, 미치나가의 딸, 쇼시彰子를 모시던 이즈미和泉 식부式部의 남편이기도 함. 무용이 뛰어나,『존비분맥尊卑分脈』에는 '勇士武略之長、名人也'라고 되어 있음.『이중력二中歷』일능력一能歷·무자武者의 항목에도 보임. 셋쓰 지방攝津國의 히라이平井에 살았기 때문에 히라이 야스마사平井保昌라고도 칭함. ⑲ 7

후카쿠사深草 천황天皇

닌묘仁明 천황. 홍인弘仁 원년(810)~가상嘉祥(850). 제54대 천황. 재위, 천장天長 10년(833)~가상 3년. 사가嵯峨 천황 제2황자. 어머니는 다치바나노 기요토모橘淸友의 딸 가치코嘉智子. 준나淳和 천황과 닌묘 천황의 치세는 '숭문崇文의 치治'라고 불리움. 이 시대는 당풍唐風 문화에서 국풍國風 문화로의 변환이 행해졌던 기간임. 가상 3년 3월 19일에 출가. 같은 해 3월 21일 붕어崩御. 능은 후카쿠사 능深草陵으로, 이에 따라 후세에 후카쿠사 천황이라고 불렸음. ⑲ 1

불교용어 해설

1. 본문 중에 나오는 불교 관련 용어를 모아 해석하였다.
2. 불교용어로 본 것은 불전佛典 혹은 불전에 나오는 불교와 관계된 용어, 불교 행사와 관계된 용어이지만 실재 인명, 지명, 사찰명은 제외하였다.
3. 배열은 가나다 순으로 하였다.
4. 각 항의 말미에 해당 단어가 등장하는 각 편을 숫자로 표시하였다. 예를 들면 '⑰ 1'은 '권17 제1화'를 가리킨다.

[가]

가람伽藍

범어梵語 samgharama의 음사音寫 '승가람마僧伽藍摩'의 줄임말. 사원·당탑을 의미했으나 이후 사원의 총칭이 됨. ⑲ 30

가지加持

범어梵語 adhisthana(서식棲息 장소)의 한역漢譯. 기도와 같은 의미. 부처의 가호加護를 바라며 주문을 외우고 인印을 맺는 것 등을 하며 기원하는 밀교密敎의 수법修法. ⑲ 1

개안開眼

새롭게 불상이나 불화를 만들었을 때, 눈을 넣어 혼을 불러들이는 것. 눈을 넣는 법회法會를 개안공양開眼供養이라고 함. ⑰ 28

개안공양開眼供養

불상의 눈을 뜨게 한다는 뜻을 가진 법회. 새롭게 만들어진 불상을 당사堂舍에 안치하여 눈을 넣어 혼을 불어넣는 의식. ⑰ 10·20·23·32

겁劫

범어梵語 kalpa의 음사音寫 '겁파劫波' 혹은 '겁파劫簸'의 줄임말. 불교에서 무한한 시간을 나타내는 단위. 반석겁磐石劫, 개자겁芥子劫 등의 비유가 있음. 영원永遠, 영구永久라는 뜻. ⑰ 21·22

계戒

범어梵語 sila의 번역. 재가在家·출가出家의 불도 수행자가 지켜야 하는 금계禁戒. 보통, 재가는 오계五戒(불살생不殺生·불투도不偸盜·불사음不邪淫·불망어不妄語·불음주不飮酒)이며 출가자는 십계十戒. 출가자가 정식으로 승려가 되면 남자는 약 250계, 여자는 350계가 됨. 이것을 구족계具足戒라고 함. ⑲ 12

계단戒壇

수계授戒의 의식을 행하는 곳. 돌이나 흙으로 높게 단을 쌓았기에 '계단戒壇'이라 함. 천평승보天平勝寶 6년(754), 도다이지東大寺에 중앙계단을 건립한 것이 최초(권11 제8·13화 참조). 천평보자天平寶字 5년(761) 시모쓰케下野의 야쿠시지藥

師寺와 지쿠젠筑前 간제온지觀世音寺에 계단을 설치, 야쿠시지를 판동제국坂東諸國, 간제온지를 서해제국西海諸國의 계단원戒壇院으로 함(『속일본기續日本紀』). ⑰ 30

계랍戒臘
하랍夏臘, 법랍法臘이라고도 함. 승려가 수계受戒하고 나서의 연수年數. 하안거夏安居를 수행할 때마다 납수臘數를 1년씩 더하여 그 연수에 따라 승려의 석차가 결정됨. ⑲ 2

계절의 독경季の讀經
해의 독경年の讀經이라고도 함. 봄, 가을 두 계절에 『대반야경大般若經』을 강독講讀하는 법회法會. 일반적으로는 궁중宮中에서 행해진 것을 가리키며, 통상적으로 2월과 8월에 3일 내지는 4일간, 자신전紫宸殿이나 대극전大極殿에서 개최됨. 화동和銅 원년(708) 이래의 법회로, 국가의 안녕과 옥체玉體의 안온安穩을 기원하는 행사. 헤이안平安 중기 이후, 궁중 이외의 섭관가攝關家나 대신가大臣家 등에서도 행해짐. ⑲ 18

계행戒行
계율을 지키고, 수행하는 것. ⑰ 10

공봉供奉
'내공봉십선사內供奉十禪師' '내공內供' '내공봉內供奉' '공봉供奉'이라고도 함. 여러 지역에서 선발된 열 명의 승려로 궁중의 내도장內道場에서 봉사함. 어재회御齋會때에는 강사講師를 맡아 청량전淸涼殿에서 요이夜居(야간에 숙직하는 것)를 맡는 승직. 보귀寶龜 2년(771) 십선사를 정하여 보귀 3년부터 내공봉으로 겸임하게 함. ⑰ 9

과보果報
범어梵語 vipaka의 한역. 전세에 행한 선악의 행위에 대한 결과로서 생겨난 현세에서의 보답. ⑰ 40 · 41

관음觀音
범어梵語 Avalokitesvara의 한역 '관세음보살觀世音菩薩'의 줄임말. 관세음 · 관자재觀自在(현장玄奘 신역新譯)라고도 함. 대자비심大慈悲心을 갖고 중생을 구제하는 보살이라 하며, 구세보살 · 대비관음大悲觀音이라고도 함. 지혜를 뜻하는 오른쪽의 세지勢至와 함께 아미타여래阿彌陀如來의 왼쪽의 협사脇士로 여겨짐. 또 현세이익의 부처로서 십일면十一面 · 천수千手 · 마두馬頭 · 여의륜如意輪 등 많은 형상을 갖고 있기에 본래의 관음을 이들과 구별하여 성聖(정正)관음觀音이라 부름. 그 정토는 『화엄경華嚴経』에 의하면 남해南海의 보타락 산補陀落山이라 함. ⑲ 40

권현權現
부처 · 보살이 중생구제를 위하여 가짜 몸을 빌려 나타나는 것. 또는 그 물건. ⑰ 15

금강저金剛杵
고鈷의 수에 따라서 독고獨鈷 · 삼고三鈷 · 오고五鈷 등이 있음. 밀교에서 고뇌를 끊는 지혜의 이검利劍으로 여겨졌으며, 보리심菩提心을 표현하는 금속제의 법구法具. ⑲ 1

길상천녀吉祥天女
범어梵語 sri의 번역. 원래는 바라문교의 여신. 아버지는 덕차가용왕德叉迦龍王, 어머니는 귀자모신鬼子母神. 비사문천毘沙門天의 부인(혹은 여동생). 그 상은 용모容貌가 단정하며 중생에게 복덕福德을 준다고 여겨져, 공덕천功德天이라고도 함.

어재회御齋會의 길상회과吉祥悔過(권12 제4화 참조)는 유명. ⑰ 45·46

[나]

나찰羅刹

범어梵語 raksasa의 음사音寫. 고대 인도의 귀류鬼類의 총칭. 악귀惡鬼. 여자 나찰은 '나찰사羅刹斯', '나차사羅叉私'(raksasi)라고 씀. 『일체경음의一切經音義』에서는 남자 악귀는 흉한 모습으로 사람들에게 위협을 가하고, 여자 악귀는 아름다운 모습으로 사람을 현혹시켜 사람의 피와 살을 먹는다고 되어 있는데, 『법화경法華經』 다라니품陀羅尼品 제26에는 정법正法을 수호하는 선신善神(십나찰녀十羅刹女)으로 설명되고 있음. → 야차夜叉 ⑰ 43

내공內供

→ 공봉供奉 ⑲ 37

내논의內論議

정월 14일의 어재회御齋會(권12 제4화 참조) 결원結願의 날에, 대극전大極殿의 천황 앞에 고승을 불러 강사講師와 질문자를 정하여『금광명최승왕경金光明最勝王經』의 경의經義에 대해서 토론하는 것. 조정朝廷의 연중행사 중 하나. 사가嵯峨 천황天皇 홍인弘仁 4년(813)에 시작(『석가초예초釋迦初例抄』 하). ⑰ 33

[다]

단월檀越

범어梵語 danapati(보시하는 사람)의 음사音寫. 시주施主. 보시가布施家. 승려에게 의식衣食 등을 베푸는 신자信者. 단나檀那라고도 함. ⑰ 25·44

대반야경大般若經

『대반야바라밀다경大般若波羅蜜多經』의 줄임말. 6백권. 현장玄奘이 번역함. 반야경전류를 집대성한 것으로 대승불교의 근본사상인 '공空'을 설명하고 있으며, 지智에 의해 만유萬有가 모두 공空이라는 것을 관념할 수 있다면 깨달음에 이를 수 있다고 설함. ⑰ 8

도리천忉利天

범어梵語 Trayastrimsa의 음사音寫. 해당 번역은 '삼십삼천三十三天'. 욕계欲界 육천六天 중 밑에서부터 두 번째 천天에 해당하며, 수미산須彌山 정상, 염부제閻浮提의 위, 팔만유순八萬由旬의 높은 곳에 위치함. 제석천왕帝釋天王의 희견성喜見城(선견성善見城)이 소재하는 제석천을 중심으로, 사방에 각 팔천八天이 있으며 이를 합쳐 삼십삼천을 이룸. ⑲ 28

도사導師

중생衆生을 인도하여 불도佛道에 들어가게 하는 스승이라는 의미. 여기에서는 창도唱導의 스승을 말하며 법회法會 때, 원문願文이나 표백表白을 읽어 의식을 주도하는 승려. ⑲ 21

도솔천상兜率天上**(도솔천상**都率天上**·도사다천상**覩史多天上**)**

도솔천兜率天이라고도 함. 범어梵語 Tru의 음사音寫. '상족上足', '묘족妙足', '지족知足'이라고 번역됨. 인계人界 위에 욕계欲界의 천天이 6종류가 있고, 도솔천은 아래부터 4번째 천. 수미산須彌山 정상, 24만 유순由旬에 있으며, 내외 두 원院으로 이루어짐. 내원은 미륵彌勒의 정토이며, 외원은 권속眷屬인 천인의 유락장소. 제4도솔천, 도솔천 내원이라고도 함. ⑰ 34

[마]

묘견보살妙見菩薩

존성왕尊星王 · 묘견존성왕妙見尊星王 · 북진보살北辰菩薩 · 북두보살北斗菩薩이라고도 함. 북두칠성北斗七星을 신격화神格化한 것으로, 국토國土를 수호하고, 재해를 없애며, 사람의 복수福壽가 늘어나게 해준다는 보살. 밀교密敎에서는 식재息災 · 연명延命을 기원하여 북두법北斗法(북두존성왕법北斗尊星王法)을 수행함. 또한, 『인융초印融鈔』에 의하면 '안정眼精 특히 청결하여 사물을 잘 보신다.'라고 되어 있는 것에서, 눈병 치료의 보살로서 신앙되어졌던 것으로 추정. ⑰ 48

무간지옥無間地獄

범어梵語 Avici의 한역. 아비지옥阿鼻地獄이라고도 함. 팔대지옥의 여덟 번째로 고통을 받는 것이 끊일 새가 없다는 의미. 극고極苦의 지옥으로 7중 철성鐵城이 있으며, 끓는 구리로 문책을 받음. 오역죄五逆罪를 범한 자나 불법을 비방한 자가 떨어지게 되며, 영원히 고문을 받음. ⑲ 3

문수文殊

범어梵語 Manjusri(manju 신묘하다, 아름답다 sri 변설辨說의 여신女神)의 음사音寫. '문수사리文殊師利'의 줄임말. 원래는 석가 설법의 목소리가 신격화神格化된 보살. '길상吉祥', '묘덕妙德'이라고도 번역함. 지혜智惠 제일의 보살. 석가삼존釋迦三尊의 하나로, 오른쪽 보현普賢을 마주하여 왼쪽의 협사脇士. 일반적으로 사자를 타고 있는 모습으로 알려짐. ⑰ 36 ⑲ 2

미륵彌勒

보살의 하나. 범어梵語 Maitreya(친근하다, 정이 깊다)의 음사音寫. '자씨慈氏', '자씨존慈氏尊', '자존慈尊' 등으로 번역됨. 도솔천兜率天 내원內院에 살며, 석가입멸 후 56억 7천만년 후에 이 세계에 나타나서, 중생 구제를 위해 용화수龍華樹 아래에서 성불하고, 삼회三會에 걸쳐 설법한다고 일컬어지는 미래불未來佛. ⑰ 34 · 35

[바]

범천梵天

범어梵語 brahman의 번역 '범천왕梵天王'의 줄임말. 힌두교 3대신의 하나. 범왕梵王, 범천왕, 대범천왕大梵天王이라고도 함. 색계色界의 제1천天, 초선천初禪天의 왕으로, 제석천帝釋天과 함께 불법호지신佛法護持神으로 여겨짐. ⑲ 12

법안法眼

승강僧綱의 하나. 정관貞觀 6년(864), 승정僧正 · 승도僧都 · 율사律師로 구성된 기존의 승강직과는 별도로 제정된 승강위僧綱位. 승정에 상당하는 법사대화상위法師大和尙位에 이어 두 번째로 높은 직위로 승도의 직위에 해당. 또한 율사에 상당하는 것으로 법교法橋가 있음. ⑲ 1

법화경法華(花)經

현존 한역본에는 3세기 후반 축법호竺法護가 번역한 『정법화경正法華經』(10권, 27품)과 구마라습鳩摩羅什이 번역한 『묘법연화경妙法蓮華經』, 사나굴다闍那崛多 · 달마급다達磨笈多 번역의 『첨품묘법연화경添品妙法蓮華經』(7권, 27품)이 있음. 일본에서는 대개 구마라습이 번역한 『묘법연화경』을 가리키며, 부처가 설명한 경전 중에서 가장 중요한 경전으로 여겨짐. 『마하지관摩訶止觀』, 『법화문구法華文句』, 『법화현의法華玄義』의 천태삼대부天台三大部를 저술한 지의智顗가 이 경전의 진의를 설명한 이래, 천태종, 일련종日蓮宗 등 많은 법화종파가 이 경전에 의거함. ⑰ 31

별당別堂

승직僧職의 하나. 도다이지東大寺·고후쿠지興福寺·닌나지仁和寺·호류지法隆寺·시텐노지四天王寺 등 여러 대사大寺에서 삼강三綱 위에 위치하여 일산一山의 사무寺務를 통괄. 천평승보天平勝寶 4년(752) 로벤良辨이 도다이지 별당이 된 것이 처음. ⑰ 25·38 ⑲ 20·22

별소別所

대사원의 별원으로 히에이 산比叡山·도다이지東大寺·고후쿠지興福寺·고야산高野山 등에 있었음. 히에이 산에는 5별소·7별소가 소재. 헤이안平安 중기 이후, 대사大寺 불교에 비판적인 승려나 명리명문名利名聞을 꺼려한 은둔 성인·염불念佛 성인 등이 종파를 초월하여 모여서 활동 거점으로 삼음. 그들의 행장行狀·활동은 중세문학을 낳는 모태가 됨. ⑰ 31

보라寶螺

'법라法螺'의 미칭. 수행자의 소지품 중 하나. 법라를 불어 서로의 위치 확인이나, 신호, 맹수 퇴치 등에 사용함. ⑰ 8

보리菩提

범어梵語 bodhi(깨달음·도道)의 음사音寫. 정각正覺이라고도 함. 무상無上의 깨달음. 성문聲聞·연각緣覺·부처가 불과佛果로서 얻는 깨달음의 경지. 이것에서 극락왕생이나 명복冥福의 의미로도 사용됨. ⑲ 3

보리심菩提心

도를 깨닫고 왕생을 기원하는 마음. 도심道心. ⑰ 17·19

보살菩薩

'보리살타菩提薩埵'의 줄임말. 범어梵語 bodhi-sattva(깨달음에 이르려고 하는 자)의 음사音寫. 대승불교에서 이타利他를 근본으로 하여 스스로 깨달음을 구하여 수행하는 한편, 다른 중생 또한 깨달음에 인도하기 위한 교화에 힘쓰고, 그러한 공덕에 의해 성불하는 자. 부처(여래如來) 다음가는 지위. 덕이 높은 수행승에 대한 존칭. ⑰ 20

보시布施

주는 것. 자비를 베푸는 것. 신자信者가 부처나 승려에게 재물을 기진寄進하는 것을 재시財施, 승려가 신자를 위해 법을 설하는 것을 법시法施라고 함. 또는 그 기진한 물품을 말함. 원래 출가자는 일반사회의 경제활동과 연을 끊은 존재이며, 신자의 희사喜捨에 의해 생활을 영위해야 했음. ⑲ 13

보주寶珠

여의보주如意寶珠를 가리킴. 사람들의 심원心願을 만족시켜 주는 것으로 여겨지며, 석장錫杖과 함께 대표적인 지장地藏의 소지물. ⑰ 7

보현普賢

범어梵語 Samantabhadra(유덕有德을 두루 갖춘 자)의 번역. 보살菩薩의 하나. 부처의 이理·정定·행行의 덕을 관장하며, 석가여래釋迦如來를 향하여 오른쪽의 협사脇士로 6개의 엄니가 있는 흰 코끼리를 타고 다님. 단독적으로도 신앙의 대상이 되며 특히 『법화경法華經』 지경자持經者를 수호함. ⑰ 39·40·41

부단염불不斷念佛

3일·7일·21일 등, 일정 기간을 정하여 밤낮 끊임없이 아미타阿彌陀의 명호를 외는 법회. 정관

貞觀 7년(865) 지카쿠慈覺 대사가 창시한 행법으로 사종삼매四種三昧 중 상행삼매常行三昧에 해당. 후에는 여러 사찰, 이와시미즈하치만 궁石淸水八幡宮 등에서도 행해짐(『삼보회三寶繪』). ⑲ 17

불경不輕의 수행

상불경보살常不輕菩薩의 수행을 말함. 『법화경法華經』 권7 상부경보살품 제20에 있는, 석가釋迦가 불경보살 시대에 일체 중생이 불성佛性을 가지고 있음을 설하고, 악구박해惡口迫害에 굴하지 않고, 사중四衆을 예배했다는 고사故事에 따름. 승려가 불경보살품을 독송하면서, 여러 곳을 순례하고 중생을 예배하고 걸으며 수행하는 것. ⑲ 28

비구比丘

범어梵語 bhiksu의 음사音寫. 출가하여 구족계具足戒를 받은 승려(남자). 비구니比丘尼(여자)와 대비되는 말. ⑰ 49

비사문천毘(毗)沙門天

'비사문천왕毘沙門天王'의 줄임말. 범어梵語 Vaisravana의 음사音寫. '다문천多聞天'이라 번역함. 사천왕의 하나로, 수미산須彌山 중턱에 살며, 북방北方의 수호신. 몸은 황색으로 분노상忿怒相을 하고 있음. 갑주甲冑를 몸에 걸치고, 왼손에는 보탑寶塔, 오른손에는 보봉寶棒(보모寶桙)을 들고 있음. 일본 민간신앙에서는 칠복신七福神의 하나로 여겨지는데, 이것은 비사문천이 힌두교의 재보財寶·복덕福德을 관장하는 북방의 신 크베라를 기원으로 하기 때문임. ⑰ 6·42·43·44

비원悲願

부처, 보살이 대자비심大慈悲心에 의해 일으켜, 중생제도를 위해 세우는 서원誓願. '비悲'는 중생을 가엾게 여겨 괴로움을 없앤다는 뜻. 지장地藏의 본원本願이 무불세계無佛世界에서의 육도六道 중생화도衆生化導였던 것은, 지장삼부경地藏三部經(『지장십륜경地藏十輪經』·『지장본원경地藏本願經』·『점찰선악업보경占察善惡業報經』)을 비롯하여, 『지장시왕경地藏十王經』, 『연명지장경延命地藏經』 등에 상세히 서술됨. ⑰ 17

[사]

사견邪見

범어梵語 mithya-drsti의 번역. 불교에서 정견正見을 방해하는 오견五見 내지 십견十見의 하나. 또 십악十惡·십혹十惑의 하나. 인과의 도리를 깨닫지 못하도록 해 버리는 생각. 망견妄見. ⑰ 17

사대천왕四大天王

→ 사천왕四天王 ⑲ 12

사미沙彌

범어梵語 sramanera의 음사音寫. 불문에 들어 머리를 자르고 득도식을 막 마쳐 아직 구족계具足戒를 받지 않은 견습 승려. ⑪ 1 ⑫ 17·29 ⑬ 31 ⑮ 20 ⑰ 8 ⑳27

사천왕四天王

불교수호佛敎守護의 선신善神으로 수미산須彌山 중턱 사방에 있는 사왕천四王天의 주인. 동쪽을 지키는 지국천왕持國天王, 남쪽을 지키는 증장천왕增長天王, 서쪽을 지키는 광목천왕廣目天王, 북쪽을 지키는 다문천왕多聞天王의 총칭. 그 형상은 무장武將의 모습을 하고 있으며 예전에는 직립直立하고 있었으며 나라奈良시대 이후에는 분노형忿怒形이 많아짐. ⑲ 12

삼도三途

지옥·아귀·축생의 3악도惡道. 지옥도는 맹렬한

불꽃에 타며(화도火途), 아귀도는 칼·몽둥이 등으로 고문당하며(도도刀途), 축생도는 서로 잡아먹는다(혈도血途)고 함. ⑯ 6 ⑰ 29

삼보三寶

세 종류의 귀한 보물이라는 뜻. 삼존三尊이라고도 함. 불교에서 공경해야 하는 세 가지 보물로 불佛(buddha)·법法(dharma)·승僧(samgha)의 총칭. ⑰ 10·44

삼시三時

주간에 근행勤行하는 세 시각으로, 신조晨朝·일중日中·일몰日沒이라 함. ⑰ 27·31

삼십강三十講

법화삼십강法華三十講. 『법화경法華經』 28품에, 개경開經인 『무량의경無量義經』과 결경結經인 『관보현경觀普賢經』을 더해 30품으로 하여 30일간에 걸쳐 강설講說하는 법회法會. 1일 1좌座가 일반적이며, 아침·저녁으로 2좌를 행하여 15일 만에 끝내는 경우도 있음. 궁중宮中의 삼십강은 후지와라노 미치나가藤原道長의 본원本願에 의해 시작됨. 정례定例는 5월. ⑰ 33

삼업三業

업業을 셋으로 분류한 것. 몸(신체)·입(언어표현)·뜻(마음) 세 가지에서 기초하는 행위에 의해 발생하는 죄장罪障의 총칭. ⑰ 17·41

상좌上座

사주寺主·유나維那와 함께 삼강三綱의 하나. 절 내의 승려를 감독하여 불사를 관장하며 사무寺務를 통괄하는 승관僧官. 법랍法臘을 쌓은 상석上席의 승려가 임명됨. ⑰ 12

석가釋迦

범어梵語 sakya의 음사音寫로 고대 인도의 부족명. 또 '석가여래釋迦如來', '석가모니불釋迦牟尼佛', '석가보살'의 약칭으로, 석존釋尊을 말함. 불교의 개조開祖인 고타마 싯다르타(Gautama Siddhartha). 샤카 족 출신으로, 생몰년도에 대해서는 여러 설이 있으나 기원전 5~4세기경의 사람. 가비라위국迦毘羅衛國 정반왕淨飯王의 아들. 어머니는 마야부인摩耶夫人. 29세에 출가하여 35세에 깨달음을 얻어 불타佛陀(깨달은 자)가 됨. 바라나시에서 첫 설법을 한 이후 여러 지역에서 설법을 열어 교화에 매진. 그의 설교는 현세의 괴로움에서 벗어나 깨달음을 얻어 진리의 자각자自覺者가 되는 것을 목적으로 하였으나, 그가 죽은 이후에는 각 지역과 시대의 영향을 받아 다양한 전개를 보이며 퍼져나가 불교에서는 신격화 됨. ⑲ 4

석장錫杖

비구십팔물比丘十八物의 하나. 승려나 수행자가 외출할 때 휴대하는 지팡이. 끝에 금속의 종이 몇 개 달려 있어 이것을 흔들어 소리를 내며 악수惡獸·독충의 피해를 막았고, 걸식乞食을 할 때에 방문을 알렸음. 지장智杖·덕장德杖이라고도 하며, 지덕을 나타냄. 보통 지장地藏보살의 소지품으로 그의 본서本誓를 상징하였으나 연화蓮華와 함께 관음觀音보살의 소지품이 됨. 하세데라長谷寺(나라 현奈良縣 사쿠라이 시櫻井市)에 있는 십일면관음보살상十一面觀音菩薩像이 유명. ⑰ 8·18·23·29·32

선근善根

선한 과보果報를 가져오는 행위. 공덕功德. 구체적으로는 사경寫經·조상造像·공양供養·재회齋會 등을 말함. ⑰ 24·29

세계世界

범어梵語 loka-dhatu의 번역. 사람들이 사는 곳. 불교의 세계관에서는 수미산須彌山을 중심으로 네 개의 섬이 하나의 세계로 되어 있어, 이것이 십억 개 모여 삼천대천세계三千大千世界, 즉 우주를 형성한다고 함. 수미산의 남쪽에 있는 섬이 염부제閻浮提인데, 수미산은 히말라야 산맥을 이미지한 것이고 염부제는 인도 대륙이라고 인식하게 되어 헤이안平安 후기에는 일본이 그 주변의 섬이라고 여겨짐. ⑲ 14

솔도파卒(率)都(塔)婆

범어梵語 stupa(유골遺骨을 매장埋葬한 묘墓)의 음사音寫. '率塔婆', '卒都婆', '率都婆'라고도 함. 본래는 불사리佛舍利를 매장, 봉안奉安한 탑. 일본에서는 사자공양死者供養을 위해 세운 석제石製 오륜탑五輪塔이나, 상부上部를 오륜탑의 형태로 새겨 넣은 가늘고 긴 목제 판비板碑. ⑲ 3

수계受戒

불문에 들어온 자가 지녀야만 할 계율을 받는 것. 사미沙彌·사미니沙彌尼가 받는 십계十戒, 비구比丘·비구니比丘尼가 받는 구족계具足戒가 있음. ⑰ 41

수적垂迹

부처·보살이 중생을 구제하기 위해 다양한 모습으로 나타나는 것. 또는 그 몸. 부처·보살의 진실 된 몸인 '본지本地'와 대비되는 말. ⑰ 15

수정회修正會

정월正月 초반에 3일간에서 7일간, 제종파의 사원寺院에서 행하는 법회法會. 국가안녕國家安穩·오곡풍양五穀豊穰을 기원하며 독경讀經을 함. 도다이지東大寺의 수정회는 유명하며, 정월 1일부터 7일까지, 당내堂內를 장엄莊嚴하게 하고, 독경·기도祈禱·무악舞樂을 행함(『도다이지요록東大寺要錄』 4). ⑲ 21

수타修陀

범어梵語 sudha 또는 suta의 음사. '須陀'·'首陀'·'蘇陀'라고도 함. 하늘의 감로식甘露食, 천상의 영묘靈妙한 음식을 뜻하며, 청색, 황색, 적색, 백색 4종류 중에서 백색을 가리킴. '修陀食, 或云修陀, 此天食也. 此云白也'(『현응음의玄應音義』 권4). ⑰ 47

숙업宿業

과거세過去世에서 행해진 행위의 선악이 현세에 미치는 잠재적인 힘. '숙보宿報'와 같은 의미. ⑰ 7

숙인宿因

전세의 업業이 현세에서 선악의 결과로 대응되는 것. 전세로부터 인연. ⑰ 15

십계十戒

사미沙彌·사미니沙彌尼가 지켜야만 하는 열 가지의 계. 경설經說에 따라 다르나, 살생·투도偸盜·사음邪淫·망어妄語·양설兩舌·악구惡口·기어綺語·탐욕貪慾·진에瞋恚·사견邪見의 십악十惡을 금지함. '십선계十善戒'라고도 함. ⑲ 39

십재일十齋日

매월 1일·8일·14일·15일·18일·23일·24일·28일·29일·30일의 십 일간, 팔재계八齋戒를 행하는 것. 십재일十齋日에는 각각 부처·보살이 정해져 있음. 정진결재하고 일심으로 각각의 부처와 보살에게 기원하면 수명장구壽命長久, 복덕원만福德圓滿을 얻을 수 있다고 여겨짐. ⑲ 39

[아]

아미타阿彌陀

범어梵語 Amitayus(무량수無量壽), Amitabha(무량광無量光)의 줄임말인 amita의 음사音寫. 아미타불阿彌陀佛, 아미타여래阿彌陀如來라고도 함. 서방극락정토西方極樂淨土의 교주. 정토교의 본존불本尊佛. 법장法藏 보살이 중생구제를 위해 48개의 원願을 세워 본원本願을 성취하고 부처가 된 것임. 이 부처에게 빌고 이름을 외우면 극락왕생할 수 있다고 여겨짐. 일본에서는 헤이안平安 중기부터 미륵彌勒이 있는 도솔천兜率天보다 아미타阿彌陀가 있는 극락정토를 염원하는 사상이 널리 퍼지게 되어 말법末法 사상과 함께 정토교가 널리 퍼지는 풍조가 나타남. ⑰ 1·2

악도惡道

→ 악취惡趣. ⑲ 28

악취惡趣

범어梵語 durgati의 한역漢譯. 악도惡道라고도 함. '취趣'는 '향하여 가는 곳'이라는 뜻. 현세에서 행한 나쁜 행위(악업惡業)으로 인해 사후에 다시 태어나게 되는 고경苦境을 가리킴. 보통, 육도六道 중 지옥地獄·아귀餓鬼·축생畜生의 삼도三道를 가리킴. ⑰ 19

야차夜叉

범어梵語 yaksa의 음사音寫. '藥叉'라고도 함. 불법수호의 귀신. '첩질귀捷疾鬼', '용건勇健' 등으로 한역함. 팔부중八部衆의 하나. 원래는 맹악猛惡한 인도의 악귀, 후에는 불도에 귀의하여 비사문천毘沙門天의 권속眷屬으로서 북방北方을 수호하고,『법화경法華經』행자行者를 수호한다고 함. 또는 사천왕四天王의 종자라고도 함. 한편, 간고지元興寺 중문의 야차는 팔야차, 즉 8체의 야차상夜叉像. → 나찰羅刹. ⑰ 50

업業

범어梵語 karman(행위)의 번역. 몸·입·마음에서 유래되는 선악의 소행. 전세와 이번 생에서의 행위가 이번 생 및 내세에서 받는 과보果報의 원인이 된다고 함. ⑰ 22

연화좌蓮華座

연화대蓮花臺·연대蓮臺라고도 함. 부처, 보살의 자리하는 연꽃잎을 본떠 만들어진 대좌台座를 말함. ⑰ 12

염마왕閻(琰)魔王

'염마'는 범어梵語 Yama의 음사音寫. raja(왕)를 붙인 음사에서 '염마라사閻魔羅闍'라고 쓰며 그 줄임말의 형태로 '염마라閻魔羅', '염라왕閻羅王'이라고도 함. 명계·지옥의 왕으로, 죽은 자의 전생에서의 죄를 심판함. 중국에서는 재판관이라는 이미지가 강하며, 일본에서는 그 무서운 형상과 함께 공포의 대상이 됨. 일설에는 지장地藏 보살의 권화權化라고도 함. ⑰ 19·24

염마청閻魔廳

염마왕閻魔王이 정무를 보는 장소로, 죽은 자의 생전의 행위를 재정裁定하고, 상벌을 내리는 청사廳舍. 이 세상에서의 재판소와 같은 곳으로, 검비위사청檢非違使廳 등을 떠올리게 함 ⑰ 19·29

염부제閻浮提

범어梵語 Jambu-dvipa의 음사音寫. 염부제바閻浮提婆라고도 함. 수미산須彌山의 네 방향에 있는 네 개의 섬 중 하나로, 남쪽에 있는 대륙의 이름. 남섬부주南贍部洲, 남염부제南閻浮提라고도 함. Jambu수樹라고 하는 나무가 많이 자라고 있어 이름 붙여졌다 함. 이 섬은 다른 섬들에 비해 즐거움이 적지만, 불법과 인연이 있는 땅이라고 여겨짐. 고대 인도인의 세계관에서는 인도를 가리키고 있지만, 후에 인간이 존재하는 모든 곳을 가리키게 됨. 사바娑婆세계. 현세. ⑰ 17

염불念佛
'나무아미타불南無阿彌陀佛' 여섯 글자의 명호名號를 외우는 것. ⑲ 36

염주念珠
수주數珠. 부처와 보살을 예배할 때 손에 들거나, 칭명稱名·다라니陀羅尼를 외우는 횟수를 세거나 할 때 사용. 실이 꿴 구슬의 수는 108개가 기본. 그 10배 혹은 2분의 1, 4분의 1 등의 수를 사용함. 이것은 108번뇌를 끊는 것을 나타낸다고 함. ⑲ 1

영험靈驗
부처나 보살, 또는 독경에 의해 나타나는 불가사의한 징후. 또한, 수행에 의해 몸에 익힌 가지기도加持祈禱의 영력靈力. ⑲ 1

오탁五濁
세상의 다섯 가지 오탁汚濁. 각탁劫濁(천재天災·지변地變·역병疫病)·견탁見濁(불신不信·사견邪見)·번뇌탁煩惱濁·중생탁衆生濁(신심허약身心虛弱·과보쇠퇴果報衰退)·명탁命濁(단명短命)의 다섯 가지. 오탁五濁이 일어나는 시대를 오탁악세五濁惡世라고 하며, 말법末法 사상과 연결 지어짐. ⑰ 10

옥졸獄卒
지옥地獄에서 죄지은 망자를 괴롭히는 오니鬼 ⑲ 28

외도外道
불교 이외의 종교의 신자. 사설邪說이라 하는 것을 설법하는 자, 혹은 그 신자. ⑲ 2

용신팔부龍神八部
팔부중八部衆과 같은 뜻. 불법을 수호하는 여덟 종류의 신들. 천天·용龍·야차夜叉·아수라阿修羅·가루라迦樓羅·건달바乾闥婆·긴나라緊那羅·마후라가摩睺羅伽의 총칭. 천룡팔부天龍八部라고도 함. ⑲ 12

우바새優婆塞
범어梵語 upasaka의 음사. 재속在俗 생활을 하면서 불도에 귀의한 남성. 여성은 우바이優婆夷. 반승반속半僧半俗의 야마부시山伏, 산악 수험자修驗者 등도 우바새라고 불림. ⑰ 49

유가론瑜伽論
『유가사지론瑜伽師地論』의 줄임말. 당나라 현장玄奘이 번역한 백 권의 경전. 유가사瑜伽師(관행행자觀行行者, 특히 밀교의 행자)의 수행 계제階梯가 17개 있는데 이것을 유가사지瑜伽師地라고 함. 그 17경지境地에 대해 설함. 법상종法相宗의 시조인 무착無着이 미륵에게 받았다고 함. ⑰ 34

유순由旬
범어梵語 yojana의 음사音寫. 고대 인도에서 쓰인 거리의 단위. 『대당서역기大唐西域記』에 의하면 제왕帝王이 하루 동안 행군하는 거리를 말하며, 그 거리는 당나라 이법里法(6정町 1리里)으로 40리 또는 30리라고 함. ⑰ 42

육근六根
눈眼(目)·귀耳·코鼻·혀舌·몸身·마음意의 여섯 감각기관感覺器官. '근根'은 어떠한 움직임을 발생시키는 능력. 이 육근이 색色·성聲·행香·미味·촉觸·법法(육진六塵)과 연을 가지며, 중생衆生에게 번뇌를 일으킴. 그 미혹을 끊는 것을 '육근청정六根清淨'이라고 함. ⑰ 41

육도六道

현세에서의 선악善惡의 업業이 인因이 되어, 중생이 사후死後에 향하게 되는 세계. 십계十界 중 지옥地獄·아귀餓鬼·축생畜生의 삼악도三惡道와 수라修羅·인간人間·천天의 여섯 계界를 총칭한 것으로, 미혹한 중생이 윤회輪廻하는 경계. 사성四聖(성문聲聞·연각緣覺·보살菩薩·부처佛)과 대비되는 말. 육취六趣라고도 함. ⑰ 20·23

육시六時

승려가 염불·독경 등의 근행을 하는 시각時刻. 하루를 낮 삼시三時와 밤 삼시로 나누어, 오전 6시부터 4시간 씩, 신조晨朝·일중日中·일몰日沒·초야初夜·중야中夜·후야後夜로 하는 것의 총칭. ⑰ 17

육지장六地藏

육도六道 중생을 교화구제敎化救濟하기 위해, 한 도道에 한 명씩 배치된 지장의 총칭. 명호, 형상에 대해서는 여러 설이 있는데, 태장만다라의 지장원地藏院 내의 지장·보처寶處·보수寶手·지지持地·보인수寶印手·견고의堅固意의 육지장이 기본이 되는 것으로 추정. ⑰ 23

율사律師

승정僧正·승도僧都에 다음가는 승강僧綱의 하나로, 승니僧尼를 통합統合하는 관직官職. 지율사持律師·율자律者 등으로 부르며, 계율戒律을 잘 이해하는 자를 가리키는 경우도 있음. ⑲ 23

이생방편利生方便

일체 중생에게 이익을 주는 방법, 수단. ⑰ 7

이천二天

일반적으로는 일천日天과 월천月天을 말함. 여기서는 간고지元興寺 중문中門의 이천二天을 가리킴. 간고지의 이천은 지국持國·증장增長의 이천왕이며, 동쪽(왼쪽)에 지국천持國天, 서쪽(오른쪽)에 증장천增長天이 배치됨. 불법의 수호신으로서 가람伽藍의 문 앞에 안치했던 것. 이 이천에 대해서는 『칠대사순례사기七大寺巡禮私記』, 『칠대사일기七大寺日記』에 기록되어 있음. ⑰ 50

인과因果

몸(육체)·입(언어표현)·뜻(마음)에 의한 행위(업)와 그것이 원인이 되어 생기는 과보果報. 불교의 근본도리에서는 선업善業에 의해 선한 과보가 있고, 악업惡業이 원인이 되어 악한 과보가 있다고 함. 이를 '선인선과善因善果·악업악과惡業惡果'라 하며 총체적으로 '인과응보因果應報'라 함. ⑰ 10

인섭引攝

아미타불阿彌陀佛이 염불행자念佛行者의 임종臨終 때 내영來迎하여, 극락정토에 인도하고 구원하는 것. ⑰ 22

일책수반一磔手半

불상의 길이를 재는 척도. 일책수一磔手는 엄지손가락과 중지를 곧게 펼쳤을 때의 길이로 약 8촌寸, 약 24cm. '반半'은 그 절반을 의미. 일책수반은 약 1척 2, 3촌. 약 36cm. 일본에서는 지불상持佛像이나 태내불胎內佛을 만들 때의 상고像高의 정칙定則으로 함. ⑰ 28

입도入道

불도佛道에 들어가는 것. 또, 그러한 사람. '입도'는 사미沙彌와 거의 동일한 의미로, 승려로서의 정규 수업修業 과정을 거치지 않고, 중도 출가한 도심자道心者, 우바새優婆塞 등의 명칭. ⑰ 2·20 ⑲ 10

입실사병入室瀉甁

사승의 방에 들어가, 병의 물을 다른 용기에 옮겨 담듯이 사승이 전수하는 교법을 빠트림 없이 습득하는 것. ⑰ 9

[자]

재회齋(齊)會

'재齋'는 삼가고 꺼린다는 뜻으로, 승려와 비구니가 정오 이후에는 식사를 하지 않는 것을 가리켰으나, 거기에서 뜻이 바뀌어 불사佛事를 행할 때에 승려에게 공양하는 식사를 가리켜 재齋 혹은 재식齋食이라 칭하게 되어 승려에게 재식齋食을 공양하는 법회를 재회齋會라고 함. ⑲ 2

정진精進

한결같이 불도佛道 수행에 임하는 것. 신불에게 봉사奉仕하기 위해, 언동言動이나 음식飮食을 삼가고 몸을 청정淸淨하게 하는 것. '재계齋戒', '지재持齋' 등의 의미. ⑰ 13

제석帝釋(尺)

'제석천왕帝釋天王'의 약자. 범어梵語 sakro devanamindrah(여러 하늘의 주된 샤크라=천제 샤크라)의 약자. 천제석天帝釋, 제석천帝釋天이라고도 함. 욕계육천欲界六天의 제2천. 도리천忉利天의 왕. 수미산須彌山 정상의 희견성喜見城(선견성善見城)에 살고 있으며 사천왕을 통솔하는 불법수호의 선신善神. ⑲ 12

지경자持經者

경전經典, 특히 『법화경法華經』을 항상 억지憶持하는 자. 지자持者라고도 함. 산림山林에 칩거하며 일심불란一心不亂하게 『법화경』을 독송讀誦하는 승려로 성인聖人(히지리聖)이라고도 칭함. 수행으로 얻은 영험력靈驗力으로써 이익利益을 베푼다고 생각되어졌음. ⑰ 42

지옥地獄

범어梵語 naraka의 번역. 범어梵語를 그대로 음역音譯한 것은 '나락奈落', '니리泥梨'라 함. 이 세상에서 나쁜 짓을 한 자가 사후에 떨어져 온갖 고통을 받게 된다는 지하세계. 삼악취三惡趣·8대지옥 등 다양한 지옥이 있으나, 일본에서는 겐신源信의 『왕생요집往生要集』이 사람들의 사후관에 깊은 영향을 미쳤고, 더구나 중세 이후에는 중국에서 지옥회地獄繪가 들어와서 현실적인 이미지가 정착됨. ⑲ 28

지장地藏

범어梵語 Ksitigarbha의 번역. 지장보살. 지장존地藏尊이라고 함. 석가釋迦 입멸 후, 미륵보살이 출현할 때까지 석가의 의뢰를 받고 육도六道의 중생을 교화하고 제도濟度하는 보살로, 목적이 성취될 때까지는 스스로도 왕생하지 않는다 함. 『지장십륜경地藏十輪經』, 『지장본원경地藏本願經』 등 지장의 여러 경전에서는 그 중생제도의 서원은 무수무량無數無量하다고 함. 일본에서는 주로 동자의 형태로 나타나고, 석장錫杖을 짚었으며, 가장 대중적인 민간신앙의 대상이 됨. ⑰ 1·30·32

지장강地藏講

지장보살地藏菩薩을 본존本尊으로 하여, 지장경전의 강독, 표백문表白文의 낭독 등을 하고, 그 공덕을 찬양하여 구제를 기원하는 법회. 매월 24일을 연일縁日로 함. 공적행사였던 가쇼지嘉祥寺의 지장회과地藏悔過에 대해서, 기다린지祇陀林寺의 지장강은 민간불사民間佛事의 성격이 강하여 로쿠하라미쓰지六波羅蜜寺地의 지장강과 함께 유명함. ⑰ 10 · 27 · 28 · 30

지재持齋

'재齋'는 불가佛家에서의 식사시간. 지재持齋란 비시식계非時食戒를 지키는 것을 말함. 승려는 오전 중에 식사하는 것으로 정해져 있는데, 그 계율을 지키는 것이 지재持齋. 재가신자는 육재일六齋日(한 달에 6일간 팔재계八齋戒를 지키며 정진하는 날)에 지계持戒를 지킴. ⑰ 17

집금강신執金剛神

범어梵語 Vajrapani의 한역. 금강저金剛杵를 손에 들고 있는 불법수호佛法守護의 야차신夜叉神으로 금강역사金剛力士. 초기의 형상은 갑옷을 입은 신장神將의 모습이었으나, 이후에는 반라半裸의 역사力士의 모습으로 표현됨. 두 신神이 짝이 되어 절의 중문이나 남대문의 양 옆에 안치되며, 동쪽을 금강金剛, 남쪽을 역사力士, 합쳐 이왕二王이라고 칭함. 도다이지東大寺 법화당法華堂(삼월당三月堂)의 불상(나라奈良 시대 제작 · 소상塑像)이 유명함. ⑰ 49

[차]

참회懺悔

과거의 죄악을 스스로 회개悔改하고 신불神佛에게 고백하여 범한 죄에 대한 용서를 구하는 것. ⑰ 24

최승회最勝會

유마회維摩會 · 어재회御齋會와 더불어 삼회三會 중의 하나. 천장天長7년(830)에 시작되어, 3월 7일부터 13일까지의 일주일간, 『금광명최승왕경金光明最勝王經』(줄여서 『최승왕경最勝王經』)을 강의한 법회로 국가의 평안, 천황의 식재息災를 기원함. 미나모토 씨源氏를 칙사勅使로 보냄. 권12 제5화에 상세히 기술됨. ⑲ 35

축생畜生

범어梵語 tiryanc(길러져서 살아가는 것)의 번역. 불연佛緣이 없는 새, 짐승, 벌레, 물고기 류. ⑲ 6

[파]

팔강八講

'법화팔강法華八講'의 줄임말. 『법화경法華經』 전 8권을 8좌座로 나누어, 여덟 명의 강사가 한 사람이 한 좌를 담당. 하루를 아침, 저녁 두 좌로 나누어, 한 좌에 한 권씩 강설하여 4일간 결원結願하는 법회. ⑲ 28

팔만다라八曼陀(荼)羅

여덟 축軸의 법화경만다라法華經曼荼羅를 가리키는 것으로 추정. 석가여래釋迦如來가 영취산靈鷲山 위에서 법화경을 설하는 회좌會座를 회화화繪畫化한 것. 팔엽중태원八葉中台院의 한가운데 석가 · 다보여래多寶如來 두 부처가 자리하고, 주변 팔엽연화八葉蓮華 위에는 미륵彌勒 · 문수文殊 · 약왕藥王 · 묘음妙音 · 상정진常精進 · 무진의無盡意 · 관음觀音 · 보현普賢의 여덟 보살, 네 귀퉁이에는 수보리須菩提 · 사리불舍利佛 · 가엽迦葉 · 목련目蓮의 네 제자가 위치하고, 그 주위에는 제보살諸菩薩 · 명왕明王 · 천중天衆 등이 배치되어, 밀교密敎의 만다라에 따른 구성. ⑰ 39

[하]

행도行道

불상이나 불단의 주위를 돌며 부처를 예배하는

작법作法 및 의식. 보통 오른쪽으로 세 번을 돎. ⑰ 17

향로香爐

향을 피우기 위해 사용하는 용기. 도자기陶磁器·칠기漆器·금속제金屬製 등이 있음. 양식이나 형태는 다양하며 손에 드는 것을 병향로柄香爐, 책상위에 두는 것을 치향로置香爐라고 함. 후에 마루 장식, 탁자 장식 등에 사용되게 됨. ⑰ 23

허공장보살虛空藏菩薩

범어梵語 Akasagarbha(허공을 품은 자)의 한역. 무한한 지혜나 공덕을 갖춘 것이 허공처럼 광대무변廣大無邊하다고 하는 지혜를 주는 보살이라 믿어짐. 밀교의 태장만다라胎藏蔓茶羅에는 허공장원虛空藏院의 주존主尊이라 되어 있고 금강계만다라金剛界蔓茶羅에는 현겁십육존賢劫十六尊중 하나라 되어 있음. 허공장구문지虛空藏求聞持법의 본존本噂. 그 형상에 대해 여러 설이 있으나 연화좌蓮華座에 앉아 오지보관五智寶冠을 쓰고 오른손에는 지혜의 보검, 왼손에는 복덕의 연화와 여의보주如意寶珠를 가지고 있다 함. ⑰ 33

현밀顯蜜(密)

'현교顯敎'와 '밀교密敎'. '밀蜜'은 '밀密'의 통자通字. 현교란 언어나 문자로 설파하는 교의로, 밀교 이외의 모든 불교. 특히 석가釋迦·아미타阿彌陀의 설교에 의한 종파. 밀교는 언어·문자로 설파하지 않는 비밀스러운 가르침으로, 대일여래大日如來의 설교에 의한 종파. '진언밀교의 가르침'이라고도 하며, 일본에서는 도지東寺를 중심으로 하는 진언종의 동밀東密과 천태종의 태밀台密이 있음. ⑰ 9

호법護法

'호법신護法神'의 줄임말. 불법수호의 신령으로 호법천동護法天童, 호법선신護法善神, 호법동자護法童子 등으로 표현. 범천梵天·제석천帝釋天·금강역사金剛力士·사천왕四天王·십나찰녀十羅刹女·십이신장十二神將·십육선신十六善神·이십팔부중二十八部衆 등. 원래는 인도의 민간신앙의 신이었지만 불법에 귀의하여 불佛·법法·승僧의 삼보三寶를 수호하는 신이 되었다고 함. ⑰ 40

후세後世

후생後生과 동일. 내세에서의 안락. 사후에 극락으로 왕생하는 것. 또, 사후에 다시 태어난다고 믿어지는 세상 그 자체를 가리킴. ⑲ 9·28

지명·사찰명 해설

1. 본문 중에 나오는 지명·사찰명 중 여러 번 나오는 것, 특히 긴 해설을 필요로 하는 것을 일괄적으로 해설하였다. 바로 해설하는 것이 좋은 것은 본문의 각주脚注에 설명했다.
2. 배열은 한글 표기 원칙에 의한 가나다 순으로 하였다.
3. 각 항의 말미에 그 지명·사찰명이 나온 이야기를 숫자로 표시하였다. 예를 들면 '⑰ 1'은 '권17 제1화'를 가리킨다.

[가]

가사기데라笠置寺

교토 부京都府 사가라 군相樂郡 가사기笠置에 소재. 기즈 강木津川의 남쪽 언덕, 가사기 산笠置山 정상에 있음. 원래 법상종法相宗으로 현재는 진언종眞言宗 지산파智山派에 속함. 오토모大友 황자가 창건. 본존本尊은 마애磨崖 석상, 미륵보살상彌勒菩薩像. 수험도修驗道의 도장道場으로 알려짐. ⑲ 1

가사기笠置 동굴

교토 부京都府 사가라 군相樂郡 가사기笠置에 있는 동굴. 가사기 산笠置山은 기즈 강木津川의 남쪽에 있으며, 산중山中에는 기암奇岩·괴석怪石이 곳곳에 있음. 자연을 훼손하지 않기 위해 수험도修驗道의 행장行場이나 전략상戰略上의 거점이 되었음. 산꼭대기에는 가사기데라笠置寺가 있음. ⑰ 17 ⑲ 1

가즈라키葛木의 이사尼寺

가쓰라키지葛城寺. 묘안지妙安寺라고도 함. 쇼토쿠聖德 태자가 건립. 헤이안쿄平安京에 소재했으나 보귀寶龜 1년(780) 화재로 소실. 나라 현奈良縣 가시하라 시橿原市 와다 정和田町의 와타和田 폐사廢寺라고도 여겨짐. ⑰ 35

가치오데라勝尾寺

오사카 부大阪府 미노오 시箕面市 아오마타니粟生間谷에 현존. 고야 산高野山 진언종眞言宗의 사원寺院. 현재는 '가쓰오지'라 부름. 고닌光仁 천황의 황자皇子 가이세이開成가 그의 스승 젠추善仲·젠산善算의 소망대로 미로쿠지彌勒寺로서, 보귀寶龜 6년(775)에 창건. 그 후, 세이와淸和 천황의 칙명에 의해 가치오데라勝尾寺로 개칭. 예로부터 수험修驗의 영장靈場으로 저명하여『양진비초梁塵秘抄』(297·298)에는 '聖の住所'라고 되어 있음. 본존本尊은 십일면관음十一面觀音. 서국삼십삼소西國三十三所 관음영장觀音靈場 중에서 23번째. ⑲ 23

간고지元興寺

나라 시奈良市 시바노신야芝新屋에 있던 대사大寺. 현재는 관음당觀音堂, 탑이 있던 흔적만이 남아 있음. 화엄종華嚴宗. 남도칠대사南都七大寺·

십오대사十五大寺 중 하나. 소가노 우마코蘇我馬子가 아스카飛鳥에 건립한 간고지元興寺를 헤이조 경平城京 천도와 함께 양로養老 2년(718)부터 천평天平 17년(745)에 걸쳐 이축한 것. 삼론三論·법상교학法相敎學의 거점. 헤이안平安 시대 이후는 지광만다라智光蔓荼羅를 안치한 극락방極樂坊(나라 시奈良市 주인中院)를 중심으로 정토교의 도장으로써 서민신앙을 모았음. 그 창건설화가 권11 제15화에 보임. ⑰ 50 ⑲ 31

견색당羂索堂

도다이지東大寺의 일원一院으로 견색원羂索院이라고도 함. 불공견색관음不空羅索觀音을 본존으로 하고 있어 이 이름을 붙임. 또 3월에 법화회法華會를 열기 때문에 일반적으로 법화당·삼월당三月堂이라고도 함. 도다이지 최고最古의 당사堂舍로 현재 국보건조물國寶建造物로 지정되어 있음. 천평天平 20년(748)경에 창건되었다고 하며, 당내堂內에는 불공견색보살不空羂索菩薩, 일광日光, 월광보살月光菩薩, 집금강신상執金剛神像, 사천왕상四天王像 등의 천평불天平佛을 안치. ⑰ 49

고마쓰데라小松寺

권15 제19화에서는 이곳의 소재지를 닛타 군新田郡(『일본왕생극락기日本往生極樂記』〈25〉도 같음)으로 하고 있으나, 미야기 현宮城縣 도다 군遠田郡 다지리 정田尻町에 소재하는 절寺. 닛타 성책新田柵의 부속 사원寺院이라고 추정. ⑰ 8 ⑲ 2

고야 산高野山

와카야마 현和歌山縣 이토 군伊都郡 고야 정高野町에 소재. 구카이空海 창건의 곤고부지金剛峰寺가 있는 현재의 고야 산高野山 진언종眞言宗 총본산総本山. 홍인弘仁 7년(816)에 구카이가 이곳을 사가嵯峨 천황으로부터 하사받은 것으로부터 시작됨. 이 산은 구카이 개창 이전부터 종교적 성지라고 여겨져 에 행자役行者 개창설, 교키行基 개창설, 니우丹生 명신明神 개창설 등이 있음. 구카이는 천장天長 9년(832)부터 고야 산에 살며, 그 후에 승화承和 2년(835) 곤고부지는 정액사定額寺에 포함되며 관사官寺에 준하는 규제와 대우를 받음. 같은 해 3월 구카이는 곤고부지에 입정入定함. 창건의 경위는 권11 제25화에 상세. ⑲ 28

고후쿠지興福寺

나라 시奈良市 노보리오지 정登大路町에 소재. 법상종 대본산. 남도칠대사南都七大寺·십오대사十五大寺 중 하나. 초창草創은 덴치天智 8년(669) 후지와라노 가마타리藤原鎌足의 부인 가가미노오키미鏡女王가 가마타리 사후, 석가삼존상釋迦三尊像을 안치하기 위해 야마시나데라山階寺(교토 시京都市 야마시나 구山科區 오타쿠大宅)를 건립한 것으로부터 시작. 덴무天武 천황이 도읍을 아스카飛鳥 기요미하라淨御原로 옮길 때, 우마사카데라厩坂寺(나라 현奈良縣 가시하라 시橿原市)로 이전, 헤이조 경平城京 천도와 함께 화동和銅 3년(710) 후지와라노 후히토藤原不比等에 의해 현재 위치로 조영, 이축되어 고후쿠지라고 불리게 됨. 그 경위에 대해서는 권11 제14화에 상세. 후지와라 씨藤原氏 가문의 절氏寺로 융성했지만, 치승治承 4년(1180) 다이라노 시게히라平重衡의 남도南都(나라奈良) 방화로 대부분 전소全燒. 또한 이축 후에도 야마시나데라山階寺로 통칭. ⑰ 38

곤쇼지金勝寺

시가 현滋賀縣 구리타 군栗太郡 릿토 정栗東町의 곤쇼 산金勝山 정상에 소재. 천태종. 양로養老 원년(717) 로벤良辨 승정僧正이 개기開基라고 전해짐. 『속일본후기續日本後紀』에 의하면 천장天長 10년(833) 정액사定額寺가 됨. 원래 곤쇼 산金勝

山 다이보다이지大菩提寺라 불리었음. ⑰ 40

구라마데라鞍馬寺

교토 시京都市 사쿄 구左京區 구라마혼 정鞍馬本町에 소재. 본존本尊은 비사문천毘沙門天. 구라마홍교鞍馬弘敎의 대본산大本山으로 마쓰오 산松尾山 금강수명원金剛壽命院이라고도 함. 『구라마가이지 연기鞍馬蓋寺緣起』에 의하면 창건은 감진鑑眞의 제자인 감정鑑禎이 영몽靈夢으로 이곳에 와서 비사문천상毘沙門天像을 만들고 초당을 지은 것으로부터 시작되었다고 하나, 『부상약기扶桑略記』 소인所引의 산일散逸된 『구라마지 연기鞍馬寺緣起』에서는 연력延曆 15년 조동대사장관造東大寺長官 후지와라노 이셴도藤原伊勢人가 사사私寺로서 창건했다고 함. 그 경위는 본권 권11 제35화에 자세히 보임. 본존本尊인 비사문천상은 교토 북방의 수호신守護神이며 군신軍神으로서 신앙의 대상이 됨. ⑰ 43·44

근본중당根本中堂

히에이 산比叡山 동탑東塔의 중심 가람. 중당中堂, 일승지관원一乘止觀院이라고도 함. 사이초最澄가 연력延曆 7년(788) 창건, 약사여래藥師如來를 안치함. 히에이 산比叡山 엔랴쿠지延曆寺 발상의 근본사원이었던 것에서 온 이름. 문수당文殊堂·약사당藥師堂·경장經藏 등이 있고, 약사당이 중앙에 위치했으므로 중당中堂이라 함(『산문당사기山門堂舍記』). ⑲ 2

기다린지祇陀林寺

『백련초百鍊抄』에 의하면 교토京都의 나카미카토中御門 남쪽, 교고쿠京極 서쪽에 있던 절. 원래는 좌대신左大臣 후지와라노 아키미쓰藤原顯光의 저택邸宅 광번제廣幡第였는데 이것을 닌코仁康 상인上人에게 기진寄進한 이후 광번원廣幡院이라 부름. 창건은 장보長保 2년(1000) 4월 천태좌주 료겐良源의 제자 닌코仁康가 하원원河原院의 장륙석가상丈六釋迦像을 옮겨 안치한 것에서 시작. 『속고사담續古事談』 권4에 의하면 아키미쓰顯光의 기진을 수달須達장자가 석가모니에게 기원정사를 기진한 것을 염두하여 기다린지祈陀林寺라고 겐신源信 승도僧都가 명명했다 함. 지장강地藏講으로도 널리 알려짐. ⑰ 10·27

기데라紀寺

나라 현奈良縣 다카이치 군高市郡 아스카 촌明日香村 오아자오야마大字小山의 아마노가구 산天香久山 서쪽 기슭에 있던 절. 기 씨紀氏 가문의 절氏寺로 덴치天智 천황의 시대에는 창건되어 있었음. 헤이조 경平城京 천도 후, 좌경左京 오조칠방五條藥七坊의 남동쪽으로 이동되었다고 함. 그 터는 현재의 나라 시 기데라히가시구치 정紀寺東口町으로 부터 니시키데라혼 정西紀寺本町 부근 일대라고 추정됨. ⑰ 18

기요미즈데라淸水寺

교토 시京都市 히가시야마 구東山區 기요미즈淸水에 소재. 현재 북법상종北法相宗 본사(본래 진언종). 보귀寶龜 11년(780) 사카노 우에노 다무라마로坂上田村麻呂가 창건했다고 전해짐. 본존本尊은 목조 십일면관음十一面觀音. 서국삼십삼소西國三十三所 관음영장觀音靈場 중 16번째. 헤이안平安 시대 이후, 이시야마데라石山寺·하세데라長谷寺와 함께 관음영장의 필두로써 신앙됨. 관음당觀音堂은 무대로 유명. 고지마야마데라子島山寺(미나미칸온지南觀音寺)와 대비되어 기타간온지北觀音寺라 불림. 창건설화에 관해서는 권11 제32화에 상세하게 기록. ⑰ 38 ⑲ 40

기요미즈데라清水寺

효고 현兵庫縣 가토 군加東郡 야시로 정社町 히라기平木 미타케 산御岳山 정상에 있는 절. 천태종. 서국삼십삼소西國三十三所 관음영장觀音靈場 중에서 25번째. '新淸水'라고도 함. 개창開創은 헤이안平安 초기로 거슬러 올라가며, 구하쓰空鉢라고 불린, 인도 선인仙人인 법도法道에 의한 개기전승開基傳承을 가지고 있음. ⑰ 7

[나]

나니와難波 **진**津

현재의 오사카 시大阪市. 요도 강淀川 하구 부근의 습지대. 넓은 의미로는 오사카 시大阪市 우에혼마치上本町 대지台地로부터 효고 현兵庫縣 아마가사키 시尼崎市 동부에 걸친 지역을 뜻함.『고사기古事記』,『일본서기日本書紀』등 예로부터 그 이름이 등장. 또한 와카和歌의 우타마쿠라歌枕로 많이 쓰임. ⑲ 30

나니와 후미難波ノ江

오사카 만大阪灣에 요도 강淀川이 흘러드는, 하구의 삼각주 지대를 말함. → 나니와의 진津 ⑰ 37

나라사카奈良坂

나라奈良 북부에 있는 경가도京街道의 언덕. 현재의 나라 시奈良市 나라자카 정奈良阪町으로, 나라 북부의 헤이조 산平城山을 넘는 급한 언덕길. 교토 부京都府 소라쿠 군相樂郡 기즈 정木津町으로 통함. 이 경가도는 기타야마고에北山越·나라사카고에奈良坂越라고도 칭하며, 서쪽의 우타히메고에歌姬越에 대한 호칭임. 고대로부터, 도적의 출몰이 잦은 지역임. ⑲ 35·36

나라사카 산奈良坂山

→ 나라사카奈良坂 ⑲ 31

뇨이如意

뇨이린지如意輪寺. 현재의 교토 시京都市 사쿄 구左京區 뇨이가타케如意ヶ岳 산에 있는 절. 권15 제18화에 뇨이지如意寺와 같은 절이라고 추정. 온조지園城寺의 별원別院으로 지쇼智證 대사大師 엔친圓珍의 개기開基라고 전해지나 창건創建에 대해서는 미상.『속본조왕생전續本朝往生傳』에는 관화寬和 2년(986)에 출가한 요시시게노 야스타네慶滋保胤(자쿠신寂心)가 이 절에 살고 장덕長德 3년(997. 정확하게는 장보長保 4년〈1002〉)에 이곳에서 사망했다는 기록이 남아 있음. ⑲ 3

닌나지仁和寺

교토 시京都市 우쿄 구右京區 오무로오우치御室大內에 소재. 진언종 어실파御室派의 총본산. 본존本尊은 고코光孝 천황天皇 등신等身의 여래如來라고 전해지는 아미타삼존阿彌陀三尊. 인화仁和 2년(886) 고코 천황의 어원사御願寺로 공사를 시작하였고, 그 뜻을 이어받은 우다宇多 천황이 인화 4년에 완성시키고, 낙경落慶 공양供養을 행함. 후에, 법황이 되어 어좌소御座所를 설치하고 이곳에서 지냈기 때문에 어실어소御室御所라고도 함. 절의 이름은 창건한 연호에서 따온 것이지만, '니시야마西山의 어원사'(『일본기략日本紀略』), '니와지にわじ'(『마쿠라노소시枕草子』) 등이라고도 불림. 대대로 법친왕法親王이 문적門跡을 계승하여, 문적사원의 필두. 많은 탑두, 자원을 가지고 있음. 현재도 헨조지遍照寺·렌가지蓮花寺·법금강원法金剛院 등이 남아있음. 닌나지문적仁和寺門跡이라고도 함. ⑰ 15

[다]

다이 산大山

돗토리 현鳥取縣 서부, 중국中國 지방 산지의 북측에 위치한 사화산死火山. 최고봉은 겐가 미네

劍ヶ峰. 산세가 아름다워 예로부터 다양한 신앙의 대상이 됨. 9세기 말경부터 산악수험山岳受驗의 산으로 여겨졌으며, 다이치묘 권현大智明權現(지장보살地藏菩薩) 신앙을 중심으로 한 천태종天台宗 사원社院으로 체제가 확립되었음. 수험도의 성지로서 번영하였으나, 메이지明治의 신불분리神佛分離 후, 다이 산 신앙은 쇠퇴. 현재는 오가미야마大神山 신사神社·오야마데라大山寺가 병존. ⑰ 15

다이안지大安寺

나라 시奈良市 다이안지 정大安寺町에 소재. 헤이조 경平城京 좌경左京 육조사방六條四坊에 위치함. 고야 산高野山 진언종. 본존本尊은 십일면관음十一面觀音. 남도칠대사南都七大寺·십오대사十五大寺 중 하나. 도다이지東大寺, 사이다이지西大寺와 함께 난다이지南大寺라고도 함. 쇼토쿠聖德 태자가 스이코推古 25년(617) 건립한 구마고리정사熊凝精舍에서 시작됨. 정사는 서명舒明 11년(639) 야마토 지방大和國 도이치 군十市郡의 구다라 강百濟川 근처로 옮겨 구다라다이지百濟大寺가 되었음. 천무天武 2년(673) 다카이치 군高市郡(지금의 나라 현奈良縣 아스카明日香)으로 옮겨 다케치노오데라高市大寺, 천무 6년에 다이칸다이지大官大寺라 불림. 그 뒤로 헤이조平城 천도에 따라 영귀靈龜 2년(716. 화동和銅 3년〈710〉, 천평天平 원년〈729〉이라는 설도 있음) 현재 위치로 이전하여 천평天平 17년에 다이안지大安寺로 개칭함. 양로養老 2年(718) 당으로부터 귀국한 도지道慈가 조영에 크게 공헌. 삼론종의 학문소로 융성함. ⑲ 20

다테 산立山

도야마 현富山縣의 남동부에 위치한 다테 산맥의 총칭. 다테 산 본봉本峰은 오야마雄山·오난지 산大汝山·후지노오리타테富士ノ折立 등의 세 개의 봉으로 되어 있음. 또한 본봉·조도 산淨土山·벳 산別山을 다테 산 삼산三山이라고 부름. 후지 산富士·시라 산白山과 함께 일본 3대 영산 중 하나. 중세 이후, 수험도修驗道·정토신앙과 결합되어 신앙등산이 활발함. 산기슭의 아시쿠라지芦峅寺·이와쿠라지岩峅寺가 그 근거지. '다치 산'이라고도 함. ⑰ 18·27

다키노쿠라瀧藏

하세데라長谷寺의 진수鎭守. 하쓰세泊瀨의 지주신地主神. 다키노쿠라瀧藏 권현權現이라고 함. 『하세데라 연기長谷寺緣起』에는 '泊瀨河上, 瀧藏權現坐. 其所勝地而往古以來諸天影向砌也'라고 되어 있음. ⑲ 42

도노미네多武峰

나라 현奈良県 사쿠라이 시櫻井 도노미네多武峰(표고 607m의 고바레쓰 산御破裂山을 중심으로 하는 봉우리)에 소재하는 도노미네데라多武峰寺를 가리킴. 후지와라노 가마타리藤原鎌足의 장남, 조에定慧가 가마타리의 유골을 도노미네로 이장移葬하고, 13중탑을 건립한 것을 시작으로 함. 원래는 묘라쿠지妙樂寺라고 불렀음. 이후에 성령원聖靈院이 건립되고, 가마타리의 목상이 만들어짐. 메이지明治 초년의 신불분리 후에는 단잔談山 신사神社가 됨. ⑲ 10

도다이지東大寺

나라 시奈良市 조시 정雜司町에 소재. 화엄종 총본산. 본존本尊은 국보 노자나불좌상盧舍那佛坐像(대불大佛). 남도칠대사南都七大寺의 하나. 십오대사十五大寺 중 하나. 쇼무聖武 천황 치세인 천평天平 13년(741)의 국분사國分寺를 창건, 천평 15년에 대불 조립造立을 시작으로 천평 17년 헤이조 경平城京에서 주조鑄造, 천평승보天平勝

寶 4년(875) 대불개안공양大佛開眼供養, 대불전大佛殿 낙성落成을 거쳐 가람이 정비됨. 전신은 로벤良辨이 창건한 긴슈지金鍾寺로, 야마토 지방大和國 곤코묘지金光明寺가 되고, 도다이지로 발전하였음. 진호국가의 대사원으로 팔종겸학八宗兼學(당시는 6종)의 도장. 로벤 승정, 교키行基 보살의 조력으로 완성. 간다이지官大寺의 제일임. 그 창건 설화는 권11 제13화에 자세함. ⑲ 19·23

도지東寺

정확하게는 교오고코쿠지敎王護國寺. 교토 시京都市 미나미 구南區에 소재. 도지東寺 진언종 총본산. 본존本尊은 약사여래藥師如來. 헤이안平安 천도와 함께 나성문羅城門의 좌우에 건립된 동서 양쪽 관사官寺 중 하나. 연력延曆 15년 간무桓武 천황의 칙원勅願. 홍인弘仁 14년(823) 사가嵯峨 천황이 구카이空海에게 진호국가의 도장으로써 하사함. 이후, 진언교학眞言敎學의 중심도장이 됨. ⑲ 23

동삼조東三條

동삼조는 현재의 교토 시京都市 나카쿄 구中京區 오시코지도오리押小路通를 중심으로 하는 지역. 후지와라 가네이에藤原兼家의 저택으로 알려진 동삼조제東三條第가 있었음. 후지와라노 가네이에藤原兼家의 저택. 『이중력二中歷』 명가력名家歷에 "二條町(イ南町西南北二丁坊)良房公家 又兼家公家 或現重明親王家 又白河 又染殿"라고 보임. 가네이에 이후, 그 딸인 엔유圓融 천황天皇의 황후였던 센시詮子가 살았고, 히가시산조인東三條院이라고 불렸음. 후지와라 가문의 장자가 물려받았고, 장화長和 2년1013)·장원長元 4년(1013) 5(4)월에 화재로 소실되었으나, 그때마다 재건됨. 동삼조제의 진호를 위해, 서북단에 스미후리신隅振神과 하야부사 신隼神을 모심. 영연永延 원년(987) 10월 4일에 종사위하從四位下가 증위贈位(『일본기략日本紀略』). 『영화 이야기榮花物語』 '도리베노鳥邊野'에 "三條院の隅の神"라고 보임. ⑲ 33

동탑東塔

서탑西塔·요카와橫川와 함께 히에이 산比叡山 삼탑三塔 중 하나. 오미近江 사카모토坂本(시가 현滋賀縣 오쓰 시大津市 사카모토坂本)의 서쪽, 히에이 산의 동쪽 중턱 일대로 엔랴쿠지延曆寺의 중심지역. 근본중당根本中堂을 중심으로 함. 남곡南谷·동곡東谷·북곡北谷·서곡西谷·무동사곡無動寺谷이 있음. ⑲ 37·38

[라]

로쿠하라미쓰지六波羅蜜寺

교토 시京都市 히가시야마 구東山區 로쿠로轆轤에 소재. 후다라쿠 산普陁落山 보문원普門院이라 불림. 현재는 진언종 지산파智山派. 본존本尊은 십일면관음十一面觀音으로, 서국삼십삼소西國三十三所 관음영장觀音靈場 중 17번째. 시정의 성인(市の聖)이라 불린 구야空也가 응화應和 3년(963)에 건립한 사이코지西光寺를 기원으로 함. 천록天祿 3년(972) 구야가 죽자, 제자 주신中信이 정원貞元 3년(977) 로쿠하라미쓰지로 개명하여 천태별원天台別院으로 삼음. 『본조문수本朝文粹』 10권에 의하면, 당시 낮에는 매일 법화강法華講을 열었고, 밤에는 늘 염불삼매念佛三昧를 수행하는 도장으로 크게 융성했다고 함. ⑰ 9·21·28 ⑲ 28

[마]

무라사키노紫野

교토 시京都市 기타 구北區, 헤이안 경平安京 북쪽

일대를 말함. 낙북칠야洛北七野 중의 하나로, 예로부터 와카和歌의 소재가 된 명승지로『노인 가침能因歌枕』,『오대집가침五大集歌枕』,『팔운어초八雲御抄』 등에 나와 있음. 금야禁野(* 천황의 사냥터로, 일반인의 사냥이 금지된 들판), 유렵유연遊獵遊宴, 장송葬送의 땅으로 알려짐. 가모賀茂 재원齋院의 어소御所가 있고, 부근에는 이마미야今宮 신사神社, 운림원雲林院 등이 있음. ⑲ 33

무쓰陸奧

현재의 동북지방에 해당. ⑲ 28

미노오箕面

현재의 오사카 부大阪府 미노오 시箕面市 미노오箕面. 헤이안平安 중기 이후, 이곳은 미노오 산으로 수험의 영험한 장소로 여겨짐. 특히 미노오지箕面寺(료안지龍安寺)는 엔노 오즈노役小角에 의해 개창되어 사람들의 귀의歸依가 이어짐.『양진비초梁塵秘抄』(292)에 "聖の住所はどこどこぞ。大峰葛城石の槌、箕面よ勝尾よ、播磨の書寫の山"라고 그 이름이 보임. 미노오 산중을 흐르는 미노오 강에는 높이 33m의 폭포가 있음. 미노오 폭포에 관한 전승·일화는『부상약기扶桑略記』 영관永觀 2년(984) 8월 27일 조에 센칸千觀과 관련된 것이 보임. ⑲ 4

미이데라三井寺

정확하게는 온조지園城寺. 미이데라라는 이름은 통칭. 시가 현滋賀縣 오쓰 시大津市 온조지 정園城寺町에 소재. 천태종 사문파寺門派의 총본산. 본존本尊은 미륵보살彌勒菩薩. 오토모大友 황자의 아들, 오토모 요타노 오키미大友與多王의 집을 절로 만들어 창건했다고 전해짐. 그 창건 설화는 본집 권11 제28화에 보임. 오토모 씨大友氏 가문의 절氏寺이었으나 엔친圓珍이 부흥시켜 엔랴쿠지延曆寺의 별원別院으로 하고 초대 별당別當이 되었음. 사이초最澄가 죽은 후, 엔친圓珍이 제5대 천태좌주天台座主가 되지만, 엔닌圓仁의 문도파門徒派(산문파山門派)와 엔친의 문도파(사문파寺門派)의 대립이 생겨 정력正曆 4년(993) 엔친의 문도는 엔랴쿠지를 떠나 온조지를 거점으로 하여 독립함. 황실이나 권세 있는 가문의 비호를 받아 대사원이 됨. 덴치天智·덴무天武·지토持統 세 천황이 갓난아이일 적에 사용하기 위한 목욕물을 길은 우물이 있었던 연유로 미이御井·미이三井라고 불림. ⑰ 12·19

[바]

백제百濟

고대 조선朝鮮, 신라新羅·고구려高句麗와 함께 삼한三韓 중의 하나. 조선반도 남서부에 마한馬韓 오십여 국을 통합하여 건국. 사이메이齊明 천황天皇 6년(660) 당과 연합을 맺은 신라에 의해 멸망. 일본은 백제에 원군을 보내지만 덴치天智 천황 2년(663) 백촌강白村江에서 대패하여 철수. 예로부터 일본과 교류가 있고, 문화형성에도 크게 영향을 미침. 또한 백제에서 일본으로 온 도래인渡來人도 많아 하나의 문화권을 형성. ⑲ 30

복부당服部堂

간고지元興寺의 일원一院인 소탑원小塔院의 길상당吉祥堂의 다른 이름. 소탑원은 나라 시奈良市 니시노신야 정西新屋町에 소재. 예로부터 간고지 안에 오중탑五重塔을 중심으로 하는 동탑원東塔院에 대하여 소탑당小塔堂을 중심으로 하는 소탑원小塔院을 형성. 소탑원은 길상천녀를 기리고 있기 때문에 길상당吉祥堂이라고도 불림. 간고지 금당의 서남쪽에 있음. ⑰ 46

[사]

사가노嵯峨野

야마시로 지방山城國 가도노 군葛野郡 헤이안 경平安京 북서쪽 근교의 구릉지. 현재는 교토 시京都市 우쿄 구右京區, 가쓰라 강桂川의 상류, 오이大堰(井) 강 일대. 예로부터 경승景勝의 땅으로 귀족의 유희 장소가 됨. 별업別業이나 사원寺院도 많이 세워짐. 재궁齋宮이 1년간 결재潔齋하는 노노미야野々宮 신사神社가 있음. ⑲ 8·44

서탑西塔

동탑東塔·요카와橫川와 함께 히에이 산比叡山 삼탑三塔 중 하나. 히에이 산 서측에 위치. 석가당釋迦堂·보당원寶幢院이 핵을 이룸. 북곡北谷·동곡東谷·남곡南谷·남미南尾·북미北尾의 오곡五谷을 기점으로 함. ⑰ 40

소지지總持寺

오사카 부大阪府 이바라키 시茨木市 소지지總持寺 일정목一丁目에 소재. '惣持寺'라고도 표기함. 서국삼십삼소西國三十三所 관음영장觀音靈場 중 22번째(『사문고승기寺門高僧記』 권4·권6에서는 9번째 혹은 10번째라고 함). 창건은 후지와라노 야마카게藤原山陰가 아버지의 유지를 받들어 백단향목白壇香木으로 천수관음상千手觀音像을 조영造營, 안치한 것을 시작으로 함. 그 시기는 야마카게가 셋쓰 지방攝津國 반전검행사班田檢行使가 된 원경元慶 3년(879)경으로 추정. 또한 건립의 경위에 대해서는 『하세데라 험기長谷寺驗記』 상권 제13화에 상세히 보임. ⑲ 29

쇼샤 산書寫山

현재의 효고 현兵庫縣 히메지 시姬路市 북서쪽에 있는 산. 산 중턱에 강보康保 3년(966) 쇼쿠性空 상인上人에 의해 창건된 쇼샤 산書寫山 엔교지圓敎寺가 있음. 천태종天台宗의 명찰名刹로 서쪽의 히에이 산比叡山이라고 불림. 가잔花山 천황이 두 차례 행차를 했음. 서국삼십삼소西國三十三所 관음영장觀音靈場 중 27번째. 넓은 무대가 돋보이는 본당本堂, 넓은 삼당三堂 등, 대사원大寺院이었으나 대부분 소실燒失되어 현재는 무로마치室町 시대의 8동棟이 중요문화재. ⑰ 14

슈후쿠지崇福寺

시가 현滋賀県 오쓰 시大津市 시가사토滋賀里 일정목一丁目에 있던 절. 통칭 시가데라志賀寺. 시가야마데라志賀山寺. '스후쿠지'라고도 함. 덴치天智 천황의 발원發願에 의해 덴치天智 7년(668) 오쓰 궁大津宮의 북서쪽에 창건되었다고 전해짐. 그 창건 설화가 권11 제29화에 보임. 천평天平 원년(729) 관사官寺가 되어 헤이안平安 초기까지는 십대사十大寺 중 하나로 꼽혔으나, 그 이후 화재가 계속 발생하여 쇠퇴하였음. 소화昭和 3년(1928)·13년에 발굴 조사되어 주요 가람이 밝혀짐. ⑰ 7

시라 산白山

이시카와 현石川縣·기후 현岐阜縣에 걸친 산맥. 고젠가미네御前峰·오난지미네大汝峰·겐가미네劍ヶ峰의 3봉과 벳 산別山·산노미네三ノ峰·하쿠산샤카다케白山釋迦岳를 포함한 총칭. 후지 산富士山·다테 산立山과 함께 일본 3 영산 중 하나. 양로養老 원년(717) 다이초泰澄 화상和尙이 개산開山했다고 함. 고젠가미네御前峰 정상에서는 시라야마히메 신사白山比咩神社 오궁奧宮, 산록에는 하쿠산 본궁白山本宮·금검궁金劍宮·암본궁岩本宮·중궁中宮·사라궁佐羅宮·별궁別宮 등 하쿠산 7사社가 있음. 옛날부터 영산靈山으로 신앙됨. ⑰ 18

[아]

아와즈粟津

현재의 시가 현滋賀縣 오쓰 시大津市 비와 호琵琶湖의 남단부에서 세타 강瀨田川 하구, 서쪽 해안 부근의 광범위한 지역의 지명. 고대의 아와즈는 지금보다 넓어서 이시야마데라石山寺의 북쪽 근처까지 포함했을 가능성이 있음. 예로부터 교통의 요충지로 『사라시나 일기更科日記』에도 나와 있듯이 동해도東海道로부터 입경入京할 때에 머물고 여장旅裝을 채비하던 숙역宿驛이었음. ⑲ 5

아타고 산愛宕山

교토 시京都市 북서부, 우쿄 구右京區 사가아타고 정嵯峨愛宕町에 소재. 야마시로 지방山城國과 단바 지방丹波國의 경계에 있으며, 동북부의 히에이 산比叡山과 함께 왕성진호王城鎭護의 성지로 알려져 있음. 아타고愛宕 대권현大權現(현재의 아타고 신사神社)의 진좌지鎭座地로, 그 본지本地는 승군勝軍 지장地藏. 다이초泰澄가 개창開創한 것으로 알려진 아타고하쿠운지愛宕白雲寺가 있던 아사히 봉朝日峰을 비롯하여, 중국의 오대산을 모방하여 산 중의 오산五山에 오지五寺가 있음. 고대로부터 수험자修驗者의 행장行場으로 유명함. ⑰ 14 ⑲ 5·6

야마시나데라山階寺

지금의 교토 시京都市 히가시야마 구東山區에 있던 절. 후지와라노 가마타리藤原鎌足의 스에하라陶原의 저택에 부인 가가미노 오키미鏡女王가 덴치天智 2年(663년. 일설에는 덴치 8년) 당사堂舍를 건립하여 석가삼존상釋迦三尊像을 안치했다고 전해짐. 이후 고후쿠지興福寺의 전신前身. → 고후쿠지興福寺 ⑰ 38 ⑲ 29

야쿠시지藥師寺

도치키 현栃木縣 가와치 군河內郡 미나미가와치 정南河內町 야쿠시지藥師寺에 있는 절. 시모쓰케 야쿠시지下野藥師寺라고도 불림. 나라奈良의 도다이지東大寺, 지쿠시筑紫의 간제온지觀世音寺와 함께 나라 시대의 일본 삼계단三戒壇 중의 하나. 야쿠시지에 계단이 설치된 것은 천평보자天平寶字 5년(761). 도쿄道鏡가 신호경운神護景雲 4년(770)에 이곳 별당別當으로 좌천되었다는 것은 유명함. ⑰ 30 ⑲ 35

야쿠시지藥師寺

나라 시奈良市 니시노쿄西ノ京에 소재. 법상종 대본산. 본존本尊은 약사삼불藥師三尊. 남도칠대사南都七大寺·십오대사十五大寺 중 하나. 덴무天武 천황이 황후의 병이 낫기를 기원하며 천무天武 9년(680)에 후지와라 경藤原京에서 만들기 시작하고, 지토持統 천황이 그 유지를 이어받아 문무文武 2년(698)에 완성시킴(본 야쿠시지本藥師寺라고 부르며, 나라 현奈良縣 가시하라 시橿原市에 사적寺跡이 남아 있음). 그 이후 헤이조 경平城京으로 천도함에 따라 양로養老 2년(718) 헤이조경의 우경右京 육종방六條二坊에 있는 현재 위치로 이축됨. ⑲ 35·36

에니치지惠日寺

후쿠시마 현福島縣 반다이 정磐梯町 아이즈오데라會津大寺에 소재. '慧日寺'라고도 표기. 『사취백인연집私聚百因緣集』 권7 제6화에는 대동大同 원년(806) 도쿠이치得(德)一의 개기로 되어 있음. 헤이안平安 말기에는 에니치지 중도衆徒가 아이즈의 4군郡을 지배하는 등 세력을 떨쳤으나, 요코타가와라橫田河原 전투 이후 쇠퇴. 당탑堂塔의 대부분은 소실, 지금도 발굴 작업이 진행되고 있음. 고대의 도쿠이치得(德)一의 동국포교의 근거

지가 된 것으로 유명. ⑰ 29

오대산五臺山

중국 산서성山西省에 있는 산. 산 꼭대기에 평평한 다섯 봉우리가 동서남북중東西南北中으로 펼쳐져 있는 것에서 이름이 붙음. 당나라 시대 도읍 장안長安의 동북 방면에 있었기에 『화엄경華嚴經』 보살주거품菩薩住處品에 설명된 문수보살文殊菩薩이 사는 동북의 청량산淸涼山이라고도 함. 문수보살文殊菩瞳이 살고 있다고 하여 당나라 시대 중기의 불교신앙의 큰 성지. 일본에서는 겐보玄昉·엔닌圓仁 등이 방문함. 엔닌의 여행기 『입당구법순례행기入唐求法巡禮行記』에서 자세히 알 수 있음. ⑲ 2

오타케大嶽

히에이 산比叡山의 주봉主峰인 오히에大比叡. ⑲ 2

오하라大原

교토 시京都市 사쿄 구左京區 북동부에 속하는 지역. 히에이 산比叡山의 북서쪽 기슭에 해당하며 융통염불融通念佛의 창시자인 료닌良忍을 비롯하여 많은 염불성念佛聖이 모인 곳. 히에이 산比叡山의 오하라 별소大原別所가 있음. 저명인의 은거지로서 알려졌으며, 가마쿠라鎌倉 시대의 자쿠넨寂念·자쿠센寂然·자쿠초寂超 등은 '오하라 산자쿠三寂'로 유명. 현재 승림원勝林院·내영원來迎院·삼천원三千院·적광원寂光院 등이 있음. ⑰ 21·27

요카와橫川

동탑東搭·서탑西塔과 함께 히에이 산比叡山 삼탑三塔 중 하나. '橫河'라고도 표기하며, 북탑北塔이라고도 함. 근본중당根本中堂의 북쪽에 소재. 수릉엄원首楞嚴院(요카와橫川 중당中堂)을 중심으로 하는 구역. 엔닌圓仁이 창건, 료겐良源이 천록天祿 3년(972) 동서의 양 탑으로 부터 독립시켜 융성함. ⑰ 9 ⑲ 1·4·11·18

운림원雲林院

교토 시京都市 기타 구北區 무라사키노紫野에 소재한 절. 후나오카 산船岡山의 동쪽 기슭에 해당함. 당초에는 자야원紫野院이라고 함. 준나淳和 천황의 이궁離宮이었음. 천장天長 원년(824)에 운림정雲林亭으로 개칭하고, 운림원雲林院이라고도 불림. 닌묘仁明 천황의 황자인쓰네야스常康 친왕親王이 물려받지만 친왕의 출가出家에 의해 정관貞觀 11년(869) 2월에 헨조遍照 승정僧正이 부촉咐囑을 받아 사원寺院이 됨. 원경元慶 8년(884) 간케이지元慶寺 별원別院이 됨. 천덕天德 4년(960)에는 무라카미村上 천황의 어원탑御願塔이 건립. 보리강菩提講은 『대경大鏡』의 무대로 유명. ⑰ 28·44

이무로飯室

히에이 산比叡山 요카와橫川의 육곡六谷 중의 하나. 요카와에서 히가시자카모토東坂本로 내려가는 중간에 소재. 이무로 부동당飯室不動堂이 있음. 진젠尋禪이 이무로 곡飯室谷에 있었던 사방私房의 묘향방妙香房을 개칭하고, 당사를 정비하여 이치조一條 천황天皇의 어원사御願寺로 한 것이 기원. ⑲ 4

이와쿠라石藏

헤이안 경平安京 조영造營 당시에 사방四方의 산에 『일체경一切經』을 바치고, 동서남북에 석장石藏을 만든 것으로 부터 불린 명칭. 보통, 보통 이와쿠라라고 하면 북 이와쿠라北石藏, 즉 이와쿠라 산石藏山 다이운지大運寺를 뜻하지만, 권17 제29화는 서 이와쿠라西石藏, 권19 제3화는 동 이와쿠라東石藏를 뜻함. ⑰ 39 ⑲ 3

이즈미 군和泉郡

이즈미 지방和泉國의 중앙부에 있던 군명郡名. 현재의 오사카 부大阪府 이즈미 시和泉市·이즈미오쓰 시泉大津市·기시와다 정岸和田町·센보쿠 군泉北郡 다다오카 정忠岡町의 대부분의 지역과 가이즈카 시貝塚市에 해당하는 지역. 중세 이후, 남서쪽의 반이 센난 군泉南郡으로 분리. ⑰ 45

이즈모지出雲路

교토 시京都市 기타 구北區 부근. 야마시로 지방山城國 아타고 군愛宕郡 이즈모 향出雲鄕으로부터 유래한 지명. 구라마鞍馬 가도街道와 교토의 중앙의 출입구. ⑰ 44

이케가미池上

약 80개에서 100여 개의 닌나지仁和寺 원가院家의 일원一院. 이케가미데라池上寺. 『닌나지제원가기仁和寺諸院家記』에 의하면, 간추寬忠 승도僧都가 건립하였다고 전해짐. ⑰ 15

[자]

진제이鎭西

규슈九州의 다른 이름. 대재부大宰府를 진제이후鎭西府라 불렀던 것에서의 호칭. ⑰ 14 ⑲ 12·28·29

[하]

하나야마花山

간케이지元慶寺. 가잔지花山寺. 현재의 교토 시京都市 야마시나 구山科區 기타카잔가와라 정北花山河原町에 소재. 하나야마의 동남 기슭에 위치. 산호山號는 가초 산華頂山. 천태종天台宗. 본존本尊은 약사여래藥師如來. 요제이陽成 천황의 탄생 때에, 헨조遍照가 발원發願하여 창건, 후지와라노 다카이코藤原高子가 건립. 정액사定額寺가 됨. 가잔花山 천황이 음모陰謀에 의해 이곳으로 출가당한 사건은 유명. 또한 이곳이 위치한 하나야마는 헨조와 관련되어 읊어진 노래가 다수 존재. ⑲ 1

하세데라長谷寺

나라 현奈良縣 사쿠라이 시櫻井市 하세 강初瀨川에 소재. 하세 강初瀨川의 북쪽 언덕, 하세 산初瀨山의 산기슭에 위치. 풍산신락원豊山神樂院이라고도 하며, 진언종 풍산파豊山派의 총본산. 본존本尊은 십일면관음十一面觀音. 서국삼십삼소西國三十三所 관음영장觀音靈場 중 여덟번째. 국보 법화설상도동판명法華說相圖銅板銘에 의하면, 시조는 가와라데라川原寺의 도메이道明로, 주조朱鳥 원년(686) 덴무天武 천황을 위해 창건(본 하세데라本長谷寺). 훗날 도쿠도德道가 십일면관음상十一面觀音像을 만들고, 천평天平 5년(733) 개안공양開眼供養, 관음당觀音堂(後長谷寺·新長谷寺)을 건립했다 함(『연기문緣起文』, 호국사본護國寺本『제사연기집諸寺緣起集』). 헤이안平安·가마쿠라鎌倉 시대에 걸쳐 관음영장觀音靈場으로도 유명. ⑲ 42

한냐지般若寺

나라 시奈良市 한냐지 정般若寺町에 소재. 현재는 진언율종. 서명舒明 원년(629) 고구려의 승려 혜관慧灌이 창건, 혹은 백치白雉 5년(654) 소가노 히무카蘇我日向가 창건했다고도 함. 관평寬平 7년(895)경 중흥. ⑲ 23

호린지法輪寺

교토 시京都市 니시쿄 구西京區 아라시야마코쿠조야마 정嵐山虛空藏山町에 소재. 지후쿠 산智福山이라 칭하며, 진언종眞言宗 오지교단五智敎團에 속함. 허공장당虛空藏堂이라고도 불림. 본존은 허공장보살虛空藏菩薩. 화동和銅 6년(713) 교키行基가 창건하였다고 전해짐. 본래 구즈이데라葛井寺라고 했으나, 정관貞觀 16년(874) 구카이空海의 제자인 도쇼道昌 승도僧都가 허공장보살에게 감득하여 불상을 안치하고 호린지로 개칭. ⑰ 33

후나오카 산船岳山

현재의 교토 시京都市 기타 구北區 무라사키노紫野의 서쪽에 있는 구릉지대. 헤이안 경平安京을 조영할 때, 현무玄武의 산이라고 해서 주작대로朱雀大路의 기점이 되었다고 함. 무라사키노와 함께 경승景勝의 땅이며 어린이날의 유연遊宴의 장소로 저명. 또한 예로부터 장송葬送의 땅으로 알려짐. 노래를 지을 때 후나오카를 이용한 작품이 많음. ⑲ 33

히로사와廣澤

교토 시京都市 우쿄 구右京區 사가히로사와 정嵯峨廣澤町의 히로사와 연못 남쪽의 영조永祚 원년(989) 간초寬朝 창건의 헨쇼지遍照寺를 말함. 원래는 히로사와 연못의 북서쪽에 건립되었지만, 근세近世가 되어 남측에 재건. 진언종眞言宗 어실파御室派의 준별격본산準別格本山으로, 히로사와산廣澤山으로 칭함. 본존本尊은 십일면관음十一面觀音. 이곳은 고대로부터 달을 보는 명소로, 히로사와 연못과 달을 읊은 노래가 다수 남아 있음. ⑲ 23

히에日吉

히요시산노샤日吉山王社. 시가 현滋賀縣 오쓰 시大津市 사카모토板本에 소재. 헤이안平安 시대 이후 천태종天台宗에 있어서 히에이 산比叡山 엔랴쿠지延曆寺의 지주신地主神으로 중시됨. 고대에는 '히에', 헤이안平安 시대에는 '히요시'로 변화. 대대로 천황의 어행御幸이 몇 번이나 있었고, 섭관가攝關家의 참배參拜도 빈번하게 행해짐. 현재 동본궁東本宮(이궁二宮)과 서본궁西本宮(대궁大宮) 두 본전本殿을 중심으로 상중하의 각 7사社, 21사의 신들과 108사의 말사末社로 구성됨. ⑲ 2

히에이 산比叡(容)山

1) 히에이 산比叡山. 교토 시京都市와 시가 현滋賀縣 오쓰 시大津市에 걸친 산. 오히에이大比叡와 시메이가타케四明ヶ岳 등으로 되어 있음. 엔랴쿠지延曆寺가 있는 곳으로 유명하지만, 엔랴쿠지가 생기기 이전부터 신앙의 대상으로 여겨짐. 덴다이 산天台山이라고도 함.

2) 엔랴쿠지延曆寺를 말함. 오쓰 시大津市 사카모토 정坂本町에 소재. 천태종天台宗 총본산. 연력延曆 7년(788) 히에이 산기슭에서 태어난 사이초最澄가 창건한 일승지관원一乘止觀院을 기원으로 함. 사이초의 사망 이후, 홍인弘仁 13년(822) 대승계단大乘戒壇의 칙허勅許가 내리고, 이듬해 홍인弘仁 14년(823) 엔랴쿠지라는 이름을 받음. 동탑東塔, 서탑西塔, 요카와橫川의 삼탑三塔을 중심으로 16곡谷이 정비되어 있음. 온조지園城寺(미이데라三井寺)를 '사문寺門', '사寺'로 칭하는 것에 비해, 엔랴쿠지를 '산문', '산'이라고 칭함. ⑰ 33

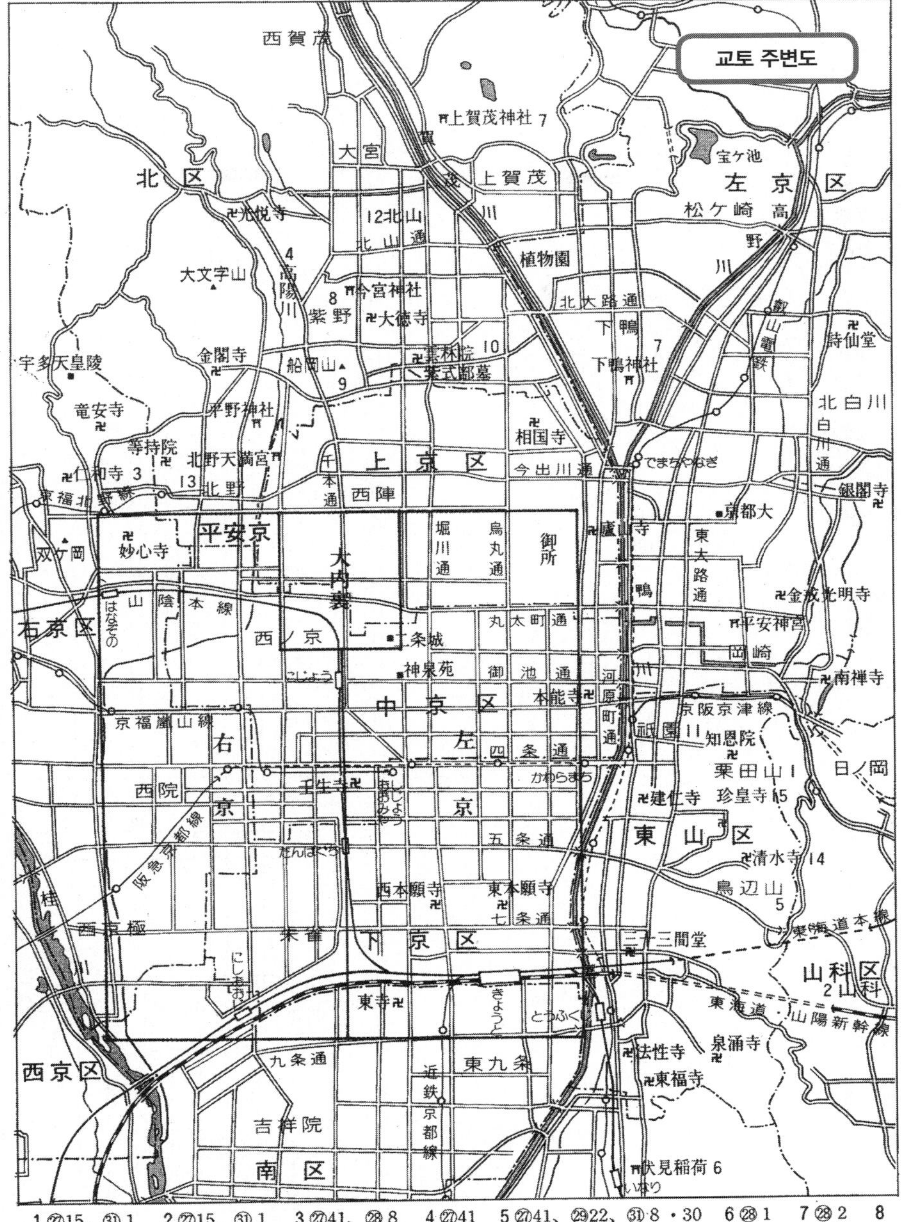

1㉗15、㉛1　2㉗15、㉛1　3㉗41、㉘8　4㉗41　5㉗41、㉙22、㉛8・30　6㉘1　7㉘2　8㉘2　9㉘3、㉙3　10㉘3、㉛23　11㉘11、㉛24　12㉘28、㉛15・20　13㉘35、㉛31　14㉙22・28　15㉛19

- 그림 중의 굵은 숫자는 권27~권31 이야기 속에 나오는 지점을 가리킨다.
- 지점 번호 및 그 지점이 나오는 권수 설화번호를 지점번호순으로 정리했다.

1㉗1은 그림의 1 지점이 권27 제1화에 나온다는 의미이다.
(다음의 헤이안경도의 경우도 동일하다)

1 ㉗ 1
2 ㉗ 2 ・17
3 ㉗ 3 、㉘ 8
4 ㉗ 4
5 ㉗ 5
6 ㉗ 6 ・22
7 ㉗12
8 ㉗12
9 ㉗19
10㉗27
11㉗28
12㉗28
13㉗29(1)
14㉗29(2)
15㉗31
16㉗31
17㉗33
18㉗38、㉘ 3 、㉛26
19——→㉗41
20㉘ 3
21㉘ 6
22㉘ 9
23㉘13
24㉘13・37
25---→㉘16
26㉘17
27㉘ 3 ・21
28㉘22、㉙39
29---→㉘32
30㉙ 1
31㉙ 7
32㉙ 8
33㉙ 8
34㉙14
35㉙18
36㉙37
37㉚ 1
38㉚ 2
39㉛ 5
40㉛ 6

● →은 이야기 속에서 등장인물이 이동한 경로를 가리킨다.

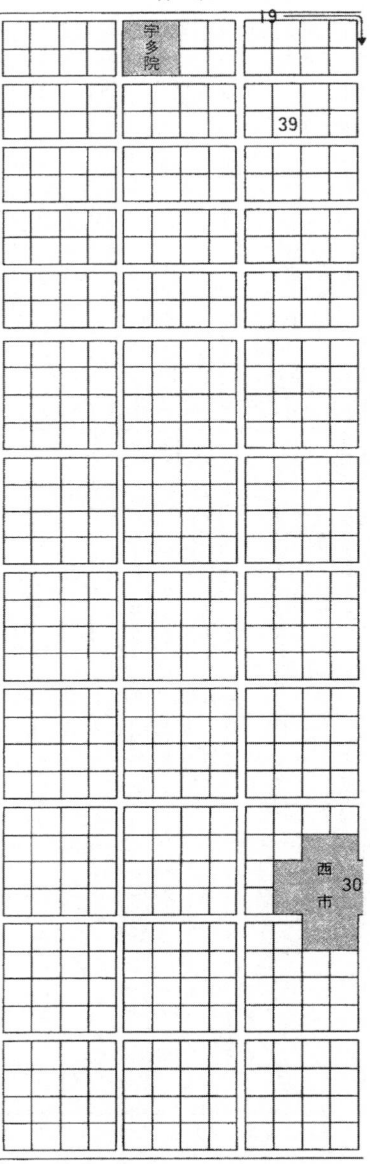

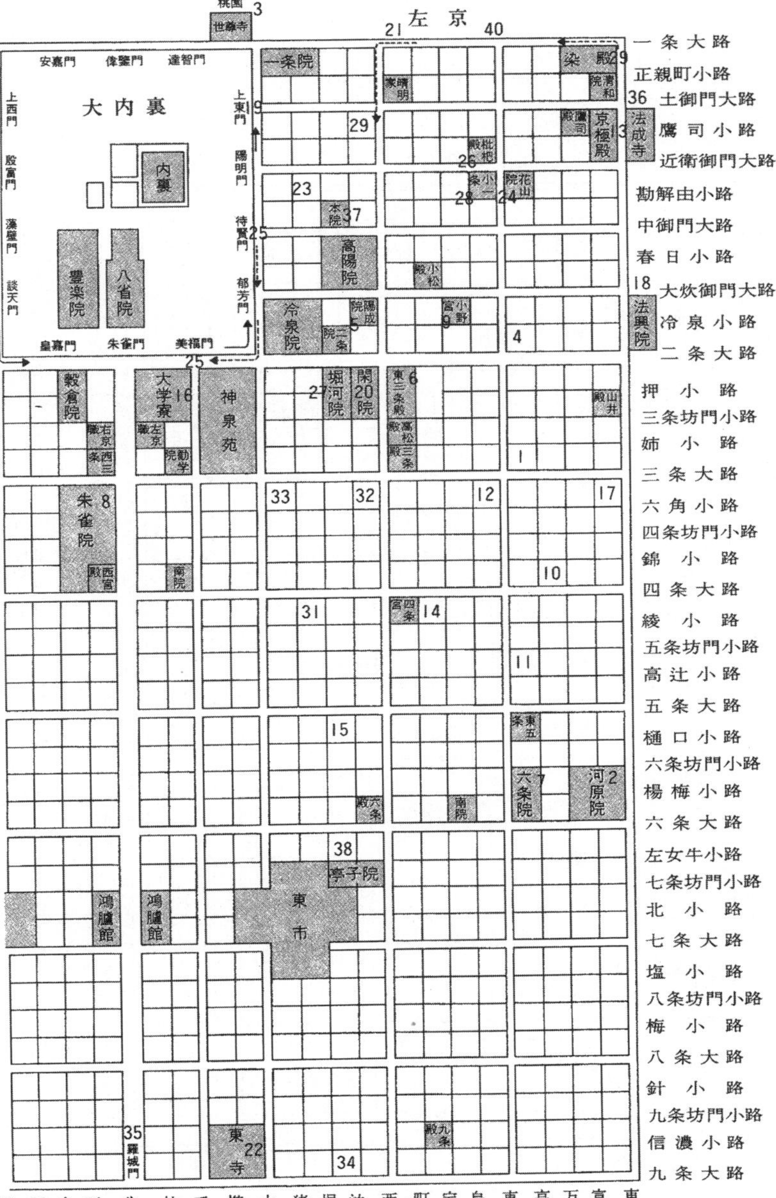
左京
桃園
世尊寺
大内裏
安嘉門
偉鑒門
達智門
上西門
殷富門
藻壁門
談天門
上東門
陽明門
待賢門
郁芳門
皇嘉門
朱雀門
美福門
内裏
豐楽院
八省院
一条院
晴明家
染殿
清和院
京極殿
鷹司殿
法成寺
枇杷殿
小一条
花山院
本院
高陽院
小松殿
冷泉院
陽成院
二条院
小野宮
法興院
穀倉院
大学寮
神泉苑
堀河院
閑院
東三条殿
高松殿
三条殿
山井殿
右京職
左京職
西三条
勧学院
朱雀院
西宮殿
南院
四条宮
東五条
六条院
河原院
六条殿
南院
亭子院
東市
鴻臚館
鴻臚館
九条殿
東寺
羅城門
一条大路
正親町小路
土御門大路
鷹司小路
近衛御門大路
勘解由小路
中御門大路
春日小路
大炊御門大路
冷泉小路
二条大路
押小路
三条坊門小路
姉小路
三条大路
六角小路
四条坊門小路
錦小路
四条大路
綾小路
五条坊門小路
高辻小路
五条大路
樋口小路
六条坊門小路
楊梅小路
六条大路
左女牛小路
七条坊門小路
北小路
七条大路
塩小路
八条坊門小路
梅小路
八条大路
針小路
九条坊門小路
信濃小路
九条大路
西大宮大路
西櫛笥小路
皇嘉門大路
西坊城小路
朱雀大路
坊城小路
壬生大路
櫛笥小路
大宮大路
猪熊小路
堀川小路
油小路
西洞院大路
町尻小路
室町小路
烏丸小路
東洞院大路
高倉小路
万里小路
富小路
東京極大路

헤이안경 대내리도

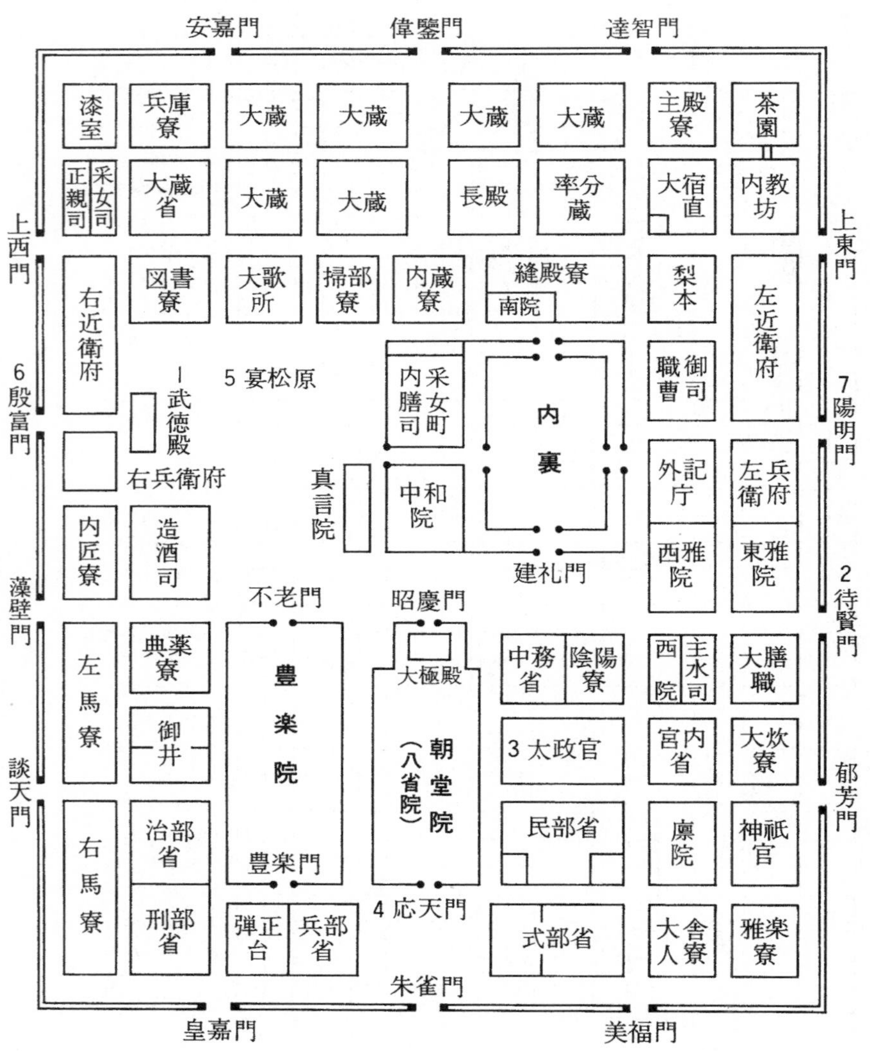

1 ㉗ 8　2 (中御門) ㉗ 9、(東中御門) ㉘16　3 (官) ㉗ 9　4 ㉗33　5 ㉗38　6 (近衛御門) ㉗38　7 (近衛御門) ㉘41

• (　) 안은 이야기 속에서의 호칭.

헤이안경 내리도

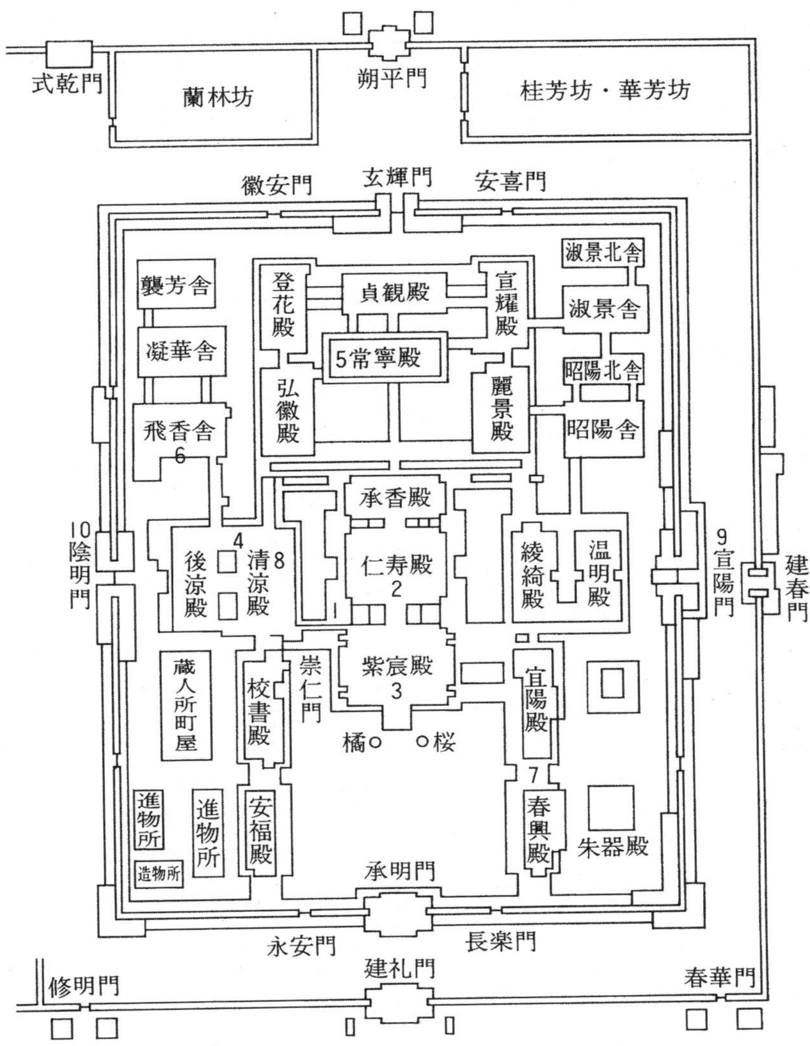

1（中橋）㉗10　2 ㉗10　3（南殿）㉗10　4（滝口）㉗41　5 ㉘ 4　6（藤壺）㉘14　7（陣の座）㉘25　8（夜御殿）㉙14　9（東ノ陣）㉛29　10(西ノ陣)㉛29

• (　) 안은 이야기 속에서의 호칭.

옛 지방명

– 율령제의 기본행정단위인 '지방國'을 나열하고, 지도에 위치를 나타냈다.
– 명칭의 배열은 가나다 순을 따랐으며, 국명의 뒤에는 국명보다 상위로 설정되었던 '오기칠도五畿七道' 구분을 적었고, 추가로 현대 도都·부府·현縣과의 개략적인 대응 관계를 나타냈다.
– 지방의 구분은 9세기경 이후에 이러한 모습으로 고정되었다. 무쓰陸奧와 데와出羽는 19세기에 세분되었다.

㉮

가가加賀 (북륙도) 이시카와 현石川縣 남부.
가와치河內 (기내) 오사카 부大阪府 남동부.
가이甲斐 (동해도) 야마나시 현山梨縣.
가즈사上總 (동해도) 치바 현千葉縣 중앙부.
고즈케上野 (동산도) 군마 현群馬縣.
기이紀伊 (남해도) 와카야마 현和歌山縣 전체, 미에 현三重縣의 일부.

㉯

나가토長門 (산양도) 야마구치 현山口縣 북서부.
노토能登 (북륙도) 이시카와 현石川縣 북부.

㉰

다지마但馬 (산음도) 효고 현兵庫縣 북부.
단고丹後 (산음도) 교토 부京都府 북부.
단바丹波 (산음도) 교토 부京都府 중부, 효고 현兵庫縣 동부.
데와出羽 (동산도) 야마가타 현山形縣·아키타 현秋田縣 거의 전체. 명치明治 원년(1868)에 우젠羽前·우고羽後로 분할되었다. → 우젠羽前·우고羽後
도사土佐 (남해도) 고치 현高知縣.
도토우미遠江 (동해도) 시즈오카 현靜岡縣 서부.

㉱

리쿠젠陸前 (동산도) 미야기 현宮城縣 대부분, 이와테 현岩手縣의 일부. → 무쓰陸津
리쿠추陸中 (동산도) 이와테 현岩手縣의 대부분, 아키타 현秋田縣의 일부. → 무쓰陸津

㉲

무사시 武藏 (동해도) 사이타마 현埼玉縣, 도쿄 도東京都 거의 전역, 가나가와 현神奈川縣의 동부.
무쓰陸津 (동산도) '미치노쿠みちのく'라고도 한다. 아오모리青森·이와테岩手·미야기宮城·후쿠시마福島 4개 현에 거의 상당한다. 명치明治 원년(1868) 세분 후의 무쓰는 아오모리 현 전부, 이와테 현 일부. → 이와키磐城·이와시로岩代·리쿠젠陸前·리쿠추陸中
미노美濃 (동산도) 기후 현岐阜縣 남부.
미마사카美作 (산양도) 오카야마 현岡山縣 북동부.
미치노쿠陸奧 '무쓰むつ'라고도 한다. → 무쓰陸津
미카와三河 (동해도) 아이치 현愛知縣 동부.

㉳

부젠豊前 (서해도) 오이타 현大分縣 북부, 후쿠오카 현福岡縣 동부.
분고豊後 (서해도) 오이타 현大分縣 대부분.
비젠備前 (서해도) 오카야마 현岡山縣.
빈고備後 (산양도) 히로시마 현廣島縣 동부.
빗추備中 (산양도) 오카야마 현岡山縣 서부.

㉳

사가미相模 (동해도) 가나가와 현神奈川縣의 대부분.
사누키讚岐 (남해도) 가가와 현香川縣.
사도佐渡 (북륙도) 니가타 현新潟縣 사도 섬佐渡島.
사쓰마薩摩 (서해도) 가고시마 현鹿兒島縣 서부.
셋쓰攝津 (기내) '쓰つ'라고도 한다. → 쓰攝津
스루가駿河 (동해도) 시즈오카 현靜岡縣 중부.
스오周防 (산양도) 야마구치 현山口縣 동부.
시나노信濃 (동산도) 나가노 현長野縣.
시마志摩 (동해도) 미에 현三重縣 시마 반도志摩半島.
시모쓰케下野 (동산도) 도치기 현栃木縣.
시모우사下總 (동해도) 치바 현千葉縣 북부, 이바라키 현茨城縣 남부.
쓰攝津 (기내) '셋쓰せっつ'라고도 한다. 오사카 부大阪府 북서부, 효고 현兵庫縣 남동부.
쓰시마對馬 (서해도) 나가사키 현長崎縣 쓰시마 전도對馬全島.

㉵

아와安房 (동해도) 치바 현千葉縣 남부.
아와阿波 (남해도) 도쿠시마 현德島縣.
아와지淡路 (남해도) 효고 현兵庫縣 아와지 섬淡路島.
아키安藝 (산양도) 히로시마 현廣島縣 서반.
야마시로山城 (기내) 교토 부京都府 남동부.
야마토大和 (기내) 나라 현奈良縣.
에치고越後 (북륙도) 사도 섬佐渡島를 제외한 니가타 현新潟縣의 대부분.
에치젠越前 (북륙도) 후쿠이 현福井縣 북부.
엣추越中 (북륙도) 도야마 현富山縣.
오미近江 (동산도) 시가 현滋賀縣.
오스미大隅 (서해도) 가고시마 현鹿兒島縣 동부, 오스미 제도大隅諸島.
오와리尾張 (동해도) 아이치 현愛知縣 서부.
오키隱岐 (산음도) 시마네 현島根縣 오키 제도隱岐諸島.
와카사若狹 (북륙도) 후쿠이 현福井縣 남서부.
우고羽後 (동산도) 아키타 현秋田縣의 대부분, 야마가타 현山形縣의 일부. → 데와出羽
우젠羽前 (동산도) 야마가타 현山形縣의 대부분. → 데와出羽
이가伊賀 (동해도) 미에 현三重縣 서부.
이나바因幡 (산음도) 돗토리 현鳥取縣 동부.
이세伊勢 (동해도) 미에 현三重縣 대부분.
이와미石見 (산음도) 시마네 현島根縣 서부.
이와시로岩代 후쿠시마 현福島縣 서부. → 무쓰陸奧
이와키磐城 후쿠시마 현福島縣 동부, 미야기 현宮城縣 남부. → 무쓰陸奧
이요伊予 (남해도) 에히메 현愛媛縣.
이즈伊豆 (동해도) 시즈오카 현靜岡縣 이즈 반도伊豆半島, 도쿄 도東京都 이즈 제도伊豆諸島.
이즈모出雲 (산음도) 시마네 현島根縣 동부.
이즈미和泉 (기내) 오사카 부大阪府 남부.
이키壹岐 (서해도) 나가사키 현長崎縣 이키 전도壹岐全島.

㉶

지쿠고筑後 (서해도) 후쿠오카 현福岡縣 남부.
지쿠젠筑前 (서해도) 후쿠오카 현福岡縣 북서부.

㉻

하리마播磨 (산양도) 효고 현兵庫縣 서남부.
호키伯耆 (산음도) 돗토리 현鳥取縣 중서부.
휴가日向 (서해도) 미야자키 현宮崎縣 전체, 가고시마 현鹿兒島縣 일부.
히고肥後 (서해도) 구마모토 현熊本縣.
히다飛驒 (동산도) 기후 현岐阜縣 북부.
히젠肥前 (서해도) 사가 현佐賀縣의 전부, 이키壹岐·쓰시마對馬를 제외한 나가사키 현長崎縣.
히타치常陸 (동해도) 이바라키 현茨城縣 북동부.

옛 지방명

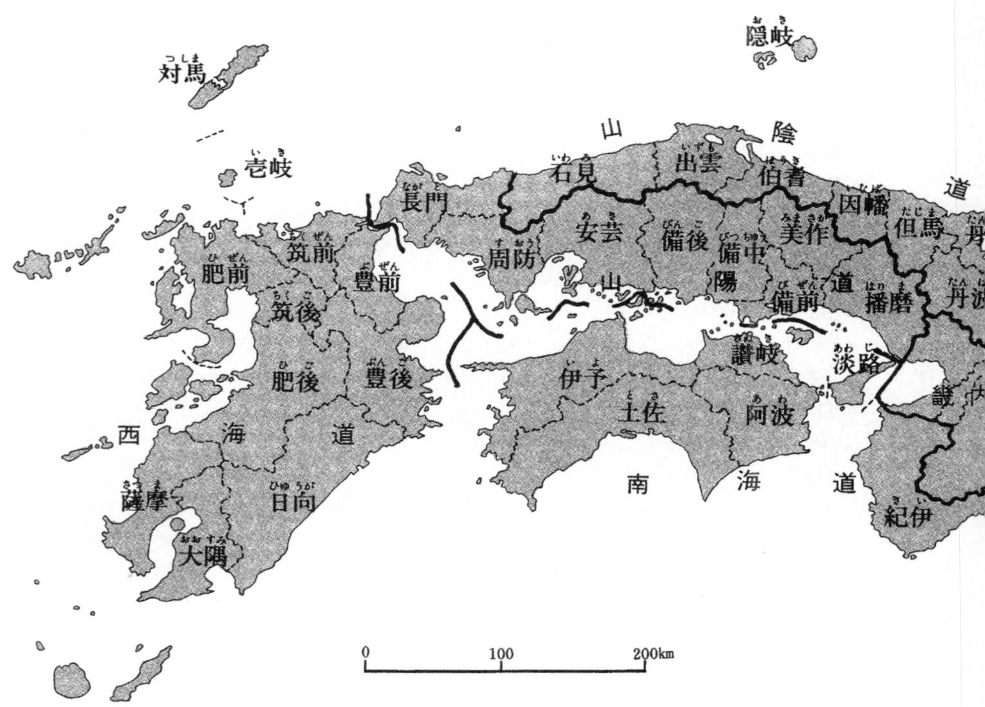

隠岐
対馬
壱岐
山
陰
道
石見
出雲
伯耆
長門
因幡
但馬
安芸
備後
備中
美作
筑前
肥前
周防
豊前
山
陽
道
播磨
筑後
備前
讃岐
淡路
肥後
豊後
伊予
土佐
阿波
西
海
道
南
海
道
薩摩
日向
紀伊
大隅
0
100
200km

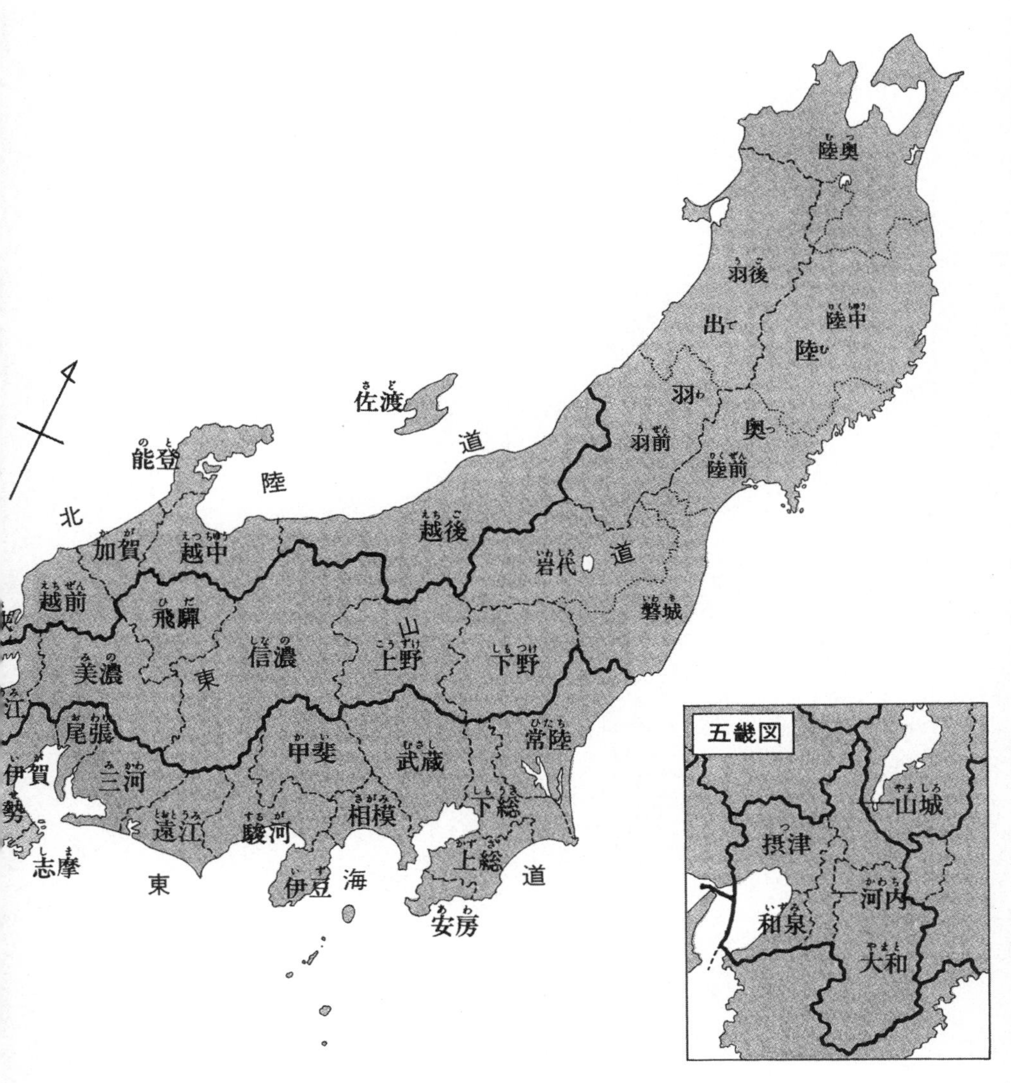

陸奥
羽後
陸中
出
陸
羽
奥
羽前
陸前
佐渡
道
能登
陸
北
加賀
越中
越後
岩代
道
越前
飛騨
信濃
山
上野
下野
磐城
美濃
東
江
尾張
甲斐
武蔵
常陸
伊賀
三河
勢
遠江
駿河
相模
下総
志摩
東
伊豆
海
上総
道
安房
五畿図
山城
摂津
河内
和泉
大和

교주·역자 소개

마부치 가즈오馬淵 和夫

1918년 아이치현愛知県 출생. 도쿄문리과대학東京文理科大學 졸업(국어사 전공). 前 쓰쿠바대학筑波大學 교수.

저 서: 『日本韻学史の研究』, 『悉曇学書選集』, 『今昔物語集文節索引·漢子索引』(감수) 외.

구니사키 후미마로国東 文麿

1916년 도쿄 출생. 와세다대학早稲田大學 졸업(일본문학 전공). 前 와세다대학 교수.

저 서: 『今昔物語集成立考』, 『校注·今昔物語集』, 『今昔物語集 1~9』(전권 역주) 외.

이나가키 다이이치稲垣 泰一

1945년 도쿄 출생. 도쿄교육대학東京教育大學 졸업(중고·중세문학 전공). 前 쓰쿠바대학筑波大學 교수.

저 서: 『今昔物語集文節索引巻十六』, 『考訂今昔物語』, 『寺社略縁起類聚 I』 외.

한역자 소개

이시준李市埈

한국외국어대학교 일본어과 및 동 대학원 석사졸업. 도쿄대학 대학원 총합문화연구과 박사(일본설화문학), 현 숭실대학교 일어일문학과 교수. 숭실대학교 동아시아언어문화연구소 소장.

저 서: 『今昔物語集 本朝部の硏究』(일본), 『금석이야기집 일본부의 구성과 논리』.

공편저: 『古代中世の資料と文學』(義江彰夫 編, 일본), 『漢文文化圈の說話世界』(小峯和明 編, 일본), 『東アジアの今昔物語集』(小峯和明 編), 『說話から世界をどう解き明かすのか』(說話文學會 編, 일본), 『식민지 시기 일본어 조선설화집 기초적 연구 1, 2』.

번 역: 『일본불교사』, 『일본 설화문학의 세계』, 『암흑의 조선』, 『조선이야기집과 속담』, 『전설의 조선』, 『조선동화집』.

편 저: 『암흑의 조선』 등 식민지 시기 일본어 조선설화집자료 총서.

김태광金泰光

교토대학 일본어 · 일본문화연수생(일본문부성 국비유학생), 고베대학 대학원 문학연구과 석사졸업, 동 대학원 문화학연구과 박사(일본설화문학, 한일비교문화), 현 경동대학교 교수.

논 문: 「귀토설화의 한일비교 연구 ―『三國史記』와 『今昔物語集』을 中心으로―」, 「『今昔物語集』의 耶輸陀羅」, 「『今昔物語集』 석가출세성도담의 비교연구」, 「금석이야기집(今昔物語集)의 본생담 연구」 등 다수.

저역서: 『한일본생담설화집 "석가여래십지수행기"와 "삼보회"의 비교 연구』, 『세계 속의 일본문학』(공저), 『삼보에』(번역) 등 다수.

今昔物語集 日本部 四